三十而立心

1984 1985 1986 1987 1988 1989 1990 1991 1992 1993 1994 1995 1996 1997 1998 1999 2000 2001 2002 2003 2004 2005 2006 2007 2008 2009 2010 2011 2012 2013 2014

中国交通报历年获奖作品集

《三十而立心——中国交通报历年获奖作品集》编委会 编

人民交通出版社股份有限公司
China Communications Press Co.,Ltd.

内 容 提 要

本书汇集了三十年来《中国交通报》的获奖作品，约160篇。从一个较大的时间、历史跨度中看到交通发展、社会变迁、生活流转、人心冷暖，从新闻界的评判眼光，见证《中国交通报》的默默坚守与创新求变——办一张有高度、有深度、有温度、感性与理性均衡的会呼吸的主流权威大报。

本书可供交通运输行业从业人员阅读，也可供新闻出版相关行业人员学习参考。

图书在版编目(CIP)数据

三十而立心：中国交通报历年获奖作品集 / 《三十而立心：中国交通报历年获奖作品集》编委会编. -- 北京：人民交通出版社股份有限公司, 2014.10

ISBN 978-7-114-11803-6

Ⅰ. ①三… Ⅱ. ①三… Ⅲ. ①新闻报道—作品集—中国—当代 Ⅳ. ①I253

中国版本图书馆CIP数据核字（2014）第243402号

Sanshi er Lixin Zhongguo Jiaotongbao Linian Huojiang Zuopinji

书　　名：三十而立心——中国交通报历年获奖作品集
著 作 者：《三十而立心——中国交通报历年获奖作品集》编委会
责任编辑：孙　玺　曲　乐　刘永超
出版发行：人民交通出版社股份有限公司
地　　址：（100011）北京市朝阳区安定门外外馆斜街3号
网　　址：http：//www.ccpress.com.cn
销售电话：（010）59757973
总 经 销：人民交通出版社股份有限公司发行部
经　　销：各地新华书店
印　　刷：北京市密东印刷有限公司
开　　本：787×1092　1/16
印　　张：27.5
字　　数：490千
版　　次：2014年10月　第1版
印　　次：2014年10月　第1次印刷
书　　号：ISBN 978-7-114-11803-6
定　　价：70.00元

三十而立心

《中国交通报历年获奖作品集》

编委会

序

33cm×49cm，是所谓大报一个版面的长与高，而49cm也是一张报纸所能达到的物理高度。

一家报纸能达到的精神高度、观念水平是多少？答案也许更多存乎她的读者心目中。

11月7日，对于中国交通报，对于中国交通运输新闻事业来说，都是一个非同一般的日子——三十年前的今天，中国交通报正式创刊。

日志、月报、年鉴，日复一日、年复一年，三十载春秋，连续出版5872期，绵延铺展中国交通运输跨越式发展的辉煌“史记”；

为中国交通运输行业立传，为中国交通运输人留念，笔耕不辍下，镜头闪动中，宏大叙事参丰满细节，交织一部观察与思考、继往与开来的“通鉴”。

新闻每天都是新的，日非复一日，年非复一年，几代中国交通报人三十年接力探索与实践，用华发与斑白，用汗水与心血，创写中国交通运输新闻鲜活“教材”。

起点的高度，往往决定了前行的矢量、目标与方向。自创刊以来，中国交通报确立了植根行业、报效行业、推动行业文明与进步的宗旨，虽几经更迭，从未偏离。围绕中心、服务大局、不断强化舆论引导监督能力，秉承这一理想信念，中国交通报也在交通运输行业的不同阶段的大发展中，记录着当下，分享着成果，成就着自己。

植根行业三十载，这是怎样的一个行业的诱惑、怎样的一种职业和事业的情怀、坚守与荣耀……方寸之间浓缩你我，寸草之心三春有知。

既是交通运输人，又是交通运输行业的记录者，从“30后”到“90后”，这一独特的身份和重大的使命，注定是我们前行的不竭精神动力、抹不去的深深印刻。

“未经省察的人生是没有价值的”（苏格拉底语），在人们喜欢用最好与最坏并列来描述这个世界时，审视、省察自己的人生，不是一件多么浪费时间的事情。感谢生活，感谢我们置身的故乡、祖国、时代、人民，感谢我们植根的行业，应该成为泵动心间最美的旋律。

套用苏格拉底的话，未经省察的新闻是没有价值的，是不值得登的。有没有道理呢？

应该没有问题。新闻事业是党和国家改革开放发展事业重要的组成部分，中国特色的新闻事业遵循的是宣传规律与新闻规律、宣传价值与新闻价值的有机统一，每天人类的生活会产生几何级的信息，什么样的信息能成为上报的新闻，靠的是对规律与价值的省察。

经过省察的新闻，具备了成为好新闻的充分必要条件。

呈现在您面前的这本书，荟萃了中国交通报自参加评奖以来的获奖作品，从一个较大的时间、历史跨度中（要知道，中国改革开放以来的每一年可不仅仅是物理时间），可以看到交通发展、社会变迁、生活流转、人心冷暖。从新闻界的评判眼光中，见证中国交通报的默默坚守与创新求变——办一张有高度、有深度、有温度、感性与理性均衡的会呼吸的主流权威大报。

1984年11月7日，中国交通报诞生于全面改革开放大潮中，而今共和国已步入全面深化改革扩大开放的新时期。三十而立，立心、立德、立传，期待多年来不离不弃一路护爱有加的亲爱的读者，继续关注三十岁以后的中国交通报，让我们共创“交通人自己的报纸”新的精彩，续写新的华章。

《三十而立心——中国交通报历年获奖作品集》编委会

2014年10月

目录
contents

2013年

企业内部也要层层放权

本报评论员

有关企业自主权问题，本报5月24日一版刊登过《还我企业自主权》的来信，并配发了评论员文章；今天，又发表了淮北市委、市政府、市交通局、财政局坚决支持淮北市汽运公司二队职工大胆改革的消息。我们希望这两组报道所提出的问题，能够引起各级领导和广大读者的重视，共同研究思考，并把这方面工作搞好。

据了解，交通运输经济体制改革中，当前有一个问题值得引起重视，那就是落实企业自主权问题。一方面，在口头上，主张不要给企业放权的，恐怕不多了；另一方面，在行动上，即在放权的过程中，像淮北市运输公司原领导班子那样的情况，却并不罕见。他们在向下属企业放权、企业内部向承包单位放权中，有的揽权不放，有的打折扣截留，有的放了又要收。这些部门和单位的领导总是怕企业有了权，自己丢了权，日子不好过，很怕放权冲了原有的体制。这显然是错误的。

从体制上讲，给企业放权，包括有两层意思：一是政府主管部门要政企分开，把原来手中掌握的应该归于企业的那部分权力交给企业，把主要精力用于从政；二是在企业内部，也要把部分权力下放给基层单位，像改革后的淮北市汽运公司那样“权力层层有，责任层层负，利益层层得”。这两条同样重要。现在，企业要求政府主管部门放权的呼声甚高，这是对的。但一些企业的领导却往往忽视了本身往下放权的问题。对此，基层企业单位呼声也很高。像原来淮北汽运公司那样的企业，紧紧抓住“人财物”三权不放的，现在也不少，基层单位对此早有意见。这说明，在企业内部，同样存在放权问题。不分级放权，基层广大职工的积极性也调动不起来。

企业是国家经济肌体中充满生命力的细胞。如果把一个企业也比作一个生命肌体的话，内部的各个部门（例如分公司、分厂、车间、班组等），就是组成这个企业的细胞，只有这些细胞都活起来，企业才会有生气。这个道理，大家都懂得。希望能够认真实践，为推动改革的健康深入发展多办些实事，不要像原来淮北汽运公司那样，等下面基层单位去“上书”“挣绑”，那样就被动了。

第一届中国产经好新闻评论类一等奖 | 作者：戴松成 | 1986年7月12日 1版

成都建立四种形式客运中心

所有客车纳入行业管理

运输市场出现“活而不乱”局面

本报讯（记者 李咏梅　靳杨）成都市交通部门建立四种形式的公路客运中心，将在成都地区营运的 100 多家、2000 多辆公路客车全部纳入行业管理，带来客运市场“管而不死，活而不乱”的局面。

1984 年 5 月，针对客运市场多家管理的混乱局面，成都市交通局大胆进行管理，经过周密的行业调查，选择问题最突出的火车北站附近的临时停车场为突破点，组建起第一家开放式、社会化的“城北公路客运中心”。客运中心采取“政府管、联运办”的形式，由交通局交管处按客运管理审批原则，统筹安排所有在城北营运的客运单位及其车辆和线路、班期等。联运公司为其组织客源和提供场地，统一制票售票、调度发车、结算转账、维护站场秩序等。结果，城北公路客运中心秩序井然，业务范围迅速扩大。

在此基础上，成都市交通局于 1984 年底和 1985 年初，组织力量规划全市的客运运力布局。根据原站场特点，对农村办的停车场和原属客运企业独家经营的汽车站，分别采用“政府管、生产队办”“政府管、企业办”“企业管、企业办”的形式，在全市客运集散地又建起 8 个开放或半开放型的客运中心或客运站。这样，在成都营运的 2000 多辆客车都被纳入了统一管理的轨道。

近两年的实践结果表明，这种管理明显地带来了好处：调开了成都市东西南北大门，一切乐于进城经营的客车可以进城，中心城市客车也对等到对方，打破了画地为牢，活跃了运输市场，增强了中心城市的吸引力和辐射力；以城北客运中心为例，日发班次由成立前的 160 个上升至目前的 370 个；参营单位由最初的 37 家，增加到 62 家。中心城市的综合服务能力得到发挥；避免了重复建站的浪费；各客运单位在正常的秩序和范围内开展经营和合理竞争，避免了争抢线路、班次、发车时刻和站点及打架斗殴等混乱状况；有利公铁分流，社会效益和经营者的经济效益大增，特别是骨干运输企业收入明显增加；为货运的改革和其他公路基础服务设施的开放提供了经验。

第一届中国产经好新闻消息类二等奖　　作者：李咏梅 靳杨 | 1986 年 4 月 9 日 1 版

湖北八百多集镇夹道而立，以路当街；一些干线公路旁，酒馆饭店雨后春笋般冒出来，本应畅通的公路成了梗阻长廊。对此记者呼吁——

综合治理“骑路镇”“卡路店”

湖北汉沙公路27公里处，新建一家“美记饭店”，以优惠条件招徕司机停车吃饭，交通受阻。路政人员在此立下“禁停牌”。“美记”不美了，一家三口就闹到路政部门去要饭吃。

“美记”饭店所在地，属四水归槽的咽喉要道，因车多路窄而扩路改线。新道刚建，酒馆、饭店“闻路而立”，变魔术般在路旁冒将出来，一年建房一百五十多间。店多，占道停的车也多，双车道变单车道，难以错车和超车，结果出现一店兴隆，千车减速，一车挡道，千轮停转的困境。

令人忧虑的是，在湖北汉沙公路、汉十公路、汉孟公路等线上，类似问题普遍存在。全省星罗棋布的八百多集镇，几乎都是夹道而立，以路当街，人称“骑路镇”“卡路店”。汉沙线上的侏儒镇，占道装卸多，违章建筑多，快车到此，也变成蹒跚的“侏儒”了。黄陂到武汉一线，镇店林立，成了梗阻的长廊。

为什么要办“骑路镇”“卡路店”？有种说法是，“要想富，靠公路”。如果说靠公路搞活流通，当然值得提倡。但为了几个饭店餐馆富起来，搞得车辆走不动，搞得大动脉梗阻，一个地区怎能富？全局怎能富？这显然是因小失大。

有人说，集镇夹路，是“一线穿珠”。一位同志指出：如果集镇布局得当，远离干线，不碍行车，确是乡村明珠。但许多集镇夹着公路，形成长廊，珠就变成肿瘤，到时候非开刀不可！

在云梦、安陆、应城三县，已有五镇逼路迁移，改线里程30余公里。襄樊市有16个镇，新洲县有五个镇提出要公路迁移的申请。这不是公路妨碍了集镇，而是没有处理好集镇与公路的关系，造成了难于行车的既成事实，逼得公路转移。有同志指出：“建房碍了行车，得叫房子搬迁！”记者在采访中，见沔阳县沿汉沙线的违章建筑，已拆除数十处，这是注重宏观效益的行动。黄陂县政府明文规定：“没有停车场，不得在路边开办饭店、餐馆。”这更是高明之举。他们的言行，称得上“卫‘道’士”。

历史上，路边三里一亭，五里一店，是小生产时代的需要。现代化商品经济需要车行如流。妨碍车辆畅行的“骑路镇”“卡路店”，应当尽快改弦更张！人们一致的看法是：

集镇建设应当有合理规划；

集镇改建和发展应同公路干线保持必要的距离；

“卡路饭店”要有配套停车场才能营业；

对靠近公路的建房，有关部门应按已有法规，严加管理。

第一届中国产经好新闻来信类二等奖 作者：黄发森 闵泽厚 | 1986年9月20日 1版

山中，那只勇敢的“虎”

——记武警交通第四支队彝族战士约则拉吉

编者按 约则拉吉是武警交通第四支队彝族战士。约则拉吉彝语的含意是“勇敢的虎”。这只“勇敢的虎”参军后，投入了天山独库公路的艰苦建设之中，然后经受住了失去父母兄弟的家庭悲剧的沉重打击，又继续在太行山沙东公路的施工中顽强奋战，表现了虎一般的坚定、勇猛、刚毅。这篇通讯热情地讴歌了这位彝族战士的忘我的献身精神。现在，他参加了交通部组织的修筑青藏、天山公路事迹报告团，赴各地做巡回报告。

《中国青年》等12家杂志社组织的“为祖国边陲优秀儿女挂奖章”的活动中，有位获奖者名叫约则拉吉，彝族，武警交通第四支队战士。约则拉吉，彝语意为勇敢的虎。我们的战士约则拉吉，苍茫凉山中诞生的一只骠勇的虎，与山结下了不解之缘。

走出凉山

1980年秋天，阿爸要把刚刚成年的长子拉吉带到县武装部报名参军。临行前，好心的乡邻劝他：你们家劳动力少，留下拉吉是个帮手。有的说：如今当兵不吃香了，不如让拉吉到附近林场找个工作。是啊，现在，在中国的大地上，劳力意味着富庶。但是，拉吉的阿爸坚定地说：“当兵是大家的事，你也不去，我也不去，国家谁去保卫？”

体检、鉴定都通过了，阿爸的愿望，当然更是拉吉的愿望实现了。阿爸亲手给拉吉戴上大红花，送儿远征，并嘱咐说：“到队伍上要好好干，当个好兵。”拉吉，我们勇敢的虎，带着阿爸的嘱托，告别了亲人，告别了养育他十几个春秋的彝族山寨，要出去闯一闯了。

天山深处

玉希莫勒盖冰达坂，天山深处海拔3400多米的冰雪封裹的地方，独库公路将从这里通过，约则拉吉所在的武警交通第四支队工程连将在这里，在三四米的积雪下开山筑路。地，冻得像块铁板，一镐下去，只留下一个白点；风，劲得尤如钢刀，吹在脸上、手上，留下一道道血痕。班里担负备石料的任务，山坡上的石料要用人力一块块背上车，大个子班长不让身材矮小的拉吉背，拉吉却对班长说：“你晓不晓得，我们彝族人能挑能背，说不定你还背不赢我呢！”大个子班长见他毫不示弱，提出要和他比赛：“谁输了，谁吃十个馒头。”“要得”。拉吉痛快地应战了。班长背一块，拉吉背一块，他和这位北方大汉摽上了。一块二百多斤的大石头，班长试了几次，背不动。拉吉上前一躬腰，一咬牙，起来了！约则拉吉，干活也像一只老虎。大个子班长认输了。

拉吉在天山深处与战友们一起奋战了三年。1983 年，天山独库公路即将竣工，这时，约则拉吉已是班长了，他的班提前完成了任务。

1984 年 3 月，拉吉告别了冰封终年的天山，随部队开往太行山老区，修筑沙东公路。年底，领导上决定让拉吉回山寨探亲，拉吉得知这个消息，高兴得觉也睡不着。是啊，我们勇敢的虎，毕竟是个初出家门的青年，四年了，他想念阿爸、阿妈，想念弟弟妹妹们，想念生他育他的凉山啊。

山寨悲歌

带着给阿爸治疗关节炎的天山雪莲，带着给阿妈治疗咳嗽的新疆贝母，带着四年来的奖状和喜报，约则拉吉回来了。

一进家门，拉吉惊呆了，眼前是阿爸、阿妈和阿弟的三尊灵位，九岁的妹妹和七岁的小弟见阿哥回来，痛哭不止。再硬的汉子，在这突如其来的失去三个亲人的打击下也支持不住，拉吉眼前一团漆黑，晕倒在地……

原来，拉吉离家的第二天，阿妈突然病倒了，卧床不起，自觉不行了，想让拉吉回来让她看上一眼，阿爸为难地说：“拉吉刚到部队，哪能叫他回来呀。”十六天后阿妈离开了人世。拉吉的阿爸，忍着巨大的悲痛，埋葬了妻子。

第二年夏天，拉古的大弟弟又突然得病，阿爸刚凑齐住院的钱，年仅十八岁的弟弟就随着阿妈去了。

不到一年时间连续失去了两个亲人，阿爸没有告诉拉吉，每次写信都说家里一切都好，一个人默默地忍受着这撕心裂肺的痛苦，承担着全家生活的重担。他，病倒了。1984 年 7 月，病情加重，大队干部和乡亲们几次要发电报让拉吉回来，都被他拦阻了。临终前，他拉着泣不成声的女儿和小儿子的手，声音孱弱地说：“孩子，不要怕，还有政府和你拉达叔叔呢……”这位在凉山风风雨雨里磨炼出来的硬汉子，怀着一颗质朴的爱国之心溘然去世。

拉吉搂着弟妹，痛哭失声。然而，猛虎自有猛虎的性格，一旦从悲恸中醒来，他想到的是部队，想到的是阿爸在他临行前的嘱托："到部队上要好好干，当个好兵。"他在二老的坟上献上了雪莲、贝母和给他们的第一个军礼，把阿妹、小弟托付给了叔叔拉达，提前六天，毅然踏上了归队的路程。

奋战太行

太行人，这些为民族解放献出过鲜血和乳汁的人，目前，因为交通闭塞，还没有摆脱贫困和愚昧的束缚，还过着落后得几乎原始的生活。约则拉吉面对这一切，家庭的不幸被抛到了一边，心里只有一个念头："好好干，当个好兵。"

盛夏的太行山，骄阳似火，连里给拉吉的班下达了备石料的任务，拉吉又拿出在天山备石料的虎劲，把石块从二三十米远的地方一块一块地背上车，被烈日晒得滚烫的大石块，炽烤着后背，火辣辣的疼，一天干下来，晚上只能趴着睡。一天下午，由于燥热和劳累，拉吉正背着石头晕倒了，石头重重地压在他的身上，战友杜长春急忙将他扶起，稍事休息，他又继续干了起来。约则拉吉和他的战友们是在用血肉之躯为老区人民开辟了一条通往富裕和文明之路。

山的儿子

约则拉吉，勇敢的虎，五年中，他被所在部队树为精神文明标兵，两次被支队评为学雷锋积极分子，多次受奖，两次立功，挂上了"祖国边陲优秀儿女"的奖章，他无愧于他的名字——"勇敢的虎"，不愧为山的儿子。

解决混合交通有了成功经验

建设汽车专用道路显示巨大优越性

钱永昌、王展意视察沧州至德州段汽车专用路时指出：这是解决我国公路交通问题的方向，明年要在全国提倡。

本报讯（**记者** 谭峰生）“建设汽车专用公路，是解决混合交通，解决中国公路交通建设问题的方向。”“明年交通部将要提倡这个做法”。这番话是钱永昌部长和王展意副部长于9月中旬专程到河北省视察沧州至德州段汽车专用公路时讲的。

沧州至德州汽车专用公路是京福公路的一段，全长90多公里，是目前我国最长的一条汽车专用公路。这条于去年底建成的汽车专用道，是在原来的旧路一侧另修一条平行的新路，路基宽11米，路面宽8米，新旧路之间有1.5米宽的路肩作为隔离带，旧路为慢车混合道，实行快慢车分驶，各行其道，互不干扰，改变了原有公路标准低、通过能力差的状况。据测算，汽车专用公路建成后，通过能力比混合交通提高2.5倍，车辆平均行驶速度每小时增加20公里，交通事故减少40%，大大缓解了公路交通紧张的压力，基本上改变了交通秩序混乱的局面。

两位部长在看了汽车专用公路后，高兴地说：“小车时速能达到100公里以上，高速公路也不过如此。”他们对建成这条汽车专用公路的意义，作了高度的评价，指出：目前我国公路交通的主要问题是混合交通，沧州至德州汽车专用公路投资省、见效快，为解决混合交通问题开辟了一条路，提供了成功的经验。两位部长还指出：建设汽车专用公路，既可改变我国交通现状，又适合我国国情，是解决中国公路交通问题的方向。沧州至德州汽车专用公路，是一种新的值得推广的模式，它的建成，具有起点意义，明年交通部将要提倡这个做法。

第二届中国产经好新闻消息类一等奖　　作者：谭峰生 | 1987年10月10日 1版

每天有数千名淘金者在饶河里翻箱倒箧，通航河道被挖坏，不少厂矿货物被逼弃水走陆，记者呼吁有关部门赶快采取办法

不要再干吃子孙饭的蠢事

近年来，江西饶河（乐安河）出现了一股淘金热，每天有数千名期望发财的淘金者拥在河道里“翻箱倒箧”，致使江西继锦河航道全线瘫痪之后，又一条通航河道遭到人为破坏，运输船舶被迫停航。

饶河是江西五大水系之一，全长312.5公里，历史上常年通航，年货运量达60万吨，对发展皖赣经济起着重要作用。从1984年开始，沿河两岸逐渐掀起了一股淘金热，特别是香屯至钟家山45公里长的河道上，每天有淘金船只400余艘，淘金群众达4000余人。白天整个河面上布满淘金绞索，晚上灯光通明，夜以继日地挖淘，河道里的沙石几乎被翻动了一遍。码头、河岸及两岸植被遭到严重破坏，不仅造成全线航道瘫痪，而且水土流失严重，水流紊乱，每年洪水危及田园和村庄。据德兴县航运公司反映：由于航道堵塞，银山铅矿、锌矿、德兴铜矿等四个矿区的原材料无法运输。航运公司承运的两万吨货物，不得已只好改用汽车运输到乐石镇中转，每吨货物就亏损运费5.22元，一年得赔偿损失10万余元。交通部门曾多方呼吁，要求制止这种混乱局面，但至今未能制止。长此下去，不仅300公里航道要被彻底毁坏，而且将冲击江西“山江湖”的建设规划。

第二届中国产经好新闻来信类二等奖

作者：周武楷　戴梅岑

1987年1月21日　1版

请您理解

本报评论员

沈阳市对在职驾驶员进行严格体检保证安全的做法和经验,值得全国各地重视。

驾驶员在执行任务时，一般思想处于高度集中和紧张状态，要随时准备处理令人心悸的险情。心脏病人和高血压病人长期从事这种工作，不仅会导致病情的恶化，而且容易发生意外。

驾驶员需要有一双分辨力和视度良好的眼睛，其中道理是不言而喻的。而色盲者辨不清红绿灯、高度近视者辨不清各种安全标志，这样的同志驾驶车辆，怎么能做到行车安全呢？

驾驶员需要反映灵敏，眼到，心到，手到，脚到。六十岁以上的老驾驶员，虽然技术纯熟，但眼神、思维、手脚一般都比较迟钝了，眼、脑、手、脚的配合难免失于协调，对于安全驾驶往往心有余而力不足了。

据了解，这些年由于驾驶员身体、生理方面原因造成的交通事故，在全国占有相当大的比例。过去，各单位的领导在抓安全工作时，重视解决思想、技术、设施方面的问题，这无疑是正确的。但忽视或不重视驾驶员的身体、生理方面的因素，这不能说不是一个很大的失误。

取消身体不合格驾驶员的驾车资格，可能会遇到很大的阻力，走后门、说情等不正之风会干扰这项工作的正常进行。负责这项工作的医务人员和审批部门等各有关环节的同志，一定要秉公办事，不徇私情，严格把关。对于徇私舞弊，为身体条件不合格的驾驶员开绿灯的人，要严肃处理。

当然，各单位领导对于因身体条件不合格而被取消驾驶资格的驾驶员，一定要妥善安排好他们的工作和生活，这不仅可以大大减少做好这项工作的阻力，而且也是我们领导克服官僚主义的需要。

亲爱的驾驶员们，当您们中的一些同志因身体条件不合格而被取消驾驶资格时，请您们理解。为了您和他人的幸福，为了国家和人民的利益，也相信您们一定会理解。

第二届中国产经好新闻评论类二等奖 作者：李志高 | 1987年12月16日 1版

中国有没有方圆？

——跟踪600公里采访见闻

编者按 今天发表的这篇文章，提出了一个引人注目的新问题：一些地区的设卡、罚款，已不是为了纠正违章、保证国家规费征收，而是明目张胆向企业摊派。最近结束的全国交通安全工作会议要求各地限期清理、解决这一问题。清理的重点，一方面，要把不应设的卡赶下公路；另一方面，对有权设卡的部门，也应来一次整理，解决一个“滥”字。在公路上乱设卡、滥罚款，已成为新的“社会公害”，能不能在短时期内解决，人们拭目以待。

为什么几年来经数家报刊、新闻机构批评呼吁后，乱收费、乱设卡、乱罚款的现象不仅屡禁不止且愈演愈烈？为什么一些部门热衷争取上路权并为此发生各种纠纷？为什么罚款数目日涨而交通安全事故非但没有下降反而上升？为什么司机以及各地汽运公司对乱设关卡乱罚款这一恶劣现象敢怒不敢言，不愿披露姓名，不敢提供情况，甚至拒绝记者采访？

记者就是带着这许多困惑不解的疑问爬上了从太原驶向济南的运焦车，开始了600公里的跟踪采访。车下围着一圈司机，可怜巴巴地问：“能不能解决问题？别解决不了问题再给我们惹麻烦。”听着这话，记者心里掠过一丝悲哀。

一路行车，记者发现：一条曲折悠长的公路，既是社会三国四方的火力交叉点，又是各种社会矛盾的集散地。

几年前，司机跑车，只带三证即可一路畅行。眼下，记者查看了司机厚厚一叠证件，仅最紧要的就有10个。太原汽运公司运管科的同志讲，根据不同路线，不同业务的变更，证件有增无减，最多时要带20几个，以至司机遇到检查不知到底需要哪种，只好抖尽包包任君随意选择。

几年前，司机跑车带上十几元预防万一即可，现在用司机的话说：不带够一二百元现金根本不敢上路。即使这样，还常常出现付不够罚款，被人把车扣下只身返回取钱的现象。记者乘坐的罗曼货车途经山东德州交警队检查站，一个穿便服的人，连车都不看，坐在桌边专门开罚款票。司机忙不迭地央求：“少罚点吧。”

回答："少罚也得十元。""以前不是五元？"司机斗胆相问。那人嘴角一咧："现在不是什么都涨价吗？"

几年前，只有着装齐整，佩带标志的监理人员才有资格上路查车。现在任何人着任何装束、在任何地点，只要手举一面小旗，便足以震慑得司机立即驻足停车。记者在太原汽运公司收集了一下各类罚款单，除交警队外，城建、公安消防、市容、保险公司、工厂、村民委员会等等不一而足，可叫司机如何认得庐山真面目？

几年前，司机所遇罚款名目，多是违章，如今这里面名堂也繁衍得令人振聋发聩，除最一般的"超吨""灯具不全"等例行项目，跟车一路，记者从司机口中长了不少见识。如加上自重共计30吨的罗曼车由于跑出80公里的"超速"罚款；有因为结伴而行的几辆车上司机"着装不一"的罚款。总之车一停便要罚款，稍加解释正好罚一个"态度不好"的款，不辩一句也要付检查费用款。记者跟车途经河北枣强县，一司机因甲道修路被迫走乙道，乙道上一家灯具厂便设专人拦车收费，名曰"厂路养护费"。

几年前，司机出车所缴罚款一般由个人偿付，而现在则由企业包揽。因为此时的罚款已失去了惩治司机违章的效用而成了社会向企业强行索取摊派的一条"合法"渠道。据太原汽运公司不完全的统计，1985、1986和1987年，仅行车罚款就分别占年利润的0.69%、3.75%和7.31%——逐年上升。而各种罚款单据极不统一，一些乡镇的农民就以白条代替收据。像上面提到的灯具厂出具的收具只盖一厂章，其他凭章皆无。司机拿着这种单据一般不予报销，连连哀叹"这30元算赔了。"

"一路红旗招展，不是收费便是罚款"，司机们确有苦衷；"即使这么罚，事故还下不去，更不用说不罚了"，交警队振振有词；"国家规费收不上来，会影响财政收入，如果没有检查权，就没有必要的检查手段"，稽查部门陈诉得合情合理；"不交保险费，万一出事谁负责？"保险部门如是说。

各说各的理，似乎又都有凭有据。

问题的症结在哪里？！记者跟车一路，所感甚多：

——体制不完善，政令不一。迄今为止，呼声四起，却仍没有一个统领各路人马的主管部门。政出多门，各自为政，人为地造成无数矛盾并加剧了行业间的纠纷。像太原交通稽查处与省公安厅为上路查车一事矛盾十分尖锐，甚至到了交通队扣稽查处的人和车的程度。

——地方割据势力产生。据查，近期在乱设卡罚款最猖獗的中原地区，在收费问题上存在着浓厚的地方主义情绪。突出的例子是山西省一些地区为保护煤炭资源，采取加收费用的办法。如长治地区曾实行过一段收取两费，即“资源保护费”和“矿区道路建设费”。河北、河南两省针对此举马上采取反措施，在两省交界的检查站专门拦山西的车，把山西收缴该省两费的单据收集在一起逐一返还。司机哭笑不得地告诉记者：那一阵拦车好凶，二话不说就罚款。咱问罚多少，人家拿着咱罚人家的单据说，“抽吧，抽到哪张算哪张”。记者跟车中也感受到这一点。由于所乘是山西的车，旧关以内的省境便不遇任何阻拦，而进入河北省，故事便明显增多。

——小集团意识作祟。各上路检查的系统，除各自持有冠冕堂皇的理由之外，还有人尽皆知却不可言传的另一层意思。不少人证实，检查的部门多有明确的罚款指标，超额有提成。而各个部门互相攀比，无疑刺激了人们争着上路检查的热情和罚款直线上升的行情。这叫“掌什么权、用什么权、发什么财”。

——具体办事人员素质偏低。毋须讳言这种素质除自身受教育不够外，极大程度来自整个社会崇尚权力和拜金主义的影响，使得人们产生一种及时用权的思想。大权大捞，小权小捞，不捞白不捞。当然，也有的司机和检查人员串通一气在票据上做手脚，“你罚我、我罚你，大家罚国家”。

行路难，难上路。记者与司机聊一路，发现这些80年代的“主子”一下跌到“孙子”辈上，心态不能持平。整日低三下四地给人陪笑脸、听训斥。为了躲避罚款，司机们常常半夜开车，躲过检查高峰，精神高度紧张，造成事故隐患。同样，为了达到堤外损失堤内补，无论公司还是司机，都在有意识地超载，提高定额，形成一种自杀式的经营生产。

他们喊也喊了，叫也叫了。几年来，只听雷声，不见雨点。去年，长治汽运公司向《经济日报》记者提供了一些乱设卡罚款的情况。一经见报，长治的车走到哪罚到哪儿。太原汽运公司经理王贵彬就无可奈何地对记者说：现在舆论不如权大。告状没用，只好用商人的办法——花钱买路了。记者在济南与司机分手时，人家还千叮咛万嘱咐：可不敢把名子见报呀。“居家还有个规矩呢，中国就没有方圆？”这是一个司机在路上向记者发出的质问。

中国难道真的就没有了方圆？改革中出现的弊病真的就无良药可医？记者在百思不得其解中，不由得也发出一声问：中国有没有方圆？！

第三届中国产经好新闻通讯类一等奖

作者：王晓燕　编辑：宋建浩 | 1988年6月15日　1版

中国也出“洋厂长”

港口专家陶军赴泰国任经理

本报讯 上海港务局集装箱管理处副处长陶军等3人，受聘以中国港口专家身份前往泰国南部港口宋卡·普吉港任经理等职务两年。这是中国港口专家首次受聘出国任经理职务。

位于湄公河下游的宋卡·普吉港是泰国近几年投资建立的新港，由于缺乏富有经验的港口管理专家，泰国方面四出寻找人才，经上海港技术劳务服务公司介绍，泰方决定聘用中国专家。最近，上海港技术劳务服务公司正式与中泰国际航运股份有限公司签订协议，委派上海港陶军等3名管理干部去该港任职，参与宋卡·普吉港的决策管理工作。10月24日，3人专家组之一的奚永华已飞赴泰国。

第三届中国产经好新闻消息类二等奖

作者：章洪　编辑：谭鸿 | 1988年11月26日 1版

把资产责任引入承包

——三谈克服企业承包中短期行为

企业短期化行为是企业承包经营实践中十分棘手的问题。根据吉林省公路运输企业承包经营的情况，承包人在企业资产增值上缺乏约束是这一行为的主要诱因之一。

企业承包以后，企业的自主权及利益激励机制得到硬化，这无疑对企业自主经营具有相当的积极作用。但也不能忽视在另一方面，它又为短期化行为提供了机遇，导致承包者在有限的承包期内，首先考虑的是如何保证完成向国家上缴、保证职工福利的增加和经营者自身的利益。因此，只顾眼前，急功近利，通过拼设备、拼体力攫取目标利润最大值，在投资上打“短、平、快”，在分配上吃老本。尤其是公路运输企业，目前自我积累能力较弱，自有资金匮乏，扩大再生产主要依靠国家贷款。于是，个别承包人背靠国家，承包期满前，即不再考虑车辆的保修和更新改造，而将资金主要倾于归还贷款上，以完成承包规定的还贷指标，其余则分光吃净，使企业资产难于增值，长此下去，势必影响承包质量，断送企业。这一问题很值得我们认真探讨，寻求有效的制约机制。

在整体上，短期行为的制约机制方式较多。但就其生产行为和投资行为的短期化来说，在目前整个经济体制改革尚不尽配套和完善的状况下，将资产责任引入承包中，不失为最佳选择。

实行资产责任经营，就是在承包前对企业的全部资产按照预期产出能力进行报价评估，经营者在本期经营结束后进行再评估，根据新资产价格与原价的增值率决定对经营者的奖罚和取舍。这样，对经营者的奖罚取决于两个尺度：一个是利润尺度；一个是资产增值率尺度。两个尺度同等奖罚，必要时也可考虑在一定指数内相互替代，并将资产增值率做为主要条件。由于提高利润和增加设备对经营者的利益是一致的，从而，迫使经营者注重企业后劲，为企业发展做出努力，设法在任期结束时，让新投标人对该企业给以更高的评价。经过这样反复的社会评估，必将强化经营者长期投资的心理，扼止短期化行为。

但是，资产责任经营仅是企业短期行为制约机制的一种方式，或是一种主要方式，而并不是唯一方式，这一机制引入承包后，要注意与其他制约方式的综合配套，这样，其功效才能得到最大限度地发挥。

第三届中国产经好新闻深度报道类二等奖　　作者：王力 张嘉祥 等　编辑：廖侃 | 1988年9月10日 2版

“伊塔那”出京后一路受宠
新疆人心细收缴“行路钱”

本报讯（记者　王之安）历时48天行程5000多公里的北京至巴黎“伊塔那”老式汽车旅行团，一路受宠，然而在新疆，细心的养路费征稽人员却收缴了“伊塔那”一行9辆车的全部养路费。

休息了82年的意大利老式汽车“伊塔那”重返故地，于3月24日晚从天安门广场出发远征，在我国境内途经河北、河南、陕西、甘肃、青海等省，于4月16日进入在中国境内最后一站新疆。新疆养路费征稽人员检查出“伊塔那”旅行团从北京出发后，一直未交纳养路费，乌拉泊征稽站的工作人员主动找到新疆负责接待“伊塔那”旅行团的西域旅行社。西域旅行社听说此活动需交养路费，主动将支票送到乌拉泊养路费征稽站。这个征稽站按照国家规定，征收了“伊塔那”出京后在中国境内的全部养路费4700多元。

第四届中国产经好新闻消息类一等奖　　作者：王之安　编辑：徐汉坤　|　1989年5月17日　1版

他们不再是盲流

临沂十万农民返乡修筑致富路

本报讯 山东省临沂地区10多万常年在城市找活干的农民，3月份以来陆续返回家乡，投入了修路架桥、建设家乡的热潮。

从1983年开始，这个地区每年都有数万农民走出山沟，涌向城市找活干。但是，自去年以来，随着治理整顿方针的贯彻落实，由于城市压缩基建规模，加之涌向城市找活干的人数与日俱增，出现了外流农民找工难的问题。地区交通部门抓住大批回乡农民亟待找活干的时机，及时向全区各县市交通部门下达了1989年县乡公路和桥涵修建改建的任务，派出技术人员分赴施工工地指导施工。为调动筑路民工的积极性，各县市交通部门在地方政府的支持下，合理解决了民工的出勤补助问题，激发了民工的积极性，到3月底全区有10万回乡农民上阵，掀起了轰轰烈烈的修路架桥热潮。

全区249.1公里二、三、四级县乡、乡村公路和19座桥涵修建任务，大部分已破土动工，或即将开工。外流农民最多的郯城、莒县两县最近有近万回乡农民奋战在修路现场。截至3月底，已修建乡村公路14.9公里，中桥一座；莒县5公里县乡公路已完工。

第四届中国产经好新闻消息类二等奖　作者：赵培军 纪西民 编辑：逄诗铭 | 1989年4月8日 1版

值得分析的48%

——听王副部长话“空载”

夏末秋初，又一个结实收获的季节临近了。王展意副部长来到山西检查工作。得知这位从事公路交通工作几十年、注重调查的副部长有一番对汽车运输空载问题的独到见解，于是记者采访了他。

记者：王副部长，您在全国交通系统政策研究和法制工作会议上谈了您对汽车运输空载问题的看法。近一年多来，舆论界对汽车运输空载问题谈得较多，认为空驶率48%太高了，您能不能详细谈谈您的看法。

王副部长：提高实载是提高运输效益的有效措施，这一点不可否认。但是运输过程中的实载率是不可能无止境提高的，不可能达到100%，59亿元的空驶费用不可能全部省下来，所以不能全部称之为浪费。比如说，北京市每年从大兴、通县、昌平等地运进几亿公斤西瓜，秋天为市民拉运大白菜，全是单程放空车，你不能要求他必须拉上东西到瓜田菜地里去吧。进藏的运输车全是实载，回来基本全是空的。还有你们山西，煤产量很高，每年上亿吨需要运到各地，汽车从煤矿到火车站是满载，回煤矿就是空的，因此说一定的空驶是不可避免的，这是货物的流量流向所决定的。铁路、水运也有这种情况。我做过调查，从大同往秦皇岛运煤的列车返回时几乎全是空车皮。上海到秦皇岛拉煤的船也全是空驶，强求回程实载，算经济总账反而不合算，而且多方因素决定也不可能做到。这样的空驶能说是浪费吗？

记者：前一段有人得到结论，既然公路货运有48%以上的空载，就说明了“公路吃不饱”，公路运输还发展什么？但是事实做了个反证：今年初因燃料紧张，营运车辆停驶了一些，车找货变成了货找车，但实载率并没有大幅度提高。从目前总的情况看，民用汽车的保有量仍在增加。

王副部长：所以说，空驶不能完全归罪于车多货少。我国的运输市场放开搞活前，交通运输基本独家经营，实行“三统”，交通运输极端紧张，那时汽车运输的实载率也只能达到60%多，而且到处是货等车，因为货物的流量、流向、时间不一样。

汽车运输实载究竟占多大比重才科学合理应该研究。我并不是说社会车辆发展得越多越好。但经济发展了，一些机关、企业为了方便，拥有一定数量的自备车辆是难免的，这部分车辆空驶率一般都比较高。运输企业的服务工作搞好了，运管工作加强了，可以抑制自备车辆的增长，促进实载率的提高，我积极主张加强运输部门的“国家队”，但是必须站在有利于交通全行业发展的立场上。

记者：那么，当前有没有扬长避短，提高汽车运输效益，发挥公路运输优势切实可行的办法呢?

王副部长：交通条件不好，造成汽车运输的巨大浪费。以公路运输为例，发达国家百吨公里耗油量是 3.5 ~ 4 公升，我国平均在 6.5 ~ 7 公升。发达国家汽车平均时速达 60 公里以上，我国干线公路平均是 37 公里。这种低效率是两方面原因造成的：一是路不好，等级低；二是车辆结构不经济不合理。另外也有管理水平的问题。我们算了一下，如果把全国干线公路的平均时速提高到 45 公里，把 8 吨以上货运汽车的比例增加 20%，一年全国即可节省汽车运输费用 100 到 120 亿元。去年全国用于汽车方面的开支是 600 多亿元，节约 120 亿元就是 20%。目前我们强调要加强交通基础设施建设，更新车辆，调整车辆结构，加强运输管理就是基于这样一种宏观发展战略考虑的。

记者：谢谢您接受我的采访。

王副部长：这只是我的个人看法，欢迎各界发表不同意见。

第四届中国产经好新闻通讯类二等奖 作者：田建江 编辑：宋建浩 | 1989 年 9 月 20 日 1 版

适度分配——长出一口“气”

——衡阳汽运公司走活资金一盘棋报道之一

编者按 在湖南省所有专业汽运企业中，就经济效益而论，衡阳汽车运输公司多年位居前茅，且其利润额一年高过一年。这里，我们将分4期介绍衡阳汽车运输公司经营管理做法的一个侧面，或许能为各汽运企业乃至各交通运输企业的管理人员提供一点参考。

高收入是承包经营的伴生物，这似乎已成定论。然而，湖南衡阳汽车运输公司(简称衡阳汽运公司)，在实行承包经营的两年多时间里，发到职工(含合同工、临时工)手里的钱，没有超过公司营收总额的20%。目前，该公司职工的个人年收入水平是:客车司机近4000元，货车司机3000多元，修理工2000多元，站务及后勤人员约2000余元。

这个职工收入水平，在湖南大中型汽运企业中，只能算中等。据了解，湖南省有的大中型专业汽运企业，实行承包经营后，驾驶员个人年收入已是5位数。

拥有近800台客货汽车、近4000多名职工的衡阳汽运公司并非拿不出钱来发。这家公司是1987年开始承包经营的，当年创利294万元，去年创利322万元，今年1至8月，已经创利229万元。就创利水平而言，在湖南省，目前尚无一家专业汽运企业能超过他们。

另外，衡阳汽运公司的流动资金占有量，更是出奇的宽裕。去年，他们就提前还清了承包前借的、今年和明年才到期的银行贷款，还借出去近200万元。同时，这家公司的5大基金(奖励基金、福利基金、修理基金、固定资产折旧基金、生产发展基金)还节余170万元。

经济实力雄厚的衡阳汽运公司之所以没有将过多的钱用于职工消费，是出于他们经营战略的考虑。

承包经理雷双悬承包衡阳汽运公司时，“高分配、捞实惠”的潮水正在全国涌涨。有的企业承包经理奉行“一年发(职工奖金)、两年捞(个人实惠)、三年交(企业摊子)”的经营战略，不顾企业的社会主义性质和长远利益。雷双悬反对这样做，他说：这是短期行为。

不可否认，掌握生产性投资与职工分配的比例关系，是企业管理最关键的问题之一。职工收入过低，难以调动生产积极性，但过高，又必然削弱企业实力。两者的后果均不利于发展生产力。

逻辑的结论是：用于职工分配的资金量，必须“适度”。

何以“适度”？衡阳汽运公司的做法是：卡死工资总额在营收额中占的比例，实行“三同步”，即营收、利润、工资总额同步增减。

在这个大原则之下，衡阳汽运公司所实行的内部管理办法与其他承包经营的汽运企业有一个很大的不同之处：至今未搞大面积单车承包。雷双悬解释说：“包死基数、确保上交、超收全留、欠收自补”的办法，不能保证在增产的同时企业增收。这样做，不符合“三同步”原则，企业很难控制职工收入的“度”，很可能造成一大笔本该用于生产性投资的钱竟然堂而皇之地流进了消费领域。

据了解，衡阳汽运公司目前主要有这样几种计酬办法：①对保修工实行工时工资制；②对客车司机和乘务员实行按营收提成；③对货车司机实行联产联收联利计酬；④对54台老旧货车实行单车租赁承包。各工种的难易程度、工作环境以及对企业的贡献等，均有所不同，奠定了管理方法的多元格局。

“适度分配”，从一定程度上对衡阳汽运公司运输成本的涨势起了平抑作用。即使在全公司平价燃油缺口达40%、高价燃油又卖到2400元/吨的情况下，今年1至8月，这家公司的综合运输成本也仅262元/千吨公里，低于湖南省山区公路汽运收费标准。

这样，衡阳汽运公司还亏得了吗！

如果把围棋实战理论引入企业，衡阳汽运公司适度分配这手棋，无疑为走活资金这盘棋长出了一口“气”。

第四届中国产经好新闻深度报道类三等奖　作者：李彦一　编辑：刘金晓 | 1989年11月29日 2版

陶恩德潜心探求互助养老办法

农民养路工老有所养不用愁

本报讯（**记者** 田建江）长期以来一直困扰着全国公路系统上下左右的农民养路工退休养老问题，在山西省晋城市交通局已率先得到了根本解决。

从今年1月1日起，以“阳路工（阳城县养路工）”“高路工”“沁路工”等名义注册的7个专为养路工养老互助基金会存款的账户，在晋城市交通局所在地银行正式开户，不到半年时间已吸储近5万元。6月13日，首倡并领导实施了养路工养老互助办法的晋城市交通局副局长陶恩德在接受记者采访时深有感触地说:“为群众办好实事，就是对事业的贡献。”

目前在我国的百万公里公路线上，默默无闻地活跃着几十万养路工人，他们就像公路保健大夫一样诊治着国家经济“动脉”的病痛创伤。但是由于他们中绝大部分是农民协议工和代表工，自己的生老病死没有可靠的保障，成了全国公路职工最大的后顾之忧。

为了解决农民养路工的老有所养问题，陶恩德从3年前就开始探索切实可行的办法和途径。他走访了劳动、保险等部门，考虑过统筹等办法，均因资金来源缺乏或不合理而功亏一篑。一次偶然机会，其爱人为单位办理职工互助金储蓄的做法给他以启示。经过半年多对厚厚一大本数据的计算和与法律、民政、金融等部门询问商讨，最终成立了这一有领导的民间自发性质的互助组织——晋城市养路工养老互助基金会。

根据《晋城市养路工养老互助基金会章程》规定，凡自愿申请加入养老互助组织并履行义务的农民养路工，视其“路龄”长短，在达到退休条件后，均可像国家正式工人一样每月拿到数额为50 ~ 80元不等的退休金，并可享受一些日常生活福利及丧葬费、抚恤金等；而对见异思迁、半路“跳槽”的会员，则要不同程度受到经济损失。互助基金的来源主要依赖会员缴纳互助金和银行存款利息。会员每人每月缴纳互助金7.5元，其中从个人工资中支出2.5元，其余5元从有组织的计划外工程、种植养殖业等项创收中支付。为了照顾已年迈并在公路战线上工作多年的老养路工和工作在二线的技术业务骨干，互助基金会还以优惠条件接收他们入会。

这一办法的创立和实施，立即受到晋城市交通局辖区内养路工的欢迎和响应，使公路部门的吸引力和凝聚力骤然增强，农民养路工的积极性空前高涨。全市1200 名农民养路工约有 1000 人加入了养老互助基金会。

第五届中国产经好新闻消息类一等奖

作者：田建江 编辑：宋建浩 | 1990 年 6 月 23 日 1 版

那不该失落的

——来自驾驶员食宿站的报告

食宿，人类生存与发展的生理需要；食宿条件的改善，人类社会进步的标志之一。

今天，当人们对长年工作、生活在外的汽车驾驶员提出这样那样的要求时，是否想到社会和企业应该为他们做点什么？

于是，围绕着曾经盛极一时的驾驶员食宿站，记者进行了一系列调查。

食宿站怎么了

食宿站，起于50年代。根据公路运输点多、线长、流动、分散的特点，鉴于当时社会食宿网点不发达，为解决驾驶员和交通系统出差人员的食宿问题，1954年在中国公路运输工会的倡导下，各地纷纷建立驾驶员食宿站。

30多年里，它有过自己的极盛时期：上级重视、社会支持，“家族”人丁兴旺——以贵州省为例，所有县级车站和部分区级车站都设有食宿站。

它有过使交通职工充满行业自豪感的岁月，不仅提供食宿方便，还承担了传递信息、组织政治和安全业务学习的任务，成为运输企业与在外职工的联系纽带。直到今天，许多驾驶员还颇动感情地对记者说：“当时，我们有一种行业自豪感，没有哪个行业能像我们，走到哪里都有自己的家。”

历史属于过去，现状不容乐观。

1990年上半年，当记者在贵州省调查时，该省2/3的食宿站已不存在或有名无实：有的垮了，有的站房设施改作他用。坚持下来的，或有食无宿，或有宿无食；少数功能齐全者，也因站房设施老旧等一系列原因举步维艰……

值得一提的是，贵州省食宿站建设在80年代初以前曾是全国搞得好的地区之一，1984年中国公路运输工会一位负责人来黔，还提议在该省召开一次食宿站工作现场会。

食宿站不再是驾驶员之家，车到站驾驶员为食宿问题四处奔走。其结果：

站车分离、人车分离的现象普遍，“车进站，站管车”难以实行，客车误班误点时有出现。

对驾驶员的经常性的思想和安全教育难以保证，使行业不正之风有可乘之机，不安全因素也因之增加。

少数生活作风不检点的人获得了“自由天地”。某汽运公司的一项调查结果表明，在发现的31例性病带菌女工中，就有13人的配偶是驾驶员，占带菌者的41.9%，远远高于配偶是其他工种人员的比例。就是这个公司，所辖的17个车站原来都有食宿站，而今除一个尚存外，16个已不复存在。

抹不掉的记忆

每一个人都有一段属于自己的黄金岁月。对于食宿站，人们常常提起50年代至80年代初那段已逝的光阴。

那时候，吃得便宜。贵州省的食宿站50年代0.25元一餐，60年代0.38元一餐，70年代0.48元一餐。“价格比外面便宜多了，且住得也干净。”经历过以上岁月的人几乎异口同声。

一些了解当时食宿站工作的老同志道出了其中的奥秘：当时社会车辆少，运输企业处于人求于我的地位，社会各方面对食宿站的物资供应实行优惠政策，即使在1960年至1962年三年困难时期也是如此；运输企业经济效益好，食宿站作为福利型的设施，企业有余力予以补贴；社会食宿网点少，独家经营。

而今，这一切已成昨日黄花。社会车辆猛增，粮食、商业、供销等行业车队如雨后春笋纷纷建立，专业运输企业从“人求于我”转到“我求于人”，社会各方对食宿站的物资供应优惠没有了；运输企业也从过去的盈利大户转为亏损，以贵州省为例，省属11户专业汽运企业1984年前年年盈利，每年上交国家利润逾千万元，1985年至1987年则是年亏损数百万元之巨。1988年企业实行承包经营责任制后，经营状况有所好转，但也还未完全走出低谷，仍在微利和亏损的边缘徘徊。“企业哪有闲钱补漏锅？”在经营环境上，记者一路目力所及，几乎所有食宿站都处于社会办的旅社、饭店的包围中。

巨大的反差伴随着巨大的失落。内外交困，食宿站走上了自生自灭之路。

失落，能否重新找回

“在新的历史条件下，食宿站还应不应该办？”对此，记者采访所及，尚无一人持否定态度。理由：

1. 是自己的家。近几年，有的企业为解决驾驶员和本单位出差人员的在外食宿问题，采取了在常驻地的饭店旅社包房包伙等办法，虽可解决食宿问题，但“是客总有不方便的地方”，传递信息、组织学习等附属功能不能体现。

2. 行业优势不应放弃。食宿站，在加强企业对职工的凝聚力方面曾起过重要作用，今天，运输企业比以往任何时候都更需要职工的向心力和行业自豪感。

如何才能办好？则是见仁见智。在此综述几种意见：

食宿站属“福利型”还是“经营型”？普遍认为应是“福利型”。鉴于运输企业的生产经营现状，可采取“福利型”与“经营型”相结合的办法，对内服务，对外经营，内外有别，以外补内，适当补贴。一可弥补企业拿不出更多资金补贴的现状，二可避免食宿人员少，开办不经济的状况。对于已承包的，应在承包协议中写明具有为内部人员服务的义务和规定相应的优惠标准，按其服务的质量和人数予以经济或行政的奖罚。

应加强对食宿站工作的重视和管理，不能“一包了事”，应明确专人负责，经常检查和督促。将食宿站的建设情况列入对企业领导和车站站长的工作考核内容。

应该为食宿站创造生存与竞争的条件。食宿站的站房设施多建于五六十年代，应有计划地进行改造、更新和添置，增加造血功能，经费来源可否从客票附加费中列项？

克服“重生产经营，轻后勤服务”的倾向，选调一批思想好、觉悟高、作风正的同志到食宿站工作，并从政治和经济待遇等方面予以支持和鼓励。据调查，凡现开办得好的食宿站，大多有赖于其中有一些甘当老黄牛、无私奉献的同志。企业领导要树立“后勤投资同样是生产投资”的观点，改变那种“生产上不能用的人推到后勤”的做法。

应加强对食宿站工作人员的技术培训和对驾驶员的思想政治工作。物资供应方面的优惠条件没有了，应该从传统的“做好菜（大鱼大肉）”向“菜做好（香甜可口）”过渡。对驾驶员，应加强“自己的家自己建”的思想教育，不是等建好了再进去，而有赖于每个家庭成员为其添砖加瓦。

值得欣慰的是，就是当前也有一些办得较好的食宿站。1990年8月2日，记者“突然袭击”到安顺运输公司镇宁食宿站采访。车站领导不在，打开住宿房间，均是窗明几净，被褥床单干净整齐，宿费对外每天2～2.5元，内部1.5元。吃的每人每餐（驾驶员及公司出差职工）1.5元，两菜一汤，每人每餐车站从看车和住宿费中补助0.50元。就是这个车站，每天有8辆驻站客车，两年前因驾驶员食宿问题解决不好，驾驶员当天收班后常将车开回28公里外的安顺住宿，第二天早再从安顺赶回出早班车，既耗油，又常误点。而今，食宿问题解决了，驾驶员与车站的感情联系加强了，在市场竞争加剧的情况下，车站近两年却超额完成了承包指标。当然，他们的设施还很简陋，连一台黑白电视机也没有。“我们有决心把食宿站办好，但也希望上级能为我们提供些加强与社会竞争的条件”，这成为他们希望记者向上反映的话题。

我们不去追寻已经失落的梦，但应该努力找回不该失落的东西。食宿站不应失落。笔者期望这篇文章所提及的问题能够引起社会和有关方面的一点重视，为食宿站的建设提供一些支持和帮助。

第五届中国产经好新闻通讯类二等奖　作者：谢明　编辑：李咏梅　1990年10月27日　3版

从山西罚到山东

——跟车采访录

公路沿线乱收费、乱罚款现象真是经久不衰。据山西省营12个汽车运输公司的统计，今年头4个月营运车辆支付各种收费、罚款163.28万元，相当于全年承包利润的1.6倍。

百闻不如一见。6月21日，记者登上了太原汽车运输公司往山东济南运送焦炭的罗曼带拖挂大卡车，作了一次跟车采访。所见所闻，令人震惊。

“村卡”

上午9点10分，马达轰鸣的两部罗曼大卡车踏上征途。

“一路上红旗招展，到处设卡罚款”。司机安师傅风趣地边说边把有关证件及一叠“大团结”夹到仪表盘旁边的小夹子上，做好了挨罚的准备。

由于前方修路，汽车在快到榆次时往东一拐，绕行土路，11点许，前方有人摆手，车停、交钱、收票、开车，一切都是那么“井井有条”。我们问司机：“为什么你问也不问，他要钱你就给？”司机回答：“问也是白搭，不给钱休想走。”收据上写的是“集资修路费10元”，盖的是沛霖村委会的章。

11点50分，一个带红袖章的农民将车拦住。收“护坝养路费”10元，上有公章“寿阳县南庄镇企业管理站”。

同行的山西运输公司办公室负责人深有感触地说：“如今有权对汽车收费的部门已多达十四五家，交警、工商、税务、保险、卫生……有‘官卡’、也有‘村卡’，罚款的项目多达数10种，有不少是巧立名目的。这不，就连村委会盖个章也能拦车收费。”

“过桥卡”

因车出了点故障，我们在阳泉过了一夜。次日凌晨4点又接着赶路。司机说：“早点走，有些关卡上不了班，可以躲过去。”

6时许，天朦朦亮，车来到了娘子关。第一辆车刚顺利过关，从路边小屋里走出一人，手一摆，第二辆车赶快停住。“超载罚款10元”。一个满嘴酒气的人递上了罚款单，上盖平定县交警队的章。

6点50分我们一行来到了井陉桥，又是停车交费，每车8元。司机说："井陉原来只有一座桥，从前不收费时畅通无阻，现在可好，修成了双桥反倒因停车交费经常堵车。"

过了井陉桥，可谓是一路顺风，汽车安全通过井陉、获鹿、石家庄等四五个"罚款点"。司机长吁了一口气说："多亏我们走得早，要不然没有七八十元过不了这段路。"

"超载卡"

8点45分，到达河北栾城县境，又被交警罚了20元，理由还是"超载"。

我们问司机，交警怎么知道超载？司机说："我这车确实超了点。不过你不超，人家也要找茬罚款。查不出吨位查证件，查不出证件查灯光，查不出灯光查护网。只要让他们拦住，不破费几个钱休想走。"

正说着，车又被一交警拦住，开口又是20元。这回司机拿着罚款单央求道："超载已罚3次了。算了吧！""那就改罚护网吧！"说着，20元的罚款单已经撕下，上写"护网不合格"。再说也没用，交钱走人。

司机说："车上的护网是找我省公安部门统一标准安装的，而且刚审验合格，可人家硬是不理你那一套，有什么办法？"省运办负责人也接着说："本来罚款的目的是为了制止违章，可现在他们的目的就是要钱，给了钱，违章车也能走，不交钱，没毛病的车也能找出病来。所以司机们宁愿超载多拉快跑，用挣下的超载收入来支付多如牛毛的罚款。"

"联营卡"

到下午2点，我们才吃早饭，饭后小憩，继续上路。

下午4点40分，告别河北临西县，通过运河桥，进入山东省临清市，沿走几里路，一交警将车拦住，超载罚款20元。

按时间推算，晚上8点可以到达黄河大桥，但驶出临清市不久，在一个前不着村、后不着店的水泽旁，司机把车停了下来。"怎么不走了？"司机说："按时间推算！路经齐河时交警下不了班，这个地方是每次必罚，再说好话也不行。"

"另外，太早了过黄河大桥也麻烦，那里的交警更厉害，他们和路旁的一家旅店搞联营，随便找个理由把车一扣，让你住下来解决问题，每天10元停车费，一扣就是一个星期。当然，只要你付足一个星期的停车费，不住下也行。"

大约等了一个小时，车又重新上路了，到底是天黑关卡少，一路畅通。9点整，来到黄河大桥。司机一看"关卡"没人，顿时变得轻松起来，指着路旁的一排房子让记者看了那令人生畏的停车场，油门一加，汽车轰鸣着冲上了引桥。又交了7元钱的过桥费，汽车驶过黄河，向着济南钢厂奔去。9点30分到了济钢，过磅、卸车、完毕，时针已指向午夜12点。

回来的路上，大家一算计，发现这趟车，连收带罚13次，共计145元。后来一想，如果不是起早贪黑，真还不知要多罚多少呢？

厅局长除夕雪地护班车

2 月 14 日晨，呼和浩特汽车站候车大厅里秩序井然，东南西北四路的班车依次按时全部发出，只有去凉城的 32 位旅客在等待着。他们中有从新疆边境归来的武警战士，有赴钢城包头、煤海乌达回家探亲的工人。

昨夜，鹅毛般的雪片纷纷扬扬地下个不停，呼市地区积雪没了脚腕子。去凉城的班车要经过海拔 2000 多米的蛮汉山盘山路，山高坡陡，弯急沟深。前几天下的雪还未消融，路面变成“镜面”。雪还在下着，旅客也在焦急地等待着。班车不发吧，这些归心似箭的旅客急着要和家人团聚；发吧，行车安危难测。

怎么办？正在旅客焦急之时，经厅、局、公司、车站领导反复商量后的应急措施产生了：班车一定要发，由自治区交通厅副厅长孟根达赉、王长聚带队，市交通局副局长成日晶，公司杨经理乘坐越野车探险开路护送班车，客运分公司组成 8 人护送组，携带除雪工具，并挑选两名经验丰富的老司机轮流驾驶。另外电告凉城县政府和交通局，派人派车沿途接应。

10 时 30 分，班车就要发出了，郑长淮厅长登上车，双手紧握司机程贵宝的手，一再嘱咐：“32 位旅客的生命就包给您二位了，千万要注意！”

10 时 40 分，凉城县县长武建中和交通局局长施拴元分别接到电话后，立即率县公路段、运输公司的领导和职工，乘“丹东”牌黄海大客车向呼市方向进发。

下午 1 时 30 分，接应的车在距凉城县 15 公里处与孟、王副厅长护送的班车会合。两时多，117 号班车终于顺利到达目的地。凉城县领导和交通系统的职工们一起拥向车旁，向安全到达的司机、旅客和厅局领导表示慰问。而那些归心似箭的旅客们，此时此刻却握着护送他们来的领导和司机的手，含着激动的热泪久久不愿离去。

第二届全国现场短新闻三等奖、第六届中国产经好新闻现场短新闻类一等奖　作者：程孝　编辑：谭鸿　赵爱国 | 1991 年 3 月 12 日　1 版

繁忙的沈大高速公路

——写在沈大路通车一周年之际

一年前，沈大路呱呱“坠地”时，人们以激动、惊喜甚至疑惑的目光，迎接这条中国最长的高速公路。

如今，又是一个秋风送爽的季节。这条被誉为“黄金通道”的高速公路，发育、运转得怎样呢？中秋前夕，我们匆匆北上，去探访这个刚满周岁的“婴儿”。

高速效应和隐性冲击

9月21日上午9时，我们来到沈大路后盐收费站。呼啸的车影穿梭往来，短短5分钟，记者就看到87辆汽车过卡。据统计，一年间沈大路平均日通车量10000车次，最高时达13000车次。沈大公路所引发的高速效应，更是让人始料不及。

新上任的辽宁省计委主任赵新良异常兴奋地告诉记者，由于沈大路把辽东半岛的城市、港口和机场间的时空距离大幅度缩短，城乡连网成片，一个以沈大路为轴心的新经济发展带正在崛起。记者看到，大连、营口、沈阳3个高新技术开发区已初具规模；近20个农村专业集市正着手兴建，它们像一颗颗珍珠镶嵌在公路沿线。

受益最快的要算长途客运了。沈阳到大连的行车时间从过去的11个小时缩短为4个小时。过去，每天只有十几台车次在旧线运行，沿线家家客运公司亏损。如今，沈大路上的客车每月700台车次还应接不暇，客运公司也家家盈利。汽车客运优势的发挥，有力地缓解了不堪重负的火车运输。现在，沈大线91、92次列车已经停驶，只留下“辽东半岛号”继续运行。

营口港有三分之二的货物靠公路运输，沈大路使汽车直接进港接送货物，周转环节大大减少。一年间，港口吞吐量猛增了70％。受益的大中型企业岂止是营口港。鞍钢和辽阳化纤厂，过去常因交通不畅而面临停产、减产的威胁。沈大路给他们吃了定心丸。一年来，两个大企业的生产平稳发展。

海城、营口、岫岩3县，镁石蕴藏量居世界第一。过去没有路，只能捧着金盆受穷。沈大路开通后，镁石仅两个小时即可运达营口港。现在，3县村民的腰包都鼓起来了。

著名的海城西柳镇大集，因沈大路而成为全国第一大服装贸易集市。记者随着拥挤的人流，穿行在林立的摊位间。这里每天有37条客运线路通达，有3万人上市，去年成交额达 6.6 亿元，竟超过了北京王府井大街。

沈大路给辽宁带来更深层的影响是对全省经济发展战略和布局的隐性冲击。

辽宁省政府首先意识到这种冲击。去年 10 月，他们仅用 10 天便制订出以沈大公路为纽带，实现辽宁经济腾飞的战略规划，并设置专门机构组织实施。在大连市政府，我们看到了类似的规划文本，这个文本是魏富海市长亲自主持制订的。沈大路沿途各县也闻风而动，一本本规划，一个个小开发区、小特区应运而生。

挡不住的诱惑

沈大路最南端入口处，矗立着一把巨大的金色钥匙，这是一座给人遐想和启示的雕塑。不错，沈大路确是一把打开辽宁省对外开放大门的金钥匙。

最近，一位日本专家经过精确测算，认定辽宁是中国大陆综合投资环境最好的省份。其中，沈大路是一颗至关重要的砝码。

联合国经济开发署不久前庄重宣布，由日本、南朝鲜、苏联、中国辽东半岛组成的东北亚新经济金三角将在地球上出现。而中国一翼，沈大路则是强有力的支撑。联合国经济开发署为此率先在面对大海、背依沈大路的营口市，与中国合资开办了“渤海工业园区”。

在大连，沈大路穿过的 6 个县，仅今年上半年就新增 29 家合资企业，出口交货值达 2.6 亿元。在营口，沈大路接通后，二十几家外商企业，如雨后春笋，破土而出，另外还有 20 家正在洽谈中。在沈阳，出口加工区空前活跃，投资额已达 2 亿元。高档西装可挂装运往国外，这是过去不敢想象的事。

其实，辽宁敞开大门后，首先蜂拥而入的是周围各省的车队。辽宁市场成了省际物资交流的贸易中心。

在海湾服务区的停车坪上，我们看到在这里小憩的汽车，分别挂着内蒙古、黑龙江、吉林、河北、山西等省区的牌子，最多的是山东省的汽车。沈大路开通后，大连至烟台的汽车滚装轮航线成了热线。头天晚上从沈阳驱车出发，第二天可赶到烟台吃早餐。而在沈阳普通人家的晚宴桌上，能吃到当天早晨从蓬莱摘下的新鲜草莓。人们说，沈大路又多了一段“蓝色公路”。据统计，今年上半年乘滚装船的汽车达 9147 辆，比去年全年还多 10%。尽管大连轮船公司增加了一条滚装船，汽车司机们还是急得嗷嗷叫。

新的挑战

高速——这个现代化社会的重要标志，它淘汰的不仅是慢节奏、低效率，同时还有死抱这种观念和旧习的人。

今年4月，长春第一汽车制造厂向世人宣告，中国高速载重汽车研制成功。沈大路上，抛锚、起火的多是国产车。一汽专家感到了咄咄逼人的挑战，于是，一场汽车革命在我国悄悄拉开了序幕。

以铁路疏港为主的大连港坐不住了。他们认识到，漠视沈大路是个极大的战略错误。为此，拟就了一部万言书。这是一个针对沈大路调整建港布局的长远规划，他们的目光已伸向2010年。

沈大路所带来的强烈冲击和变革，既给人们兴奋、苦恼，更给人们以奋发的希望。

第六届中国产经好新闻通讯类一等奖　作者：郭欣 陈旭 张爱玲　编辑：赵爱国　1991年10月1日 1版

安徽有条“救命路”

——312国道在抗洪中大显威力

在安徽省洪涝灾区，人们把312国道合宁高速公路看成是“救命路”。

六七月间的两次洪水暴涨，将城市、乡村化作汪洋中的孤岛。当人民生命财产面临严重威胁的时候，一条刚刚出世的高速公路给人们送来了生存的希望，驱走死亡的威胁，在安徽抗洪救灾中发挥了“决定性的作用”。

这条高速公路由合肥至全椒，全长100公里，路基路面标高设计高出百年不遇的特大洪水水位高度50厘米以上，跨河桥也是以能抗击百年不遇的洪水为标准而建设的。

合肥遭受40多小时暴雨袭击后，通往省内外的6条公路干线中断，铁路干线中断，连唯一的空港——骆岗机场也与外界隔绝，被迫停航。312国道把合肥等地市县从洪水的威胁中拯救出来，成为一条冲不毁、淹不掉、连接省内外的唯一通道，是名副其实的生命线。省长们感慨地说，这样的公路今后还要多修。公路边的灾民们也激动地说：没有这条路，我们要死好多人。

肆虐的洪水为高速公路巨大价值做了无形的广告。狂暴的滁河水藐视一切，却也只能从高高的公路桥下驯服而过，桥身岿然不动；公路两旁暴涨的洪水，在路基下俯首称臣。7月上旬全椒县被淹，高速公路收费处变成了防汛指挥部，国务院抗灾工作组在此听取汛情通报。国务院总理李鹏从这条公路走到了灾区腹地。许多灾民拥上路肩躲避洪水，临难不惊，秩序良好，是高速公路让他们吃了定心丸。抗洪抢险以来，合宁高速公路共转运旅客21.1万人次，运送救灾物资19.4万吨，日车流量比平时提高了178%。

老合宁公路数十公里路段被洪水吞没，许多司机走投无路。有的人转悠了整整7天,又饥又渴,人困车乏,当把车开上了这条高速公路后,心甘情愿地对收费人员说,收吧，加倍收费我都干。

高速公路上有一批高水平的管理人员，在洪涝灾害中忘我救灾。如今，每天从高速公路上通过的救灾车辆超过300辆。公路管理人员尽快疏导，优先放行，免收过路费。每天损失达上万元的收入且不说，站在暑天烈日下维持秩序也非易事。一批新分配来的女学生个个成了“黑牡丹”。她们说，一出校门就接受百年不遇的磨炼，值得。

公路管理处的同志们为附近柴油机厂被水围困的工人们，蒸了数百个大馒头，烧了可口的菜送去。自己却接连数日只用冬瓜汤佐餐。一位80多岁的老太太家园被洪水吞没后，被公路部门的同志们接到单位住了一星期。当第二次洪灾来临时，她带着儿孙在高速公路旁维持秩序，叮嘱灾民避难时莫阻断了交通。

第六届中国产经好新闻通讯类三等奖

作者：倪玮 刘文杰 编辑：王建良 | 1991年7月25日 1版

公路，不仅是公益性服务设施，而且本身也能产出巨大的经济效益，但是，多少年来，公路的潜力远远没有发挥出来，其中路树的效益就是值得重视的课题——

公路经济林带亟待开发

我国劳动人民自古以来就有绿化公路的优良传统，这对于保护公路路基的稳定、美化公路、净化环境和保持生态平衡都起到积极的作用。但是，多少年来，公路两侧的树木大都是杨树、柳树等经济效益不高的树种，这些树种虽然也起到公路绿化的作用，但却几乎没有经济效益。对于我国这样一个人均土地极少的国度来说，无疑是对国土使用的极大浪费。笔者认为：应探索一个既能美化公路，保护生态，又可从中取得经济效益的公路绿化新模式，逐步开发公路经济林带，充分利用国土资源，使公路绿化更有效地造福人类。

一、我国公路路树的门类，是非经济型的、社会化的公路附属物，它从开创伊始就单纯依附于公路而存在。所以，它只能满足公路使用者的一般性需求，不能成为一项独立的经济产业。

早在春秋时代，我国劳动人民就有植树以供乘凉的记载。《国语·周语（中）》记载了道路旁植树的情景："周制有之曰：'列树以表道'"。秦始皇大修驿道更明确了"三丈而树"。到了近代，公路绿化也作为公路的附属物而作了规定，最早的是1920年（民国九年）10月，北京政府内务部颁发的《修治道路条例实施细则》中即规定"道路两旁应栽种树株，与路平行。"1936年（民国二十五年）4月，国民政府正式颁布《全国公路植树监督规则》，确定"公路植树经费应列入该路预算"，明确了公路植树的附属地位。建国以后，交通部于1952年9月颁发了《公路行道树栽植办法》，指出："各公路管理机构，应拟具预算，列入养路年度计划。"这是建国后我国最早确定的公路植树只能列入养路年度计划的政策。文中还要求各地公路管理机构"于每年春秋两季发动、组织沿线群众分段负责栽植养护"，明确了公路植树是一种社会公益事业，不带有任何商品经济色彩。

此后，林业部、交通部曾于1965年2月联合发出《关于加强公路绿化的联合通知》，提出了公路两侧植树的树权与收益分配问题，确定"由国家出苗、养路工人栽植、或动员民工建勤以及动员机关、学校、部队栽植的，树权归国家所有，可由公路部门经营管理，也可包给沿线社队经营管理，收益按比例分成。由社队出工、出苗载植和抚育管理的，树权归集体所有。”这个通知虽然明确了公路植树所产生的经济效益可以按比例分成，但全国绝大部分地方均按照社会公益事业这个固定模式来栽种路树，并没有把经济效益看做是公路绿化的重要特点之一。因此，目前我国公路绿化的树种大多是无经济价值的速生林，如杨树、柳树等。近几年从加拿大引进的加拿大杨树，生长速度快，成活率高，对土壤及外界环境选择性较小，所以，深受国内公路部门的欢迎。况且我国还有部分公路没有绿化，公路两侧可用以植树的地任其荒芜，则更是对国土资源的巨大浪费。

二、开发公路经济林带是符合我国国情的，它不仅可以成为一项有广阔前景的经济开发产业，同时还要为今后公路建设和绿化提供新的管理模式。它的主要优势在于：

1. 开发公路经济林带，是公路管理模式的重大改革，也是个体、集体、全民办林业的具体体现。它不仅是经济利益上的需求，也是人们商品价值意识与观念的更新，这种更新必然促进我国公路建设事业的发展，同时也推动林业事业的社会化进程。

2. 开发公路经济林带，可以为公路建设筹集更新多的资金，缓解目前我国公路建设资金的不足，改善养路工目前较为艰苦的生活与工作条件。

3. 开发公路经济林带，可以为公路养护部门开拓更广阔的就业门路，提供更多的就业机会，将富余人员充实到建设公路经济林带的事业上去，为国家减轻人员就业的负担。

4. 开发公路经济林带，可以促进林业的发展，使那些闲置的公路用地尽快实现绿化，增加我国的绿地面积。单一树种地区尽快改良品种，可以更好地保持生态平衡，更有效地保护人类环境。

5. 开发公路经济林带，是一项投入少、见效快的经济开发产业。由于公路用地一般土质较好，而且开发公路用地则只需少量人员，投入有限资金，技术容易普及，是一项立见成效的事业。

甘肃省河西走廊的“千里左公柳”，标志着植树护路的伟大成就；福建省对闽南由同安至集美公路进行绿化以及青海省各县在公路上广植杨柳树，成效显著；浙江杭州至富阳和淳安至遂安等公路上广种杨、柳、松、枫、槐、桐等树，以槐、桐树的经济价值为最高；北京至沈阳公路两侧 15 年前栽植的小青杨树如今已长成檩材，这种杨树具有木质坚硬、抗腐性好等特点，现在每棵价值可达30元；阜新市即有38万棵树，经济价值近千万元，被称为“绿色储蓄所”；吉林省四平至浑江公路旁近几年遍栽扫帚梅花，成为百里花廊，每年仅花籽的收入即达5万余元。这些都是开发公路经济林带有益的尝试，可以引为我们极好的借鉴。

三、开发公路经济林带，只要加强领导，统一规划，注重管理，提高种植技术，搞好利益分配，这将是一项利在国家、功在当前、惠及子孙的事业。

我国目前有102万公里公路，除去高寒山区、沙漠、盐碱等不能植树的特殊地带，尚有三分之二的公路可以建设经济林带，保守估计，有60万公里可以植树，按每公里植2000棵树计算，可种植12亿棵树。按最低经济价值的速生杨树计算，每年也可创2元钱的经济效益，那么，全国每年即可收入24亿元。如果种植经济价值较高的松树、椴树、槐树、桐树等针叶林及硬阔叶林，或者种植各种经济价值较高的果树、各种花木，则经济效益更加可观。如果按目前国、省、县道公路用地的规定，两侧至少共有10米宽的土地可用来植树，那么，每公里公路可资利用的土地还有10公顷，按全国可植树的60万公里公路计算，即有600万公顷的土地亟待开发，其经济效益更加显而易见。

东北地区有大面积深厚的肥沃黑土，矿物性肥料含量丰富，土壤疏松，适于寒温带树种的发育成活，公路两侧可种植寒温带针叶林或针阔混交林，如松树、柳树、椴树等都是经济效益较好的品种；也可种植苹果、海棠、葡萄等果木。黄河中下游地区可广种果树，如苹果、葡萄、梨、柿，还有木本油料、木本粮食如核桃、板栗等均可在公路两旁种植。长江中下游地区热量充足，而且空气湿润，特别适合林木生产，是我国重要的亚热带林木产区，以杉树、檫木以及毛竹等用材林为主，茶叶、油桐、柑桔等经济林也很适合在公路两旁耕种。南部沿海区是丰富的热带林木种植区，在公路两侧有更广阔的开发前景，菠萝、椰树、香蕉、芒果以及荔枝、柚、柑桔等均可在公路两旁种植。其他地区也可根据本地土壤、气候条件种植林木。

开发公路经济林带是一项政策性强，具有一定科学技术及一整套严格的管护系统的跨行业产业，它的开发与发展涉及到许多方面，必须得到有关部门的支持，把这项事业看成是国土开发、合理利用土地、发展公路、林业事业的重要组成部分，是一项利国利民的重要措施，也是我国公路事业今后扩大再生产的一条较好的途径。

第六届中国产经好新闻通讯类三等奖　　作者：杨廷华　编辑：郑炜航 | 1991年12月28日 2版

华清池畔乘车记

3月14日，陕西临潼。肤色不同的国内外游人熙熙攘攘。雕梁画栋的“华清池”门前，一辆辆破旧面包车，像往日一样，成“一”字型排开，一个个时髦女郎高声招揽：“西安！西安！走高速公路！”

16时17分，几位身高体胖的外宾来乘车。操着变调的汉语：“西安？！高速路？！”女郎极力点头。外宾上了车。稍许，“NO、NOT！（不、不！），”外宾表示着不满。车厢凌乱、车况老旧，设计座位15个，车主却自行加座到20多个。不足10平方米的车厢，挤得满满当当。座位前后距离30厘米，人入座后便前不能伸，后不能靠。国人司空见惯，外国人就无法接受。他们一个个下了车，摇头耸肩离车而去。

16时50分，记者登上“01—50690”面包车。司机姓薛、车主姓朱，雇佣关系。17时10分，该车满载，“吱吱嘎嘎”上了路。乘客蜷腿躬身在座位上，却赞叹着窗外平坦、宽阔、全封闭的西临高速公路。“为何不更新你的车？”我问车主。“不瞒你说，十万八万换个新的，我一分不借也买得起！”他财大气粗。“那……”车主看我不解叹道：“我不能折本挣名声！”车主卖完票，我们接着侃。他给我算了一笔账：“新车营运成本高，而票价新旧车一样，不能优质优价；这条道车多，西安、临潼两头始发车还得排队，每天至多跑六个单趟；烧的是议价油，加上票税、养路费、通行费，再除去吃喝，每趟只挣10元钱。”他指着几个“加座”说：“只能靠超员多挣几个。”我问：“像你这样的车临潼县城有多少？”他答：“70辆。”“都想换新车？”他说：“咋不想！”“钱呢？”他乐了，自豪地说：“在临潼我算不上富，何况他们。”身后，一位在省经委工作的张同志插话：“高速公路的诞生，必然刺激汽车工业发展。看来这一理论不只是个因果关系，还需有关部门从宏观、微观环境上进行政策研究。”我说：“言之有理。”

第六届中国产经好新闻现场短新闻类三等奖　作者：董恒　编辑：赵爱国 谭鸿 | 1991年3月28日 1版

重视交通安全基础教育

《中国交通报》3月28日3版“红绿灯”专栏登载《发达国家的交通安全教育》一文，例举了美国、西德、法国、英国和日本等发达国家的交通安全教育，令人耳目一新。这些国家制定了从幼儿、小学到中学的一整套交通安全教育体系，这种重视交通安全启蒙教育的作法，很值得我们借鉴。

交通安全历来就是个社会问题，它除了受道路、车辆等客观条件的制约外，很大程度上还取决于人的素质。从我国大量的交通事故原因调查来看，一方面是驾驶人员违反交通法规导致事故，另一方面是行人及骑自行车人不懂交通安全法规造成事故。比如公路用地被随意占用，公路上摆摊设点、乱放堆物，交通标志被人随便移动位置，或被人强行拆除等。这除了管理上的原因外，主要是人的交通法规观念差的结果。近年来，尽管我们国家越来越重视对机动车司机普及交通法规的教育，但对全民交通安全的教育尚不够普及，尤其是在农村，人们的交通法规意识差，直接影响交通安全，制约着现代交通的发展。所以说，加强全社会的交通安全教育势在必行。

然而，交通安全教育是一项经常性的工作，要普及这方面的教育，不能凭一时冲动，搞一阵子就完事。根据发达国家的经验，应该重视这方面的启蒙教育，并将其纳入中小学系统的教学计划。可以由国家道路交通管理部门制作交通安全教育的教材，内容可以集知识性和趣味性于一体，向中小学系统地介绍诸如交通标志、交通信号、道路法规、行车规章等方面的知识。目前，中小学教育中都设有思想品德课和法制课，我们为什么不可以将交通安全教育内容也纳入这两门教科书里呢？笔者以为，交通安全教育只要从基础抓起，从启蒙教育抓起，对提高全民的现代交通意识，加强全社会的交通安全将有重大意义。

第六届中国产经好新闻评论类三等奖　作者：刘洪韬　编辑：刘洪韬　1991年6月6日 3版

字里行间看变化

——读《海南省道路运输管理暂行规定》

9月22日，海南省省长刘剑锋签署省政府令，发布施行《海南省道路运输管理暂行规定》。11月19日，本报从新闻角度向社会报道了其中部分内容。出乎记者意料的是，这个加强行业管理的地方行政法规，不仅在海南省引起了强烈反响，而且受到全国各地交通部门的热情关注，有人说这是“又一次海南冲击波”。

为什么一个地方性的红头文件会在全国产生这样大的热效应呢？

一句话，就是它在进行市场经济的有关法规建设和理顺管理关系方面，在转变政府职能这个热点问题上，迈出了可喜的一步，为其他地方提供了新鲜经验。

当前，全国正在落实《全民所有制工业企业转换经营机制条例》，而转变政府职能又是落实的关键。转变政府职能首先面临的一个重要问题是，围绕建立社会主义市场经济体制清理旧法规，建立新法规。在这一破一立中，首当其冲的是理顺管理关系。长期形成的计划经济体制造成的一个行业多头管理、重复管理，既带来了机构臃肿、人浮于事、互相扯皮、效率低下等弊端，也防碍了各类市场包括运输市场的发育和完善，制约了经济的发展。对交通行业的机动车驾驶员培训、汽车摩托车维修、出租车和旅游车、营业性客货运输站点和停车场地等存在的多头管理问题，就是这方面突出的例子。工作实践表明，理顺管理关系绝非一件容易办的事情，要同原有的计划经济管理体制直接碰撞，牵扯到方方面面的权利调整，没有观念的更新和改革的魄力是不行的。因此，一遇到这个问题往往出现“看看再说”“等等再办”的拖延应付现象。而海南省政府不是这样，他们根据国家《公路运输管理条例》及其他有关法律、法规，结合本省实际，率先在全国以法规的形式，把过去交通行业中发生的多头管理基本理顺，归到交通部门一家管理。这种敢为天下先的精神，是值得提倡的。

字里行间看变化。从海南省政府这份红头文件中，我们不但能感觉到扑面而来的改革气息，落地有声的开拓步伐，而且还能看到他们对交通的认识进入了一个新层次。交通滞后是制约我国经济腾飞的一个重要因素，大办交通已经成为举国上下的共识。但是，一些同志往往只看到或重视基础设施的滞后问题，没有看到或忽视了管理滞后问题。对交通行业的多头管理就是造成交通管理混乱、滞后的一个重要原因。交通管理滞后直接影响交通运输业的发展。海南省政府清楚地认识到了这一点。可以预见，理顺管理关系后，能够消除许多弊端，如机动车驾驶员培训和发证合一难免产生的不正之风，旅游车、出租车多头管理带来的运输市场混乱等；能够加强行业管理，加快运输市场的培育；能够推动交通事业的发展，加快改变交通基础设施滞后的状况。

清理旧文件、出台新文件是一件大事。认真研究一下海南省政府的作法，对于我们尽快完善运输市场和其他方面的法规，也许会有不小的帮助。

第七届中国产经好新闻述评类二等奖　作者：赵爱国　编辑：王连印　1992年12月26日 1版

长江三峡旅游热持续升温，现在每天从重庆市乘船而下的游客达5000余人，自费游客增多，老年游客比例增大，海外侨胞和外国游客接踵而至。有关人士认为，三峡旅游热在三峡大坝建起前后将会长盛不衰——

旅游航运看好三峡开发

本报讯（记者 陈小佩）长江三峡旅游热从3月中旬起持续升温，现已达到历史高峰。

据统计，仅今年4月从重庆出发的中外游客已逾10万余人。目前每天有9至10班船从重庆发往经长江三峡的各条航线，日均运送旅客5000多人。重庆港、航和旅游部门均处于满负荷运行状态。

这些纷纷奔向三峡的旅客中，有高层干部、专家、学者、普通职员、个体户等，多数是专程或绕道前往，其中自费旅游者增多，老年旅客比例增大，游客中甚至出现了8旬老人。港、澳、台游客，东南亚和美、日、法、德旅客数量大增，据市旅游局统计，今年1至4月港澳台及外国旅客达25200多人，比去年同期增长55.34%。

全国人大通过兴建三峡大坝的议案，是这次三峡旅游热的一大刺激因素。一些海外旅游团打出了“告别三峡”的条幅，国内也出现了“让我再看你一眼——三峡”的提法，一时间人们产生了一种错觉，似乎大坝将在瞬间耸立，三峡将不复存在。同时，国内消费观念的变化，自费旅游增广见闻几成时尚，这也是导致三峡旅游热的因素。而长江旅游船的增多，工休假的恢复，又为三峡热提供了客观条件。另外，西南地区及长江沿线良好的投资环境，世界经济中心从西方向亚太地区的转移，也吸引了越来越多的外商尤其是东南亚客商借经商之机顺道旅游。

目前，自重庆出发经过三峡的各条航线上共有67艘客船、旅游船。普通客船下水舱位票供不应求，近来五等散席票也不时告罄，上水客船也基本满载。为及时满足旅客需要，国营大型企业重庆长江轮船总公司连连加发班船，缩短修船周期，客班船营运率高达81.5%，为历年之冠，已处于满负荷状态。各档次旅游船票更是频频告急，只能满足一半旅客的需求。

有关人士认为，只要国家经济形势不发生大变化，长江三峡旅游热将持续很长时间，同时在较高水平上出现几次起伏。目前的热潮将会持续3至5年，而在大坝合龙前后两三年，由于江水上涨使部分景点消失，同时又产生一些新的景点，尤其是支流景点，三峡旅游将出现更高的热潮。看得更远些，长江三峡本身有极大观赏价值，三峡大坝的建成，又将给长江增添一大景观，随着经济的发展，航运条件的改善，仅从旅游资源开发的角度讲，长江三峡也是长盛不衰的。

据悉，近10个旅游航运单位计划或正在建造各种类型的客船，主要发展各种档次的旅游船，以适应长江旅游业的发展需要。

第七届中国产经好新闻消息类二等奖　作者：陈小佩　编辑：经晓晔　1992年6月6日　1版

深山掩不住女儿红

浙南山区是一个青山滴翠、绿水长流的好地方。浙南的姑娘也像这里的青山绿水一样，成为一幅风景、成为一段美。

然而，美丽、漂亮这些动人的字眼对养路女工来说似乎太遥远了。你想想，晴天一身灰，雨天一身泥，风吹日晒的，再加上活儿累，谁还有心思整天涂脂抹粉的，于是乎，许许多多漂亮的女孩子就这样在深山里被埋没了。

有一天，金华公路段党支部书记郑象能对大家说："我们的女养路工打扮起来一点都不差，咱们就搞一个'美的生活'比赛吧！"

比赛的时间定在3月8日，在公路段的大会议室里。一大早那儿就聚了不少人，当27位穿着一新、容光焕发的女养路工出现的时候，全场立刻沸腾了。

郑象能今天也像过节一样，身穿深灰色西服，洁白的衬衫，打着暗红的领带，俨然像个节目主持人。他拉大嗓门说："我们路养得好，人也要活得像个样。这次比赛就是要展示女养路工的风采。"接着他宣布了比赛的规则及服装、发型、化妆、气质4个方面的内容和要求。

这些被人们称为"灰姑娘"的女养路工们，大多是第一次上台亮相，当她们带着几分羞怯，伴随着悠扬的乐曲，按规定线路在场内作正面、侧面、背面展示时，连她们自己都感到自己漂亮了许多。

首场中年组的比赛，当俞根仙出场时，"哗——"全场一片骚动，人们简直认不出她来了。与她住在同一幢楼里的同事一下子竟也没认出来，张着嘴问："这是谁？"温州新潮式发型，驼色时装套裙，脸部浓淡相宜的化妆，得体大方，与平时颇显老态的形象判若两人。俞根仙原是道班拖拉机驾驶员，现又当司务长，一天到晚开着三轮卡车跑采购，忙得脚丫子朝天，比男同志还要强，连续四五年被段里评为先进生产者。可就是不爱打扮，散乱的头发，油腻腻的工作服，当别人劝她注意形象时，她总是丢去一句："孩子都三岁了，还打扮给谁看？"然而，这次"美的生活"比赛，她摘取了优胜桂冠，也重新认识了自己。

郑象能的女儿郑原也是一位公路职工，这次参加姑娘组比赛。赛前她着实花了一番功夫。短短的学生发型，湖蓝色的西服套装更显示出青春风采，她的一招一颦，博得全场阵阵喝彩，可由于对手太厉害，最终以 0.01 分之差屈居第二。

来自深山窝的养路工金科，更是一鸣惊人。高挑的身材，黑头发高雅地盘成发髻，像深山里的一簇映山红，蕴含着一股自然的清新美。她时而轻挥柔臂，时而回眸顾盼，时而回旋自如。可谁会想到，一年前，这个城市长大的姑娘高中毕业后，被分配到山区的洞井道班扫马路，一天下来就把手掌磨出了血泡，她伤心地哭过鼻子，尤其是那些轻视养路工作的人投来的鄙夷的目光，使她的心像被寒风吹裂的皮肤一样疼痛。

此刻，她微昂着头，一种自信的喜悦激荡在心底。她踩着节奏，融进了悠扬的音乐之中。6 位评委都亮出了最高分，掌声响起来……

比赛结束了，27 颗女养路工的心却不能平静。明天她们将从这里回到她们的岗位。继续用她们的汗水和理想装扮着公路，装扮着祖国的万里河山。

这里的路是美丽的，这里的姑娘们也是美丽的。

第七届中国产经好新闻通讯类三等奖　作者：严闽榕　编辑：刘文杰 | 1992 年 10 月 6 日　4 版

科学不再沉默

八十年代，中国科学技术的天空，群星灿烂。电子对撞机，人工合成胰岛素，超导材料等等，代表着中华民族的智慧，熠熠闪光。

当然，也有人体增高器之类的滑稽。一切真善美总有她的对立物，这不足为奇。

然而，一颗闪着异样光亮的“新星”突然闯入中国造船科技星座，把中国造船界的权威们抛入了起伏跌宕的波涛。他们始而一笑置之，继而目瞪口呆，最后，为了维护科学的神圣与纯洁，他们慷慨陈词。于是，引发了一场本来无需争论至今也无定评的真伪之争。

引人注目的周锦宇现象

1985年1月29日，福建省一位青年工人周锦宇走上了一家有影响报纸的头版：“船舶航速可大大提高，重大理论研究者是青工周锦宇”。报道中说：“没有文凭的福建省工程公司青年工人周锦宇，通过多年自学，在船舶推进理论上获重大突破。”“今年30岁的周锦宇是林业部门工程公司的钢筋工，自幼对船舶修建兴趣浓厚。几年来，他把自己的收入大量用于买书，孜孜不倦地自学船舶理论，学完了大学的高等数学、物理学、化学，系统地学习了《现代船舶设计》、《船体振动学》、《力学引论》……在帐篷中、工棚里完成了新的船舶推进理论的论文。”

此后，他便成为许多报刊上一颗光彩夺目的新星。到1992年4月8日，在7年多的时间里，先后有23家新闻媒体37次宣扬周锦宇，动用了消息、专访、长篇通讯、报告文学等多种形式。

记者们调动了自己全部形象思维，为这位“青年发明家”罩上一道道光环。

有人说他“与牛顿由苹果自落堕地而发现万有引力相似，因坐在田埂上看小船”而发现了船舶推进新理论；

有人说他“自学过高等院校近50门功课，终于攻破‘空泡’难题，推导了三个定理，建立了自己的船舶推进理论体系和工程理论”；

甚至有人断言，采用周氏理论，便“无需投资建港整治航道，内河通航里程成倍翻番，浅水口岸出入万吨巨轮，上海上赴重庆只需三天。”

一篇通稿的导语最富文学色彩：“37岁的周锦宇做梦也没有想到，他首创的船舶制造新技术竟被海上走私者看中，要出高价请他造艘让巡海武警无法追上的快速舰艇，立志报国的周锦宇断然拒绝。”

究竟是一个什么样的新“理论”能够这样神乎其神呢?

在一份署名为中华人民共和国福建省船舶技术研究所的名叫“世界发明之最”的宣传材料里,它被表述为“流体分子量质与运动物体相对瞬变是流体涡流产生成因”。

“量质”一词，科学家和语文教师都不懂。物理学和化学中，只有质量和量值，从未见过量质。“瞬变”大约是瞬息万变的缩写，分子与物体怎样相对?

整个是一个错误百出的病句。

然而，宣传材料上白纸黑字写着，这是“一项划时代变革，它将宣告一百多年来各类船舶尾推进方式的结束，对发展水上运输的交通创立了新的起点，在船舶制造工业史上将产生巨大的变革性作用，对世界人类的文明与科学技术进步发挥重要作用。”

“周氏船舶的新推进位置和新船型属船舶科学史上的首创，打破了世界上船舶研究设计制造中的禁忌，从而在世界船舶科学发展史上树立一个新的里程碑，对世界船舶工业产生划时代的变革，创立了新起源点，是对人类的科学技术发展做出的重大贡献。”

这种“重大贡献”原来是通过把螺旋浆位置前移完成的，“本人发明的船舶推进位置在船体总长的三又二分之一之间。”辉煌的宣传终于产生了负面效应，任何一个有头脑的读者，都会对大得不能再大的话画上个问号，甚至像对待虚假广告一样，很快把它遗忘。

寻访“名人”足迹

生活，常常戏剧性地制造一些幸运儿，让他大红大紫，大吉大利。这回，好运之神君临到这位青年工人头上了。

周锦宇出生在1955年。到1966年“文革”开始，他11岁，从小学五年级到初中，都是在“文革”期间度过的。

1979年,24岁的周锦宇宣称他创立了“船舶推进新理论。”于是,他数十次写信，谈自己的刻苦自学，谈他所在的单位领导对他的压制。

社会积极响应了这位热情的“青年发明家”。

一些科研单位答复是，他“要解决美国和苏联都没有解决的问题，是幻想”。

1982年5月,福建省一位领导批示:“该同志钻研精神十分可贵。方案是否可行，请有关方面研究一下。”应该说，这个批示并无不对之处。但是，我们的生活里存在着一种“批示效应”，一个批示，比科学本身还重要，而当这个批示被利用的时候，后果则更难预料。

1984年，一位青年记者读到了周锦宇的来信，他写的一篇内参，引起领导重视。从此，周锦宇的命运发生了戏剧性变化：他从工人转成了干部。

1985年10月，周锦宇作为自学成才的优秀人物调入厦门大学。厦大专门成立了“船舶工程力学研究室”。在一年时间里，经厦大调查，周锦宇提供的知名人士对他的支持全是假的。于是，他被厦大辞退。周锦宇再次给省领导写信，提出：“福建省果真不能留人吗？”信中说：“我的出路要么只有离开福建省，要么只有辞职去当科技流浪汉。但是我并不愿意看到这两种情况出现，我的处境很困难，请首长关怀并帮助解决。”

年底，周锦宇调入省科委。

1988年5月3日，福建省船舶技术研究所成立。省科委文件承认该所是全民所有制企业性质的技术开发机构。周锦宇任所长兼总工程师。

几年中，他获得了福建省“新长征突击手”“全国自学成才优秀人物”等多种荣誉，并且获得了“W形隧洞体流线型船舶”等四项发明专利权。

社会在慷慨地给予他荣誉的同时，也过分地容忍了他的自我宣传。

1991年12月，他在给国家科委一位负责人的信中，编造了一个神话：“国际上已有20多个国家的客商要求联合开发我所发明的成果。英国已剽窃我的发明成果并设计出新型舰艇。”

1991年5月15日及22日，福建省船舶技术研究所拍给贵州省赤水县长征航运公司的两封电报，更加荒唐可笑——

“最近周所长到北京向中央汇报了超浅水船的开发工作，李鹏总理作了重要指示”；

“周所长现在筹备参加下月初北京41国部长级会议，事关重大”。

生活，反复证明着一个常理——

科学一沉默，愚昧便横行；正直一退缩，谎言便喧嚣。

然而，靠谎话发迹而永世不被戳穿的，亘古未有！

敢吼天下第一声

在一个相当长的时间里，同周锦宇病态的自我宣传和新闻媒体的热闹吹捧相比，是造船科技界的沉默。船舶工程、流体力学界的权威人士和学术刊物对如此重大的“科学突破”似乎充耳不闻。

直到 1989 年 5 月，武汉水运工程学院副教授周俊麟以内部资料的形式发表了一篇“中国科技界行骗术的‘新突破’——评周锦宇的船舶推进新理论。这篇文章以充分的论据，犀利的文笔，剖析了周锦宇的‘新理论’只不过是一个连基本概念都没有弄清的骗局。

这篇文章出自周俊麟笔下并非偶然。

1985 年春节，周俊麟回福州探亲。他的当记者的弟弟说，福建出了一个自学成才研究造船的新星。他已经在 1984 年末写了内参。

科学上是非的判断，常常是在常识范围之内。周俊麟，这位专攻船舶流体力学的教师，早在当研究生时，就接触了国内外有关的理论文献。他已经设计过二十几条船，曾数次获奖。他告诉弟弟，船舶流体力学是一门深奥的学问，是跟数学联系在一起的，没有深厚的数学基础，取得理论上的突破是不可能的。

在弟弟家里，周俊麟约见了这位“青年发明家”。周锦宇摊开两张草图向他宣传说：“螺旋桨位置向前移于船体三又二分之一的地方，就会避免空泡（他把涡流说成了空泡），这样，功率不变，航速就可以提高好几倍。”

周俊麟啼笑皆非。原来，这位青年发明家连船舶流体力学的基本概念都不懂。

周俊麟不得不从浅显的物理现象对“青年发明家”进行启蒙教育。告诉他：常规船舶在功率不变的情况下航速成倍提高是不可能的，主机功率同速度大体是三次方的关系。

时间过去了四年，周俊麟看到，有些急于摆脱困境的航运企业，花钱买进周锦宇的专利，贷款造船，结果全部成了高级废铁。强烈的社会责任感和科学良知促使他拿起笔来。

船舶在中国，已经有几千年的历史了。在这个领域里行骗，应该说是不容易的。

“古者观落叶因以为舟”。一片落叶开启了我们祖先想象的大门，由此认识了水的浮力现象。现代船舶靠动力装置带动螺旋桨旋转，使船舶克服阻力前进。根本不存在简单把螺旋桨位置前移一下就会出现神奇效应的神话，更不可能带来理论上的突破。

周俊麟的文章在中国造船科技界引起了热烈的反响。

中国造船工程学会船舶力学学术委员会给武汉水运工程学院写信：“我们认为对学术骗子，科研道德败坏的行为，必须彻底揭露，决不能让这种人骗取荣誉获得好处。同时，也可阻止他不再在国内外学术界面前出丑，有损国家声誉，也可使领导机关和新闻界从中吸取教训，不要再让国家经济遭受损失，并蒙骗他人。”

上海交通大学副校长、船舶技术专家盛振邦写信给周俊麟，说：“过去我耳闻有此荒唐事情，详情则不清楚。你文章中还提到周锦宇编造了我的所谓支持，这简直是活见鬼。这完全是周锦宇的无耻捏造。”

1989 年 6 月，武汉水运工程学院造船系召开学术委员扩大会议，这个会议集中了这所高等学府在船舶及海洋工程方面的权威人士。他们是——吴秀恒教授，船舶流体力学专业，中国造船工程学会力学委员会副主任，博士生导师；李世谟教授，船舶流体力学专业，博士生导师；王献孚教授，流体力学专业；刘应群教授，结构力学专业，院研究生部主任等 15 名高级专业人士。

会议一致否定了周锦宇的“船舶推进新理论”。会后，周俊麟同谭庭寿讲师合作又写了一篇《船体伴流与船舶推进效率的关系——简评周锦宇的船舶推进新理论》。

单看小标题，就可以感知两位教师的严肃了——

船舶推进效率的一般数学表达式；

函数 f_i（W）的性态分析；

伴流对推进效率影响判别图；

……

我们这些教师，明知自己是在做着高射炮打蚊子的事情，可是，他们却做得那样认真。

其实，他们做的并不仅仅是理论上学术上的工作，他们还竭尽可能去消除由于周锦宇谬误造成的严重后果。

1989 年 9 月，江西赣州地区航运公司花一万元引进周锦宇的“W 形隧洞体流线型船舶”“排水型船舶和鱼雷的推进器位置”两项专利，贷款 44 万元建造 300 吨级一顶一船组。1990 年 8 月 28 日建成，试航时速只有 6 公里多，而且操纵性能很差，无法投入运营。

受赣江地区科委、交通局、航运公司之邀，由吴秀恒教授、李世谟教授和船舶设计专家、长江船舶设计院总工程师严爵华和船舶检验专家章无等组成的专家组到赣州“会诊”。

12 月，正值寒冬。老教授们从南昌乘 12 小时汽车，到赣州后对实船进行了反复考察和测试。最后结论是：“这是中国造船史上一起罕见的严重的设计质量事故。失败的主要原因是轻信了周锦宇的欺骗宣传而采用了他的两项‘专利技术’，从而造成该船快速性低劣和操纵性不良的严重后果”；“试航实践和理论分析证明，周锦宇的‘专利’技术在理论上是完全没有科学依据的，在实践中也是完全失败的。”

专家组为了帮助这家航运公司，不得不对这个船组动大手术，割除占原船 1/3

长的尾部，改变尾部线型，将螺旋桨后移。历时 3 个月，耗资 5 万元，这条船才起死回生，航速达到了 10 公里。

周锦宇做了些什么呢？

一方面他通过《×××报》宣传“又一艘300吨级超浅水船在赣江试航成功”；另一方面，他又以文件的形式称赣州技术会议是“新中国成立以来中国科学技术发明史上一次空前的反科学，抹杀中国人发明创造，以假乱真的会议”。

针对周俊麟副教授的批评，周锦宇散发了两个小册子，一份名叫《中国现代科技的进步向愚昧的挑战——驳武汉水运工程学院船舶工程设计研究所周俊麟无知诽谤船舶新推进理论的谎言》，一份名叫《关于向武汉水运工程学院无知诽谤之徒周俊麟公开进行船舶新推进理论与传统船舶技术设计性能对比的挑战书》。《挑战书》中写道：

“1989 年 5 月北京发生反革命暴乱前夕，武汉水运工程学院周俊麟写出了一篇阻碍科学进步的文章……大骂支持我的几十家新闻单位以及支持我的几百名高级工程师和几十个党政领导，这不是典型的资产阶级自由化的表现是什么？……周俊麟却一而再再而三挑起反对科学进步的活动，其目的是想以假乱真，阻挠中国科学技术进步，破坏国家船舶科学研究进步名誉”。

究竟是青年发明家？还是青年政治家？

我们中国造船界一群高级知识分子，为了科学的纯洁和神圣，不得不面对这样一个对手，实在是可悲的！

《中国河运报》的挑战

几年来，新闻媒体对周锦宇的宣传，一是失实，二是常识性的错误层出不穷。但是有一家小报，第一个站出来呐喊：“科学问题来不得半点虚假！”

这家报纸名叫《中国河运报》。比起发行数百万份的大报来，她的声音显得十分微弱，然而却是那样倔强！

这家报纸也曾发表过《周锦宇专访》，但读者来信指出了周锦宇“理论”的荒谬性。不久，江西省交通厅航运管理局就赣州地区航运公司采用周锦宇专利造船失败发出通报，引起了编辑部的关注。

两个月后，周俊麟副教授带着自己的文章来到编辑部。他向刘云书社长，详尽陈述了事件的由来和自己的观点。

社领导感到事情严重了。他们决定派编辑部主任周家华进行调查。

行前，刘社长给周家华约法三章——实事求是，深入采访，不带框框。

1991 年 6 月 28 日，武汉已是炎热的夏季，周家华背上简单的行李出发了。他的这一次单枪匹马的行程，实际上是中国新闻记者的第一次质量万里行。

第一站，周家华来到四川省南部小县长宁。这个县的航运公司曾同周锦宇签订合同，用他的专利技术建造30马力载客40人航速16公里的浅水船。周收取设计费7000元，合同生效后立即支付3500元。这家航运公司常年亏损，230名退休工人每人每月只领8元生活费。一位老工人去世，公司连丧葬费都拿不出，向个体户借了200元才办完了丧事。

为了造船，县政府专门给了公司2万元财政补贴。守信誉的航运公司当即给周锦宇汇出3500元。

第一站的采访就使这位记者触目惊心。

周锦宇交出的图纸送宜宾地区港监处，经微机检测，图纸投影关系不正确，若按此图纸造船，船体将不能合龙。周锦宇让这家公司到贵州赤水去找南方船舶技术开发公司解决图纸问题。周称，那是他同另一家合办的公司。老实的长宁县航运公司派人长途跋涉赶到赤水，那里根本就没有过这么一家公司。

这条船根本就没有开工，《×××报》却登出消息《省船技所长周锦宇杰作，超浅水船问世引人瞩目》。报道中说："四川省长宁县的长宁河由于枯水，河床水深仅0.4米，从六十年代起开始断航"。周锦宇为该县设计了一条超浅水船，"使该县断航的历史宣告结束"。

周家华离开长宁县的时候，航运公司经理请他带一封信面交周锦宇。信称："时过境迁，现我公司决定，既然贵所已背弃合同，请将我公司汇给你所的3500元退回。仅此一事，函告你所，请予办理，不然我公司将根据法律提起诉讼。"

贫困的航运企业，渴望靠科技振兴。因此，他们成为所谓超浅水船首当其冲的受害者。

贵州省赤水县，地处黔北山区。这个县的长征航运公司同周锦宇签订了4份合同，开始说造55吨的船，最后增加到95吨。就是说，周的技术能满足你一切要求，要造多大都行！长征公司为此付出专利费6万元，其中4.4万元汇至福建省船舶技术研究所。

在此期间，周锦宇三赴赤水。把复苏希望寄托在这位"青年发明家"身上的航运公司把他奉为上宾。

然而，赣州船试航失败的消息传来，贵州人决定谨慎从事，先搞模拟试航、模型试验和经济分析。他们按周锦宇提供的数据花一万多元做了模拟船，谁知下水之后，船像一匹难以驾御的野马，横冲直撞，前后23次触岸触礁，螺旋桨叶打坏5只，左右舵均打坏失灵，过滩时险些沉没。

到现在，3 年多过去了。公司花了 8 万多元只留下一堆打碎的桨叶。

采访“华新”轮，是周家华此行的一个重点目标。因为这条船是由闽江航运公司建造的第一艘用周锦宇的“专利”技术的货船，它曾被广泛宣传为“周锦宇大胆向传统理论挑战”的成功范例。

周家华在船厂码头见到了“华新”轮，建成四年，它一直这么停靠着。此刻，已经锈迹斑斑。航运公司船员称它是一口“活棺材”。周家华和他的福州同行王闽寅采访了造船工人和厂长。

当时负责造船的人提供了这样的事实——

“当时周锦宇只是画了一张草图，没有线形图，也没有任何正式的施工图纸。他说是保密项目，要保密。他只告诉我们‘华新’轮的主尺度。于是我们先倒成蜡模，然后按蜡模尺寸放样。做蜡模时，周锦宇搞得很神秘，门窗都关着，不让别人看，更不让别人进入。”

造船工人反映：没有任何新东西。他原来并没有考虑到螺旋浆在浅水中的保护问题。工人建议在船底挖一个隧道，把螺旋浆装在隧道里。周锦宇采纳了这个建议。后来，他便据此申报了“W 形隧洞体流线型船舶”的专利。工人们说：“要算发明的话，这发明权也应归我们。”

“青年发明家”头上的光环，在周家华的深入采访中，一道一道地熄灭了。因此，当他采访周锦宇时，事情便变得非常简单。

记者：“四川长宁的船根本没有造，为什么报纸上宣传成功？”

周锦宇：“材料不是我提供的。这是宣传失误。”

记者：“（递上长宁航运公司的信）长宁要求追回 3500 元的设计费，否则，将诉诸法律。”

周锦宇：“我可以退款。”

记者：“我看到了你发给赤水的两封电报。能给我看看李鹏总理关于超浅水船的指示吗？”

周锦宇：“我还没有得到。”

记者：“你参加了 41 国部长级会议吗？”

周锦宇：“那是电报拍得有问题。”

此次采访后不久，四川长宁县航运公司收到了周锦宇退回的 3500 元设计费。

周家华的这次采访，历时 40 天，行程近 7000 公里，采访了大学校长、政府官员、科技人员、企业经理等各种人物近70名。形成了长篇调查报告《中国造船史上的奇闻，中国社会生活中的怪事》。

周家华的工作，赢得了许多科技工作者的支持，国防科工委水动力学专业组成员、中国人民解放军海军工程学院教授董祖舜在写给周家华的信中难以掩饰他的愤慨："这样一件伪科学事件，如此一个科技骗子，能够在如此大的范围如此长的时间中多次行骗，而且还得到了如此级别报刊一而再再而三的吹捧，这是我国造船科技界的耻辱，也是新闻界的耻辱。""所幸还有贵报这样坚持科学，批判谬误的认真作风，谢谢你们做了一件大好事！"

厦门大学校长林祖赓在信中说："对于您实事求是，坚持真理，认真负责的调查精神，我们深感钦佩！我们相信：您的工作一定会获得良好效果。"

中国船舶工业总公司701所副总工程师李建球说了一段意味深长的话："骗子能行骗，必有其原因。人们多怪骗子，其实也该怪怪自己。"

1991年12月13日，《中国河运报》一版首次发出报道《是"世界发明之最"还是一件"荒唐事"，周锦宇船舶推进新理论引发出一连串问题》，接着于12月20日又以整版篇幅发表了周家华王闽寅写的长篇调查报告《江河可以作证》。接着，该报连续6期发表专家文章和读者来信。应该说，是非已经非常清楚了，一切应该还其本来面目。可是，事情仍然向着善良人们愿望的反面发展着。

离句号还有多远

对于周锦宇这样一个伪科学事件，本来，识别和解决都是简单的。然而，众多的因素使简单变得复杂。

今年3月中旬，周锦宇在北京召集新闻发布会，新闻界再次掀起宣传周锦宇热潮。多家大报在显著位置刊出了——

《昔日钢筋青工　今朝造船专家》

《我国超浅水船舶技术国际领先》

《周锦宇创新船舶推进理论技术效益惊人》

《一移惊天下》……

4月25日，周锦宇再次散发了小册子《彻底揭露中国河运报造成反科学活动真相》，声称要诉诸于法律。实在说，周家华、周俊麟以及整个的中国造船科技界，眼巴巴地盼望着这一场官司。可是，至今却不见官司的踪影。

在一则"福建省船舶技术研究所保密室声明"中说："对于擅自捏造进行理论技术上诽谤造成保密技术泄密的，我室将依照中华人民共和国刑法第186条向国家检察院起诉，追究刑事责任。”

至今没有任何人看到过周锦宇的论文。谁能替他“捏造”一个，而这个“捏造”却泄了他的密呢？

自从周锦宇宣称他创立了“船舶推进新理论”以来，在长达七八年的时间里，他一直以保密为由，交不出论文。在任何一个讨论技术场合，当周锦宇被问及他的理论如何表述时，他只有一老话：保密。再多就加一句，他若说出来就会影响我国海军的威慑力量。

怪就怪在我们一些神经健全的同志宁愿相信鬼话而不相信常识！然而，科学本身的力量是不可抗拒的，越来越多的人认清了伪科学的危害。

曾被周锦宇招聘进了研究所的武汉水运工程学院毕业生何志标，进所以后，被周锦宇任命为技术科长、所长助理、常务所长助理、总体研究室副主任、常务工作委员会委员、副总设计师等等，但是他很快便发现：周锦宇的“理论”和“发明”是愚昧的空想，是杜撰的虚假的，他的“超浅水船”也完全违背科学常理。在公开场合，何志标说了一句话：“周锦宇的发明专利是一场闹剧。”周锦宇听后立即下达红头文件，称“何志标破坏科研工作行为，有关性质已构成刑事犯罪和破坏社会主义建设行为——必须接受监察室机关审查，追究刑事责任。”

九十年代的阳光下居然有此怪事！

前不久，周锦宇与某电视台签订意向书，拍摄以他自学成才为题材的 8 至 10 集电视剧，题目叫《空泡—— 一颗科技新星的诞生》，编剧中有一位知名的电影剧作家。

事情还在闹。究竟离句号还有多远？

这个电视剧大概是一个信号——抛开科学意义上的“空泡”不说，大概，语文意义上的空泡，将会成为对周锦宇事件的全部结论！

当科学不再沉默的时候，周锦宇便面临着不可解脱的困境——

3 月 30 日，武汉地区 25 名造船专家、教授联名上书中央，郑重要求对周锦宇的“理论”和“成果”进行审查，并“以适当方式挽回影响”。

4 月 9 日，20 多位造船界的专家在上海开会，一致对周锦宇的“新发明”做出了否定的结论。正如中国科学院学部委员杨槱教授所说：“所谓世界发明之最，只能是贻笑大方而已。”

时至今日，所谓船舶推进的理论的荒唐性已经无法掩饰了。中国造船科技界在经历了这次不大不小的地震之后必将拥有辉煌的明天。

第七届中国产经好新闻通讯类三等奖　作者：苗木　编辑：廖侃　1992 年 7 月 11 日 2 版

小扁担挑到了香港

——杨怀远新事

在科技发达、金钱万能的社会还需要雷锋精神吗？那里的人们是否欢迎小扁担？前年 8 月，杨怀远带着小扁担，也带着满心疑问，踏上了新的工作岗位——上海海运局“海兴”号客船。这是一艘开往香港的班轮。

在毛主席为雷锋题词 30 周年之际，我们带着同样的疑问，趁“海兴”轮靠泊上海的间隙，见到了杨怀远。这位历尽沧桑又执拗不悔的学雷锋标兵说，两年间，他经受了人生最严峻的挑战。先是那场沸沸扬扬的官司，继而痛失爱子。去年经济浪潮席卷，人们纷纷下海捞钱。雷锋精神被淡忘了，更有人扬言，小扁担已经过时。杨怀远在难以名状的困境中来到香港—— 一个制度和观念与我们截然不同的陌生世界。

初到香港，杨怀远只是默默观察。他发现，旅客的行包从岸上用吊车吊到甲板后，还需要手提肩扛分送进房间。每次，船上服务员都是全体出动，人人汗水淋漓。杨怀远挑起了扁担，既轻快又方便。船内通道窄，楼梯陡，他买来小号扁担，又配上长短不同的钩子。沿袭多年的笨重低效体力劳动就这样被小扁担取代了。香港旅客亲切地称其为“六吨小吊车”“不用电源的皮带机”。有人做过统计，一年多来，杨怀远共担行李 2600 担次，总重 150 多吨。

“事实证明，科学技术再发达，小汽车也不可能开到客房里。我的小扁担就是在任何机械都派不上用场时而发挥作用的。”杨怀远在香港的实践，为他孜孜以求的“小扁担精神”注入了新的生命力。

“海兴”号是一艘享誉全国的学雷锋先进集体。会客厅里悬挂着几十面港台旅客赠送的锦旗，盛赞大陆服务员的助人为乐精神。对此，杨怀远颇为感慨：“在任何社会金钱都不是万能的。人总会遇到困难，总是需要帮助，雷锋精神无论哪个社会都需要。”

在杨怀远的办公桌上，我们看到一张他 30 年前的照片：一位英气勃发的小伙子肩扛小扁担，背后是蓝天大海。当年，在雷锋精神感召下，他立下誓言：小扁担要挑上 30 年！

如今，宿愿已成现实，回首风雨里程，杨怀远显得十分深沉："学雷锋不容易呀！"文革期间他的小扁担被统统砸断，对小扁担的种种非议始终像驱不散的云团。

"我相信，为人民服务永远没错！"杨怀远正是借此支撑着他的精神世界和坎坷人生。他也因此得到常人难以得到的殊荣，受到党和国家三代领导人、九任交通部长的接见，小扁担作为革命文物陈列于中国历史博物馆。

谈到市场经济新环境，杨怀远有他独到的见地："不管怎么变，黄浦江还是那么宽，客船离站台还是那么远，人人还都会遇到困难，不发扬雷锋精神行吗？现在车匪江盗横行，假冒伪劣商品充斥，欺诈旅客的现象时有发生，不提倡雷锋精神行吗？"

当我们谈到无偿服务与讲求经济效益的关系时，杨怀远解释道："首先说明，我不是无偿服务，因为我每月都拿着一份工资。我只不过力求把工作做得更好更多些。旅客花钱上船，理应得到周到舒适的服务，我们通过优质服务，可以赢得更多的旅客，不就是为企业创造了效益吗？"

一位未曾进过校门的安徽农民的儿子，不仅创立了举国闻名的"小扁担精神"，而且在不同历史时期，又从理论和实践上不断地丰富发展它，使其永葆青春，实属惊人之举。让我们感到更为钦佩的是桌上那摞一尺多厚、60 万字的两部书稿：《谈坚持岗位学雷锋》《交通水运服务学》，这是杨怀远一年间的伏案成果，也是他 30 年船上生涯的结晶。临分手，杨怀远告诉我们，这两年，他谢绝了许多邀请，不想抛头露面只想实实在在做些事情。因为，他是个普通服务员，他要牢记自己的位置。不管将来如何，小扁担还要挑下去，一直挑到 2000 年。

第八届中国产经好新闻通讯类一等奖　　作者：郭欣 毛惠明　编辑：王连印 | 1993 年 3 月 6 日　1 版

“银河”轮昨凯旋抵津

广远公司领导连夜登船热情迎接船员归来

本报讯（记者 杜迈驰）经过七十多天风风雨雨的“银河”轮，不怕美国军舰飞机的跟踪骚扰，圆满完成运输任务后，于昨日凌晨胜利返回天津港。专程乘飞机赶到天津的广州远洋运输公司党政领导连夜赶到船上欢迎并看望凯旋而归的船员。

昨天凌晨，天津港四港池华灯齐放，把“银河”轮即将靠泊的27段泊位照得如同白昼。零点15分，“银河”轮徐徐安全靠泊后，身着整齐白色制服的联检人员首先登轮进行船舶归航所需履行的联合检查。零点45分，广州远洋运输公司党委书记程受煌、副书记罗林竹、总经理洪善祥及公司其他领导走上甲板，同等候的船长、政委和其他船员亲切握手，表示了欢迎和慰问。程受煌同志双手握住“银河”轮船长张如德的手，连声说：“你们辛苦了，谢谢你们！”随后，广远公司领导在船上的会议室内对船员交接班问题和在港期间的安全问题作了简要的部署。

“银河”轮是中远集团所属广州远洋运输公司经营的一艘全集装箱班轮。按照船期表，“银河”轮7月7日离开天津港后，依次在上海、香港、新加坡、雅加达加载，然后在海湾地区的港口卸货。由于美国无端指责该轮载有运往伊朗的化学武器前体硫二甘醇和亚硫酰氯，该轮只好于8月2日在霍尔木兹海峡东口抛锚，直到9月4日在沙特的达曼港检查完毕，共耽误船期33天。尽管从8月2日起美国军舰就对该船跟踪、美军飞机贴近该船盘旋侦察，尽管船上的食品淡水得不到及时补给，但是“银河”轮全体船员不畏强暴，坚守工作岗位，保持了船上各种设备运转正常。

9月4日，中国、沙特和作为沙特顾问的美国技术专家对“银河”轮进行彻底检查且澄清了船上没有装载化学物品的事实后，9月7日该轮抵达中转港迪拜开始卸货，然后装上300多个空箱，9月8日直接向天津港返航并于昨天抵达。昨日凌晨1时40分，本报记者结束采访下船时，天津港第四港池的集装箱岸吊已经开始把船上的空箱卸下并装到拖车上。

为了维护中远集团多年来班轮正点的声誉，“银河”轮耽误的船期由“幸河”轮补上，而“银河”轮这次在天津港重新装的货物则是“幸河”轮该装的货物。据介绍，“银河”轮下一航次仍跑中国——海湾地区航线，这次在天津港装载 990 个标准箱，然后在香港、新加坡、雅加达加载卸载，然后到海湾地区。

今天上午，欢迎“银河”轮胜利归来的欢迎仪式将在 27 段泊位隆重举行。

预计下午 6 时左右，“银河”轮将离开天津港开始新的航程。

第八届中国产经好新闻消息类二等奖　　作者：杜迈驰　编辑：宋建浩 | 1993 年 9 月 25 日　1 版

三等舱船票哪儿去了

听说重庆市某些交通部门有乱收费现象，11 月 14 日记者先到该市朝天门客船票售票处进行了调查。

朝天门一带有几个售票地点。我问了 6 个售票窗口，在这儿买票收不收订票费或送票费，他们都说不收。看来上个月交通部宣布停止 12 项不合理收费项目中的其中一项，在这里是执行了的。

正当我从重庆港客运站售票候船大厅走出门时，迎面走来两个汉子，一个 40 多岁，一个 20 多岁。他们问我要票不要。我问他们有哪一天的票，几等舱，有多少。他们说，要哪天的都有，要多少有多少，要二等、三等舱都行。看着他们衣冠不整的样子，我便怀疑他们能不能弄到票。于是我把他们带到门外僻静处，问他们从哪儿弄来的票，二人诡秘地一笑，指了指售票厅说："卖票那儿有自己人。"我说要明后天 20 张重庆到汉口的三等舱票，得多少钱。对方回答船票价照付，每张加 10 元小费，小费给收据，说着拿出一张 3 厘米宽 5 厘米长面值 10 元的汽车票，并称他们花一元钱可以买到面值 10 元的汽车票。

记者开始与他们在小费问题上讨价还价。他们称，每张票加 10 元小费还是少的，要是买两三张船票每张要加收 30 元钱，并说他们还得从收到的小费中拿出一部分打点里边卖票的，剩下的几个人分，就分得少多了。

最后他们说，你如果要票，晚上 8 点钟在朝天门饭店通过服务员找他们那几个"办船票的"就行了。他们生怕我找不到，还自我介绍说，两人都姓郑，是叔侄，达县农民，到重庆七八年了，边打小工边办船票，每天收入几十元。

告别郑家叔侄，记者返回售票大厅处于中间位置的一个售票口，问有没有明后天到汉口的三等舱船票，一位 30 多岁胖胖的女同志回答说有四等舱。又问有哪一天的三等舱船票，对方说，哪一天的都没有，并强调说，"一个月以后的都没有。"

记者从售票厅走出后不久，又碰到一个手持竹竿的脚夫问要不要票，并称要哪天的给哪天的，要几等舱有几等舱，要多少有多少。我说要明后两天到汉口的三等舱 20 张，并问他要多少钱。他回答连船票带小费每张三等舱船票收 300 元，说着把我领到售票厅外边的一个售货亭跟前，他跟里边的男老板嘀咕了几句，又对我说：

“你如果不嫌票贵，就从这里拿票。”

我仔细算了算，一张重庆到汉口的三等舱船票 201 元，加上港口建设费和保险费，最多不过 230 元，而脚夫却要 300 元。最后我们两人坐在售货亭后边的一棵大树下讨价还价。脚夫掏出一根皱巴巴的香烟递给我，说可以多开发票，开多少钱都行，并答应给汽车票和住宿发票。

有了和郑家叔侄“交易”的老底，我一直说脚夫要价太离谱。脚夫称，赚到的钱要给里面卖票的买烟，买礼品，给中间人些好处云云。

正当我和脚夫讨价讨到热闹处，旁边走来一位十几岁的男孩子，他一屁股坐在我的右边，两只手不断玩弄脚上那只凉鞋上一根断了半截的带子。听到我要买船票，他马上说：“我有船票，便宜。”我问他怎么个便宜法，他说 20 张船票收 150 元的小费。

看到他浑身脏兮兮的样子，我怎么也不相信他能弄到船票。

我问：“你从哪儿能弄到船票？”

他说：“我认识船公司的经理。”

“你怎么会认识经理？”

“那你就别管了。”

“你几岁，为什么这么小就不上学了？”

“14 岁，没钱上。”

“你叫什么名字？”

“蒋建军，蒋介石的蒋。”

“住在哪儿？”

“江北观音桥。”

“搞票搞几年了？”

“3 年，11 岁开始干。”

我一再否认他能弄票。他说，你如果有现钱，现在就让你去买，并答应把我送到船上。我问他小费是否有发票，他马上翻开一个绿皮本子，拿出一张面值 5 元的汽车票。看着这张脏兮兮的票，我说这是他从地上捡的。他立即反驳说：“放屁。你不信，我现在就能拿一元钱买 10 元钱的汽车票。”

看着这孩子胸有成竹老成持重的样子，我再不怀疑他弄船票的能力。我问他小费怎么分，他说他要一半儿，给经理一半儿。最后他说：“你要是真要票，明天早上 8 点半树下等我。我领你拿票。”说完，一溜烟似地向江边走去。

第八届中国产经好新闻通讯类三等奖　作者：杜迈驰　编辑：宋建浩 | 1993 年 11 月 20 日　1 版

茅台酒正在走出“深巷”

酒乡三年改建公路三百公里

本报讯（记者　谢明）为使茅台酒走出深山，贵州最边远的仁怀县3年来大力发展公路建设，以较少的投入取得了较好的收益，3年投资300万元，新改建公路近300公里。

仁怀县不通火车，茅台镇离县府中枢镇还有13公里山路。茅台酒虽然美名在外，但酒乡之路却崎岖难行。1990年前，仁怀县决心修公路、扩酒厂，开发名酒生产潜力，造福人民。这一年，县里第一次从财政上拨出交通建设款。

中枢到茅台一路下坡，过去这条路坡陡、弯急，令人望而生畏，但这却是通往茅台酒厂的唯一汽车道。1991年县里加上省、地及酒厂投资240万元，用了8个月时间将这条等外路改造为三级路。

由于县里资金有限，就发动群众投工投劳修路。3年来，仁怀是遵义地区民工建勤投入最多的一个县。

在现有条件下，为加快交通发展，仁怀县采取特殊措施，如为了保证茅台大桥的修建，停了县城民用电来供给工地用电。

目前，224米长的延津河大桥即将开工，该桥建成后，贵阳到茅台的路程可以缩短7公里。另外，又一批乡镇公路的改扩建工程正在进行。

第八届中国产经好新闻消息类三等奖　　作者：谢明　编辑：经晓晔 | 1993年1月19日　1版

弘扬新时期的创业精神

昨天，包起帆同志在中宣部和交通部联合举办的“新时期创业精神报告会”上做了一场精彩的报告。他在岗位上奋发成才，在发展生产中革新创造，在市场经济中开拓进取，在改革大潮中无私奉献，包起帆精神是雷锋精神在新的历史条件下的继承和发扬，包起帆的事迹体现了江泽民同志提出的“六十四字”创业精神。

包起帆以实际行动回答了目前一些同志在现实生活中感到困惑不解的问题：

其一，在社会主义市场经济的新形势下，要不要坚持和如何坚持正确的理想和信念？包起帆的回答是：“不管市场经济如何发展，人还是要有尊严，要有思想，要有精神，特别是共产党员。这个尊严就是一个堂堂正正的中国人的尊严，这个思想就是为人民服务的思想，这个精神就是为了党和人民的利益不怕吃亏的精神。因为人的尊严、人的思想、人的精神是不能简单地用金钱价值来衡量的。”

理想和信念是人生观的一部分。坚持共产主义人生观的人不但追求物质生活的满足和幸福，而且还要追求丰富而高尚的精神生活，这种精神生活又是同献身于社会的高尚事业得到社会肯定和自我肯定联系在一起的。像包起帆这样的同志，当他献身于高尚事业的时候，他的自尊，他的道义感，他的自我实现，他与别人的情感交融，这些精神生活中的高层次需要才能达到最大满足。这种满足与那些在餐桌上在歌舞厅一掷千金而得到的庸俗“满足”具有天壤之别，不可同日而语。

其二，在按照市场经济价值规律办事的原则下，还要不要坚持和如何坚持党性原则？包起帆的回答是：“在改革开放的大潮中，共产党员应该先行一步，因为我们共产党员是工人阶级的先锋队。”在社会主义市场经济条件下，价值规律是商品交换的一条基本规律，对社会生产和流通起调节作用。价值规律的运用决不是损公肥私、损人利己和不平等竞争，更不是徇私舞弊或权钱交易。在商品经济大潮中，包起帆坚持党的工人阶级先锋队性质，坚持党员应该发挥的先锋模范作用；在市场经济讲求物质利益的情况下，正确处理国家、集体、个人三者之间的关系；在市场经济讲求竞争的条件下，爱国家、爱企业、爱阶级兄弟；在市场经济实行有偿劳动的情况下，不计个人得失，一如既往地全心全意为人民服务；这是他多年来加强党性锻炼和修养的结果。

其三，在实行社会主义按劳分配制度的条件下，还要不要发扬和如何发扬无私奉献精神？包起帆的回答是："奉献精神永远是中国工人阶级和中国共产党人的主旋律。"包起帆把毕生精力奉献给现代化建设事业，把科研成果奉献给国家，这种不求索取的奉献精神实在难能可贵。在市场经济条件下，我们的政策是多劳多得，勤劳致富，但我们更鼓励和提倡无私奉献精神。有了这种精神，人们才能自觉抵制拜金主义、极端个人主义和"按酬付劳"思想的侵袭，才能真正做到当主人翁，尽主人责。

其四，随着生活水平的不断提高，还要不要保持和如何保持艰苦奋斗的优良传统？包起帆的答案是：要使中国在世界上占居应有的地位，不能乞求别人的恩赐，只能靠每个人脚踏实地，艰苦奋斗，埋头苦干。包起帆在岗位上奋发成才的过程就是艰苦奋斗的过程，包起帆把自己的劳动所得接济生活困难的职工，自己保持着艰奋朴素的生活作风，这种艰苦奋斗的精神是我们党的优良传统的继承和发扬。我们建设现代化强国的目的就是使广大人民群众生活得更美好，为了实现这个目的，我们不能靠"天上掉馅饼"，而是要靠艰苦奋斗，知难而进，靠吃苦在前，享乐在后，靠积极探索，善于创新，靠奋发有为，不断进取。

包起帆的事迹还可以回答现实生活中的一些其他问题。为什么当一些人在改革开放的新形势下对某些问题感到迷惘、不知所措的时候，包起帆却一如既往，有所作为呢？关键是他用邓小平同志建设有中国特色的社会主义理论和党的路线武装自己，磨炼自己，净化自己，树立了正确的人生观、价值观和道德观。

当前，推进建立社会主义市场经济体制改革进入关键阶段，一系列改革措施陆续出台，改革的力度明显加大。交通系统今年要在运输生产和基础设施建设、培育和发展运输市场以及建立现代企业制度三个方面实现突破，任务是艰巨繁重的。我们要向包起帆学习，发扬包起帆那样的创业精神，脚踏实地，努力在本职岗位上为加快交通事业的发展做出自己应有的贡献。

第九届中国产经好新闻评论类一等奖　作者：杜迈驰　编辑：王建良 | 1994年3月3日　1版

两年前，他冒着生命危险排除了一个炸药包，救了全车旅客的性命，中央、省里、地区表彰了他舍己救人的英勇行为，但这却成了他处于目前这种困境的原因——

为啥英雄这么难当

他是一个司机，可现在既没车开，也没工资可领，两年中为了生计的几次努力也都归诸泡影，这就是一位舍己救人的英雄现在的处境。蔡厚强是江西瑞金县客运公司的一名驾驶员，1992 年 6 月 28 日，他冒着生命危险排除了歹徒放在车上的炸药包，救了全车旅客的性命。虽然一系列的表彰奖励接踵而来，但这也成了他目前在公司这个小环境里处境艰难的根源。

7 月 21 日，记者在赣南采访时，蔡厚强向记者吐出了苦水。

蔡厚强说："面对荣誉，千言万语也表达不尽我对党、对人民、对企业的感激之情，我只有在今后的工作中加倍努力，为党、为人民、为国家、为企业多作贡献的心。然而，事与愿违。'6.28'事件发生后，上级单位赣州地区汽运公司为了奖励我，于 1992 年 8 月奖励了两部新客车给我们车队，其中一辆指名奖给我开。这对于做梦都想开新车的我来说，别提有多高兴。因为在这之前，我在单位是开旧客车。但好景不长，新车只开了 3 个多月，到 1992 年 11 月，全队进行招标承包。奖给我的车，头一个被拿出来招标，而且即使不如此，车队队长也早就告诉我说，甭想再开新车了。

从此以后，我在车队有时替别人顶班或搭双班。1993 年春运期间，因人员不够，临时安排了一辆车队最破烂的客车给我开，春运快结束时，因车实在破烂，报废了。此后，车队就没有安排过车给我开，也没有发工资给我。

1993 年 7 月，上级通知我到北京参加表彰会，公司安排我到刚成立的旅游车队任副队长。但这个车队一没车二没人，纯粹一个空架子，我什么也没法干。干了 3 个月，我辞职又回了车队。

为了找工作养家，我抱着一线希望参加车队 1993 年至 1995 年的新一轮客车承包投标。我投的瑞金至鹰潭线，是全车队最高标价，可是公司副经理兼车队队长邓仁志却宣布我的标无效。这条线最后归了队长。

最近这次，我们单位有 70％的职工加了工资，我却连工资都没处领。真不知我还算不算公司的人。要算呢，我没法干活，也没有起码的报酬；要不算呢，我自己想也没有被公司开除的理由。更苦的是，还常常听到一些挖苦话：‘你当英雄又怎么样？不过这么着罢了。’”

记者向瑞金县汽运公司刘经理了解情况，他说：“旅游车队确实是空架子。工资没有加到也是事实。我们准备给他加。”

瑞金县精神文明建设办公室主任谢远奎对记者说：“蔡厚强的事，确实令人气愤！他爱人哭着对我们说，‘为了救人，他把自己工作都丢掉了。’这件事我们在过问，正向上级反映。见义勇为的同志反而得不到保护，我们的社会风气怎么好转！”

编后：两年前，江西交通系统出了两位闻名全国的见义勇为的英雄。不久前，本报报道了晏军生烈士遗孀的情况，接着刊载这篇报道，希望有关部门对所反映的问题给予妥善处理。因为这不只关系到英雄个人，还对创立良好的社会环境大有关系。

让人心服气顺的思想政治工作

——随“华铜海”轮远航见闻之五

编者按：本报记者随“华铜海”轮远航快满2个月了，报上已陆续发表了他们的4篇见闻。如今，“华铜海”轮已漂洋过海至巴拿马执行任务，记者在和船员们朝夕相处的过程中，耳闻目睹的一切使他们洞悉了“华铜海”轮思想政治工作让人心服气顺的奥妙——“正当的收入，让船员赚得越多越好”；“干部干部，就是要带头干”。

交通系统正在掀起学习“华铜海”轮的热潮，怎样才能学到点子上？怎样才能把船员的积极性调动起来？记者的这篇随船采访报道，或许能提供一些有益的经验。

上“华铜海”轮两个月来，给我们的印象，这条船的船员讲究文明礼貌，团结友爱，好学上进，干起活来个个都是好样的。打架斗殴，泡病号，随船走私倒卖等等，这类让一些类似单位头疼的事都与这条船无缘。

那么，船员们精神面貌为什么这样好？

正当的收入，让船员赚得越多越好

“华铜海”轮对外出租之初，船员中也存在走私倒卖等问题。当时的船舶党支部负责人叶龙文、房迪坤分析了原因，认为相对其他一些国家来讲，我们远洋船员的工资福利不高。船员从事走私倒卖活动，目的是为了多挣钱。他们看到，要解决好这个问题，光靠批评教育和行政手段是不够的，要想办法多给船员创造收入，引导船员走勤劳致富的道路。

船舶对外出租后，每年因为进厂修船，往往不能满足租家的用船需要，也影响公司的收入。党支部决定带领船员搞自修，通过扩大自修，减少船舶进厂修理的次数，为公司增加租金，也为船员增加正当收入。靠自修，船员的收入有了提高。出租后的第二年，即1985年，全船船员拿到公司发给的修理奖金4万元。1986年，仅维修7个货舱一项，就拿到奖金2万元。此后，他们不断扩大自修项目，船员的收入也不断增加。1992年，这条船的领导又和上级主管部门签订了包括修船和各项管理在内的达标协议书，每年考核一次，经考核合格，由公司发给一次性奖金32万元人民币，每个船员可得1万元左右的奖金。如今这条船已连续3年达标，按照协议书规定，船员还可拿5%的超额奖。

这条船的领导还通过抓配载，抢船期，为租家提供优质服务来增加船员的收入。有一次，在比利时安特卫普港装电解铜，这种货物需要绑扎，港方装货速度很慢，船舶领导通过交涉，拿来两个舱的绑扎任务，使每个船员增加了40美金的收入。

船上的领导说："只要是正当的收入，只要是通过自己辛勤劳动换来的收入，让船员们赚得越多越好。船员们收入多了，船舶才有吸引力和凝聚力，船员队伍也就越好带。"

船员们说："我们每年远离亲人，漂洋过海，说一句实在话，除了完成国家交给的任务不也是为了多挣几个钱吗？我们能够通过自己的辛勤劳动增加收入，谁还有心思和精力去赚那违法的钱？"

的确，船员的收入增加了，思想也稳定了，近10年来，没有再发生走私倒卖的事。

如今，为船员谋利益，多创收入已经在船舶领导的心中深深扎根，成为"华铜海"轮思想政治工作的一块基石。

"华铜海"轮的领导不仅为船员多创收入，而且把一切关系到船员利益的事，都放在心上。伙食问题历来是一个影响船员情绪的比较突出的问题。船员们的伙食标准为每人每天4美元，这个标准对于经常需要在国外补充食品的远洋船员来说并不高，如果管理上再有漏洞，船员们正常饮食标准就难以保证。船员生活本来就很辛苦，特别是开展船舶自修以后，船员们体力消耗很大，再吃不好，必然影响情绪。所以，"华铜海"轮的领导把这件事当做一件大事来抓。首先，改革了船员伙食费用管理体制，取消了专职管事，实行兼职管事制度，由伙委会监督每笔伙食费用的支出，每次买菜都由伙委会派人参加，并在票据上签字。国内上食品，都是自己派人到市场采购物美价廉的食品。船舶领导还亲自下伙房帮厨，千方百计增加花色品种。现在船上的早餐可以做到3个星期不重样。船员们不但吃得好了，每个往返航次伙食费还略有节余。船员们都是在很多船上干过的，心里都有一杆称，对这条船上的伙食没有不满意的。

干部干部，就是要带头干

"华铜海"轮船员收入高，劳动强度也大。这条船没有星期天，没有节假日，每天都是八小时满负荷工作。有时晚上加班，早上晚起两个小时，就算是特殊待遇了。

船员辛苦，但是没有溜奸耍滑的，这不仅是因为这条船的收入高，还因为干最苦最累的活的是船上的领导。在"华铜海"轮的"家规"中，有一条要求："领导干部要勇挑重担，苦活、累活、脏活、险活干在前。”这条“家规”订得让人服气。订这条“家规”的叶龙文船长和房迪坤政委就是这条“家规”的执行者。叶龙文是全船年纪最大、身体最差的一个，做过胃部切除四分之三的手术，但他从没有因此而降低对自己的要求。就拿修船上的高边柜来说吧，燥热高温，锈粉尘灰弥漫，漆味刺鼻，声音传不出去，敲锈的大锤每敲一下，震得人撕心裂肺。而叶龙文每天上工都是头一个钻进高边柜，下工又是最后一个出来，带领大家整整苦干了27天。别人收工休息了，他还到厨房为船员磨豆浆、点豆腐，晚上别人进了梦乡，他却在驾驶台值更到零点。

房迪坤也是每天早上班、晚下班，在甲板像个水手，上高下低，敲锈油漆，扫舱、带缆，清污水井，样样参加；在机舱像个机工，吊缸、清扫气道、次次到场；下工后帮厨师洗菜备餐，打扫卫生，出的汗、受的累，比船员们多得多。

我们这次随船采访中，看到今天的“华铜海”轮的领导，风采依然。政委王久杰是这条船的定船政委，由于定船船长下船休假，替班的吴如松船长对船上的工作还有一个适应过程，王政委便主动担起更重的领导责任。他每天头戴安全帽，身穿沾满油漆像迷彩服式的工作服，下货舱敲锈。敲完锈，别人都撤了，他还要负责喷漆，由于他喷漆技术好，7个大舱的喷漆都由他包下了。年终事情多，写总结、作计划，他都放到晚上去做，每天睡得很晚，早晨还要提前一个多小时起床帮助大厨择菜。他患有慢性病，最近体力有些不支。他把我们当做朋友，跟我们说了心里话：“这次上船干了快一年了，真想下去休息一个航次，恢复一下体力，在这条船上干可不是混日子的。”

老轨张余江是“华铜海”轮的修船组长，船上所有的修理项目都是由他作计划，由他具体组织实施。他还是个心细的人。工作中容不得半点马虎，又是个急脾气，人称“拼命三郎”。他用了几年的时间，把机舱管理得井井有条。这次我们在采访中看到，几项大的修理工作，他都是唱主角，精力耗费得最大，汗水出得最多。别人工作8小时，他却没有时间，每天零点以前都在办公室。就是躺在床上也睡不踏实，耳朵像是打开的雷达，总是有意无意监听着机器运转声音是否正常。由于长期缺觉，他的两只眼睛的眼圈发黑发青，脸色也很难看。我们劝他注意身体，他苦笑着说：“没有办法，国家的财产和全船几十条生命都握在自己的手心里，不是闹着玩的。”

船长吴如松虽然是临时替班，又是船上年龄最大的一员，可是他也以当一个合格的“华铜海”干部为标准严格要求自己，只要没有大风浪，吴船长便走出驾驶台，穿起工作服，和机工、水手一起干活。

我们和船上的几位领导聊天时，常听他们这样说：“干部干部，就是要带头干，不干半点马列主义也没有。”“你自己不干，光吆喝别人干，哪个服你！”我们在和船员聊天时，一谈起几位船舶领导，都赞不绝口。“服了，服了，没的说。”“华铜海”轮船员的拼搏精神，就是在干部们这种无声的行动中培养出来的。

“不该得的决不伸手，该得的也要讲点风格”

这些年，讲按岗位按责任分配奖金和其他物质利益，无可非议。可有些人，该自己得的拿，不该自己得的也拿。“华铜海”轮的领导干部就不是这样。

老轨张余江曾对我们说过：“跑船的人都知道，船长、老轨要是利用职务之便给自己捞点好处，是不难的。可那样做的结果怎样呢？全船的人心就散了。”所以，这条船的领导，在这方面决不做半点出轨的事。例如：租家感谢船方，往往把红包私下里塞给船长、老轨，这条船的船长和老轨都是如数拿出来，按船员的贡献大小进行公开分配。

采访中，我们还听到这样一件事：在第62航次中，船靠新加坡加油时，加油商悄悄溜到老轨张余江的办公室，要和张老轨做一笔交易，让他暗中少加30吨油，并当场拿出4500元新币放到他的办公室桌上。这次在新加坡要加2690吨油，少加30吨，人不知鬼不觉，可张老轨毫不犹豫地拒绝了他。这个油商不甘心，加油中又几次把张老轨叫回办公室纠缠，张老轨生气地对他说：“如果你再提这种有损于我的人格和我方利益的事，那我就不客气了。”油商见张老轨发火了，只好百般不解地离开了。

这条船的干部奉行这样一个原则：“不该自己得的决不伸手，该得的也要讲点风格。”在他们的“家规”中，毫不含糊地写着：“在奖金分配和其他利益上，不与群众争利。”例如，在修船奖金的分配上，船舶领导考虑这项奖金主要是劳务性收入，如果拿头档，高了；拿中档，合适，但他们却拿最后一档。有一名刚上船的医生感慨地说：“真是奖金面前见船风啊！”

这条船的领导在经济上讲究民主和透明度。奖金分配都是由工会牵头征求意见，几上几下见分晓。对休假的船员不搞“人走茶凉”，而是不打折扣地把奖金及时寄到他们家里。所以，这条船在奖金及物质利益分配上，没有争没有闹的，他们对领导放心。船员们说：“在这条船上干，不用担心被领导“黑了”。”

瞧，奖金、物质利益分配，这些在某些单位被认为最头痛、争得不可开交的问题，在“华铜海”轮就这样被轻松解决了。

这就是“华铜海”轮政治思想工作的特点，这就是“华铜海”轮政治思想工作的魅力！

第九届中国产经好新闻通讯类三等奖　作者：李志高 宁剑波　编辑：廖西平 | 1994年12月31日 1版

宏观调控要调控什么

——关于渤海湾海上客运市场的调查之六

投入渤海湾海上客运市场的高速船和滚装船今年头几个月实载率不是很高，而且有的企业还要向“热线”上投入新的运力。对此不少航运企业向记者反映，交通部及辽鲁两省有关部门要加强宏观调控，适当控制运力增长过快的趋势；否则，大家都“吃不饱”，企业贷款买船的资金回收期就要延长，就要多付贷款利息；国家的投资不能按期回收，资金周转速度就要放慢；吃亏的最终是企业和国家。

但是，对此有的同志作出了不同反应。他们认为，为了保证旅客走得了，客船运力的投放要适当超前，他们以沈大路为例子，说刚修好时，车流量并不大，随着经济的发展，车流量逐步就上去了，而且现在就很繁忙。他们认为，渤海湾市场刚刚放开，如果现在就讲调控，恐怕于放开不利，何况市场还要靠价值规律调节，假如说有一天运力真正过剩了，航运企业自然就把船舶从营运线路上撤下来。还有的同志认为，现在就讲宏观调控，是不是对刚刚放开的市场一下子又“收”了。

对于后一种意见，有关人士认为，投放运力适当超前保证旅客走得了是个不错的想法。但是，船舶的适航期是有限的，因此“运力超前”也应该是有限的。怎么做到既让旅客走得了，又保证船舶有合适的实载率，保证运力不浪费，企业有利可图，确实有个“度”需要把握，把握好这个“度”就是一种宏观调控，而且这个宏观调控是要有科学依据的。

至于把宏观调控和市场的“收”简单划等号，是对宏观调控的必要性认识不清楚的表现。为什么市场不能完全靠市场的内在规律即价值规律的机制起作用，而同时要靠宏观调控呢，这既是一个理论问题，也是实践问题。

理论界认为，市场机制的作用有利于经济结构的优化和经济效益的提高。但是市场机制不是万能的，它不能解决宏观平衡问题，这是因为企业从本身利益出发，与宏观平衡的要求不一定相符合。市场机制容易诱发短期行为，因为企业根据市场价格信号作出的决策不一定反映国民经济长远发展目标和结构。再说，市场调节属于事后调节，尽管它可以通过自身机制的作用来纠正已经出现的偏差和失衡，但它无法预防偏差和失衡。市场调节所引起的经济活动的自发性和盲目性，必然造成社会资源的浪费。比如运力投放过多造成的船舶实载率不高就是一种社会资源的浪费，这种浪费且不说对于国有企业，即使对私营企业，也是不应该的。

正是基于上述考虑，国家的宏观调控和市场机制才成为社会主义市场经济体制条件下配置资源的两种手段，是相辅相成的。讲宏观调控是促进市场发育的必要手段？而不是“收”的问题。

如果说上面的论述解决了对宏观调控必要性的认识问题，那么何时进行宏观调控呢？是一开始就要注意这个问题呢？还是等问题出现了才宏观调控呢？

这个问题不难回答。从我国经济实践上讲，盲目引进电冰箱、电视机显像管生产线造成资源浪费的现象还少吗？一哄而起大家都生产同一种“热线”产品造成资源浪费的教训还少吗？正如一家航运公司的经理所说，海上客运市场不是菜市场，菜市场的土豆、白菜卖不了倒掉算了；而一条船的造价就是几千万元啊！能一下子处理掉吗？

从理论上讲，宏观调控同计划调控是统一的。广义上讲，整个宏观调控过程和措施，都是有计划地实行的；从特定意义上说，计划是宏观调控的重要手段之一。它直接调控宏观经济，重点是合理确定国民经济发展的战略目标和产业政策，搞好经济发展预测和总量平衡以及重要结构平衡，搞好生产布局。它还直接调节市场，并通过调节市场对企业的生产经营活动进行间接调控。因此，从“计划”这个意义上讲，宏观调控应该从一开始就进行的，而且应该贯彻始终。

那么宏观调控对于已经放开的渤海湾海运市场来说意味着什么呢？按照市场发育总体目标“统一、开放、竞争、有秩”的要求，宏观调控应首先保证该市场的统一性，打破人为的部门分割和地区分割或封锁，使市场的流通渠道真正通畅起来。

其次，宏观调控要保证市场对进入的主体是开放的，要采取一定的政策使各个主体真正成为自主经营、自负盈亏，自我发展、自我约束的经营者。宏观调控既要讲市场开放，也要讲市场的容量，既要讲市场中的客货流量，也要讲运力的投入。既讲总量大体平衡，也讲结构基本合理。运力投入多少，各种船型应该如何配置，一定要以超前的软科学研究成果为依据。

再其次，宏观调控要保证进入市场的主体公平竞争，依法竞争，而反对不公平竞争或垄断性的行为。

最后，宏观调控要注意制定市场运行规则，使进入市场的主体都按交易法则经营，管理者以市场法则行政，从而使市场活动真正“有序”。

令人感到高兴的是，交通部已经提出了进一步深化渤海湾客运市场改革、加强宏观调控的意见，并拟定客运、滚装运输的规则、市场行为规则和市场准入条件，加强法制建设；进一步转换经营机制，落实经营自主权，实行政企分开，打破条块分割；逐步建立起统一、开放、竞争、有序的客运市场。

我们相信，只要进入市场的方方面面都按“放开的实施方案”和“宏观调控的意见”去办，渤海湾客运市场一定能够健康成长起来。

第九届中国产经好新闻通讯类三等奖　作者：杜迈驰 许辉 张爱玲 经晓晔　编辑：经晓晔 | 1994年7月19日 1版

部长“赶集”

10月30日上午，交通部长黄镇东挤出半天时间，专程到位于北京市西南角的华垦岳各庄批发市场“赶集”。

这里是北京市最大的农贸市场之一，每天来的运菜机动车达五六百辆。黄镇东见到司机就问几句。湖北荆沙市恒达有限公司运桔子的司机找出3张罚单，问：“这罚的合法不？”黄镇东认真辨认后，答：“不都合法，我查后给你答复！”河北霸县司机单红波常年跑山东寿光运菜，说：“最近挨罚少多了，可还有，前天就被罚了一次。”问他有无罚单，他说没要。黄镇东认真地说：“这不对，要学会保护自己，同时也是在帮助我们工作。”张家口司机张明业说：“挨罚都是超吨，我5吨的车拉8吨、10吨菜，人家罚得有理！”黄镇东开导他说：“罚了要改，超吨既不安全又毁公路，出了车祸会后悔一辈子！”张明业连连点头。

见交通部长亲自调查“绿色通道”的情况，许多司机都围上来。黄镇东高声说：“党中央、国务院十分关心城市居民的‘菜篮子’。为保证蔬菜运输畅通无阻，我们在市场上设了举报箱。大家都行动起来，共同治理公路‘三乱’！”几句话引来一片叫好声。

短短两个多小时，黄镇东访问了二十多位司机或货主，大多数反映近几个月一路平安。返回的车上，黄镇东意味深长地对同行的交通部体法司司长张富生和公路司副司长凤懋润说：“这次‘赶集’收获不小！”

据悉，交通部副部长李居昌也到北京市大钟寺农贸市场“赶”了一趟集。

第十届中国产经好新闻通讯类二等奖

作者：赵爱国　编辑：廖西平 | 1995年11月2日　1版

我的名字就是心想事成

——藏族养路工顿珠自费办学记

西藏高原第一场冬雪刚过，在青藏公路一个道班的小屋里，我们见到一位面色黧黑、小个头的藏族汉子。瞧他饱经风霜的神态和那双摸了 30 多年铁锹把的粗壮大手，怎么也未想到这个人会与教育这类事有什么关系。但就是他，青藏公路管理局当雄养路段的党支部书记顿珠，一个生在草原、长在草原、没有什么文化的牧民的儿子，却干出一件让整个西藏教育界为之震惊的事——自费在家乡办了一所小学。

记者带着诸多个“为什么”从拉萨出发，往东沿着喜马拉雅和念青唐古拉两大山脉之间的峡谷走了 300 余公里，来到羌塘草原深处的思尼乡第八村顿珠书记的家乡。在这个小村正中通常是建庙供佛的小院里，一面五星红旗在蓝天下飘舞得那么鲜艳，院门口高挂着“顿珠希望小学”的牌子。只一间小土坯房就是教室，里面摆着十几套桌椅。但从小房子里传出高昂整齐的读书声让记者顿悟，这土房确是一座真正意义上的学校。

“你在怎样一种情形下想出要办一所小学呢？自己出资经费够吗？办学资格受到国家有关部门认可了吗？”顿珠书记告诉记者，1993 年春节回家看阿妈，村里亲戚和朋友们的孩子们扑在我身上亲热，问我草原外面的世界大不大、好不好。我一一作了回答，然后问孩子们为什么不去上学？他们脸上立即显出无奈和羞愧。原来，家乡教育落后，全村 40 户人家只有一个到乡办小学读书的名额，其余到了和超过上学年龄的孩子只好手握牧鞭，与牛羊为伍。我的心被扎痛了！我们这代羌塘人没缘喝“墨水”，难道下一代还用祖宗传下来的用摆小石头子的方法计算牛羊数量吗？望着孩子们一双双渴望读书的大眼睛，我下了决心，不求天不求地，非自费办一所小学不可。当我说出这个想法时，乡亲们全惊呆了。

办学真难，不然怎么会前后筹备了两年呢。教室是村民一起盖起来的；桌椅是青藏公路管理局马国才局长批示支援的；讲桌是我段养路工达娃次仁捐的；当雄县文教局赠送了一部分课本；我们段不少职工捐了铅笔和作业本。我拿出 4000 元钱支付了盖房材料和其他费用，钱是从自家人的吃穿用里省出来的。钱够不够，这事我想得不多，想多了就会灰心。在经费上我没向国家和组织上伸手，也没向村民开过口。县教育局很支持我，他们答应顿珠希望小学的学生考试及格的从三年级后可到县完小读书。我最大的愿望是他们中间能有60%升初中，40%升高中，20%考上大学。

藏语教师扎西是个英俊健壮的小伙子，他是顿珠老两口收养的第二个儿子。扎西中学毕业后因没有就业机会，在社会上闯荡了几年，好男儿有志报国但一直未找到理想的生活舞台。顿珠希望小学要开学了，他来到养父的家乡当了一名汉语教师。怀揣着与养父签的合同书，面对着17个学生敬意的目光，扎西第一次把自己生命之钟的发条拧紧了。顿珠书记向我们展开父子合同书，这份奇特的家庭契约没有引据任何法规条文，也没有公证机关的公证，但从今年4月28日顿珠希望小学开学这一天正式生效。

开学典礼上，当了几个小时校长的顿珠对新入学的孩子们说："我先给你们出一道题：每袋牛粪4.8元，旺吉家一冬烧15袋，共需多少钱？"沉默，沉默，难堪的沉默！"我可以告诉你们，共需72元。没有文化行吗？有人说，日子不也这么过来了，难道我们不应过更好的、更舒心的日子吗？有了文化，你们就能像神鹰那样往西飞到拉萨、往东飞到北京。不然只能是草里的兔子，费再大的劲也翻不过唐古拉山。这里是培养神鹰的地方，我盼着你们早一天飞起来，看谁飞得高、飞得远。"顿珠希望小学正式开课所产生的轰动效应不亚于一次佛事庆典。那曲地区文教局一位干部说："对于当地牧民来讲，一个时代结束了，另一个时代开始了，人们也许会在下一个世纪的某一年才能看清其具有的全部意义。"一辈子没进过学校大门的牧民们望着孩子坐在书桌前专注地听课，仿佛看到了家族乃至整个草原的希望，第一次感觉到一种自豪和骄傲在胸膛荡漾。12岁的旦巴扎西告诉记者："自从上学后，阿爸旺加像变了一个人，喝醉酒再也没打过我。"长辈们训导旺加说，孩子读书就是修行，修行就能成为圣贤，圣贤你也敢打吗？

我们在扎西老师的卧室看到了第一次考试成绩单，上面详细记录了17个学生语文、数学的单项和总评成绩，最高92.6分，最低11分，及格率为64%。当然这样的成绩不会令人满意，但这个成绩单在深山野谷的草原上是零的突破，正像初升朝阳热度和亮度虽比不上正午的骄阳，但却给整个草原送来了黎明的彩霞一样。为了检验出真实的教学效果，我们从课本里抽出一些生字和计算题，对5个学生进行了小测验，让人惊喜的是他们都获得了双百分。记者问起今后的志向，仁庆罗布说想当官员，而且越大越好，不为别的，就想让家乡变个样。扎措、多吉、占堆和曲琼打算从事教师、工程师、医生、驾驶员等受社会尊重的职业。问来问去，无一人愿意像父辈那样终生与牛羊打交道。

俄国文学家车尔尼雪夫斯基说过：“一切真正美好的东西都是从奋斗和牺牲中获得的。”顿珠书记在自费办学的历程中牺牲了些什么呢？在他家里看不到一件上档次的家具和摆设，更没有新潮的电器。四周黑漆漆的墙壁和无任何装饰的顶棚显示出主人的贫寒，只有那一炉通红的牛粪火和顿珠的笑声让房舍充满活力。藏族男子以让自己的女人拥有众多的金银珠宝为荣，而顿珠的妻子古拉却只有一枚黄铜戒指。顿珠从不操心家里有没有吃的、用的，却挂念着学校一块碎玻璃更换了没有，高原上冬天来得早，不能让寒风吹裂了孩子的小手，吹凉了老师的心；他担心孩子们在草原上野惯了，上课时收不住心而违反学校的纪律；他惦记着在开学时宣布的“不准在上课时间放牧牛羊”的校规遵守得怎样。从 1980 年起担任当雄养路段党支部书记的顿珠，与段长带领 260 名养路职工管养着 300 公里高原路段。艰苦的工作、繁重的事务已使他的双肩感到沉重，办学完全利用业余时间，困难是明摆着的，顿珠却只字不提。另外我们了解到，从 1972 年开始他和妻子先后收养了三个孩子，两个已成年，眼下还收养着一个被遗弃的女孩。两口子收入不高，每个月要拿出 600 元钱支付办学费用，这样重的负担没有把顿珠压垮。他说：“我的名字用汉语讲就是心想事成。”

要分手了，顿珠恳请我们向一切支持过他办学的人表示感谢。我们希望有更多的人往这堆希望的圣火中多添一把柴，让希望之火越燃越旺。

第十届中国产经好新闻通讯类二等奖　作者：吴卫平 杨秉政 冯晓霞　编辑：孙宝夫 | 1995 年 12 月 17 日 特 1 版

公路客运：面对机遇的挑战

——写在火车票提价之际

冷与热拉出个大大的问号

11月4日，湖北省云梦县交通局一行9人抵京。住进旅店后的第一件事，就是四处托人购买返程车票。回答让人失望，不是表示为难就是婉言谢绝。第二天一大早，此行领队、局办公室主任朱军急匆匆跑到北京火车站，打算撞撞运气。没想到，整个售票大厅空荡荡的，从电子显示屏得知，有一半车次第二天以至第三天的卧铺票仍可买到。只花费半个多小时，9张卧铺票就装进了他的口袋。欣喜之际，朱军意识到，是火车票提价让他拣了“便宜”。

与此同时，在安徽合肥汽车站，开往北京、上海、山东班线的客源猛增，增幅达30%。小小的无为县每天有十几趟班车进京，但仍有旅客滞留车站。为此，《安徽交通报》在一版排出“长途客运重新‘火’起来”的醒目标题。10月24日的《中国青年报》则刊出成渝路上大“巴士”挑战火车和飞机的长篇通讯，更是撩拨人心。

在交通部新办公大楼的七层，记者见到了公管司客运处谢家举副处长，他正埋首起草一份紧急报告。谈到当前公路客运形势，他还是禁不住搁下手中的笔。他说，火车票提价，一部分客源分流到公路和航空。特别是中短途火车卧铺与汽车卧铺的票价已相差无几，这就为公路客运的发展提供了难得的机遇。山东、安徽、江苏、浙江的一些经济发达地区反应最灵敏，客车实载率增加了10%到30%，而铁路却下降了10%以上。“但是”，谢处长把话锋一转：“就全国而言，大部分地区的公路客运对火车票提价反应冷淡。”

公路客运的冷与热为何有如此强烈的反差？火车票提价究竟是否为公路客运提供了期待已久的发展良机？

冷反应与热效应究竟谁是谁非

北京是全国最大的客流集散地，但是进入10月份，在北京赵公口汽车站陆进文站长的工作日记上，客流量并没有明显波动。这位言谈举止极富感染力的站长，几年间便把一家濒临倒闭的运输公司所在地，变成了北京市规模最大、效益最好的长途汽车站之一。可以说，赵公口就是北京公路客运的晴雨表。陆站长对这种“冷反应”做了解释：短途客运市场早已被我们占领，“冷反应”是正常现象。而长途客运由于路况、车况都没有改善，尽管火车票提价，大多数人仍不肯光顾你的汽车。

在山东，济青高速公路的路况属世界一流。从济南到青岛乘汽车要比火车快一个小时，票价又不相上下，可汽车仍“敌”不过火车。“路好了，车不好也不成。”省运管局一位未透露姓名的管理干部对记者说，济青路上跑的大多是个体车和社会车，车况和服务都较差，谁愿意挤在充满烟雾、汗臭的闷罐里受罪？再加上前不久出了几起交通事故，乘客就难免“望路生畏”了。提到更新车辆，这位干部为难地说，个体车咱管不了，国有车又上哪儿弄这笔钱？

京石高速公路上有一支豪华大“巴士”车队，为人们提供了一条比火车快捷又省钱的通道，但是这个车队的生意一直很萧条。记者在北京火车站，问一位正准备去石家庄的中年妇女，为什么不乘汽车走高速公路？中年妇女把手一摊：“北京这么大，上哪儿去找汽车站？”说来蹊跷，北京市政规定，火车站可以进入市区，而长途汽车站一律在三环路以外。汽车上落方便这点优势，也因一纸条文而丧失殆尽。确实，谁也不会扛着大包小包，倒几次车去乘你的汽车。管理体制的不顺，无疑又为艰难的长途客运增添了一道枷锁。许多中小城市虽没有这条禁令，但由于汽车站点分散，形不成规模和声势，大批客源也就因此而流失。

难道公路客运的发展良机，就只能眼睁睁让它溜掉？并非如此。

从北京赵公口开往天津市中心劝业场的长途客车，火车票提价后实载率增长10%，达到80%。这是一条每隔30分钟就发一台车的班线，汽车是一水儿的世界最先进的德国“奔驰”大轿车。赵公口从市中心前门引过一条17路公共汽车直达支线，解决了乘车难的问题。车上可坐可卧，有电视有厕所，而且起点、终点都在市中心，比火车更方便、更舒适。尽管票价高于火车，人们对这种现代化的享受却是情有独钟。

成渝高速公路的成功经验，或许更能让人茅塞顿开。那里的公路客运简直“火”得不行，竟然使飞机的翅膀变沉，火车的铁轨变冷。眼下在成渝路上运行的客车已达2500辆，仅重庆日发班车就有120次，高峰时可突破200大关。最让人瞩目的是，身价在200万元以上的“凯斯鲍尔”等豪华大“巴士”，车上不仅现代化设施一应俱全，更有赏心悦目的“巴士小姐”，模样、服饰连同甜甜的微笑都不亚于“空姐”。公路客运一与时代接轨，乘客盈门就在情理之中了。

成渝高速公路全长340公里，汽车运行只需3个小时，而火车则长达11个小时，票价又相互持平，汽车自然占优势，但更重要的是，行业管理部门颁布了对路的管理政策，即“开放市场，审查资格，有偿使用，进出自由，公平竞争，适度调控”。由此而引发的客运竞争有如涨潮之水，大量资金注入，大批车辆更新，规范、安全、优质的运行使成渝高速公路尽显“英雄本色”。今夏，火车客源就比去年同期减少20%，10月份以后又进一步下跌。行家预测，一两年后，铁路这一昔日霸主，连成渝客运市场的半壁江山都难以保住。

面对冷与热的冷思考

如何抓住机遇，如今已成为公路客运界有识之士的热门话题。

北京市交通局客运处站务科长陈泽生告诉记者，火车票提价正值客运淡季，由此而引起的连锁反应尚未全部显现。明年元旦、春节必有大量铁路客源涌向公路，务须及早制定应对措施。为此，他们正在进行为期两个月的调查研究工作，对北京地区客运市场的历史、现状及前景予以剖析，以期占领竞争制高点。

谢家举副处长透露，明年交通部的工作重点之一将是整顿公路客运市场。只有规范才能发展，混乱无序会窒息我们的市场。明年1月1日开始执行的《省际道路客运管理办法》，为建立全国统一客运市场，打破地区封锁，不仅提供了法律依据，还将开创出崭新的发展格局。

尽管公路客运困难重重，有一点却是大家的共识：必须抓住机遇，勇敢迎接机遇的挑战。有关权威人士指出，目前的关键是行业主管部门要善于宏观调控和大胆管理。运输市场只有坚决放开，充分动员社会力量，客运市场才会焕发生机。他还指出，公路客票不准备提价，也希望各地不要借机出台收费项目，否则那将是“自杀”。

据悉，铁路部门为重获流失的客源，正采取一系列措施，例如提高车速、增加车次、改善服务等等。民航也明确表态，飞机票不提价。至此，公路、铁路、民航已摆开大角逐的阵势，谁优谁劣，谁胜谁负，将在市场经济的大舞台上纤毫毕现。随着大角逐的深入，中国的客运事业将会步入崭新的发展境界。

第十届中国产经好新闻通讯类三等奖　作者：郭欣 杨保众　编辑：孙宝夫 | 1995年12月3日　特1版

市场有情

——记郑州宇通客车股份有限公司

在中原重镇郑州，凤凰路这几年的名声越来越大。使“凤凰”展翅的，是位于这条路的崛起在市场激流之中的郑州宇通客车股份有限公司。

在公司办公大楼前，几十号人来来往往。董事长、总经理路法尧告诉记者：“这些人都是手里攥着钱等着提车，这就是我们的市场！”

一个缩影，展现出“宇通”在客车市场中的地位和生产、经营、经济状况：从1993年至1995年，“宇通”客车年产量分别达到780台、1400台、2000台；收入7000万元、1.4亿元、3亿元；利税82万元、750万元、3500万元。一个千人企业，连续3年生产营销大步上台阶，使他们的经济效益位居全国客车行业前列。

市场有情　困境之中抓机遇

“宇通”的前身是郑州客车厂。1989年，新的领导班子上任时，企业出现亏损，其原因，同众多工业企业一样，是市场的无情冲击。

但是，路法尧却对市场有独到的见解。他说：“市场的主体是企业，激烈的竞争使所有企业在新的经济环境中面临共同的难题，但又给奋进者、创新者提供了施展才能的机遇。”“宇通”作为交通部在河南的唯一定点生产大客车的专业厂家和全国14家大客车生产骨干企业之一，却没有什么优惠政策，之所以能脱颖而出，是因为主动走向市场，市场需要什么，生产什么，从品种、规格，甚至时间上都须满足其需求。掌握了市场动态，控制了生产的节奏，摸透了市场，它就是“有情的”。“宇通”几年来的兴旺发展，就是有情市场的回报。

“宇通”确立了适应市场的正确决策思路：把提高企业素质的中心环节，放在坚持以市场为导向，不断增强应变能力上。

为了了解市场，掌握市场，公司领导班子每年要分头到河南省和全国各地转几次，同时召开用户座谈会，请他们填咨询表，花钱“买意见”，获取市场和产品使用情况的信息，围绕市场做文章，经过5年的开发，“宇通”现在的产品已达4个系列、32个品种，比前30年的总和增加10倍。品种多，适销对路，成为“宇通”受到市场青睐的一大特色。这一点，在他们开发卧铺客车的工作中表现得尤为突出。

1992 年，该公司决定超前开发卧铺客车。可是这种客车问世后，销售情况却不尽人意。经分析，他们认为即使是适应市场需求的产品，也有一个经受考验的过程，而不是市场不需要。最开始生产的卧铺客车设计了 24 个铺位，而普通客车是 48 个座位，卧铺车到了用户手中因乘员实载率低而票价高，买主不愿做亏本买卖，车辆自然受到冷落。针对这一实际，客车厂及时改进设计，使卧铺客位从 24 个增加到 40 个，接近普通客车的 48 个客位。这一改，使“宇通”的卧铺客车客位居于全国同类客车之首。同样是卧铺客车，实载率可大大增加，吸引了众多客运经营者，使“宇通”扩大了卧铺客车市场的占有率。

1994 年，全国客车行业受市场影响产销量下降 30％，多数厂家处于低谷。在这样严峻的形势下，“宇通”不但提前 40 天全面超额完成了年度经营目标，且产量、销售、收入、利税分别比上年增长近 1 倍或成倍增长，靠的就是几年来打下的多品种适应市场需求的雄厚基础。

以市场为导向，不仅是“宇通”的决策思想，而且在全体职工中得到广泛、深入的体现。他们从原来的单纯生产型，较变为关心车辆生产是否销得好、销得畅。职工们说，车生产出来只是摆在那里，绝对不是效益；只有卖出去，企业才会发展，大家才会有出路。表面上简单的语言，却内含着市场观念的深刻转变。正是这种转变，使 32 个品种车辆的复杂生产过程都能为中层干部和全体工人所接受，使及时按市场需求安排新型号生产成为现实。路法尧总经理说，传统的单一型号 6920 客车，现在如果生产 100 台就要积压；而同样是 100 台，有好几种型号，就可以全部销售出去。实际上，“宇通”这几年产销量大，从单品种车型来看量并不多。低档次的还有市场，带空调的豪华型车也不断从车间开出，从价格上来说，从 7 万元到 30 多万元的不同型号、品种、档次的车，在“宇通”这里全是抢手货。

“宇通”的红火景象令同行们羡慕。但也有的说：“你们的经验我学不到，工人干不了。”正是因为“宇通”上上下下团结一心，干出了他人难以做到的事情，市场便对他们“有情”了。

科技进步　竞争之中抢潮头

“宇通”能够不断增强市场应变能力接连推出新车型、新品种，关键在于大力推进企业技术进步，以形成适应社会化大生产的经济规模和高新的工艺技术。

增强科技意识，是实施技术创新的首要前提。企业的领导班子带头不断地学习和探讨国内外一些先进企业加速科技进步的经验，从而形成了重视科技、支持科技、重视人才、重用人才的良好局面。身为高级工程师的党委书记王克还兼任了研制开发产品的专门机构——科研所的所长，直接领导开展这项工作。经过几年的努力，这个所已经具备了独立开发产品、实现产品创新的能力。

企业建立了技改专门机构发展部，以十分之一的工程技术力量为关键技术及工艺开发、装备研制和工艺创新的实施提供了组织保证。

为了以新的工艺和规模适应市场竞争的需要，他们在“七五”的基础上，“八五”期间又投资3200万元进行了较大规模的技术改造，建成了年产2000台大客车的贯通式生产线。这条生产线打破了传统、落后的生产工艺布局，采用了多项新技术、新工艺，装备了多种专用设备，引进了具有国际先进水平的喷涂机，整体水平居于国内同行业领先地位。

科技进步，使“宇通”形成“生产一代、试制一代、开发一代、预研一代”的产品开发机制，决策者们的“大、中、轻型，高、中、低档齐全”的产品结构目标成为现实，不仅开发出的新产品设计先进、结构合理，在国内同类产品中居领先水平，而且适应市场需求。同时，产品开发的成功率很高，有90％以上新产品投入了批量生产，每年新产品创收达总销售收入的40％以上。

机制保障　企业管理谱新篇

企业管理，是生产经营工作永恒的主题。在市场经济的氛围中，“永恒的主题”能否出新意、达到一个高水平，是企业正确决策得以实施的关键一环。在这方面，“宇通”深化改革、转换机制、强化管理所产生的综合效应，成为他们在市场竞争中脱颖而出的基石。

主管生产经营工作的副总经理汤玉祥深有体会地说，没有几年来深刻的机制变革，“宇通”的生产活动不可能呈现一派适应市场的红火局面。

1993年，郑州客车厂在总结以往推行内部经济责任制等改革经验的基础上，积极向现代企业制度迈进，进行股份制改造，成立了郑州宇通客车股份有限公司，按照公司制所有权、经营权分立的特有功能初步确立了“宇通”的权利，按“三权独立”的原则建立起决策、执行、监督的新机制。结合企业自身实际，公司一是初步建立了自主决策体系。二是初步建立了自主的生产经营管理体系，在“精简高效”的原则下重点突出了为公司生产经营活动提供保障条件和服务的宏观管理职能，在坚持“一业为主，综合经营”的原则下，以经济效益为中心，重点突出生产和经营的经济实体职能。三是初步建立了自主的基础管理体系，围绕技术进步、产品开发、生产进度、质量管理、成本核算等关键环节，推行相对独立的技术目标承包；加强产销全过程的计划调控；加强在总质量师领导下的全面质量管理工作；加强在总会计师领导下的综合计划、成本控制和财会结算等管理工作；继续深化了“三项制度”改革。四是初步建立了非生产经营等服务体系。

向现代企业制度的迈进，使“宇通”的生产经营管理更趋规范化、科学化，更加严格，各经济实体、部门的积极性得到充分调动，都更加注重产品质量、成本费用的控制和经济效益的提高。

高层次的管理使“宇通”喜获硕果。1994 年以来，整车一次交验合格率从 90％上升到目前的 95％，主导产品的一等品率达到 95％以上。多年来未能解决的均衡生产问题得到突破，实现了以销定产。特别要指出的，是资金周转率大大提高，1994 年达到 7 次，1995 年达到 12.2 次，不仅创全国客车行业先进水平，在工业企业中少见，而且达到国际上驰名大企业的先进水平。这些都深刻地反映出这个企业的生产经营活动在市场经济中已经步入良性循环。

离开凤凰路，告别火热的“宇通”，总经理路法尧的一番话还时时拨动着记者的心扉——

在激烈的市场竞争中，不测风云随时都可能出现。企业作为市场经济的主体，必须牢固树立居安思危的战略意识。在顺利的境况下，更要冷静地面对现实，科学地思考未来。只有不断地探索和拼搏，才能在强手如林的市场竞争中立于不败之地。

公路“无厕现象”透视

近闻，新建成的广西南宁至武鸣一条30公里的二级公路，因沿线无一公共厕所，曾令参加壮乡“三月三”歌节的群众难堪。

在记者的采访过程中，亦曾留下这样一段难忘的经历。1993年10月18日，全长400公里的南梧二级公路全线通车，参加庆典的车辆数以百计，庆典活动壮观而热烈。回程时，沿路看不到一间厕所，十几辆车的车队在一个小镇休息，让代表们“放松、放松”。大伙儿四处打探，终于在一个小院子里找到一间厕所，于是大家纷纷挤进小院，等候“方便”，几十人的队伍闹了近一个小时。

公路沿线无厕所，这现象不是今日才出现。而在全国各地高等级公路修得越来越多，交通量越来越大的今天，这个问题不能再忽视了。在广西，不仅早几年建成的南北、南梧二级公路沿线无厕所，最近建成或即将建成的一批高等级公路，沿线同样没有厕所。于是乘车人、开车人在路上寻求“解脱”的办法，只能是选择可隐蔽之地，来一个“男左女右”，到处“施肥”。有不怕难堪的，干脆就站在路边“放水”，令过往司机旅客侧目。

话又说回来，在一条高等级公路的沿线，设立一批厕所，投资来源可能不是个大问题，最难的恐怕还是管理与维护。谁来承担这个责任呢？

这样看问题，不免太片面。从更深一层来看，“无厕现象”涉及到公路路产是否是固定资产，公路设施产业是不是商品的问题。更重要的是涉及到在新的形势下，如何更好地为市场经济建设服务，更大地发挥和挖掘路产的经济效益和社会效益这一根本性的问题。

计划经济时期公路建设由国家单向投入、不管回收和经营的做法，毕竟已一去不复返。投资的多样化，投资需要回收还贷（或寻求回报），这是市场经济条件下公路建设发展的新趋势。有识之士认为，应把高等级公路作为固定资产，实行一路（或多路）一个管理公司（或子公司）。在进行公路设计、建造、运营管理的同时，综合考虑，统一规划，在沿线适当建设一批饭店、加油站、停车场（点）、维修点等辅助设施，并在这些设施中附加建设厕所，实行公路主产业收取通行费和辅助产业饮食、加油、维修、房地产、广告等综合性开发经营。这样，既可增加社会就业机会，有利于控制道口，又便于对交通运输、路产路权以及沿路经济带开发经营实行统一管理，让公路能更充分地为城乡经济建设服务。

专业运输企业转轨开辟新市场

天津公路箱邮快递异军突起

本报讯（记者 蔡志鹏）过去老百姓寄包裹要到邮政局办理手续，现在，只要在家中打一个电话，公路箱邮快递就会到您家中取件，小到一公斤的邮件，大到一车家俱。从天津到石家庄只需24小时。

公路箱邮快递始创日本，在日本被称为“宅急便”，是公路运输和邮政包裹业务的结合体。因为一般邮局业务都是通过公路、铁路、公路的联运方式完成，中转环节多，容易发生误差，而且费用较高。50年代，日本利用公路门到门运输的特点，发展一体化运送，从取件到送货均由公路完成。这样的运送方式既减少了中转环节，克服了误差的运送难点，又减少了费用，一般500公里以内的货物，箱邮一体化运送比邮政运送要减少费用三分之一，并且大大方便了用户。60年代以后，日本的“宅急便”蓬勃发展，已形成日本运输市场的一个大的门类。

天津市的专业运输企业汽车运输六场，多年来一直在研究这种运输结构方式，今年年初，由天津市汽车运输六场首先推出天津至北京，天津至石家庄的两条快递业务，用专门的车辆进行运送，从天津至石家庄24小时就可以完成整个运输过程。这种方式一经推出，受到当地市民的青睐，业务量不断上升。目前，这个场已与全国26个省市联网，开辟了43条全国快递运送，天津至广州3天内货物就可送到家门口。

据有关专家预测，这是继该市搬家行业兴起后的又一新的运输市场，潜力很大，如能进一步与电话、微机多媒体联网，将把此项工作，推到一个更高的层次。

第十一届中国产经好新闻消息类二等奖

作者：蔡志鹏 编辑：廖西平 | 1996年4月23日 1版

为了援外的同胞

——“富清山”轮救助我驻刚果援外人员纪实

6月5日，刚果的黑角港内一片静谧，蒙蒙的雾气笼罩着港湾，从意大利驶出的“富清山”轮经过半个多月的航行，终于踩着缓缓的浪花，悠悠地驶向了码头。

“啪……啪”，从港口小镇里传来了几声清脆的枪声。站在驾驶台正准备靠泊的曲关定船长心头一震：莫不是首都布拉柴维尔的战火已蔓延到了这个小镇里，那么，卸货……

正如曲船长所预料的，首都布拉柴维尔的政府军与反政府武装的战斗已经越来越激烈。黑角港已不再平静，街上时有零星的枪声，坦克、装甲车停在各个交通道口，大规模的战斗似乎一触即发。

而这时，布拉柴维尔的局势更加恶化。

无线电波中突然传来了中国驻刚果大使馆的呼救：在刚果的中国医疗队员及布望达水电站的专家们急需救助。

十万火急，同胞们的生命危在旦夕。外交部立即通过交通部指示中远派船前往营救。

6月13日深夜23时30分，天津远洋运输公司接到中国远洋集团总公司的指示后，立即成立了以魏家福总经理为组长的救助领导小组。救人如救火，魏总顾不上一天工作的疲劳，迅速召开小组会，并于午夜1时将命令及营救事宜下达给黑角港内的“富清山”轮。

13日傍晚，笼罩在夜幕中的黑角港区，灯光稀稀疏疏，卸货的工人们也回家了，而此时潮湿的空气也不像白天那么凝重。曲船长懒懒地伸了个腰，今天可以好好睡个觉了。“叮呤呤……”一阵急促的电话铃声从报房传出，不一会儿，就听到报务主任在喊：“船长，快些！公司魏总的电话。”船长疾步跑进了报房。

放下电话，魏总刚才简短的话语还响在耳边，“根据中远集团陈忠表总裁的紧急指示，中国驻刚果医疗队及电站组等专家20余人，因紧急情况将登临你轮转移附近国家港口。为此，公司命令你轮接电后紧急动员，坚决予以完成任务！”曲船长知道国内现在已是午夜，魏总亲自指挥，他顿感此次援救任务事关重大。1986年，南也门内乱，公司的“石景山”轮去亚丁港和木卡拉港营救我国驻也门大使和专家们；1991 年，索马里政变，“永门”轮到摩加迪沙救助我领事馆人员和专家组。他们当时冒了多大的危险啊！可此时，虽然黑角港战斗尚未打响，但一出港区就意味着时刻有被流弹击中的危险。

曲船长匆匆地敲响了政委的门，把魏总电话的内容向政委简单交待了一下。

10 分钟后，一套营救方案出来了：由船长在船上指挥营救行动并负责与各方的联系，政委具体落实营救措施，做好船员的思想政治工作，并为专家和医疗队的到来做好充分的准备工作。

首要的问题，是必须马上和驻黑角港镇的医疗队同志取得联系。此时，天色已晚，从港区到医疗队的驻地步行需一个小时，平时，这一个小时的路算不了什么，而此时，街上到处是荷枪实弹的军警，零星的枪声时时传来。这时出去，再加上语言不通，该冒多大的风险。轮机长常乾子毅然接受了这个任务。他和水手长刘立明、水手孙立斌带着全船的重托，走出港区，走上了危机四伏的“大街”。

送走了三位同志，船长和政委立即着手安排船上的应急准备工作。他们在梯口布置了专人了望，并强调一定要提高警惕，不能麻痹大意。机舱各机器设备也处于备车状态，一旦发生意外，船舶将断缆自离码头。

时间一分一秒地过去了。梯口值班的水手焦急地望着黑沉沉的港区大门。忽然，几个熟悉的身影从大门急匆匆地闪了进来，“老轨、水手长他们回来了！”船员们听到叫声，都跑出了生活区。老轨、水手长和小孙带着两个陌生的中国人跑上了舷梯。原来，下地联系的三位同志，经过几番周折，先找到了一位名叫李进的华侨，由他带着，终于找到了医疗队的李队长。

到了船长房间，大家顾不上寒暄，随即在大台会议室召开了临时支部会，共同商讨撤离工作的具体事宜。会上作出三条决定：

（1）由医疗队负责与远在 300 公里之外的布望达水电站我专家组联系。

（2）由李进疏通各方关系，以便我方人员能顺利地登船。

（3）成立紧急救助指挥中心，各部门组成临时接待服务小组。大家约定次日下午 5 时以前，医疗队必须来人通知与水电站专家们联系的情况，同时船上做好备航工作。

同一时刻，魏家福总经理仍在电话机旁等待着船方救助工作的进展情况汇报。当他听到救助工作进展顺利后，立即作出指示：按既定计划进行，并要求报务员 24 小时值班，随时保持与国内及医疗队同志的联系，及时反馈信息，以便得到上级正确的指示。

第二天一早,大家草草吃了早点。政委立即向全体船员做了紧急救助动员,同时,宣读了魏家福总经理及合作公司领导的指示。政委沉稳的脸上按捺不住内心的激动:“同志们,这次任务关系重大,我们要以‘永门’轮为榜样,坚决认真地完成这项政治任务,用我们的行动来证明我们‘富清山’轮是好样的。”

考虑到时有意外情况发生,轮机部对救生艇进行了认真的检查,燃油、润滑油准备充足,试车,没问题。主机试车,正常。船上电饭锅坏了,他们对辅助锅炉进行了暖炉、升汽,以保证即将登船的专家的生活所需。甲板部的同志们对救生艇的收、放进行了反复的操练,并制定出为应付突发事件,断缆自离码头的计划措施。船长、二副及时设计航线、修改海图,并积极配合港方尽快卸货。业务部的同志们认真做好接待、后勤保障工作。他们与其他船员一起,调整出来11个房间,并打扫干净,好让专家们能住在一个舒适的环境里。在华侨的帮助下,厨工冒着危险到港区外购买了昂贵的蔬菜和鱼虾。他们为的就是要让专家和医疗队员们能吃好。

15日,租船代表带来了消息:今晚,黑角港镇有可能发生战斗。听到这个消息,曲船长、顿政委又感事态严重,本已担心医疗队能否与水电站的专家们取得联系,而现在又……正在大家焦急万分的时候,几辆汽车驶进了港区,停在了舷梯边,医疗队员及水电站的专家们全部到齐。

原来,水电站的专家们12日就接到了消息,之后,他们一行16个人立即启程,前往黑角镇。一路上,他们穿原始森林、过关卡,甩掉散兵游勇的骚扰,300公里的路,整整走了36个小时。

人来了,救助工作终于初见成效。

医疗队员和专家们虽然安全登船了,但仍有很多繁杂的善后工作要做。船长积极联系代理、租船代表帮助疏通关系,迅速地办理了他们的离境手续和卸货任务。

解缆,起锚。“富清山”轮终于带着16位同胞兄弟起航了。

第十二届中国产经好新闻通讯类二等奖　　作者:卢新宇　编辑:宋建浩 | 1997年7月19日　1版

选好新的经济增长点

——三谈贯彻落实交通工作会议精神

中央对1997年经济工作的总体要求中有一个方面是培育新的经济增长点。为了落实中央精神，今年的全国交通工作电话会议也提出了选择扶植新的经济增长点的问题。

如何选择扶植交通行业的新的经济增长点，黄镇东部长在讲话中提出了一些思路。他说："交通基础设施的改善和社会新的需求，给企业提供了新的发展空间。例如，以高速公路为依托的快速公路运输系统、水上快速客运业务、现代化集装箱车船等许多新的运输方式，都可以作为新的经济增长点加以开发扶植。"当然，交通行业新的经济增长点远不止这些。问题是新的经济增长点的特点是什么，在选择新的经济增长点时应该把握什么原则，新的经济增长点能否带动交通领域其他子行业的发展。这些问题弄清楚了，我们的思路就可能会更开阔些，交通行业发展的后劲就会更大些。

一般而言，新的经济增长点是指某一经济领域没有普遍发展但有增长潜力且能带动相关行业进步的经济生成点。这个经济生成点具有两大特点：一是国民经济发展和城乡居民的消费确有需求，发展起来比较容易形成规模，市场需求量大，且能相对持久；二是产业关联度高，科技含量多，经济效益好，容易吸引投资，特别是普通老百姓愿意拿出腰包里的钱花在这个方面。在过去十年中，我国曾以家电、家庭小轿车作为新的经济增长点，现在又提出以"安居工程"为起点，发展城镇居民住宅的房地产业。这些经济增长点的选择基本上都具备上述两大特点。

就交通行业选择经济新的增长点而言，我们是否要考虑以下几个问题：

一、国民经济新的增长点是否给交通行业选择新的经济增长点带来契机。交通经济作为国民经济的一部分，国家选择的甚至其他产业选择的经济增长点会不会对交通行业产生有利影响。如果有，两者结合起来，这样的增长点应该是前途光明的。

二、市场对交通业的需求是什么，需求量怎么样。找准了消费需求的大市场，可以在寻找新的经济增长点方面起到事半功倍的效果。除了交通会上提到的高速汽车运输、高速水上运输、集装化专业运输之外，我们应该考虑其他方面还有没有大的市场。

三、如何发挥本行业、本单位的人才和技术优势、资源优势，开拓新的市场。比如场地宽敞且居黄金地段的客运站可否利用土地资源与别人合伙开发房地产和商业，把“土地爷”变成“财神爷”。水上施工企业可否利用设备和技术优势参与水利建设等。

四、选择新的经济增长点看准了需要抢先一步，切忌盲目一哄而起。如果大家都朝一条道上走，结果是人人都吃不饱。这里，宏观调控显得尤为重要。

总之，选好新的增长点是开拓市场的需要，也是调整和优化结构的一个重要方面。我们要统筹规划，合理布局，突出特色，因地制宜。

第十二届中国产经好新闻评论类二等奖　作者：杜迈驰　编辑：廖西平 | 1997年1月21日　1版

大雾连降飞机火车受阻 设备先进港口船舶无忧

本报讯 本月11日以来，天津地区连降大雾，飞机、火车纷纷受阻。天津海监局交管中心发挥先进交管设备的性能，使船舶在大雾中畅行无阻，为港口生产和船舶航行安全提供了可靠的保障，创造了良好的社会效益。

由于浓雾影响，14日，天津机场18个航班未能正点起飞和降落，铁路分局有46列火车未能正点运行。海上视距最小时仅为30～50米。天津海监局交管中心充分发挥高科技设备的先进功能，通过视频地图随时记录船舶位置、航向及航速，密切注视船舶动态，随时为航行船舶提供助航服务，并以VHF播发有关信息保证了国际客班轮“天仁2号”及大型核心班轮“普河”、“富河”等多艘船舶航行安全，使船舶往来安全有序，港口生产正常进行。14日，在视距极低的情况下，排除了“浙舟1号”由于主机故障在主航道造成的险情，成功地找到在雾中迷航即将触碰防浪坝的“津航艇11号”。

天津海监局交管中心是今年7月投入试开通的。据悉，往年遇到大雾天气，天津港多处于封航状态。

第十二届中国产经好新闻消息类三等奖　作者：葛树曾 刘连峰 付学彬　编辑：廖西平 | 1997年11月25日 1版

“水果大王”为何落户龙吴

近日，从著名全国劳动模范、全国优秀共产党员包起帆所在的上海港龙吴港务公司，传来了新加坡“水果大王”落户龙吴的消息。记者闻讯前去采访，听到了一段千条棉被当冷库保鲜香蕉，“水果大王”求嫁龙吴的动人故事。

去年的11月间。拥有1200名职工的龙吴港务公司，相继迎来了6艘共装载1.2万吨香蕉的外轮。由于香蕉上岸后需保持在15摄氏度左右的温度中才能做到保鲜不变色，这对没有恒温仓库的龙吴公司来说，无疑是一道难题。素有“抓斗大王”美称的包起帆经理及其干将们一筹莫展。

此事被公司职工知晓了。在公司工会的组织下，一场自发捐献棉被盖香蕉的行动在全公司悄无声息地展开了。100多名职工第二天一早纷纷扛着棉被挤着公交车，骑着自行车赶来上班，形成了龙吴路上特有的一道风景线。几天下来，送到卫生站的棉被已堆成了小山，足足有1千多条。医务人员强忍着鼻酸流泪，日夜用高锰酸钾和甲醛熏蒸棉被，以避免香蕉受到细菌的污染。

拥有171名职工的货运业务部却收到了187条棉被，原来是许多职工自发捐了两条、三条。有的职工是从自己床上抽出来的，有的是向亲戚处要来的，还有的是专程从商店里买来的。要问他们为何这样做，职工们说得既动感情又实在：“香蕉保鲜了，货主满意了，货源就会源源不断地来，我们既是为国家，也是在为自己保温啊。”

看到这动人的场面，包起帆动情地对全体中层干部说，有这样明晓大义的主人翁在撑腰，我们一定要加倍努力，来回报职工对企业的爱！

千条棉被保鲜香蕉的佳话，传到了东南亚最著名的“水果大王”——新加坡复发中记私人有限公司的总经理耳中。经过郑重考虑，该公司尽管已在中国有多项投资，仍决定投资300万美元，“求嫁”龙吴公司的第三号码头，拟在该码头建造储量为1万吨的冷藏仓库及卸货能力为每小时100吨的带式输送卸货机，主要从事食品冷藏、仓储、食品分包装及配套运输等业务，以形成年冷藏进口香蕉600万箱的规模。9月上旬，该项目将正式动工兴建，今年底前第一个冷库就将竣工并投入使用。

职工们高兴地笑了，包起帆也欣慰地笑了。

第十二届中国产经好新闻通讯类三等奖　　作者：董文俊　编辑：宋建浩 ｜ 1997年9月2日　1版

河北省石家庄市出租汽车司机周国立救助了一位遭遇车祸的女孩，女孩的父母非但没有表示谢意，反而怀疑他是肇事者。做好事反惹出麻烦，周国立陷入痛苦和烦恼中。无奈之中，他卖掉了一家三口赖以生存的出租车。近日，市政府特批周国立购车指标一个，使他重新回到“文明使者”的行列——

融化封冻的心

8 月 27 日清晨，周国立夫妇又擦上了“失”而复得的崭新夏利车，连日来锁在他们眉头的阴云已消散了，经历了风风雨雨的周国立似乎轻松了许多。当记者问他今后还做不做好事时，他憨憨地一笑：见到该做的事不做心里头堵得慌，做了心里痛快。

可两个月前做的一件好事，却着实让他烦恼了一回，压得他多日透不过气来。

6 月 22 日上午 9 时，周国立驾车行至石家庄市淡固西大街 27 中学门口时，一男子拦车，称送一伤者上医院。周国立停车后，在众人的帮助下，把一位头部出血的女孩抬上了出租车，迅速送往省儿童医院。在医院，周国立掏钱为女孩挂号，待包扎好伤口后，又开车把她送回了家。

没想到一进女孩家里，受伤女孩的母亲一见女儿满身血污，非常吃惊，急问怎么回事，女孩称她也说不清。其母转问周国立：“你怎么把俺闺女撞成这样？”任周国立怎么解释她都不听，就认定他是肇事者：“不是你撞的，你干嘛还送到医院？”周国立又将母女二人拉到事故现场。路边小卖部一女孩出来作证说不是这辆出租车撞的，女孩的母亲仍然不相信。这时，受伤女孩称头晕，周国立把她们又拉到医院。做 CT 检查，女孩母亲钱不够，要去周国立身上仅有的 85 元钱。取药时，她又从出租车驾驶台上拿走 10 元零钱。两次去医院，周国立为伤者共支付医药费 107 元。

事后，有人问周国立，既然女孩母亲不相信你，认为你是肇事者，你为什么还拉她们去医院？周国立说，当时没考虑别的。谁都有孩子，当时只想到孩子嚷头晕，别耽误了诊治。

周国立辛辛苦苦跑了一天，最后又被怀疑是肇事者。当晚，他彻夜难眠：难道我救人救错了吗？

第二天一大早，周国立就将一张寻找车祸目击者的启事贴到了事故现场。启事一贴出，就有几位目击者出来作证。当时和受伤女孩同时被撞倒在地的华北蓄电池集团公司女工张英文正好路过，当即留下姓名和联系电话。市工业品进出口公司朱兆印经理是现场救助者之一，看到启事后，把自己的姓名、单位、电话写在启事上。虽然有众人作证，但受伤女孩的母亲仍咬定周国立是肇事者。她说，她只相信她女儿的话，别人谁的也不相信，而她女儿又说记不清当时的事。

6月23日，市交管局事故科对此事故立案。6月26日下午3时，周国立的出租车被扣留在事故科进行技术勘查。6月30日下午5时，完成勘查和取证后，周国立才将出租车开回家。为了妥善处理这件事，事故科于7月11日召集周国立、女孩母亲及证人座谈。座谈后，事故科王科长宣布，此起交通事故与周国立没有任何关系，他的行为属于见义勇为。

周国立说，他以前曾听说山东和陕西出现过这样的事情，这次自己遇上了，当时还宽慰自己，幸亏是轻伤，两次医药费才107元，就算给自己的孩子花了。钱掏了，可女孩家的白眼他可看不下去。

最难以接受的是在交通事故处理科，女孩的母亲质问周国立："你救我的女儿图个啥？"当时，周国立愤怒了，然而他愤怒的方式是默不作声，悄悄地离开了女孩的父母，一个人静静地站到走廊里去了。

周国立的心被深深地刺伤了。后来，妻子张雅娟给新闻单位打的一个电话使事情开始有了转机。

一石激起千层浪。最让周国立感动的是现场附近的居委会郭大妈，几次主动组织证人来事故科作证，并多方联络其他证人。她对周国立说："小伙子，咱这个社会太需要你这种人了，无论如何不要因为被冤枉而不做好事了。"在整个作证的过程中，许多陌生人通过不同的方式来安慰支持周国立。

天鸿大厦员工将一只写有"好人一生平安"的工艺船送到报社编辑部，请转送周国立；石家庄市大众商场将1000元奖金、"大众荣誉奖"奖杯、证书颁发给周国立。

被撞女孩母亲所在单位石家庄拖拉机厂的领导，代表全厂职工向周国立赠送了锦旗和写有"一帆风顺"的镜匾，奖励周国立1000元精神文明奖，并对他在见义勇为、助人为乐后受到的委屈表示歉意。

在新闻媒体的关注下，被撞女孩父母经过冷静思考，认识到自己的行为给见义勇为者带来的经济损失和精神打击。8月6日，他们通过《燕赵晚报》向周国立一家致歉。周国立欣然接受了这个迟到的道歉。

周国立的妻子谈起卖车的事，眼里还闪动着泪花。她告诉记者，在最初的日子里，她把碰到这种不讲道理的人的愤怒迁怒于周国立，埋怨他多管闲事，怕他以后开车碰上类似的情况还要管，于是冲他发火："把车卖了，卖了，我再也不想看到它。"一有这个想法，她就认真起来，几乎每天都要为此和周国立争执。同时，他们两口子为了讨个清白，四处奔波，10岁的儿子没人照顾，中午饭也顾不上吃，真不知这无端的"官司"打到什么时候。于是一咬牙，就把车卖了。这辆出租车是一家人唯一的生活来源。自从两年前张雅娟下岗后，至今没有工作。每天早晨天刚亮，她就起来把出租车擦得干干净净，再给它换上崭新的座套。卖车时，她哭了……

石家庄市运管处处长张彦兰、书记王晨英明确表示，为了弘扬这种见义勇为的精神，运管处决定破例重新为他们办理出租车营运手续，欢迎他们回到"文明使者"行列。

7月5日，副市长王海洋带着3000元奖金看望了周国立。

当记者到他家中采访时，他10岁的儿子周春雨说，他认为爸爸是个好人，他想早一点儿开学，把这件事告诉同学们。

记者采访周国立时，他已经驾驶着新车开始了奔忙。他告诉记者，一定要写上感谢运管处免费为他办理了新的营运手续，免费安装了计价器和打印器。

第十二届中国产经好新闻通讯类三等奖 作者：杨代丽 编辑：彭燕 | 1997年9月6日 3版

中国海员对旧货说不

那是我海校毕业后的第一次登轮远航，时间是1978年10月，目的港是日本神户。

那时候，电视机、洗衣机、收录机、电冰箱对大多数中国老百姓来说还是望尘莫及。而在我们的东邻日本，已经被淘汰了的黑白电视机、单缸洗衣机和旧电冰箱早已被扔得满大街都是。当聪明的日本人得知把这些“破烂”送给中国船员可以免交垃圾费时，一夜之间，我们船停泊的码头变成了一个名副其实的垃圾场。当我们的船员从垃圾堆里拣拾这些旧电器时，站在一边的日本人由衷地笑了。我分明看见，那笑容里绝对不是友善的同情，而是一种轻蔑和嘲讽。

那时候一台好一点儿的旧电视、旧洗衣机或旧电冰箱在国内可以卖到几百甚至上千元，当时海关对船员从国外携带进口的物品的数量和新旧也没有限制，于是，在国外买旧货就成了远洋船员的“第二职业”。就连一些聪明的日本人也因此做起了旧货生意，他们不再慷慨大方，不再面带笑容，而是和我们一样从垃圾堆里拣拾旧电器，稍经修理，然后再卖给中国船员。有不少日本人因此而发了家。

到了80年代中期，中国船员虽然也在国外买旧货，但档次明显不一样了：彩电要大屏幕的，洗衣机要全自动的，冰箱要大冰柜的，有的老船员甚至花几万、几十万日元购买翻新的摩托车。大约在80年代末期，国家出台了不准船员在国外买旧货的规定，而这个时候的中国船员早已对旧货不感兴趣了。尽管在日本的大街上还能看到“热烈欢迎中国船员”、“本店旧电器全部大出血”的字样，而腰包日益鼓胀的中国船员早已学会了用日本人当初看中国人的那种不屑去斜视日本人。日本的旧货市场从此走向衰败。

90年代中期，当我再次随船来到日本时，发现我们的船员光顾的都是有名的大商场、大超市，关注的都是什么34英寸平面直角电视、超级先锋组合、铃木400、24K纯金首饰……而且会用极其专业的外语、近乎挑剔的眼光和非常强硬的口气跟老板砍价。

今年夏天，我再次随船到日本，发现中国船员对所有的洋货都不感兴趣了。原来，船员家里该有的基本上都有了，他们现在的目标是攒钱买房子、买汽车，然后领老婆孩儿到国外旅游观光……

第十三届中国产经好新闻通讯类二等奖

作者：庚秉堂 编辑：孙宝夫 | 1998年12月16日 1版

火眼识鬼船　姗妮现原形

4月15日，经武汉海事法院确认，“姗妮1号”是条“鬼”船，其本来面目是“天裕”轮，并依法将其返还真正的船东——巴拿马天裕轮船有限公司。在这宗备受国际商会、国际海事局，我国最高人民法院、公安部、交通部、边防总局及有关单位高度重视和关注的裁决案中，是谁揭开了“姗妮1号”伪装的面纱？

例行检查问题多

去年12月18日，张家港长江港航监督局的3名安全检查监督员登上到港的洪都拉斯籍SANEI1轮（译名姗妮1号）进行例行的港口国监督检查。经认真检查，先后查出“姗妮1号”轮的通风筒防火挡板受损、海图长期未改正、航海图书资料及船舶资料严重缺乏、无线电台站不能工作、救生艇的艇机不能启动等35项大小缺陷和问题。

此外，细心的检查官还在检查中发现几处可疑的地方：该船主机、自动雷达标绘仪、舵机等主要航行操纵设备的建造日期均为1985年，而该船向港监机关申报的建造日期却为1981年；该船除了一份由洪都拉斯船检局签发的临时船舶证书外，其他各种船舶资料、部分设备产品的说明等原始资料均不在船上；船上的法定文书航行日志、轮机日志等都是新换的，从1998年9月开始记载，这之前的文书都不在船上；该船的船艏、船艉、救生艇、救生衣必须明确标明船名和船籍港的地方均被新刷油漆覆盖并重新涂上船名、船籍港。

这些可疑之处让3名检查人员感到，这条洪都拉斯籍的“姗妮1号”杂货轮船似乎来历不明。

细调查水落石出

虽然这次检查只是一次例行检查，在签发了包括拟采取滞留行动在内的港口国监督报告后，3名检查官将以上的疑点向局有关领导作了详细的汇报。

3名安检人员的汇报引起了张家港长江港监局领导的高度重视，立即组织查阅了船舶进出口的资料和近期的《协查通报》等有关船舶信息，发现这艘名为“姗妮1号”的杂货船与1998年9月28日在马六甲海峡失踪的巴拿马籍“TENYU”（译名“天裕”轮）有相似之处。

1998年9月27日，巴拿马天裕轮船公司所属“天裕”轮装载3006吨铝锭，从印度尼西亚库拉天琼港前往韩国仁川港。该轮离港后不久，便失去联系，船和货物以及16名船员全部失踪，失踪的船员中，除两名韩国船员外，其余全是中国船员。对此，国际海事局发出紧急通告，悬赏10万美元查找“天裕”轮的下落。

面对“姗妮1号”轮种种可疑之处，张家港长江港监局立即组织人员对“姗妮1号”与“天裕”轮的技术资料进行对比论证，发现两轮在船长、船宽、载重吨以及船舶类型等方面的主要技术数据基本吻合。但是，这艘名为“姗妮1号”的杂货船是不是失踪的“天裕”轮呢？

12月18日16时，张家港长江港监局依据港口国监督检查的要求，以船舶状况不适航的原因，对“姗妮1号”下达了《禁止离港通知书》，要求该船纠正所有被查出的缺陷，经港监机关复查合格后才能开航。同时，成立了专案组，对该船的真实身份进行了进一步确认。经调查，了解到该船所载棕榈油的货主是张家港一家外资公司，该公司1998年10月21日曾进口3006吨铝块，与“天裕”轮失踪时所载的货物量相同。

面对可能出现的复杂局面，1998年12月20日，张家港长江港监局专案组向交通部海事局和长江港监局就“姗妮1号”可能是失踪的“天裕”轮一事进行了汇报。交通部海事局和长江港监局对此事非常重视，要求张家港长江港监局进一步调查取证，同时要求24小时保持联络。

1998年12月21日，中国海上搜救中心发电传给国际海事局，要求提供“天裕”轮详细的资料。一天之中，双方5次交换信息，比较“姗妮1号”与“天裕”轮的主要数据。同一天，消息传到了天裕公司。两天后“天裕”号船壳保险人和“天裕”轮船公司有关人员来到武汉海事法院，要求扣押“姗妮1号”，保全“姗妮1号”的船舶证书、航海日志等证据，保全船舶财产。

在此期间，张家港长江港监局的安检人员遵照交通部海事局和长江港监局的指示，以进行港口国监督复查及调查处理防污染违章等理由再次登上“姗妮1号”。检查人员充分运用船舶安全检查的专业知识，认真核实了交通部海事局要求进一步查证的有关船舶资料，同时仔细查找新的证据。经过安检人员的认真仔细检查，发现该轮船艉的船籍港标志中能够识别比较明显的“PANAMA”（巴拿马）的字样，说明该轮曾经是巴拿马籍；同时该轮船体“水线上是银灰色、水线下是绿色、上层建筑是白色、桅杆是黄色”，船型外观与国际海事局有关“天裕”轮的传真一致。在对驾驶台的检查中，细心的检查人员还发现了一个非常有力的证据：驾驶台左侧的VHF台站的70频道内留有从N10.2°、E109.57°（北纬10.2度、东经109.57度）的地理位置发送的遇险求救信号，这个地理位置正是“天裕”轮失踪的地点——马六甲海峡的大致方位。这个发现有力地证实，这艘名为“姗妮1号”的洪都拉斯籍杂货船极有可能就是失踪了的巴拿马籍的“天裕”轮。

12月23日，张家港长江港监局将新发现的证据和要求核实数据的结果向交通部海事局汇报。

同一天，远在千里之外的武汉海事法院裁准天裕船舶公司请求，下达了扣押令，对“姗妮1号”轮予以扣押。同时，在张家港边防检查站的协助下，实施武装监督并上船勘验。

经过武汉海事法院的勘验，正式确认“姗妮1号”轮即为失踪的“天裕”轮。从国际海事组织传来的信息也证实，扣押在张家港的“姗妮1号”是冒牌的，而真正的“姗妮1号”正在日本。

“起死回生”尚待查

在武汉海事法院下达扣押令之前，“姗妮1号”纠正了部分缺陷，并多次向张家港长江港监局申请港口国监督复查，要求准予开航。张家港长江港监局综合考虑各方面的因素，运用港监各种监督管理手段，在要求该船纠正缺陷的同时，为“天裕”轮船东向海事法院起诉和武汉海事法院下达扣押令争取了宝贵时间。法院将“姗妮1号”扣押之后，张家港长江港监局又认真协助有关部门执行船舶扣押令，并派人员协助江苏省公安厅调查取证，提供船舶航海技术资料。

今年2月11日，天裕公司状告冒牌“姗妮1号”船东迦亚公司。为了减少原船东的损失，4月15日，武汉海事法院裁定将“姗妮1号”返还天裕轮船公司。

但“天裕”号是怎样失踪的？又是怎样“复活”的？16名船员是生是死？3006吨铝锭货在何处？目前，公安部已指示江苏省公安厅立案侦查，不久，谜底将会被一一揭开。

交通部重点扶贫传喜讯

独龙族告别无公路历史

本报讯 8月27日下午5时，6辆农用汽车通过独龙江公路，将一批扶贫救灾物资运进云南省贡山独龙族怒族自治县独龙江乡孔当村。这是汽车第一次开进独龙江乡，它标志着独龙族无公路历史的结束。

汽车驶入独龙江乡的消息传开后，不少从没有见过汽车的独龙族群众穿上节日盛装，赶一二十公里山路到公路沿线来看汽车。

独龙江乡是独龙族的主要聚居地，位于滇西北高黎贡山与担打力卡山之间，独龙江纵贯其间。全乡总人口4034人，其中独龙族占总人口的绝大多数。长期以来，独龙江乡仅有一条人马驿道通往外界，所有的物资运输全靠人背马驮。独龙族成为我国惟一没有享受到现代公路交通便利的少数民族。封闭导致独龙江乡经济发展缓慢，到1998年年底，全乡人均纯收入217.14元，人均粮食仅172公斤。

为了尽快改变独龙江乡交通落后的状况，交通部和云南省交通厅把独龙江公路建设作为对怒江州实施交通扶贫的重点项目之一。黄镇东部长提出，1999年9月30日前要实现独龙江公路毛路通车，让千百年来与世隔绝的独龙族人民坐车前往县城参加建国50周年和怒江傈僳族自治州成立45周年的庆典活动。

1995年11月18日，独龙江公路正式动工兴建。由于独龙江公路沿线年平均降雨量在2900毫米至4000毫米之间，雨季长达9个月，50%的路段处在降雪带，水毁频繁，施工难度很大。但是，困难并没有压倒筑路人。54岁的独龙族党员齐里新说："党和政府这么关心我们少数民族，我们参加施工的独龙人要千方百计把路修好。"

独龙江公路起于贡山县茨开镇满孜村普拉河桥头，止于独龙江乡孔当村，全长96.2公里，为简易公路。

独龙江公路虽然毛路已经建成，但养护和保通任务依然十分繁重。

第十四届中国产经好新闻消息类二等奖　作者：王家凯 张联发　编辑：经晓晔 | 1999年9月1日 1版

美军直升机突降我轮

打扰打扰　抱歉抱歉　多谢多谢

中远集装箱公司所属大青河轮 11 月 6 日在驶往日本横滨港途中，进行了一次特殊的海上救助。

下午 3 时，船舶上方突然响起了飞机轰鸣声，一架美国海军舰载直升飞机呼地一下从该轮左后方飞向船头，到第三舱的集装箱上空，那里堆放的集装箱平平展展，俨然是个理想的升降平台。直升机在此处悬停了一会儿，然后快速、稳当地降落在了上面。此机编号是 NAY/15 154836。

就在该轮上空响起直升机轰鸣声的同时，船长仇伟良快速冲上驾驶台，正在甲板右舷做保养工作的水手长、一水、二水也不约而同地停止了工作，密切观察动态。为什么美国海军舰载直升机要强行降落？由于美军专用 VHF 频道与大青河轮国际通用 VHF 频道有差异，一时无法联络。此时，直升机窗户打开了，正、副驾驶员伸出戴头盔的头和手臂，向大青河轮驾驶台乱挥。船长一面指示二副前往联系，一面停车减速。二副立即赶往船头右侧。两名美军飞行员爬出了直升机，其中一名飞行员在船员们的帮助下爬到了舱盖板上，得到同意后，才爬到右舷主甲板上，神情十分紧张。大副礼貌地将他引领到船舶接待室，早已等候在此的仇船长严正地问道："为什么强行降落在我轮？您不知道这是违反国际法的吗？"该飞行员赶忙解释：直升飞机因缺少某种油料，离军舰太远，无法飞回去。他再三向船长道歉。弄明原委后，船长要求他签署了有关声明。

询问结束后，船长在驾驶台指挥，大副在现场指挥，开始帮助美军驾驶员脱困。直升机机长告诉船长：军舰正向这里驶来，另一架直升机将送来油料，请求船上协助在前后两排集装箱空当之间搭一条通道，以便运送油料。船上快速地满足了他们的要求。一会儿，一条由跳板架设的通道就架设好了。在等待军舰驶近的空隙，水手长与美军飞行员比画着手势，友好地交谈着。

下午 3 时 30 分，美国海军 NO.26 军舰驶近了大青河轮。

下午 4 时，从 26 号舰上又起飞一架直升机，该机飞临大青河轮后未按预定方案将油料送至集装箱上，而是与故障直升机并排，悬停在直升机的右侧上空，通过悬索吊下三桶油料，直接由停泊的直升机飞行员拎进了飞机。整个补给作业15分钟就完成了。

下午4时17分，补油后的直升机点火发动，飞往不远处的美军舰。

下午4时20分，美海军军舰通过VHF向大青河轮船表示谢意，对于造成的麻烦表示十分抱歉，并祝大青河轮航行顺利。

至此，一场罕见而又奇特的海上救助顺利完成了。仇伟良船长发出了一切恢复正常逐步加速前进的命令。主机的轰鸣声又渐渐响了起来，大青河轮开始了其后续的航程。

第十四届中国产经好新闻通讯类三等奖　作者：张天贵 黄楠平　编辑：孙宝夫　1999年12月4日 1版

福建省用4年时间花上百亿元建设公路先行工程，换来八闽道路通畅的今天。但是有人担心，行路难不久将再现，原因是——

超限车成公路杀手

10月19日至22日，记者驱车在闽西北公路搞调查。先从福州向西出发，由316国道沿闽江上行。车经南平市，南转205国道，过三明市，又向东走319国道，经龙岩市跨越盘陀岭山脉进入漳州市。沿途见到：新拓宽改造的公路水泥路面裂痕道道，很多地段呈单边沉降状态，一些桥梁如国公桥、保丰桥拱圈废失……公路像一条缀满补丁的长衫向前伸展。正在修补的路面，时不时堵起一条长长的车龙。有人说："如此下去，行路难的局面又要重新出现了！"难道真会这样吗？

我们不妨先看看沿途公路部门提供的一些材料——

三明市：当前，全市已投入3500多万元巨资对国道205线沙县至青州路段进行全面整修，如不及时制止公路上的严重超限运输，这段路建设时的巨额投资将化为泡影，国道陷入边修边坏、屡修屡坏的恶性循环。

龙岩市：从1995年水泥路面铺好至今，仅板寨岭至龙岩市区这一路段（国道319线），已花费2700多万元进行修补、重铺。补铺水泥路面17.7835万平方米，按7米宽路面折算，相当于重铺25.4公里路面。

漳州市：从港桥至永溪（国道319线）90公里长的路面，破损26538.5平方米，仅今年1至9月份，就投入维修费398万元。角尾至诏安段（国道324线）148公里路面，破损了3993.36平方米，今年1至9月，投入维修费359.9万元。

造成公路这种惊人的破损，原因何在呢？据调查分析，主要症结是运输业主违反规定严重超限运输，造成路面早期大面积破损。

结合记者沿途所见所闻，这个分析就更有说服力了。

10月19日下午5时5分，记者在三明市205国道上看见一辆粤MX0481的三菱大货车。这辆车前4个大轮、后8个大轮，分4排，双联车轴，采用加高栏板的半封闭式车厢，内装水泥40吨（司机自报），而核定吨位才15吨。路政人员说，这种超限车每天在这段路上至少能见到30多辆，它们都是挂着外省车牌专跑福建境内搞运输的。

与龙岩市路政分局的同志座谈时，他们拿出一份调查报告。报告称：在抽取1000 辆载重货车进行过磅调查时，发现核载 4.5 吨的东风牌自卸车普遍载重 16 至19 吨，最多载重 22 吨；核定载重 8 吨的尼桑、五十铃货车普遍载重 19 至 22 吨；核定载重 6 吨的平头解放、小日野车普遍载重 15 至 18 吨。龙岩市每昼夜这类货车流量达 5000 多辆，听了令人心情陡然沉重起来。

离开龙岩去漳州，车过板寮岭。但见盘旋而上的公路上，一辆接一辆的超限车载着水泥、煤炭，挂着低速档，时不时轰几下油门，如负重的老牛，喘着粗气，慢腾腾地爬着长坡，车后拖出一股股黑烟，弥漫在山岭间。站在路边，“牛车”一过，便听到水泥路面便发出“咔、咔”的声响——那是路的呻吟！

令人忧虑的是，这种超限运输已不单是闽西北国省道上的特有现象，也不是一个县、一个市的局部现象，而是全省性的问题。闽东 104 国道、闽南 324 国道正同样遭受着超限车辆的无情践踏！

超限车对公路的破坏是残酷的。

龙岩市交通部门的同志引用英国阿伦·史密斯和美国 AASHO 道路试验所的研究成果来说明这个问题。材料说：路面的破坏几乎完全是由重型车造成的；轴的破坏力随着重量的增加而迅速增加，增加幅度大约依照 4 次方级数递增，即重量增加一倍，破坏系数将增加 16 倍。也就是说，核定载重为 1 的车辆如超载至 2 的话，车辆对路面的作用次数是正常装载车辆作用的 16 倍。按龙岩市每昼夜单向流量计，相当于 4 万辆原设计轴车在行驶。据公路专家介绍，像福建目前修建的二级公路只能适应中型原设计轴重汽车的年平均昼夜交通量 2000 至 5000 辆。可见福建公路超负荷现象是何等的严重！长此下去，行路难现象再度出现，绝非危言耸听。

第十四届中国产经好新闻通讯类三等奖　　作者：陈智通 | 1999 年 11 月 9 日　1 版

想当年 举债修路欲收买路钱　叹如今 家财散尽两子赴黄泉

毒品使新闻人物从巅峰坠落

张在虎，一个在80年代中后期曾广为人知的名字，似乎注定要再次成为本报关注的焦点。这一次，不是因为他负债筑起的那条曾引起广泛争论的公路，而是因为吸毒与贩毒。

修路义举　众口称赞

汽车从忻州出发，沿蜿蜒的高原公路向西北方向缓缓行进了近八个小时，终于抵达黄河岸边的保德县。

保德，是山西省有名的贫困地区忻州“西八县”之一，据说当年康熙皇帝曾到此地巡察，随后提笔写下了如下诗句：

山高露石头，黄河水倒流。

富贵无三辈，清官也难留。

干旱少雨的气候以及恶劣的自然环境使这里的百姓至今没能过上富足的生活，人们多以挖煤及煅烧石灰为业。

当年，44岁的张在虎就是从这里声名鹊起的。

1988年1月9日，《中国交通报》2版刊登了一篇题为《一农民自筹资金修起一条公路而负债累累》的文章，记述了张在虎举债修路的大致过程。

从1985年8月开始，张在虎，这位山西省保德县腰庄乡（实际为贾家峁乡行宫焉村）的农民，通过借贷款筹集资金22万元修通了一条宽7.5米、长12公里的山路，沟通了邻近3个乡同外界的联系，当地农民从此运煤的路程由原来的82公里缩至30公里，每吨煤的运费由此可节省7.6元，按每天通过这条路的运煤车最多可达180车次计，算下来一年可节省运费300万元。

工程于1986年10月完工后，张在虎除了筹集的22万元全部花光外，尚拖欠10万元施工费材料费。

在这种情况下，张在虎拟对过往的车辆按每吨货物3元的标准收取养护费，这样一年下来就可还清全部债务。但当时国家有关政策、法规中尚无允许个人私自收取养路费的规定。

《中国交通报》在为这篇文章配发的“编后”中写道：农民个人投资修路的热情如何引导、鼓励、保护？该不该收回公路建设投资，怎样收回？政府主管部门应如何制定政策以集中社会闲散资金，用于交通基础设施建设？因修路而负债的问题怎样合理解决？由此在全国交通系统内引发了一场关于张在虎究竟能否收费的大讨论。

1988年1月30日，《中国交通报》在2版刊出了长篇通讯《一个农民的选择——张在虎修路纪实》，详细报道了张在虎这位从1983年干起运输专业户、承包着四孔煤窑的万元户举债修路的义举以及他所面临的困境。与此同时，来自全国各地的数百封争论张在虎该如何得到补偿的信件，也像雪片般飞进报社。这场讨论一直持续了近两个月时间。

《中国交通报》有关张在虎的报道显然引起了广泛关注。当年采访张在虎的本报记者田金兰回忆起来时仍不无惋惜地说：“由于那时候自己刚刚大学毕业，经验不足，一块大布料只做了件小衣服。”

名利双收的张在虎

张在虎举债修路的义举在本报刊出后，引起了有关部门及新闻界的高度重视。《忻州报》《农民日报》《山西日报》《人民日报大内参》等报刊纷纷刊登张在虎的先进事迹，一时间全国各地的读者纷纷撰稿，盛赞张在虎的果敢行动。《山西日报》从1988年3月11日起，也辟出专栏开展讨论。全国卷起了一股不大不小的“张在虎旋风”。

张在虎的模范事迹，得到了上级党委政府的高度重视。1986年，他被忻州地区行署评为先进工作者。1989年5月1日，他被忻州地区新闻协会评为“忻州地区十大新闻人物”。1989年4月29日，在《忻州报》破天荒出版的一期彩报上，刊登着张在虎威风八面的照片，与其他九人一道，书写着十大新闻人物的创业史。

面对张在虎的筑路义举，山西文艺界也不甘寂寞。山西惟一的大型文学期刊《黄河》在1989年第4期上，以《路在脚下》为题，洋洋数万字，详细记述了张在虎的修路事迹；封二还刊登了张在虎的生活照以及他与妻子张春梅在晋祠旅游的照片。在北岳文艺出版社出版的《云中星光》一书中，张在虎的事迹、照片也列在其中。

出了名的张在虎在经济上迅速发迹。在随后的数年时间里，他开煤矿，养车队，成立了聚鑫有限责任公司，成了闻名山西的农民企业家。张在虎一度开着9座煤矿，养着8部汽车，积累了数百万家财。1984年的时候，张在虎就花三万多元在保德县城买下一亩多地皮，盖起了五间水泥板房。1989年，一辆崭新的桑塔纳轿车开进了张家大院。

张在虎的事业如日中天。

名利双收的张在虎，在政治地位上也得到了报偿。据《忻州日报》报道，1990年，张在虎组织全体村民对村干部进行了改选，他当之无愧地当选为村委会主任。由于村里没有支书，不是党员的张在虎被上至县机关的工作人员，下至村里百姓习惯性地唤作“支书”，从而独揽了村里的党政权力。

毒品使新闻人物从巅峰坠落

十月的晋西北黄土高原望上去只是一片浑然的黄色，有几分刺眼。同行的忻州地区交通局的朋友讲，今年晋西北大旱，靠天吃饭的当地农民又近于绝收。

这片贫瘠的黄土地啊！

然而，这片与作家陈忠实笔下的“白鹿原”仅一河之隔的贫瘠的黄土地仍同样为罂粟种植提供了天然的土壤条件。虽然政府明令禁止种植罂粟，并对私自种植的农民予以重罚，但每当春天来临时，这“罪恶之花”还是星星点点开放在这片黄土高原的沟沟垅垅上。于是，每年春天，原平、宁武、五寨等地的干部就多出了一项任务：组织起来漫山遍野去拔罂粟！

与此同时，一条在宁武等县种植，集中到五寨县制造，最后偷运到保德等地贩卖的毒品暗流业已形成；而与陕西省府谷县隔黄河相望的保德，作为这条暗流的最终“消费地”，成为忻州地区乃至山西省遭受毒害的重灾区。据保德县公安局估计，在这个国家级贫困县的十三四万人口中，竟有数以千计的人在吸食、贩卖毒品！保德县看守所在押人员的60%左右是吸毒、贩毒人员，其中绝大多数为复吸人员，有的已是第四次跨入看守所的大门。保德县人民法院1998年裁定的几十起案件中，有14起是涉及贩卖毒品的案件。

贩毒活动如此猖獗，自然与贩卖毒品的暴利有关。据了解，每克土制海洛因可以包成40多包，每包仅重25毫克，只有火柴头大小的一包土制海洛因贩卖价格竟高达30至50元不等，也就是说，吸毒者每吸食一克毒品，就要耗去近1500元，真是名副其实的比吸食金粉还金贵上十倍！巨额的吸毒花费，使许多“瘾君子”走上了“以贩养吸”的犯罪道路。

而张在虎及其家人，就是被这股毒品暗流吞噬的。

1998年9月28日，保德县人民法院依法对张在虎贩卖毒品一案进行了判决：被告人张在虎犯贩卖毒品罪，判处有期徒刑五年零六个月，并处罚金1000元。

在法院下发的刑事判决书上，详细记录了张在虎历次贩毒的经过：

1993年，张在虎卖给本县东关镇徐海沟的吸毒人员吕玉平20包毒品（土制海洛因，以下同），张得款600元。

1995年，张在虎卖给本县东关西大街的吸毒人员张五星10次料面，毒品张五星全部吸食，张得款2000元。

1995年，张在虎卖给东关新市场的康喜毒品20个圪蛋，毒品康自己吸食，张得款5000元。

1996年，张在虎卖给本县东关镇陈家塔的吸毒人员翟亮平毒品一个圪蛋。毒品翟全部吸食，张得款150元。

1996年7月份，张在虎卖给本县东关的芦继高两包毒品，毒品芦全部吸食，张得款100元。

1996年冬天，张在虎卖给本县东关镇陈家塔的陈俊兵3包毒品，毒品陈全部吸食，张得款150元。……

经审理查明，张在虎从1993年到1998年间，先后向保德县居民22人贩卖毒品22次，非法所得10420元。

此外，经保德县公安局查实，张在虎的妻子张春梅，分别在1997年9月和1998年2月、8月，三次售给东关镇农民陈俊兵、姜军军、孙文革土制海洛因10包，非法所得420元。

张在虎的大儿子张彦飞，从1992年开始，经常贩卖毒品。

张在虎的二儿子张若飞，从1993年7月前就到五寨购买料面，除自己吸食外，还出售给保德县吸毒人员，非法牟利。1993年8月，被公安机关抓获，对其劳动教养一年。1994年8月解除劳动教养后，不思悔改，从1995年2月开始，又继续贩毒8次（查证数）。

张在虎的三儿子张俊飞，据反映也既吸又贩，整天不离毒品。

张在虎及其家人究竟是如何被毒魔俘获的，毒品又给当年这位新闻人物的家庭带来了什么？

以吸毒为序幕上演的家庭悲剧

记者沿着保德县城崎岖不平的山路拾阶而上，来到东关镇徐孩沟张在虎的家，采访这位从巅峰跌落下来的新闻人物。

张在虎1998年9月底被判刑入狱，服刑半年后，因身体有病保外就医，现在家中养病。

今天的张在虎腿有点瘸，头发显得很稀疏，只是一支接一支地吸烟。据他的妻子张春梅说，张在虎1995年患脑血栓，一度病重得说话都很困难，今年病情已大为好转。

记者把本报当年有关张在虎的报道复印件拿给他看，张在虎的神情由此显得很激动，双手也跟着抖动起来，那些报道显然唤起了他对过去美好的回忆。

记者问张在虎如今靠什么生活。他说靠老婆四处要饭吃，当天上午她还去了黄河对岸的府谷县城。

据张春梅讲，张家人最初接触毒品和一笔债务有关。

1989年，保德县一个叫贾四的人以做买卖缺钱为由向张在虎借款5万元。

1992年，张在虎向贾四讨债。贾称没钱，便给了些土制海洛因抵账。

张家有了毒品，大儿子张彦飞发现后，第一个吸了起来。

随后，二儿子张若飞，三儿子张俊飞都不知不觉染上了毒瘾。

为了弥补一家三四口人同时吸毒的巨大花费，张在虎、张春梅、张彦飞、张若飞、张俊飞相继走了贩毒的道路。

由此，一幕幕悲剧开始上演。

1995年阴历八月十六日，中秋节刚过，张彦飞开车走到桥头镇外的一个河岔口附近时，车子翻进数十米的深沟里丧生，年仅29岁。经公安部门认定，出车祸的原因是：毒瘾发作。

据张在虎讲，大儿子死后，他受到刺激，患上了脑血栓病，经常头疼。为了“缓解”痛苦，张在虎开始吸食毒品。后因吸毒贩毒性质严重，1998年7月24日，张被保德县检察院批准依法逮捕。9月28日，保德县人民法院判处张在虎有期徒刑5年零6个月。

张若飞，1994年8月解除劳动教养后，1996年3月，又因吸毒贩毒，被保德县公安局收容审查，决定对其劳动教养3年。

张俊飞，因大量吸毒，坐吃山空，生活难以为继，经常上路拦截过往车辆敲诈钱财。1998年11月19日晚，张俊飞再次上路时，在保德县电业局附近被过往煤车当场撞死，年仅26岁。此前40天，他的妻子断然与他解除了婚约。

张春梅，1998年8月26日因涉嫌贩卖毒品被保德县公安局刑事拘留；同年9月29日，经检察院批准被依法逮捕。准备判刑之际，三儿子张俊飞被车撞死。次日，县公安局将张春梅取保候审，让其处理三儿子的后事。

毒品，使张在虎数百万家财一朝散尽，最终落得个家破人亡的悲惨结局。

如今的张家大院已被一堵红色砖墙分成了两个院落。墙是大儿子张彦飞死后垒起来的。张在虎的大儿媳徐亮娥住着墙西侧的两间屋子。

屋内的家具很简单，倒也收拾得干净利落。

徐亮娥仍清楚地记得当年她与婆婆张春梅每天要做六顿饭招待雇来挖煤的矿工时的情景。说到这里，她的神情变得很凄楚，只是喃喃地说："可惜了这样一个家庭……"

一旁，两男一女3个孩子守着电视机看"蓝精灵"，大的11岁，小的仅4岁。徐亮娥说，学校了解到家里的困难，给两个上学的孩子免去了一半学费。

二儿子张若飞也有3个孩子，不时地跑来缠在张在虎夫妇的膝下。

是这些孩子们给张家大院增添了几丝生气。

张在虎的辩解

在保德县人民法院审判张在虎贩卖毒品一案期间，张以自己开口讲话有困难为由，没有对自己的犯罪行为作出口头辩解。在看守所关押期间，他让人代笔，写出两份书面辩解意见：

其一，1993年至1995年间，张在虎称自己担任"村支书"并且承包了煤窑，没有时间去贩卖毒品；

其二，张在虎认为自己1995年因患病染上毒瘾，之后一直治病养病，包括到太原进行治疗，因此没有精力贩卖毒品。

采访过程中，张在虎仍然坚称自己从未贩卖过毒品，并向记者出示了一些吸毒分子称从未从张在虎处买过毒品的证明材料。

张在虎将家庭衰败的原因归结为"文化程度低""没人支持""墙倒众人推"，而单单没有提到毒品。

记者问起张在虎日后有什么打算，张脱口而出："到以前修的那条路上去收钱。"

那条路，给了张在虎太多温暖的记忆。

第十四届中国产经好新闻通讯类三等奖　作者：杜增良 刘邦晋　编辑：莫淘 | 1999年10月30日 8版

火热川藏线

——体验318国道排龙段抢通

6月10日，西藏波密境内的易贡湖溃坝，被特大型山体崩塌滑坡堆积体堵塞62天的湖水暴泻，形成了12.1万立方米每秒的流速，是1998年长江洪灾高峰的2倍左右。洪水挟着泥石流经过国道318（川藏路南线）通麦大桥时，水位高出桥面32米。这百年不遇、世界罕见的泥石流是一般的公路桥梁无法抵御的，洪水过后，318国道从通麦大桥以东500米经帕隆沟至排龙乡的14.5公里路段内，除帕隆沟东侧3.3公里损毁较轻外，其余11.2公里严重水毁。通麦大桥（钢桁架桥165米）、钢架桥117米／4座和钢筋混凝土桥梁28米／2座全部被毁；2座钢架桥部分被毁；9.2公里路基完全被毁，1.9公里路基部分被毁。318国道断通，使林芝地区的波密、排龙、墨脱分成三块，昔日车流量每日二三百车次的军需物资大通道上没有了车踪。

易贡灾情发生后，国务院提出了“力争用最快的速度、最好的质量完成恢复重建任务”的要求。6月22日，交通部援藏干部组组长、交通厅副厅长杨文银出任交通厅抢通重建领导小组组长，全面负责易贡灾区的公路抢通、恢复工作。

8月3日上午，记者随杨文银副厅长奔赴排龙抢通工地。离开林芝行署所在地八一镇100公里，至G318-108道班处，路就断了。昨日这里发生了泥石流，只见一座由泥浆、石头、树干和枝叶乱糟糟组合成的斜坡比道路宽出几倍，估计有150米长，3500立方米。两台装载机正在把泥浆、石头往鲁朗河中推，受到挤压的河水翻滚怒吼，快速涌过。

徒步翻越泥石流后，我们换乘工地派来的车前行。这里的路害更多了：有山上滚到路中间的大小石头和横倒的树木；有的地方路基、路面被河水淘空成半圆，仅容一车勉强通过；有数处急流漫路而过，水深几乎没膝。

车行40公里，抵达林芝县排龙门巴民族乡，钻过一横倒在路基上的大树，318国道已是面目全非，满目疮痍。5号钢架桥只剩下摇摇欲坠的半截，林芝公路分局的抢险队员正用钢丝石笼、木笼垒起被毁一侧的桥基，并用巨大的圆木连接桥面。

过桥后，318 国道忽然变成羊肠小道宽的灰砂路，排龙抢通组组长、自治区公路局欧阳峰副局长说，这些砂就是泥石流经过帕隆藏布江时拉月曲河水倒灌留下的。河水在路面以上几米处高的山体上留下印记。

前行，很快到了帕隆藏布江与拉月曲河相汇处，两条急流汇合后沿峡谷咆哮而去，再过二三十公里就汇入雅鲁藏布江大拐弯处。杨副厅长指着汇合处右侧的泥石说：那就是 14 日我们亲眼目睹的山体整体坍塌处。

这时帕隆江对岸一块巨大的裸露山体上忽然有石块哗啦啦滚下，欧阳副局长说：“这块滑坡面积每天都在扩大，不知哪天才能停下。”

一路上，杨、欧阳和武警水电部队三总队的张参谋长在不断地询问、交流甚至争论，当他们又站在怒涛滚滚的江边讨论方案和进度时，一只大蝴蝶忽然在几位的迷彩服之间翻飞不止。

前面的 4 号钢架桥上已铺好木板，透过板缝，见几十米下的河水惊涛拍岸。再往前，0 至 3 号桥不见踪影，昔日国道变成了悬崖峭壁。“噫吁嚱，危乎高哉！”——这里让人很自然就想起李白的《蜀道难》。

悬岩下，几块木头燃烧的炭火明明灭灭，刚打完炮眼的民工站在那里，烤着被雨水和汗水湿透的衣服。淅淅沥沥的雨中，几十位工人有的用杠抬，有的就自己背，把块石垒放在崖边，其艰险困苦，令人心颤。

峭壁中间，一人宽左右的小路时隐时现，它可通往通麦大桥抢险点，是林芝公路分局王培高副局长等 3 人冒死踏勘出来的。在再三交待与叮嘱之后，杨、欧阳与王等握别，王带着四五人攀援而去。渐渐地，万仞峭壁的半腰中，只能看见几个黄色的安全帽在移动。

离开工地后，我们乘车返回，将近 17 时，一处新发生的山体塌方把路死死封住，我们决定翻越滑坡徒步走。爬过塌方，与那边的藏族司机边巴挥别，走出大约 100 米，身后轰然而响，回头看塌方处，几块一米见方的石头滚落下来，带起阵阵烟尘。

在返回的路上，分别发现了 G318-4134、4138、4141 几个路碑，在这段约 10 公里的路上，记者脚踏实地地感受到川藏路病害种类之多，程度之深。难怪这里有“地质博物馆，路害博物馆”之称。

杨副厅长介绍，易贡灾区的公路抢通、恢复工作，分为通麦、排龙和墨脱三部分，原则是先急后缓、先易后难，重点是 318 国道。灾情发生后，交通部曾派由公路司副司长李彦武带队的 11 名专家到现场考察灾情，帮助制定抢通方案。按照方案，G318 先抢通人行便道，再抢通车行便道。车行便道按路基宽 4.5 米，桥梁净宽 4 米，最大纵坡8%，最小平曲线半径15米实施。桥梁、涵洞、支挡防护工程采用临时结构。通麦车行便桥实施吊桥方案，按汽-20级，桥宽5.2米，净宽3.7米设计，桥梁全长249米。初步确定11月底通麦车行便桥通车，那就标志着整个318国道的复通。

据杨说，G318抢通情况较好，但不像当初想像得快，原因有三：正值雨季和主汛期，施工进度慢；灾区大部分路段的桥都毁了，有6公里路成了悬崖峭壁，原路基成了主河道，大型机械无法进入，全靠人工背运建材；洪水对两岸植被破坏非常严重，坍塌、滑坡仍时有发生，对施工人员安全形成威胁。

抢通是艰难的，更难的是资金的落实。经交通部专家组和西藏自治区共同测算：公路抢通需投入6675万元，其中国道318线3690万元；省道易贡公路2440万元；扎墨公路545万元。另外，墨脱县和林芝县排龙乡境内恢复马行道、吊桥、溜索等需4104万元。目前已落实到位的抢通资金有国家计委、财政部、交通部的各1000万元。西藏自治区、地区、县三级政府正尽最大努力筹集资金并动员灾区群众积极投工投劳。但资金缺口依然巨大，318国道抢通需要国家的专项支持，也期待着各地各部门的援助。

川藏路——大动脉在期盼。

致富思源　富而思进

——浙江天台县丽泽乡捐资修路纪事

“大家辛苦了，大老远从外面特地赶回来。”

“要修家乡的路，我们当然要回来的，表表自己的心意。”

5月28日上午，浙江天台县丽泽乡官塘余村和邻近5个村召开捐资改造东风路大会，乡村干部会前热情接待着从外面特意赶来的大小生意人。这些跑过三江六码头、见多识广的庄户人，听说家乡要修路，先后从上海、宁波和县城回来捐资。

天台县自从开展“致富思源、富而思进”教育活动以来，已经解决温饱问题的广大农民焕发出极大的热情。他们认识到，今后主要任务是如何加速实现农村现代化，如何向上奔小康。经过讨论，大家一致认为，改造拓宽通往省道的东风路是“富而思进”的一项首要任务。

东风路尽管不长，却寄托着四邻八乡的热望。它的变化是周围老百姓生活变化的一个缩影。70年代以前，这条路还是历史上留下来的单人行走的羊肠小道，弯弯曲曲。70年代后，经过努力，好不容易建了一条3米宽的机耕路，只容一台拖拉机单向行驶，人们就感到满足了。80年代路加宽了1米，并在中间设了3个交会点。可是雨天仍旧泥泞难行，晴天车过尘土飞扬，时间一长，乡民怨声四起。一定要改造东风路！这次借“两思”活动东风，他们决定投资48万元将这条路加宽到8米，浇上沥青柏油路面。这样可使沿途和邻近6个村庄受益。

捐资大会还没开，大家就你一言，我一语，无意中先开了一次生动的“思源”“思进”教育会，激发了人们捐资的积极性。捐资活动一开始，在外经商的余启栋率先捐了6180元。紧接着你一千，我二千，在这“富而思进”献爱心修路活动中，谁都不甘落后。有的丈夫没在家，妻子赶来捐资，有的没时间回来，打电话认捐。一位70多岁名叫史福妹的老大妈也闻讯赶来捐了1880元。村里干部帮着登记，乡里信用社工作人员帮忙收款，场面十分热烈。最后从事钢丝生产的老板余启泉捐资5.1888万元，群众热烈鼓掌，把这次活动推向高潮。

在短短的半天时间内，共有100多人捐了款，其中50多人是从外地和县城专程赶回来的。大家共捐款22万余元，为东风路拓宽改造提供了有力的资金保障。丽泽乡干部兴奋地说：“想不到这次‘两思’教育活动，引发了一次捐资热。”

第十五届中国产经好新闻通讯类二等奖　　作者：丁必裕 优涛　编辑：李蔚霞 | 2000年6月2日 1版

赛里木湖的梦幻

——新疆见闻录之三

出石河子，沿平坦的312国道西行，大约三四个小时，采访团乘坐的“考斯特”顺路蹿上了一处高坡。

眼前豁然开朗，一片湛蓝的水面跃入眼帘，车内不约而同地“哇”了一声。从来没见过如此清澈的湖水，只有此时，记者方真正体味到为什么要用“蓝宝石”来形容动人心魄的江海湖泊。

“这就是赛里木湖！”开车的老司机边说边将车向路边靠去。

车刚停稳，记者们便挎起相机奔向湖边，各自选好角度，一通猛按快门。

尽管已是下午5时多，阳光仍然灿烂，蓝天白云醉煞人。远处，青青的山如地毯融入草原，白色的毡房边成群的牛羊在悠闲地享受着大自然的恩赐。

我们正赶上那达慕大会，又见骏马飞腾，众多游客和当地百姓正共享欢乐。

赛里木湖，让记者大开眼界。在此后的采访中，我们了解到，赛里木湖位于古丝绸之路北道西端，东西长约20公里，南北宽约30公里，水域面积457平方公里，湖面海拔2073米，是新疆海拔最高、面积最大的高山湖泊。

赛里木湖属博尔塔拉蒙古自治州管辖，但与其相邻的伊犁地区却也将其作为“自己的”旅游资源向外界推介，可见其魅力和旅游价值。312国道档次、等级的不断提高，为赛里木湖引来了日益增多的旅客。然而，问题也随之而来。环湖几十公里，无数车辙、脚印杂乱无章地从周边伸向湖泊，草地受到践踏，美丽的湖光草色正面临着人为的破坏。

西部大开发唤醒了赛里木湖，更引起人们的沉思。一个自然景观遭到破坏，并不是十分遥远的事，而要恢复起来，恐怕需要多少代人不懈的努力！当地政府也深深地认识到这一点，博州在联系西部开发战略制定本地发展规划时，把发展湖泊经济与交通和环保紧密地结合在一起，提出加速建设赛里木湖的环湖公路。

州领导介绍说，规划和建设好一条环湖公路，不仅可以使人、车走上正道，满足众多游客探秘赛里木湖的需要，更可使湖边大面积植被得到保护。

在天山南北采访的日子里，恰逢第八届中国国内旅游交易会在新疆首府乌鲁木齐召开。这个国内旅游界一年一度规模最大的旅游宣传促销盛会，吸引了数万名国内游客，使新疆的旅游旺季提前到来。

极为丰富的人文、自然景观，使新疆将旅游定位于西部大开发中本地区一个重点发展的产业。全疆的公路主干线四通八达，更有如吐乌大、乌奎那样已建成或正在建设的高速、高等级公路和正在改造、提高的312等国道，如项链般连接起众多景区。除了驰名的天池、吐鲁番、克孜尔千佛洞，在天山南北，还有众多景观等待游客揭去其神秘的面纱。

透过赛里木湖清澈的湖水，记者仿佛看到乌伦古湖、哈纳斯湖，巩乃斯草原、那拉提草原。路，给予西部旅游开发的不仅是通途，而且是生态资源保护的风景线。

中华全国新闻工作者协会"中国百名记者西部行"好新闻评选三等奖　作者：葛运溥　编辑：孙宝夫　2000年8月23日 1版

西部大开发 公路开了好局

本报讯（**记者** 赵彤刚）今年以来，我国西部地区公路建设进度明显加快，这表明贯彻落实中央实施的西部大开发战略，公路建设已起好步、开好局。

西部大开发交通要先行。据介绍，今年全国公路重点建设项目共259个，其中西部地区78个，约占30%。在重点项目中，全国新开工项目34个，其中西部地区有13个，占38%。西部地区重点项目和新开工项目均比去年上升了两个百分点。今年全国公路建设计划投资规划为1800亿元，根据目前的建设态势，预计全年完成投资额将与去年基本持平。在今年的公路建设投资规模中，西部地区为402亿元，其中重点项目216.9亿元，路网改造140亿元，县乡公路45.1亿元。

从今年1～6月投资完成情况看，西部地区与东部地区相比建设进度加快，在全国所占比例明显上升。与去年同期相比，1～6月西部地区增加投资25.5亿元，增长了16.8%，比东部地区多8.6个百分点。从近两年公路建设完成的投资情况看，西部地区在全国所占比例已呈逐步提高趋势：1998年为21.2%，1999年为22.6%，今年1～6月已上升到23.4%。

据了解，国务院已明确在今年西部地区已安排的公路建设债券的基础上，如有可能下半年将继续增发西部公路建设债券，以加快西部地区公路建设。可以肯定，随着西部地区公路建设债券的进一步落实，公路建设的良好发展势头将会继续得到保持。

第十五届中国产经好新闻消息类三等奖　作者：赵彤刚　编辑：韩世轶　2000年7月25日 1版

“张光喜案”殃及路树

养护部门被责令停止作业
京沈路北京段绿化带植被因失养损失200万

本报讯（记者 翟淑英）“张光喜案”爆出新闻。“7·29”后，交警下令禁止京沈路北京段的所有养护作业。由于失养，京沈路北京段中央隔离带绿化地和护坡地被植物损失约200多万元。

“7·29事故”发生后的第二天，交警部门召集路方开会，口头决定禁止京沈路上的所有养护作业，但没有对这一规定作出时间期限和书面决定。事隔多日，因上路清扫、维护受阻，该路段路上垃圾狼藉。一次因首长车队途经此地，交警部门方才允许养路工上路拾拣垃圾做了简单的清扫。清扫过程中，交警出动两辆警车，实施路段管制。之后，养路工两次“擅自”上路养护，均遭到交警拦车、扣证、罚款。

一位歇工的养路工告诉记者，我们不能上路，一方面没有接到开工许可通知，另一方面上路作业有没有保障谁也说不清楚。

记者就此问题请教了北京市园林局园艺师李芳。据介绍，北京8、9月份正是旱季，绿化植物还需重点护理，像桧柏、草皮等如果不抓紧时间进行浇水、施肥，对今后的绿化效果会产生一系列不良影响，也会带来经济损失。

目前，尽管交警对养路工上路作业不再扣证、罚款，但是让不让上路作业的问题仍困扰着养路工。养路工们问：“上边不出文件，下边交警不让干，这到底是怎么回事？”一些管理人员也心存疑惑：谁拥有批准停工停业权？口头宣布是否合法？

记者电话请教了通州交警支队。交警支队办公室的一位同志说，停止养护作业是上级有关部门作出的决定。记者马上拨通了该部门的电话，该部门的同志说，并不知道此事。

记者也询问了路方的上级单位，一位负责同志对停止作业一事不置可否，只是说“正在协调、正在协调”。不知那些日渐枯黄的植被还能等待多久。

第十五届中国产经好新闻消息类三等奖　　作者：翟淑英　编辑：杨江虹 | 2000年10月20日 1版

打捞能手宫守杰谢绝重奖

本报讯 因在“11·24”海难遇难者打捞中表现突出受到表彰奖励的烟台救捞局海清公司潜水员宫守杰，近日与妻子联名写信给烟台市委领导，谢绝该市赠给的一套三室一厅住房。

信中说：“我是一名共产党员，受党教育多年，懂得作为国家公民，在党和国家需要的关头，应该挺身而出，吃苦在前，享受在后。我们夫妻经过商量决定，将调换给我们的住房让给比我们更需要的职工。”

1999年11月27日，已在家照顾病危岳母的宫守杰接到抢险打捞命令后，立即赶赴烟台，加入到由120多名潜水员组成的打捞队伍当中。

宫守杰今年42岁，在烟台救捞局素有打捞能手称号。当时打捞工地气候寒冷，海水混浊，能见度低。从11月28日到12月1日，宫守杰3次潜水作业共打捞遗体28具。其中12月1日，他在80分钟的作业时间里，上下往返22次，接连捞起21具遗体，创下了工地个人打捞总数和单班打捞数量两个第一，受到国务院副总理吴邦国等各级领导的亲切接见。最近，他与其他潜水员一起受到交通部通报表彰；烟台救捞局给予记大功一次，并赠奖金1.6万元。

第十五届中国产经好新闻消息类三等奖

作者：孙志烂　编辑：韩世轶 | 2000年1月26日 1版

廉政也要打假

今年两会开幕前夕，读到新华社一篇消息：有3名正厅级人大代表因经济犯罪，被取消人大代表资格。名单中有河南省交通厅厅长张昆桐，让我大吃一惊。

去年两会期间，我从城北直扎到城东南的河南饭店，采访张昆桐。那是个雪后初晴的早晨，阳光明媚，屋里很暖，张昆桐又是一口京腔，感觉格外好。他60年代大学毕业于北京，分配到河南一干就是大半辈子。别人都纷纷调回京城，惟有张昆桐独守中原。我不由心生敬意。

我们的话题自然转到他的前任曾锦城。曾任厅长时，以实行公路大包干闻名全国，在省内更是闻名遐迩的“少帅”。但很快他就因经济犯罪，从事业和权力的顶峰跌落下来，沦为阶下囚。张昆桐就此侃侃而谈，谈他如何总结曾锦城的教训以廉治政、以廉治路；如何聘请省检察院介入工程建设，进行全过程跟踪；又如何与施工单位实行双合同制（工程质量和党风廉政）——他还有一个十分别致的举措：检查领导干部汽车的后备箱，看是否受贿收礼。我为张昆桐密不透风的“廉政”招数大为感动，随后写了一篇以他狠抓廉政为主题的专访。

看来我受骗了。然而，受骗的还有河南省政府，张昆桐借此还真混了几张奖状。

“廉政”已成目前使用率最高的词汇之一，但有真说、假说，真做、假做之分。特别是领导干部，真说者，他所主持的部门必然是清风拂荡，正气凛然。而腐化成风、物欲横流之地，那里的领导绝对是个祸首。当然，也有拉大旗做虎皮者，搞“廉政”花架子障人耳目，用廉政整饬他人，自己则暗售其奸。

“假廉政”的出现，说明我们的反腐倡廉已形成强大攻势，不作假就难以掩其真面目；不作假就无法伸出黑手，中饱私囊。但也同时说明，我们廉政的监督机制还不完善，打击腐败的工作还有疏漏。

打假，就是要还廉政以原本，还社会以清风；就是要祛邪除恶，抚慰百姓；就是让经济改革和建设的巨轮不致毁于一隙。

我们不能否认张昆桐们做过好事，甚至还有过功绩。当他们一旦演化为毒瘤，就要坚决割除。奉劝“廉政”造假者，还是尽早幡然悔悟，败露时再找后悔药，就没那么好吃了。

第十五届中国产经好新闻言论类三等奖

作者：郭欣 编辑：彭燕 | 2000年4月7日 3版

运河为古桥拐大弯

京杭大运河浙江段改造工程日前全线通航，古老的运河经过截弯取直、改建拓宽后又焕发了青春。然而许多人可能不知道，这条新航道在余杭塘栖拐了个大“弯”，起因是为了保护一座古桥——广济桥。

广济桥又叫碧天光明七孔石拱桥，建于明弘二年即1489年。这座桥雄伟壮观，全长83米，宽9米，高31米，有7个大小不同的拱形桥洞。它是大运河上最大的7孔石桥，历经500多年，至今保存完好，是省级文物保护单位。

然而，岁月悠悠，古老的广济桥已越来越不适应现代航运的需要了。广济桥孔径较小，过往船只到此只能减速通过，还不时发生船只和桥身碰撞的事，经常造成堵航。改造前这里是运河浙江段的瓶颈之一。最严重的一次堵航是1992年年底，受堵船只达两万多艘，连绵20余公里。京杭大运河改造工程开始后，这一瓶颈航段成了改造的重点。

按文物法规定，因特殊建设工程需要，报经省人民政府和国家文物行政管理部门批准，可以搬迁或拆掉省级文物保护单位。但搬或拆，都会损害广济桥的文物价值。省交通部门在与文物部门、当地政府几经磋商的基础上，毅然拍板，让大运河在塘栖镇外拐弯，避开广济桥，另辟新航道。为此，需新挖3公里多航道，新建大型桥梁3座，投资也相应新增不少。

浙江省古建筑专业学术委员会主任杨新平表示，运河沿途的古桥是使人回味悠长的风景，有较高的文物价值，这些文物是运河文化的内涵之一。这次为保护广济桥而使运河改道，在一定程度上也是维护了运河文化的完整性。

浙江省交通厅负责人认为，虽然新开挖航道增加了投资，但相比之下，这些投资是值得的。因为，不但古桥得到了保护，运河改道，也避免了船只的噪声污染，有利于运河今后的发展。

第十五届中国产经好新闻通讯类三等奖　作者：郑伟国 陶志浩　编辑：李蔚霞　2000年2月15日 1版

且看“拼装汽车” 何等明目张胆

——安徽省萧县现场目击

编者按 在国务院最近召开的全国整顿和规范市场经济秩序工作会议上，拼装汽车等假冒伪劣产品被列为今年集中整治的重点，并要求用一年左右的时间取得阶段性成果。

拼装汽车的危害性尽人皆知，可就有人为一己之私利，专造“马路杀手”；也专有人贪图便宜，心存侥幸，“培育”市场。运输工具不同于别的产品，技术要求高，不是小小作坊所能为的。这样的产品上路，不祸人殃己才怪呢！光天化日之下公开制假，如此明目张胆，已经到了不打击、不整治不行的时候了！

随着运输业的蓬勃发展，人们对各种车辆需求也越来越大，受利益驱动，一些不法分子操起拼装汽车的“行当”。4月5日，记者在安徽省萧县采访时，惊奇地发现了那一幕幕令人发指的路边“汽车制造业”景象。

坐落在省道202线萧县段的丁里镇许塘村，是个远近闻名的民办报废车辆交易市场。近年来，随着市场越做越大，村民们干脆丢掉农田，专门经营起收购报废汽车、拼装改造不同规格及型号的车辆和车辆销售“业务”，在不到1000余米的路段间，竟有上百家经营此项业务。从这里“生产”出来的各种拼装车辆的零部件，绝大多数是从报废车辆上拆卸下来，然后再进行整形、组装、喷漆，一台15吨的解放牌翻斗车两天时间就能搞定，喷上有关车辆标识后，足以达到以假乱真的地步。不过走近细看，粗糙的拼装工艺、低劣的零部件，一目了然。一辆东风6102（玉林柴油发动机）“新”卡车，17000元就能开着走（购车人还能从中得到800至1000元的好处费）；一台实载15吨的解放翻斗车，花15000元也能圆你汽车梦。在这里价格随意侃，看你是否真心买，钱多钱少总归保你“满意”。当触及到车辆质量时，卖主只字不提。

为了探出车辆交易中的究竟，记者扮成购车人，深入“虎穴”，与一郭姓“穴头”（卖车人）作了如下对话：

记者：在你家买车子可以帮助办理入户手续吗？

穴头：那可不行，俺没有这个本事，不过俺可以给你提供证明，证明车不是偷的。

记者：车辆拼装后，经过有关部门检测了没有？

穴头：什么检测不检测的，就是刚从正规厂买回来的新车上了公安检测线都不合格，更何况这些车子（指拼装车）？俺保你一个月内不维修。

记者：你们既无营业执照，又无组装车辆技术许可证，就在路边非法拼装车辆，难道当地政府部门不管吗？

穴头：俺们这里就是“开放”，一切都放开了，不存在非法。俺瞧你是从西部来的吧，咋问出这些“不时髦”的话来……

与郭“穴头”一番口舌后，记者又接连走访了数家路边的“穴头”，回答与其如出一辙。记者在此地逗留不到半小时，竟有20位“客户”光顾了郭姓的“汽车制造厂”，其中，以每台14000元的最低价当即成交两台。当记者问及买车人时，他说，近几年俺们这里工程建设很多，把车子放到那里，不要个把月就能赚回本钱……“买车人”颇有经营理念的话语，令记者忧心忡忡——这些无牌、无证、无安全系数的拼装车辆，一旦流入社会或重点工程建设工地，后果将不堪设想。据当地交警部门透露：在今年一季度所发生的交通事故中，“拼装车辆”肇事率占较大比例，死亡人数逐月攀升。

证件不齐，强行冲卡，恶司机祝军背后有帮人——

跟我过不去 五天整残你

编者按 黑龙江省兰西县公安局司机祝军，仗势欺人，蛮横殴打正常执行公务的青冈收费所收费员。而当时正在祝军车上的兰西县公安局政委李某竟对我收费人员说："祝军这小子有帮人，不要招惹他。"果然，祝军于光天化日之下组织团伙人员，手持猎枪、砍刀，劫持青冈收费所副所长和同行人员，凶狠残暴地将他们的头部、背部砍伤，制造一场人间惨剧。看到这则报道，令人怒不可遏！

一个时期以来，社会上一些黑恶势力无视我交通执法人员和公务人员正当行使权力，暴力殴打我执法人员和公务人员、阻挠执行公务事件时有发生。对此类事件，我们一定要配合公安、司法人员严加追究，敢于碰硬，使邪恶得以惩治，使正义得到伸张，决不能让我们的执法人员和公务人员蒙受冤屈。否则，受损害的不仅仅是我们的交通执法人员和公务人员，更主要的是我们的交通事业。

当前，一场打黑除恶的斗争正在全国范围内展开，我们不仅要夺取这场斗争的胜利，而且永远不能让把罪恶之手伸向我们交通的黑恶势力得逞！

本报将继续关注事态的发展。

果然，四天不到，黑大公路青冈收费所李武等便在光天化日之下惨遭毒手。黑龙江省交通厅厅长张铁军疾呼：打黑除恶，保护收费人员人身安全。

4月8日，黑大公路青冈收费所所长李武惨遭伤害。9日，记者闻讯赶到伤者所在的黑龙江省医院骨外科，李武伤势非常严重，与他当日同行的兰西养路段工作人员姬宝安至今昏迷不醒。据李武陈述，这场意外灾难的降临竟与李武在执行公务时与兰西公安局司机祝军发生纠纷有直接关系。10日，记者深入青冈、兰西县对这一事件展开了调查。

据青冈收费所验票员王跃辉回忆：4日19时30分，一辆黑MA0149号牌照轿车由南向北驶到青冈收费所收费亭时，恰逢一辆汽车正在交费，该车便从其右侧直接开到验票亭。验票员王跃辉让司机出示证件，司机递出一个证件，证件上写着兰西县公安局刑警队祝军。按照黑龙江省公路条例，公安人员免收过路费时必须出示三证，即工作证、行车执照和追捕证。王跃辉继续追要另外证件，司机祝军说："我是公安局的，从来不交费，免费。"说着开门下车，伸手便给了王跃辉一个耳光。然后绕到收费亭门口拽门，王跃辉没有出来，司机便把闭道杆推开，企图一走了之。这时，王跃辉从亭内走出来，并按响了报警器，司机又动手打王跃辉。听到报警后在另一车道的治安员魏龙刚跑了过来，司机又给了魏龙刚几拳。这些画面，均被青冈收费所监控室录了下来。记者看了当天的实况录像，祝军所作所为实在令人发指。

据躺在病床上的李武介绍，听到警报响了以后，他从收费站办公楼区开车来到现场，制止和平息了事态，随后把乘坐黑 MA0149 车的兰西公安局政委李某请到了办公室。据收费员讲，祝军在收费亭对收费人员说："我记住你们领导的车牌了，不过五天就整残废你们。"李武单独和公安局的李某交换了意见，随后又找祝军谈话。祝不但不承认错误，态度仍然十分蛮横。考虑到李某有急事，李武便将他们送过了收费亭。李某临走时叮嘱李武："这小子有帮人，别招惹他。"为了预防万一，青冈所副所长向青冈公安局巡警队报了案，4 名巡警一直守候到午夜 12 时才撤回。

但事情并没有结束。4 月 8 日上午 9 时，李武驾驶车与兰西养路段姬宝安送陈贵山回呼兰，车行至兰西县地征所附近因事停车。突然，从西侧开来两辆轿车，将李武的车夹在中间，其中一辆车为 4 日晚在青冈收费亭闹事的兰西公安局的黑 MA0149 号车。从车上跳下来四五个人，其中有两人手持双筒猎枪，另几人拿着 30 多公分长的砍刀奔过来。李武认出了祝军，祝军手持猎枪逼住李武的头部说"跪下"。李本能地去拔枪，旁边上来一人一刀砍在李的手上，李向公路跑去，被尾随上来的人在后脑、后背部连砍了几刀。李奋力跑到市场，逃出了虎口。姬宝安下车劝阻，被砍数刀。车上另外一人陈贵山因跑得快没有受伤。

李武和姬宝安在兰西医院简单处理后被送往黑龙江省医院进行抢救。据二人的主治医生介绍，李武和姬宝安不仅受了外伤，精神上也受到了严重的刺激。从他们受伤的部位来看，犯罪分子的手段十分残忍，下手部位多是后脑、颈部等致命处。目前，二人仍在治疗之中。

事发后，兰西县公安局 110 指挥中心接到报案。10 日，在兰西县公安局，记者见到了办理此案的负责人。据负责人介绍，黑 MA0149 确是兰西县公安局政委的专车，司机正是祝军，已经在公安局给领导开车四五年了。另据兰西警方透露，案发后，祝军已逃逸，黑 MA0149 号车在祝军一亲属家中被搜到，在车上发现了两杆猎枪和两把片刀。目前，此案正在进一步调查之中。

据黑龙江省公路局的同志介绍，在该局所辖的 70 个收费站，收费员受到侮辱甚至人身伤害已是屡见不鲜，这次李武受伤害事件情节最为恶劣。黑龙江省交通厅非常重视此事，张铁军厅长到医院探望了李武和姬宝安，他表示，一定要向全社会呼吁，保护我们收费人员的人身安全，严惩犯罪分子，打黑除恶，决不允许此类事件再次发生。

第十六届中国产经好新闻消息类二等奖　作者：曹兆田 陈晓光　编辑：孙宝夫 宁定辉　2001 年 4 月 18 日　1 版

让西部走向大海

——西南公路出海通道见闻之一

编者的话 西南公路出海通道，是国家规划建设的国道主干线“两纵两横三条线”中的一条线，是西部地区最便捷、最经济的出海大通道。它的建成，对于加快西部大开发的步伐，加快西部地区经济的发展，具有十分重大的意义。在西南公路出海通道即将全线贯通之际，本报派出采访组，历时21天，行程1700余公里，沿着西南公路出海通道，探访其所蕴涵的巨大价值。

从这一期开始，本报将进行连续报道，今天发表的《让西部走向大海》为开篇之作。

大通道让西部骑上了快马

这不是一条普通的道路，它拉近了西部与大海的距离。

过去，西北部地区要走向大海，只能选择天津、青岛等港口，路途遥遥；西南部地区要走向大海，只能选择长江，水路漫漫。现在，西部地区终于有了新的选择，这就是西南公路出海通道。这是西部地区走向大海最便捷、最经济的公路大通道。

西南公路出海通道是国家规划建设的“两纵两横三条线”国道主干线中的一条线。按照规划，这条线要到2003年才能全线贯通。为了适应西部大开发的需要，交通部领导亲临西部考察，提出了一个切实可行的“加快”方案，利用已经建成的高等级公路，采取建设连接线的办法，使西部大开发在起步开局期间，便有了一条最便捷、最经济的出海大通道，这无疑是让西部大开发骑上了快马。

在这条大通道即将开通之际，我们有幸成为第一批对它进行全程采访的记者。

西南公路出海通道全长1709公里，全部由二级以上高等级公路构成。其中高速公路1014.64公里，占全线里程的59%；一级公路66.73公里，占全线里程的4%；二级公路626.76公里，占全线里程的37%。

通道纵贯川、黔、桂三省区，起点为四川省省会成都市，沿成渝高速公路、隆（昌）纳（溪）高速公路、纳溪至贵州大方二级水泥路、大方至修文二级汽车专用路、修文经扎佐至贵阳高速公路、贵阳至都匀高速公路、都匀至广西新寨（六寨）二级汽车专用路、新寨（六寨）至河池二级水泥路、河池至宜州一级水泥路、宜州经柳州（新兴）至南宁高速公路、南宁至钦州高速公路，直抵大通道的终点北海、防城港口群。

大型客车和载重货车连续跑完通道全程，大约需要30多个小时，小轿车连续跑完通道全程大约需要20多个小时。通道全线均为收费还贷公路。

通道全线路面平整，线形流畅，交通标志齐全，道路两旁堤坡全部做了防护处理，安全性能良好。通道全线生态建设和环境保护堪称典范，加之公路沿线风光秀丽，使我们乘车行进在这条路上，常常感受到一种浓郁的诗情画意。

通道沿线三省区所辖路段又各有其特点，有人这样概括说：“成渝路太老了，贵州的路太险了，广西的路太美了。”

成渝高速公路在我国高速公路家族中可谓是爷爷辈了，自开通以来对四川经济发展立下汗马功劳。但是，由于在它诞生的过程中几经磨难，带着许多先天的不足，如今的许多路段已经是补丁连着补丁，其线形、服务设施已经不能与后来修建的高速公路同日而语。然而，成渝路在我国高速公路建设史上的地位和价值，它所留给我们的宝贵经验，是可圈可点的。

给西部人带来梦幻般的变化

这次采访中，我们突破行业的界限，请沿线的政府官员和普通的老百姓说西南公路出海大通道。

四川省龙泉镇书房村的农民张小平告诉我们，过去从成都到他们这里需要2个小时，现在修了高速路，半个小时就到了。他们家办了个“农家乐”小饭店，每到休闲日，城里人来他们这里看野景、吃农家饭的人特别多，到了桃花盛开和桃李成熟的季节，他们每天要接待上百人，还有不少外国来旅游的客人光顾他们的“农家乐”。据说，这样的“农家乐”，光书房村就有一二十家，家家都这么火。

贵州省独山县农业局的一位副局长说，独山县过去农业产品单一，就是种水稻，大通道的建设带动了他们县农业结构的调整，现在他们大力发展为两广提供的反季节蔬菜，已经种植了1400多亩，还修建了冷藏库，计划要开发种植上万亩蔬菜田。这位副局长还告诉我们，他们县从法国引进种植的高档蔬菜细刀豆，已经拿到了8000亩的订单，纯利润可达到200万元。这种菜要求保鲜，早上摘，当天就要送到设在广西宜州的加工厂。如果没有这条大通道，是根本不可能做到的。

贵州省大方县副县长赵大军告诉记者，大方县的煤炭储量丰富，而且全都是低硫低灰高发热高炭优质煤。这么好的资源过去一直得不到开发。修建大通道前，有一位香港商人想在大方县的安乐乡建煤厂，因为交通不便，没等考察完便扬长而去。

如今，各地的商家都到大方来开办煤厂，预计今年光煤炭一项便可增加税收2600多万元。

四川省古蔺县双沙镇书记付小平说，古蔺是国贫县，过去一直很封闭，土地不值钱，修建大通道以来，房地产的价格打着滚往上翻，过去门面房一平方米只卖几十元钱，现在一平方米卖到了5000元至7000元。

在采访中，我们还亲眼目睹了这样感人的一幕：大通道修通后，有一个世代与世隔绝的小山村石桩村，村民们自己集资，请来煤矿的技术人员做指导，打通了一条478多米长的山洞，使小山村和大通道连接了起来。看到孩子们背着书包高高兴兴地走出山洞，走到外面的世界，我们不禁感慨万千。是大通道给了他们走出封闭、追求现代生活的勇气和力量。

……

一路上，我们的采访本上记录了无数这样的故事。正是通过这些故事，使我们感受到了大通道的巨大价值：大通道像一根点石成金的魔术棒，给西部人带来梦幻般的变化。

它使沿线的资源由潜在的优势变成了现实的优势。大通道沿线及腹地资源丰富，矿产资源储量大，品位高。四川纳溪至贵州大方段公路沿线的优质煤炭储量达170多亿吨，还有铁、硫、大理石等十多种矿产资源，储量也都非常丰富。过去由于没有铁路，公路等级低，交通呈“瓶颈”状态，制约了资源的开发利用，使这一带的古蔺、叙永、大方等县都被戴上国贫县的帽子，使这一方的老百姓抱着金饭碗讨饭吃。大通道的开通，将改变这一地区煤炭开采“以运定产，以运定销”的被动局面，同时带动其他矿产资源的开发。这一带的政府官员和老百姓，已经明显地感受到了大通道加快了他们脱贫致富的步伐

它使“养在深闺人未识”的旅游资源变成了优势产业。黔桂地区多喀斯特地形，又处亚热带地区，青山绿水，奇特的天造景观处处可见，旅游资源十分丰富。我们在贵州采访时，参观了大通道在建设中开发的六广河景区，其山水之美，不亚于漓江和小三峡。有人感叹道：曾游六广难为景，不看漓江小三峡。像如此美妙的景观，沿路统计下来有几十处之多，仅黔南的都匀市就有9处风景名胜区，其中有一处新近被授予国家级风景名胜区，其余为省级风景名胜区，还有一处明代石城被列为国家一级文物保护单位。随着大通道的建成，沿线许多地区，都把开发旅游景区，发展旅游事业作为支柱产业之一。

它使沿线农业向着以市场为导向的高附加值农业发展。过去，沿线农业结构单

一，多以种植粮食为主。现在，各地纷纷调整农业产业结构，建设以市场为导向的现代农业经济示范区，花卉、瓜果、蔬菜、水产、养殖及农产品加工基地纷纷涌现。

它为沿线地区的招商引资搭建了极富吸引力的大平台。我们在采访中强烈地感受到，大通道沿线地区正在成为中外商家投资的热土，而且不乏投资几千万、上亿元的大项目。过去商家们无人问津的国贫县叙永县，近年来也成了商家追逐的香饽饽，目前投资千万元以上的项目就有 15 个，其中三友公司的烟草加工项目投资 1.4 亿元，成为泸州地区最大的加工项目。据叙永县主管公交工作的副县长何广斌介绍，如果这 15 个已经签订协议的项目全部建成，县财政将增加收入 3 个多亿。

它带动了沿线城市发展格局的调整以及小城镇的建设。酒乡泸州市早已驰名中外，可是，直到大通道建设前，泸州境内没有一条高等级公路。大通道的建成，不仅使泸州市的公路格局发生了历史性的变化，而且使城市的格局也在发生着巨大的变化。现在，泸州市正在沿着大通道的连接线开发建设占地 12 平方公里的城北新区。沿线的古蔺、叙永、大方、都匀、独山、河池、宜州等地市县城区，也都在重新规划城市建设格局，扩大城市规模。大通道也正在推动着小城镇建设，沿线的龙泉镇、胡市镇、东关乡、德胜镇等一大批乡镇，已经成为小城镇建设的榜样。

此外，大通道还带动了以其为轴心的县乡道、旅游路的建设和发展；带动了运输、维修、宾馆、餐饮等第三产业的发展；带动了人们的思想观念及生活格调的更新转变……

其实，所有这些变化，还只是大通道在建设中和局部开通中所带来的，随着大通道的全线贯通，它必将为西南几省区市乃至整个西部地区的物流、客流、信息流的发展和人们的思想观念，带来更加巨大而深刻的变化。

让大通道更通畅

在对西南公路出海通道的采访中，也碰到一些值得深入探讨和有待今后进一步研究解决的问题。这些问题的解决，将会使大通道变得更加名副其实。例如：

——如何鼓励发展海上和公路集装箱联运的问题。出海大通道货运的主要发展方向之一是集装箱运输，如果收费过高将会影响集装箱运输的发展。有些运输单位听说主管部门正在着手解决这一问题，表示一旦出台这方面的优惠政策，将立即大规模发展集装箱车队。

——有些路段可能会形成“瓶颈”的问题。广西河池地区行政公署副专员谭三川反映，西南公路出海通道还不太名副其实，全线贯通后，广西六寨至河池这段路将面临超负荷。他希望加大投入，建成真正的大通道。广西交通厅规划计划处处长吴达成也表示，六寨至河池水任这段路现在看应该修成高速公路，如果说失误，这是个失误。

——有的路段存在着以路代市或者说城镇街道与大通道合二而一的问题。这方面的问题主要存在于没有封闭的路段，如四川省纳溪至大方这段路，我们沿途所经过的仙女镇、花果乡、江门镇、兴隆乡、龙凤乡，都存在着这样的问题。我们路过兴隆乡时，正是赶集的日子，大通道上满是摊位和人群，造成车辆堵塞。

——在加强大通道的运营管理和发挥大通道的优势上，三省区如何加强协调、取得共识的问题。北海市交通局的苏副局长出了个主意，希望大通道沿线几省的交通部门召开协调会，共同研究大家关心的问题，如物流发展趋势与大通道的适应情况，如何共同开发旅游，如何加强区域间的合作等。

当然，需要探讨和研究解决的问题还不止这些。我们相信这些问题必将有一个比较圆满的答案。

中国道路运输业今后五年的路怎样走？交通部权威人士称：“十五”期间，道路运输业的发展将是一次——

势在必行的跨越

20世纪的最后10年，中国的公路建设呈现出前所未有的高速发展势头。以“五纵七横”为代表的国道主干线建设，更是令全世界所瞩目。3年来，高速公路年均新增2000多公里，仅用10年时间就建成了1.6万公里的高速公路，相当于发达国家40年走过的发展历程。而我们的道路运输业是一种什么样的现状呢？运输业能否跟上公路建设的步伐？

建设的高速度≠运输的高速度

数量与质量难以统一

苦涩的增长

回想运输市场改革开放初期，“乘车难、运货难”的矛盾十分突出，国有、集体、个体“一起上”，大办运输的热情异常高涨，形成了“有路大家跑车、有水大家行船”的喜人局面，全国道路运输营运车辆增长之快令人吃惊。最新的统计资料表明：截止到2000年年底，全国共有营运汽车570万辆，从事客运的业户多达23.2万户，从事货运的企业更是多达百多万户。从目前道路运输市场发育情况看，市场短缺的矛盾已经解决，除少数地区和农村地区外，运力供大于求的矛盾反而突出起来，有的地方甚至出现了卖方市场。

与此同时，企业数量多、规模小、车况差、实力弱、效益低的问题日益凸现出来，全国货运企业平均每户拥有运输车辆仅为1.7辆。在南京市目前就有从事道路货运企业6322家，基本上单一运输经营，技术含量、组织化程度、服务水平和运输效益很低。作为南京道路运输支柱企业的金陵、汽运、大件三家单位尽管是经营几十年的老牌企业，但在激烈的市场竞争下，经营一再滑坡，国有资产流失严重。在北京中关村，聚集了数百家个体货运公司，他们实际上只不过是一个门脸，几两破车，三五个人，靠低价运输占有市场，一台计算机运到济南只需5元钱，根本谈不上运输安全和信誉保障。从全国客运市场来看，中型车、卧铺车的数量有了较快的增长，但高档豪华、快速舒适车辆数量偏少。到目前为止，全国道路客运企业的高级客车仅占客车总辆的3.4%。而在全国440万辆营运货车中，技术先进、高效低耗的大型、专用货车则不到3%。面对加入WTO后，“狼来了”的一片吼声，清华大学张晓萍教授大声疾呼：“如此下去就意味着自取灭亡！”

一方面是数量的急剧增长，一方面又是效益的滑坡，真让人哭笑不得。

入世的挑战

民航、铁路激烈竞争

亟待改进的管理机制

严峻的挑战

今年年内，中国将正式加入WTO。国外实力雄厚的跨国公司对中国广袤的运输市场虎视眈眈。国内方面，10月21日铁路第四次全面提速，民航积极调整运力、大面积地发展支线航班，都对公路运输发起了新的挑战。而如何克服当前道路运输业存在的种种缺陷，则是中国道路运输业在发展中所面临的真正考验。

目前，我国通村公路的比重已达89.5%，但通村的班车通达率只有78.6%，不少地方的人民群众还处于“四塞之固，舟车不同”的封闭状态；有的地方和部门过多地只考虑本地区、本部门的局部利益，出现了地区封锁和市场分割。在运输线路审批上搞对等发车，在线路排班上挤卡外地车辆，在行政执法上对外地车辆采取歧视性政策等。

在当今百姓的各种出行方式中，乘坐汽车恐怕是最常见的。然而，每年道路客运发生的伤亡事故令人触目惊心。不能否认，在运输市场开放搞活后，各种经济成份纷纷进入运输市场，特别是个体业户进入运输市场后，运输安全问题变得日益严峻起来。交管部门指出，疲劳驾驶、违规作业、超限超载、车辆失养失修是造成事故的祸根。这与一些运输企业在改制过程中，特别是在采取承包、租赁、挂靠等经营方式后，安全管理有所放松甚至失控不无联系。百姓对此呼声很高。不仅要让百姓“走得了”，还要让百姓“走得好”“走得安全”，是交通管理部门的重要职责。

以上种种问题，连同国家正在进行的“费税改革”“机构改革”都对中国道路运输业的发展构成了挑战，也使得中国道路运输业必须实施跨越式发展变得越来越迫切起来。

公路里程的延伸

运输结构的调整

全球经济一体化

跨越的契机

交通部权威人士近日指出，公路建设尤其是高速公路建设的快速发展，引发了传统道路运输业的一次革命。随着公路通达里程的不断延伸，公路技术标准的提高，道路运输已突破了只适宜短途接驳和集散运输的限制，运输半径由原来的300公里，迅速扩展到800公里，目前已达2000公里。而路网结构的优化，则给运输业带来了更为广阔的发展空间和更多的经济增长点。

经济全球化是当今世界经济发展的大趋势。加入世贸组织后，国内运输市场将进一步对外开放，有利于引进和吸收国外的资金、管理理念、先进技术和成熟的市场管理经验，缓解运输发展资金短缺的矛盾，提高管理水平。专家认为，这是彻底改变传统运输业的一次大好时机。

目前，交通部在全国范围内进行的客运企业资质等级评定工作正在有条不紊地展开，它对于改变客运企业“散、弱、乱”状况将起到决定性的作用。年内即将完成的首批客运企业资质评定已经对各地的道路运输企业产生了深刻的影响。在浙江，全省两万家运输企业已减少到2000余家。在北京，2000余家出租汽车企业，一年之内削减到不足500家。各地通过调整运输结构，壮大了企业实力，为道路运输业的跨越式发展创造了条件。

运力快速增长

企业做强做大

百姓出行生活发生深刻变化

跨越的喜悦

基于各方面的条件趋于成熟，专家们预计，中国道路运输业将在“十五”期间实现跨越式的发展。交通部近日出台的《道路运输发展规划纲要（2001～2010年）》（讨论稿）就为我们传递了这个信息。

5年后，以“五纵七横”国道主干线上为依托的全国快速客货运输网络，实现在400至500公里以内当日往返，在800至1000公里以内当日到达；100%的乡镇通班车，88%的行政村通班车；高级客车在全国营运客车中的比重达到10%以上；组建50家左右全国性或跨地区性大型专业运输集团作为龙头，主导行业发展方向；加快45个国家级公路主枢纽建设，使之成为区域性客货运输中心。

表面上看，这是一些数字的堆砌。其实，透过这些数字，人们欣喜地看到中国道路运输业将发生质的飞跃：快速运输网络的建立，高级客运车辆比重的提高，跨地区大型运输集团的组建，公路主枢纽的建设，标志着我国道路运输行业集约化、规模化经营水平和组织化程度显著提高；科技进步主导作用明显增强；地区封锁和行业保护完全打破；我国道路运输企业的抗风险能力大大提高。同时，这一切也昭示着中国道路运输业将摈弃以数量扩张为特征的粗放式发展方式，走一条全新的、高集约化、高科技化的经营发展之路。

交通部有关人士指出，道路运输业的跨越式发展，不是数量上的增加或减少，而是采取一种打破常规的做法，力争使道路运输结构调整产生质的飞跃。

伴随着这种跨越式的发展，人们可以深切感受到它给自己的生活带来的变化：跨省客运更加便捷，乘车上路更安全，甩客、倒客、宰客现象明显减少，以人为本、优质服务的品牌企业越来越多……

人们期待着，中国道路运输业的这场风暴快些来到！

第十六届中国产经好新闻通讯类三等奖　作者：廖西平 刘洪韬　编辑：赵明林 郎兵　2001年10月24日 5版

沿海运输市场
树起第一杆价格标尺

2001 年 11 月 28 日上午 10 时 11 分，当交通部副部长洪善祥宣布中国沿海（散货）运价指数诞生并首次向国内外发布时，全场 200 多位来自港口、航运、货主和货代等方面的中外人士顿时将关注的目光投向巨大的显示屏幕，蜿蜒的曲线上方一行数字跳出：1065.26 点，成为首次发布当天的运价指数。

呼唤运价沟通机制

中国沿海（散货）运价指数是我国航运界继中国出口集装箱运价指数之后推出的第二大指数。我国市场经济的推进，使航运市场受计划控制的运量逐步减少，运价已逐步由市场供求关系来决定，因此计划价格一统天下的局面已不复存在。

面对日趋激烈的沿海运输市场竞争，运价指数无疑是反映市场供求变化和价格变动趋势最直接、最敏感的一杆标尺。在中国入世的背景下，中国沿海（散货）运价指数已经成为我国航运界又一个国家级经济指标，从首次发布之日起，它将每周定期发布，从而为我国沿海运输市场交易提供一个可衡量的价格尺度，提高市场运作的透明度，有利于各市场主体获取市场信息，掌握市场动态。

灵敏可靠的“晴雨表”

借鉴中国出口集装箱运价指数编制的成功经验，结合沿海运输市场的特点，从 1999 年 7 月起，由上海航运交易所牵头，有关港航企业参加的中国沿海运价指数编制工作，历时 3 年努力，取得了重要成果。现在，这一指数终于在我国航运业树立起来。

据了解，中国沿海（散货）运价指数包括综合指数和分货种、分航线指数。综合指数反映各货种综合运价的总体变化趋势；航线、货种分指数具体反映确定货种在典型航线上报告期内运价的变化趋势。

根据重要性原则，选取目前占我国沿海港口吞吐总量六成以上的大宗货种，即煤炭、原油、成品油、金属矿石和粮食作为沿海（散货）运价指数样本货种；对于各货种所选择的样本航线主要基于其运量规模，兼顾区域覆盖性，同时结合未来发展选取具有代表性的航线。将构成沿海运输市场的上述代表货种与典型航线的运价，通过一定的数学公式，加以计算，便可得出可以反映沿海运输价格变化的指标。根据指数编制样本的重要性、典型性和广泛性原则，确定了秦皇岛—上海、大连—上海等 18 条航线作为样本航线。

作为新的描述市场运价水平和总体变化趋势的工具，中国沿海（散货）运价指数将为政府部门宏观调控沿海运输市场提供客观依据，从而有的放矢地规范、整顿沿海运输市场，并真正成为沿海航运市场的“晴雨表”。

规范有序的运作体系

在政府主管部门的组织下，2001 年 8 月 16 日，中国沿海运价指数编委会举行预备会议，与会代表审议并通过了指数编委会章程，中海集团、大连远洋、福建轮总等 18 家港航单位及上海航交所组成首届中国沿海运价指数编委会。

中国沿海（散货）运价指数首次发布当天的 1065.26 点，这一数值高出基准值 65.26 点，表明我国沿海航运市场总体运价水平依然走低。放眼中国入世前景，中国沿海运价指数不仅在今天具有现实的市场引导意义，而且，伴随着入世后我国沿海航运市场的开放，必将为国内航运企业真正掌握市场化运作规律、更积极参与沿海航运竞争，提供实际的准备。业内人士还预言，沿海运价指数可借鉴波罗的海运价指数的运作经验，为今后开展我国航运期货交易提供可能，从而成为航运经营套期保值、规避风险的一种手段。

第十六届中国产经好新闻通讯类三等奖　作者：杨江虹　编辑：张晓梅 吴冰 | 2001 年 12 月 12 日 5 版

广东盘点路桥收费站完成使命的予以撤销

本报讯（记者　黄建庭）5 月 18 日，记者从广东整顿规范交通运输市场会议上获悉，广东省目前正在部署整顿规范交通运输市场秩序和路桥收费站的工作。

据了解，整顿规范工作将从几个方面进行：一是对公路、水路运输市场秩序的整顿。广东将力争用一年的时间，实现公路客货运输秩序明显好转，并将对水路运输市场中不符合资质标准的企业、船舶进行清理、整顿、限期达标，落实整改。同时，还将重点整顿琼州海峡的运输市场。二是清理整顿路桥收费站。广东省交通部门将在今年 5 月底分 5 个工作组对收费站进行全面调查统计，拟定出清理整顿目标；6 月至 8 月完成对各收费站收费标准、收支两条线的执行情况及收费票据使用情况的审核。对已实施多年的收费站，查实已完成还贷或有偿集资和经营期满的，广东省交通厅将报请省政府予以撤销；省交通集团公司重点对直接经营管理的经营性收费站进行整顿，对一些管理不善的收费站进行整治。

另外，广东省交通厅还将于年中和年底对全省路桥收费站整顿情况进行全面检查，对新建的收费项目将会同有关部门严格把好定点关，按照交通部的规定，合理设置收费站。

第十六届中国产经好新闻消息类三等奖　作者：黄建庭　编辑：孙宝夫　|　2001 年 5 月 23 日　1 版

孝感 107 国道缘何路难行

60 公里国道设 8 道关卡

本报讯（记者 柯营之　石斌）“湖北孝感市境内短短 60 公里的 107 国道上，先后有 8 个检查点拦车检查、罚款。”近日，记者不断接到外地司机的类似投诉。

1 月 14 日、15 日，记者连续两天在 107 国道孝感段暗访，所见情况与投诉基本吻合。

14日下午3时许，记者沿107国道出广水市南行，进入孝感市第一个检查点——孝昌县王店交警中队执勤点，两名交警站在路边，正不断拦下外地货车检查。一辆被认定“违规改装”的荆州货车被罚款 100 元后放行。秦姓司机向记者出示改装后的车型证说，该车改装是经批准的，主要是为了便于捆绑货物，左右侧各加了一根护栏，而且荆州交警也专门发了改型车的证件，但车到孝感还是被罚了。

记者与两名交警攀谈。交谈中，交警扳着手指大吐“苦水”：孝感境内值勤点确实太多了，从王店起，接下去就是孝昌北大桥、花园转盘、陡山、肖港、滚子河桥、文化东路路口、翟家湾。处处设点拦车，搞得人疲惫不堪，不少外地货车不敢从 107 国道走。我们也没办法，不检查不罚款，我们自己就要“下课”。

记者随后按交警提供的检查点逐处探访，自王店至孝感市区短短 60 公里路段，果然见到所列的 8 处拦车执勤点，且每处都有被交警拦停的外地货车。

一辆河南籍运煤货车在孝昌北大桥被交警拦下，司机急忙出示两张分别为 50 元的罚单（违章超载），解释“前面检查点已罚过”。交警伸手接过罚单将其撕掉，说要“再罚 200 元”。记者走近询问究竟，交警急忙收起已填写好的新罚单，挥手将该车放行了。

记者从一份统计表上发现，仅去年 12 月 18 日至 23 日一周内，经过孝感境内的货车数量比上年同期减少了一半以上。新开通的京珠高速公路（孝感段）上也同样存在交警上路乱罚款的现象，不过罚款高峰主要集中在半夜，司机们怨声载道：“这么好的一条路，为何这样难行？”

孝感市委纠风办有关负责同志说，已接到多起过境司机对交警在国道上密集布点查车的举报。他表示，将就此提请市委、市政府关注。

第十三届中国新闻奖消息类三等奖　第十七届中国产经好新闻消息类一等奖　作者：柯营之 石斌　编辑：陈林　2002 年 1 月 22 日 A1 版

明年，农村税费改革将在全国范围内展开。税费改革后，乡村公路怎么修？建设资金从哪儿来？本报记者就此深入农村税费改革试点省安徽，对该省利用“一事一议”筹集乡村公路建设资金情况做了调查。

“丢蚕豆”丢出3个亿

本报讯（**记者** 肖波 吴敏）农村税费改革，取消乡统筹、村提留和逐步取消“两工”，打破了原有的县乡村公路建设投资、筹资模式，原本资金就相当紧张的建设养护怎么办？安徽省在全国农村税费改革试点中，探索“一事一议”兴办农村公益事业，实行“大家事，大家议，大家办”，两年筹集乡村公路建设资金3亿元，在减轻农民负担的同时保持了乡村公路建设的持续发展。

“一事一议”中，安徽一些地方的农民喜欢以丢蚕豆的办法表决所议事项，这在当地被称为“丢蚕豆现象”。对这种具有浓郁乡土味的现象，安徽人也在思考和总结。

村头流行“丢蚕豆”

2000年，农村税费改革试点在广袤的江淮大地展开。这是建国50多年来我国继土地改革、实行家庭联产承包制之后的又一重大改革。在新的税费制度安排上，一个重要内容是原来由乡统筹、村提留提取的各项公益事业经费改为由“一事一议”解决。

在较早利用“一事一议”修路的阜南县张寨镇老庄村，记者看到一条贯穿全村、已竣工使用的3公里主干道。2000年6月6日，该村召开村民代表会，就这条路要不要修、怎么修、资金从何来进行讨论和表决。40名村民代表纷纷发表意见，会场异常热闹。最后往碗里丢蚕豆表决，以37票同意、2票弃权、1票反对的结果，决定维修和延伸这条路，全村18至55周岁的村民每人出资10元，出义务工5个。农民自己议定的事办起来格外顺畅，用两年时间干成了这件多年来想办但几度搁置的事。

经过两年多的实践，安徽农村“一事一议”实现了点上着力、面上开花，全省3.6万多个行政村，已有1.9万多个开展了“一事一议”，1.6万个村正在酝酿、商议修路事宜；两年来议定乡村公路建设事项2.6万件，累计筹集资金3亿多元。

多少蚕豆丢在修路上

为防止“一事一议”成为加重农民负担的新口子，安徽省委、省政府提出“量力而行、群众受益、民主决策、上限控制、逐级审批、使用公开”。在安徽，有一条人人皆知的“高压线”：“一事一议”筹资上限每人每年15元。这块不大的“蛋糕”，农民会怎样切分？

记者发现，安徽农村“一事一议”项目主要集中在修建公路、兴修水利、植树造林以及开发性生产上。

和县县委书记杨建国对记者说，农村集体经济普遍薄弱，公益事业欠账太多，要办的事情确实不少，但农民对能够马上受益的事积极性最高，首当其冲的便是修路。杨建国说，这两年和县农民议定的事项共1396件，其中修路972件，占69.6%，累计筹集资金1424万元，用于修路1028万元，占72.2%。

太和县清浅镇党委书记谢玉亮告诉记者，他所在的镇经济相对落后，“一事一议”中，村民卖鸡蛋的钱也愿意拿出来修路，有的要求把15元全部用在修路上。

记者采访安徽著名的药材之乡——太和县李兴镇时得知，该镇为修好连接国道的主干道，统一规划，分步实施，连续两年开展“一事一议”，等筹齐230万元后，修筑了一条长18.5公里、宽4米的柏油路。该镇镇长刘新杰说，要通过这个办法，用三五年时间，使村村通上柏油路。他认为，农村要修路，“一事一议”要上路。

安徽省农村税费改革领导小组办公室提供的分析材料也表明，去年，该省农村“一事一议”中修路事项占65.2%，用于修路的资金占66.7%，有1/5的村将15元全部投入公路建设。也就是说，15颗蚕豆，安徽农民把10颗丢到了修路上。

丢向修路的蚕豆缘何多

安徽省交通厅出台激励政策：一个县如果有80%的村开展了“一事一议”，每人每年投入修路的资金不少于8元，且建立了完善的养护责任制，省厅视情况予以重奖，以奖代补。县级政府因此有了积极性。

和县城南乡桃花村村民曹光明告诉记者：“以前村里集资修路，干部在酒桌上就定了，办了多少事，钱花到哪里了，都不知道。现在不一样了，办什么事，拿多少钱，看得见、摸得着，都心甘情愿。”

安徽各地对“一事一议”用于修路的资金实行乡管村用，专户储存，专款专用；超过3万元的工程公开招标，3万元以内的公开议标，择优选择施工单位；竣工验收由乡“一事一议”资金管理监督小组、交通部门专业人员、施工单位、村民代表几方共同进行；5万元以上项目决算必须经社会中介机构审计。群众将此总结为“修一条明白路，有一本明白账，拿一笔明白钱”。

记者在宣州区税改办翻看了装订得整整齐齐的各行政村“一事一议”材料汇编，

每个“一事一议”项目都有区里统一印制的封面，村委会的请示、村民表决结果、乡政府批复、工程招标、议标记录、村民监督小组名单、工程预决算表等材料，清楚完整，一目了然。

和县财政局局长周维汉给记者算了一笔账：税费改革前的1999年，全县农村公积金总额1122.5万元，农民人均负担22元，而实际用于村内公益事业的不到50%，其中用于公路建设的不到200万元。实行“一事一议”后，去年全县698项工程共集资700余万元，农民人均负担只有14元，但不折不扣全部用于公益事业，其中用于修路的资金达422.4万元，基本上是办一件成一件。

按规矩、实打实办好群众愿意办的事，群众自然有积极性。

靠“丢蚕豆”够不够

“一事一议”筹资修路，农民有热情，光靠“丢蚕豆”行不行？

改革开放以来，安徽公路建设取得了巨大成就，但乡村公路等级偏低。安徽省规划到2005年，乡村两级等级公路达到5.4万公里，次高级、高级路达到2.2万公里，新增村道6000公里，基本实现所有乡镇通油路，使602个行政村通机动车，需投资几十、上百亿元。如果全省4200万农业人口每人每年有8元用于公路建设，一年可投入3.2亿元。没有这一块显然不行，但仅靠“丢蚕豆”筹资还不够，需要广开筹资渠道。

安徽省交通厅副厅长梅劲认为，“一事一议”筹资修路，政策不仅要用，还要用好用足，如果全省都动起来、坚持下去，就能极大地弥补资金缺口。他同时认为，还要有相应倾斜政策，包括明确县乡财政的年度预算应列有交通事业支出，并保持合理比例；可从农业税收入中按人均2至3元的比例提取作为县乡道路建设专项资金；完善“以奖代补”政策，每建成1公里不低于四级的乡村道路，市县交通局可给予1万元的奖励；充分利用移民工程和农业综合开发等项目，争取公路建设资金。此外还要争取省政府设立县乡公路建设专用基金。

谈及“一事一议”兴修农村公路，长期关注“三农”问题的九届全国政协常委、民盟安徽省委主委、安徽省政协副主席岳书仓认为，包括乡村道路建设在内的农村公益事业，由农民和乡镇政府负担，有一定的合理性，但必要的费用应由全社会来承担，因为没有乡村公路的现代化，就没有全国公路交通的现代化。

看来，只有上下两头都热起来，县乡村公路建设步伐才能大大加快。

第十七届中国产经好新闻消息类二等奖　作者：肖波 吴敏　编辑：陈林　2002年9月18日 A1版

郑州交通部门探索“温情执法”

对首次查获的欠费车只登记不罚款，半月感化500余车主

本报讯（记者 康继民 王琦）最近，郑州市交通局实行了一项充满人情味的新规定：对首次查获的欠缴规费车辆，不再采用过去扣车、罚款的老办法，而是登记后放行，车主只需在规定的时间内把规费补齐即可。这在全国交通规费征稽系统尚不多见。

郑州市拥有机动车15万辆，欠缴交通规费的现象较为严重。为更好地服务交费人员、扭转欠缴规费现象日益增多的局面，郑州市交通局规费稽查队决定参照国际通行做法，建立一种符合市场经济法则的“温情”执法机制：对首次查获的欠缴规费车辆，司机只需在《交通违法行为通知书》上签字，承诺在规定期限内把欠缴的规费补齐，即可被立即放行。

这种带有人情味的执法方式，受到了司机和车主的普遍好评。许多司机表示，他们马上按照交通部门的要求，在规定的期限内补交税费。办法实施两周来，交通部门按规定对1300余台车辆下达了《交通违法行为通知书》，其中520多名车主已在规定时间内补交了拖欠的规费。

郑州市交通局负责人表示，对没有在规定时间内缴齐规费的，他们将在当地媒体刊登欠费车车号，二次告知；倘若仍拒缴纳，将依照有关规定，申请法院强制执行。

第十七届中国产经好新闻消息类三等奖 作者：康继民 王琦 编辑：陈林 | 2002年8月27日 A1版

参与公路建设富了西藏农牧民

去年增收3000万元　今年吸纳劳动力逾万人

本报讯（**记者**　刘春辉）继去年吸纳农牧民参与公路建设取得可喜成绩之后，今年西藏交通厅继续有组织地加大吸收农牧民参与公路建设的力度，为农牧民增加收入创造条件，并力争修一条路，为当地培养一批技术能手。目前全区公路在建工程共吸纳农牧民1.2万人。

去年，西藏农牧民群众通过参与重点公路建设，累计增加收入3000多万元。地处川藏公路业拉山腰的同尼、嘎玛两个村庄，被1999年7月的一场暴雨冲毁耕地90余亩，水渠56条，川藏公路13座公路桥荡然无存，给当地群众生产生活带来极大困难。2000年起，川藏公路嘎玛沟路段实施整治，承担整治施工任务的武警交通第一总队第二、第三支队视群众为父母、视驻地为故乡，在公路整治工程中想方设法首先吸纳同尼、嘎玛两村富余劳动力参与公路建设，安排他们从事砂石开采、运输，尽可能帮他们增加收入。同尼、嘎玛两村74户群众，从2000年到2001年，劳务收入达到300余万元，户均收入4.12万元，收入最多的户达到23万元，村容村貌也发生了巨大变化。同尼村46户群众中有19户安装了电话。两村购买东风汽车50辆，小车3辆，6户添置了VCD、电视，7户购置了小型发电机，51户购置了太阳能灶。嘎玛村格桑群培家，两年前是全村有名的困难户，通过参与公路建设，用所得劳务费，新购了东风康明斯货车、东风自卸车各一辆。

一位老阿爸尼次说，嘎玛沟整治，不仅改善了公路行车条件，更重要的是带动了当地经济的发展和群众观念的转变，对同尼、嘎玛生产力的发展产生了深远影响。

西藏天路公司项目部每到一个施工点，都把技术含量不高的工程，如浆砌边沟、土石方挖填交给农牧民，使他们既增收又学艺。曾在天路公司干活的日喀则仁布乡农民普布，不仅带领本乡的农牧民兄弟在公路建设中挣了钱，盖了房，而且组织起有一定规模的施工队伍，带领大家一起脱贫致富。

西藏交通厅发文规定，公路建设在同等条件下，优先使用当地人力、机械，并将此作为扶贫工作的一项内容。厅里要求在不影响工程质量的前提下，尽量使用当地富余劳动力，并做好用工记录，以此作为对各施工企业考核的一项标准。

第十七届中国产经好新闻消息类三等奖　　作者：刘春辉　编辑：肖波 | 2002年5月24日　A1版

劳动体制改革激活装卸一池春水

5000农民承包工叫响上海港

本报讯（记者 董文俊）为适应建设世界一流的现代化强港的需要，上海港不断深化装卸劳动体制改革，建立起一支相对稳定、素质过硬、善打硬仗的农民承包工队伍，5000多名技能型农民承包工已成为上海港装卸生产的主力军。

上海港建立装卸劳务承包工机制起始于1988年。过去，由于组织化程度低，管理不便，农民承包工整体素质不高，流动过频，在很大程度上影响了港口装卸生产的质量和效益。为此，上海港提出以劳动体制改革为突破口，着力打造一支技能型的农民承包工队伍。

上海港先后组建了13家具有法人资格的农民工装卸承包公司，实行“统一规划、统一管理、统一结算、统一调剂”的管理模式，初步形成以社会化生产、专业化协作和规模经营装卸承包的劳动新体制。

上海港不是把农民承包工看成廉价劳动力，而是以人为本，从全局和战略上视他们为实现港口发展壮大的重要力量。港口制定了农民承包工队伍建设规划，将思想教育、职业道德教育、文化技能培训的任务与装卸生产任务一并下达、一并考核验收。目前，全港建立起4个承包工党总支、19个党支部，从农民工中发展党员118名。

为适应建设国际集装箱枢纽港的战略需要，他们挑选优秀的承包工人进行技术培训，目前已培养各类装卸机械司机1083名，占承包工的28.5%；其他农民承包工也不同程度地受到各种技术培训，掌握了一至两项技能。他们还充分利用港口与世界上160多个国家和地区的400多个港口、数百家船公司有着贸易运输往来的独特优势，开拓国际劳务外派工作。自1992年以来，已培养出300多名通过国家专业机构考试认证、能够从事近洋和远洋运输装卸作业的高级船员。近几年来，上海港先后有20多名农民承包工被评为局和公司新长征突击手，117人被评为先进生产者，1人被授予“上海市十佳劳务工”称号，92个班组被评为先进集体。

农民承包工队伍从简单劳务型向技能型的转变，极大地提高了上海港装卸作业的质量和效率。如今，农民承包工队伍也能承担急、难、险、重装卸作业任务。随着港口装卸作业领域的不断扩大、机械化水平的不断提高，上海港农民装卸承包公司的劳动生产率每年以5%左右的幅度递增，安全事故逐年下降。

第十七届中国产经好新闻消息类三等奖　　作者：董文俊　编辑：郭均忠　|　2002年7月4日　A1版

11月8日，我国第二大冰箱制造企业——新飞电器集团2003年公路运输分区域招标传出消息，在以“价低者得”为准则的这次招标中，两家名不见经传的小企业凭低价竞标获得了新飞集团在7个省、市、自治区的运输业务，新飞集团与新运物流多年的合作格局发生突变。一石激起千层浪，此事引起了当地政府和运输管理部门以及业内人士的广泛关注——

新飞开标　运价寒冰冻伤谁?

痛失三成业务　新运物流折翼

陶醉在刚刚通过二级货运企业资质评定喜悦中的新乡汽运物流公司被兜头浇了一桶冷水——合作7年的战略伙伴新飞电器集团2003年公路运输分区域招标尘埃落定，新飞集团国内运输业务由新运物流独家代理变为天下三分。具体点说，就是新运物流失去了新飞集团在陕西、甘肃、云南、贵州、新疆、四川、重庆7个省、市、自治区的运输业务，市场份额减少了30%左右。

也就在两个月前，新乡汽运总公司主管货运的副总经理邹建生还在筹划如何进一步把运输业务拓展到新飞的海外市场及国内业务的延伸服务中去。如今铿锵之声犹在耳畔，市场尚未启动就遇后院失火。

“西部区域失守的惟一原因是我们的投标价格比中标方高了0.03元。”新运物流有关负责人提起此事愤愤不平。据介绍，新运物流的新飞电器专业运输公司自1996年成立至今，为新飞的市场销售立下了汗马功劳，双方的合作是运企联合在全国的成功案例，新飞已故前总裁刘炳银多次用“血肉相连、唇齿相依、不可分割”来形容新飞和新运物流的关系。

在7年的合作中，新飞专运通过加强内部管理和科学组织，曾先后3次调低运价。在今年的招标中，新运物流已经把冰箱这种贵重物品的竞标价降到了低于煤炭、矿石等笨重货物的运价。“价格战已经打到了刺刀见红的地步，我们即使经营得最好也只能保本。”邹建生说。但即便是这样，新运物流还是因报价高于竞争对手而失掉了西部区域的业务。

“我们的报价之所以高于对方，仅仅是因为我们不规范操作的空间比他们小。”邹建生说，由于新运物流一直是抱着“从一而终”的态度与新飞合作的，为了与冰箱运输完美结合，新运物流的700多台车多为小直径轮胎的低吨位货车，在超载运输方面，新运物流“缺乏竞争力”。

更让新运物流难以接受的是另外两家中标企业竟然是没有任何资质的外地企业。邹建生说：“交通部已明确规定，只有具有二级以上货运资质的企业才能在全国范围内设立分支机构，从事经营活动；具有三级以上资质的货运企业才能从事物流运输经营。可现在没有任何资质的企业仍旧可以靠打价格战四处抢食，我们花费了那么大的人力、物力和精力取得的资质不知道什么时候才能在市场上兑现。”说起这些，邹建生显得有些茫然。

新飞招标　价低者得

“此次招标，新飞集团年6000多万元的运输费用一下降低了1100万元。”一位接近新飞高层的人士透露。

为了了解新飞集团此次招标的台前幕后，记者想尽办法分别与新飞集团的3位有关负责人取得了联系，但他们对此话题都讳莫如深。

但是，通过知情人的介绍和对有关新飞的大量资料进行分析，仍不难看出新飞此举的端倪。

自1996年以来一直排名国内冰箱行业第三名的新飞集团，今年一举打破了业内三甲多年来的排序，以超过100万台的年产销量占领了国内市场18.88％的份额，直追海尔取代容声成为业内亚军。对此，新飞领导层认为，要继续保持此地位需要通过招标采购实现有效的价格管理和低成本战略，这其中当然包括运输业务的招标。

为了进一步占领市场，今年上半年新飞又一次提出要调整组织框架，改造营销流程，这无疑是新飞发出的一个明确无误的降价信号。

“如果你是新飞，你一样会这么做！”新飞的一位负责人对记者如是说。

企业以降低成本获取利润的最大化本来就是价值规律在市场经济中的最基本体现，有企业哭着喊着愿意以更低的价格来承运，谁也没法不让新飞另觅“新欢”。

运管部门的尴尬　别人的孩子管不得

用“又爱又怨”来形容新运物流对新飞的感情应该是贴切的。毕竟正是靠与新飞共生共长，新运物流的货运资源才得到优化配置，货运业务才得以发展壮大。按照新的招标结果，新飞70％左右的运输业务仍在新运物流，新飞仍是新运物流的最大买家，所以尽管新运物流对今天的这种不规范的局面有不同见解，也只能将希望寄托于运管部门。

已经从事道路运输管理工作几十年的新乡市运管处副处长马增瑞说：“这是一

个很棘手的问题，也是一个很敏感的话题。首先一条是运管部门无权干涉生产企业的经营业务，我们只能从对运输市场进行管理的角度介入。”

新乡市运管处依据交通部《道路货物运输企业经营资质管理办法》和《道路运输规范》的规定对新乡市的运输招标提出了3条上报意见：（1）不具有三级以上资质的货运企业无权从事物流业务；（2）不具有二级以上资质的货运企业不允许在新乡设立分支机构并从事经营活动；（3）外籍车驻新乡从事经营活动超过3个月以上的，应由新乡市道路运政机构审批，同意后纳入日常管理。

一家是新乡市的明星企业，一家是新乡市的运输龙头，此事得到了新乡市政府的重视。11月12日，新乡市市长明确表态："道路运输业是有规则的，要有准入制度，企业运输招投标要在规范的前提下进行。”

马增瑞说，如果没有政府的支持，这件事很难操作。货运业务机动性强，源头多，要对某个经营主体长期进行监控从而界定其经营性质，在目前的执法环境下根本难以做到，稍有不慎还会被扣上“干扰企业生产”和“公路三乱”的帽子。

“要想发挥运管部门的作用，道路运输管理的大法必须尽快出台，行业管理的具体措施必须尽快到位。”马增瑞呼吁。

运价比拚无赢家　超载运输猛于虎

“这是一场没有赢家的战争。”记者走访的几位业内专家分析说。

表面来看，新飞利用运输企业的低价竞争一下减少了1000多万元的运费支出，好像成了最大的赢家，但是这里边却埋下了致命的隐患。冰箱的运输业务淡旺季分明，一旦运力调度不能到位，新飞就会失信于客户，影响销售不说，品牌受损的价值是无法估量的，更何况还存在众运输商关键时刻联手“兵谏”的危机。这样的“反戈”事例今年以来国内已经多次上演。

中标的运输企业虽然拿到了或多或少的业务，但它其实已经是块被啃过多次的“鸡肋”，稍有差池就会亏本。何况国内企业缺少比拚价格的资本，一家在华跨国物流公司的总裁曾说过：“在中国连赔3年我们都做得起。”国内企业赔得起吗?

“吃亏最大的还是国家。”一位多年从事公路运输研究的专家说，恶性的价格竞争虽然不是造成超载的惟一原因，但超载却是恶性价格竞争引出的必然结果。近年来，我国每年都会投资2000多亿元用于公路建设，但是由于超载运输的泛滥，好多花巨资修成的路几年没过就变得面目全非。据统计，我国每年用于修路的资金就高达300多亿元。他说：“要降服超载这只猛虎，必须对恶性的价格竞争喊停。”

第十七届中国产经好新闻通讯类三等奖　　作者：朱美环　编辑：朱美环 | 2002年12月3日　B1版

“栽了”还想“为人民服务”

东窗事发之后，法院判决之前，贪官们会是什么表现？从以往的实际情况来看，大致有几种情况：要么“不见棺材不落泪”，摆出一副“死猪不怕开水烫”的架式；要么“悔不当初”，写忏悔书、交思想汇报，指望得到宽恕；要么万念俱灰，听天由命，什么也不想、也不说、也不做，只等坐穿牢底，或者去见阎王……去年，有一个大贪官被抓后，要求允许他去当一个农民，给他一个洗心革面、重新做人的机会——如果真让他当农民，当然意味着不掉脑袋、不用坐牢，相当于曲线的请求宽恕。这个要求一时传为笑谈，但现在看来，已经不太可笑了，因为不断有“栽倒”的贪官用更具“创意”、更为滑稽的惊世之语让世人一次次大跌眼镜。

且说那个以“吹、卖（官）、嫖、赌、贪”五毒俱全而臭名远扬的湖北省天门市委书记张二江，面对省纪委办案人员的审查，竟声称处理他将是“湖北经济的重大损失”，“不让我回去，天门160万人民怎么办？”有一回接受讯问时，他竟然冒出一句话来：“交待完就可以回天门了吧？在电视上露露脸、在市委大楼里转一转，继续干。离了我，天门非乱不可！”

还有辽宁慕马案主角之一马向东，被收审在江苏期间，仍然滔滔不绝地自称：“回顾从政十几年来，我是清官，不是贪官。扪心自问，我对得起党和人民，对得起生我养我的土地。”他甚至声称：“如果不让我为人民服务，这是人民的损失。”

当劣迹已经败露，自知大难临头的时候，张二江想的不是自己的安危，而是“湖北的经济”、“天门的人民”以及天门的安定，真个是“舍我其谁”！在数以千万元计的受贿事实面前，沈阳市原常务副市长马向东仍然以“清官”自居，还在为“人民”考虑，还在想“为人民服务”！

如果说，“当农民”的要求仅仅是为了逃避惩罚、“重新做人”的话，那么张二江和马向东的期望则远远超乎其上，他们觉得自己不仅不能受罚，而且应该让他们“继续做官”，理由是：人民离不开他们，而他们还想“为人民服务”。

呜呼！听二贪之言，不知天门市和沈阳市的百姓是何感受，作为人民中的一员，笔者也感到了极大的污辱。

在张二江为丹江口市人民“服务”的几年里，丹江口的经济指标确实突飞猛进，丹江口市甚至曾跻身"湖北十强县(市)"之列,但那是吹上去的,当假象被揭开之后,丹江口的经济指标又回到了十几年前的水平,然而吹牛也是要付出代价的,"十强"光环下的农民重负难堪,这就是张二江"服务"的结果。此后他又"服务"于天门市,在那里,他确实为不少人服务过,但服务的对象是他的亲朋、赌友,包括"三陪小姐",保不准什么时候张二江一时"性"起,走在天门大街上的漂亮女人就可能被强行"请"到张书记的办公室里接受"性服务"……当然,在"赌"字上,张二江比马向东逊色多了,人家马市长敢与澳门的"赌王"过招,而且一掷就是数千万……

"人民"、"为人民服务",多么亲切的称呼,多么动人的口号。不知有多少欺世盗名、贪赃枉法之徒假其名而行。瞒天过海,打的是"人民"的旗号;送钱买官,却说是"想得到为人民服务的机会"……翻翻大贪官倒台前的讲话稿,哪一次少得了"人民"这些字眼儿;看看贪官们入党时所写的申请书及给党组织的每一次思想汇报,哪一页没有"为人民服务"的字样!

算了吧,张二江、马向东之流,别再拿"人民""为人民服务"之类的谎言糊弄百姓。太多的事实教育了人民,人民越来越认识到,花言巧语不如真抓实干,言行一致才值得信赖。"为人民服务"的机会曾经给你们那么多,但你们何曾把人民放在心上?就算是你们现在幡然悔悟,意欲脱胎换骨,但"法律面前,人人平等",又怎能网开一面。

张二江、马向东之流的荒唐之言,如果说还有一丁点价值的话,那就是值得那些口惠而实不至的"公仆"们参考:如果真的胸怀"人民",真想"为人民服务",就请在台上身体力行吧。莫等司法机关跟你算账的时候,才想起这些动人的词语。

第十七届中国产经好新闻副刊类三等奖　作者:盛大林　编辑:经晓晔 | 2002年5月31日　A4版

这曾经是波浪滔天，一碧万顷的大海吗？海在死亡后会变得如此丑陋吗？那种种的欲望和种种的梦想如今竟轻轻易易地凝固如斯吗？

活的海洋　死的海洋

第一次看见海，是在青岛。那是22年前的事了。去胜利油田出差，仅仅是为了看海的缘故，办完事后专门赶到了青岛。那是一个晚上，黑色的海水从我脚下向远方排开，海低沉而有力地嘶鸣着，海水哗哗地拍打着我脚下的堤岸。我在那一刻惊呆了，我第一次知道了世界上有一样东西，可以这么有力，这么雄壮，这么宽阔。

后来，我登上了栈桥。在风与浪的簇拥下，我向深深的海洋走去。我还有几次见到过海。北戴河那忧伤的落日曾经令我伤怀落泪，大连棒槌岛那夜夜的涛声曾打湿过我的清梦。为了这一生能有一次海上航行的经历，我曾经乘轮船从大连到天津。那只轮船在海鸥的簇拥下出港的场面，庄严而威仪。这就是我的关于海的全部的阅历。

我居家在遥远的北方。我家的这地方没有海。非但没有海，就连带咸味的海风都很难吹到这里来。这里距太平洋、印度洋、北冰洋都有遥远的路程，这里距离最近的入海口江苏连云港2400公里。

但是你相信吗？这块中亚细亚大陆腹地，在遥远的年代里曾经是一片大洋，它叫准噶尔大洋，现在的中亚五国，现在的新疆的大部分，当年都曾经是这个大洋的洋底。后来大洋浓缩成海，叫蒲昌海，后来大海浓缩成湖，叫罗布泊。时光推进到1972年时，罗布泊最后干涸。

一想到正如中国的东方有个太平洋一样，中国的西方亦有一个准噶尔大洋，这事总让人有一种奇异的感觉，仿佛日月双星，各奔东西，仿佛阴阳之两极，一件多么奇妙的事情呀！“我家门口有片大洋！干旱的北方有片大洋！”你听了这话，不觉得像天方夜谭吗？然而这曾经是真的。

1998年9月19日凌晨两点，我来到死亡之海罗布泊。一轮苍白的月亮在天空照耀着，瘴气弥漫，罗布泊在我脚下泛着兰色，一米多高的兰色浪头一个拥一个，从我脚下一直排向遥远的天际。我似乎听到了海的喘息，而清晰的海岸线像一个大括弧一样拥抱着，这一切都让我确信罗布泊还活着，这确实是海，正如我 20 多年前看到的青岛的海一样。

我举步向海的深处走去。那浪浪相叠的兰色原来是凝固了的。地质学叫它“盐翘”。它像坟堆一样密密麻麻地排向远方。它坚硬无比，甚至比石头还坚硬，我的皮鞋被划破了。

而那像白轮船一样停泊在罗布泊岸边的，也不是轮船，它叫“雅丹”，是中亚一种特殊的风蚀地貌特征。罗布泊的海岸线上，停泊着许多这样的雅丹。“那叫白龙雅丹，马可·波罗横穿丝绸之路歇息过的地方；那叫龙城雅丹，据说唐僧师徒取经经过这里！”同行的地质队总工程师这样对我说。

这曾经是波浪滔天、一碧万顷的大海吗？海在死亡之后竟会变得丑陋吗？那种种的欲望和种种的梦想如今竟轻轻易易地如此凝固如斯吗？

我在这像月球表面一样荒凉的地面上呆了 13 天，我在这像地狱一般恐怖的地方呆了 13 天，我的生命窒息了 13 天。

我不知道我在这篇短文中该告诉你什么。为这个庞大的题材寻找一个命意吗？我想那就不必了。我这里只想告诉你，我见过活的海洋，见过死的海洋以及它们奔来眼底、落到心里时我的感受。

第十七届中国产经好新闻副刊类三等奖　作者：高建群　编辑：刘布阳　2002 年 6 月 5 日　A4 版

广东撬动民间资本“杠杆”

鼓励社会投资进入交通基础设施建设领域

本报讯（记者 吴楚楚）进一步“对内开放”，启动民间投资，被作为扩大内需、加快交通基础设施建设的一项重要举措，纳入广东省交通厅重要议事日程。省交通厅副厅长蔡启文日前表示，广东将通过“政府资金搭台，民间资金唱戏”，积极引导和推动民资进入交通基础设施建设领域。

蔡启文说，“十五”期间，广东省仅高速公路续建和新建项目就达45个，涉及总里程2500多公里，共需筹措建设资金1200亿元，压力很大。一方面，交通建设面临资金缺口；另一方面，作为改革开放前沿的广东，民间资本充裕，不少还处于“休眠”状态。引入民间资本，不仅可以减轻省厅筹集资金的压力，还可以为民间资金的保值增值找到一个宣泄口。此外，还可优化投资结构，充分运用市场机制，减少因垄断造成决策的失误，改善交通业的服务水平，促进交通发展的良性循环。

蔡启文透露，广东将打破垄断和所有制歧视，扫除体制性障碍，对民间投资放宽准入限制，任何符合资质和其他相应条件的民营企业都可以进入交通建设市场。同时通过转让现有资产存量、出让资产使用权、集资联营、入股、采用BOT等经营方式，有效吸引民间资本。省厅还计划采用一系列优惠政策，在征地拆迁、补助等方面给予适当优惠等。

对于民资进入交通建设领域，广东将进一步简化审批手续，完善相关法规，切实保护其合法权益。省厅还将构建服务体系，建立中介机构，在投资政策、信息、技术等方面为民间投资服务。

据悉，在建的广州至惠州高速公路已引入民间资本，广东珠江公路桥梁投资有限公司在该路占了30％的股份。

法国企业巨头抢滩重庆

七亿元外资将投入渝遂高速公路

本报讯（**记者** 朝霞 **通讯员** 张帆）全球500强排名第247位的法国布依格建筑集团，日前与重庆高速公路发展有限公司签订合作框架协议书，将斥资约7亿人民币参与渝（重庆）遂（宁）高速公路的建设。国家外经贸部部长石广生、重庆市委书记贺国强、市长包叙定等出席签约仪式。

渝（重庆）遂（宁）高速公路重庆段是重庆高速公路规划网中的重要路段之一，全长110公里，设计时速为80公里／小时，总投资约48．76亿元，计划于2004年初开工，2007年底建成通车。目前，该项目可行性研究已经完成并报国家计委申请立项。渝遂高速公路建成通车后，将比现有的成渝高速公路缩短里程40多公里，从而成为成渝两地人流、物流的首选直达通道。

布依格建筑集团为法国大型综合集团，创建于1952年，属世界500强公司，其经营范围包括电信、建筑工程、高速公路等，业务遍布80多个国家。2000年该集团的营业额达到了196亿欧元。

今年1月，重庆市副市长黄奇帆带团赴法国，就渝遂高速公路项目合作与布依格集团进行了初步洽谈，之后该集团高层人员及其融资伙伴法国索德尚金融公司两次来渝，就渝遂高速公路项目合作事宜进行商谈，并达成一致意见。本次签订框架协议后，双方将共同组成项目小组，负责合作公司的设立等事宜。

根据有关规定，交通项目资本金比例要求达到35％以上，渝遂高速公路的资本金拟为17．1亿元人民币，由甲、乙双方以现金方式投入。根据框架协议，布依格公司将至少投入40％，其余资金由合作公司向国内金融机构贷款解决。这意味着重庆将引进资本金约7亿元。

据悉，四川机电设备进出口公司也在同日与重庆高速公路发展有限公司签订了渝（重庆）长（寿）高速公路项目合作框架协议，重庆由此还将引进资本金约12亿元。

第七届首都女记协好新闻奖

作者：朝霞 编辑：肖波 | 2002年5月10日 A1版

中国交通报

CHINA COMMUNICATIONS NEWS

中国交通前程辉煌

千年曙光首照石塘

航船依次越千年

交通系统计算机千年夜平安过

泰山之巅赏瑞雪

天涯海角观日出

夜游长江度千禧

冰雪盛宴不眠夜

拥抱新世纪

夜班快车世纪行

大连港喜迎观光客

广州港开启亿吨新纪元

甘肃把握世纪良机

长江发生碰船事故

世界之最 大写之人

千古悲欢 无语沧桑

鬼斧神工 人间奇迹

亘古驼铃 旷世绝唱

人诗入画 甘苦谁知

连亚接欧 文明握手

俯首铁牛 千载役渡

骈车俪马 泱泱气度

天下雄胜 千年不坠

第十一届中国新闻奖报纸版面初评新闻版面作品一等奖 编辑：李咏梅 孙宝夫 韩世轶 | 2000年1月1日 1-4版

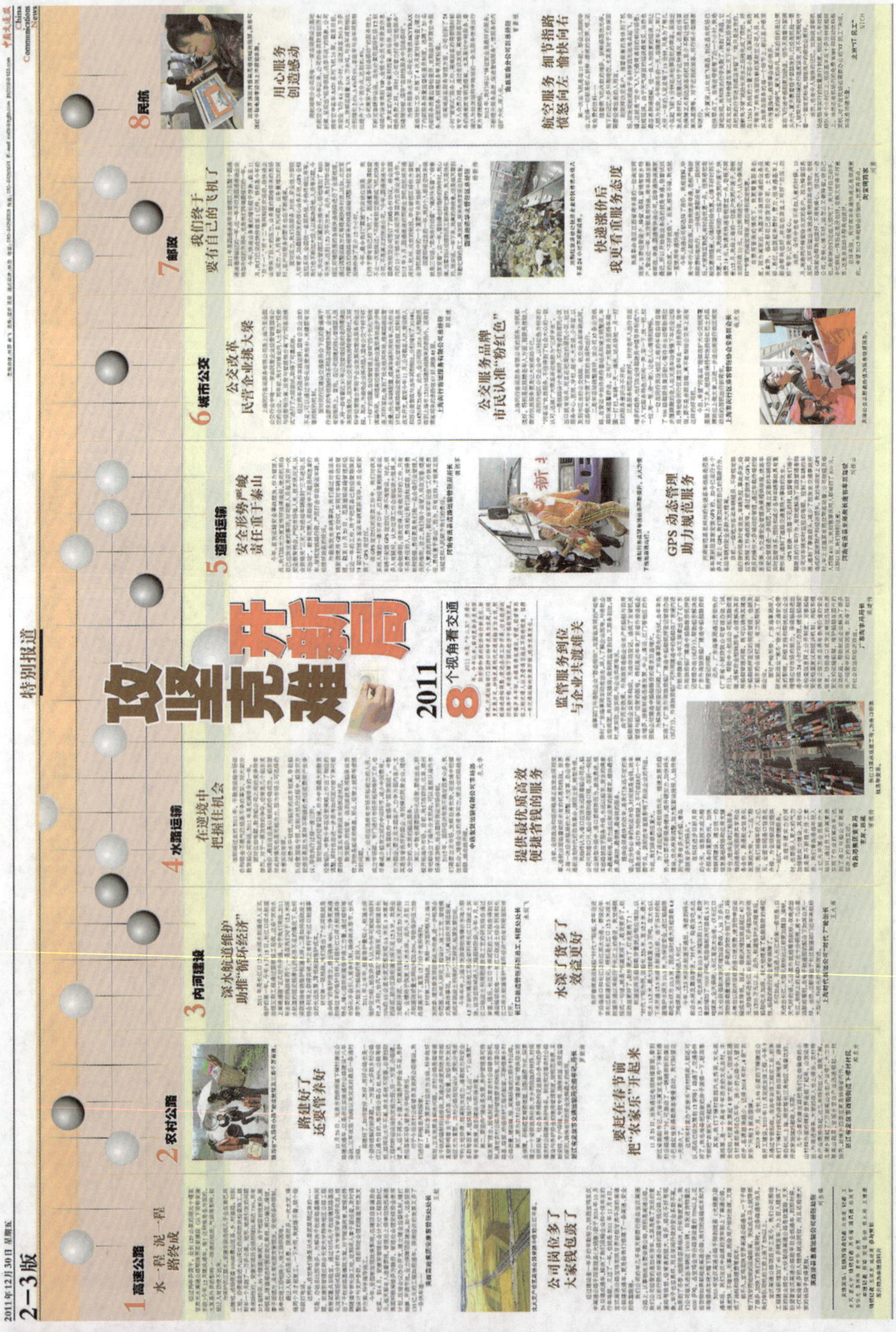

第二十六届中国产经好新闻版面类一等奖　编辑：蓝乔　连萌　版式：林浩　2011年12月30日　2-3版

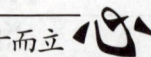

2012年9月6日 星期四
4版
责编：杨光 韩璐 刘晓宁 版式设计：林浩 电话：010-65293632 64262864 E-mail:zgjtb@126.com
中国交通报 China Communications News

喜迎十八大 科学发展 辉煌交通

10年织网

从“五纵七横”国道主干线到“7918”国家高速公路网、从五大港口群到现代港口体系……十年来，一条条交通运输线融合交织，联络成网，神州大地血脉畅通，活力迸发。

德夯的故事

“德夯”是苗语，意为“美丽的峡谷”。然而，美丽的德夯大峡谷，却曾是湘渝高速公路上最后一个“断点”。跨越这段天堑，只有一条路——“72道拐”的矮寨盘山公路，短短6.25公里，顺利的话开车需要半个多小时，但堵车是家常便饭，堵上几天也不稀奇。

峡谷的这一边，重庆秀山土家族苗族自治县的县长王杰很苦恼，交通不便，县里的土鸡只能销往本地和周边，很难规模化产业化。重庆豪美摩托车有限公司的负责人更苦恼，组装摩托车所需的大量散件要从广东运过来，二十多米长的集装箱货车根本无法翻越盘山公路，只能通过重庆主城中转，然后运到黔江，成本太高。

峡谷的那一边，全国粮食百强县、生猪百强县湖南桃源县，距离秀山只有200多公里，但“72道拐”路况太差，活鸡活鸭、鸡蛋鸭蛋等经不起颠簸，农户们宁愿把产品销往更远的广东，也很少运往重庆。

2012年3月底，矮寨特大悬索桥通车，开车只需一分钟，就能轻松跨越大峡谷。

“断点”接上了，全长800多公里的湘渝高速公路全线贯通了。峡谷两边的生活就此改变。

从重庆主城出发，5小时可到秀山，体验沈从文笔下的边城风情；7小时可到湖南凤凰，感受湘西的古朴神秘；8小时可到长沙，由长沙上京港澳高速公路，一路畅通。

运输成本降低了，桃源的生猪、家禽顺利销往重庆，秀山的土鸡、重庆豪美的摩托车大量销往湖南、湖北、江西等地。

美丽的德夯小镇终于走出深闺，成为旅游热点。

从德夯到秀山、到桃源、再到长沙，湘渝高速公路与京港澳高速公路相接，融入全国高速公路网。

“不久的将来，我们的土鸡还要卖到香港！”王杰高兴地说。

断点 连线 结网

十年来，德夯这样的故事一次次上演。

一座座桥梁、一条条隧道跨越天堑，连接起经纬纵横的交通大动脉。一个个曾被山河湖海阻隔的地区融入全国交通运输网，迸发出耀眼的活力。

2007年，秦岭终南山隧道通车。这条隧道是陕西“三纵四横五辐射”公路主骨架和西安至安康高速公路的重要组成部分，也是包头至茂名国家高速公路的控制性工程、沟通黄河经济圈与长江经济圈的交通枢纽。隧道通了，西安至柞水高速公路通了，深山小镇柞水只需40多分钟车程就能到达西安，融入全国路网。镇上的景点、饭店、“农家乐”游客爆满，土鸡蛋卖得断了档。仅2007年1月至4月底，柞水旅游业直接收入就达590万元。此前的三年里，该县旅游业收入总和也不过405万元。

2008年，杭州湾跨海大桥正式通车，改变了长三角的交通格局。宁波和上海不再隔海相望，陆路距离缩短120公里，温州、台州、舟山等地离上海更近，南通、镇江等地到宁波更便捷，长三角城市群区域一体化进程迈出坚实一步。

2010年，墨脱公路关键控制性工程——嘎隆拉隧道顺利贯通，全国唯一不通公路的县、素有“孤岛”之称的墨脱，即将融入西藏乃至全国交通运输网。

2011年，横跨胶州湾的青岛胶州湾大桥、穿越胶州湾海底的青岛胶州湾隧道同日建成通车。这一桥一隧将青岛、黄岛、红岛贯穿在一起，青岛市主城区与各区市之间形成“一小时经济圈”，山东半岛城市群区域内各中心城市之间形成“四小时经济圈”，为山东半岛蓝色经济区建设开启强力引擎。

十年来，一个个“断点”消失了，一条条动脉贯通了。

陆路，“五纵七横”12条国道主干线提前12年全部建成，西部开发8条省际通道基本贯通，农村公路发展走上快车道，覆盖城乡、便捷高效的公路交通网初步形成。

水路，沿海五大港口群协调发展，布局合理、层次分明、优势互补、功能完善的现代港口体系初步成形；内河高等级航道建设不断加速，畅通、高效、平安、绿色的现代化内河水运体系呼之欲出。

航空，一个个民用机场投入使用，纵横交错的航线织起密集的空中交通网。

邮路，空白乡镇邮政局所建设不断推进，便民邮网越来越完善。

如今，陆、水、空、邮交通运输网融合交织，立体交通大网雏形显现。

本报记者 韩璐

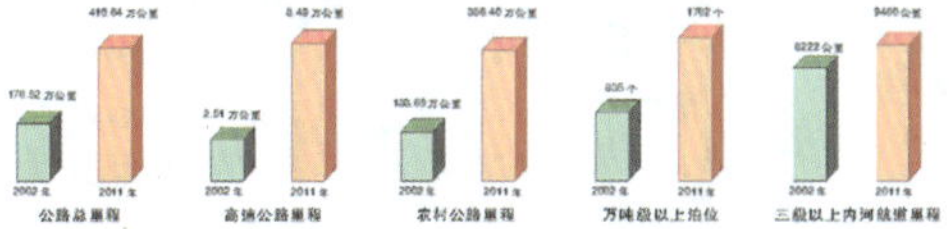

■关键词

“7918网”

2004年，国务院审议通过《国家高速公路网规划》，国家高速公路网由7条首都放射线、9条南北纵向线和18条东西横向线组成，简称“7918网”。其后，我国高速公路网建设加快推进。目前，“7918网”已初步建成。

桥隧强国

十六大尤其是十七大以来，我国相继建成一大批深水基础、大跨径、技术含量高的世界级公路桥梁，润扬长江公路大桥、东海大桥、杭州湾跨海大桥、苏通长江公路大桥、舟山西堠门跨海大桥等一批特大型桥梁相继通车，各类桥型主跨跨径排名世界前列；山岭长大隧道、深水海底隧道不断涌现，雪峰山隧道、秦岭终南山公路隧道、厦门翔安隧道、上海越江隧道等体现出我国世界一流隧道建设水平。

五大港口群

2007年，我国发布《全国沿海港口布局规划》，着力构建环渤海、长三角、珠三角、东南沿海、西南沿海五大港口群。目前，五大港口群码头设施已具相当规模，基本形成以主要港口为主体、其他港口相应发展的布局合理、层次分明、优势互补的港口体系，形成较为完善的煤炭、石油、矿石、集装箱等专业化港口运输体系，主要港口设施规模、装卸效率和技术水平位居世界前列。

“村邮户箱”工程

2008年，国家邮政局启动“村邮户箱”工程，即“村村通邮，户户设箱”，以此逐步推进邮政普遍服务终端服务体系建设。在农村地区特别是边远农村地区，建立村邮站是保证通邮的有效措施；在城镇，住宅楼房信报箱是保障公民通信权利和通信自由的公共服务设施。“十二五”期，全国将新建20万个村邮站，基本实现“村村通邮”；全国新建城镇住宅楼信报箱覆盖率将达90%以上。

■记者新观察

从“西部终端”到“西部中枢”

自古有云“蜀道难，难于上青天！”如今，伴随着西部综合交通枢纽建设的号角声，“变蜀道难为蜀道通”这个夙愿，离我们已是如此之近。

“过去大家最怕跑陕西，经常四五个小时才到川陕交界的万源，就已累得精疲力尽。所以一看到陕西方向的货，很多驾驶员都躲着不愿意拉。”45岁的达州某物流运输公司的大货车驾驶员张波说。如今，大家再也不用躲了。4月12日，达陕高速公路全线通车后，一个多小时就可以开出四川。

不久前，成自泸赤高速公路成都至自贡段建成通车，成都东南方向又添一条进出大通道，四川高速公路向着年底通车里程突破4000公里的目标强势迈进。到2015年，四川高速公路通车总里程将达6350公里，建成18条进出川大通道，基本建成全省高速公路网。

现在，四川21个市州和131个县政府所在地均有高速公路建成或在建，覆盖全省91%的人口，百姓出行时间大大缩短，四川正由“西部终端”变为“西部中枢”。

本报记者 梁俊明

壮哉，长江口

站在船头甲板，第一次看到浩瀚壮阔的长江口，真切体会到国外专家曾经的感慨：“这哪里是河口，就是大海啊。”

回头看，长江口深水航道治理工程解开的是一道世界级难题。作为世界著名的巨型多沙河口，长江口沙洲冲淤不定，河势动荡变化，治理工程十分复杂。如何解题？科学比选百余套备选方案后，一个看上去并不复杂的解题思路脱颖而出：整治建筑物工程，共构筑导堤、丁坝等整治建筑物169.165公里；航道疏浚工程，全程92.2公里、底宽350至400米，由7米分期浚深至12.5米水深航道。

思路虽定，建设过程却惊心动魄。台风肆虐，江水携泥沙使航道深度骤减；寒潮来袭，筑起的大堤被“断”得支离破碎……工程建设参与各方不唯书、不唯上、只唯实，凭借“坚持科学、勇于创新、坚韧不拔、敢于胜利”的长江口精神，突破了一系列重大工程技术难题。工程建设大幅提升了长江黄金水道和上海国际航运中心的经济效益和社会效益。

这项认识自然、改造自然的伟大壮举，完成各类技术创新74项，荣获国家科技进步一等奖，在我国治理世界级大型河口工程史上书写下浓墨重彩的一笔！

本报记者 姜秋华

“神鹰”和梦一起飞

西藏贡嘎机场的候机楼里，阿里革吉县的次仁玉珍拎着装满新做的牦牛酸奶的保温饭盒正在排队候机，她刚坐一个半小时的飞机从阿里赶过来。

“再过两个小时，我女儿就能吃上我亲手做的新鲜酸奶了。”次仁玉珍拍拍手上的保温盒，一脸幸福地说，女儿在成都读书，好久没有吃上家里的酸奶了。“现在阿里也有机场了，航线也越来越多，再也不用发愁没法去学校看女儿了。”

经常往返于拉萨至上海的水产商王先生对西藏的机场建设也颇为满意：“要是火车得四天多，水产品可耗不起啊，生鲜的和已死的水产品价格悬殊。”现在航空货运只要六个小时，早上从上海发货，晚上就能摆上拉萨人的餐桌，王先生的生意越做越大。

前不久，拉萨至兰州的直飞航线成功开通，至此，西藏已建成机场5个、开通航线34条、单日起降架次最高纪录达68架次，初步形成以拉萨为中心、连通自治区内地市和内陆主要城市的航空网络。

住在贡嘎机场附近的甲竹林卡措姆老阿妈指着刚刚起飞的飞机，告诉咿呀学语的孙子：“长大奶奶带你坐飞机去北京。”

飞机，藏族儿女心中的“神鹰”，正载着藏族儿女的梦想飞向祖国各地，飞向四面八方。

本报记者 刘春辉

小小信报箱 装进大民生

“取牛奶、拿报纸、收信件，装了惠民信报箱，我再也不用担心丢信丢报了。”湖北武汉园丁苑小区，正在楼下乘凉的李大为对新安装的信报箱很是满意。

这里的每栋楼门口都整齐安装着绿色的信报箱，“惠民信报箱”五个字清晰地印在上面，不时有居民打开自己的小信箱取出报纸信函。

两年前，情况完全不同。

园丁苑小区居民以教师居多，报刊订阅量较大。由于没有统一的信报箱，各种简易信报箱“杂、乱、多”，居民“订报易、取报难”。

2010年、2011年，武汉市政府连续两年将“为老城区居民安装惠民信报箱”作为政府为民办的十件实事之一，在全市安装了72万余个统一规格的信报箱，惠及200多万居民。这种尺寸的信报箱既能放置各类尺寸、厚度的报纸，又能额外满足居民装入牛奶瓶的需要，充分实现“一箱多用”。

近年来，城镇居民楼“户户设箱”工程不断推进，一个个邮政基本公共服务“终端”走进居民楼，方便千家万户。

本报记者 孙其利

本版文字除署名外，均由本报记者 杨光 刘晓宁 整理
本版图片均为 本报资料片

地址：北京市安外安华西里三区13号楼 邮码：100011 总编室：65293633 通联发行部：64255453 64250641（传真） 新闻采编中心：64250635 公路部：64253731 水运部：64255824 汽车传播中心：65293637 运输部：64252614
科教部：65293563 产品中心：64253599 网络部：64246881 中国交通报社北京中通广告公司：64250642 64255452 广告经营许可证：京朝工商广字0142号 每月定价：20.00元 零售每份：1.00元 中国青年报印刷厂印刷

第二十四届中国产经好新闻版面类二等奖

编辑：樊猛 孟庆学 | 2009 年 6 月 26 日 2–3 版

这样的邮路,王收秋一走就是26年。

一个步班邮递员26年的长征

徒步行走在太原西山深处,背着大旅行包,两个饼子,一瓶水,孤独地行走30多公里。对于爱好旅行的"背包客"来说,这样的一次经历也许充满了乐趣。但每周六天负重六七十斤风雨无阻地行走在大山深处,一走就是26年,行程达30万公里,有谁能够想象?

而44岁的合同工王收秋就是这个画面里的主人公 太原市南寨邮政分局大虎沟投递组步班投递员,太原最后一名步班邮递员。一场大雪过后,笔者随王收秋踏上了步班邮路。

上午10点,在南寨分局大虎沟投递组,王收秋的大背包里已经鼓鼓囊囊地装满了报纸和信件。他像往常一样又装了两个饼子、用矿泉水瓶灌了一瓶水,穿上大衣,背上背包,又将一个邮包挂在了胸前背包的系带处,开始了一天的步班投递。王收秋投递的第一个目的地是小卧龙村。

一路上不断有大型的拉煤车经过,荡起阵阵黑灰。

王收秋与邮政结缘于电影中一个邮递员的形象。吸引他的不仅仅是那一身气质非凡的绿衣,更是在信件传递中受到尊重和依赖的一种享受。王收秋的投递范围是王封乡15个自然村,所涉范围达106.8平方公里,他以坚忍的毅力,日复一日,年复一年,在漫长的步班邮路上孤独跋涉了26年。笔者随王收秋没走多久,便从公路上下来向山谷走去。一座座连绵不断的小山被皑皑的白雪覆盖,这哪里有路?走到山下,才发现荒山野岭中隐约有一条羊肠小道伸向远方。绕过荆棘的灌木丛、蹚过泥滩碎石,躲避山上的飞石和塌方,上山的小坡被他蹬出一个个清晰的台阶,这便是王收秋开辟的邮路。

"蛇是经常遇到的,就在前几天的晚上还遇到了一头野猪,就离我没多远。当时也挺害怕,只能是悄悄地绕过去了。"王收秋淡淡地说,"想起来也是后怕"。

山村里的"名人"

"一年四季走山路,最费的就是鞋。"一路走来,笔者已大汗淋漓,气喘吁吁地跟着王收秋艰难地往山上爬。而走在前面的王收秋背着大包、胸前还挂着又大又重的包裹,走起路来依然是那样的轻松有力。王收秋看到笔者吃力的样子,笑了笑,说:"我们就在这休息一下吧,前面的路还远也会更难走,这还不到今天全程的六分之一。"说着,王收秋卸下了背包和沉重的包裹,拿毛巾擦去满脸的汗水。

"包裹不是由本人在营业厅自己取吗?"笔者疑惑地问。"这个包裹是一个残疾人的,每遇到那些行动不便的人,我都会帮他们捎去,寄东西也是我帮他们带回去。"王收秋说。笔者为了更深刻地体验王收秋的邮路生活,将包裹要了过来,扛在了肩上。扛着重物走山路,这还是第一次,没走多远便胳膊酸痛难耐,笔者的体力不支被王收秋看出来后,他又接过了包裹。

抵达投递的第一站小卧龙村时已是下午一点多。王收秋是村里的名人,"王师傅来了!"每个过往的村民见了他都会亲切地打声招呼。王收秋每到一户人家,都会卸下沉重的背包,将信件、报纸分拣出来,村民也会主动地为他添满热水。

小卧龙村的赖书记说:"在这种偏僻的山区,村民都需要他这样一个与外界沟通的纽带。有时候我甚至会觉得王收秋不像是这个时代的人,每天背着几十斤重的信件一个人走在山路上,一年四季,风雨无阻。我留他喝点水休息会儿,他却怕耽误时间。就在大雪后的第一天,他居然就送来了信件,半个裤腿都湿了,真难以想象。"

送完小卧龙村的信件,笔者已经又累又饿,在村口掏出面包在寒风中啃了起来。王收秋却不要笔者递过去的面包,掏出了两个饼子,说:"还是饼子耐饿,每天都吃这个,已经习惯了。"

王收秋已患胃病多年,每当在邮路上胃病发作时,他就蹲下来按一按,在村民家喝点热水。26年来,从没请过一天假,就是在这样的环境下也没丢过一封信,投递准确率达100%。

母亲在途中等他

在一个铁矿厂门口,王收秋将报纸分了出来,却拦住了身后的笔者,"这个厂里有狗,你们就别进去了。""你就不怕被狗咬吗?""也怕啊,前些天就被狗咬了,过两天还得再打一次防疫针。"王收秋说着便走进了大门。

下一个自然村是王封村,王收秋的老母亲就住在这个村里。每天下午王收秋会去母亲家里歇歇脚,83岁的老母亲也会每天在家门口守望着儿子。

老母亲谈起儿子,眼眶噙满了泪水,"我心疼我的小儿子,他太不容易了,每天那么辛苦地送信,一个人要照顾一家五口。"王收秋看着老母亲也不禁潸然泪下。

老母亲并没有让儿子多待一会儿,而是催他赶紧走,怕送晚了天黑路不好走。王收秋告诉笔者,这是在平时,但是每到大年三十那天,母亲就舍不得他走了,母亲想让他留下来一起包饺子。王收秋又何尝不想,可是大年三十不送的话,攒起来的信报就背不动了。就在他背起邮包走出大门时,再悄悄回头,看到老母亲站在大门口,拿着围裙抹眼泪。

山里的冬天很冷,王收秋计划过两天把老母亲接到自己家里过个温暖的冬天。

抵达圪垛村时,已经是晚上六点多,天已经完全黑了下来。而王收秋似乎已经对这样的环境相当熟悉,他从背包里拿出了手电筒,带着笔者迂回在曲折的山村小道上。

圪垛村的张大妈看到王收秋这么晚来并不稀奇,"他基本上每天都是这么晚到。我们这里的老百姓离不开收秋,去年我孙女的高考录取通知书不也是收秋送过来的!"张大妈的女儿激动地说:"我和王收秋以前是同班同学。他这个人憨厚老实,前些年村里人都挖煤窑,也有朋友拉他入伙,他却不干。人家都发家致富了,他还在坚持每天走那么远送信,也挣不了多少钱,也不知道图个什么。"

山里的夜格外的黑,漆黑的夜里只有远处山头依稀可见的几点灯光。

李俊祥 文/图

在小卧龙村,王收秋上村民家送报纸。

王收秋常年的工作午餐就是5毛钱一个的饼子两个和一瓶白开水。

□背景

推行邮政普遍服务,是为保证每个公民都能享受通信自由。要让偏远山区群众享受到邮政服务,像王收秋一样的山村步班邮递员举足轻重。据了解,山西省步班投递有151条道段,有步班邮递员150余名。

王收秋二三事

一年换六七个包六七双鞋

王收秋的邮包背带处有用针线一圈圈加固的痕迹,他说:"老婆缝的,我这一年得换六七个包,和鞋的更换速度一样。每天走山路,最费的就是鞋,家里条件差些,缝缝补补能凑合就凑合。"

让他痛哭的3000元钱

王收秋的妻子没有工作,女儿和儿子都在读书,一家四口的日常用度全靠他一个月1000多元的工资。每个月除了孩子们的学费和家里的吃喝,他的工资基本没有剩余。

王收秋有两个哥哥和一个姐姐,他父亲去世那年,兄弟三人商量一人掏3000元钱,可他没钱,他觉得对不起死去的父亲,那段日子,在没人的山路上,他会放声大哭。

特殊背包姿势的由来

王收秋每天背几十公斤的邮件行走山路,他有一个特殊的背包方式:这是类似于搬家工人背家具的姿势,带子套在脖子上,两手撑住,用整个背部受力。这其中的无奈只有他自己最清楚:以往常年单肩背包,结果造成脊柱向右偏移,钻心的疼痛,靠牵引治疗才扭转过来。

李俊祥和王收秋在邮路上。

王收秋如今特殊的背包姿势,是因为以前常年单肩背包导致的疾病。

每天下午王收秋会去母亲家里歇歇脚。

老母亲说起儿子,禁不住流泪。

地址:北京市安外安华西里三区13号楼 邮码:100011 总编室:65293633 通联发行部:64255453 64250641(传真) 新闻中心:64250635 公路部:64253731 水运部:64255824 汽车传播中心:65293637 运输部:64252614 科教部:65293563 产品中心:64253599 信息中心:64246881 中国交通报社北京中通广告公司:64250642 64255452 广告经营许可证:京朝工商广字0142号 每月定价:20.00元 零售每份:1.00元 中国青年报印刷厂印刷

第二十五届中国产经好新闻版面类二等奖

2012年3月6日 星期二 中国交通报 China Communications News

3版 海事

海事之花 幸福绽放

20…

姓名：袁周

年龄：26岁

单位：河北秦皇岛海事局东港海事处 监督员

在海事工作时间：1年半

幸福语录："幸福就是用心感受所得到的一切，心怀感激地付出，然后遇见一个你所期待的美好未来。"

30…

姓名：陈维

年龄：32岁

工作单位：上海海事局外高桥海事处 监督员

在海事工作时间：10年

幸福语录：不管外面如何喧嚣，只要依然能够听到自己内心的声音，能够找到真正属于自己的位置，幸福便会如期而至。

40…

姓名：王军

年龄：43岁

单位：浙江宁波海事局大榭海事处 处长

在海事工作时间：24年

幸福语录："再多的惊心动魄都只不过是幸福的积累，能为服务对象实实在在地解决问题和困难，就是我最大的幸福。"

50…

姓名：周来英

年龄：56岁

单位：广东汕头海事局指挥中心无线台 副台长

在海事工作时间：34年

幸福语录："幸福来自于我从事的工作背后承担的责任，每天来到台里，我就感觉到无线台需要我，过往的船舶需要我。"

幸福之于女人，总是有着更为特殊的意义。

有人说，女人的幸福来自和美的家庭；有人说，女人的幸福来自姣好的容貌；也有人说，女人的幸福来自衣食无忧的安逸；还有人说，女人的幸福来自一份喜欢的工作、一颗独立而自由的心灵……或许对于幸福究竟是什么这个问题，连女人们自己也莫衷一是，但却都在为寻找与追求幸福而不懈努力着。

一种途径获得一种幸福，一种幸福洋溢一种气质。"三·八"妇女节来临之际，我们和四位女海事人进行了一次关于"幸福"的心灵对话。她们中有的20多岁，眼神单纯而明亮，对未来充满了美好想象；有的进入而立之年，声音轻柔而温婉，在嘈杂与浮躁中坚守着属于自己的那片静谧；有的年逾不惑，目光笃定而自信，让人好奇这份成熟背后有着怎样的经历；有的已经年过半百，笑容随和而灿烂，让人不禁想了解是怎样的历练成就了这份大气从容。采访中，她们用亲身经历和真实感受讲述着，有一种幸福，与海事事业息息相关。

今天，我们将这期特别策划呈现于此，一方面想要表达对这些"海事巾帼"们的节日祝福，另一方面，我们也相信，幸福，可以通过分享而被传递到更远的地方……

——编者

全面履行海事职责，守护一方水域平安，这是她们共同的幸福源泉。 钱伟 摄

为梦痴狂

本报记者 王楠 特约记者 刘亮

给予，也是一种幸福

特约记者 袁瑾 通讯员 郑俊惠

找到自己

本报记者 王楠

声音穿越30年

本报记者 陈桂娟 通讯员 邹蕾蕾

第二十七届中国产经好新闻版面类二等奖

编辑：王楠 陈桂娟 版式：林浩 | 2012年3月6日 3版

■第2955期 ■国内统一刊号:CN11-0122 ■邮发代号1-72 ■电子邮件:xw1b@zgjtb.com ■网址:www.zgjtb.com

中国交通报
CHINA COMMUNICATIONS NEWS

■中华人民共和国交通部主办 A 1-4版 新闻 B 1-4版 周刊

2002
11月6日
星期三

本期导读

管理权下放已经完成 政企分开紧张进行
港口管理体制改革工作有新进展

本报讯 （记者 顾力）记者日前从交通部水运司港口管理处获悉，港口管理权下放作为港口管理体制改革的两项核心内容之一，已于今年一季度完成，另一项核心内容——港口政企分开工作正在各地紧张进行。目前，沿海各地港口政企分开工作均有积极而稳妥的进展：秦皇岛和南通港已经完成政企分开；上海港的实施方案已确定，正准备实施；大连、营口、烟台、青岛、宁波、广州、湛江等港的实施方案，也正在研究、完善和报批之中。

记者了解到，为了进一步推动港口政企分开工作，不久前，港口管理体制改革工作组（由交通部、国家计委和财政部构成）派出检查组，赴辽宁、山东、上海、浙江、广东五省（市）进行检查。交通部副部长洪善祥专程赴广东省参加检查工作。从检查情况看，各地都在积极研究港口政企分开实施方案，对贯彻国务院和各部委的文件提出了具体的实施意见和要求。

交通部水运司有关负责人说，港口政企分开工作涉及到城市政府部门之间机构设置、职能调整，涉及到企业组建和人、财、物划分处置等复杂问题，其难度远远超过港口管理权下放工作，需要一定的时间。各地均表示要坚决贯彻落实好国务院关于港口管理体制改革的决定，加快工作进度，加强对港口的领导，认真搞好安全生产，确保港口生产不断不乱。

青岛港外贸集装箱西移全线告捷
40多家世界著名船公司、72条国际航线和300多个航班横渡胶洲湾

本报讯 11月4日，随着最后一班美西线集装箱班轮“加贺”轮成功靠泊全国最大的集装箱码头——青岛港新港区集装箱码头，历经短短7个多月的青岛港外贸集装箱航线转移全线告捷。

西移期间，由世界40余家著名船公司组成的世界级联合船队横渡胶洲湾，并在最短的时间内，将由72条国际航线、300多个航班、数以千计的代理和货主所构成的庞大的集装箱运输网络成功转移，创造了港口功能转移规模最大、时间最短、速度最快的航运奇迹。

今年3月18日，随着“中远梅子”轮靠泊新港区作业，青岛港外贸集装箱航线向新港区整线转移的帷幕正式拉开。青岛港制定的西移四大战役势如破竹，节节告胜。4月5日，日本航线整线转移首战告捷，5月11日，东南亚航线提前20天转移成功，7月30日欧洲航线提前1个月转移到位，11月4日韩国、美国航线转移成功。

伴随集装箱的西移，极大地推动了青岛市经济重心的西移，并在西海岸产生了强烈的积聚和拉动作用，国际资本纷纷抢滩西海岸。今年以来世界500强企业已经有10多个项目落户西海岸，大石化、大电子、大造船、大汽车、大钢铁、大集装箱制造的大工业体系呼之欲出，必将带动周边地区经济的发展，促进青岛市经济重心的西移和以港兴市战略的实施。国际、国内知名专家指出，外贸集装箱西移使青岛港的集装箱发展大大提速，到2005年，青岛港集装箱将跨入世界十强，2010年将有望进入世界前五强。（青新）

十六大召开在即，连日来，全国各地处处洋溢着一派欢乐喜庆的热烈气氛，各族人民怀着无比喜悦的心情，以热烈、祥和、喜庆的气氛迎接这次盛会。图为在西安市东大街这条普通的商业街道上，经营业户们插上鲜红的党旗迎接十六大。 Photocom 供图

■省市领导关注交通

山西省省长刘振华强调
三大工程促发展

本报讯（记者 石中生）“为充分发挥大运高速公路的作用，必须构筑三大工程，实施三大战略，全力打造大运高速公路经济带，带动沿线乃至山西经济跨越式发展。”这是山西省省长刘振华日前在大运高速公路经济带开发座谈会上特别强调的。

一是构建基础工程，实施绿色大运战略，坚持绿色大运、科技大运、人文大运的理念，加强生态环境建设，努力改善大运高速公路沿线的生态环境和投资环境；二是构建主体工程，实施资源整合战略，优化提升产业结构，努力提高产业集中度和经济发展后劲；三是构建支柱工程，实施园区化和城市化发展战略，提高园区经济增长和城市发展的水平。

青海省副省长蒋洁敏提出
打破产权单一化

本报讯 （记者 张宗华）青海省委常委、副省长蒋洁敏日前提出，要敢于打破公路产权单一化的现有格局，大胆尝试公路产权多样化的新路子。

蒋洁敏指出，为适应经济发展要求，今后青海省公路建设任务很艰巨，资金缺口大是最大的困难。为此，各级交通部门除了要做好自己的工作，加强与国家有关部委、特别是国家计委、交通部的衔接协调，尽可能争取国家的支持外，还要放宽思路，借鉴省外经验和做法，大胆尝试公路产权的有偿转让，本着互惠互利的原则，“只求所在，不求所有”，将一些条件好、投资回报率高的线路，实行公开拍卖或多元化经营，从而缓解所筹集资金不足的压力。

■关注三峡航运

三峡坝上划分功能停泊区
100辆大客迎战翻坝客运

本报讯 为保障临时船闸单独运行期间船舶在坝区水域航行、锚泊过闸、翻坝转运的安全有序，三峡通航局已划分了坝上停泊区的功能。

三峡坝上停泊区水域划分为锚泊区、翻坝区和待闸区。锚泊区限于申报过闸船舶、换拖及编解队作业船舶、等候翻坝转运船舶使用，允许通过临时船闸的危险品船在危险品锚地以上水域；翻坝区限于船舶翻坝转运作业使用；待闸区为船舶即将过闸前等待过闸船舶使用。

据了解，三峡坝上停泊区功能区的划分从11月1日一直持续到明年4月9日。

又讯 作为三峡翻坝运输的主要站点，宜昌大公桥水陆客运站4天来已确保了4万多旅客的安全有序转运。

记者4日在靠近江边的大公桥水陆客运站看到，车站为翻转运车辆留出了“翻坝转运专用车位”，从船上下来转车的旅客虽略显拥挤但毫不混乱。宜昌市运管处成立了“翻坝转运调度管理办公室”，共组织了100辆大型客车，每天的运送能力大约为1万人。

据了解，此次翻坝转运的两个地点分别为宜昌港和三峡坝上的茅坪港，所有的转运车辆都配有“翻坝转运车辆专用通行证”，旅客凭船票从宜昌港或茅坪港下车后可免费乘坐，基本上是一艘船的游客乘同一辆车。根据翻坝转运的有关规定，翻坝转运车辆运行时间为7时至23时。

（本报记者陈林现场报道）

广西沿边公路示意图

振兴边疆经济 富裕边民生活
广西边境公路建设带来明显效应

（相关报道见A2版）

国际公路隧道研讨会今天在京召开

本报讯 （记者 王家平）中国公路隧道界的同仁终于有了与国外专家、同行面对面交流与讨论的机会。来自20多个国家和地区的70多名政府官员、国际知名隧道专家及著名企业领导人今天汇聚北京，参加由交通部和世界道路协会（PIARC）联合主办的“国际隧道研讨会暨公路建设技术交流大会”。这是首次在我国举办的大型国际公路隧道专业学术会议。

本次大会的主题是：“技术创新、隧道运营和公路发展”，内容包括隧道建设、运营与管理和公路建设。从今天起的两天半时间里，一批业界名人将相继走上演讲台。他们是PIARC隧道管理与运营委员会主席、法国国际著名隧道专家迪迪埃·拉克鲁瓦，PIARC前主席、日本PIARC国家委员会主席、日本道路协会主席三谷浩博士，PIARC隧道专家、挪威公路管理局公路发展处处长奥里威德·索威克，瑞士联邦公路局副局长迈克·艾格，加拿大PIARC全国委员会主席约翰·埃默里博士以及中国香港特别行政区运输署总运输主任张展鹏，交通部总工程师凤懋润，重庆交通科研设计院总工程师、副院长蒋树屏博士及铁道部隧道工程局副总工程师王梦恕院士等。这次大会将改变学术会议“你听我讲”的传统模式，重视台上演讲人与台下听众之间的互动交流，鼓励大家自由提问和讨论。

大会期间，还将举办隧道及公路建设技术展览。隧道和道路勘测、设计、施工、管理等方面拥有先进技术、产品、设备、材料的国内外著名企业都将一一亮相。

交流 合作 发展
——祝贺“国际隧道暨公路建设技术交流大会”隆重召开

本报评论员

“国际隧道暨公路建设技术交流大会”今天隆重召开了！这是交通部与世界道路协会第一次在我国召开的高层次、大规模的国际学术交流活动。据大会组织者介绍，从目前收到的论文和主旨报告的内容看，反映了当今国际公路及隧道建设和运营管理领域的最高水平。大会邀请了30多名在道路方面影响较大的国际组织负责人和国际知名学者以及国内20多名专家做专题演讲。可以预见，这次会议将对我国公路及隧道领域的国际交流、合作和发展产生重要影响。

改革开放以来，我国公路基础设施建设持续、快速发展，公路建设和运输生产对经济、社会发展的作用日益显著。通过举办这次大会，可以充分展示我国公路建设的成就和技术，使世界更多地了解改革开放给中国公路建设带来的活力以及道路建设中取得的巨大成就；通过技术交流，扩大我国公路交通及相关行业的国际影响。

加入WTO后，中国公路、隧道工程需加强与国外同行之间的学术交流，以学习和借鉴国外先进技术和经验，从而推动我国公路交通领域的技术创新和技术进步，促进公路建设事业的全面发展。

通过参与国际公路组织的活动可以有效地了解当前国际公路发展动向，密切与有关组织机构的联系，密切与世界各国公路界的联系。世界道路协会（PIARC）在世界各地举办的世界道路大会和各种类型的研讨会，代表了当今公路技术和公路运输的最新发展方向。他们所举办的大型活动不仅吸引了该领域的国际知名企事业单位，而且往往有政府机构代表参加。我们应充分利用已经参加的国际组织和国际会议，加强交流，获得更多的学习、合作的机会。

党的十六大即将召开，在此之际，举办“国际隧道暨公路建设技术交流大会”，预示着我国公路交通事业将进入一个新的发展时期。我们预祝大会获得圆满成功！

招投标资格预审公告
（详见A2版）

主编 李豹霞 编辑 郭均忠 实习编辑 李红茹 版式 刘斌

第十七届中国产经好新闻版面类三等奖

中国交通报

A1 CHINA COMMUNICATIONS DAILY

■2003/1/17 ■星期五 ■第3005期 ■中华人民共和国交通部主办 ■国内统一刊号:CN11-0122 ■邮发代号:1-72 ■E-mail:xw1b@zgjtb.com ■http://www.zgjtb.com

■尽管关于"12·18"沉船事故的最终调查报告还没有公布，但此次事故已足以让人们明白，交通专用通信网络不应受冷落。

详见B1版

集装箱运输再创新高

主要港口吞吐量增幅超过三成 上海港超越高雄港居世界第四

本报讯（记者 韩均忠）据交通部快速统计数据显示，2002年全国集装箱运输又创佳绩，主要港口集装箱吞吐量一举突破3600万TEU，与快速增长的2001年相比，增幅超过三成，达到38%，这当中有8个港口集装箱吞吐量超过了100万TEU，其中上海、深圳、青岛位居世界集装箱大港前15名。

据介绍，2002年，在国民经济和对外贸易高速增长的带动下，全国的交通运输实现了快速发展，集装箱运输更是取得了突飞猛进的发展，各主要港口集装箱生产增势喜人，取得了令人振奋的成绩。上海港在货物吞吐量突破2.6亿吨的同时，集装箱吞吐量连续突破700万TEU、800万TEU大关，达到861万TEU，与上年同期相比增长46%以上，在世界集装箱大港排名中超越高雄港位居第四；深圳港集装箱吞吐量更是实现了超常规发展，达到了761万TEU，同比增长超过50%，在世界集装箱大港中排名上升至第六位；青岛港也取得了不俗的成绩，吞吐量达到341万TEU，进入世界集装箱大港15强。目前，我国内地已有上海、宁波、广州、天津、青岛、秦皇岛、大连7个港口成为亿吨大港，上海、深圳、青岛、天津、广州、宁波、厦门、大连8个港口集装箱吞吐量超过100万TEU。

据分析，全国主要港口集装箱运输取得如此优异成绩的主要原因，一是我国国民经济稳步增长，对外贸易进出口总值突破6000亿美元，带动航运需求逐步走高。加入WTO对我国的外贸和航运业发展起到了更进一步的推动和促进作用。二是受"9·11"事件影响，世界经济持续低迷，中国政府出台一系列措施积极应对，航运业加快结构调整，全面提升了竞争力，各港口企业和航运企业及时调整经营思路，适应加入WTO后的外贸运输发展的新需求。三是港口基础设施建设加快，技术装备和技术水平的提高使接卸能力增强。各港口和航运企业广大职工的辛勤劳动也为集装箱的快速发展贡献了力量。

深圳湾大桥初设方案将敲定

本报讯 由交通部组织的深、港西部通道深圳湾公路大桥初步设计审查会近日在深圳召开，会议将正式敲定深圳湾大桥初步设计方案。深圳市委常委、常务副市长李德成表示，今年10月前，大桥深、港两端将可确保同步开工建设，2005年年底前完成大桥主体工程建设。

李德成透露，国务院近日派出考察团到深圳调研深、港两地通关问题，其中深、港西部通道是重点考察项目。（考静 徐静）

2003年春运开始啦！

载着收获，怀着期待，回家。 Photocome 供图

人潮涌动春运到

对于春运大省广东来说，1月13日广东省劳动和社会保障厅作出的消息让春运参运单位略略安慰：全省1200万名外省流动人员将有一半留在广东过年；同日，武汉傅家坡客运站、宏基客运站做出承诺：春运期间学生票不涨价；北京的交通部门已经把气象监测列入了今年春运工作的重点，气象部门也及时推出了服务铁路、公路和旅客的春运天气专项预报……2003年春运，在方方面面的紧张忙碌和多日准备之后隆重开场。

对于承担了全国春运总客运量近93.5%的交通部门来说，已经到来的春运仍是一场艰苦的战斗：今年春运，除水运预计客运量2400万人次，比去年下降1.6%外，我国将有16.56亿人次乘坐公路客运汽车返乡回城，比去年同期多了6000多万人次，与此相关的畅通、服务质量、安全等问题，注定会在节日让交通人的神经难以松弛。

在民工输出重点地区之一的重庆市，水运部门准备的运力在120艘左右，其中千吨船80多艘。早在去年年底，重庆市运管局就准备了约3万辆车备战公路春运；在民工输入大省广东，交通部已安排17个省、区、市共同组织大量客车，支援广东春运；辽宁省为确保春运期间旅客运输价格稳定，明确宣布，该省公路客运不涨价；宁波、苏州、青岛等8家汽车客运站第五次联合向全国同行发出开展"追求满意服务、创新'家园'理念"春运竞赛活动的倡议……

"兵马未动，粮草先行"，在全面建设小康社会的第一年，有了各方的精心准备，我们有理由相信，2003年的春运能够给旅客更多的方便和满意，给运输部门更多的信心和收获。 本报记者 韩林

□相关链接

2003年春运从1月17日至2月25日，共计40天。预测全国客运量将达到18.19亿人次，比上年同期增长3.7%。各种运输方式客流量：铁路1.3亿人次，同比增长1%；道路16.56亿人次，同比增长4%；水运2400万人次，同比下降1.6%；民航870万人次，同比增长3.8%。

春运"四流"——"学生流"、"探亲流"、"民工流"、"旅游流"的重叠与交错形成客运量的波峰与波谷。特别是铁路运输将出现客运与货运互相争运力的现象。

让旅客走得及时安全舒适

——交通部门备战春运扫描

交通部要求排查长江汽滚船公司

本报讯 交通部近日发出通报，要求各航运企业吸取宜昌江顺汽车滚装有限公司的教训，加大对经营船舶的安全管理，加强对船员的培训和安全教育，防止此类事故再次发生。

通报中还要求湖北、重庆两省（市）交通主管部门，会同长江航务管理局、各有关海事部门，近期对从事长江载货汽车滚装船运输的各公司进行一次排查，对管理松懈、安全隐患突出的公司和船舶，要责令其退出水路运输市场。（王红雁）

浙江省玉环县航管部门对对春运客渡船进行全面检查。李支平 摄

北京祥龙赵公口长途客运汽车站对候车大厅进行了扩建改造，以保证春运顺利进行。 赵明林 供图

今年春运预计将有870万人次乘坐飞机出行。 Photocome 供图

郑州火车站广场排队候车的人们。 Photocome 供图

成都 严审资质 确保安全

本报讯（记者 李义福）为期40天的春运工作已拉开序幕。按照今年春运高峰期提前、多种客流重合的特点，成都市交通局共投入8143辆公路营运客车、3176辆郊区市县出租汽车、500辆租赁车、600艘客旅船，预计完成公路客运量1530万人次，较2002年春运增长2%。

春运期间，成都市交通局各运政管理机构将对运输企业和驾驶员资质进行严格审核，强化对客运站的驾驶员、客运班线、车辆的安全监督管理，公路养护部门要加紧对险路、危桥的抢修，消除隐患。在运力组织上，将抽调部分短线班车、冷线车辆和旅游车补充运力不足的长线和热线客运，确保大年三十无一名旅客滞留车站以及"黄金周"期间无旅客滞留景区。

湖南 突出重点 狠抓落实

本报讯 （记者 滕建福 通讯员 王秋明）日前，湖南省交通厅召开全省交通安全生产管理工作暨春运工作会议。邹和平副厅长对2003年春运工作做出了全面部署，要求各级交通主管部门、行业管理部门和运输企业，加强领导，精心组织，突出重点，狠抓落实，确保春运期间客流、物流畅通安全。

据预测，今年春运湖南省的公路、水路和地方铁路的旅客运输量为8844.7万人次，比上年同期增长2.6%。面对春运客流量大、客流高峰重叠的新情况，湖南省厅要求，在春运前，对所有参运车船的驾驶员、乘务员和全体员工进行一次强化安全教育；对参加春运的客车（船）及配套设施进行一次全面检查和维修保养；要加强反超载工作；加强公路、航道的养护，公路部门要对重点路段、渡口、桥涵等进行一次全面检查养护和维修，航道部门要加强对航道、航标的养护管理，根据水位变化及时移标，确保航道畅通。

天津 深入站点 加强管理

本报讯 （记者 张明）记者从天津市交通局道路春运工作会议了解到，据预测，今年经天津市道路输出旅客将达到151万人次，比去年同期提高2%。

针对今年春运多种客流集中的情况，市交通局专门成立了道路春运领导小组，并组织力量对全市32个客运站以及4000多辆参运客车进行了技术状况和安全性能检查，不合格的车辆绝不允许参加运输。全市各级交通运管部门，已经深入到客运站、点维护客运秩序，从源头加强管理，严厉打击超载行为，凡发现客运车辆超载，除从严处罚外，还要采取措施就地分流。同时加强对个体运输车辆的安全管理，承运单位要与司机签订春运安全责任书。

运管稽查部门积极配合公安部门，严厉打击车匪路霸、扒盗分子及其他刑事犯罪，确保春运良好的社会治安环境。

青海 精心安排 延长时间

本报讯 （记者 张宋华）为保证2003年春节道路客、货运输安全、有序进行，青海省交通部门全面部署，精心组织，努力为广大人民群众创造一个良好的出行环境。

据预计，2003年青海春运道路客流量将达到279万至300万人次，比上年增长2%至3%，并且具有客流高峰相对滞后的特点。根据这一情况，青海道路春运期限除执行国家规定的1月17日至2月25日的40天之外，又向后延期至3月15日。

省交通厅专门成立了领导小组，各地交通主管部门、运输企业、汽车站等也成立了相应的机构，制定了具体可行的实施方案，并按照"以客为主，客货兼顾，点面结合，安全有序，优质快捷"的组织原则和"安全、有序、优质"的总体要求，在做好重点地区、重点线路旅客和重点物资春运工作的同时，合理安排运力，做好农村、牧区和边远山区支线短途春运工作。各级交通主管部门、运管机构还层层落实管理职责，加强监督检查，落实安全措施；路政管理部门还对公路状况进行了全面检查，确保春运期间国、省道和重要路段、桥梁、涵洞、隧道的安全、畅通。

■人事变动

阿曼·哈吉当选新疆维吾尔自治区副主席

本报讯 （记者 王之安）在1月16日举行的新疆维吾尔自治区十届人大一次会议上，交通厅厅长阿曼·哈吉当选为自治区政府副主席。

桑杰当选青海省人大常委会副主任

本报讯 （记者 张宋华）在1月15日举行的青海省十届人大一次会议上，原交通厅厅长、党委书记桑杰当选为青海省人大常委会副主任。

主编 经晓哗 编辑/版式 姚锋

中国交通报
A1 CHINA COMMUNICATIONS DAILY
■2003/3/28 ■星期五 ■第3050期 ■中华人民共和国交通部主办 ■国内统一刊号:CN11-0122 ■邮发代号:1-72 ■E-mail:xw1b@zgjtb.com xw1b@zgjtb.com.cn ■http://www.zgjtb.com

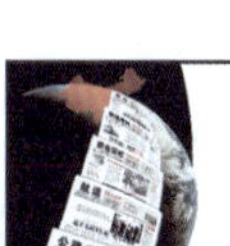

沈大路改造搞定"裂缝难"

交通部专家委员会专家在实地考察后认为,沈大路改、扩建技术值得肯定

本报讯 (记者 陈林)3月25日,沈大高速公路封闭的第5天,记者从辽宁省及大连市交通部门了解到,沈大高速公路改、扩建的各个合同段工程进展良好。

25日,记者跟随交通部专家委员会从沈阳到大连,对改建中的沈大高速公路进行了全线考察。封闭的沈大高速公路上,往日车辆川流不息的景象被建设者紧张施工的场面所代替,工地上不时可以看到"再造'神州第一路'"等标语。

据辽宁省交通厅副厅长张恭宪介绍,由于我国尚无高速公路改、扩建的经验,而高速公路改、扩建工程的主要难点在于解决新老路基结合处不均匀沉降产生的纵向裂缝和新旧构造物在结合处产生纵向裂缝两大难题。

为此,辽宁省到具有10多年公路改、扩建经验的韩国进行了考察,并从2001年9月到2002年9月在沈大高速公路上选择建设了3个试验段,运营6个月来,效果良好。记者看到,沈大高速公路新加宽四车道的路基已基本完成。

经过实地考察,交通部专家委员会的专家都对沈大高速公路改、扩建所采用或创造的新技术表示了充分肯定,认为这将为我国其他需要改、扩建的高速公路提供有益的参考。

以前车水马龙的沈大路甘泉服务区现在冷冷清清、即将被拆除,取代它的将是欧式风格的新服务区。
本报记者 陈林 摄

通航、海事、航道等部门联动反应

长航力"斗"断航

本报讯 (记者 周东华)3月25日,长江航务管理局召开三峡工程断航水上应急联动电话会,落实交通部在坝区通航管理工作现场会上提出的要求,全面部署三峡工程断航期通航管理工作,以确保三峡断航期间运输安全有序,将航运企业的损失降到最低。

4月10日,三峡临时船闸将停止使用,6月1日三峡库区开始蓄水,6月15日蓄水到135米。蓄水后三峡双线五级船闸将进行调试和实船试航。在这数十天的时间里,三峡坝区全面断航,客、货运输全部实施翻坝转运,坝区通航将进入最严峻的时期。

长江三峡通航管理局制定完善了三峡工程蓄水断航期及三峡船闸试航期航道维护工作预案、水上安全维护预案、调度工作预案、治安消防工作预案,并就断航期和试航期不同通航环境状况下的航道维护、翻坝转运秩序、船舶停泊秩序、安全信息宣传、事故预防与搜救、港口船舶控制管理、船舶过闸管理、船舶停泊区划定等多个环节,制定了相应的管理措施,使现场管理有章可循、有法可依。

长江海事局也制定了三峡坝区断航前及蓄水期通航管理方案。一是在三峡坝区断航前停办过坝船舶签证。二是在临时船闸停止运行前后,分别在三峡大坝以上的万州、奉节、归州和三峡大坝以下的枝城、石首、城陵矶、武汉设置7道管制线,实施专项检查,对不能通过大坝的船舶实施交通管制。三是在三峡库区开始蓄水时,根据不同时段对部分船舶实施禁航。

长江航道局编制了三峡工程二期清库及135米蓄水期航道维护预案,制定了清库及蓄水期信号揭示、航标维护等维护标准、技术措施和工作程序,以应对清库及蓄水给长江航道维护带来的影响。

路修好了,海南定安圣女果也好卖了。 photocome 供图

一班车最少只有5名乘客

高速公路封闭冲击沈大公路客运

本报讯 (记者 陈林) 沈大高速公路封闭后,铁路、民航、交通部门纷纷拿出了应对措施,占沈大区间长途客运30%份额的公路长途客运业更是想方设法尽量减少所受影响。但沈阳市交通局客管处负责人认为,公路长途客车客运量减少是难以避免的。

据了解,在主要经营沈阳至大连长途客车的沈阳南站,个别客车客运量还不及封路前的一半,最少的只有5名乘客。辽宁知名客运企业——虎跃快客出于对路面状况、安全等考虑,已于去年9月暂停该线营运,另一长客"巨头"——荣昌快客每天仍有4、5班车取道丹东、庄河到大连,但乘客也是日渐减少。与此相反,铁路客流量却增长迅猛,据悉,沈大间铁路客流最高增幅达到了50%。

另据了解,沈大高速公路封闭后,最令大连港担心的集装箱被周围港口分流的情况还没有出现。据大连港务局统计,从3月21到24日,大连港的集装箱吞吐量每天都保持在3500TBU以上,基本维持在封闭以前的水平。但有关人士认为,尽管大连港的集装箱吞吐量并没因为高速公路封闭出现大的波动,但目前还不能过分乐观,因为封闭才不到一个星期,真正的考验还在后面。

■新闻追踪

"爱心接力"在延续,全国交通系统干部职工踊跃捐助

小丁当有望4月底做手术

本报记者 崔真平 郭均忠 通讯员 冯卫国

3月26日下午,记者再次来到北京大学人民医院,小丁当睡得正香,记者不忍心打扰,拦着小丁当的妈妈不让叫醒他。但他的妈妈还是把儿子叫醒,说:"快起来看,叔叔给你带来什么好东西了?"记者把本报特意为小丁当买的衣服和文具交给他的妈妈。

睡醒的小丁当精神很好,很快便露出顽皮的天性,他和妈妈嬉闹,说悄悄话。

小丁当和母亲3月25来到北京,小丁当的父亲仍留在长沙为儿子的救命钱奔走。

近些天来,小丁当一家的不幸遭遇牵动着社会各界的心,全国交通系统"救助小丁当,帮我交通人"的"爱心接力"在延续。这期间,交通部公安局从本系统"希望工程基金"中拿出1万元钱,交通部公路司将5600元捐款直接汇到了"爱心救助办公室",交通部交通工程检测中心给小丁当送去2000元。此外,还有河北省涉县交通局机关干部捐款3000元,广州市花都区交通局罗金花、张华、陈丽3人捐款1000元,武汉青山武钢十小三年级一班的许祺月小朋友将1000元压岁钱寄给小丁当……

短短的十几天内,0730-8222143这部"爱心电话"接二连三地响起。这些好心人当中,有80多岁的老党员、老交通干部,有身处青藏高原的养路工人,有在校学生和退役军人,还有自己也急需帮助的下岗职工……收到的几十笔汇款中,大部分没有留下真实姓名。

目前,小丁当一家已收到捐款14万元,小丁当现在正在排队等待手术,如果费用筹足,估计4月底就可以做骨髓移植。

开一扇集中展示企业形象和产品的窗口

本报推出分类广告专栏

作为交通行业权威的新闻媒体,为了更好地为行业服务、为企业服务、为读者服务,本报今日推出以实用信息为主的分类广告专栏,旨在为交通行业及其相关行业的企业、产品、用户和读者搭建一个发布信息的平台、沟通信息的桥梁。

分类广告专栏将及时发布大量准确、真实、可信、服务性强的信息,为企业和个人提供无限的商机。该栏目内容包括:诱导设施(标线涂料、标志板、突起路标、轮廓标)、隔离设施(防护栏、防眩板)、橡胶制品、伸缩缝、机电产品、筑养路机械、土工材料、环保产品、公路绿化、沥青、水泥、铝材、钢材、钢丝绳吊索、通讯光缆、设备租赁、船舶产品、人才咨询、招生公告、律师服务等信息。

分类广告以信息量大、分类明晰、发布及时为特色,为企业展示形象、宣传产品提供更多的选择方式,是报纸扩大信息量、增强服务功能的一种新尝试。

分类广告实行特惠价格,每单元4×1cm,单价40元,最大面积不超过$40cm^2$,客户登10次送两次。

■今日看点

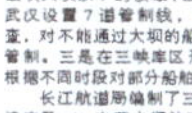

驾照年审收费也"搭车" A3版

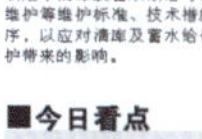

走过千年的梅岭古驿 A4版

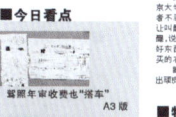

三峡坝区断航前后

航运界静观战况处变不惊 B1版

上海港体改新模式浮出水面 B4版

■特写

一个镇党委书记的"村村通"地图

陈金山

在山东省临朐县临盘镇党委书记龙国庆的办公室里,有一张手绘的临盘镇地图,长120厘米,宽100厘米,上面标记着全镇118个村的序号、标记,6条河流的位置,镇政府与临盘采油厂历年联合建成的公路路段和尚未铺设公路的127条乡村道路,还有许多分别用红蓝色笔标注的问号、叉号。这地图是镇党委书记龙国庆画的。

在今年的全县三级干部大会上,县里提出要力争在3年内实现村村通公路的目标,作为全省工业主导型小城镇建设示范镇的临盘镇承诺:两年内实现118个村"村村通"柏油路。按照要求,今年3月初,临盘镇村村通工程就要开始。但每条路的档次、规模、投资都不一样,轻重缓急的程度也不一样,哪些路属干线工程,哪些路属支线工程;哪些路要绿化,哪些路要建排水沟等复杂琐碎的问题,仅靠脑子记是不行的,而买的地图又不够清楚仔细。于是,三级干部会一结束,龙国庆就和办公室的人员一起,跑村下乡,实地考察,用了整整两天的工夫绘成了这张地图。

"别看地图不好看,但实用得很。"龙国庆说。按照这张地图,2月份,镇政府制定和公示各段工程建设标准和投资规模,各施工单位据此平等竞标。

进入3月份,这张地图更成了指导全镇"村村通"工程的"日程表"。镇党政干部盯在工地,每日早晚汇报工程进度和存在的问题。龙国庆不时在地图上勾勾画画。

截至3月24日,全镇已筹集配套建设资金200多万元,建成涉及61个村的路基49公里,并在公路两旁移栽树木6000余株。

上海"十五"高速公路总里程将达580公里

本报讯 为构筑长江三角洲城市群"三小时交通圈",上海城市基础设施建设已立足于融入长江三角洲。今年上海投入施工的高速公路里程数为300公里,预计到"十五"期末,上海建成的高速公路总里程将达580公里,届时,上海到苏、浙的高速通道将增至6条,上海到宁波、杭州、南京等15个长江三角洲城市的陆上行程,将控制在3个小时以内。

未来5年内,随着洋山深水港一期、浦东国际机场二期、市域铁路网络框架和覆盖市域、连接苏浙两省的高速公路网络等的相继建成,上海与长江三角洲城市群的距离将进一步拉近,并为洋山深水港建立"扇形"公路快速集疏运体系,增加辐射腹地。 (闻欣)

招投标预审公告
(详见B2版)

主编 经晓晔 责编 姚峰

第十八届中国产经好新闻版面类三等奖

编辑:姚峰 | 2003年3月28日 A1版

施工企业 2004/3/8/ 星期一
中国交通报 ■责任编辑：杜爱萍 ■电话：010-64255824 ■传真：010-64250638 ■E-mail:gl@zgjtb.com dap@zgjtb.com
B7

关键词：拖欠工程款
参与人：
陆仁达 中路集团一局副总工
张柱庭 法学副教授
高建辉 国家开发银行客户经理

如何从源头解决拖欠农民工工钱，近年来成为社会的热点话题。那么，建筑领域拖欠农民工工钱源头何在？如何治理？本报就此话题采访了金融界人士、法学教授和企业界人士。他们分别从国家投融资体制、法律法规和企业自身建设等方面进行了探讨，为根治拖欠支招儿。

抓制度建设 从源头根治拖欠

陆仁达

本报记者 杜爱萍 文/图

"国务院总理温家宝带头为农民工讨工钱，全国上下都把清欠农民工工钱当成大事儿抓，不少农民工很快拿到了被拖欠的工钱。这一举措深得人心，真正体现了新一届政府践行立党为公、执政为民的宗旨。"全国政协委员陆仁达告诉记者，他将在政协十届全国委员会第二次大会上就此话题做书面发言。

地方政府负债建"政绩工程"、"形象工程"

据国家统计局统计，在拖欠工程款总额中，各级地方政府工程项目的拖欠款已由2001年的26.7%左右，增加到目前的50%。1998年以后，政府工程负债建设的情况进一步扩大。陆仁达告诉记者，这些项目已经竣工，银行贷款已到还债期，而换届后的政府盲目攀比搞"政绩工程"、"形象工程"，以新的拖欠工程款方式弥补负债资金大缺口，旧账未还，新欠又堆。

据介绍，目前拖欠款工程存在两个"拖欠链"：一个是政府工程"拖欠链"，即地方政府 施工单位 分包商（包工头） 农民工；另一个是基建项目"拖欠链"，即开发商（业主） 施工单位 分包商（包工头） 农民工。处于两个"拖欠链"终端的都是弱势群体农民工。据有关资料统计，目前我国有1.4亿农民工遍布全国660个大中城市，处于第一个"拖欠链"终端的农民工占50%；处于第二个"拖欠链"终端的农民工更无力与分包商签订劳动合同，即使投诉也很难提供正规证据。

施工单位成为拖欠传递者

陆仁达告诉记者，这几年我国经济高速增长背后的隐忧，应引起人们的理性关注。他认为，建筑领域低水平重复建设过热苗头尤为显著，拖欠工程款和拖欠农民工工钱，正是这一问题反映的表面现象。

记者了解到，在负债经营、拖欠成风的"三角债"债务混乱的状况下，处在"拖欠链"中的施工单位和分包商在全国成千上万。僧多粥少处境下的施工单位，与政府或项目业主签下了不平等的"霸王条款"：垫资或带资承揽工程。在施工过程中，工程计时结算款被拖欠已是司空见惯，施工单位告到法院也是难以维护自身利益，还会得罪业主，日后在建筑市场上承揽工程更是难上加难。

"最终，施工单位把拖欠款传递给分包商，直至终端的农民工。施工单位被拖欠工程款有的多达几年，农民工的工钱自然也被拖欠几年。"陆仁达说，施工单位成了拖欠的传递者。

根治拖欠靠完善的法制经济建设和制度落实

今年1月，国务院办公厅发布《关于清理建设领域拖欠工程款的通知》，成为整治拖欠的强大武器。

《通知》要求，对政府工程拖欠工程款，从2004年起限期3年，解决政府投资工程项目拖欠工程款的问题，否则一律不批准新建政府工程项目；对施工单位和分包商，签订施工合同的同时签订并实施"建筑企业人工工资支付担保制度"，开设欠薪保障金账户，采用银行担保、担保公司担保等方式。支付担保制度明确总承包商对所承包工程的农民工工资支付负总责，总承包商应与分包商签订协议、担保等，规范分包商的工资支付行为。

陆仁达认为，根治拖欠农民工工资，必须治理拖欠工程款的源头，制度建设是根本，制度的实施要有完善的法规、法律体系做保障。他建议，要进一步修订《建筑法》、《工程招标法》、《合同法》，并制定相应配套的实施细则。

据悉，建设部日前颁布的《房屋建筑和市政基础设施工程施工分包管理办法》规定，从4月1日起，工程款和劳务费支付必须写进工程分包合同。业内人士认为，此举可确保工程款和劳务工资的支付，使得工程款和民工工资拖欠问题又多了一道防线。

公路工程欠款亟待化解

张柱庭 毕艳红

据业内人士保守估计，全国业主拖欠施工企业的公路工程欠款已达15亿元人民币之多。造成拖欠的原因是复杂的，有业主恶意拖欠的，有业主建设资金不足急于上马的，有上级拨付资金不到位的，有上级拨付资金不能及时到位的，有双方发生纠纷暂停付款的，也有个别施工企业施工确有质量问题业主不能付款的。

长期拖欠对社会有严重影响，一方面使施工企业不能正常运转，转而拖欠民工工资和供应商材料款，引发社会问题；另一方面助长业主"拖欠有理"，助长下一轮的工程款拖欠，从而破坏社会诚信体系。因此，尽快解决公路工程欠款，应当像解决拖欠民工工资一样，态度要坚决、措施要有效、方法要得当、效果要明显。

加大公路建设行政执法监督

全国人大常委会通过的《公路法》第20条，已经明确授权各级交通主管部门有维护公路建设秩序、加强对公路建设监督管理的职责。《公路法》第22条、23条、25条详细规定，公路建设要按照国家规定的基本建设程序、要实行法人负责制、要执行开工报告制等。

因此，各级交通主管部门应当履行责任，真正扮演起政府"裁判官"的角色，承担起审查业主资金是否到位、是否落实的责任。对资金不到位、未落实的项目法人，坚决不批准上马、不批准开工；对恶意拖欠的、资金不足就急于上马的业主，也要列入"黑名单"公布。

用法律武器提起仲裁或诉讼

施工企业应当勇敢地拿起法律武器提起仲裁或诉讼。根据目前实际情况，要有选择地对下列业主提起仲裁或诉讼：恶意拖欠的；将到诉讼时效日，但业主拒绝提出书面还款计划意图拖过时效的；双方发生纠纷需要仲裁委员会或人民法院裁决的。这3类案件性质恶劣，不尽快提起仲裁或诉讼将丧失权利、将使拖欠款成为"死账"、"烂账"。

笔者建议，施工企业在运用法律武器提起仲裁或诉讼前，还要认真调研业主的财产状况，必要时要申请人民法院采取诉讼保全的果断措施。

盘活债权转为收费公路投资款

在近几年建设的公路中，有相当一部分是收费公路，由于种种原因，原投资商退出或政府性资金不能配套，导致对施工企业建设工程款的拖欠。对此种情况，笔者建议将施工企业的债权盘活，把该项债权直接转为收费公路的投资款，让施工企业变脸为股东，在收费公路的经营中获取利益。

此法对业主可免去付款债务，对施工企业可盘活债权，找到新的投资项目，并安置一批职工到收费公路工作。当然，在转为投资款时，还应当依法进行。如果是原投资商退出的，施工企业可替代其位置以自己的债权为股份行使权利；如果是原政府性资金不能配套而又有其他投资商的，施工企业应以自己的债权为股份，与其他投资商按《公司法》规定，共同重建一个现代企业的公司。

转让债权抵消债务

在公路工程欠款的债务链条中，能够再次看到业主拖欠施工单位、施工单位拖欠材料供应商和民工工资的"三角债"的影子。根据《合同法》的规定，债权人可以将合同的权利全部或部分转让给第三人。因此笔者建议，施工企业可以将业主拖欠的工程款的债权，转让给材料供应商，转让后同时清理了自己拖欠的债务，一举两得。

根据《合同法》的规定，债权人施工单位转让权利，应当注意以下要求：第一，必须通知债务人业主，未经通知，该转让对债务人业主不发生效力；第二，债权人施工单位转让权利的通知不得撤销，但经受让人材料供应商同意的除外；第三，债务人业主接到债权人施工单位转让权利的通知后，对债权人施工单位转让权利的抗辩，可以向受让人材料供应商主张。

根据《合同法》的规定，债务人施工单位转让付款给材料供应商的义务，应当注意以下要求：第一，必须得到债权人材料供应商的同意；第二，债务人施工单位转让付款给材料供应商的义务，新的债务人业主可以主张原债务人施工单位对债权人材料供应商抗辩。

张柱庭

全国上下都把清欠农民工工钱当成大事儿来抓，这一举措深得民心。 [illegible] 摄

□相关

防民工工资拖欠又加一道网

建设部规定：工程款和劳务费必须写进工程分包合同

建设部规定，从4月1日起，工程款和劳务费支付必须写进工程分包合同。

据悉，该规定已明确写进了日前建设部颁布的《房屋建筑和市政基础设施工程施工分包管理办法》中。建设部官员表示，按照新规定，今后将对故意违反规定的个人和单位进行严肃查处。此举可确保工程款和劳务工资的支付，使得工程款和民工工资拖欠问题又多了一道防线。

新规定特别明确了分包工程发包人和分包工程承包人要依法签订分包合同，并按照合同履行约定的义务，分包合同必须明确约定支付工程款劳务工资的时间、结算方式以及保证按期支付的相应措施，同时，对违反上述规定的个人和单位将处以罚款。

成功索赔：
既坚持原则又讲究策略

高建辉

索赔在国内及国际工程施工中经常发生，尤其在大型复杂项目施工中，会有许多不可预料因素对施工造成影响。这些因素中，有些是承包人自身造成的，有些是业主和自然灾害造成的。如果所有损失都由承包人承担是不公平的，所以FIDIC条款规定，非承包人原因造成的损失是可以补偿的。

为达到成功索赔的目的，承包人应善于利用合同条款保护自己，严格按照合同规定执行，不能存在侥幸心理。索赔事件发生后，承包商应采取有效的补救措施，尽量将损失降到最低点，争取主动，获得业主和工程师的认可，这种道义的认可往往对索赔成功起到重要作用。在谈判过程中，既要坚持原则，又要讲究策略和方法，适当的让步往往能取得意想不到的效果，取得突破性进展。

索赔的成因

索赔形成的原因，概括起来可分为地质条件变化、工程变更、业主违约、合同缺陷、所在国法令变更等。

地质条件变化指地下水、断层、溶洞、地下文物遗址等与图纸地质情况不同引起的变化。对于这种变化，即使有经验的承包商也无法预料，承包商需要实施新的施工组织和设计，并有权索赔因实施新方案而增加的时间和费用。工程变更指由于工程师指令增加工作、暂停或加速施工，引起的时间或费用的增加，承包商可提出索赔要求弥补损失。业主违约指业主未按规定为承包商提供施工条件、支付工程款或提供施工指令等。合同缺陷指由于合同文件的错误或遗漏，引起的施工成本增加或工期拖延。由进口限制、外汇管制、税率提高等引起的变更属法令变更，它可能引起施工费用增加，按国际惯例，允许给承包商予以补偿。

索赔分工期索赔和金额索赔两种。工期索赔指承包商就索赔事件向业主要求延长施工时间，使原定的工程竣工日期顺延一段合理的时间，以避免承担误期损害赔偿费。金额索赔指承包商就索赔事件向业主提出的货币补偿，包括两个方面：一是工程师指令变更导致工程成本增加；二是不可抗力造成成本增加和效率低下，这些风险应由业主承担并给承包商以经济补偿。

索赔的依据

索赔依据指承包商为达到索赔目的进行的大量论证工作，以证明自己拥有索赔的权利，提出的索赔款额应当是准确的。索赔依据大体分为以下几个方面：

工程招标文件不仅是承包商投标报价的依据，也是索赔时计算附加成本的依据。

投标报价文件中对设备和材料的分析是索赔定额的主要依据。有经验的承包商往往适当提高与索赔相关的细目报价，前提条件是对投标价格影响不大，但一旦发生，承包人将受益菲浅。

施工组织设计是承包商控制施工进度的具体措施，同时也是施工索赔的重要依据。索赔事件在施工关键线路上引发的关联效应也是索赔的一个重要内容，有经验的承包商在制定施工组织设计时应高度重视。

来往信件及会议记录。如工程师的各类书面和口头（应事后书面确认）指令、来往信函和各类会议记录等。

现场记录。如施工及检查过程中的各类文字资料、影音资料及工程师、业主在施工检查过程中出示的各类资料和信函等。

工程财务记录。如工资单、设备、材料采购单等，在索赔计价工作中，当索赔事项无参考报价时，此类单据可作为确定单价的重要因素。

高建辉

现场气象记录。施工过程中收集和整理的气象资料，如降水量、风力、气温、河水位、河水流量、洪水位、基坑地下水状况等。

工程所在国家的政策法令文件。如货币政策、工资税收、进口关税等。

索赔的程序

按照国际工程惯例和招标文件规定，索赔程序一般分提出索赔要求、报送索赔资料、会议协商解决、邀请中间人调解、提交仲裁或诉讼等步骤。

索赔要求应在索赔事项发生后28天内（特殊条款中有规定的除外）正式提出，并抄送业主。如果未能在规定时间内提供相应的资料，工程师和业主有权拒绝索赔要求。

承包商应在提出索赔要求后28天（特殊条款中有规定的除外）内报出索赔报告书。如果索赔事件是连续的过程，应每隔28天（特殊条款中有规定的除外）向工程师报送1次补充资料，说明事态发展情况，并在索赔事项结束后28天（特殊条款中有规定的除外）内报送此项索赔的最终报告，同时附上最终单和全部辅助资料，提出具体的索赔款额或工期延长天数，要求工程师和业主审定。

索赔报告提出后，工程师应在规定日期内予以答复，期间，双方可以非正式或正式协商解决方案，并做好会议记录。当双方协商无法取得一致时，可邀请中间人进行调停。如果以上方法都无法解决，最终只能依靠仲裁或法院诉讼解决。

■业界传真

吉林交通建设集团
调整投标思路

本报讯 （记者 杜爱萍 通讯员 董书魁）为抓好市场开发工作，提高市场占有率，近日，吉林省交通建设集团对投标工作思路进行了适当调整。

截至目前，该集团拥有工作量25.4亿元，为今年积累了足够的工作量。该集团调整后的投标工作思路，一是在不同时期采取不同的投标策略。任务紧张时，首先保证一定的中标数量，解决吃饭问题；任务比较充足时，注重提高中标质量，坚持保本微利原则，科学地编制投标报价。二是继续探索和完善市场开发机制，加大投标激励机制力度，对投标有功人员给予物质和精神奖励。三是注重吸纳人才、培养人才，提高投标人员的整体素质和投标水平。四是要求投标人员注重研究投标技巧和投标策略，分析市场动向、业主倾向和竞争对手的情况，结合企业的施工能力、技术要求和项目前景等综合因素，在不违反法律、法规的前提下用足用活政策。五是注重培育市场，培育市场是一个长期的过程，不可能一蹴而就，要学习该集团三公司开发甘肃市场、路桥公司开发新疆市场的锲而不舍精神。

中铁十六局三公司
内部改革步伐加快

本报讯 建立现代企业制度后，如何继续深化内部改革完善法人治理结构？中铁十六局集团三公司从优化组织结构入手，实施人才发展战略，加大三项制度改革力度，使企业稳步运行在良性发展的轨道上。继去年摆活、干活超"双十亿"、综合经济效益创历史最好水平后，今年以来完成的各项经济指标又创历史同期新高。

该公司自去年6月完成改制后，加快内部改革步伐，对机关职能部门进行整合，使编制定员、岗位设置、职能划分更趋合理和科学；将两个物业经营分公司整合为一个分公司，精减了编制定员，提高了工作效率；将大学生一年见习期改为半年试用期，并大幅度提高工资标准，还出台了专业技术人才晋级待遇和住房高额补贴的相关规定；充分利用国家政策，拿出195.84万元资金对原实行协保的228名员工进行一次性补偿，并解除其与企业的劳动关系，稳妥地移交给地方就业部门。通过实施一系列的改革举措，企业法人治理结构更加完善，"两个文明"建设呈现出良好的发展势头。
（司马史）

■中标信息

▲中铁四局四公司2月19日连中两标，合同造价达5亿元。中标天津市快速路系统密云路立交桥工程，中标价为3.56亿元。该桥位于天津市中心地区快速路西北环密云路与北一横西青道相交处，为一级枢纽立交工程。计划总工期495天。同日，四公司中标京沪高速公路项目第四合同段工程，中标价近1.42亿元。该工程含长达2363米的特大桥1座。计划3月15日开工，总工期19个月。 （舒郁仁）

▲日前，湖北省十堰市竹山县公路段兴路建设有限责任公司中标湖北省259省道竹山境内三（台）至明（清）、霍（河）至迎（丰）两个合同标段。全长24公里，为水泥稳定砂基层沥青路面，其中包括6公里水泥混凝土路面工程，中标价1500万元。

湖北259省道为山区标准二级公路，全长260余公里，设计时速80公里，概算投资近亿元。它是湖北省十堰市"十五"交通建设的重点工程，湖北重点公路十堰至重庆巫溪公路的重要组成部分，也是湖北省十堰市实施"三小时交通经济圈"骨架路网中重要的一段。 （金伟忠）

中国交通报
A1 2004/4/9 星期五 CHINA COMMUNICATIONS NEWS
■第 3306 期 ■今日 8 版 ■交通部主管 中国交通报社主办 ■国内统一刊号:CN11-0122 ■邮发代号:1-72 ■E-mail:xw1b@zgjtb.com.cn ■http://www.zgjtb.com

贯彻落实国务院领导重要批示

以更大决心和更有效措施抓紧抓好农村公路建设

温家宝、黄菊、曾培炎、回良玉等国务院领导同志对张春贤部长就落实中央 1 号文件、国务院农业和粮食工作会议精神有关情况的专题报告做出重要批示，对加快农村公路建设提出了明确要求

●温家宝总理：报告所提各项措施均好，望认真落实。

●黄菊副总理：加快农村公路建设，是促进农村经济发展的重要措施，也是一项长期任务，要继续抓好规划、建设，也要抓好质量，讲求实效。东北商品粮基地公路建设，可纳入东北振兴总体部署，统筹规划，抓紧实施。

●曾培炎副总理圈阅。

●回良玉副总理：交通部关注农村、关心农业、关爱农民，办了很多实事，赞同贯彻中央 1 号文件精神要抓好的三项工作。

本报讯 （记者 李红菊）4 月 7 日，部党组书记、部长张春贤主持部党组会议，传达学习国务院领导同志关于农村公路有关工作的重要批示，研究提出了贯彻意见和落实措施。4 月 8 日，冯正霖副部长受张春贤部长委托，主持召开部务会议，传达了国务院领导同志的重要批示，对做好下一步工作进行部署和安排。

张春贤部长向国务院领导同志所做的报告主要包括三个方面，一是 2003 年农村公路建设取得的进展；二是"十五"期间及本届政府任期内农村公路建设的主要任务和目标；三是交通部采取的支持商品粮基地公路建设、继续组织实施"通畅工程"和"通达工程"、为农民办好四件实事的具体措施。

国务院领导同志的批示，充分肯定了交通部和全国交通系统农村公路建设工作取得的成绩，充分肯定了交通部对加快商品粮基地公路建设，特别是东北商品粮基地公路建设，以及为农民办好实事的工作思路，充分表明了党中央国务院高度重视和支持农村公路建设；深刻阐述了农村公路建设与促进农村经济发展的关系，强调加快农村公路建设是一项长期任务；明确要求继续抓好规划、建设，抓好质量、讲求实效；这些明确具体的指导，为加快农村公路建设创造了极为有利的条件。

冯正霖要求要认真学习、深刻领会、深入贯彻国务院领导同志的重要批示精神，进一步增强大局意识、责任意识，按照今年全国交通工作会议的部署，继续把加快农村公路建设作为交通工作落实中央 1 号文件和国务院农业和粮食工作会议精神的切入点和着力点，结合实际，以更大的决心，更有效的措施，抓紧抓好农村公路相关工作，切实抓出成效。今年要重点抓好六项工作，一是要认真做好全国农村公路建设规划、包括商品粮基地公路建设规划的制定与实施；二是要继续组织实施改善农村公路交通条件的通达工程和通畅工程；三是在公路建设中实行最严格的耕地保护制度；四是要切实解决中央资金投资公路建设项目"两个不拖欠"；五是要建立高效的"绿色通道"；六是继续组织实施和推动农村客运网络化并给予相应优惠政策。

冯正霖强调，要认真按照部党组的统一部署，坚持农村公路建设关键在发动、重点是管理、成败在质量、提高靠科技、长效在养护、核心是政策的工作指导原则，进一步树立讲实话，出实招，求实效的工作作风，大力弘扬求真务实精神，把工作落实到位。同时要加强监督检查，掌握工作进展情况，加强组织协调，形成工作合力，推动今年的各项工作再上新台阶，取得新成绩。

新时代产业工人的楷模——许振超

——编者的话——

本报今起全方位报道许振超先进事迹

一位初中毕业的现代港口工人凭借自己的努力，在很平凡的岗位上走出了一条成功之路。近日，中宣部将这位新时代产业工人的优秀代表许振超列为今年的重大典型，并组织 13 家中央新闻媒体对他进行了集中采访。

许振超，中共党员，现任青岛港前湾集装箱桥吊队队长。自 1974 年进入青岛港工作以来，经历了港口集装箱装卸桥五次技术转型，30 年如一日，以求真务实的精神、顽强拼搏的作风、求知若渴的韧劲、钻研创新的态度，立足岗位、自学成才，熟练掌握了桥吊驾驶、维修技术和港口装卸管理知识，成为一名工程师和"有突出贡献的工人技师"，并带领团队创造出了世界一流的集装箱装卸效率。

许振超先后获得青岛市劳动模范、青岛市"十佳"职业道德标兵、山东省有突出贡献的工人技师等称号。3 月 25 日下午，中共中央政治局委员、书记处书记、中宣部部长刘云山在详细询问了许振超的工作、生活情况后对许振超说："你不愧是新时代产业工人的代表，我们要向你学习。"

从今天起，本报连续推出系列文章和图片，力求客观真实地记录这位新时代产业工人的成长历程及其成才环境，揭示出"振超现象"所蕴含的深刻社会意义。今日首先刊发通讯《新时代产业工人的楷模 许振超》。

主编 刘市阳 责编 刘旭波

许振超在青岛港前湾集装箱码头带领队友们创造了世界领先的集装箱装卸效率。

本报记者 胡士祥 文/图

他是初中学历的码头工人，却成了名副其实的技术专家。

他是普通的桥吊队队长，却带领队友们创出了集装箱装卸作业世界纪录。

他通过潜心钻研和拼搏奋进，成长为技术型、学习型的新时代产业工人楷模。

他对事业、对国家充满了强烈的责任感和主人翁意识。

时代需要这样的产业工人、国家需要这样的产业工人，作为千百万工人的一分子，他的成才其实并非偶然。

桥吊流畅而有节奏地装卸，就像芭蕾舞表演

2004 年 3 月 27 日凌晨，青岛港前湾集装箱码头。

港外，夜深人静，万籁俱寂。

港内，灯火辉煌，繁忙异常。

远看，"地中海洛丽塔"、"东方日本"、"中海汉堡"三条大型集装箱巨轮一字排开，14 台桥吊齐伸巨臂在空中飞舞，吊具抓着一个个箱子有节奏地此起彼落，往复循环。

近观，拖车车水马龙来回穿梭，从拖车司机，到桥吊操作手、桥板头指挥手，再到轮胎吊司机、叉车司机、现场指挥，各方紧密配合，整个流程科学紧凑，景象蔚为壮观。

在争分夺秒的装卸战中，青岛港集装箱桥吊队不仅在重箱（装有货物的集装箱）比例达 50%以上、装卸箱量 4157TEU 这一高难度保班（青岛港承诺，无论多大的船，统统 10 小时内完成作业，保证班期）战中成功保班，而且当天集装箱昼夜吞吐量达 17060TEU，创昼夜集装箱作业历史新高。

富有浪漫情调的"地中海洛丽塔"轮意大利籍船长法文都评价说："看青岛港桥吊流畅而有节奏地装卸，我感觉是一种享受，仿佛是在观看一场高水平的芭蕾舞表演，桥吊就像起舞的天鹅，拖车鸣声则像是在奏乐，配合得惟妙惟肖。"

记者有幸目睹了这场生龙活虎的装卸场面，而青岛港前湾集装箱公司桥吊队一年 365 天夜以继日地上演着同样的精彩。

在同样的地点，2003 年 4 月 28 日，青岛港集装箱桥吊队在装卸"地中海法米娅"轮的作业中，创出了船时效率和单机最高效率每小时 339 自然箱和 70.3 自然箱的世界集装箱装卸最高纪录；5 个月后的 2003 年 9 月 30 日，在装卸"地中海阿集西亚"轮的作业中，他们又以每小时 381 自然箱的单船效率再次刷新纪录，摘得桂冠。

青岛港集装箱装卸作业何以如此流畅而富有节奏，又何以屡创世界纪录？

桥吊队的队友们说，许振超功不可没。

（下转 A2 版）

在平凡的岗位上，许振超用知识、勤奋和创新展示出新时代产业工人的风采。

招投标预审公告
（详见 A3 版）

■社论

时代的风范

——从许振超看新时代产业工人该有怎样的素质

这是近些年来继包起帆、陈德华之后交通系统涌现的又一个重大先进典型——许振超！我们为他骄傲和自豪。

许振超身上表现出新时代产业工人的风范，展现了鲜明的时代精神和民族精神。他的先进事迹，充分体现了一个共产党员忠诚履行"三个代表"重要思想，立党为公、率先垂范、求真务实、无私奉献的精神风貌；体现了新时代产业工人在建设中国特色社会主义的实践中，锐意进取、顽强拼搏、艰苦奋斗、精业报国的价值取向；体现了党的基层干部诚实守信、团结协作、真情关爱、舍己为人的思想作风。

在经济全球化、科技日新月异发展的今天，在传统产业由劳动密集型向技术密集型转变的今天，从许振超身上，我们可以看出新一代交通产业工人该有怎样的素质：

与时俱进的时代精神。时代精神内涵丰富，在许振超身上体现了"一代人要有一代人的作为，一代人要有一代人的贡献，一代人要有一代人的牺牲"的工人阶级主人翁精神，爱岗敬业，艰苦奋斗，锐意进取，顽强拼搏，无私奉献的精神；

不断攀登新高峰的目标。许振超要求自己"咱当不了科学家，但一定要练就一身'绝活'，练就一身过硬本领，做个优秀的工人"。"不论干什么，干就干一流，争就争第一，拼命也要创名牌，为企业增效，为国家争光"。正是树立了这种勇攀高峰的目标，他带领的桥吊队的装卸效率才提高再提高，并达到世界领先水平。

熟练掌握现代科技知识和技能。原有初中文化的许振超深知，"一个人可以没有文凭，却不能没有知识，可以不进大学殿堂，却不能不学习"。正是他勤奋学习，刻苦钻研，才逐步熟练掌握了第五代桥吊的操作、维修和管理技术。

锐意进取、勇于创新的决心。许振超的这个决心体现在技术上，也体现在管理上。他把"全国质量管理奖"标准引入日常管理，参照制定了队里的条例，甚至细化到夜间维修取板手的规矩上。正是这样，繁重的装卸作业才变得像"芭蕾舞表演"。

立足岗位、扎实工作、争创一流的劲头和作风。许振超爱岗敬业，码头当成自己家，桥吊当作自家儿，刮风下雨，他第一个念头就是往单位跑。争创一流的劲头创造出青岛港集装箱装卸的"振超效率"。

以人为本，关爱他人、团结互助的品德。许振超关心同志，经常进行家访谈心，送"安全卡"和"爱心卡"，办舒心的事，暖伙伴的心，表现出对工友们的一片真情，成为他们的良师益友。桥吊队内，大家经验互补，资源共享，成为一支团结拼搏、敢打硬仗、奋发向上的优秀团队。

许振超身上体现出的良好素质，不仅为新时代产业工人树立了榜样，也为交通系统的广大党员和其他同志树立了榜样。让我们深入学习许振超同志先进事迹，继续推进"三学四建一创"活动，全面提高交通职工队伍的思想道德、技术业务素质，充分调动各方面的积极性和创造性，为实现交通新的跨越式发展的宏伟目标而努力。

第十九届中国产经好新闻版面类三等奖

编辑：刘旭波 | 2004 年 4 月 9 日 A1 版

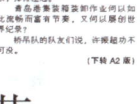

6版-7版 2008年5月30日 星期五

地方交通·浙江交通支援四川抗震救灾特刊

九天！

九天，如白驹过隙。但对于浙江交通架桥突击队的勇士来说，却是生命中难忘的驻留。九天，他们辗转1000多公里，顶着不下20次强烈余震，架起了3座战备钢桥；九天，他们风餐露宿，幕天席地，却始终保持着高昂的斗志和战斗的激情；九天，他们不畏伤痛，勇往直前，把爱撒向四川，在灾区建起了浙川同心桥；九天，他们向上级部门和浙江人民交出了一份满意的答卷。

16个小时之内集结出发

没有机械的日子里 肉搏也要胜利

一天半造好一座桥 大量救援物资得以进灾区

30余条汉子无一例外泪流满面

生死一线5厘米

惊心动魄的观通桥之战

一场特殊的手机生日宴

突击队里的"80后"

第二十三届中国产经好新闻版面类三等奖

编辑：郑宗杰 孟庆丰 | 2008年5月30日 6-7版

2008年6月12日 星期四
2—3版
抗震救灾特别报道
用我们的血肉筑起生命通道
——追忆交通运输人在抗震救灾中的日日夜夜
抢通！
抢通！
保通！
保通！
保运！
保运！
驰援！
驰援！
哀悼日
送逝者远行
向生者致敬

第二十三届中国产经好新闻版面类三等奖

编辑：蓝乔 熊水湖 | 2008年6月12日 2–3版

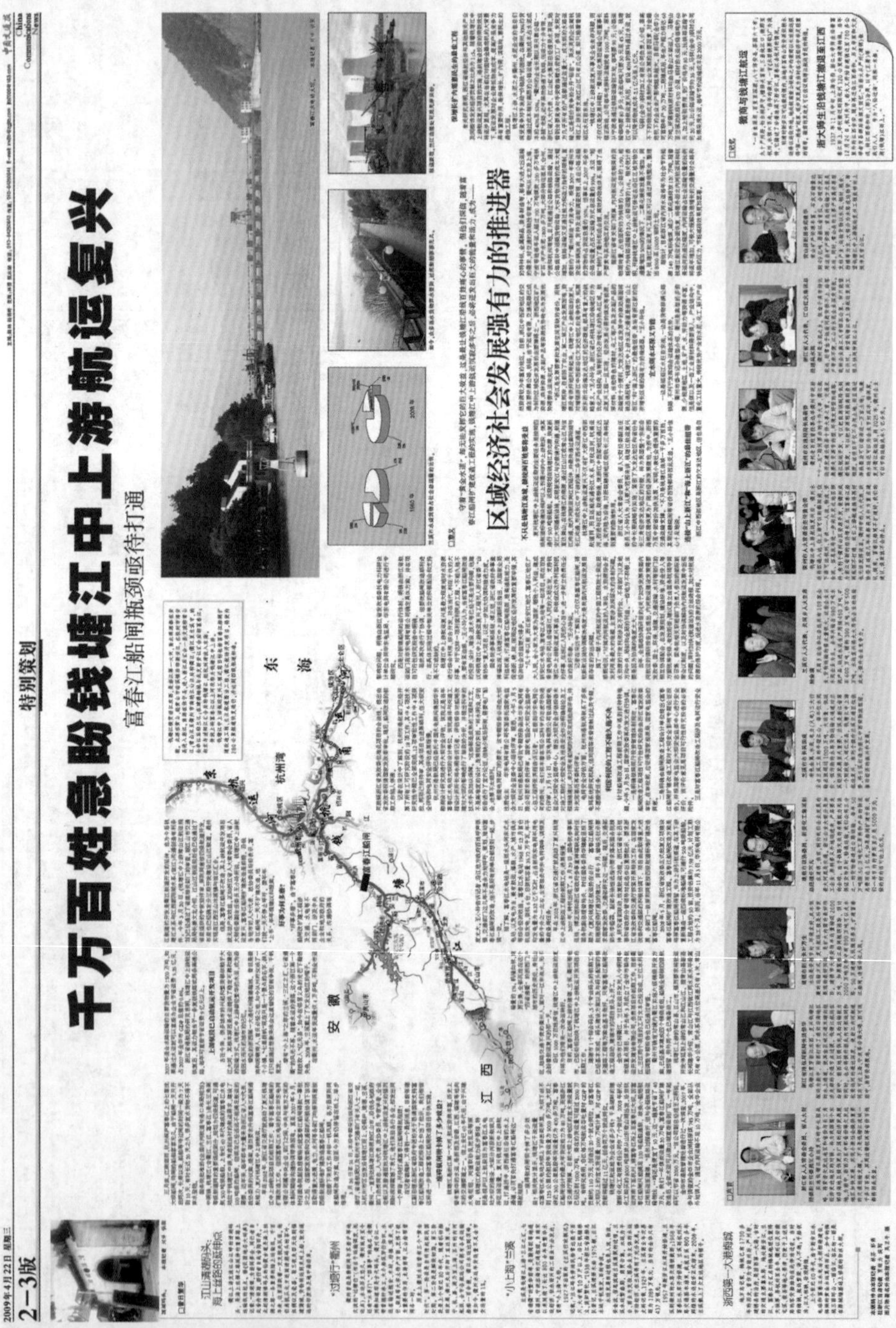

2009年4月22日 星期三

2–3版

特别策划

千万百姓急盼钱塘江中上游航运复兴

富春江船闸瓶颈亟待打通

区域经济社会发展强有力的推进器

第二十四届中国产经好新闻版面类三等奖

编辑：林芬 熊水湖 | 2009年4月22日 2–3版

河北海事局组织海巡艇出航调查冰情。 魏伟 摄

辽宁海事局海巡艇为货船护航 北海第一救助飞行队救援受困船员。王军 摄
北海救助局救助船在冰雪中起锚。 北海救助局 供图

冰海保通

2010 年 1 月以来，寒潮大风造成渤海、黄海部分海域 30 年来最严重的冰情。为缓解海冰灾情对港口生产和海上运输的影响，保障海上运输安全畅通，交通运输系统海事、救捞等部门正全力以赴，抗冰保通，保证港口生产正常进行。本版今天编发一组图片，反映交通人抗冰保通的故事。 ——编者

1 月 3 日，“北海救 169”轮船员在渤海湾 3 号救助待命点保养锚链。 穆军 摄

山东潍坊港，海岸边悬挂的冰凌。 新华社 供图

高景 天津海事局营口航标处在更换受损航标
特约记者 船舶穿越浮冰区 1月23日的辽东湾菊花岛。 新华社 供图

地址：北京市安外安华西里三区 13 号楼 邮码：100011 总编室：65293633 通联发行部：64255453 64250641（传真） 新闻中心：64250635 公路部：64253731 水运部：64255824 汽车传播中心：65293637 运输部：64252614
科教部：65293563 产品中心：64253599 信息中心：64246881 中国交通报社北京中通广告公司：64250642 64255452 广告经营许可证：京朝工商广字 0142 号 每月定价：20.00元 零售每份：1.00 元 中国青年报印刷厂印刷

第二十五届中国产经好新闻版面类三等奖

编辑：熊水湖 | 2010 年 2 月 2 日 4 版

2011年8月30日 星期二
主编:赵晓玲 责编:曲飞 电话:010-65293632 64252864 E-mail:zgjtb@126.com 中国交通报 China Communications News
4版

交通文化

文化视点

民国交通那些事（下）

100年前的辛亥革命推翻了统治中国几千年的君主专制制度，为中国的进步打开了闸门。

民国时期，火车、汽车、飞机等西方先进的交通工具进入到了中国人的生活，极大地促进了社会交流，影响了中国社会的生产生活方式。

上世纪40年代的中国航空公司空姐。

空姐

1929年，由美国寇蒂斯·赖特飞机公司与中国国民政府合作，成立了民国第一家民航公司　中国航空公司，但那时的飞机上还没有空姐。

旧时中国的空姐招聘条件相当严格。据当时《申报》记载，欧亚航空公司（中央航空公司的前身）1937年首次招聘空姐。直到1938年1月，中国才有了6名合格的空中小姐。1948年，中航的空姐达到历史最高水平，但也才20多人。

当时，中航和央航的空姐加起来也就几十人，空姐工作也算是很正规了，像C　200这样的大型客机已经有两名空姐服务，一般的飞机还只有一名空姐服务。

1945年邮局职员在重庆机场点收飞机上卸下的航空邮件。

邮运方式

西方先进的交通工具在19世纪末、20世纪初进入中国，这些也先后被用在了邮政上。

中国修建的最早的铁路是京奉铁路天津至北京段，1895年始建，称"关内铁路"。后来才往关外延长，1907年改称"京奉铁路"，1912年北京至奉天（今沈阳）全线通车，干线长842公里。中国最早利用铁路运送邮件就是从京奉铁路天津至山海关段开始的。当时天津至牛庄（今营口）之间往来的邮件在山海关交换，是由邮差以普通旅客身份从天津到山海关取邮件，并不交由铁路负责。直到1903年，邮政才与铁路签订合同，由铁路在火车车厢内拨给邮政专用空间，并发给邮差免票证。1917年以后，邮政开始在火车上自备邮车。

民国时期，火车邮路不断扩展。1912年6月，建立了北京至上海的火车邮路，寄一封信的时间缩短到36小时，大大提高了时效。1914年9月，北洋政府在京奉、津浦两线还利用火车开办了"火车行动邮局"。"行动邮局"即"移动邮局"，就是一个行进中的邮局，在火车的车厢内办理邮政业务，主要办理收发经西伯利亚的国际邮件、出售邮票、收寄普通函件等，并同时作为国际互换局，直接与境外的邮政接触。"行动邮局"在沿途的停靠站均能开展业务，应该是当时较先进的一种邮政手段。

汽车进入中国的历史较短，但很快就被邮政采用。1917年，上海邮政首先用三辆汽车取代了马拉的邮车。从此以后，汽车在各大城市的邮政中陆续使用，到1920年全国邮政共有汽车19辆，最大载重量为3.5吨。

把自行车作为邮递手段是1909年北京最早开始的，在各大城市均有发展。

1921年7月1日，在北京南苑机场起飞了一架飞往济南的飞机，机上装载首批航空邮件，开创了我国航空邮运的先河。

中华邮政

1912年1月1日，中华民国成立，大清邮政改为中华邮政。

民国邮政时期，邮政事业有了新发展：业务范围进一步扩大，陆续增加了商务传单、保价信函、航空邮件、邮政储蓄等新业务；管理体制更加的规范化与系统化，这时全国被划分为26个邮区，每个邮区还设有专门的邮务管理员。

1914年3月，中国加入万国邮政联盟，成为世界邮政的重要组成部分。

设于重庆街头商号内的邮政代办所及马路邮筒。

广州街头的邮差。

民国明信片上的安庆振风塔。

民国时期两大航空公司"中航"及"欧亚"徽标。

民航

1913年9月，中国第一所正规的航空学校　北京南苑航空学校成立；1914年，南苑航校修理厂厂长潘世忠自行设计制造并试飞了59千瓦推进式飞机，这种飞机被称为"枪车"；1918年，福建马尾海军飞机工程处制造出水上飞机；1922年9月东三省航空学校成立；1924年7月广东航空局在大沙头创办航空学校。它们为中国民航业的发展奠定了人才和物质基础。

1928年6月，民国政府交通部开始筹办民用航空业，中国民航事业自此拉开序幕。

信

这封信为一位抗日士兵的家书，写于1939年。这封信长约18厘米、宽约9厘米，正面印刷着"中华邮政特制邮筒"字样，贴着价值5分的有孙中山头像的邮票，背面则印着"简易人寿保险"，下面说明"国家专营，邮局经办……年限随意，有益生计"。与现在信封包裹信纸不同，这封信能展开来，一面作封面，一面书写内容。

火车

历史的车轮驶进民国时期，铁路建设的状况有所改观。南京临时政府在其成立之初设有交通部，又先后成立中华全国铁路协会和中国铁路总公司。从1928年开始执政的南京国民党政府，在其长达20余年的统治中，虽然制订了大规模发展铁路的计划，并一度设立铁道部统管全国铁路事业，但建成的铁路并不多。

1948年，南京下关火车站。新建成的车站外观相当宏伟，不过往来旅客并不多。

1948年，来往于南京和上海之间的火车一等车车厢。

1948年，来往于南京和上海之间的火车二等车车厢，就短程旅行而言，仍然是相当舒适的乘车环境。

1948年，来往于南京和上海之间的火车有着美轮美奂的外观，停在车站时，十分惹人注目，这也代表了民国火车车厢制造工艺的最高水平。

上世纪20年代四川邮区由早班邮差组成的重庆—成都邮路重班邮件运输队。

本版文字由本版编辑整理，请图片作者与本版编辑联系，以便寄付稿酬。

地址：北京市安外安华西里三区13号楼　邮码：100011　总编室：65293633　通联发行部：64255453　64250641（传真）　新闻中心：64250635　公路部：64253731　水运部：64255824　汽车传播中心：65293637　运输部：64252614
科教部：65293563　产品中心：64253599　信息中心：64246881　中国交通报社北京中通广告公司：64250642　64255452　广告经营许可证：京朝工商广字0142号　每月定价：20.00元　零售每份：1.00元　中国青年报印刷厂印刷

第二十六届中国产经好新闻版面类三等奖

编辑：曲飞 | 2011年8月30日 4版

2013年4月22日 星期一
2版
芦山地震特别报道
主任助理：韩雪 责编：田翔 实习生：张立勋
电话：010-64256003 传真：010-64250641 E-mail：xw2b@zgjtb.com
中国交通报 China Communications News

驰援33小时

从4月20日8时02分地震发生，到4月21日17时省道210线宝兴县灵关镇至宝兴县城段胜利抢通。33个小时里，有抢通"救灾生命通道"省道210线的艰苦卓绝，有铁路、民航、邮政等全国交通运输系统的鼎力支援。震后33小时，是交通运输人"特别能吃苦、特别能战斗、特别能奉献"精神的真实写照。

——编者

4月21日20时震区公路抢通示意图。
部路网中心 供图

四川

15支抢险队1700多人一线抢通

本报讯 （记者 吴丹 梁晓明）据初步统计，截至4月21日，四川交通运输部门已投入15支抢险队伍共计1700多人、机具800多台（套），在地震灾区抢通道路。四川省交通运输厅运管局已组织调动应急运力客车738辆、货车1122辆，出动客车120辆、货车139辆，厅航务局调集3艘快艇赶往雅安芦山的铜头水库，运输救灾人员及物资。

4月21日，四川省省长魏宏在芦山县抗震救灾前线指挥部召开的专题会上，充分肯定交通抢通保通工作。目前，四川通往灾区的高速公路运行良好，全部免费通行。

据悉，4月20日，四川成立交通抢通保通指挥部，副省长王宁任指挥长，四川省交通运输厅党组书记、厅长[illegible]任副指挥长。指挥部要求，全力抢通通往灾区的道路，已抢通的道路要做好保通工作，形成雅安到芦山—龙门—[illegible]的救灾生命线。各抢险队伍要在确保施工及自身安全的前提下，防范次生灾害，全力抢险保通。

据[illegible]介绍，四川省交通运输厅第一时间启动应急预案，迅速组织抢险机具、人员，派出三支专家小分队，赶赴现场。省厅迅速安排交通应急抢险资金200万元，拨付雅安市交通运输局。

成雅高速

服务站免费提供食品药品

本报讯 （记者 吴丹）京昆高速公路成都至雅安段是抗震救灾的主要运输通道，成渝公司成雅分公司在成雅高速公路沿线设置抗震救灾服务站，开辟应急救援通道，沿线收费站全部开放，免费通行。

成雅高速公路成都站、西献大桥站及新津、蒲江服务区设有4个抗震救灾服务站，免费提供咨询、食品及药品等服务。为避免生命通道拥堵，成雅高速公路实施交通管制，除救灾抢险救援车辆外，其他车辆禁止通行。

地震当日下午，成雅高速公路已通过消防、医疗、部队及通信等方面的抗震救灾车600余辆，为100余人次部队官兵提供了免费食品。

据成渝公司董事长周黎明介绍，成渝公司还派出100多人，配备机具20多台（套），承担两条路段的抢通任务。其中，龙门至双石路段21日17时已抢通，芦山县城至双石镇路段预计22日抢通。

武警交通

兵分三路抢通道路转移群众

本报讯 （特约记者 陈鸿圣 吕峰 平晋愿 记者 徐敦法 通讯员 梅广 陈祥）截至21日17时，武警交通部队共投入兵力600名，机械设备167台（套），累计抢通道路85公里，其中，210省道芦山县至灵关镇40公里，龙门乡至大川镇沿线乡村道路45公里，清理塌方体3万余立方米，救助伤病员42人，转移受灾群众3000余人。

武警交通指挥部司令员刘占琪、政委王[illegible]赴抢通救援一线指挥。据武警交通部队前进指挥所指挥长张金美、晁玉怀介绍，20日11时，武警交通部队40余名官兵到达宝盛乡。4月21日，武警交通部队在210省道芦山县至宝兴县段和芦山县龙门乡、太平镇、大川镇乡村道路，兵分三路紧急展开抢通救援行动。

其中，从龙门沿宝盛乡向太平、大川抢通开进部队，主要对石碉村以北方向约2公里处实施抢通。龙门沿国道向太平、大川抢通开进分队，到达太平后，再兵分两路，一路向大川抢通开进，另一路向宝盛方向迂回抢通。从芦山县沿210省道向宝兴县抢通开进，目前正向灵关镇方向抢通。

据了解，武警交通第一总队紧急抽调50名干部骨干和技术能手组成抗震救灾突击队，紧急驰援地震灾区。这50名官兵均是参加过汶川特大地震抗震救灾、青海玉树抗震救灾和甘肃岷县特大暴洪泥石流抢险救援的经验丰富的精英力量。驻守在四川都江堰、阿坝州和凉山州日常的80名武警交通第五支队官兵，携带4台挖掘机、3台装载机和17台机械车辆，第一时间开赴地震灾区展开救援。

陕西重庆

抗震救灾车辆免费优先通行

本报讯 （记者 白秋燕 朝霞）4月21日，陕西省交通运输厅发出公告，抗震救灾期间，陕西京昆线西安至汉中高速公路、汉中至宁强高速公路和包茂线西安至安康高速公路、安康至毛坝高速公路以及316国道省辖收费站，对各地组织的向灾区运送抢险救灾物资、抢险救灾人员、转运伤员的车辆以及赴川执行抢险任务的医疗用车、特种车辆和其他救灾车辆免收通行费，并结合现有"绿色通道"等专用收费车道，采取有效措施，确保快速、优先通行。

目前，重庆已在成渝、渝遂、渝武、渝邻、渝湘、渝黔、垫忠、石忠等八条高速公路的省界收费站以及成渝高速公路九龙坡收费站、渝遂高速公路沙坪坝收费站开设抗震救灾专用通道，对应急抢险车辆免费放行，派专人值守一些占道施工路段，确保抗震救灾车辆顺利通行。

■特写

日夜坚守 全力救灾

四川芦山地震发生后，交通运输部机关和部属有关单位纷纷进入应急工作状态，分秒必争，日夜坚守，用实际行动为抗震救灾作出贡献。

在部值班室，部办公厅负责同志24小时轮流值班，及时向国务院有关部门报送关键信息，为决策提供保障。部道路运输司紧急协调四川交通运输部门和周边省份，做好应急运力储备工作。部救捞局迅速制定救援方案，120余名救援人员、4架专业救助直升机已做好准备，随时可奔赴灾区。部政策法规司新闻办公室牵头组织宣传报道工作组，全面展开交通应急宣传工作，反映大灾大难中一线交通人顽强的精神风貌。

强震来袭，地动山摇，打通道路交通生命线成为救灾关键。部公路局在地震后立即启动一级应急响应，抽调人员组成综合协调组、抢通保通组、技术专家组、信息服务组等四个工作小组。其中，技术专家组由部总工程师周海涛牵头，从部属单位和地方交通运输部门抽调桥梁、路面、路基、地质、遥感等专业领域专家组成，做好了随时赶赴灾区的准备。

20日8时30分起，部路网中心值班室全面进入24小时应急值班状态，及时与灾区沟通，全面掌握交通运输系统抗震救灾工作进展情况，及时编制抗震救灾快报。积极协调地震、气象等有关部门，沟通信息，支援灾区开展抗震救灾工作。据不完全统计，部路网中心已编辑9期地震专报，并及时向国务院汇报抢通进展情况；通过中央电视台进行10档现场直播，与中央人民广播电台直播连线27次，在第一时间向社会及时报道灾区公路抢通保通以及应急救援相关进展。

本报记者 田翔

通信保障

海事卫星电话传递灾区声音

本报讯 4月20日上午，中国交通通信信息中心工作人员赶到首都机场，将两台海事卫星手持机送到即将前往救灾现场的交通运输部公路局副局长王太手中。

4月20日19时10分左右，宝兴县委书记用海事卫星电话打出第一个电话，汇报灾情和伤亡情况，请求支援。

4月21日13时19分，中国交通通信信息中心技术保障人员在经过震中龙门乡，天通5号（四川省交通运输厅移动应急通信指挥平台）车辆装备完全展开，与部路网中心建立视频联络通道，交通运输部与震中地区建立起语音和视频连接。

据统计，截至21日12时，中国交通通信信息中心北京地面站监测到，灾区在用的海事卫星设备已达185台以上，累计呼叫时长2308分钟。中心准备各类海事卫星通信装备近200套，联系国家地震局、减灾委、当地应急通信局、新闻媒体等机构，为总参、二炮、卫生以及部队所属医院等单位提供相关的卫星应急通信箱装备，并安排技术人员24小时值守。

中心主任曹德胜介绍说，中心已在海洋交通信值班室成立地震应急通信联络点，24小时做好通信信息保障，密切关注灾区的通信状态，努力保障灾区海事卫星通信畅通。

（黄涛）

震区公路基本情况

目前，通往芦山县、宝兴县等重灾区的主要公路包括京昆、成温邛名两条高速公路，108、318两条国道，210、211、305三条省道，以及073（邛芦路）等重要县道。

成都方向与重灾区联系的通道由京昆高速公路、成温邛名高速公路、108国道、邛芦路等路线组成，沿途连接成都、邛崃、名山、雅安等县市，是成都平原通往灾区的主要生命线。

阿坝州方向与重灾区联系的通道主要由210省道组成，沿途连接马尔康、小金、宝兴、芦山、雅安，便捷联系雅安市与阿坝州两个市州，是宝兴县与外界联系的唯一通道。

甘孜州方向与重灾区联系的通道主要由318国道、211省道组成，沿途连接康定、泸定、天全、雅安，是甘孜州、藏区通往灾区的主通道。

凉山州方向与重灾区联系的通道主要由京昆高速公路、108国道组成，沿途连接西昌、石棉、汉源、荥经、沿，是攀西、云南通往灾区的主通道。

乐山、眉山方向与重灾区联系的通道主要由305省道组成，沿途连接乐山、夹江、洪雅、雅安等县市，是川南城市群和重庆通往灾区的重要通道。

此外，雅安市境内天钢路、朝三路、芦灵路、邛芦路、灿玉路、雅太路、青高路等县乡道连接地震灾区重要乡镇，并形成相邻县市之间迂回替代路线，在抗震救灾中发挥着重要作用。

交通运输部规划研究院高级工程师 韩先科 供稿

■短评

众志成城 理性救灾

四川芦山地震发生后，经历过汶川、玉树等灾难洗礼的国人迅速行动起来，官方和民间的响应速度极快。然而，在宝贵的黄金救援期内，大量社会人员和车辆无序涌入导致震区堵车严重，不少携带专业化设备的救援队伍被挡在一线之外，救灾力量空耗。

在一线的救灾人员表示，灾区真实困难不是缺人、缺物，是缺路。武警交通部队一线救灾官兵呼吁，请理性救灾，为生命让道。

21日，国务院办公厅通知指出，由于此次地震灾区处于河谷地带，空间十分有限，道路狭窄，交通不便，加之余震不断，如大量人员前往灾区，将给救灾和安置工作带来新的困难，各单位、团体未经批准暂不要前往灾区。

芦山强震，举国牵动，爱心源源不断汇向灾区。但每一位公民更应该认识到，驰援灾区不一定都要到去现场，救灾要众志成城，更要注重实效、尊重科学。希望经历这次灾难，每一位善良的国人都能更加理性。

田翔

民航

重点保障进川救灾航班

本报讯 交通运输部党组副书记、副部长，中国民航局局长李家祥要求民航系统重点保障救灾航班，重点保障飞往四川的航班，直升机做好应急救援准备。

民航局通过视频会议系统全面协调指挥，各级值班负责人第一时间到达运行现场，民航所属各机场、空管、航空公司随即启动地震应急处置机制。

目前，成都双流机场已恢复运行，航班秩序正常。国航20日调派兰州、北京、济南、青岛10个航班运送4批共73名专业救援人员、946件计8.3吨救援物资抵达成都；21日，投入波音737—800飞机执行北京—西安—成都抗震救灾运输保障任务。东航为灾区捐款1000万元，仅21日上午就向川、渝两地运送20余吨救灾物资。

（易世忠）

铁路

开行10列"抢"字头专列

本报讯 目前，中国铁路总公司已组织开行"抢"字头专列10列，已向灾区运送帐篷34车、棉被13车、药品19车、食品1车、航空煤油58车。

中国铁路总公司总经理盛光祖要求公司各单位，把抢运救灾物资作为第一位任务，实行救灾物资运输特事特办，快装快运快卸，全力确保救灾物资及时运往灾区。

铁路部门总公司和各铁路局专门设立救灾物资抢运调度台，加强运力调配和运输组织，统筹全路的救灾物资抢运工作，开行救灾专列，保证救灾物资随到随装随运，优先放行救灾物资列车，最大限度压缩救灾物资运到时限。各铁路局主动与地方相关部门沟通衔接，调集机车、车辆，对救灾物资实行特事特办，优先安排装运。

（禹成）

邮政

快递绿色通道包邮救灾物资

本报讯 （特约记者 蔺志华 通讯员 陈斌）4月20日，国家邮政局下发紧急通知，要求各省（区、市）邮政管理局指导寄递企业合理调度发往地震灾区的邮件、快件，确保邮件、快件安全和传递时效。

4月20日，主要快递企业总部均启动应急机制，在确保人员安全、快件安全的同时，筹集矿泉水、食物、药品、帐篷等救灾物资运送灾区，参与抗震救灾。部分快递企业充分发挥自身优势，开辟通往灾区的绿色救援通道，为运往雅安地区的救灾物资、快件提供免费的运输和派送服务，以"包邮"义举助灾区人民早日渡过难关。

全峰快递集团发布通告，紧急采购30万元救灾物资运往灾区，并要求全网开通发往四川雅安地区救灾物资"绿色救援通道"，自4月21日至5月1日，由全峰快递发往四川雅安地区的救灾物资均免费。

宅急送四川公司为抗震救灾物资提供免费车辆运输服务，并提供总计2000平方米的库房用于救灾物资临时存放。百世汇通部分网点为发往雅安地区的救灾物资、快件等提供免费寄递服务。顺丰、圆通、申通、中通、韵达、能达、天天、速尔等快递公司也在第一时间响应，组织救援小组奔赴救灾现场，并召集四川地区网点对雅安芦山地区进行支援。

国家邮政局局长马军胜要求四川省邮政管理局，密切配合相关部门做好应急处置工作，动员与组织灾区邮政企业、快递企业积极开展抗灾自救，尽量将损失降到最低；各省（区、市）邮政管理部门要及时发布消费者提示，做好快件转运、延误的解释工作。

中国交通报

2013年11月1日 星期五 第5622期 今日8版 交通运输部主管 中国交通报社主办 1版

邮发代号:1-72 国内统一刊号:CN11-0122 http://www.zgjtb.com www.ccnn.net.cn E-mail:xw1b@zgjtb.com

村道休憩点

日前，记者走进浙江省德清县武康镇五四村，刚铺好的沥青（水泥）路平坦顺畅。村民们说，路修好后，村里的苗木种植基地销售形势特别好。现在，他们也开始像城里人一样在村道上散步休闲。刚修好的几个村道休憩点上，村民们一边品着清茶，一边聊着天（如图）。

本报记者 刘洋 通讯员 张德国 王水华 文/图

墨脱公路通车 我国实现县县通公路

本报讯 （记者 田翔）10月31日，墨脱公路建成通车。西藏自治区墨脱县结束了不通公路的“孤岛”历史，我国从此县县通公路。

10月31日11时30分，在墨脱公路途经的达木乡波弄贡村，西藏自治区政府主席洛桑江村宣布墨脱公路新改建工程（简称“墨脱公路”）通车。

“今天，亲眼目睹了这一具有历史意义的时刻，亲身感受到了墨脱人民圆梦的喜悦。”交通运输部总工程师周海涛表示，墨脱公路地形地质极端复杂，气候环境极端艰苦，施工极为困难。墨脱公路建成通车，是我国公路建设史上具有划时代意义的里程碑，也是集中连片特困地区交通扶贫攻坚的重要成果。

特殊的自然地理、地质构造、气候环境造就了墨脱公路建设的“六项之最”：地形起伏最大、自然坡降最大、降雨量最大、地震烈度最高、地质灾害最多、地质条件最复杂。

墨脱公路全线平均每公里3.6处灾害。每年雨季局部降雨量超4000毫米，泥石流、塌方频发。每年冬季的暴降雪，极易导致大规模雪崩、冰崩。

从上世纪60年代至90年代，墨脱公路历经四次建设，因经济、技术等客观条件限制，始终未能成功，却有200多名公路建设者献出生命、长眠雪山脚下。

1995年以后，西藏自治区每年投入资金，在旱季对墨脱公路损毁路段进行整治，勉强实现“旱季南通北阻、雨季北通南阻”，分季节、分路段临时性通行农用车。

上图为通车现场，当地群众欢欣鼓舞。 本报记者 田翔 摄

压题图为墨脱公路上的达国大桥，可以看到桥下的旧桥。 本报记者 彭燕 摄

国家从未放弃修建墨脱公路。2009年4月，墨脱公路新改建工程全线开工，这是历史上第五次修建墨脱公路。

墨脱公路全长117.3公里，先后跨越帕隆藏布江、金珠藏布江等6条江河，以隧道穿越嘎隆拉雪山，最终抵达墨脱县城。全线采用四级公路技术标准建设，总投资16亿元。除打通嘎隆拉隧道外，其余路段大多在原墨脱简易道路的基础上整治改建而成。

墨脱公路通车后，全线全年可通车时间由不足3个月提高到8个月左右，基本实现“在无重大自然灾害发生的前提下，力争全年8个月至10个月的通车时间”的建设目标。在正常天气下，小车开四五个小时就可以从波密到墨脱。

“村里两百多号人，今天来了140多人。大家都很高兴，我们村在公路边上，公路改变了我们的生活，希望以后改变更大，日子更好！”贡日村村委会主任次仁桑珠（珞巴族）说。

西藏自治区交通运输厅党委书记葛裕涛表示，墨脱公路通车，对进一步完善西藏路网结构，增强区域抗灾救灾能力，对西藏东南部地区经济发展、边防巩固和社会稳定，具有重大和深远的意义。

据了解，公路修建前，墨脱物资匮乏，发展缓慢。每年封山季节，背夫徒步翻越雪山将物资背进墨脱，一块砖15元，一个馒头20元。墨脱公路通车后，县城到林芝县八一镇运输时间从原来的3至7天缩短为1天，运输成本每斤下降0.65元。

墨脱公路直接带动了当地旅游业发展。2013年仅上半年，前往墨脱的游客已达16965人次，带动当地群众直接收益370多万元，而2011年全年，前往墨脱的旅游人数仅为1068人次。

墨脱县县长扎西说：“墨脱公路为墨脱人民带来实实在在的福音。现在，我们与外界的沟通联系多了，了解信息也多了，思想进步更快了。我们相信，墨脱的明天会更好，墨脱人民的生活会更好！”

▶相关报道见2版

中美交通论坛聚焦绿色技术应用

本报讯 （特约记者 张鸿斌）当地时间10月30日，中美交通论坛第6次会议在美国伊利诺伊州芝加哥市召开，主题为“推进绿色交通技术，共享可持续发展未来”。中国交通运输部副部长高宏峰和美国联邦运输部副部长约翰·波加利分别率领各自代表团参会。

会议听取了论坛下设的城市交通拥堵、危险品运输、（铁路）运输新技术、安全与灾难应急协调、港口与内河倡议等5个工作组过去一年的工作汇报和未来计划安排。高宏峰和波加利在发言中均高度评价中美两国在交通运输领域建立起友好、互信和务实的伙伴关系，并对自上次会议以来工作组在各自专业领域的工作进展表示满意。

高宏峰指出，本次会议的主题凸显了两国交通运输主管部门倡导在绿色交通技术领域深度交流、寻求行业发展新的突破点、确保两国交通运输业健康可持续发展等方面形成的合作共识。他呼吁与会代表秉承论坛务实、协作、创新的一贯作风，继续提升各领域的深入合作。

在当天的午餐会上，高宏峰与波加利围绕“中美交通基础设施发展”与参会代表展开了深度对话，并分别结合本国交通基础设施领域面临的可持续投融资、绿色技术应用等方面的挑战，分享了各自政府采取的政策和措施，以及在本国发展过程中收获的经验和得到的教训。

会议结束后，两位副部长共同签署了《中美交通论坛第6次会议联合声明》，强调绿色交通技术的开发与应用能够推动经济繁荣、增加就业机会，促进中美在可持续交通运输解决方案领域的合作符合两国的共同利益。会议决定论坛第7次会议于2014年在中国举行。

来自中美两国中央（联邦）和地方交通运输主管部门、科研机构、行业组织及企业界的约180位代表参加了会议。伊利诺伊州州长派特·奎恩和芝加哥市市长拉姆·伊曼纽尔分别出席了论坛开幕式和午餐会等活动。

中美交通论坛成立于2008年，是中美战略与经济对话框架下的一个重要合作机制，也是目前中美交通运输领域重要的对话与合作平台。

■省市领导关注交通

刘志庚要求 科学组织集中精力 加快高速公路建设

本报讯 （特约记者 林俊芳 黄少南）10月29日，广东副省长、省高速公路建设总指挥部总指挥刘志庚到珠海、中山检查督导高速公路项目建设工作。刘志庚指出，珠海、中山作为交通枢纽地区，要科学组织高速公路建设，集中精力打好大会战。

刘志庚一行查看了港珠澳大桥主体工程西人工岛、珠海连接线拱北隧道施工现场，并在珠海召开高速公路建设项目督导会。刘志庚肯定了珠海、中山两市高速公路建设推进工作，并强调，珠海、中山作为珠三角地区经济发展的前沿阵地，是联系内地和港澳地区的窗口和交通咽喉。各市各有关部门要高度重视，充分认识加快高速公路建设的必要性和紧迫性；主动作为，全面落实各方责任；协调解决好征地拆迁、施工环境协调、工程质量安全、砂石价格等问题。

目前，珠海、中山两市在建高速公路项目共有4个，包括港珠澳大桥主体工程、港珠澳大桥珠海连接线、西部沿海高速公路月环至南屏支线延长线和广中江高速公路，总里程114公里。另外，珠海金鼎至横琴高速公路计划今年开建。

信息编委 吕林 主编 林琛 责编 樊猛

新疆优先解决建制村通达公路

本报讯 （记者 冷琳琳）日前，新疆维吾尔自治区政府主席努尔·白克力、自治区政府常务副主席黄卫专门召开会议，听取全区交通运输工作汇报，研究部署下一步工作。为贯彻落实会议要求，自治区交通运输厅明确责任，分解任务，提出22项工作任务，制定82条工作措施，优先解决建制村公路不通达问题，适当提高农村公路建设标准。

自治区交通运输厅将加快推进京新高速公路明水（甘新界）至哈密段、3012国道墨玉至和田段项目审批，争取2014年开工建设；加快推进连霍高速公路吐鲁番至小草湖段、3012国道喀什至疏勒段、3018国道精河至阿拉山口段等建设项目前期工作。加强区内六个国家5A级旅游景区和新疆天山世界自然遗产地旅游干线公路的规划建设，重点推进218国道墩麻扎至那拉提段的升级改造工程前期工作。

在农村公路建设与养护方面，自治区交通运输厅鼓励和支持各地成立农村公路项目总监代表处和中心实验室，加强农村公路质量监控；继续完善农村公路管理养护“以奖代补”激励政策。

此外，自治区交通运输厅将进一步研究完善投资公司组建方案，积极与世行、亚行以及国内金融机构沟通，争取信贷支持；探索、尝试BOT等新融资手段，拓宽融资渠道。

国际集装箱班轮运价精细化报备

本报讯 （记者 齐英利）日前，交通运输部发出公告，决定自11月15日起实施国际集装箱班轮运价精细化报备，进一步完善2009年8月实施的国际集装箱班轮运价备案制度，以维护国际集装箱班轮运输市场公平竞争秩序和环境，保障运输各方当事人合法权益。

根据实施办法，上海航运交易所为指定的运价备案受理机构，运价备案义务人应报备中国港口至外国基本港的出口集装箱运价（含海运运价和海运相关附加费），并按上海航运交易所经交通运输部备案同意的格式报备。备案的公布运价自受理之日起满30日生效，协议运价自受理之时起满24小时生效，但本办法生效后首次备案的公布运价自受理之日起生效。备案义务人报备运价前，应先完成班轮运输航线（含互换舱位）备案，新开航线备案的运价，自受理之日起生效。备案义务人在新设、调整附加费前，应与收费对象沟通协商，并在报备时提交说明调整依据、幅度合理性的材料。

实施办法规定，若未按规定履行运价备案手续或未执行备案运价的，将被责令限期改正，并处2万元以上10万元以下的罚款；若班轮经营者备案的运价超出正常、合理的范围，严重偏离同一航线同类规模班轮经营者的平均运价水平，可能对公平竞争造成损害的，应接受调查，对拒绝调查或不如实提供调查资料的可处2万元以上10万元以下的罚款；经调查，国际班轮经营者对公平竞争造成损害的，将采取限制其航班数量、终止运价本或者暂停受理运价备案等限制性、禁止性措施。

着力推进山西交通运输事业科学发展

□山西省交通运输厅党组书记、厅长 李正印

近期，山西省委书记袁纯清、省长李小鹏，省委常委、副省长杜善学等领导作了一系列指示，对我们下一步做好整个交通运输系统的工作寄予了殷切的希望。我们将全面理解、深刻把握、切实抓好贯彻落实。

第一，加强班子建设，班子要强起来。省交通运输厅领导班子是全省交通运输系统工作的领导核心，这个班子建得好不好、强不强，对全系统的工作事关重大。所以我们要认真落实党的十八大精神，坚决贯彻中央和省委、省政府一系列决策部署，全面加强厅领导班子和全系统各级领导班子建设，加强领导班子的思想建设、组织建设、作风建设、反腐倡廉建设和制度建设。在思想建设上，要坚定理想信念，用中国特色社会主义理论体系来武装头脑；在组织建设上，要坚决贯彻民主集中制，坚持党要管党、从严治党；在作风建设上，要以开展党的群众路线教育实践活动为契机，认真解决我们存在的“四风”方面的问题；在反腐倡廉建设上，要举一反三，引以为戒，确定思路，切实抓好抓实党风廉政建设；在制度建设上，要进一步建立健全能够保证交通运输事业科学发展的一系列的规章制度。总体上讲，就是要努力提高厅领导班子和系统各级领导班子领导交通运输事业科学发展的能力和水平。

第二，加强队伍建设，队伍要稳下来。全系统各部门、各单位都要增强政治意识、大局意识、责任意识，切实加强队伍建设，严格管理，抓好班子，带好队伍，积极努力地做好工作，保持交通运输事业健康发展。

第三，加强项目建设，工作要推起来。要对照工作目标，抓好工作落实，确保工作不能断线，在建项目不能停顿，力争完成全年目标任务。特别是已经开工的工程项目，要科学组织调度，紧紧地抓住今年上冻之前有限的施工期，精心组织，科学施工，保稳定、保工期、保质量、保安全，不能让重点工程出现大的起伏和波动。

第四，加强制度建设，规矩要立起来。没有规矩，不成方圆。制度建设更带有根本性、稳定性和长久性。全系统各级、各部门都要紧密结合党的群众路线教育实践活动，扎扎实实搞好查找廉政风险点和建章立制的工作。要按照习近平总书记提出的全党都要警醒起来的要求，认真查找我们的工作漏洞和薄弱环节，做好建章立制工作。全面梳理已有的制度，该坚持的要坚持，该完善的要完善，该废止的废止，该创立的要创立。总之，制度要有效、管用，不能“牛栏关猫”。特别是要加强廉政制度建设，把权力关进制度的笼子，让权力在阳光下运行，让人民赋予的权力真正用来为人民服务。

（下转3版）

辽宁重点培育 20家物流龙头企业

本报讯 （记者 姜昌旺 通讯员 樊公鹏）日前印发的《辽宁省交通厅关于辽宁省交通运输促进物流业健康发展的指导意见》提出，重点培育20家交通物流龙头企业，重点建设“一个平台四大工程”。

“一个平台”是指全省交通运输物流公共信息平台，“四大工程”是指城市物流工程、港口物流工程、产业物流工程、农村物流工程。到2020年，辽宁将初步形成以全国性龙头骨干企业为引领、以区域性中小企业联盟为主体、以零散小微运输业户为补充、以信息化为纽带的物流市场结构。

山东首条直通乡镇BRT 即将通车

本报讯 （驻山东首席记者 王垒 通讯员 李奇水）日前，山东枣庄西站至陶庄镇BRT（B5线）建设进入扫尾阶段，站台、道路都已基本建成，正进行信号系统工程安装调试，即将建成通车。该线路将成为山东省第一条直通乡镇的BRT线路。

BRT（B5线）线路全长21公里，西起枣庄火车西站换乘站，经行天山路、光明大道西路、祁连山北路、枣曹路、长白山北路，终点站为薛城区陶庄镇驻地东店韩路换乘站，共设置14对站点，对城乡居民绿色出行，拉动城乡经济带快速发展，推动枣庄新城、薛城、高新三区同城化发展具有重要意义。

船闸运行维护人员 首获国家职业资格证书

本报讯 近日，首批12名船闸运行维护人员通过交通运输行业职业技能鉴定考试，获得国家五级职业资格证书。

今年年初，人力资源和社会保障部批准长江三峡通航管理局建立船闸行业特有工种职业技能鉴定站，授予闸门运行工（通航建筑物运行维护管理员）、无线电航标操作工、视觉航标工三个特有工种初、中、高级工及技师、高级技师的职业技能鉴定资格，并正式挂牌。 （张文晶）

第二十四届专业报新闻摄影年赛经济类二等奖

天山作证 | 作者：廖西平

第二十五届专业报新闻摄影年赛重大新闻类银奖

救助南海沉船 | 作者：陈建波

第二十六届专业报新闻摄影年赛经济类银奖

港工铺设真空膜 | 作者：米金升 等

第二十六届专业报新闻摄影年赛自然环保新闻类银奖　美丽的田野　作者：赵学千

第二十七届专业报新闻摄影年赛经济类银奖　施甸县农村公路　作者：李文圣

第二十七届专业报新闻摄影年赛突发新闻类银奖

救助被困群众 | 作者：孔伟

第二十七届专业报新闻摄影年赛非突发类银奖

墨脱通车（组图） | 作者：田翔

第二十四届专业报新闻摄影年赛自然环保类三等奖　渤海、黄海部分海域遭遇严重冰情 | 作者：魏伟

第二十五届专业报新闻摄影年赛法制军事类铜奖　我们把你抬出去 | 作者：张宁

全国首个路桥收费站“退休”

最后一张5元票

3月15日接近零时，在全国第一个路桥收费站——广东佛山大桥收费站，一位小轿车司机买走了从大桥收费站电脑里打出来的最后一张5元票，号码是：0382050，面带喜色的司机说感到非常幸运，要把这张见证一段历史的票据留做永久纪念。零时一到，收费站工作人员以飞快的速度将路上的路障搬开，此时一辆顺德籍“粤YF9712”小客车开到缴费口，成为大桥停止收费后通过的第一辆车。与此同时，佛山市内28个路桥收费站也暂停收费。这意味着曾经被各地广泛采用的“贷款修路，收费还贷”的“佛山大桥模式”在佛山首先退出历史舞台。

“佛山大桥模式”曾创辉煌

20世纪80年代初期，为改变交通落后的现状，佛山市政府决定在汾江上建设一座新的大桥。但当年财政预算紧张，“敢为天下先”的佛山人于是想出了筹集民间资金建路桥的办法。继佛山大桥后，佛山采取中外合资、发行股票、向海内外银行贷款等方式，先后兴建了广佛高速公路、广三高速公路、高明大桥、佛陈大桥等大批高等级的公路桥梁。据统计，20年来，佛山用于路桥建设的资金高达200多亿元，其资金大部分来自民间融资、海外投资和银行贷款。

“贷款修路、收费还贷”的模式，曾经创造了佛山交通建设的辉煌，但是，密如蛛网的路桥收费站又逐渐成了影响经济发展的“拦路虎”。佛山的路桥收费站一度多达46个（包括顺德、南海、三水、高明），平均每90公里一个收费站，走完佛山所有的收费站需要600多元的路费。目前，佛山正努力打造广东第三大城市，撤销市区内非高速公路路桥收费站成为大势所趋。

360亿元建设资金从何来

从3月15日凌晨开始，佛山区域中心地带的28个收费站同时暂停收费，其余15个收费站也只向外地车辆收费。佛山大桥收费站的站长万云平说，收费站原有60多名职工，每天有两万多辆车单向出佛山，每天的路桥费收入有10多万元。

据了解，28个路桥收费站暂停收费以后，在大幅度削减收费站的同时，佛山市政府将通过改变收费形式，设立撤站还贷资金，加大财政在交通建设方面的投入力度。佛山将计划采用对本地车辆实行年票制、对外地车辆实行次票制的方式。不久前，佛山有关部门专门举行了年票制听证会。有关人员表示，包括年票制在内的有关实施方案已经上报省有关部门审批。

佛山市副市长卢汉超说，佛山市整合收费站的目的是着眼于佛山今后的发展。不久前，佛山向社会公布了3800平方公里大佛山的干线公路建设规划，预计需要投入360亿元人民币。但告别了“佛山大桥模式”，佛山又将如何筹集360亿元的庞大资金来建设规划中的庞大交通网呢?

新建非高速公路不再设站

据佛山市交通局局长蔡锦泉透露，佛山市计划每年由市、区两级政府筹集16.5亿元资金，用于补偿年票制收费不足的差额和非高速公路项目建设。今后，所有新建的非高速公路项目，原则上将不再设站收费。

根据最近制定的方案，佛山公路建设资金将由新成立的路桥建设有限公司负责运营。这个公司属于国有独资企业，主要职责是：负责全市干线公路中非收费公路项目的投资建设，组织全市年票和次票收费工作；对全市原有路桥收费项目因整合而收入不足部分进行补差，审计、监督和管理各区原有路桥收费项目的收支、还贷、“补差”等情况；协调全市原有路桥收费项目以及干线公路中新建非收费公路项目的养护工作。

另据佛山市交通局有关人士介绍，几天以前交通部门已经做出部署，凡15日零时开始暂停收费的收费站，要对收入账户进行封账。15个保留继续收费的收费站，对14日前的账户进行封账，15日以后的收费收入重新设账运作。同时，对暂停收费站点原有工作人员的安置工作也已陆续到位。

第十四届中国新闻奖通讯类三等奖 第十八届中国产经好新闻通讯类一等奖 作者：吴楚楚 编辑：陈林 | 2003年3月18日 A1版

防撞护栏遍及重庆1500余公里危险路段

车过悬崖不再“捏把汗”

本报讯（记者　朝霞）如今，驱车在重庆临江、临崖公路上心情轻松多了。重庆市交通部门目前正在1557公里的危险路段安装防撞护拦，无论从心理上还是在规避险情的实际效果上，人们都平添了几分从容。这项得到交通部高度赞扬的“生命工程”，将与“8小时重庆”工程在年底同步完成。同时，今后“生命工程”将与该市的公路建设同步实施。

重庆山地和丘陵面积占全市面积的94%，受地形地貌的限制，大多数公路依山而建，边坡高，路面狭窄，坡陡弯多，从而形成了很多危险路段。虽然这些路段也曾设有警示性护栏或护桩，但每年仍发生一些车毁人亡的重特大事故。

重庆市副市长黄奇帆在调研后提出，在全市国省道实施关乎百姓生命安全的“生命工程”，经市政府研究，该工程于去年12月正式启动。在交通基础设施建设提速、资金紧张的情况下，重庆市交委仍挤出上亿元资金投入到总长达1550公多里的“生命工程”建设中。据悉，该工程总投入已达2.2亿元。到目前，全市已有28个区县的主要公路安装了防撞护栏，到今年年底，该工程将与“8小时重庆”工程同步建成。

据重庆市有关部门统计，28个区县未安装护栏前，一旦发生翻车，死亡率均在90%以上。在已安装护栏的路段，发生的几十起车祸事故中，无一人死亡。1996年至1998年，国道319线武隆段发生车辆坠江、坠崖事故40起，死亡43人，经济损失达300多万元；安装防护栏后的两年间，整个319线避免坠崖、落江事故34起，挽救37人，避免直接经济损失500多万元。近期在巫山发生的29起碰撞护栏事故中，均无人员伤亡，得益于“生命工程”的两名驾驶员主动到交通路政部门报案，请求赔偿被损的护栏。

重庆市交通部门决定，在今后的公路建设中，危险路段建设一段安装一段防撞护栏。

第十八届中国产经好新闻消息类二等奖　　作者：朝霞　编辑：胡士祥 | 2003年11月14日　A1版

作为横跨亚欧大陆的最大物流通道，新亚欧大陆桥由于缺乏竞争力，在陆桥运输中所占的市场份额已经由 1997 年的 50% 下降到不足 8%，国家每年仅此减少的外汇收入就达数亿美元。

新亚欧大陆桥为何遭冷落？

长期客户大量流失

“新亚欧大陆桥客户流失严重。今年 3 月份以来，日、韩长期客户 METRO、FIRST、EXPRESS、DONGSU SHIPPING 等已相继流失到西伯利亚陆桥。”在上月召开的新亚欧大陆桥区域经济合作国际研讨会期间，来自新亚欧大陆桥的主要经营人——中国外运（集团）总公司的代表在接受记者采访时如是说。

现实情况似乎比这位代表所说的还要严重。12 月 2 日，中国外运连云港公司办公室主任沈刚在接受记者电话采访时透露：俄罗斯铁路正在争取新亚欧大陆桥的最大客户乌兹别克大宇汽车配件改配西伯利亚大陆桥东方港——千肯特专列。如果此客户流失，新亚欧大陆桥运输业务将迅速萎缩，运输总量将下降 30%。”进一步的了解证实，此客户部分业务目前已经改道西伯利亚大陆桥。

据新亚欧大陆桥国际信息中心有关负责人介绍：新亚欧大陆桥运输业务的发展近几年处于萎缩状态，尽管韩国、日本、中国到中亚国家的货物走新亚欧大陆桥比西伯利亚陆桥近 3000 多公里，到欧洲的货物走新亚欧大陆桥比海运缩短距离上万公里，但韩国 92% 的货物、日本 70% 的货物选择西伯利亚大陆桥；中国沿海地区的广东、浙江、上海、山东等省市 50% 以上到俄罗斯、北欧等国家的货物选择西伯利亚大陆桥。中国到欧洲每年超过 400 万 TEU 的货物几乎 100% 通过马六甲海峡、苏伊士运河运到欧洲。

有业内人士认为，这只是 1 年前的统计数字，事实上这个比例一直在上升，现在可能还要高一些。

新亚欧大陆桥的“硬伤”

业内人士的普遍看法是，和西伯利亚陆桥运输及海运相比，新亚欧大陆桥虽然运距有优势，但在运费、在途时间、日均运行距离方面却无法与西伯利亚陆桥和海运相比，是缺乏竞争力和吸引力的。因此，开通 10 年来短途运输多，长途运输少。

据中铁联合物流国际部经理刘思禹介绍，为了发展大陆桥过境运输业务，从2001年开始，国家对大陆桥过境运输已经取消了双倍付费，可即便如此，新亚欧大陆桥运费仍远远高于西伯利亚陆桥。现在我国铁路段运费为0.142美元/箱公里，西伯利亚陆桥运费为0.06美元/箱公里，再加上中哈过境换装费较高，铁路段运费每箱比西伯利亚陆桥高160美元左右。对于高峰时利用新亚欧大陆桥年运输汽车配件1.7万TEU的乌兹别克大宇，一年就要多付运费近300万美元，来自价格的刺激可想而知。

列车运行速度慢、换装站基础设施薄弱、货物疏通能力弱是新亚欧大陆桥的另一大硬伤。新亚欧大陆桥从连云港到莫斯科平均运行26天，到鹿特丹需要30天，而西伯利亚陆桥的运行时间分别是10天、14天。在国际贸易中，运输的速度因素越来越重要。新亚欧大陆桥因为速度流失了多少客户没有做过统计，但业内普遍认为数目惊人。

随着中国与中亚地区的边境贸易快速发展，原阿拉山口、德鲁日巴换装站设计能力明显不足，致使中哈边境换装疏通不畅，过境货物时常压站、压车。上月，中国外运连云港公司为此再次与大客户失之交臂。一家韩国汽车公司有意将一批汽车运输业务交给中国外运，但首辆试运大巴仅在哈萨克斯坦换装时就积压了半个多月，运到阿拉木图用了30多天，这批业务自然泡汤。

除了上述因素外，铁路运力紧张造成货物滞留也是造成新亚欧大陆桥业务流失的一个重要原因。一家长期经营北京至中亚国际运输业务的物流公司老总在接受记者采访时，正为一批滞留在天津口岸一个多月的货物着急。据记者了解，目前在天津口岸滞留的发往中亚的40英尺的集装箱已达200多个。

郑州铁路局副总工程师刘新周说，铁道部目前虽然采取了一系列扩能改造措施，但运力供应不足仍是新亚欧大陆桥陇海段面临的突出矛盾。目前陇海铁路相当部分路段的运输能力利用率已达到或超过100%。

新亚欧大陆桥的“软肋”

对新亚欧大陆桥来说，除了硬件方面存在的一些障碍外，信息跟踪、口岸通关、客户维护等相关服务方面存在的问题同样不可忽视。

对于大陆桥运输来说，由于距离长、运输环节多、不确定因素多，随时了解自己货物的运输状况就成为客户的基本要求，在这项服务方面，新亚欧大陆桥与西伯利亚陆桥存在相当大的差距。

此外，运行10年的新亚欧大陆桥至今还没有可与主营经营人接口、供用户查询的系统，也不能实现客户网上查询的要求。另外，中国的海运、港口、铁路、口岸等大陆桥运输部门的信息系统之间缺乏有效连接和沟通，也缺乏对外提供信息服务的基本制度。相比之下，西伯利亚大陆桥这方面的服务要完善得多，经营企业可依托铁路方提供的信息系统与船公司、港口、俄罗斯交通部的信息联接，每天向客户报告几次集装箱或车辆的运行状况，或通过互联网查寻到货物在运输途中的位置和状态的信息。

据记者了解，为了满足客户这方面的需求，目前，中国外运、中铁联合物流、中远物流等陆桥经营者都不得不着手搭建自己的陆桥信息查询系统。

记者在采访中还了解到，口岸大通关模式的推进给大陆桥运输带来了实实在在的便利。来自阿拉山口口岸的资料显示：这个当初设计能力250万吨的口岸，现在的实际设计能力已扩大到1000万吨，但是由于北疆铁路运力不足，目前该口岸年实际过货量仅可能达到700至750万吨左右。

新疆维吾尔自治区政府联络办公室副主任袁建民认为，新亚欧大陆桥运输中还有一些问题并非不能解决而是人为因素造成。他认为，仅仅一个中方铁路阿拉山口出站口，单一的铁路运输线已远远不能满足货物进出口需求，以至于出现铁路发运停装、限装及换装滞压问题。由于铁路部门在保证自身利益的情况下，对哈方车使用采取准用限制，忽视整体利益，使货物积压问题得不到根本解决。他希望国家能通过宏观调控对新亚欧大陆桥建设做长远规划，改变阿拉山口一个铁路出站口的现状，在增加铁路出站口的同时，充分利用新疆与中亚五国良好的公路连接资源，在铁路运输不到位的情况下，利用已开通的48条出入境公路运输线，双管齐下。

第十八届中国产经好新闻深度报道类三等奖

作者：朱美环 编辑：朱美环 | 2003年12月9日 B1版

老码头谢幕　新“水门”开启

上海邮轮经济现曙光

9月25日，上海新的“水上大门”——上海港吴淞客运中心正式启用；同日，“百年老码头”——十六铺码头在迎接最后一班客船的旅客后与市民“惜别”。一个客运站，记录着一段历史；一段历史，见证着中国的发展；一次搬迁，揭示着一种新的经济——邮轮经济的开始。

新客运中心扮靓待客

从上海开埠以来就以水上客货运闻名中外的十六铺码头完成历史使命，9月16日，取而代之的一座设施更全、环境更美的新码头——上海港吴淞客运中心开门迎客。

交通便利是新的上海港客运中心选址吴淞的重要原因。近几年来，吴淞的交通状况已得到了根本改善，十几条公交线在码头设有站点，现在又将一些过境公交站点调整到码头附近，旅客可以很方便地出入码头。

与十六铺码头相比，吴淞客运中心的环境更为优美，大片大片的绿化，到处是盛开的鲜花。不仅如此，这座码头还处处方便旅客：候船室掩映在绿树丛中，根据对客流的科学计算，一、二楼各有700平方米大厅，内设1000个座席，可以保证每个旅客在候船时都能坐到位子。开水不间断供应，无障碍设施，从候船室到码头上船处的带顶棚的甬道等，充分显示了以旅客为本的理念。

据悉，上海港吴淞客运中心，从正式运营起，就将经营原十六铺所有的客运班轮航线。为了在运营初期帮助那些对吴淞码头还不很熟悉的旅客，会在十六铺以发班车搭载乘客的形式，保持一段过渡期。这个过渡期目前设想为半年。但实际或许时间不会拉得那么长，因为十六铺本身作为水上客运中心的历史已结束了，它的建筑也完全可能在很短时间内被夷平。到那时，乘客也完全可以通过自身亲历或媒体介绍，熟悉新的上海港客运中心，车载乘客“摆渡”也就自然不需要了。

搬迁催生邮轮经济

十六铺码头客运功能搬迁到上海港吴淞客运中心之后，有140多年历史的十六铺码头会与上海人民作别吗？人们站在十六铺的岸边，还能不能见到船只进出的身影、听到船舶启航时拉响的汽笛？昨天，记者从有关部门获悉，按照黄浦江两岸开发规划，未来的十六铺将建成申城新的水上旅游中心。

据悉，上海市旅游委和计委共同制定和出台了上海市旅游业“十五”后三年行动计划，首次明确上海要做大水上旅游，包括建设北外滩国际客运中心，发展国际邮轮旅游。

有关方面的研究报告认为，上海周边的旅游资源丰富，陆上1至2日游的有苏州、杭州等地，而邮轮1至2日到的国内旅游胜地有青岛、宁波、香港、台湾等地，上海具有成为国际邮轮母港的良好条件，有着发展邮轮经济的坚实基础，邮轮经济的前景十分美好。

从权威方面获悉，国际著名的丽星邮轮公司已经初步决定，在上海建设一个邮轮母港，设立独资的旅游公司，而从上海市旅游委有关部门获悉，上海的邮轮经济发展很快，仅去年上海就迎送了超大型邮轮36艘，接待了游客5万多人。今年上半年许多世界著名的大型邮轮相继到港，显示出了邮轮经济的强大威力。

新兴的十六铺

十六铺位居外滩之侧，与隔江的陆家嘴商业区咫尺相望，东近仁恒滨江园、菊园等高档居住区，西邻老上海的豫园商业街，2010年世博会的会址也在其南向不远，可谓是历史与未来、现代与古典的交汇地。然而从高处望向这里，鳞次栉比的现代化大厦紧紧围绕着这片破落的老街区，临江的仓库码头在外滩的对比下也分外杂乱扎眼，像是现代化上海的一处丑陋的疮疤。

上海港吴淞客运中心开站通航，把定期客轮班线从十六铺搬迁到吴淞，为十六铺加快开发、改造的步伐创造了条件。预计到今年年底，十六铺将正式停航，然后按照黄浦江两岸开发计划，实施建设。目前，新的十六铺建设方案，有关规划部门还在进一步深化完善中。预计在不远的将来，一个延续着上海历史文脉又体现着时代风貌的崭新的十六铺将呈现在世人面前。

“黄浦江沿岸综合开发计划要做的就是把这样的疮疤彻底从上海的肌体上除去，给它重新覆上都市化的外衣。”复旦大学中国经济中心主任石磊指出，十六铺规划开发的成败在黄浦江整体开发中起着举足轻重的作用。

2001年，上海市开始酝酿“黄浦江两岸综合开发计划”，试图以延安东路为东西轴，黄浦江为南北轴，构筑优美的城市天际轮廓线，被视为继浦东新区后的又一项“世纪工程”。黄浦江面临着从交通运输航道向城市品质载体的转变，十六铺也因之站在了命运的节点上。

2003年初，十六铺的规划蓝图终于浮出水面。未来的5年内，十六铺临江片将建成大型水上旅游总站（包括游艇码头和水上巴士站），与青浦大观园、东方绿舟和环淀山湖的度假村等市郊景区联手，开辟水陆衔接的辐射型都市旅游线，同时吸引世界级豪华型游艇，开展近海水上旅游、长江旅游、环太湖旅游等，最终使十六铺成为上海的水上旅游集散中心。而内陆片则致力于建成高档商业中心和生态滨水聚居区，延续陆家嘴的都市图景。

这不是在一张白纸上勾画绚丽图画，而是在历史的积淀上重塑新的未来，拆和迁的阵痛无法避免。曾作为国内最大的水运中心的十六铺客运站将整体迁往吴淞公园附近；作为上海农果品集散地的十六铺果品市场也将就地解散，分流至浦东地区；最令人不舍的是，东门路附近的那些虽然破落但原汁原味体现老上海风情的街巷里弄，不得不为高楼大厦让位。

思小高速公路位于云南省思茅市、西双版纳州境内，公路沿线刚好是亚洲象活动比较频繁的区域。思小高速公路建设会不会给当地的环境带来影响，成为人们关注的一个话题。

建好公路　不毁象“道”

三“宁”三“勿”，融公路于自然

思（茅）小（勐养）高速公路是云南即将开工建设的一个重点公路项目。在该路设计之初，思小高速公路建设指挥部就明确提出选线及构造物选型的一个原则：宁填勿挖、宁隧勿挖、宁桥勿填——尽量保留天然一草一木，融公路于自然。

该工程设计单位——云南省公路规划勘察设计院副总工王承格介绍说，三“宁”三“勿”的目的就是要尽可能少开挖，避免大开大挖，最大限度减少对植被的破坏，尽可能保护公路沿线原有的自然风光。这一思路也充分吸取了云南其他高速公路特别是元（江）磨（黑）高速公路建设的经验教训。在这些高速公路上，上百米的高边坡比比皆是，工程建设难度大，环保压力也相当大。

在思小高速公路设计时，他们将边坡的高度限制在 50 米以内，桥多、隧道多，成了这条路的一大特点。据介绍，这条长 97.6 公里的高速公路上共设有隧道 15 座、桥梁 170 多座，桥梁、隧道的长度占了线路总长度的 25%，一些重点环保地段，桥、隧长度超过线路长度的 70%。与此相联系的是工程土石方开挖量少，项目负责人杨光友说，思小高速公路平均每公里土石方开挖量为 13 万立方米，如果加上桥、隧里程，每公里仅为 8 万立方米，远远低于云南已经建成和在建的其他高速公路的开挖量。

为大象留路，给榕树让道

思小高速公路西双版纳野象谷段最能体现“以自然为本”的设计思路。据介绍，这一带常有野象活动，测设人员在现场测量时就曾多次与野象相遇，最近相距只有 10 来米，最多时一次就遇到了 6 头野象。测设人员还拍摄到野象在密林中活动的照片。

野象习惯沿沟谷活动，为了保留象“道”，他们将本来可以填平的沟坎全部设计为桥，因此，这段公路成为思小高速公路桥、隧比重最大的一段。据悉，在这 4 公里路段内，桥、隧长达 2.8 公里。在该段路设计中，他们还明确提出具体施工要求，桥梁下面施工时只能清除墩位处的植被，桥跨下的植被尽量保留。为防止因桥梁桩基钻孔产生的大量泥浆对环境造成影响，设计中要求，桥梁桩基施工一般不采用钻孔法，而是采用人工挖孔。

美丽的西双版纳既是动物王国，也是植物王国。突出对古树名木的保护是思小高速公路设计的又一特色。思小高速公路从一个名叫曼井面顷缅的傣族村寨附近通过，初设时，线路刚好从 10 多棵大榕树中通过。为了保护这些被当地群众称为“神树”的大榕树，正式设计时，设计人员特意将线路延长了几十米，绕开这片大榕树。有的路段，实在难以避开大榕树，设计中则明确要求，采用移植的办法，将其移植到服务区等处。

除关注野生动物、关注古树名木外，思小高速公路更多体现在对人的关注上。思小高速公路建设指挥部从云南多山的“点式经济”特点出发，为方便公路沿线群众对外交流，设置了相应的公共汽车停靠站，为当地群众架起走出大山的“桥梁”。此外，他们还在公路沿线专门设立了 3 个停车观景区域，以方便驾驶员和乘客观赏公路沿线风光。

减少刀削斧劈，突出“生态为本”

为了使思小高速公路与周围的环境协调一致，思小高速公路建设指挥部把该路景观设计作为一个单独的课题，这在云南高速公路设计中也是创新之举。云南省公路规划勘察设计院建筑设计分院对该路的边坡、互通立交桥、中央分隔带、取（弃）土场、跨线桥、隧道、服务区等景观均进行了认真设计。景观设计中，设计人员以“生态”为设计理念，提取具有西双版纳地方特色的文化符号，如森林、孔雀、大象、傣家建筑图案等，精心营造具有地方特色的植物景观。

设计人员还走访了西双版纳热带植物研究所，听取专家们的建议，选择了当地的 49 种树木、花草作为思小高速公路的绿化树种。对每一种景观，设计者都提供了可行的方案。比如边坡建设，他们明确要求，以植物绿化防护为主体，不得采用片石护坡和喷锚挂网等大面积工程防护形式。根据边坡坡率、高度和地质条件，加大边坡“逆向”设计，重视乔、灌木的组合，以“杂”“乱”为主体，融公路于自然。

思小高速公路的设计追求的是不显山不露水。用总工吴华金的话说，从边沟的断面、护栏的顶部形式、植物构景的色彩等细微处入手，在服务人的同时，淡化建设行为，充分体现人性化设计。副总工王承格也说，诸多措施，最终是要把人工的痕迹减少到最低限度，使建成后的高速公路与环境相协调，融入到环境之中，成为环境的一部分。

第十八届中国产经好新闻通讯类三等奖 作者：王家凯 编辑：韩杰 | 2003 年 6 月 2 日 B1 版

走近验船师

编者按 这个工作需要白领的素质、运动员的体能、外交官的沟通意识，他们出具的审验结果代表了一个国家在这个领域里的水准，决定了一个国家的船舶制造品质——这是一个很多人都知之甚少的行业。今天这组报道，记录了记者近距离接触验船师的见闻及感受，希望能帮助读者增加对交通领域中这个鲜为人知行业的了解。

提起中国船级社（CCS），也许大多数人都不熟悉，对于船级社的主要工作人员——验船师们，了解的人更少。其实，就像车辆要年检一样，营运船舶也要接受每年一次的检验，而新船从设计到交货这一过程的每一阶段都要接受检验。验船师就是从事这项检验工作的人员，分为审图、规范和实践三种。验船师，尤其是实践验船师是一个对智力和体力要求很高的行业，这是我跟着中国船级社上海分社派驻沪东中华船厂的验船师马凤俊，近距离观看了他一天的工作后最大的感受。

验船师们提前 15 分钟全部到位

一大早，时钟的指针刚指向 8 时，验船师马凤俊便已来到办公室。原来，尽管船厂 8 ： 30 上班，但驻厂的验船师们每天提前 15 分钟便已到位。马凤俊的家住在上海市西南端，而沪东中华船厂在上海市东北角，每天他必须换三趟车，上下班花费在路上的时间长达三四个小时。曾有人替他做了一个计算，他在船厂工作 11 年，至少有两年的时间耗费在路上。

其实，在驻厂的验船师中，像马凤俊这种情况的人很多，然而驻沪东中华船厂的验船小组却很少出现迟到的现象。也许正是这种严谨的工作作风，才使这支验船小组承担了全国船舶建造总吨位 10％以上的检验量，并圆满完成国内首次自主建造的 4100TEU 集装箱船和 5668TEU 集装箱船的检验任务，同时还连续几年被上海市授予“共青团号”“新长征突击手”等荣誉称号。

8 ： 15，验船师们全部到齐并换好工作服，作为“共青团号”“号长”的马凤俊召集大家开了例会。会上，大家根据船厂送来的填有需要检验项目的单子领了任务后，便正式开始了一天的工作。

每天的工作首先是对体力的考验

实践验船师的工作是根据船东提供的经过审图验船师审验过的图纸以及规范验船师编制的关于国际海事组织发布的规范，对加入船级社的船舶进行实地检验。因此，实践验船师每天工作的第一个步骤就是上船。

正好马凤俊今天要上一艘正在建造的船检验，于是我们提出要和他一同上船，看看他们是如何工作的。小马有些担心："船上的环境有些糟糕，你们可能吃不消。"我不以为然，觉得小马多虑了。当我换上连体工作服，穿上笨重的劳保鞋，戴上安全帽和防摩擦的手套时，心里只有新鲜和好奇。但是，小马和其他的验船师却显得很紧张，他们不仅仔细检查了我们的装备，还一再叮嘱我们一定要跟着他们。

当我拖着笨重的鞋子走出一段距离时，心里的新鲜劲便渐渐被小腿的酸痛所代替。好容易来到马凤俊要检查的船前，我一抬头，巨大的船体和无数狭小的阶梯让我顿生怯意。马凤俊则三步并作两步，很轻快地上了舷梯，继而跨过钢索桥，来到甲板上，这份轻快让我不禁佩服他的体力。当我听说这艘8层船的高度相当于16层楼，而他每天至少上下两个来回时，我有点吃惊了，这样的日活动量对于一般人来讲也不轻松，更何况还得穿工作服和笨重的劳保鞋，看来，验船师们进行日常工作第一要过体力关。

当我终于气喘吁吁地爬上了甲板，尾随马凤俊进了他工作的船舱，顿时便被无边的黑暗、刺耳的噪声和呛人的气味所包围。当乘坐万吨巨轮或豪华游轮的人们惊诧于船内设施的先进和舒适时，他们怎么也无法想象未建好的船的内部环境有多么糟糕：船体内一片漆黑，到处是有如建筑工地般的狼藉，头顶上不时飘落焊花，有时甚至是重物，手边的船舷或扶梯也许刚焊接过，如果不戴手套，高温随时可能将皮肤烫起泡。

黑暗中，只见马凤俊打开随身带着的长手电筒，轻车熟路地下扶梯，穿舱房，来到他的工作场所——控制室。实践验船师根据其所检验的部分分为船体验船师、轮机验船师和电器验船师。马凤俊是电器验船师，负责检查船上的电器和线路。由于地还未铺好，他只能踩着钢架的结合部将分散于房内各处的线路检查了一遍。接着，他来到房间中部一个圆洞前，还未等大家反应过来，他便钻进这个圆洞。原来，有许多线路分布在上、下层船舱之间的夹层里。马凤俊蜷缩起近1.8米的身体，在不到半米高的夹层里，一只手撑地，一只手打着手电，匍匐前行，检查线路。

时间一点一点地过去，过了好久也不见马凤俊出来。正当我们有些担心的时候，他慢慢地又从那个洞钻出来了。再一次出现在我们面前的他让大家都吃了一惊，只见他身上的工作服已像从水里捞出来的一样，湿漉漉地贴在身上，经过尘土、铁锈和汗水使他原本白净的脸庞变得五颜六色，汗水顺着安全帽下露出的发角一滴一滴地淌着。看见大家的神情，马凤俊露出了笑容，告诉我们，他上午的工作结束了。

短暂的午间也要“充电”

结束上午的工作，吃过饭后，马凤俊回到了办公室。按照规定，验船师们在午饭后有一段短暂的午休时间。

马凤俊靠窗坐下，用手撑着头，笑着和我们闲聊起来。才聊了几句，慢慢地，他的头低了下去，过了一会儿，他居然轻轻地打起鼾来。我们抬眼四望，只见许多验船师们或趴在桌上，或靠在沙发上，都睡着了。看来，经过上午大量的体力消耗后，他们都累了。

不过，奇怪的是，才睡了一小会儿，马凤俊便自动醒来，洗了把脸后，眼睛里还有血丝的他便精神抖擞地坐到电脑前。验船师主要是根据图纸以及规范来对自己所检验部分的质量做出合格与否的判断，因此对图纸和规范的熟悉程度以及实践经验是验船师最重要的素质。然而，国际海事组织已颁布的规范多如牛毛，新规范又层出不穷，而且生效年限也不相同，这就要求验船师们要时刻关注是否又有新的规范发布或生效。因此，时刻关注国际规范动态以及船舶技术成了验船师们每天工作之余的“必修课”，就连身体的“生物钟”也形成了规律，利用信息技术最快获取所需信息成了他们的必备素质。

其实，除了上面所提到的那些素质外，验船师还需具备一项很重要的素质——沟通能力。船级社是为船东和船厂服务的中介机构，验船师们需要时常和船东以及船厂打交道，而且经常是在他们发现问题的时候，这就需要验船师具有客观、清醒的态度，良好的表达和沟通能力。

可见，要成为一名好的验船师，就要具备良好的综合素质。驻沪东中华厂的这个验船小组的成员几乎全是名牌大学毕业，其中不乏硕士，自身素质已相当不错。在工作期间，他们还经常举行各种培训和讨论会，多方面地培养自己的能力。

“我们颁发的证书上有国徽啊”

短暂的午休过后，马凤俊继续上船，钻进漆黑的船舱里工作，直到完成一天的检验任务。由于船厂所造的船数量多、工期紧，因此，不仅日常的按点下班对验船师们来说是一种奢望，就连休息日的加班加点对于他们来说也如家常便饭。但是，马凤俊告诉我们，即使在下了班后，他们的神经有时还会因为压力而绷紧。

验船师这个行业从根本上说是把关人的角色，只要通过他们的检验，船舶的质量便得到了认可，可以交货乃至通行于世界各地，而一旦船舶质量出了问题，最先需要对其负责的人员中便包括验船师。可见，验船师要对自己的工作负责，要承担很大的风险。而且，每个国家都有自己的船级社，船级社的服务在很大程度上代表一个国家的形象，正如中国船级社上海分社的王处长所说的："我们颁发的证书上有国徽啊。"马凤俊告诉我们，每次检验完，他依然没有丝毫懈怠，总是不由自主地在脑海中不断重温自己所检验的每个环节和步骤，以确保万无一失。有时，他甚至会为了求证脑中突然闪现的疑问，深夜跑到办公室查阅图纸和规范。

面对家人永远是歉疚

终于结束一天的工作了，而且今天是周末，马凤俊一想到可以见到一星期未见的儿子，心情十分愉快，脚步也不由轻快了许多。和妻子一同将孩子从丈母娘那儿接回家，望着兴高采烈的孩子和忙里忙外的妻子，马凤俊的目光中充满了歉疚。由于自己平时工作很忙，上下班也很少准点，妻子又是医务工作者，马凤俊只好将4岁的孩子托付给丈母娘，只有在不加班的周末才能将孩子接回家，享受一下天伦之乐。

好不容易有个准时下班的周末，马凤俊可不放过这个弥补的好机会。他一边穿上围裙，准备下厨房给妻子和孩子烧几个好菜，一边对我们说，他回到家面对家人永远感到歉疚。加班可以说是他们这一行的附属物，即使在空闲的时候，他们也忙于"充电"，掌握船舶技术的动向和有关规范的信息。因此，不要说分担家务，就连和家人在一起的时间也少之又少。有时，他们一出外参加培训就是几个月，如果被派到国外分社工作，甚至一走就是三年。

马凤俊的妻子小杨说，她已习惯了丈夫的忙碌，在她的眼里，丈夫的工作其实也很平常，只不过这种工作比较忙而已。她理解丈夫的辛苦和难处，看到丈夫的敬业和投入，她也感到高兴和骄傲。

从马凤俊的家出来的时候，已是万家灯火，回头望望马凤俊家的窗口，窗户中透出的桔黄色的灯光传递出一种家的温馨，让人的心里暖洋洋的。想到许许多多像马凤俊这样平常又不平凡的验船师也许今晚能和家人过一个甜美的周末，我们的心里也暖暖的。

一方面是潜力无穷的市场，一方面是捉襟见肘的资金，民营港口企业在发展过程中，遭遇非同一般的困惑。

民营港口：持续发展的路怎样走

从国有企业老总变为民营企业老总，江苏徐州港务集团邳州港有限公司总经理庄雨生，身份变更只有5个月，却体验了前所未有的烦恼："企业改制以后，发展思路很明晰，搏击市场的信心也很充足，但是资金紧缺却像一道鸿沟横亘眼前，让我们一筹莫展。"

庄总的苦恼源于市场需求与自身能力不相适应的矛盾：市场很诱人，企业要发展，港口改扩建的资金却一直没有着落。以前还可以向上级主管部门求助，民营之后好像"断奶的孩子"，一下子真不知该从何处"觅食"。

爱恨交织

"港口整体改扩建的方案早就出台了，但资金远远不够。"9月12日，当记者在邳州港与庄雨生对面而坐的时候，这位47岁的老总仍不能掩饰他的苦闷。

据了解，邳州港是京杭运河黄金水道上的大型现代化煤炭专业港口之一，港口以中转煤炭为主，承担着北煤南运的重要任务，年吞吐能力650万吨。该港原隶属于江苏省交通厅管理，系国有交通运输企业。2000年8月，按照"国退民进"的企业改制精神，实行了第一次改制，将原国家独资经济成份融入职工股份，形成国家控股、职工参股的公司制企业模式。2003年4月，经江苏省交通厅、财政厅批准，企业又进行了第二次资产改制重组，国有资产全部退出，港口现有资产由全体职工共同出资购买，成为新型的公司制民营企业。

港口改制为企业发展增添了活力，一方面可以根除老国企的运营弊端，灵活经营；另一方面，企业的增值保值都归于自己，全体职工自然积极性高涨。尽管改制时间不长，邳州港在发展主业、开拓第二支柱产业方面的步伐却迈得很快。可是，干劲十足的邳州港，很快受到民营企业"自身造血能力不足"的困扰，体会到发展的不易。

庄雨生告诉记者，今后几年，随着长江三角洲区域经济的快速发展，能源、建材需求量将急剧增加，预计2005年，江苏沿江沿河南京、镇江、常州、扬州、淮阴等地区将新增火电装机容量400RW，加上建材工业和钢铁企业用煤的增加，新增煤炭需求量将达到1000万吨，这就要求港口吞吐能力及时跟上，港口基础设施建设必须配套进行。但是，邳州港现有的堆存能力却严重不足，狭窄的港区已成为制约港口进一步发展的“瓶颈”，造成港口自我调节和扩大生产能力严重不足。这种现状，会造成煤炭进港量流失，影响港口的服务质量和信誉，不利于港口的市场竞争。同时，也很难适应江、浙、沪等地的经济发展。

“港口改扩建必须进行，不能因为资金问题受阻。”作为一个关心企业前途的老总，庄雨生在机遇面前表现得十分“不甘”。但是，这种“不甘”之中也有很多“无奈”。他说：“民营企业如果仅仅依靠自有积累资金去发展，不可能实现质的飞跃。市场效益及发展空间就在眼前，假如只是由于资金不足而没办法扩大生产，就会眼睁睁地看着机遇与自己擦肩而过。这种感觉，真让人爱恨交加。”

压力难减

其实，邳州港只是民营企业——江苏徐州港务（集团）有限公司的下属企业之一。该港遭遇的资金“瓶颈”，同样困扰着该港的同门兄弟。

在徐州，港务集团总经理彭传德对记者表达了这样一番感想：“港口属于国家基础性产业，利润空间比较少。原来国家对港口基础设施有部分资金投入，产权制度改革后，政府部门对民营企业有什么政策我们还把握不准。企业发展后劲不足与市场需求的矛盾如何解决？市场化运作的路怎么走？怎样吸引投资？这些现实问题让我们无法回避。”

据彭总介绍，徐州港务集团下辖4个港口，作为京杭运河北煤南运主通道的地位不可动摇，港口主业的发展有相当大的空间。为了解决发展与资金的矛盾，集团下属企业在生产经营中，一直注重与煤炭、铁路、电厂、航运企业等业务相关单位加强沟通，探索在资产、资本合作上的可行之道。但是，与企业“建设商品化煤炭配送中心和江苏电煤主通道之一”的发展目标相比，这一切努力还远远不够。彭传德说：“由于资金不足，企业在技术、人才、市场的开拓上受到一些限制，目前还不能完全按照市场化的要求来放开经营，做大项目。”

徐州港务集团下属的另一家主要企业——万寨港务公司的副总经理曹震只有31岁。提及资金话题，他的思路十分清晰。他说：“资金问题肯定存在，但解决办法也不是没有。”他认为，企业可以通过下列途径筹措资金：一是通过企业的信誉，直接吸引对港口前景有信心的企业参与融资；二是加强与煤矿、物资、航运、电力及其他往来单位的合作，吸纳部分资金投入主营业务；三是通过银行贷款筹措资金；

四是加强与地方政府的沟通，争取部分资金扶持。

办法是有，实施起来效果如何却难以预料。“民营企业要架起一条融资的‘绿色通道’，仅仅依靠自己的力量显然不行。”曹震说。

期待扶持

港口企业民营化是顺应时代发展而出现的新生事物。体制上脱胎换骨的变化，让从国企体制下一路走过的港口一时之间难以适应。“港口具有国民经济基础产业的特征，但在进行民营化改制之后，客观上脱离了政府的职能管理，如何规划好、发展好，如何做大做强，难道仅仅只是港口自己的事情？”庄雨生的疑问，道出了民营港口的心声。

困惑远不止这一点。产权转移后，政府与民营企业的关系是否只存在纳税人与被纳税人的关系，而不存在管理职能的关系？港口企业民营化后，港口的特性是否也发生了改变？港口企业的经济效益与社会效益的关系如何处理？企业无力自筹资金，能否再争取到国家的支持和帮助？有哪些政策和融资渠道可以利用？在运行机制、创新机制上，有没有成功的经验可以借鉴？在民营港口从创业期到扩展期的发展路途中，这些问题将不时轮回。

“经验上、思路上、政策上，我们非常需要社会和政府的关注和引导。”庄雨生说。

第八届首都女记协好新闻奖

作者：吴冰　编辑：吴冰 | 2003年9月22日　B1版

交通部认真对待群众反映问题

治超标准规定不一问题得到解决，来信退休干部连称“没想到”

本报讯（**记者** 李红茹）“真没想到，我本以为自己的‘斗胆进言’不会有什么回音，却得到了交通部如此的重视，我太高兴了！”黑龙江省伊春市老干部局退休干部顾维滨得知交通部认真对待他在一封信中反映的问题，在电话中连声对记者表达自己的满意和欣慰之情。

几年前退休的顾维滨是个热心人，平时十分关心各种社会问题，今年他注意到各地、各部门在治理超限超载运输工作中标准不统一以及重复处罚的现象，便向当地交通部门反映了此事并于今年2月向全国人大写信反映问题，建议国家尽快制定具有法律依据的汽车吨位货物运输条例。全国人大常委会办公厅信访局接到信后在信访简报中以《建议尽快制定汽车标准吨位货物运输条例》为题摘登了这一建议。

交通部得知这一情况后，非常重视，立即着手进行专门研究。对新生产车辆，为了确保车辆吨位标定科学合理，交通部和国家发改委、公安部联合制定并即将出台强制性国家标准《道路车辆外廓尺寸、轴荷和质量限值》，这是从源头上杜绝“大吨小标”的根本措施；对于在用的车辆，交通部与公安部对其吨位的重新核定进行了研究，并于近日正式出台了统一超限超载车辆认定标准、避免重复处罚的规定，要求各级交通、公安部门在治理超限超载工作中加强联系、密切配合，按照统一标准严格执法，并尽可能联合执法，杜绝执法标准不统一的问题发生。

据了解，交通部将与国家发改委、公安部等部门联合共同开展对公路货运超限超载运输的集中整治工作，力争用1年的时间对超限超载车辆和车辆“大吨小标”、非法改装问题进行整治，使超限超载现象得到有效遏制；通过3年左右的综合整治，实现对超限超载运输的根本治理。

顾维滨高兴之余表示，通过这件事感到交通部门的确在关注群众反映的热点问题，并表示如果有机会，他还想以“监督员”的身份继续关注交通领域的工作。

全国人大新闻奖优秀奖

作者：李红茹 编辑：陈林 | 2004年4月8日 A1版

村路不再泥泞　雨靴用场变小

农民兄弟“出门穿皮鞋，进门换拖鞋”

记者日前在江苏省南京市六合区程桥镇国渡村采访时看到，虽然是下雨天，但是村民们都穿着皮鞋串门。村民朱何忠高兴地说：“以前一下雨，就得穿雨靴，路上都是烂泥巴。现在可好了，平整光滑的水泥路铺到了家门口，穿着皮鞋也不怕脏了。现在我们农村人也像城里人一样：出门穿皮鞋，进门换拖鞋。”

农民出行方便了，雨靴作用小了，这是修建农村公路给当地带来巨大变化的一个直观例子，更多的变化体现在对当地经济、社会的全方位拉动上。

在江宁区彭福村，1995 年，村支书沈庆喜把自己因获全国劳模称号而得到镇政府奖励的 12 万元全部用于村里的公路建设上。在他的带领和感召下，当地群众修路热情高涨。

栽起梧桐树，引来金凤凰。方便、快捷的农村公路，吸引了不少外地企业到彭福村来投资，村里的工业得到突飞猛进的发展，先后有 5 家企业落户彭福村。目前，彭福村人均年收入已达到了 1 万元，财产超过 1000 万元的家庭有 7 户。

彭福村是南京农村公路建设的一个缩影。1997 年，南京市提前 3 年在全省率先实现了“乡乡通沥青路、村村通公路”的目标。5 年来，全市共建设农村公路 5500 公里，总投资 20 亿元，90% 以上的农民过上了出门坐公交车的生活，大大改善了农村生产、生活条件，加快了农村经济社会发展。

第十九届中国产经好新闻消息类一等奖　作者：王瑞水　编辑：刘旭波 | 2004 年 12 月 24 日　A1 版

新时代产业工人的楷模——许振超

编者的话 本报今起全方位报道许振超先进事迹。

一位初中毕业的现代港口工人凭借自己的努力，在很平凡的岗位上走出了一条成功之路。近日，中宣部将这位新时代产业工人的优秀代表——许振超列为今年的重大典型，并组织13家中央新闻媒体对他进行了集中采访。

许振超，中共党员，现任青岛港前湾集装箱桥吊队队长。自1974年进入青岛港工作以来，经历了港口集装箱装卸桥5次技术转型，30年如一日，以求真务实的精神、顽强拼搏的作风、求知若渴的韧劲、钻研创新的态度，立足岗位、自学成才，熟练掌握了桥吊驾驶、维修技术和港口装卸管理知识，成为一名工程师和“有突出贡献的工人技师”，并带领团队创造出了世界一流的集装箱装卸效率。

许振超先后获得青岛市劳动模范、青岛市“十佳”职业道德标兵、山东省有突出贡献的工人技师等称号。3月25日下午，中共中央政治局委员、书记处书记、中宣部部长刘云山在详细询问了许振超的工作、生活情况后对许振超说：“你不愧是新时代产业工人的代表，我们要向你学习。”

从今天起，本报连续推出系列文章和图片，力求客观真实地记录这位新时代产业工人的成长历程及其成才环境，揭示出“振超现象”所蕴含的深刻社会意义。今日首先刊发通讯《新时代产业工人的楷模——许振超》。

他是初中学历的码头工人，却成了名副其实的技术专家。

他是普通的桥吊队队长，却带领队友们创出了集装箱装卸作业世界纪录。

他通过潜心钻研和拼搏奋进，成长为技术型、学习型的新时代产业工人楷模。

他对事业、对国家充满了强烈的责任感和主人翁意识。

时代需要这样的产业工人、国家需要这样的产业工人，作为千百万工人的一分子，他的成才其实并非偶然。

桥吊流畅而有节奏地装卸，就像芭蕾舞表演

2004年3月27日凌晨，青岛港前湾集装箱码头。

港外，夜深人静，万籁俱寂。

港内，灯火辉煌，繁忙异常。

远看，“地中海洛丽塔”“东方日本”“中海汉堡”三条大型集装箱巨轮一字排开，14台桥吊齐伸巨臂在空中飞舞，吊具抓着一个个箱子有节奏地此起彼落，往复循环。

近观，拖车车水马龙来回穿梭，从拖车司机，到桥吊操作手、桥扳头指挥手，再到轮胎吊司机、叉车司机、现场指挥，各方紧密配合，整个流程科学紧凑，景象蔚为壮观。

在争分夺秒的装卸战中，青岛港集装箱桥吊队不仅在重箱（装有货物的集装箱）比例达50%以上、装卸箱量4157TEU这一高难度保班（青岛港承诺，无论多大的船，统统10小时内完成作业，保证班期）战中成功保班，而且当天集装箱昼夜吞吐量达17060TEU，创昼夜集装箱作业历史新高。

富有浪漫情调的“地中海洛丽塔”轮意大利籍船长法文都评价说：“看青岛港桥吊流畅而有节奏地装卸，我感觉是一种享受，仿佛是在观看一场高水平的芭蕾舞表演，桥吊就像起舞的天鹅，拖车鸣声则像是在奏乐，配合得惟妙惟肖。”

记者有幸目睹了这场生龙活虎的装卸场面，而青岛港前湾集装箱公司桥吊队一年365天夜以继日地上演着同样的精彩。

在同样的地点，2003年4月28日，青岛港集装箱桥吊队在接卸“地中海法米娅”轮的作业中，创出了船时效率和单机最高效率每小时339自然箱和70.3自然箱的世界集装箱装卸最高纪录。5个月后的2003年9月30日，在接卸“地中海阿莱西亚”轮的作业中，他们又以每小时381自然箱的单船效率再次刷新纪录，捧得桂冠。

青岛港集装箱装卸作业何以如此流畅而富有节奏，又何以屡创世界纪录？

桥吊队的队友们说，许振超功不可没。

老许有这个实力

许振超是青岛港前湾集装箱公司桥吊队队长，执掌着公司最值钱的“家当”——24台大型桥吊和77台轮胎吊，总价值15多亿元，抵得上一个大型企业的“家底”。

青岛港前湾集装箱公司由世界第一大船公司马士基、第二大船公司铁行和中国最大船公司中远集团联合叩响青岛港的投资之门后，“三国四方”携手打造的国际化集装箱码头公司，合资额高达8.87亿美元。

按照国际惯例，许振超担任的角色，在外国码头上称为固定机械经理，必须由资深的专业工程师担当，学历至少本科以上。许振超能胜任吗？

公司上下对此反应平静。他们说：“老许有这个实力。”

许振超的简历就是对自己实力最好的注解。

这个有着30年港龄的老“码头”，从开皮带机、门吊到开桥吊、装桥吊、管桥吊，跟桥吊打了近20年的交道，也因此屡创业绩：

1985年被选拔为青岛港第一代桥吊司机，被青岛港破格提升为第一批工人技师；这些年，累计完成技术创新百余项，获得集团以上科技创新成果20余项，累计为青岛港节省技术维修资金800余万元；

2001年，临危受命，成功主持当时国内最大的桥吊安装，为青岛港实施外贸集装箱航线战略西移立下汗马功劳；

2002年，主持编写国内第一本港口桥吊作业手册，被众多专业院校列为教材；

生产操作中，他先后练就了“一钩准”“一钩清”“无声响操作”等功夫，件件都是港口行业内的“绝活儿”；他提出了“无故障运行”“15分钟排障”“二次停钩”“浓雾天作业”等一系列桥吊作业新工艺；

管理上，他打破桥吊司机一年才能出徒的惯例，在半年时间内培养出40多名世界一流桥吊司机，解决了前湾人才断档的“燃眉之急”，也带出了一支骁勇善战的队伍；

2003年4月，带领不到一岁的桥吊队，一举刷新世界集装箱装卸纪录；同年，青岛港正式以他的名字命名集装箱服务名牌“振超效率”。

许队做的事都很平常，但能多年坚持下来，就不简单了

许振超能够成为“桥吊专家”，并最终带领队伍刷新世界纪录，得益于他几十年如一日的好学。

对此，与他共事20多年的老搭档、桥吊队原副队长薛中乐说：“回头看看，这些年许队做的每件事其实都很平常，但这么多年能坚持下来，就不是一件平常事了，他和我们最根本的区别也就在这里。

振超的母亲李玉琴老人说：“新德（许振超乳名）好学，从小就能看出来。”振超12岁的时候到上海搞串联，把身上仅有的3元钱全买了二极管；上初中时，就学会组装矿石收音机和修手表。可惜生不逢时，由于时代原因，上了一年半初中的许振超匆匆毕业。

1974年，24岁的振超来到青岛港当上了码头工人。繁重的体力劳动、艰苦的工作环境，使他的理想与现实产生了强烈的反差。

他不断在想：难道我的人生道路就这样走下去？难道我们码头工人就不能摆脱出大力、流大汗的命运？难道实现不了大学梦就不能掌握现代科学技术？

在思考与彷徨中，许振超下定决心通过学习改变命运。在那个学习风气十分淡漠的年代，别的工人下了班凑在一起打牌、闲扯，可他却抱着旧教材，在同伴的嘲笑声中躲在一边读书、做笔记。现已 80 多岁的青岛港大港公司原机械四队队长徐方唐老人回忆说："这孩子那时看起来有点不合群，就爱看书。"

这些年，振超读过的书有 2000 多本，仅读书笔记就做了 80 多万字。

因肯钻研、技术好，青岛港 1985 年组建集装箱公司，振超入选桥吊司机，从此开始了难以割舍的桥吊之恋。

一个人可以没文凭，但不可以没知识　可以不进大学殿堂，但不可以不学习

在光荣与自豪中，振超走进桥吊驾驶室，开上了全港当时最贵的码头机械。

公司领导拍着他的肩膀说："你开的可是咱港口的'看家宝'啊。"

振超暗下决心："怎样都得把'看家宝'开出名堂来。"

很快，他成为队里的骨干。

不久，一件让他刻骨铭心的事发生了。

那是 1990 年，他负责开的桥吊坏了，厂方上海港机厂也束手无策。虽然机器是上海港机厂造的，但核心的电力拖动系统是瑞典一家公司的，只能请外国专家。

洋专家在青岛港呆了 12 天，拿走了青岛港 4.3 万元的维修费。振超为此心疼了好多天。这对当时的青岛港来说是一笔多么奢侈的开支啊，港务局领导当时的月工资也才几百元。

他心想，我们能不能不用洋专家，自己修桥吊？当他试着向临行的洋专家请教点儿"真经"时，人家耸耸肩，白了他一眼，不屑一顾地走了。很清楚，人家就是要对你搞技术封锁，就是要使你永远当个"门外汉"！

振超发誓："我一定要学会自己修桥吊！"

许多人对他这个想法不以为然：你一个初中生，别做大梦了。

业内人士都知道，这句批评其实并不过分。

高达 70 多米、重约千吨的桥吊，看似简单，实则复杂，运行系统包含机、电、起重、工业控制、网络通信等多学科知识。专业的大学生学会处理一般故障，至少也得要两三年时间，更可况你一个初中才念了一半的许振超。

可他不信这个邪！

振超着了魔似地学习，学电机、学机械、学电气自动化。有人问他："你没文凭、没进大学，能学会吗？"振超认了死理："一个人可以没文凭，但不可以没知识；可以不进大学殿堂，但不可以不学习，只要发奋学习就会有回报！"

最令人吃惊的是，他居然要用桥吊上的模板倒推电路图，因为有了这张图，就等于解剖了桥吊的全身电路神经，处理起故障来就轻松多了，而外国人为了保护自己的尖端技术，造机器时只给用户一张简图。

这个念头花了他整整四年时间。

他一共倒推了12块模板，才摸遍了青岛港十几台桥吊的电路神经。每一块还回去时，都是毫发无损、完璧归赵。他还给青岛港奉献了更大的财富——整整两大摞完整详尽的电路图。

从此，振超对修理桥吊得心应手。一次，桥吊上的电路出现故障，按常规，须花3万元换一块新模板，振超跑到电子元件店，花8块钱买了一个运算放大器，换到模板上，手到病除！上海港机厂的专家在改进桥吊设计时，专门请教了振超，吸纳了他20多条意见。

当不了科学家，但可以练就一身“绝活儿”

永不满足，也是他不断攀登事业高峰的动力。他父亲在他们四兄弟的名字中寄下了希望：振超、振群、振刚、振强的末字连起来就是“超群刚强”。

1976年，振超刚开门机时，由于技术不熟练，矿石装火车撒漏较多，队友用于打扫的工作量很大，也给货主带来了损失。他看了心痛，每次作业完毕，别的司机下车了，他自己留在车上反复练习。几个月后，一钩矿石抓起，稳稳地落在车厢内，既快又无撒漏，被队友们称为“一钩准”。

振超时常说：“咱当不了科学家，但可以练就一身‘绝活儿’，做个能工巧匠，这才无愧于时代，无愧于港口的培养。”

桥吊司机被戏称为“铁匠”，因为十几吨的吊具落下，锁头对锁孔，难免磕磕碰碰，搞得砰砰响。振超对此一直“耿耿于怀”，这样既影响货物安全，又损伤机械，能不能无声响作业呢？

话好说，可做起来没那么容易！

队友王崇山清楚地记得，当时大部分队友都提出异议：“集装箱是铁的，船也是铁的，拖车还是铁的，铁碰铁，能不响吗？老许呀，别自己给自己找麻烦啦！”

振超却铆上了劲：“人家‘微雕艺术’能在大米粒儿上雕刻出一篇诗词来，我们对准锁孔就那么难？”

桥吊的司机室距地面50多米，从上往下看，集装箱的4个锁孔小得像针眼，但许振超通过控制小车水平运行速度和观察吊具垂直升降之间的角度，反复练习，渐渐达到人机合一的境地。操作中，用眼上瞄吊具锁头，下扫集装箱锁孔，手握操纵杆变速跟进找垂线，就能准确定位，既轻又稳，既准又快，终于练就了满意的操作方法——“无声响操作”。

他随即编写了操作要领，先培训了几名骨干，然后在全队推广。1997 年 11 月，老港区承卸了一批经青岛港卸船由新疆阿拉山山口出境的化工剧毒危险品。这个货种，一旦出现碰撞，就有可能引发恶性事故。船靠岸后，在振超的指挥下，司机们精心操作起来，一个半小时内，40 个集装箱被悄然无声地卸下，又一声不响地装上火车。船东代表感慨地说："你们这种无声响操作简直就是'行云流水'！"

"无声响操作"也使桥吊的故障率大幅下降，以前桥吊 70％的故障发生在吊具上，"无声响操作"实施后，这个比率下降到了不到 30％。

港口发展了，工人就有天地施展才华

振超时常说，"改革开放为产业工人提供了成才的大好机遇；港口发展了，工人就有了施展才华的广阔天地，让我们有使不完的劲，练不完的本领。"

2001 年，青岛港集装箱正式西移，半年之内，原在老港区作业的年吞吐量逾 300 万标箱的外贸集装箱航线要举港移至新港区。

要完成这项工程，前湾港的桥吊安装至关重要。振超因熟悉桥吊技术被临时借调帮忙。刚过去时，振超把码头、潮水的情况和施工图纸一对照，发觉"要安装好，门都没有"，因为准备的水吊太小了。到了当年 11 月 21 日，期限过了，安装却没有任何眉目。

11 月 23 日，常德传在码头现场宣布由许振超担任桥吊总指挥。

振超一听，愣了，暗自揣度："妈呀，这至少是总工程师或处级以上干部才能干的活，我一个初中毕业的安全科副科长能行吗？"

常德传宣布完任命后问振超："能不能在 40 天内把桥吊安装到位？"

看着常德传期盼的目光，振超豪情顿生，坚定地点了点头。常德传转身离去。港务局几个副总有的说："老许呀，看你的了，好好干。"有的象征性地拍了拍他肩膀，一句不说地走了。

振超事后才知道，因延误工期，总指挥也就是港务局的一处长被当场免了职。常德传力排众议，选定了他。

几年后回想起来，青岛港的许多职工还是不停感叹："常局长真有魄力呀！"

3 天后，从不服输的许振超拿出了一个令人震惊的决定——全盘推翻厂家安装方案，提出在地面安装成两大件、再在空中对接的新方案。并在遭遇阻力时，果断调换了厂方安装指挥，使自己的新方案得以顺利付诸实施。

2001 年 12 月 31 日晚 22 时 17 分，当重达 650 多吨的桥吊上半部分与 400 多吨的桥吊支腿在离地面 50 多米的半空中成功对接的一瞬间，一向性格内敛的振超高声欢呼，流下了滚烫的热泪；队友们有的脱下衣服扔向空中，有的拥抱着在地上打滚——已在码头上没日天没夜奋战了40多天的振超和队友们，此时需要的是尽情发泄！

争就争世界一流

振超不服输的性格，培育了他凡事想争第一的信念。

他时常激励自己，也勉励队友："我们并不比别人差，别人能达到的水平，我们也能干出来，干就要干出点名堂来，争就争世界第一。"

争世界第一的念头萌于他"争眼看世界"的1994年。那一年，他参观了香港和西欧的一些码头，被这些国家和地区先进的设备、娴熟的操作技术、严格的管理折服了。在香港的现代货柜码头，当得知人家集装箱作业效率平均每小时达30个自然箱，比青岛港高出1/3时，好胜心油然而生："人家能达到的，我们为什么不能？我们要超过他们当世界第一！"

巧妇毕竟难为无米之炊，老港区吃水浅、泊位少，振超带领队友不断努力、不断创新，但集装箱装卸效率总是徘徊不前。

集装箱码头成功西移后，面对前湾这个世界一流的码头时，振超蕴藏在心底的夙愿一下子被激发了起来。他对桥吊队的队员们说：在这个世界一流的码头上，我们没理由不干出世界一流的活儿来。

话说起来容易、听起来痛快、做起来难。当时的桥吊队虽说有50多名队员，但只有十几名技术成熟的司机。振超给自己定下了一个标准：把每一个队员的装卸效率全部提高到每小时50个自然箱，这已是当时世界港口集装箱作业的最高标准。

从此，许振超带头把自己多年的经验全盘奉献了出来，带领他的队员们开始了痛苦的魔鬼式"培训攻关"：将全队司机作业效率从每小时30个自然箱提高到40个，用了两个月时间；从40个提高到50个，用了整整半年。提高到每小时50个以后，每提高一个自然箱的作业效率，都需要细细琢磨每一个作业细节，半秒半秒地抠时间！按桥吊说明书的规定，吊具从静点达到最快运动速度，需要5秒钟，但振超要求只用3.5秒，一个来回可节省下3秒钟，仅此一个动作，有些司机需要练习近半年的时间！

苛刻远非如此，振超还要求技术主管保证桥吊无故障运行。按照国际惯例，桥吊的故障率控制在每百小时内有3小时故障即可，但他坚持说，要创世界第一的效率，必须控制在1小时之内。为此，他和技术主管们彻底改变了传统的设备养护模式，把桥吊使用前期维护保养作为设备管理的重点，仅光电气房内接线点、光缆通讯接口等就多达2000多个，基本上两月要查个遍，挨个螺丝拧一遍。

十年磨剑一朝发。在2003年4月28日和2003年9月30日的作业中，他们分别刷新了世界纪录，可有谁知道这其中包含了多少的艰辛和努力。

桥吊也是我的孩子

凭借桥吊，许振超为港口也为自己赢得了荣誉，他视桥吊如生命珍贵，桥吊的钢筋铁骨也造就着振超不屈的品格。振超常说："桥吊也是我的'孩子'，码头也是我的'家'。"为了"孩子"和"家"，他再苦再累也心甘。

振超的妻子许金文向记者讲述了一个铭刻于心的事。

1991年7月19日凌晨4时30分，一场历史上罕见的狂风将八码头52号泊位的两台桥吊刮倒了。

妻子安慰振超说："不要紧，桥吊刮倒了，你也可以睡个安稳觉了！"

振超一听，瞪圆了眼，满脸涨得通红。

许大姐有点吓呆了："你，你这是怎么了？"

短暂的沉默后，振超冲着妻子撂下一句话便走了："桥吊怎么倒下的，我们就要让它怎么站起来！"

记者在振超的笔记本里翻到了这真实而又触目惊心的一页："1991年7月19日凌晨4时30分左右，52号泊位突遇狂风，将两台吊桥刮倒，灾难！！！现场惨不忍睹，7年心血付之东流！！"

那跃入眼帘沉痛而悲壮的笔迹是振超一颗流泪的心，他的生命里早已不允许那些桥吊有丝毫闪失。振超擦干眼泪，融入了日日夜夜的抢修工作中，他和身边广大职工们以狂风吹不倒的坚强斗志使倒下的桥吊再次拔地而起。

"从此，他就落下了心病。"许大姐说，那以后，只要一遇刮风下雨的天气，他第一个念头就是往单位跑。

一位和振超共事了十几年的老队友动情地说："许队把桥吊当成了自己的孩子，别说是苦了，他连命都可以不要。"

让队友们最难忘的是那年老港区上新桥吊时，正临近春节，厂家的技术人员和安装工人都急着回家，为了抢工期，干起活来有些毛糙。振超当时还是桥吊司机，从安装的第一天起，他就跟在厂家的屁股后面，这儿问问，那儿看看。刚开始，人家觉得他好学，对他很友好。可后来，都开始烦他了，他太爱管闲事。紧固零件时，螺栓上得越重，机器就越牢靠，但这样干起来费时又费力，所以不少人偷懒，振超这下不干了，他硬是逼着人家拧到底。他说："我们青岛港从牙缝里省钱买这个宝贝不容易。他就是我们的孩子，无论如何也要让它从小把底子打好！”

在接受采访组的采访中，面对摄像机、照相机，站在作业现场的振超特别入镜，特别自然。队友们都说，许队已把生命融入了这片码头，桥吊与他血脉相融。在自己的孩子面前，会紧张吗？

他是家中的“绩优股”

毕业于青岛大学电器工程专业的许玉雪却很坦率地说，她不同意人们总说爸爸许振超是个“舍了小家顾大家”的悲壮式人物，他心中有桥吊，也爱往单位跑，但爸爸其实很重亲情，他至今都能清楚地说出家族中每一成员的生日。

小雪向记者讲述了这样一件事。青岛港西移后，爸爸离家更远了，工作也更忙了。有一次爸爸打电话给小雪，请她替他给妈妈买一件礼物，因为再过两天就是妈妈 50 岁生日了。小雪跑到商场为妈妈挑选了一枚很漂亮的胸针，就在亲人们举杯共祝妈妈 50 岁生日时，她悄悄把胸针塞进了爸爸的口袋里，当爸爸将那一枚胸针当着家人的面，郑重地送给妈妈时，妈妈哭了，全家人的眼睛也湿润了。

记者 3 月 29 日下午来到了振超家里。

屋子布置得典雅大方，客厅的西北角，摆放着一台精致的钢琴；窗台上，各种各样的花草伸展着长长的枝叶，透露着春天盎然的生机。花草掩映下，有两样别具一格的珍贵纪念品被摆放在客厅显眼的位置，一个是镀了一层金属色彩的旋转地球仪，一个是颇具海港特色的船舵，这两件纪念品分别是振超 2002 年度和 2003 年度被评为集团劳动模范时的奖品。

振超的爱人谈起自己的丈夫，掩饰不住内心的自豪：“他是我们家中的‘绩优股’。”

振超视劳模为无尚的光荣，他的家人视他为共同的骄傲和自豪。女儿玉雪的卧室墙上悬挂着“祝福劳模”的中国结，桌前摆着写有“劳模光荣”的精美台历；在父母的收藏橱柜中央摆放着他所获得的“青岛市十佳职业道德标兵”奖杯。“工人伟大、劳动光荣”赋予振超和这个平凡工人家庭的荣誉洒落在每一个角落。

采访快要完成的时候，许振超接到了单位的电话，马上穿衣出发。就在走出门的一刹那间，他突然回过头，像是要寻找什么，可视线被人群挡住了。他的眼睛里似乎有些失落，在他扭过头继续朝前走时，我突然明白了，振超原来是要和他的妻子、女儿道个别。

此时，许金文大姐正向一间卧室走去，她站在窗户旁，目送着她的丈夫。看着许大姐那么自然流露出的充满深情的目光，记者感到一股爱的热流在胸口来回冲击。

在他们夫妻相伴的岁月里，有多少这样来不及道别就匆匆离去的情景？又有多少半夜、凌晨，倚在窗边如此默默地深情凝望？

振超是一个很平凡的人，一个重亲情、很懂得去“爱”的人，爱他的父母、爱他的妻儿、爱他的队友；

振超是一个合格的工人，他与时俱进，不断学习新技术新知识，勇于创新、突破自我，可以熟练驾驭世界先进的港口桥吊；

振超是一个英雄，一个由产业工人成长起来的“知识英雄”，他掌握着知识的“武器”，创造着经济的“战果”。

曾有句名言：“什么是不简单？把每一件简单的事做好就是不简单；什么是不平凡？把每一件平凡的事做好就是不平凡。”忽然发现这句话用在振超身上很合适。

振超不正是凭着肯学苦练、拼搏奋进的求真务实精神和放眼寰球、追求卓越的与时俱进精神，带着问题从简单的事情学起，一步步成长为懂外语、懂技术、懂管理的学习型、创新型现代产业工人吗？

振超不正是凭着勤于钻研、爱岗敬业的主人翁精神和互帮互助、关爱他人的团结奋斗精神，从港口桥吊司机这样平凡的岗位做起，干一行、爱一行、精一行，最终带领队友们一举刷新世界纪录吗？

许振超，平凡岗位上成长起来的新时代产业工人的楷模，好样的！

第十九届中国产经好新闻通讯类二等奖

作者：胡士祥　编辑：刘旭波　|　2004年4月9日　A1版

桐乡农民“淘金”高速公路服务区

10余省73个服务区挂“桐乡”牌，今年净赚5000万

本报讯（通讯员 沈正禹 郁欢 **记者** 贾刚为）由浙江省桐乡市同福乡农民邵坤元承包的安徽界阜蚌高速公路吕望服务区11月29日正式开业。至此，由桐乡农民承包经营的全国高速公路服务区已达73个。

11月30日上午，邵坤元在接受电话采访时说，自从1999年开始承包沪杭高速公路嘉兴服务区以来，如今他已在河南、广东等地共承包了10多个高速公路服务区，生意一直不错。

桐乡农民到高速公路“淘金”，源于推销当地土特产。桐乡是中国杭白菊之乡。从1999年开始，桐乡部分农民在320国道沿线开设了许多直销店，生意非常红火。随着沪杭甬高速公路通车，富有经营头脑的同福乡农民李梅冬第一个走出家门，与人合伙在嘉兴和上海两个高速公路服务区承包柜台，将杭白菊卖到了高速公路上。不久，李梅冬从南来北往的客流中看到更大的商机，萌生了承包整个服务区餐饮、超市、修理业务的新想法。经过不懈努力，他终于如愿以偿，成为桐乡在外承包高速公路服务区第一人。当年他就开着一辆奥迪车回到了家乡。

榜样的力量是无穷的。李梅冬所在的新农村和周边的联庄村、合星村等地不少农民，也纷纷将目光转向高速公路服务区。哪里有新建的高速公路、哪里的服务区要转手，桐乡农民的足迹就到哪里。通过相互学习和摸索，他们逐渐掌握了服务区经营的要领，并带出一批当地农民参与经营管理。

据了解，如今，南到广东、北至河北、西达四川，桐乡农民承包经营的服务区已分布于高速公路最密集的10多个省份，总数已达73个。300多位精于此道的桐乡农民巧用高速公路把杭白菊源源不断地销往全国各地，也从中赚到了“大钱”。据统计，今年70多个服务区的销售额将超过3亿元，桐乡农民也将5000万元利润装入自己的腰包。

第十九届中国产经好新闻消息类三等奖 作者：贾刚为 沈正禹 郁欢 编辑：陈林 | 2004年12月7日 A1版

国际路联的计划是建设一条现代化的“丝绸之路”，把中国和欧洲连接起来，加快两地贸易往来，并带动沿线旅游业的快速发展。冯正霖副部长希望我国“新亚欧大陆桥”的建设，推动中亚各国对新“丝绸之路”的建设。

重建“丝绸之路”

新“丝路”，连接东西方的重要通道

对于复兴“丝绸之路”计划产生，国际道路联盟（国际路联）总干事威斯特·惠斯告诉记者，“实际上是出于一个偶然”。上个世纪90年代中期，世界旅游组织出版了一本画册，其中介绍了古丝绸之路沿线旅游资源的多样性，但同时强调非常有必要改善这一地区的服务设施。这本画册让国际路联眼界大开，并将目光聚集到这一地区的公路设施上来。最后他们得到的结论是，建成一条有效连接东西方的公路其意义并不低于2000多年前的“丝绸之路”。

“丝绸之路”是一条著名的古代陆上商贸通道，东起中国古都长安（西安），西至印度、伊朗等国及地中海东岸，并可直达古代罗马。该路总长达7000多公里，其中在我国境内有4000多公里。作为沟通古代东西方之间经济、文化交流的重要桥梁，“丝绸之路”把古代中华文化、印度文化、波斯文化、阿拉伯文化和古希腊、罗马文化连接了起来，对促进东西方文明之间的交流发挥了极其重要的作用。

国际路联的计划是，建设一条现代的道路联线，把中国和欧洲的工业中心连接起来。这样不仅能加快两大世界经济中心的贸易往来，还会带动沿线旅游业的快速发展。成立于1948年的国际路联是一家非赢利的非政府组织，其主要任务是在全球推动道路和道路网络的建设，并为社会、经济发展造福。据了解，该组织已积极发起并参与了泛美公路、非洲公路网以及泛欧高速公路等项目的建设。

不谋而合的发展战略

改革开放以来，我国与中亚国家的经贸合作和人员交流不断加强。2001年6月，中、俄、哈、吉、塔、乌六国正式宣布成立了“上海合作组织”。成立宣言明确指出，要利用成员间在经贸领域互利合作的巨大潜力和广泛机遇，开展区域经济合作并启动贸易和投资便利化进程。国际路联倡议的复兴“丝绸之路”计划，不仅符合“丝绸之路”沿线国家加快公路基础设施建设、发展国际公路运输的需求，也与我国正

在实施的西部大开发战略不谋而合。

我国领导人对此十分重视。去年5月，国家主席胡锦涛在出访俄罗斯并参加在俄举办的上海合作组织高峰会议时提到，应把交通领域的合作放在发展经贸合作的优先地位。同年9月，北京举办的上海合作组织成员国总理会晤中，温家宝总理提出了三点倡议，其中之一就是把交通、能源等领域当作经济技术合作的优先方向，这进一步突出了在上海合作组织框架下加强交通合作的重要性。

今年年初，交通部部长张春贤提出，要加强区域交通合作，为发展中国与有关国家的经贸关系做出应有的贡献。中国政府对于复兴“丝绸之路”项目的肯定与支持，让国际路联备感鼓舞。威斯特·惠斯表示：“中国近年来在经济建设方面所取得的巨大成就，以及这个国家所蕴涵的丰富潜力，让我们相信，建设出一条世界前所未有的连接东西方的贸易通道——新‘丝绸之路’，并不是一个梦想。”

复兴“丝路”计划在我国取得重大进展

对于复兴“丝绸之路”，国际路联计划采取“两步走”方案：第一步是进行试验性研究。成立一个由政府、财政和技术工作组组成的指导委员会，以确定“丝绸之路”的路线，协调道路标准，同时通过引入当地风险资本和收取通行费，完成首期养护和通行能力投资；第二步是建造和运营“丝绸之路”。在试验性研究产生一个公私合营的跨国实体，以确保投资商获得客观的收益水平，并为使用者提供最佳服务。

据了解，复兴“丝绸之路”计划在我国已取得很大进展。交通部副部长冯正霖表示，以二级以上高等级公路为主体的连接连（云港）霍（尔果斯）国道主干线公路已全线基本贯通，其中高速公路里程约占41%。这条路不仅是新“丝绸之路”的一条线路，也是“新欧亚大陆桥”组成部分。此外，我国为了加强东部向西部的经济辐射，已开始建设从上海至合肥至西安高速公路，这条路建成后将与连霍公路并轨进入新疆。

新“丝绸之路”在我国境内全长5500公里，贯穿中国东、中、西部的江苏、山东、安徽、河南、山西、陕西、宁夏、青海、甘肃、新疆10个省（区），还辐射到湖北、四川、河北、内蒙等省（区）。沿线地区人口约4亿，占全国的30%，国土面积占全国的37%。新“丝绸之路”的建设，对我国的社会、经济发展中具有十分重要的作用。

多方努力，共成伟业

新“丝绸之路”从土耳其经伊朗、土库曼斯坦、乌兹别克斯坦、哈萨克斯坦、吉尔吉斯斯坦到达中国这段主干线目前还无法满足现有和预期的交通需求。威斯特.惠斯介绍说：“除中国境内线路取得很大进展外，土耳其境内线路即将完工，吉尔吉斯坦、乌兹别克斯坦也取得一定进展，但土库曼斯坦、哈萨克斯坦境内线路却进展得并不很理想。”国际路联期望通过今年10月在西安召开的第三届国际丝绸之路大会，让参与国的态度更加积极。

“在与上海合作组织成员国在交通领域的合作中，我国把推动‘丝绸之路’的建设作为重要内容。在加快国内交通基础设施建设的同时，也在不断推动中、吉、乌的道路建设。”中吉乌公路由中国的喀什经伊尔克什坦口岸，吉尔吉斯斯坦的萨雷塔什、奥什，到乌兹别克斯坦的安集延、塔什干。这段路不仅是古“丝绸之路”的组成部分，也是亚洲公路网的一段。

全长959公里的中吉乌公路在我国和乌兹别克斯坦境内路况良好，但在吉尔吉斯斯坦境内条件极差，特别是伊尔克什坦至萨雷塔什、奥什258公里路段，山高、坡陡、弯急，且冬季积雪，大型运输车辆难以通行。由于吉尔吉斯斯坦经济条件所限，其改建工程迟迟未能顺利展开。对此，我国政府于去年决定向吉尔吉斯斯坦提供6000万元人民币的无偿援助。同时，亚洲开发银行也表示给予投资。目前，中国政府正在与吉尔吉斯斯坦政府商谈以资源换项目的方式筹措资金，用于这段路的改建。据悉，改造工程项目即将动工。

“20世纪90年代初，国际汽车联合会曾组织过一次巴黎至北京汽车、摩托车拉力赛。在当时来讲是一次探险活动，而很多运动员更将其视为冒险活动。”冯正霖副部长说：“我们希望中国在‘丝绸之路’上的建设，能够推动中亚各国对这条路的建设。让这条路真正成为人们的观奇揽胜之路，而不是冒险之路，从道路基础设施来讲，能够提供安全保障。”

“从技术角度讲，新‘丝绸之路’在未来10年之内就可全线贯通。”国际路联总干事威斯特·惠斯认为，“但让其具有实际意义，还面临许多问题。主要是各国政府在办理运输车辆进出边境手续方面繁杂。现在运输车辆一般要在边境停留几天，甚至几十天的时间。另外，有些路段还缺少服务设施等。这些都将影响到新‘丝绸之路’贯通后效益的发挥。”

据了解，在公路运输方面我国已与周边的10个国家签订了双边运输协定，同时也签署了中、吉、乌三国和中、哈、吉、巴四国两个多边运输协定。今年4月13日，中、哈、吉、巴又在乌鲁木齐商定于5月15日正式开通过境运输线路。“这意味着4个国家将开始多边运输。”冯正霖副部长说：“在上海合作组织框架内，我们还将继续推动多边运输协定的签订。因为建设新‘丝绸之路’的本身就是为了促进文化、经济的交流。如果新‘丝绸之路’建成后，不能发挥它的效益，这就是浪费资源。”

第十九届中国产经好新闻通讯类三等奖　作者：韩杰　编辑：韩杰　2004年4月26日　B1版

今年以来，江苏省徐州港务集团全力配合电厂加大电煤货源组织和运输协调工作的力度，在京杭运河百里岸线上进行了一场“迎峰度夏，抢运电煤”的攻坚战。据统计，今年1至7月份，徐州港务集团中转煤炭857万多吨，比去年同期增长了26.3%，其中万寨港向扬州、淮阴、谏壁、下关等苏南、浙北的电厂发运电煤224万吨，比去年同期增长了103%。

全力“做煤” 徐州港务集团热运电煤

记者到徐州港务集团邳州港的六号码头采访的时候，天气异常的炎热，没走几分钟，同行的几个人都已经气喘吁吁，汗流浃背。但在码头上，五六个船员正顶着烈日、喊着号子操作满载电煤的船舶离港；装船机在操作员的操纵下左右移动，迅速为一艘2000吨级的船舶配载，船上四五个船民也来回跑动、操作，适时地挪移船舶位置。同行的邳州港生产经营部经理吴绍军告诉记者，今年徐州的天气非常炎热，他们港口抢运电煤更是“热火朝天”。

由于得天独厚的资源、运输、市场优势，徐州港务集团已经在我国“西煤东运”、“北煤南运”中发挥着极其重要的作用。据了解，徐州港务集团位于华东地区苏、鲁、豫、皖4个煤炭主产区的中心位置，陇海、京沪铁路及京福、连霍高速公路与港口自备铁路、公路相连接；集团拥有4个以中转煤炭为主的港口，年吞吐能力为2000万吨，港口通过京杭运河与长三角经济发达的江苏、上海、浙江的电厂等用煤企业相连，既是江苏、山东、安徽、河南、河北、山西、陕西、甘肃、宁夏、青海、新疆、内蒙古等地的煤炭资源供应华东市场的枢纽，也是保证华东地区电煤供应的重要运输通道。

“年年都有一段时间需要抢运电煤，但今年抢运电煤的形势最为严峻，持续的时间也最长。”徐州港务集团经营管理部经理丁士平接受记者采访时说。据他了解，今年5月江苏省电厂存煤最低时只有28万吨，远远低于90万到100万吨的正常库存，全省存煤只够用3.5天，有的电厂的存煤只能维持一天的发电需要，面临无煤停机的局面。

主动延伸货源腹地

今年6月初，江苏省经贸委组织召开全省电煤运销协调会，要求到6月底保证全省电煤库存达到150万吨，徐州港务集团也应邀参加了会议。丁士平介绍说，今年以来，不仅电煤需求量大，其他行业对煤炭的需求也十分旺盛，货源一直十分紧张。为了保证电煤供应，徐州港务集团加大了业务工作力度，积极协助电厂组织货源。

据徐州港务集团万寨港专门负责电煤运输的邢副经理介绍，万寨港积极组织了业务力量，以全国煤炭订货会上签订的重点电煤计划为依据，深入矿点了解煤炭的生产和运输状况，协调资源与铁路运力的矛盾，狠抓电煤计划兑现率；同时，他们前移工作内容，开发新货源，拓展新业务，先后多次组织业务人员到西部兰州、青海、内蒙古等地寻找货源，并深入资源腹地开发电煤业务单位，组织计划外货源，以缓解供求矛盾。“我一个月有10多天在外面跑货源呢！”吴绍军也向记者讲述了他们到处组织货源的故事。

在煤矿供应普遍紧张、计划兑现十分困难的情况下，徐州港务集团还及时组织煤矿、铁路、电厂及航运单位召开座谈会，业务人员做到千言万语、千方百计、千辛万苦、千山万水，全力促成煤矿、电厂建立供需业务关系。据悉，今年以来，徐州港务集团有效地巩固了原有的江苏、山东、安徽、河南、河北、山西、陕西等腹地资源，同时还将货源腹地延伸到了宁夏、甘肃、新疆、内蒙古、青海等地区。

积极加强运输协调

据统计，在抢运电煤的过程中，徐州港务集团平均每天有近4万吨的煤炭通过铁路、公路进入港口，最高时达到近6万吨。为了保证进港的煤炭及时接卸，徐州港务集团加强了水路、铁路、公路联运的协调与组织，做到铁路、公路运进多少煤，港口就装卸多少煤，船舶就运送多少煤，努力做到不压车、不压船。

丁士平告诉记者，徐州港务集团主动与徐州铁路分局、郑州铁路局等铁路部门及运输车队加强了联系，建立了月度协调机制，及时掌握车辆到达情况，实行全天候作业，做到车辆随到随卸。特别是万寨港连续几个月平均到煤量比去年同期翻了一番，他们将接卸放在生产组织的第一位，科学调度，充分发挥现有设备的作用，提高接卸效率，保证了所有进港煤炭顺利接卸。

今年4月18日铁路提速后，一些原铁路运输直达电厂的煤炭，由于铁路部分线路紧张，铁路直达江浙沪一带限装，为避开部分紧张线路，一些煤炭向港口分流。根据铁路提速后煤炭流向的调整，为做好这些煤炭的中转工作，徐州港务集团提前做好港口接卸煤炭的组织准备工作，及时调整接卸、计量、煤炭采制化、装船等生产组织；不计港口成本增加，对人员不足的岗位及时补充人员；及时调整场地，满足煤炭堆存的需要。

另外，为保证煤炭不压港，及时将煤炭送往急需用煤的电厂，徐州港务集团及时与航运单位形成了船货信息互通机制，提前掌握船舶动向，对电煤船队做到优先配载。

及时调整作业流程

在采访徐州港务集团抢运电煤的过程中，记者听到一件有趣的事情：在电力紧张的情况下，每当徐州市要求对万寨港拉闸限电的时候，万寨港总能说服有关部门"照顾"抢运电煤的港口用电；邳州港也成为邳州市惟一不限制供电的单位，据说连邳州市政府大楼也没有这个"特权"。港口有关人士告诉记者，目前电煤运输是港口乃至城市的一项重大的政治任务。

在港口内部，徐州港务集团调整了特殊时段的作业流程，为电煤中转提供了政策保障。据介绍，万寨港对电煤运输给予了重点倾斜政策，按照"三优先、一保证"的原则，即"优先安排电煤接卸、优先安排电煤货位、优先配载和装船发运，保证电煤运输渠道的畅通"。通过科学调控管理，万寨港尽可能地简化了电煤中转环节，压缩了列车在港停时和设备作业时间，提高了运输中转效率，保证到港装载电煤的船舶在24小时内装满离港。邳州港也对电煤中转运输做了重点安排，有重点地组织电煤进港，并严格控制货主变更重点电煤合同，同时对电煤发运做到接卸、计划、配送、装船"四优先"，保证电煤及时运往淮阴、扬州、盐城、苏州、南京等地的各大电厂。

在抢运电煤的过程中，徐州港务集团还加强了港口内部管理，提高服务意识。据悉，从今年5月以来，电煤列车集中到达的情况对现场的管理工作提出了新的课题，在正常工作的同时既要满足客户的分类分户堆放要求，又要保证客户煤炭在港中转的质量。对此，万寨港对电煤货场进行科学规划，加强了流动机械的灵活配合。为了减少雨季对煤炭质量的影响和提高客户的发运积极性，万寨港和邳州港每年都要花费几十万元用于购买防雨蓬布。此外，徐州港务集团还提高煤炭计量、采制化验质量，改变以往出化验报告一天一次为一天三次，调整作业班次，满足客户对计量、化验的各种要求。

采访结束时，记者半开玩笑地说："你们港口俨然就是一个中间商啊！"他们却很认真地反驳说，港口的经营范围只是装卸和中转，他们所做的很多工作都是在协调、完善电煤运输的供需链，而且他们都是义务服务，他们得到的仅仅是港口吞吐量的增长和企业信誉的提升。

第十九届中国产经好新闻通讯类三等奖　作者：刘兴增　编辑：刘兴增 | 2004年8月12日　B1版

客车回购　颠覆传统营销规则

日前，在安凯举行的年度客户大会上，当湖北捷龙客运公司的胡经理直言不讳地建议安凯应该加强客车回购的力度时，回购显然已经成为了客车企业无法绕过的一道坎。但是对客车企业而言，这或许并不是一件幸事，从回购首次出现在客车营销领域便饱受争议，到现在回购已经成为很多用户购车谈判中的筹码，短短的几年时间，客车回购就大有颠覆传统营销的气势，但是并不是所有企业都认同这种营销方式。在这场回购与反回购的较量中，呈现出来的恰恰是企业的综合实力，描绘的也恰恰是现阶段的市场图景。

回购制应时而生

当客车等级评定带来的更新狂潮开始逐渐趋于平淡的时候，当新运营线路的增幅开始下滑的时候，当高档客车的市场竞争开始越来越激烈的时候，我们看到“营销从来不缺乏创新”这句科特勒的名言在客车领域得到了很好的印证。从售前的价格战到售后的服务战，这些在各行各业都灵验的营销手段在客车业中开始趋于老态时，客车的营销高手们便开始拿出了各自的绝活。

于是，我们看到了广州五十铃尝试让经销商实行包销制度，沈飞日野给用户的免费试用制度，宇通不惜血本的卖牛奶方式等等。这些林林总总的绝活中，当然也包括了金华尼奥普兰开创的回购制度。

几乎没有其他客车企业在开始的时候说回购制度好，由于牵涉到大量的资金，而且增加了客车企业自身的风险，因此，当金华尼奥普兰开始回购的时候，很多人认为是饮鸩止渴。但是金华尼奥普兰却依靠这项制度创造了奇迹。4 年的时间，不仅成为了国内最大的豪华客车生产企业，也写就了一个成功的客车营销创新案例。中通车辆集团市场分析专家佘振清向记者表示，“由于国内客运企业对豪华客车的需求已经转向更新需求，而旧车的处理目前又没有规范的二手客车市场消化，金华尼奥普兰就是抓住了这个机遇。”

豪华客车企业顺势而动

金华尼奥普兰由于采取回购策略不仅给自己带来了巨大的成功，同时也给竞争对手产生了极大的震撼作用。两年前还是中国豪华客车冠军的西沃现在也不得不面对现实。西沃负责旧车回购项目的销售经理李勇对记者说：“我们对于回购策略开始时并不是主动推进，但是金华已经给客户形成了这样的一种心理期望，买新车就可以回购我的旧车，现在整个豪华客车用户都在计算着如何在购买新车的过程中，把旧车折现了。我们虽然在跟进回购策略，但多少有些无奈。”

被迫跟进的还有安凯客车公司。安凯资产管理部负责人李国强向记者介绍说：“从 2002 年开始，安凯一共回购了接近 100 台客车，但回购的主要是安凯自己产的塞特拉产品，只回购了少数其他品牌的客车。”但是据记者了解，这种局面很可能出现变化，10 月底在成都召开的安凯客车客户大会上，其销售公司总经理程小平称，安凯将重新研究客户对回购的要求，从而制定出一套完整的旧车回购制度。由于可能不再局限只回购自有品牌客车，而安凯本身又是我国重要的豪华客车制造商，因此，安凯客车回购策略的改变在外界看来可能会对豪华客车市场产生较大的冲击。

李国强还向记者表示，“虽然我们在处理回购来的客车上，还不是非常理想，但是这的确非常有助于我们的销售。这也说明了客户自己处理旧车的难度的确比较大，在目前二手客车市场还没有建立的情况下，回购的确对客户非常有吸引力。”

据记者了解，目前除了西沃和安凯跟进了回购策略之外，亚星等一些企业也打算涉足回购领域。可以预见，回购政策正在影响着越来越多的客车生产企业。

行业领头羊逆势而行

尽管回购政策的实施已经抬高了用户的心理预期，一定程度上决定着客车市场的走向，但是，仍然有一些大型客车企业明确表示了对回购策略说不。据记者了解，宇通在尝试进行了一年的旧车回购之后，并没有直接拉动其高端产品——莱茵之星的销售，因此，已经于今年年初退出了回购的阵营，同时宇通也把负责回购业务的二手车部门撤消。有业内人士认为，这主要和宇通的产品结构有关，目前像莱茵之星这样的高端产品在宇通整个业务中占的比重仍很小，现阶段并不适合实行回购。

除了行业龙头的宇通暂时放弃了回购之外，厦门金龙客车也表示出不会涉足旧车回购。据厦门金龙内部人士透露，不涉足回购的直接原因是由于回购将牵涉到太多的储备资金，而且厦门金龙的产品结构也仍然以百万元以内的产品为主，并不适合采取回购策略。

第十九届中国产经好新闻通讯类三等奖　作者：奚乐夫　编辑：奚乐夫 | 2004 年 11 月 17 日　B1 版

“我被直升机安全‘救起’”

——亲历香港飞行服务队联合内地救助演习

渤海湾是交通部确定的“四区一线”重点海域之一，由于冬、春季节受冷空气的影响较大，渤海湾海况恶劣，成为重大恶性海难事故的多发区域。为确保这一地区的有效救助，交通部请香港特区政府为祖国内地救捞系统提供人员和技术支持。香港特区政府对此高度重视，从人道主义原则出发，于 2003 年 11 月 21 日派出两个机组包括机长、救生员和机务人员共 7 人，赴大连与上海救助飞行队共同执行海上任命搜寻救助任务，这是香港飞行服务队第一次派遣飞行救助人员参加祖国内地的海上任命救助值班待命。

4 个月来，他们在大连的工作和生活情况一直受到关注，而他们首次联合内地人员实施的“1·16”救助（今年 1 月 16 日我国内地首次进行海上立体救助行动，相关报道见本报 2 月 9 日 A4 版）的成功更是吸引了众人的目光。2004 年 3 月 18 日，记者有幸参与了他们的一次海空立体救助演习，领略了他们的风采。

细致贯穿于准备工作中

演习的时间定在 13 时，从中午 11 时开始，香港飞行队的两位机长陈志培和王俊邦便开始进入工作状态。他们一方面根据天气状况和飞机的性能计算出有关的参数，一方面制定详细的演习计划，并安排好相应的人员。在这个过程中，他们不仅仔细地做好每一项准备工作，而且和每一位参与人员进行沟通，征求他们的意见。因为，在他们看来，救助是一个机组的整体行动，每一个人的状态都会对救助起重要的作用。

11 时 20 分，所有参与此次救助演习的人员召开例行的飞行前协调会。两位机长在确认所有人员都到场后，开始部署这次演习。尽管当天的天气是大连难得的好天气，风只有 4、5 级，海上浪高仅 0.5 米，而且这样的演习对于香港飞行服务队来说难度不大，但他们每个人依然很细致。两位机长把有关的情况都通报两遍，并对每位人员都进行确认，其他人员则依据自己的职责设想了可能出现的问题并提出相应的防范措施。

由于记者将参与这次救助演习，在协调会上，救助人员对记者进行了安全培训。在穿防水服和救生服的时候，由于首次参加这样的演习，记者情绪很激动，他们则仔细地帮助记者穿好服装并检查每个细节，而且不厌其烦地叮嘱各种注意事项。

中午12时，香港飞行队的高级工程师陈伟强便带着机务人员进入机库。他们对飞机的各个部分都进行了仔细的检查，甚至连座位和直升机旋叶上的螺丝都不放过。在他们将飞机拖到停机坪后，机长又对飞机的主要部位进行了一次检查。

严谨确保万无一失

当参加演习的人员登上直升机后，救生员和绞车手又再一次叮嘱注意事项，并一一帮我们把安全带系好。一切准备就绪后，我们以为马上就要开始飞行了，禁不住兴奋起来，可等了很久，直升机丝毫没有起飞的迹象。只见副驾驶正拿着一张纸对机长说着什么，救生员和绞车手则依然在对飞机内的各个按钮进行检查并不时地互相做些手势。事后我们才知道，原来副驾驶拿的是一张检查项目的清单，他通过对讲设备逐项念出,机长和救生员、绞车手则再次确认这些项目是否都处于正常状态。真没想到，直升机起飞前要经过这么严谨和复杂的程序，更让人没想到的是，拥有10年以上救助经验的香港飞行服务队的队员们在操作这些程序时是那样一丝不苟。

经过了这么多道检查后，直升机起飞了。这次演习是与渤海湾一号动态待命点配合，直升机飞到待命船的上方悬停，然后将记者和其他参加演习的人员从直升机放到船上，接着又模拟救助的过程，将假扮“伤员”的我们从船上吊回直升机。在亲身感受了从准备到起飞过程中香港飞行服务队队员们的严谨和细致后，我对他们有了一种由衷的信任，尽管演习的关键部分还没开始，但我已经在心里想像出了演习的成功。

很快，飞机便平稳地飞到了渤海湾上空，作为一号动态待命点的救捞船也出现在了我们的视线里。在飞机渐渐接近救捞船上方的过程中，救生员将用于吊运伤员的绳套套在我们身上并一再确认其牢固性。绞车手李健祥打开机舱门，凛冽的海风马上让我们领教了它的厉害。尽管那天的气温达到零上8摄氏度，海上温度也有零上2摄氏度，但那股风还是有着一种沁人骨髓的寒冷，没一会儿，我的脸便被吹得几乎没有知觉了。这让我很难想像，“1·16”救助时，从南方来的香港飞行队队员们是怎样在那么低的气温下成功完成救助的。

坐在机舱的边缘，望着脚下汹涌的海浪，我心里真有些害怕，在绞车手把我们推出机舱后,我的心更是提到了嗓子眼。不过,抬头望见绞车手那冷静专注的表情后,我的心情一下轻松起来，很快我们便被稳当地放到了船上。5分钟后，我们又再次被顺利地吊回了直升机。至此，演习的主要环节已成功结束。看到绞车手和救生员微笑着竖起拇指表示一切顺利时，可以明显感觉到他们心情的轻松。可见，刚才他们一定承受着很大的压力，因为在那么危险的情况下，任何一个小闪失都有可能带来无法弥补的损失。

安全便是成功

在这次演习中，我们充分感受了香港飞行队队员们的细致、严谨和精湛的技术，而且还有幸享受了他们的服务，但收获远远不止这些。在演习结束后，我笑着对香港飞行队的队员们说："这次演习把我们这些'伤员'顺利地'救'了回来，可以算一次很成功的救助吧。"一位队员告诉我，这次演习是很成功，但对于救助来说，安全永远是第一位的，只要在救助的过程中安全得到了保障，即使无法达到预期的目的，也可以被称为是成功的救助。而且对于救助机组来说，只有首先保证自身的安全，才能更好地保障被救助者得到有效的救助。

听完这番话后，我一下便被这种"安全便是成功"的理念吸引了。其实，不仅对于救助，对于许多行业来说，这种理念都具有借鉴意义。只有保证自身的安全，工作才能顺利开展，也才能给服务对象提供更好的服务。

追求举世公认的优秀

香港特区政府飞行服务队是香港特区政府的一个部门，飞行队的 8 架直升机主要用于搜索及救援、运送医护用品、人员、伤者，扑灭火警，支援警察机动部队，吊运物品和政府内部货物以及接载贵宾和政府人员等，它的服务领域之广泛在全球是独一无二的，即具有不同领域的（海陆搜索救援、空中救护、扑灭山火和执法支援）救助职能。

飞行队把成为举世公认的优秀的空中搜救及飞行支援部队作为理想来追求，恪守以下职业信念并身体力行：以专业精神确保飞行安全；互敬互重、坦诚相对、群策群力、言行一致；对所有服务对象都竭诚服务；能迅速作出反应。在 2002 年，服务队共救助伤病者 2095 人。

在 10 年的飞行救助中，飞行队以高超的搜救能力而逐渐享有越来越高的声誉。谈到成功的经验，队员们提到一些共性的东西：管理制度严谨，培训严格，要求个人业务精湛，还要一专多能。空勤主任蔡照明强调："每个人做好自己的本分就是飞行服务队成功的基础。"记者理解，这话包含着两层意思：一是对个人业务技能的要求，二是对团队协作精神的要求。前者是飞行服务队管理的基础，它由严格的训练制度来保证。蔡主任介绍，做绞车手之前必须要有 4 至 5 年的救生员经验，救生员则要接受海陆地形、昼夜等不同情况下的救生训练。陈志培介绍，成长为一个合格的机长一般需要 8 至 9 年的时间。工程师陈伟强说，因飞行服务队具有繁杂的任务，所以必须是一支具有团体精神的队伍才能完成各项工作。

第十九届中国产经好新闻副刊类三等奖　　作者：陈菁闻　编辑：崔巍 | 2004 年 3 月 25 日 A4 版

水下世界的勇士
——救捞潜水员行业扫描

提起潜水员，人们往往会联想到蔚蓝的海水、美丽的珊瑚、五彩斑斓的鱼群。但对于工作在交通救捞系统的300多名潜水员来说，那童话一般的场景实在太过遥远，与他们相伴的，常常是黑暗、寒冷、危险和孤独。

与让人娱乐、放松的旅游潜水和休闲潜水不同，救捞潜水员从事的是一项充满艰辛和风险的事业。除了救助打捞，他们还负责码头靠泊船舶的检修、石油平台的安装和维护甚至城市排污管道清淤等工作，这就要求他们在潜水技能之外，还要全面掌握海洋工程、船舶构造和水下焊接、爆破、救生、摄像等知识和技术。由于水下工作环境变幻莫测，他们又需要具备良好的心理素质，才能从容应对各种突发事件。难怪有人说，这个职业需要勇者的胆识、智者的才干。

与大海共舞的人

在十几米乃至几十米深的水下，潜水员可能遇到许多危险：气体用光、被翻扣在沉船内、被鲨鱼攻击、被湍急的水流卷走……就算是渔民在水中设置的渔网，看起来很安全，可在水下，却可能随着水流的翻涌，割断潜水员的供气管道或裹住潜水员的身体，对他们的生命造成威胁。接受采访的广州打捞局十几位潜水员，每个人都能随口说出几次自己死里逃生的经历。

原广州打捞局海洋工程处潜水员、现广州潜水学校教练孙海京曾有过一次与鲨鱼的“亲密接触”。当时他正在水下对石油平台进行检测和保养，突然觉得头顶有一片黑影掠过，他以为是小艇在海面上巡游，就没在意。过了一会儿，他觉得有点不对劲，抬头仔细看了看，这下才看清，正在他头顶游弋的哪是什么小艇，分明是一只大鲨鱼！他当即大气也不敢喘，直等到鲨鱼游远了才出水。每次回想起来，他都觉得后怕：幸亏那只鲨鱼当时已经吃饱了，否则自己很可能成了它的点心。

“南天龙”救助船上的潜水队长钟松民获得过全国交通系统劳动模范、青年岗位能手等多项荣誉，人称“拼命三郎”。干起活来他总是冲锋在前，不惧危险，虽然才34岁，但用他自己的话说，已经好几次“敲过阎王爷的门”了。

最惊险的一次是在他打捞沉船时发生的。那一回，他因在水下工作时间过长，所带气瓶中的气体用光了，他连忙拉了几下向水面传递信息的信号绳。按照事先的约定，拉一下信号绳表示一切正常，拉两下表示要上面再放信号绳，拉三下就表示要紧急出水。可由于水流比较急，虽然他连拉了好几下，水上的工作人员却只收到了两下，就又给他放下一段信号绳。钟松民一看得不到上面的帮助，知道只能靠自己了。他摸索着找到了连接打捞船和沉船的钢缆，用双手攀着钢缆一点点往上升。没过多久，他眼前出现了五颜六色的光芒，随即就晕过去了。虽然大脑失去了意识，但他的双手还在重复着向上攀爬的动作。在上升的过程中，已经空了的气瓶随着压力的减轻，又逐渐释放出一点气体。在这点宝贵的气体支持下，他竟然又苏醒过来，终于坚持到安全返回水面。

钟松民的妻子小郑看他工作这么危险，曾想为他上一份保险，但对于潜水员这样高风险的职业，保险公司是拒绝投保的。

钢索般的神经

在潜水过程中，随着潜水员呼吸的压缩气体总压的升高，气体各组成成分的分压也相应升高，致使一些在常压空气中对人体无毒性作用的气体成分产生毒性作用或麻醉作用。其中，最常见的是氮麻醉。氮麻醉是人体因吸入高分压氮而引起的一种中枢神经系统的功能性病理状态，其症状和醉酒颇为相似。发生氮麻醉的潜水员判断力会下降，记忆力和思维能力也会减弱，有的人还会出现精神亢奋等异常情绪反应。一般说来，由于个体情况的差异，下潜深度达到30米左右时，有的人就会出现氮麻醉的情况，而当下潜深度达到50米左右时，几乎所有人都会产生氮麻醉症状。

对救捞潜水员来说，下潜到三四十米的深度是常有的事，而且在下面一工作就是好几个小时，由氮麻醉引起的头脑发昏、智力下降不可避免。就算在正常的环境中，想在麻醉状态下工作也是一件困难的事，何况潜水员是在一片漆黑的水下。由于下潜的深度较大，潜水员工作时都是见不到光亮的，他们只能凭双手去摸，去感觉和判断。而且，由于水下环境复杂，物体经常会随着水流变换位置，刚刚摸到的东西，没一会儿就挪了地方，这更需要加倍的记忆力和思考能力。

在复杂的环境中，在醉酒一般的状况下，还要完成好每一项工作，潜水员凭借的，只有平日的训练有素和异常坚韧的神经了。他们必须把自己的注意力高度集中，去对抗氮麻醉的症状。钟松民说，有一次在水下焊接时，他不知怎么把手指头上的肉削下去一大块。十指连心，这样剧烈的疼痛本来是难以忍受的，可他竟浑然不知。在工作完毕后上浮的过程中，他看到一丝丝血从自己的手上散开，举起手一看，才知道自己受了伤，这才开始觉得疼。

还有一项工作需要潜水员具有钢索般的神经，这就是打捞遇难者遗体。“5·7”空难时捞上第一个黑匣子信标的潜水员王德好在做报告时说，在水下搜寻遇难者遗体时，既希望摸到，又希望永远摸不到。这也是所有潜水员的想法，希望摸到是盼着顺利完成任务，抚慰遇难者家属的悲痛；希望摸不到则是因为常人都会有的心理障碍。

钟松民曾有过一次与尸体面对面的惊险经历。那次他去打捞一辆落入水库的卡车中的遇难者，因为车落水的深度不大，能见度较好，可由于恐惧，他是闭着双眼去摸的。当他准备带着遇难者的遗体返回水面时，身后的气瓶挂在了车的后视镜上。他当时不知道是怎么回事，只觉得迈出一步就有股力量把他往回拉，不禁更紧张了。他匆匆睁开眼，回头张望，不料却看到遇难者那已有些肿胀的脸正贴在他的面前！这一下突然的面对几乎让他失声大叫。

虽然已经多次打捞过遇难者的遗体，可钟松民说，每次工作任务完成后，他仍得有好几天吃不下，睡不着。但是下次再接到任务时，他还是会精神抖擞地下水，以大海捞针般的细致和耐心，探摸遇难者的遗体。因为，这是潜水员的职责。

挑战生命极限

潜水员潜水时使用的是压缩空气，由于呼吸压缩空气易引起氮麻醉等情况，因此，就算是训练有素的潜水员，使用压缩空气时的潜水深度也不应超过 50 至 60 米。深度大于 60 米的潜水，就应使用特别配制的氦氧混合气。但因训练设施、场地、资金等方面的限制，我国潜水员在学习时只能以空气潜水为主，混合气潜水根本无法进行实际操作训练，只能学习一下相关理论，在实际工作中也不具备混合气潜水的条件。可是在接到的潜水任务中，经常会遇到下潜深度需要超过 60 米的情况。怎么办？为了完成任务，潜水员们毅然挑战人体极限，使用压缩空气一次次潜至 60 米以下，下潜最深的达到 69 米。

另外，在潜水作业时，根据下潜深度的不同，对水下工作时间、上浮减压时间、两次下水间隔时间都有着明确而科学的规定。但在实际工作中，常常需要抢时间、争进度，潜水员们往往就会把这些规定抛在脑后。一年冬天，钟松民和几个潜水员到天津执行任务，因为水下气温太低，好几个人都冻病了。仗着自己年轻、身体好，钟松民把几个人的任务都揽到了自己头上，在一天之内只应下水两次的情况下，他却一天下潜了四五次，而且每次在水下的时间也超过了规定时间。

严格说来，以上都属于违规操作，会给潜水员的身体健康乃至生命安全带来危害。可面对上级领导的重托，面对人民的期望，潜水员们却顾不上这些，为了早日完成任务，他们一次次地向自然挑战，向自己挑战，承受了正常人体几乎不可承受的压力。“违规操作”本来是个贬义词，潜水员们可贵的精神却为这个贬义词赋予了一层新的意义。

因为长期在高压环境下工作，再加上时常会有的违规操作，潜水员们基本上都患有不同程度的减压病，这也是他们的职业病。减压病是因机体在高压下暴露一定时间后，回到常压过程中，外界压力减低幅度过大、速度过快，以至在高压下溶解于体内的惰性气体迅速游离出来，以气泡的形式存在于组织和血管内而引起的一种疾病。该病会引起皮肤痒痛、肌肉关节疼痛、骨质疏松，严重时会导致瘫痪甚至死亡。

尽管在水下工作的潜水员和在天上飞的飞行员一样面临着种种危险，可他们的收入与飞行员相比却差了很多。在与国外潜水员合作时，得知人家的报酬是按分钟来计算的，潜水员们心里也会觉得不平衡。平时，他们难免会有些牢骚和抱怨，可每次接到任务后，他们仍旧会全力投入。在与潜水员们交谈时，他们纷纷说，只要一下水，就想着怎么更好地完成任务，别的想法早抛到脑后了。何况，看到自己的工作受到领导和群众的重视，每完成一个任务后，都会受到人们的称赞和感激，那种自豪和成就感是多少钱也买不来的。

优秀的潜水员也不是没有挣大钱的机会，钟松民就曾被一家香港公司看中，许以高薪想挖他过去，却被他拒绝了。他说：“钱谁不喜欢！但一个人还要讲点别的东西。国家花这么多钱培养了我，单位对我也很照顾，如果就这么拍拍屁股走了，我对不起自己的良心。”

珍惜团聚的日子

广州打捞局的潜水员中流传着这么一句话：“做潜水员要‘捱得肚饿，舍得老婆’”。“捱得肚饿”是因为潜水员一下水就是好几个小时，常常要饿肚子；“舍得老婆”是因为潜水员常年在外工作，遇到大的工程项目时，有时一走就是一年半载，要长时间与家人分离。

今年春节，广州打捞局一批潜水员刚刚执行完任务，在腊月三十中午回到了广州。他们满心欢喜，因为可以和家人过个团圆年了。刚给家里打完电话，他们就接到单位的紧急通知，要求连夜赶往珠江口执行打捞任务。当他们再次打电话回家时，家里人都以为他们在开玩笑，谁也想不到真会有这样的事。他们连夜赶到现场，直到正月十五后才回到广州。

钟松民和妻子小郑也尝尽了离别之苦。他们是高中同学，工作后没多久就结了婚。当时，两人计划好要赶着钟松民休假回来去办理结婚手续。不料，在定好的佳期即将到来时，正在休假的钟松民又接到了任务，需要很快出发。于是，在那个两人盼了许久的日子里，钟松民背着行李和小郑赶到了婚姻登记处，手续一办完，两人在登记处门口道了别，钟松民就乘车离开了。他们的婚姻生活就这样以离别开始，连家里挂的结婚照，都是有了孩子后才去补照的，成了全家福。

钟松民常年在外，有时候一连 9 个月不回家，妻子生孩子的时候，他惟一的妹妹患脑瘤去世的时候，他都不在身边，生活的重担都压在了家人身上。除了自己 5 岁的儿子，他们还收养了小郑的两个侄子。为了照顾孩子，钟松民的母亲和岳母都从老家来到广州，帮他们打理生活。所以，钟松民对家人深感歉疚，只要一休假回家，他就忙着做饭、收拾屋子、接送孩子，希望能有所弥补。

小郑是个中学老师，在工作上也很要强，经常被评为先进。在繁忙的工作中，在生活的压力下，她也渴望丈夫的关怀和支持，可钟松民在家的日子太少了，很多事她都只能一个人来扛。她曾半开玩笑地对记者说："有时候觉得自己还不如嫁个扫地的，起码能天天回家呀！"话虽这么说，她还是一如既往地牵挂着丈夫的安全，为丈夫的工作成绩而自豪。登着有关钟松民的报道的报纸、录有钟松民参加的电视节目的录像带，她都精心地收藏起来。

这次采访时，正赶上钟松民回家休假的一个月，可用不了多久，他又要离开了，而且一走就是半年。不在一起的日子，两个人只有靠时有时无的手机短信来传情了。因为钟松民随船四处漂游，并不是总能收到手机信号的。多才多艺的钟松民把思念写成诗句发送给妻子："望海流，朝朝夕夕，潮起潮落，泛起点点愁。仿佛中，你独倚浪头，随波逐流，入我心中，抚我千般愁。"这诗称不上什么佳句，可在妻子心中却至为宝贵，因为，这代表着丈夫一颗恋家的心。

第十九届中国产经好新闻副刊类三等奖　作者：崔巍　编辑：陈菁闻　2004 年 8 月 16 日　A4 版

刘恩和的三个心愿

在贵州与重庆交界的大山深处，有一个拥有1237口人的村庄——贵州省沿河土家族自治县后坪乡茨坝村。和贵州山区的许多乡村一样，全村315户人家散居在群山之间，过着淳朴的生活。然而，就在这样一个国家级贫困县下属的偏远山村，有一位感动了贵州省乃至全国的人物，他就是茨坝小学的校长刘恩和。因为有他，这个村在5年前神话般地建起了一座在全县都堪称“豪华”的小学校舍；也是因为有了他，这个村在今年4月奇迹般地修通了有史以来第一条与外界相通的公路。

背来的学校

1993年8月，刘恩和被调到茨坝小学任校长。当他冒着风雪赶到学校时，发现这座村级民小仅有一栋年久失修的木质结构教学用房，一无宿舍，二无操场，三无厕所。望着几十个在四面透风的教室中发着抖听课的孩子，刘恩和忍不住流下了眼泪，一个为孩子们建一所新校舍的愿望也在他心里扎了根。

1996年冬，刘恩和获知一个喜讯：可以用世行贷款在茨坝建学校，但茨坝小学必须在5天内筹集到5000元配套资金。5000元啊！这对于茨坝这一个极贫村来说无异于天文数字。当时村里刚筹资修电站，实在拿不出钱来，刘恩和一狠心，以自己的房屋为抵押，在后坪乡信用社贷了3000元，又取出存了8年的存款1300元。尽管损失了上千元的利息，但他义无反顾。

可建设资金到位后，没有一家施工队愿接这个活，都嫌工地偏僻，工价太低。无奈之下，他去央求一位包工头：“只要你来修，运材料的问题我来承担。”

茨坝不通公路，钢材、水泥等全靠人翻山越岭从镇上背进山里，来回一趟需要两个半小时。当第一批材料运到镇上后，刘恩和套上解放鞋，背上背篓就出发了。以后的每天，他鸡叫头遍时就上路，背一趟活回到学校正好给学生上课；下午放学后，他再背一趟；周末他就一天背三四趟。4个月里，他负重百来斤跋涉了2000公里以上的山路，走烂了5双解放鞋。建校用的60吨水泥、6吨钢材、12吨石灰，他一人就背了20多吨。背石灰时，他的皮肤被烧伤；背砂浆时，他的双肩被勒出深深的血印。刘恩和的行为感动了乡亲们，许多人纷纷加入到背材料以及帮助修建学校的行列中。

就这样，1997年8月底，一栋442平方米、拥有8个教室的两层教学楼出现在茨坝村，这是村里有史以来最好的房子。9月开学的那一天，所有人都哭了。

第一条公路

学校建好了，刘恩和的心还没落定，另一个强烈的愿望又萌生出来，那就是给村里修一条公路。其实，早在年轻时，刘恩和去外地时便屡屡感受到交通对于一个地区发展的重要性。他发现，许多地区的自然资源和土特产并不比茨坝村丰富，但因为交通便利，当地的经济迅速发展起来。回到茨坝后，乡亲们因没有路而遭受的困苦更是经常刺痛他。由于不通公路，而且地处崇山峻岭之中，要出外一趟很不容易，茨坝村甚至有许多人一辈子都没到过县里，更别说见过汽车了。由于也没有电话，如果镇上有人有急事要捎个口信给村里的人，便不得不花上50到100元专门雇人走上两三个小时的山路到茨坝村当面告知。据说在当地流传着一个笑话：两位妇女吵架，其中一位急了，脱口而出："我连洪渡都去过，你还有什么说的？"实际上，洪渡镇离茨坝村才不到40公里。笑话的背后，流露的是乡亲们那份无路的辛酸。

当申请世行贷款修建小学时，没有公路差点让刘恩和修建校舍的希望破灭。因为当时世行要求贷款修学校的地区要具备"三通一平"的条件，即当地要通电、通水、通路，而且地基要平。尽管后来通过努力，学校如他所愿地修起来了，但这番波折更坚定了他为村里修一条公路的决心。

刘恩和修学校的感人事迹流传到了县里乃至省里，刘恩和也由此出了名。于是，他便利用他的"名气"，努力为茨坝村修路创造条件。从1998年当选为沿河县政协委员后，只要有机会，他便向县里甚至省里呼吁为茨坝这样的贫困农村修通公路。终于，在刘恩和以及后坪乡党委的多方努力下，2003年茨坝村的第一条公路——斯（毛坝）茨（坝）公路项目正式被批准，2003年5月公路工程指挥部正式成立。

然而，这并不意味着乡亲们能马上感受到这条公路带来的便利，困扰多数农村公路的资金问题在这里显得尤为突出。由于自然条件恶劣，修通这条长15公里的公路，正常预算为150万元左右。但对于沿河这样一个国家级贫困县，要筹齐这笔资金显然有心无力。尽管通过多条渠道筹措资金，但最后沿河县政府仅为这条公路筹到6万元资金，加上铜仁地区政府拨付的16万元，这条公路仅有22万元的可用资金，连150万元的零头都不到。

眼瞅着乡亲们的希望又要落空，这时，刘恩和又拿出了当年修学校的那股犟劲。

从征地开始，他就主动挨家挨户劝说乡亲们让出自己的地。许多人开始都不愿意，有些人还同刘恩和吵了好几回。但刘恩和一点也不放在心上，依旧耐心地同他们讲道理，让他们真正从心底认识到个人乃至全村要想富裕，首先要把交通搞好。刘恩和诚恳的态度打动了那些不愿让出土地的乡亲们，因为没有公路而遭受的切肤之痛又让刘恩和的话字字句句说到大伙的心坎上。征地工作便这样快速而顺利地进行着。

征地结束后，刘恩和又背上了他的背篓，像当年背建材那样将炸药等物资背到工地上。不过，这次乡亲们可没让他“寂寞”，从工程开工起，许多人便踊跃投入到修路的工作中。在这条路修建的145天里，茨坝村以及附近地区的农民共投工投劳2.34万人次。甚至在腊月二十九，他们都依然在工地上忙碌，而对于注重春节的土家族来说，进入腊月二十便意味着已是过年了。在这145天里，刘恩和每天6点多便起来到工地上劳作，一直忙到天黑，多数时候要晚上10点多才能回到家。为了修路，他自己还贴补了1000多元。

2004年4月17日，在这个要载入茨坝村历史的日子，斯茨公路主体工程基本完工。刘恩和同他的乡亲们又创造了一个奇迹，仅用22万元的资金便修通了这条13公里的公路。当第一辆汽车通过这条路开进村里的时候，许多人围着汽车总也看不够，一位老人边摸还边问：“这汽车是公的母的？”惹来一阵笑声。

晴雨皆通的公路

不过，还是由于资金问题，斯茨公路仅完成了主体工程，路面以及边沟的铺设工作没法进行，所以现在的斯茨公路其实还不能算一条真正意义上的晴雨皆通的公路，这又成了刘恩和现在的一块心病。同时，为了让更多的生产组受益于这条路，在刘恩和的主张下，这条路又多了两条总长8公里的支线。可惜的是，尽管当地政府想方设法又多投入了14万元，但还是不能保证这两条支线通车。

斯茨公路使3个村、23个村民组、3500多人受益。当多年的痛苦变成今天的便利时，乡亲们格外珍惜这份迟来的幸福。由于这条路仅完成了主体工程，经不起贵州特有的多雨天气的“摧残”，一下雨，这条路便到处坑坑洼洼。许多人自觉地担负起了自家门前路段的养护工作，有些人甚至专门无偿养护一些路段。斯毛坝村的田为洪和田为军兄弟俩从6月初开始，每天上午9点就来到公路上进行养护，一直工作到晚上才回家，他们决定要将这条公路从起点到终点完整养护一遍。分别已是67岁和65岁的哥儿俩想法很朴实，修通这一条路不容易，政府也有困难，他们想多尽自己的一份力。

这就是刘恩和同乡亲们继修建学校和斯茨公路路基之后的第三个迫切愿望：斯茨公路及其支线能成为一条真正的公路。他们都在尽自己的最大努力，希望早日把这个愿望变成现实。

高原修路呵护环境反哺百姓，藏族群众感言——

修路人为我们造良田

年过七旬的西藏类乌齐县多杰老人这几天欣喜不已，因为自家门前的峡谷石滩“变出”了十余亩良田。他激动地向过路人反复念叨：“看，那是修路的交通队伍用路基弃土为我们造出的土地呀，今后我们石峡小寨的人也可以种田打粮了。”

老人所讲的“修路造田”的故事，还得从2004年年底说起。当时，国道214线多普玛至类乌齐段沥青路开工建设。这条三级公路北起青海、西藏交界处，南至西藏类乌齐县城，全长113公里。公路建成后，将使西藏昌都到青海西宁的路程比原来走国道318、317线分别缩短1000余公里、800余公里，是西藏通往青海乃至西北省区的又一大通道，将极大地促进藏东地区林、牧、矿业的发展，使当地的资源优势转化为经济优势。因此，这条路对造福沿线农牧民群众具有重要意义。

“类乌齐”藏语意为“大山”。国道214线西藏境内甲桑卡至多普玛30多公里路段虽几经改建，但由于山高谷深，公路灾害频发，实际成为“断头路”。修建沥青路，是西藏、青海广大农牧民心中多年的愿望。这项工程的建设得到了当地各级政府的大力支持，他们组成公路建设协调领导小组，负责项目所需土地、草场、房屋、通信等设施的征用和拆迁工作，确保了工程顺利实施。

在青藏高原的大山深谷中修路，面对的是恶劣的自然环境、脆弱的生态链条，西藏交通厅要求各单位在施工中保护好环境，武警交通一总队一、二、三支队及青海路桥等建设单位格外“小心翼翼”，千方百计避免公路建设中的弃土堵塞狭窄河道、破坏高原植被。针对类乌齐县多峡谷石滩、少可耕种土地的情况，交通建设者选择较开阔的河滩集中堆积弃土，摊平后覆盖腐熟土，为当地群众改造出一片片可以耕种的良田。此举既保护了高原脆弱的生态环境，又为当地农牧民办了好事，得到了当地政府的高度赞誉，而且还激发了群众参与公路建设的空前热情。

公路建到类乌齐县多杰老人家门口的那段日子，他几乎天天到建设现场帮助清理草皮、树根。

施工单位从安全考虑，多次劝老人回家，老人反倒“火”了：“你们跑那么远给我们修路，还给我们造了这么好的地，我怎能坐得住呢？”

截至目前，甲桑卡至多普玛路段的交通建设者利用弃土为当地群众造田4处共35亩；捐款3000元帮助甲桑卡乡政府修建饮水工程；提供建筑材料450余立方米为公路附近群众修建房屋；吸纳当地群众280多人务工，使用当地施工机具97台套，采购群众沙子、石料万余立方米，群众参与公路建设直接收益达100多万元。

通过交通建设者的悉心施工，对生态环境的严格保护，这条连接青藏两省区的大通道在雪域高原上与环境和谐相融。天还是那么蓝，水还是那么清，高原还是那么多姿多彩，这一切见证着公路建设者造福一方的胸怀。

·第二十届中国产经好新闻通讯类一等奖　作者：刘春辉 杨成林　编辑：柯愈友 | 2005年7月14日 A1版

长江口深水航道治理二期工程竣工　10米水深航道向上延伸至南京开通

长江下游430公里“水上高速公路”建成

本报讯（**记者**　刘兴增　毛惠明）11月21日下午，交通部在上海召开新闻通气会，宣布长江口深水航道治理二期工程竣工及10米水深航道向上延伸至南京开通。这标志着长江南京以下430余公里的“水上高速公路”建成，将基本满足目前国际上主力运输船舶第三、第四代集装箱船和10万吨级散货船的通航要求，实现了运输的集约化、规模化和航运监管的现代化。交通部副部长翁孟勇出席了当日上午召开的长江口深水航道治理二期工程竣工验收会并作了讲话。

国家验收委员会认为，长江口深水航道治理二期工程已按国家批准的建设规模、标准和设计要求建成，工程质量总评优良。翁孟勇表示，二期工程的竣工表明我国在巨型、复杂河口治理和恶劣自然条件下建设深水航道方面的设计、施工和管理水平达到了新的高度，将极大地推动我国水运工程建设事业。

据介绍，经国务院批准，长江口深水航道治理二期工程于2002年4月28日正式开工建设。在建设和施工条件远比一期恶劣、总体工程量超过一期一倍的困难条件下，工程建设者们依靠科技进步和管理创新，于今年3月底提前完成全部建设任务。二期工程累计完成导堤、促淤潜堤等整治建筑物66.38公里，航道疏浚挖泥近6000万立方米，形成了一条底宽350至400米、通航水深－10米、总长达74.471公里的深水航道。今年6月16日，长江口深水航道治理二期工程顺利通过交工验收，同时宣布10米水深航道进入试通航，至今经历了多次强台风的考验，保持了安全和稳定，通航保证率达100％。

根据国务院指示精神，从2004年开始，交通部部署长江航道局、长江口航道管理局、上海海事局和江苏海事局共同完成了10米水深航道向上延伸至南京的工程建设任务。该工程建设内容主要包括航标工程、疏浚工程、测量工程、船舶定线制和航道配套设施建设等。

在上延工程中，长江航道局配布了福北水道航标，更换了南京至浏河口部分航标，新增大型塔形岸标3座、大型浮标64座；对和畅洲右汊和福南水道实施了疏浚；

建设了南京、镇江、扬中、江阴、南通和白茆潮位站，并进行了水下地形测量，增设了维护站点。上海海事局调整了宝山北水道的航标，共新设灯浮11座，调整3座，撤除两座；在顺直航道中线首次投置了部分黄色分道通航标识，方便了航海人员操作；灯浮全部采用两年免维护技术，使用太阳能蓄电池，不仅减少了污染，也减轻了维护强度。江苏海事局开通了福北水道，在福南、福中、福北合理分配船流，缓解了福南水道通航压力；以关闭南京大胜关水道为契机有选择地撤销了船舶航行警戒区；进一步增加了船舶定线制的配套设施建设，加快了水上服务区的建设，目前已经有23个开始营运，近期还将出台更加完善的管理规定。

翁孟勇指出，长江口航道治理二期工程的建成及10米水深航道向上延伸至南京的开通将促进长三角地区航运的新发展，提高上海国际航运中心的国际竞争力，促进沿江港口岸线开发利用的新突破，促进长江口整治工程效益的进一步显现以及西部开发和中部崛起战略的新发展，并为进一步发挥长江黄金水道作用奠定基础。

据有关统计数据显示，今年1至10月，通过长江口的船舶达到22004艘次，货运量达到4.8亿吨，比2000年翻了一番。2001年以来，长江口深水航道的直接经济效益超过了200亿元。随着长江口深水航道分阶段建设和上延工程的继续实施，上海市、江苏省港口总体布局的岸线资源可形成码头通过能力约15至18亿吨，并促使江苏沿江各港口完成江港向海港的转型。

记者在南京港口集团、南京油运公司和上海国际港务集团采访中了解到，深水航道大大提高了港航企业的营运效益，同时各港航企业也迫切要求加快长江南京以下深水航道建设的步伐，进一步改善海轮进江的通航条件。据悉，今年10月中旬，交通部已向国家有关部门上报了长江口深水航道治理三期工程工程可行性研究报告，计划从明年年初开始，用3年左右时间，主要通过实施疏浚工程，使长江口航道达到12.5米水深，并努力实现12.5米深水航道逐步向上游延伸。届时，长江口航道将满足第四代集装箱船全天候双向通航和10万吨级散货船满载乘潮通航，同时兼顾第五、第六代大型远洋集装箱船和20万吨级减载散货船乘潮通航。

第二十届中国产经好新闻消息类二等奖　作者：刘兴增 毛惠明　编辑：胡士祥 | 2005年11月22日 A1版

河北高速公路
合理降“身高”节约占地

在河北省会石家庄东南方向，即将竣工的青银高速公路蜿蜒伸向远方，它不再像以往的平原高速公路那样铺在拔地而起的庞大路基之上，未来，它将是万亩良田中一条别致的黑色缎带，路基平均填土高度几乎是以往的一半。这是河北省高速公路降“身高”的典型工程。

“节约占地，一定要把路基高度降下来。”河北省交通厅厅长焦彦龙介绍，目前低路基已成为河北省高速公路设计中的一个重要理念，并成为审查设计方案的重要内容之一。

据了解，从1988年修建京津塘高速公路以来，河北省的高速公路大多采用高路基设计方案，设计原因主要是因为河北是一个农业大省，平原地区村庄和人口密集，农村机耕路星罗棋布，高路基方案在通道设计上可满足农民出行、农业耕作和通道排水需要。

近年来，农村的交通工具发生了根本性变化，机械化逐步取代牲畜动力，同时高速公路全封闭、全立交的特点也为大家所接受，农民横穿高速公路的可能性减少，采用低路基设计恰逢其时。

近年来，河北省高速公路发展步伐明显加快，今年在建12条（段）共1100公里。同时，该省本届政府内，还有1650公里高速公路要陆续开工建设。河北省从建设石（家庄）黄（骅）高速公路时开始尝试低路基，之后，在衡（水）德（州）高速公路、石黄高速公路衡水支线中，低路基处理得到成功应用，从青银高速公路开始，低路基已成为基本的设计理念，其路基平均土方量仅为每公里6.1万立方米，平均填土高度只有1.9米，创河北省低路基之最。

资料显示，河北省双向四车道平原高速公路路基平均填土高度在3.5至4米之间，平均土方量为每公里10万至12万立方米。

另一组资料也显示，双向四车道高速公路路基高度每降低50厘米，每公里可以节约用土1.8万立方米；每降低1米，每公里永久性占地就节约近5亩。

交通部主编的《公路建设项目用地指标》一书中，明确规定“在环境与技术条件可能的情况下，应尽量降低路堤高度”。

河北省交通厅要求设计、施工单位，路基降高必须满足工程质量和安全通行的要求，并充分注意通道的设置，下挖深度要适当，增设通道内雨季积水排除措施；上跨桥的设置数量要合理、造型不宜单调化。

宁常高速公路

一桥飞架滆湖　淘净万顷碧波

正在建设的宁常高速公路是国家重点干线公路——上（海）洛（阳）公路的重要路段，这条黄金通道以隧道方式穿越道教胜地——句容茅山之后，便依傍着景色秀丽的金坛钱资荡湖和长荡湖向前延伸，再向前便“遭遇”面积约有近百平方公里的武进市湖的“拦阻”。

滆湖地区人口密集，处处良田。由于滆湖盛产鱼虾、螃蟹，这里不少养殖户以湖为生，日出斗金。面对湖的“拦阻”，宁常高速公路是选择绕湖而行，还是选择一桥飞架？

湖底取土　节约良田2000亩

究竟采取何种“排阻”方案，江苏省常州市交通部门对此慎之又慎。常州市高速公路指挥部有关负责人向笔者介绍，如果宁常高速公路改向绕湖而筑，势必增加线路长度，影响武进外向型农业综合开发区的开发建设，由此不但需要拆迁大量民房，征用寸土寸金的良田，而且还会破坏江南秀丽的田园风光和自然景观。经过充分的论证，造一座长达7公里之多的特大桥直线跨越湖最终成为实施方案。

建设高速公路需要大量的土方，常州又是寸土寸金之地，因此，宁常高速公路以架桥的方式跨越湖，其中还有一个很重要的原因，那就是“向湖要土”。

滆湖水浅虽然给项目施工带来困难，但客观上又为取土创造了条件。据了解，宁常高速公路以直线穿越湖，可节约路基用地500亩；通过围堰施工，又可以从湖中取土400万立方米，从而减少开挖当地良田近1500亩；湖中取土直接用于修筑陆上路基，更可节约一笔可观的运输费用。据初步测算，综合效益超过2亿元。

此外，通过建桥，湖沉积千百年的湖底淤泥被清除了，加深了湖水的深度，创造了湖水深度为2米至4米的最佳养殖生态环境，这让养殖户个个喜上眉梢。

围堰隔离　满湖鱼虾自在游

在如此宽阔的湖面上实施架桥工程，难度可想而知。湖平均水深仅1.5米左右，大型打桩船无法进场施工。施工单位打破“搭设便桥，水上打桩”的常规作业模式，突破性地采用了“围堰隔离，湖底施工”的施工方法，即在桥梁经过的水域修筑围堰分隔湖面，围堰之间搭建便桥让湖水流通；然后将围堰中的水抽干，实施湖底打桩建造桥梁，施工作业面低于湖面 2.1 米。WJ2 标段在通过湖心深淤区时，使用了近 8000 吨石灰以吸水固化，工程难度可见一斑。

最大限度减少对湖水的污染是跨湖施工必须考虑的问题。如果滆湖特大桥沿用以往“搭设便桥，水上打桩”的作业模式，不仅需要耗费大量的资金修筑长达近 7 公里的便桥，而且机械物资、施工人员、土方运输等都将从便桥通过，杂物、建筑垃圾、机油的洒落，将对湖造成严重的污染，满湖鱼虾有可能遭受灭顶之灾。

据介绍，项目所采取的“围堰隔离”施工方法不仅方便了在湖上架桥，还很大程度地解决了防止施工污染的问题。由于“围堰施工”是在抽干了水的湖底进行，施工过程与湖水处于“隔离”状态，从而有效地避免了水污染，同时大大消除了便桥施工带来的各种安全隐患。

“仅此还不够，”该项目一位负责人特别强调，“为了彻底杜绝对湖水的污染，施工单位还在湖东西两岸及湖心小岛安装了径流处理装置，车辆污染桥面及施工造成的污水，经过集中处理达到排放标准后，才能排放湖中。”

据常州市交通部门相关负责人介绍，滆湖大桥工程总投资 4.01 亿元，主体工程将于 2006 年 10 月竣工，2007 年建成通车。宁常高速湖大桥横空“出世”之日，便是具有“中国内湖第一桥”之称、全长仅 1.26 公里的苏州太湖大桥“退位”之时。滆湖大桥的建成，不但能贯通常州南部高速公路，而且兼具观光休闲、旅游度假功能，可以带动湖风景区的发展。

第二十届中国产经好新闻通讯类三等奖　作者：陈国雄　编辑：柯愈友 | 2005 年 11 月 24 日　A2 版

建设中的110国道哈德门至磴口高速公路横贯亚洲最大的自流引水灌区——河套灌区，这里渠网密布，平均每50米就有一条水渠，为了保护商品粮生产基地的农田灌渠，建设者们精心设计——

903道桥涵护佑河套良田水系

“黄河百害，唯富河套。”素有塞上江南之称的八百里河套是我国重要的商品粮生产基地。日前，一条有着903道桥涵的高速公路——哈磴高速公路初步成型了。而今，这条长路尽管还没有完工，但所有的桥涵都已建设完毕，只差路面摊铺。

河套的每一寸土地都是产金子的。修建哈磴高速公路，需征用一部分农田，沿线的老百姓没有因征地而阻拦施工，其中一个主要原因，就是修建了这903道桥涵。

2003年8月，内蒙古自治区境内最长的高速公路建设项目——227公里的110国道哈德门至磴口高速公路全线破土，而在河套灌区内建设的高速公路里程就有140多公里。一时间，拥有耕地45万亩、水面55万亩的河套平原上，隆隆的机器声在阡陌纵横的灌渠和排干渠之间萦绕。

根据以往在河套灌区修路的经验，一渠一涵或一桥比较符合当地农民耕作的要求。面对着灌区一条条、一排排的排灌渠，要把路修起来，同时又能保护好现有的排灌渠，不因为公路建设而阻断良田水系，一共需要建903道桥涵。哈磴高速项目主任张旺晓说，903道桥涵全长26753米，平均每公里有近4座桥涵，修一条路要建数量如此之多、密度如此之大的桥涵，在自治区公路建设史上绝无仅有。

河套的水渠分灌渠和排干渠两种，每一种水渠又分为干渠、支渠和毛渠。张旺晓主任介绍说，桥涵的设置尽量不破坏现在的农田水利设施，可一跨跨过的渠道尽量一跨通过，不在渠道内设置桥墩，不能一跨跨过的渠道、桥墩布设采用单孔数，不在渠道中心设置桥墩。鉴于毛渠的归属和划分特点，施工单位经过认真调查的同时，没有过多合并毛渠，使老百姓可以按以往的方式使用。有合并的，施工单位也会根据情况，另外开挖一条，以免造成不必要的矛盾。

令农民兄弟满意的还不仅限于此。修建的每一座桥和每一道涵，都为水渠修建了上下各150米的防护衬砌。望着由一块块混凝土预制的水泥砖装饰一新的水渠，农民刘有娃嘴角一直是向上翘着的。他高兴地对记者说，这水泥砖一砌，不仅保护了水渠，也保护了可贵的黄河水，他不用每年为修水渠而操心了。

张旺晓主任还给记者算了一笔账。由于桥涵多，水位高，这条路的路基和路面基层都要高一些，平均下来得 4 米多，特别是在灌区内，由于地质条件复杂，为了防止翻浆等，路基修建时碎石就用了一万车皮，使用的防水双向土工格栅面积有 300 个足球场大，路基路面材料 7000 万吨，按有效施工期算，一天就有 30 趟 100 个车皮往工地上送料。为了抢工期，克服水位高的困难，施工人员利用冬季道路好走一点，把筑路材料及时运到路上。为了抢工期，克服水位高的困难，施工人员利用冬季道路好走一点，把筑路材料及时地运到路上。特别值得一提的是，这条路有钻孔灌注桩 5211 个，直径最大的 1.8 米，最小的 1.2 米，最浅的也有 22 米，最深的达 48 米，正是这些桩，构建了 903 道桥涵的脊梁，为了修复被压坏的乡村公路，他们投入了 2000 多万元。

在翻身圪旦乡，农民王三虎掰着手指对记者讲，他家种的 13 亩小麦、3 亩瓜果，今年就可以顺着这条路运出去了。他家的小四轮这一年多也没闲着，一天到晚都在工地上忙活。

第二十届中国产经好新闻通讯类三等奖

作者：辉军　编辑：杨江虹　2005 年 6 月 10 日　A2 版

为了那一双双渴望的眼睛

——交通部驻洛阳扶贫组牵线中国外轮理货总公司捐建“春蕾班”侧记

泪水浸满了40个小女孩的眼眶。眼泪为自己走进课堂而流、为感谢帮助自己的善良人们而流。

9月3日，在河南省洛阳市宜阳县石陵一中举行的“中国外轮理货春蕾班”开班典礼上，女童代表梅乐乐——一个左手先天性残疾的小姑娘的发言情真意切，说到自己和其他同学的生活困境及对学习的渴望时，台下的学生们哭出了声，台上的交通部驻洛阳扶贫联络组成员和洛阳市、宜阳县的领导们也禁不住擦拭着眼睛。

梅乐乐在发言中动情地说：“……也许你们根本不相信，到现在我还没吃过5角钱一块的冰糕，没用过钢笔，没背过崭新的书包。贫穷让我们流了很多泪，却不能够使我们屈服。就在我们最艰难的时侯，中国外轮理货总公司和交通部的叔叔、阿姨们向我们伸出了援助之手，你们的爱给了我们希望和勇气。我们不再因为失学而流泪，也不再担心离开美丽的校园，离开敬爱的老师……相信所有和我一样得到救助的‘春蕾’女童都会努力学习，用顽强的毅力、乐观的精神、健全的人格、优异的成绩回报你们无私的关爱。我们长大后，也会接过您手中的接力棒，让爱代代相传！”

石陵一中“中国外轮理货春蕾班”是交通部第11批驻洛阳扶贫联络组经过不懈努力，牵线中国外轮理货总公司捐资，在洛阳建立的5个“中国外轮理货春蕾班”之一，其他四个班分别建在栾川县庙子乡、嵩县黄庄乡、洛宁县陈吴乡和汝阳县王坪乡。当日的开班典礼简朴而热烈，全校700多名师生和“春蕾班”女孩们的家长整齐地坐在会场里，40名小女孩穿着自己最漂亮的衣服坐在会场中央，教学楼上悬挂的条幅“扶一株春蕾、撑一片蓝天、赢取一份希望”，显得格外醒目。

6月初，交通部第11批驻洛阳扶贫联络组在贫困山区了解到，家庭生活困难的农村女童失学情况比较严重，很多女童到了初中就很难再上学了。失学女童那一双双渴望上学而又无奈的眼睛深深刺痛了联络组工作人员的心。联络组毅然决定要想尽办法让失学女童重回校园。

经联络组多方联系，中国外轮理货总公司慷慨捐资10万元，资助5个“春蕾班”共210名女童一年的学习、生活费用。经过报名、申请、资格审查后，初步确定人选，由乡中心学校组织考试，择优录取，并在乡政府、乡中心学校门前张榜公布名单3天至5天，征求群众意见，接受社会监督，最终确定“春蕾班”学员。

据了解，由全国妇联、中国儿童基金会联合发起的旨在动员社会力量资助贫困失、辍学女童重返校园的“春蕾计划”在洛阳市实施近10年来，得到了各级党政领导的高度重视和社会各界的大力支持，共筹款197.3万元，有4100余名贫困女童得到资助，建“春蕾班”8个、“春蕾”小学1所。

第二十届中国产经好新闻通讯类三等奖

作者：廖侃　编辑：胡士祥 | 2005年9月14日　A1版

“神舟”守望者

——交通部救捞系统执行“神六”应急救援保障任务侧记

10月20日上午，交通部救捞系统参加“神舟六号”上升段海上应急救援保障任务的最后一艘救助船“德意”轮缓缓驶靠上海外高桥救助码头，标志着这次重要任务圆满完成。记者有机会采访到3艘救助船的船长、指挥长等人，听他们讲述了几个月来所经历的艰苦与精彩。

庆贺的香槟

10月12日“神舟六号”发射时船上的情景，在“德意”轮任务指挥长张建新的脑海中就像刚刚发生的一样清晰——

那是一个难得的好天气，“德意”轮所在的C区海域气温28摄氏度，偏西风4级，浪高1米。

7时整，全体人员已各就各位，所有应急救援设备处于工作状态。

8时30分，传来北京任务联合指挥所卫星电话指示:“现在进入30分钟倒计时。”

8时45分，船长薛忠林命令：“进入15分钟临战状态。”

8时55分，北京任务联合指挥所消息：“火箭9时整准时点火升空。”

驾驶台上，指挥组成员以及在场人员的眼睛紧紧盯住时钟读秒，周围鸦雀无声。尽管张建新一再告诫自己不要紧张，却怎么也控制不住情绪，只觉得心已经窜到喉咙口，抓着电话听筒的右手微微颤抖，手心直冒汗。

9时18分，传来北京任务联合指挥所的卫星电话：“‘神舟六号’已经顺利进入轨道，发射成功！”同时，3艘救助船的指挥权移交给交通部救捞局。张建新抑制不住内心的激动，大声宣布：“解除待命！”瞬时间，宽敞的后甲板上掌声、欢呼声响成一片，张建新打开了早已准备好的香槟酒，在照相机“嚓嚓”的闪光中，救助船员留下了难忘的一瞬间。

与此同时，远在A区和B区的“德翔”轮和“德进”轮上也正在上演着同样激动人心的一幕。

一次精兵强将汇聚的行动

10 月 15 日清晨，记者来到上海外高桥救助码头，10 月 13 日已返航的“德翔”轮就停泊在这里。由于是第一次见到救助码头和救助船舶，周围的一切对记者来说都是新鲜的。此段长江已经接近入海口，水流急、江面宽，呈现出一种大海的气魄，各种船只往来穿梭，在蓝天的映衬下氛围十分和谐。

未到目的地之前，记者从东海救助局副局长洪冲那里了解到，参加这次任务的东海救助局“德意”轮、北海救助局“德翔”轮、南海救助局“德进”轮是交通部救捞系统中最优秀的船舶，主机功率都在 1 万千瓦以上，航速在 18 节左右。2002 年和 2003 年，“德意”轮曾代表交通部参加了“神舟四号”及“神舟五号”应急救援保障任务，姊妹船“德翔”轮和“德进”轮则是救捞系统船体最大、屡建功勋的重要船舶。每艘船上均有 40 多人，其中 10 多人是技术、医疗等随船工作人员。被选中的救助船员人人技术精、责任感强，大部分拥有丰富的救助经验。

在“德翔”轮的操作室里，记者见到了船长郑强，一位魁梧的山东汉子。看见记者刚上船时不适应，他憨厚地一笑：“很多人初次上船都感觉晕乎乎的，慢慢适应了就好。现在是 4 级风，船稍微有点儿晃动，我们平时出海可遇到过不少次大风大浪。”谈起参加这次海上应急救援保障任务的感受，郑强船长微微挺了挺胸，说：“第一感觉就是责任重大，但完成任务之后真从心眼里感到自豪，参加这次飞船发射的应急救援保障是千载难逢的机会，如果需要，我们必须保证百分之百完成任务。”爽快而朴实的话语中透出坚定。

记者发现救助船上四处可见醒目的规章制度，从仪器的使用、安全防火到餐厅纪律，大小事情的要求明明白白。郑船长解释说，船行驶在海上，任何地方一个小的疏漏都可能造成灾难性的后果，随时随地对船上工作人员提醒十分必要。要保障被救助者的生命安全，就要先学会保证自己的安全。

谈话间，航行了 3 天的“德进”轮恰在这时安全返回，码头上开始热闹起来，一位随船技术人员下船后还开起了玩笑：“在船上待习惯了，刚下来反而开始晕地面了。”在欢乐的人群中，记者找到了“德进”轮年轻的船长余新洪。“这次飞船发射成功，证明我国航天事业又向前迈了一大步，真的很令人骄傲。我们救助船也不负众望，圆满完成任务。”虽然已是第二次参加载人航天飞船的应急救援保障，他仍然难掩内心的激动。

记者采访了几位救助船员，略显疲惫的面容，朴实的话语，感情却是真挚的。正是这支由国内救捞界的精英组成的队伍，为“神舟六号”的航天员筑起了一条生命保障线。

打好提前战

根据海上应急救援保障实施方案，“德意”轮、“德翔”轮和“德进”轮都装载了高海况（6 级风以上）条件下收回返回舱的专用打捞设备和器材，配备了精密测向仪，并将住舱改为临时手术室。

海上保障系统大规模的加改装工作是 8 月 1 日正式开始的，在 40 多天的安装、调试过程中，救助船员和船厂工人付出了辛勤的劳动。关于这一段经历，时任“德意”轮政委的施永祥在工作日记里有着详尽记录：装配的设备主要靠安装在前大舱的液压系统来驱动，两者相距 75 米左右。安装液压管在陆地上比较方便，在船舶上就不容易了，装管子要根据船舶的结构，又要考虑不易被损坏和防风浪等因素，所以在装配中要完全按施工前技术人员设计的方案实施。中层甲板安装处的温度最高能达到 55 摄氏度，船员们在前大舱和后甲板之间跑几个来回就大汗淋漓了。

由于 3 艘救助船平时非常注重船舶的保养和维修，各种机械设备都处于良好状态，加改装和调试工作进展顺利，并最终通过了总装备部的严格验收。与“神舟五号”任务相比，这次更加强了医监、医保工作。

“德翔”轮大副王恩祥对记者说：“这类设备是第一次接触，船员们不太熟悉，安装好后大家都很卖力地学习使用方法。船员们使命感特别强，都觉得万一用得着我们，任务完成不好的话不光是自己丢脸，整个国家的荣誉也跟着受影响。用郑船长的话说，我们的目的是打好提前战，做好一切准备。”王恩祥认真组织船员熟悉操作程序，没出码头之前就把设备可能出现的问题考虑周全了，他在每个岗位上都安排了两个人，以应对特殊情况。

各救助船充足的前期准备工作为后来的打捞训练奠定了坚实的基础。

在狂风巨浪中演练

郑强船长用电脑向记者演示了打捞全过程：定向仪发现目标—拦截臂和打捞网就绪—控制返回舱入网底—收紧囊网口—囊网与打捞网分离—起吊返回舱—扶正固定—开舱救人—设备复位。看上去并不繁琐的过程却不能有丝毫疏忽。

9 月 9 日至 11 日，3 艘救助船驶往浙江嵊泗海域，分别进行了高、中、低海况和夜间的模拟打捞返回舱训练，并针对实际中可能碰到的问题，模拟了第一次拦截失败、模拟舱逃逸、救捞船折回拦截等各种情况。演练使用的模拟舱和真实返回舱的形状、容积及重量一模一样，整体重达 3 吨。

对参加打捞训练的人们来说，印象最深的莫过于在今年第 15 号台风“卡努”

到来之前的那次演练。得知“卡努”逼近的消息后，“德意”轮指挥长张建新和“德翔”轮、“德进”轮指挥长及时沟通，决定“恭候”台风到来。几小时后，海面风力骤增至7级以上，巨大的海浪扑向救助船，船单边横摇达到20多度，当时海况已符合高海况训练的要求。于是，3艘救助船一齐备车，全体工作人员准确到位，并加强了自身防护措施。演练有条不紊地进行，打捞模拟舱均一次成功。

“德进”轮任务指挥长黄景是南海救助局打捞专家，这位年近花甲的老人两年前曾在“德鲲”轮上执行过“神五”应急救援保障任务。他告诉记者，训练过程也伴随着经验的积累和设备的不断磨合、调试。比如经过高海况训练，就会想到风浪大容易发生返回舱与救助船的硬性碰撞，此时仅用打捞网容易造成返回舱在网中翻滚，危及航天员的安全，他们便研究出先让潜水员用绳子固定住返回舱再打捞的方法，增加了安全性；几次训练后，他发现船尾的3根立柱影响了收网，便建议改为1根，实践证明这样效果更好。

“德意”轮船长薛忠林是一位经验丰富的救助船长，他说，这次保障任务责任重大，按照规定，救助船必须在接到命令后8个小时内找到返回舱，两个小时内把返回舱打捞起来。所以要求船舶出动快、救助有成效。训练过程中，他经常和两位轮机长讨论如何保证航行速度问题。他告诉记者，和人命救助一样，救助船早一分钟到达，就给遇险者多一分希望，要分秒必争。

每次训练结束后，3艘船都会召开总结会，讨论训练流程中暴露出的问题，形成共识并制定改进措施，这样，操作的熟练程度不断得到提高。

经过两个月充分的准备，10月1日，“德意”轮按计划率先出航赶赴任务C区，航程2400海里；10月8日，“德进”轮出航赶赴任务B区，航程800海里；10月9日，“德翔”轮出航赶赴任务A区，航程200海里。10月11日，3艘救助船都已经在规定时间内到达任务海区待命。

一封珍藏的感谢信

“德进”轮见习水手李国伟是去年的退伍兵，平时习惯了摸爬滚打、纪律严明的生活，成为船员之后，海上生活的艰苦和船员们雷厉风行的作风一样令他佩服。“执行任务的时候，风浪再大也得坚守岗位。船长一声令下，谁也不会当逃兵。我当过兵，身体素质还过得硬，遇上大风浪不少船员是一边克服晕船，一边坚持工作。”在采访的过程中，记者从不同人那里都听到了那个救助船员们的工作信条——“把生的希望让给别人，把死的危险留给自己”。船员们的坚毅感动着周围所有的人。

3艘救助船上的工作人员虽然来自不同的地方，彼此却相处得十分融洽。许多外单位工作人员晕船反应严重，各船的船长和政委都想尽办法协助他们工作，生活上更是悉心照顾。饮食力求清淡，水果、饮料送到床前；船上床铺不够用，船员们主动让出自己的，“德翔”轮上政委带头打起了地铺……

“德进”轮船长余新洪珍藏着一封感谢信，是由16名随船的外单位工作人员联名所写：“五湖四海的兄弟姐妹们在这个临时的大家庭里备感温暖。我们深深地体会到了海上救助队伍无私奉献的精神和坚强的战斗意志；体会到你们为国防事业奉献的决心，你们不愧为不穿军装的军人！”

第二十届中国产经好新闻副刊类三等奖　作者：马珊珊　编辑：马珊珊　2005年10月24日　A4版

重走郑和路：从祈风崖到耶稣堡

泉州在唐、宋、元代称“刺桐”，是当时我国最重要的港口，也是东方最大的港口。泉州海外交通史博物馆内展出一幅古城堡（耶稣堡）的照片，内容是郑和曾到达东非慢八撒（今译蒙巴萨）。片中的古堡现为蒙巴萨历史博物馆。

在泉州清源山风景名胜区灵山景区内，保存完好的世界上最古老的伊斯兰教圣迹之一灵山圣墓，静静地向我们讲述郑和下西洋的历史。据明代何乔远《闽书》记载：唐武德年间（公元618至626年），伊斯兰教先知穆罕默德派遣四贤徒来华，一贤传教广州，二贤传教扬州，三贤沙仕谒、四贤我高仕传教泉州，去世后安葬于灵山。葬后“是夜山光显发，人异其灵圣，故名曰圣墓，山曰灵山”。两位先贤的墓并列，墓盖用花岗岩雕刻，墓后倚山建马蹄形回廊，高约3米，回廊的几根石柱颇似织布梭子，古建筑专家称之为梭形柱，具有典型的唐代建筑特色。廊内有历代石碑5方，正中为元至治二年（公元1322年）立的阿拉伯文辉绿岩碑刻，记述两位先贤在法厄福尔时代（法厄福尔系古代阿拉伯对唐朝皇帝的称呼）来到中国的历史。右侧一方为明永乐十五年（公元1417年）郑和第五次下西洋，途经泉州，来此祭告行香后，属下蒲和日为之所立的记事碑，上刻“钦差总兵太监郑和前往西洋忽鲁谟斯等国公干，永乐十五年五月十六日于此行香，望圣灵庇佑。镇抚蒲和日记立”。此外，泉州九日山上还有郑和第五次下西洋前祈求天助顺风的祈风崖石刻。这些资料和遗迹为后人研究郑和下西洋提供了有力的证据。

郑和到过蒙巴萨

郑和船队第五次远航（1417年从泉州出发，1419年回到南京）曾到达东非。也有研究者说郑和船队自第四次航海以后，每次都到过东非。但郑和船队是否曾抵达慢八撒以及郑和船队在东非的折返点，历来众说不一。原因是明代中叶以后，中国实行禁海法，不仅禁止国船出海，洋船靠岸，而且销毁了包括郑和航海资料在内的大量珍贵史料，使得后人研究郑和时捉襟见肘，甚至借助国外文献。国外的郑和研究者大都认为郑和曾经抵达蒙巴萨，甚至到达现今的坦桑尼亚或更远。1998年，葡萄牙在蒙巴萨耶稣堡博物馆举办达·伽马开辟印度航路500周年纪念展，其中就介绍了郑和。

在存世寥寥的有关郑和的史料中，最具权威的当数郑和第七次出海前在福建长乐闽江口的南山寺亲立的一座碑，刻《天妃之神灵应记》碑文，描述郑和船队所到13余国中，最远到达木骨都索（今索马里的摩加迪沙），但未提及慢八撒。据《明史·郑和传》记载，郑和七次下西洋所经过的国家和地区共有36个：即占城、爪哇、真腊、旧港、暹罗、古里、满剌加、勃泥、苏门答剌、阿鲁、柯枝、大葛兰、小葛兰、西洋琐里、苏禄、加异勒、阿丹、南巫里、甘巴里、兰山、彭亨、急兰丹、忽鲁谟斯、溜山、孙刺、木骨都束、麻林地、刺撒、祖法儿、竹步、慢八撒、天方、黎代、那孤儿、沙里湾尼、不剌哇，其中包括木骨都束、不剌哇、竹步、麻林地和慢八撒5个东非古国。此外，其他文字资料如《皇明大政记》、《皇明世法录》、《明实录》等也有郑和访问非洲的少量记载。随同郑和出访的马欢、费信、巩珍撰写了《星槎胜览》、《西洋番国志》等著作，详尽描述了木骨都束、不剌哇、麻林、慢八撒等地的地理位置、气候、物产、商贸状况、人文制度、风土人情、男女服饰等，与今天东非海岸摩加迪沙、布拉瓦、马林迪、蒙巴萨和基尔瓦·基西瓦尼一带的情景极其相似。

郑和船队曾到达慢八撒的另一重要依据是《郑和航海图》。该图见于明代茅元仪编辑的《武备志》卷240，原名《自宝船厂开船从龙江关出水直邸外国诸番图》。这是中国地图学史上最早的海图。全图以南京为起点，终点是慢八撒。《郑和航海图》不仅是中国古代航海术的一大成果，而且印证了郑和下西洋的最远点为慢八撒的观点。五年前笔者曾自费前往肯尼亚的印度洋海滨寻访郑和之路，专程造访在世界航海史和东非殖民史上具有重要地位的蒙巴萨耶稣堡。

经历腥风血雨的耶稣堡

肯尼亚第二大城市蒙巴萨自古就是天然良港，至今已有1200年建城历史。耶稣堡位于蒙巴萨的老城。老城建在一个湾流环绕的岛上，面积约14平方公里，通过一座桥和一条堤道与陆地相连。老城的街道狭窄弯曲，城堡附近有许多桑给巴尔式旧房子，屋顶呈铁锈红或银白色，房门上雕刻着美丽的图案，阳台护栏上也有浮雕，真真切切地展示着曾经的繁华。老城的东岸曾经是东非最大的港口与贸易货栈。显然，老城是依托港口而发展起来的。

耶稣堡位于岛的东南角。呈“大”字形，长100多米，宽约80米。城墙建在珊瑚岩上，高15米，厚2.4米，非常坚固。两支巨大的铁锚依偎着城墙根儿，从其锈蚀程度上可以看出岁月的沧桑。1498年，葡萄牙人达·伽马继续他绕过好望角开辟新航路的旅程，到达蒙巴萨。因受当地人的抵制，一周后达·伽马离开蒙巴萨，驾船驶往60海里以北的马林迪，在那里建立了白人在东非的第一块殖民地。

联结东西方的新航路的开辟，使国际贸易和海上运输蓬勃发展，蒙巴萨是新航路上的重要补给点和货物集散地，于是成为列强争夺的目标。1589年，奥斯曼土耳其帝国派远征军占领蒙巴萨并修筑城堡。1593年，葡萄牙人攻占了蒙巴萨，并在港湾岬角处修建更大的城堡以俯视和控制港口。为了控制这条新航路，葡萄牙人不惜坐6个月帆船来非洲，守卫要塞，与孤寂和恐惧相伴度日。当时，葡萄牙传教士也随着商船四处布道，蒙巴萨的新城堡理所当然地被命名为耶稣堡。耶稣堡由一个意大利人监造，建有炮台和瞭望台。厚厚的大门上布满约10厘米长的尖钉，以防备大象的冲撞。在绝大部分岁月里，耶稣堡作为要塞、总督府或国家监狱，记录着一个东非国家遭遇占领、屠杀、监禁、饥馑与瘟疫的历史。1661年，阿曼苏丹血洗蒙巴萨，但未敢贸然进攻耶稣堡，而是精心准备了30多年后，于1696年开始围攻城堡。坚守城堡的70多名葡萄牙人拼死抵抗了两年零9个月，最后剩下14个人向阿拉伯人投降。

1958年，古城堡改为博物馆，展示东非与新航路的历史图片和文物，一些来自中国的文物也在其中，如明宣德年间烧制的瓷盘、花瓶等，大都残破不全，有的还有从沉船上打捞出来的痕迹。是谁不远万里将这些瓷器带到了异国他乡？与征服者的象征耶稣堡相比，这些瓷器更像一种友好的信物，藏在历史的深处，期待后人来破解它的传奇身世。

第二十届中国产经好新闻副刊类三等奖　　作者：刘震环　编辑：莫洵　|　2005年7月14日　A4版

思小路，与自然亲和

前不久，记者到野象出没的思茅至小勐养高速公路工地采访。这里既是西部开发通道兰州—磨憨公路在云南省的重要路段，也是昆（明）曼（谷）国际大通道的组成部分，更是目前我国惟一通过国家级热带雨林自然保护区的高速公路。记者一路上边走边看，记录了思小路项目指挥部、设计单位和施工企业为追求人与自然和谐统一进行的探索和创新。

选线与设计　最大限度保护天然植被

思小路穿越澜沧江水系的十多条主要河流，沿线是典型的热带雨林气候，森林植被十分茂盛。其中有 26.1 公里不可避免地穿过了西双版纳自然保护区勐养片区边缘的次生林带。为了减少对水土、植被的影响，专家们从 3 个线路方案中选择了对环境影响最小的方案。该方案基本沿 213 国道布线，避免了新的植被破坏和水土流失。云南省公路规划勘察设计院严格遵循“宁填勿挖、宁隧勿挖、宁桥勿填”的原则，在全长 97.75 公里的路线中设有隧道 30 座（单幅计）、桥梁 342 座（单幅计），桥隧长度达到 25.8 公里，占路线总长的 26.4％，有些重点环保段，桥隧长度超过路线长度的 70％。这些措施使思小路的土石方量为平均每公里 10 万方，与云南山区的三级公路土石方持平。最大程度地控制土石方，意味着天然植被得到了最大限度的保留。

绿色理念融入施工组织　思小路建设没高潮

“骄阳似火，百公里长的工地上热火朝天……”这些先入为主的概念在思小路上被彻底颠覆。驱车走过时，记者只看到必要的施工设备和很少的施工人员。诚如指挥长王珏所言：“思小路施工没高潮，当初也有很多人想在工地沿线投资娱乐消费业，但都失望而归。”《中国环境报》的记者带着挑剔的眼光来采访，发表的报道是《思小路静悄悄穿过自然保护区》。

静悄悄，是将“不破坏就是最大保护”的理念细致入微地落实到施工组织中所达到的效果。麻地河畔的一片旧厂房，挂着承建这个标段的浙江路桥集团的牌子；思小路建设指挥部设在西双版纳大渡岗茶场办公楼里。思小路有条“高压线”：“具备租赁条件的单位租用沿线已有的房子作驻地，不得重新动土建驻地。通过自然保护区的一段，禁止使用公路用地范围之外的临时用地。”思小路全线上，除两家施工单位受条件所限外，15家施工单位、6家监理单位、4家路面施工单位、两家检测单位的驻地都是租用沿线已有住房，租用面积达2.3万平方米。

类似的措施还有：对全线的填方与弃方采取集中操作，并及时进行了生物恢复；严格控制桥梁下部、路基边线附近树木的采伐，所有隧道都做到不剥坡无开挖进洞；桥梁两端的路基先期施工，以便为桥梁施工提供场地，全线52处桥梁梁板预制场，有48处设在正线路基上，11–2合同段甚至把梁板预制设在了隧道内，全线因此少开劈施工面积约10万平方米。

不是大象怕我们　而是我们怕大象

思小路有约20公里路段被称为野象谷段，在这里记者听到了关于野象的种种轶闻。诸如，有一次，12只野象浩浩荡荡走到离工地不远处安营扎寨。大象们围成一圈，气氛肃穆。施工人员连忙“肃静”、“回避”。第二天，大象们拔寨回山时队中多了一只小象。思小路施工期间，野象已“莅临视察”工地30余次，记者所乘车的司机师傅就有两次与野象不期而遇。记者暗暗祈求也有这样的“艳遇”，一路上东张西望。同行的指挥部党总支书记常征说：“野象下山通常是到坝子里喝水，雨季自然来得少了。”他特意带我们细看了野象谷段的桥隧相连处。两座具有傣族文化风情的隧道口被浓密的原始次生林簇拥着，出口紧连两座高高的桥梁，桥面距河面16米，两桥之间翠竹茂盛。常征说这里是野象频频光顾的地方，将桥修得这么高，并保留这些竹子，是为了尽可能让野象感到自在。

王珏指挥长用“不是大象怕我们，而是我们怕大象”总结了施工中对大自然的敬畏与呵护。他说：“在野象谷修全封闭的高速公路，实现了人、车与象的完全分隔，相比原来的312国道，这是对野象更有效的保护。”

有意思的是，上世纪70年代一部风靡全国的纪录片《捕象记》就拍自这里，看过这部片子的人大抵还记得那些荷枪实弹的人捕获小象“版纳”的场面。从捕象到千方百计呵护野象，30多年间发生的根本性转变，昭示了一个民族环保意识的觉醒以及“和为贵”理念的回归。

绿浪滚滚来　风景各不同

初踏思小路，见到那些从桥缝中钻出来的绿枝，看着那经过一个雨季就覆盖了弃土场的草本植物，记者连连称奇。其实，这只不过是一条充满热带雨林风情的绿色大长廊的开端，好景在后头。

思小路的景观绿化分为思茅、普文、原始、野象谷、勐养、止点6个段落。总体思路上，中央分隔带、路基侧景、立交桥景观采取了大写意的设计；监控中心、服务区、临时停车区（观景平台）则充分体现了每一段的自然和人文特点，有匠心独运的工笔效果。思小路的绿化还充分考虑到物种的多样性，运用合适的植物品种和配比方案，形成了草、灌、乔结构合理、功能优化、顺向演替的植物群落，将高速公路对沿线生态系统的影响降到最小。

以普文段为例，中分带上间种着花叶榕和点缀植物；路基侧坡上，大王椰、假槟榔和点缀植物错落有致；停车区和立交区分别以热带园林和热带景观为特点。原始段则以人工无作为，露出原始森林为追求。

狐尾椰、凤凰木、散尾葵、油棕等花木，风情万种地在路中央或路侧摇曳，美不胜收。如果说西双版纳热带植物园是植物学家蔡希陶用心血浇灌的无价之宝，思小路则是交通建设者用人与自然和谐的全新理念向行人奉献的流动植物园。曾有先期来考察的专家笑言：“建成后的思小路收的将不是过路过桥费，而是游览观光费。”

第二十届中国产经好新闻副刊类三等奖　作者：李咏梅　编辑：马珊珊　2005年9月5日 A4版

勒勒车：渐行渐远的“草原之舟”

“望不尽连绵的山川，蒙古包像飞落的大雁，勒勒车赶着太阳游荡在天边，敖包美丽的神话守护着草原……”作为与草原有着深厚感情的人，每当漫步在绿草如茵的大草原上，仿佛都会听到这首曲调悠扬的蒙古族歌曲从阔野中悠悠传来。在如痴如醉的感觉中，仿佛看到曾承载着一个民族文明的勒勒车“吱呀吱呀”地响着从天边而来。

历史悠久　简单实用

有“草原之舟”美名的勒勒车其实是一种蒙古式牛车，古称高车、罗罗车或牛车，民间也称辘轳车或大轱辘车，“勒勒”取自赶车牧民吆喝牲口的声音。勒车主要用于搬运毡房、生活物品等，自重百余斤却能载重500公斤左右，日行程二三十里。它的车身小、车辕长、车轮大，自重轻和底盘高的特点使它可以跨越荒滩、草地和雪地，且不易损坏，非常适应北方游牧民族逐水草而居的特点。

据考证，早在新石器时代，我国北方先民就开始了渔猎和游牧的原始生活，他们在长期的生产、生活实践中创造了勒勒车这一制作简单、方便实用的运输工具，使车辆这一标志着人类文明和进步的运输工具在内蒙古得到较早应用。要追溯勒勒车的起源已无从考证，目前已知的最早记载是《汉书·杨雄传》中“砰辕辐，破穹庐”的语句。当时，人们称车辆为“辕辐”。这说明，至少在我国秦汉时期，匈奴人就已经掌握了造车技术。公元三世纪，敕勒人造的车已远近闻名，“车轮高大，辐数至多”，与后来的勒勒车十分相似。到了辽代，匈奴人和契丹人的造车水平已非常高，出现了贵族乘坐的棚式轿车、用于储运的集装箱车和拉水专用车。直到二十世纪七八十年代，勒勒车始终是草原牧民的重要交通运输工具。

最原始的勒勒车结构简单，通常以质地坚硬的桦木或榆木等制成，不用铁件，便于制造。整辆车分上脚和下脚两部分。上脚由车辕、车撑和车槽等部件组成，下脚由车轮、车辐、车轴等部件组成。一般车辕长约4米，双辕对称。中、后部有8～10个横撑连接车辕成为一体，车槽是车身连接车轴的部分，可自由拆卸。驾车人乘坐的头车搭有防风遮雨的弧形毡篷，可坐可卧。车轮的制作比较独特，将直径约10厘米的桦木杆烘烤并施加外力使之弯曲，然后截取6段弧形木辋衔接成一个圆圈，轴心通常用整块榆木或柞木打孔，外与车辋之间用放射状排列的车辐连接形成车轮。车轴两端穿过轴心的部分为圆形，中间部分为方形，便于与上脚扣接。车槽是连接车辕与车轮的部分，车辕穿过车槽。在车辕顶端系以马鬃制成的绳子或绳状柳条，套在牛脖子上悬着的横木上，勒勒车就可以前进自如了。

草原牧民流动的家

草原上地广人稀，牧民逐水草而居，故有“行则车为室，止则毡为庐”之说。一群牛羊和一顶毡房就是一个独立的世界，就是一个流动的家庭，因此，勒勒车是牧民生活中必备的家当。需要水时，女主人套上勒勒车去附近的河里拉运；生活用品需要补充时，男主人赶上装满羊毛、皮革的勒勒车远行，换回米面油盐；探亲访友、男婚女嫁或参加那达慕大会时，坐上勒勒车举家出动；到了轮牧倒场（从一个草场向另一个草场迁移）的时候，勒勒车更能派上大用场。十几辆勒勒车连成“串车”，老人和孩子乘坐的前车由女主人驾驭，后车装上毡房等家当，一路上浩浩荡荡，非常壮观。为了防止后车走散，每辆前车的尾部都有一根绳子与后车的牛头相连，尾车的牛角上挂着一个铜铃，“叮叮当当”的声音随时把正常前进的信息传到前车。

蒙古族的风俗讲究“吃肉还肉”，过去有“天葬”的习俗。每当有人去世，人们为死者换上新衣或用白布缠裹其全身后，将尸体放在勒勒车上向家人选定的地方拉运。到达后，车夫策牛急行，尽量让车剧烈颠簸，尸体掉在哪里，哪里就是吉祥的葬地。三日后，车夫需到葬地查看，若尸体被野兽咬开或吃掉，就认为死者已升“天堂”或进入“极乐世界”；若尸体完整无损，便认为死者生前的罪孽未消，要请僧人念经，替死者忏悔，并用勒勒车拉来牛粪作为燃料就地火化。

历史上，勒勒车还因其方便快捷的优势被作为战车，在远程征战和运送军需物品中发挥了不可替代的作用。

二十世纪七八十年代，随着社会的不断进步和牧区道路的不断改善，现代化交通工具助推在草原上生活的人们逐渐改变了传统的游牧生活，一大批带有游牧特色的生产和生活用具相继从牧民手中消失，勒勒车也慢慢退出历史舞台，停在了旅游景点的蒙古包前。如今，草原上已很难见到完整的、原始的勒勒车，能够掌握其制造工艺的人已为数不多且年事已高，勒勒车的制作技艺极度濒危。为了保护勒勒车的传统制作技艺，研究北方少数民族 2000 多年来的地域文化、生产生活和交通工具的发展变迁，2005 年，内蒙古东乌珠穆沁旗将勒勒车作为非物质文化遗产项目向文化部申报。2006 年，勒勒车登上了国务院确定的第一批国家级非物质文化遗产名录，并被列入保护计划。目前，相关部门正在组织一些老木工艺人制造并对遗存的残损车辆进行修复，同时积极收集整理相关资料，计划在2007年举行专题展览。

第二十一届中国产经好新闻副刊类一等奖 作者：辉军 王振林 编辑：马珊珊 | 2006 年 11 月 16 日 A4 版

保护海洋和岛屿生态环境

念环保“山海经” 建和谐洋山港

本报讯（**记者** 毛惠明）老家在浙江洋山岛的张老伯，2001年因建港动迁成了新上海人。不久前，他参加了“洋山一日游”，当他站在港区高高的观景台上，看到昔日熟识的小渔村，如今成了现代化大港口。他高兴地对记者说，洋山变了，看山山绿，看水水蓝。更让他惊喜的是，岛上一对“姐妹石”仍完好如初。

据国家环保总局透露，洋山深水港一期工程由于严格执行环境监理，对施工水域没有产生明显不利影响，对区域内渔业资源的影响，也在可控制范围内，各项环保指标全部达到预期要求。

投资6000万元 保护岛上生态环境

洋山深水港位于杭州湾北部，浙江省崎岖列岛大小洋山是我国第一个建在岛上的大型集装箱港口。岛上环境自然和谐，有3处景点被列为国家级风景名胜。其中，尤以“姐妹石”最为著名。两块巨石相对而立，宛如一对亲生姐妹，面对大海，相依相偎。

为了做好岛上的环境保护工作，防止工程建设对自然生态造成影响，监理人员一方面要求施工单位将环境保护和主体工程同步进行，特别是对“姐妹石”等景点，采取防护措施；同时，对因施工影响的植被等生态小环境进行恢复。

“不破坏就是最好的保护。”监理人员千方百计减少施工对自然生态的影响。如按原设计，东海大桥与小洋山港区码头间，需通过爆破开山，修建一条4车道道路，这样大动干戈的施工，将对小洋山的环境造成严重破坏。监理人员积极建言献策，据理力争，建设部门终于采纳了建议，同意增加6000万元投资，将原爆破建设方案改成修建隧道，既满足了工程需要，又使风景区环境免遭破坏。

增殖放流 恢复海域生态

洋山深水港建设对海洋的影响更大，这本“经”也更难念。

据了解，在建港的高峰期，洋山港海域的施工船舶多达500多艘，每天产生480吨污水和10吨油污水，对附近海洋环境特别是渔业资源造成严重影响。有数据表明：施工期疏浚作业会造成56万尾幼鱼、100吨潮间节生物和634吨底栖生物受损；疏浚和炸礁还将分别造成 911 吨和 505 吨渔类资源损失；另外，修建导堤造成 4444 万尾鱼类改道。

为了有效控制油污水对海洋环境和渔业资源造成的影响，监理人员编制了符合环境监理工作要求的“船舶登记表”，实现对船舶排污的动态管理。在小洋山港区大型临时性设施基地，监理人员建设了每小时 10 吨的生活污水处理站；针对一期工程水上作业点多、线长的特点，还特地配备了生活垃圾、含油污水收集船舶，避免生活污水直接向大海排放。

在治理的同时，监理人员还积极开展海洋生态环境的恢复工作。从 2004 年 6 月起，由建港指挥部委托农业部东海区渔政监督部门开展增殖放流工作，三年中，共投资 1200 万元，放流的品种包括大黄鱼、黑鲷、日本对虾、梭子蟹、海蛰等。

第二十一届中国产经好新闻通讯类二等奖作者　作者：毛惠明　编辑：蓝乔　2006 年 9 月 12 日　A2 版

踏着村路去赏春

又是踏青好时节。江苏各地积极推进农村公路建设带起的“春赏花、夏耕耘、秋摘果”农村观光游，“住农屋、吃农饭、干农活”的农民生活体验游正逐步成为江苏各地旅游新时尚。

记者从江苏省南京市溧水县交通局了解到，自从农村公路建成后，农村产业结构发生了很大变化。傅家边科技园农民种植草莓并开发草莓采摘旅游项目后，吸引了大批市民前来田头，享受了动手乐趣的游客一般都会欣然接受每公斤 14 元至 30 元的草莓售价，省了工时、运费，还卖了好价钱，仅此一项，农民年人均收入就达上万元。

溧水县投资两亿元建成了傅家边五公里梅花大道，道路周边农民纷纷做起了农家乐项目。四年前，南京市浦口区一位转业军人投资 10 万元，租用 20 亩土地开发帅旗农庄，吸引城里人前来观光，现在由于周边数十家农户的加盟，农庄已扩大至 200 多亩，“十里农庄带”正在形成。据测算，解决一个旅游从业者的工作，便能养活一个四口之家，而开发乡村游以后，农民与城市游客之间信息交流频繁，他们还可能找到城里就业的机会。

游客走进农家，农民收入提高，村容村貌也日渐改善。周家洼原来是个有名的贫困村，随着旅游开发，村里修建了 600 米主干道、2000 平方米停车场，建成了星级厕所、垃圾中转站以及全市第一家村级污水处理系统，还栽植树木 10 多万株。基础设施和生态项目的陆续建成，使周家洼旧貌换新颜。

南京市六合区也开始在旅游上下工夫。去年该区投资两亿多元，打造了一条从泰山新村直通金牛湖风景区的大道，把六合区所有的零散景区全部串联成线，不仅解决了农民进城难的问题，而且六合区龙袍镇上所有的农民都开始搞起了与旅游相关的经营，饭店从 30 家发展到 50 多家。为进一步改变村容村貌，今年六合区还准备统一街面上的广告牌和乡村游接待户的门面房。

发展乡村旅游不仅使江苏各地的旅游找到了新的经济增长点，为广大市民提供了更多的休闲度假方式，也使江苏各地郊县经济的发展有了新的突破口，为社会主义新农村建设再添一把火。

第二十一届中国产经好新闻通讯类三等奖　　作者：王瑞水　编辑：胡士祥 | 2006 年 3 月 31 日　A1 版

农村公路“干不干”、“怎么干”

仪陇县请农民拍板

为发挥和改进基层组织对农村公路建设的领导，近年来，四川省仪陇县充分调动村党支部的领导权、村民会议的决策权、村委会的执行权、农民群众的监督权，探索出了一条决策民主、运行规范、监督有效、阳光操作的新途径。

“四权”模式实现农村公路决策民主

实施“四权”模式的着力点，首先是强化村党支部的领导权。在农村公路建设决策阶段，村党支部根据上级提出的工作重点以及村民关注的热点、难点问题，广泛征求群众意见，组织召开村两委联席会议讨论初步议题，筛选确定影响村经济社会发展重要项目，提请村民代表会议表决通过；此后督促村委会贯彻落实，并对决议落实情况加强督察，跟踪问效；年底，组织召开村民代表会议，对决议进行考核评定，评价结果与村委会干部绩效补贴挂钩。村党支部“把方向、管政策、抓大事”，真正成为党联系广大农民群众的桥梁和纽带。

其次是规范村民代表会议的决策权。村民代表会议在村民自治组织体系中属于权力机构，对农村公路这样的重要事项具有决策权。在村民代表会议召开前，要将表决事项告知全体村民，确定召开村民代表会议的合理时间，让村民充分发表意见，展开讨论，然后进行表决；会议代表半数以上同意的视为通过；对表决事项，及时张榜公布；在农村公路建设过程中，村民代表会议要定期听取村委会的情况报告，并提出评议意见，以确保决议落到实处。

第三是落实村委会的执行权。村民委员会是村民自治的组织者，在农村公路建设形成决议阶段，村委会要走访村民、召开座谈会，收集群众的意见，拟定工作方案，提交村民代表会议表决；此后要做好群众的宣传发动和解释工作，组织一事一议、以劳折资；在人力组织、资金筹集上，村委会要合理配置、有效安排，做到事前、事中、事后全程公开，接受群众监督。

最后是保障农民群众的监督权。农民群众的监督权主要由村务监督委员会实施。村务监督委员会全程参与农村公路建设意见征求、方案制定和村民代表会议决策；审议村委会情况报告，参加村两委联席会议，审核农村公路财务开支，收集、了解村民意见，定期向村党支部和村民代表会议报告监督情况。村务监督委员会制度完善了村级组织，使监督贯穿于农村公路建设决策、组织、执行的全过程。

变“为民作主”为“让民做主”

据了解，目前仪陇经验已在四川全省推开。“四权”管理的有效实施让村党支部清楚“干什么”，群众拍板“干不干”，村委会明确“怎么干”，群众评价“怎么样”；实现了由“群众服从干部”向“干部服务群众”，由“为民作主”向“让民做主”，由“要我干”向“我要干”的转变。

在发展规划的制定、新农村建设项目的选择上，村党支部充分尊重群众愿望，科学决策，体现民意。仪陇县日兴镇九湾村针对新农村建设要办的事多但群众思想不统一的问题，村党支部因势利导，组织群众投玉米粒儿表决，确定出“一路二水三产业四人居五民主法制”的发展顺序，把解决行路难、运输难问题放在新农村建设的首位。

过去，“决策干部定，执行靠生硬”，农村工作群众意见大；现在“不怕群众都知道，就怕群众不知道”，通过广泛征求群众意见，集中了群众智慧，使群众反映的热点难点问题得到了有效解决，党群之间、干群之间搭起了“连心桥”。仪陇农村公路建设不仅实现了群众监督干部，也让群众了解了干部。当地村干部反映，过去干部也在为群众尽力办事，但由于对群众意愿考虑得少，群众不能参与决策，所以并不满意。现在按程序办，让群众参与，阳光操作，即使工作哪点做得不够好，群众也能理解。

今年以来，仪陇县新修通乡沥青路、通村路、便民路共700余公里，獭兔、生猪、优质稻、优质水果、劳务输出等五大支柱产业初具规模，整治民居环境3900余户，电话、有线电视入户率达到80%以上。通过开展“和谐新村”、“和谐农家”、“争当新农民、建设新农村”等活动，仪陇全县的经济社会事业得到全面快速发展。

沙埕！沙埕！！

——福建交通人防抗“桑美”纪实

2006年8月10日17时25分，50年一遇的超强台风“桑美”挟暴雨直扑福建，近中心最大风速达每秒60米，已超过去年登陆美国新奥尔良的“卡特里娜”飓风每秒59米的近中心最大风速，风力超过17级，影响持续12个小时。无数树木被连根拔起，房屋成片倒塌。福鼎、柘荣、寿宁、霞浦、福安等县市的145条国、省、县、乡道遭摧损，20多个乡镇、120多个建制村的公路受阻，港口码头、汽车场站受损严重，天然良港福鼎沙埕港一夜间沦为重灾区……

灾情引起党中央和地方各级政府领导的高度重视。中共中央政治局委员、国务院副总理回良玉专程赶赴灾情最重的福鼎市。福建省委书记卢展工三次奔赴福鼎。遵照党中央、国务院领导的指示精神，应福建省的要求，受交通部党组委托，交通部副部长徐祖远率交通部工作组赶赴福鼎和沙埕。福建省交通厅厅长谢兰捷、交通部福建海事局局长高军几次赶赴福鼎和沙埕。

福建交通人发扬顽强拼搏的精神，展开了一场场抢险保畅的攻坚战，谱写出一曲曲感人至深的赞歌！

8月17日至20日，记者奔波于福州、宁德、福鼎和沙埕之间，一路上的所见所闻让记者深受感动。

镜头一　指挥船舶避险

8月10日上午，福鼎海事处沙埕办事处简陋的办公大楼里，电话铃声此起彼伏，从各种渠道了解到的信息表明，台风“桑美”正一步步逼近沙埕港。福鼎海事处副处长游金德凝视着面前的海图，用三角尺测量标绘着避风船舶的锚位。此时风力已开始加强，雨一阵紧似一阵，海边浊浪拍岸，轰轰作响。时间不等人，一定要在台风到来之前把准备工作做好。福建海事局副局长肖跃华受局长高军派遣，已连夜冒雨奔赴福鼎海事处，坐镇指挥防台工作。

险情就在这时出现了，在沙埕港区避风的“金圣18”轮呼叫，称其与“滨海512”轮、“长安83”轮等船的锚位距离太近，台风来时易发生碰撞，且船上载有2500多吨燃料油，请求海事部门帮助，协调他船重新抛锚。

沙埕办事处立即派人赶赴现场。海面上已波涛汹涌，现场监督员刘景鹏驾驶的海事巡逻艇在风浪中颠簸。巡逻艇艰难地靠上“滨海512”轮等船，简单沟通后，海事执法人员果断要求各船及时采取措施，与“金圣18”轮保持350米以上的距离，命令通过无线电波迅速传达到位。在海事执法人员的协调指挥下，险情最终被排除。

17时23分，沙埕港一片平静，海面上无风无浪。经历过多次台风洗礼的海事人明白，这短暂的平静就是所谓的“台风眼”，更大的考验还在后面。监督员们顾不上给家人报一声平安，连忙奔赴码头查看海况。

20多分钟后，强劲的“回南风”来了，比台风刚登陆时的北风还要猛烈，3分钟内加大到12级，10分钟内达到15级以上。在港口避风的“金富达18”轮走锚，四处碰撞，只好向沙埕办事处打电话求助，却说不清楚船是撞上了码头还是岩岸。海事人员测定了该船的准确位置与周围环境后，提出应急意见，并急电宁德海上搜救中心请求给予支持。同时鼓励船员们一定要众志成城、坚持到底。当得知船是被卡在龙安杨岐码头的栈桥下暂时无倾覆危险时，“金富达18”轮的船长松了一口气，立即取消了弃船逃生的计划，又一场事故避免了。

19时，暴风雨更加猛烈了，沙埕镇乃至整个福鼎市的通信中断。沙埕办事处与外界失去了联系，可VHF中的求助电话还是一个接着一个。海事人沉着果断，科学地指挥船舶采取有效措施，成为船员们的坚强后盾。

台风过后，大量在沙埕海域避风的渔船和渔排沉没、损毁。应当地政府的要求，交通部、中国海上搜救中心紧急调遣交通部福建、上海、天津海事局，广州、上海打捞局以及东海救助局的8艘船艇、两支测量队、两支潜水分队，前往沙埕海域搜救、打捞沉船，清理航道障碍物……8月22日，来自沙埕的最新消息，海上航道扫测工作已全面结束，目前，打捞工作正在紧张有序地进行着。

镜头二　“务必在最短时间内抢通！”

“桑美”在福鼎市肆虐了4个小时之后，福鼎与沙埕之间的45公里公路如同伐木场一般：粗壮的行道树和大片的毛竹被狂风刮到公路上，把路面盖得严严实实。许多边坡溜方，路基坍塌，公路陷入瘫痪。一批批要赶往沙埕的群众和抢险救灾人员被堵在了路上。

台风到来之前，福建省交通厅党组已发出明传电报，要求：“受毁公路务必在最短时间内抢通！”明传电报迅速传到了基层。福鼎市交通局和公路局立即启动应急预案。

8月10日23时左右，“桑美”带来的狂风暴雨刚刚平静一些，沙埕段照兰公路站站长肖若华便带领4位职工，拿起锯子、砍刀，开着一辆旧农用车，顶着10级“回南风”奔向公路。此时，他们已经把公路站屋顶被掀、房屋进水、围墙倒塌的事抛掷脑后，已经不能顾及家人一次又一次催促他们回家救灾的呼喊。他们借着车灯和应急灯的光亮，逢小树用刀砍，遇大树用锯锯，艰难地开辟着道路，到第二天6时，硬是开出一条单行道来。连续工作了几个小时后，肖若华等人回到站里，每人只吃了一个苹果。这时，他们发现开往沙埕方向的车多了起来，还听说沙埕受灾严重，便拿起砍刀、锯子再次上路。

狂风暴雨丝毫没有要停歇的意思，肖若华和同事们干脆脱掉雨衣，挥动砍刀，拉开锯子，一寸寸拓宽着路面。吴碧英、吴启江的家就在前歧，离公路只有六七百米，两个人的家都被台风摧毁了，可是几次经过家门，二人都没有过去看一眼、问一句。17时左右，路面上的障碍物基本被清除，公路恢复了畅通。当晚，从福鼎到沙埕的45公里公路上的3个公路站的工作人员和市局派来的技术人员，约90人连续奋战了18个小时，照兰站仅仅是其中的代表。

8月20日晚，记者见到肖若华时问：“你们连续工作了18个小时，为什么不歇一歇，找些东西填填肚子？”身材瘦小的肖若华笑了笑，说：“那时候也不知道饿和累了，一心就想着快把路抢通了，这是我们的责任啊！”责任，这两个沉甸甸的字是从他内心深处发出的。

“桑美”过后，寿宁县托溪乡成为一片废墟。500多座房屋受到不同程度的损坏，180多座房屋倒塌，街道上的淤泥齐腰深，托溪乡断水、断电、断粮，四五千人居无定所，急需大量物资救援。但是，通往托溪的公路却瘫痪了，尤其是距离该乡两公里处路基出现大面积坍塌。大米、方便面、矿泉水等救灾物资只能靠肩挑人扛送进重灾区。

8月11日上午，宁德市交通局局长诸葛骥率救灾工作队到达现场，并对寿宁县交通局局长高伏敏说：“一定要劈出一条路来！”

抢通工作开始不久就遇到了一个大难题——大面积坍塌路面上有30多米高边坡的阻挡，要在短时间内抢通就必须立即实施爆破。

寿宁县公安局火速把炸药运到现场，爆破队伍及时赶到，在各路段作业的挖掘机、铲车、翻斗车迅速向这里集结……爆破一结束，高边坡上的石块还在不断滚落，为了抢时间，铲车就进场了。现场的作业面窄、回旋余地小，突然，一大块滚石不偏不倚地落在铲车履带上，把铲车顶入河沟，好在没有人受伤。铲车没了，施工队员心急如焚，为了抢时间，他们用锄头、铁铲、畚箕，挖的挖、铲的铲、挑的挑，像蚂蚁搬家似的抢通了道路。

8月12日3时，通往灾区的便道终于通畅了，救灾物资源源不断地运进了灾区。

镜头三　百余名职工自发赶回车站

8月11日凌晨，“桑美”刚过，福鼎汽车站已人头攒动，1万多名旅客滞留车站，他们是要去重灾区沙埕寻找亲人的。

然而，这时的车站正处于停水、停电、电脑运行不了的境地，停车棚被掀翻，许多客车的车窗玻璃破碎，车场里的淤泥没过脚踝，已经不具备发车条件了。正在值班的宁德市交通局局长诸葛骥得知福鼎汽车站的情况后，立即打电话指示福鼎汽运分公司、汽车站迅速展开自救，尽快恢复运营。

与此同时，还没有接到回岗通知的福鼎汽车站的120多名干部职工自发地赶往车站，回到各自的工作岗位。

福鼎市运管部门连夜调整班线，福鼎汽车运输分公司连夜调集车辆，几十部的士、中巴车迅速集结，整装待发。

6时左右，通往沙埕的公路恢复通车的消息传来，旅客们被有条不紊地送上了班车。班车一辆又一辆开出，120多名车站干部职工忙碌着，他们中间有26位职工家在沙埕，也有亲朋好友在渔排或渔船上，生死不明，他们多想回去看一看，哪怕是打听一下消息也好啊。然而，120人没有一个离开岗位。

刘远信是福鼎车站唯一的电工，家里人传信来，说他的弟弟失踪了，要他马上回家找人。刘远信明白自己处于非常时期走不开，焦急万分。站长和同事们见状一再催促他快回家，他却摇了摇头，说：“我走了这里的电路没人维护，设备开通不了，站里营运不了，旅客们怎么走啊？”说完，他又投入抢修工作中。直到中午电路基本修复后，他才骑着摩托车赶往沙埕寻找弟弟去了……

铜汤高速公路：开发性移民乐了拆迁户

走进安徽省青阳县杨田镇上东保村拆迁户新建的村庄，一幢幢造型风格一致的农家别墅，分外醒目，一条条平整的水泥路，将楼房串成一体……

“没想到，我这辈子还能住上这么好的房子。”正在楼房后院和老伴削鲜竹笋的林有才放下手中活，领着大家从楼下到楼上、从前院至后院参观，老人一脸灿烂笑容。在林家近 200 平方米的楼房里，室内装饰和家用电器与城市家庭相比，有过之而无不及；庭院内绿草如茵，几株含笑花微垂半开在盛满阳光的院子里。

现年 78 岁的林有才是铜（陵）汤（口）高速公路上的拆迁户，一年前，全家十多口人挤在四间低矮阴暗的平房里。“在铜汤高速公路上，718 户拆迁户都得到了像林老汉一样的安置。”随同参观的铜汤高速公路项目办地方部部长胡少红介绍说。

拆迁与新农村建设结合

铜汤高速公路是“五纵七横”国道主干线天津至汕尾公路的重要组成部分，起于安徽铜陵长江大桥南岸，途经 4 个县区 15 个乡镇，终于黄山汤口镇，系安徽省第二个世界银行贷款项目，于 2004 年 6 月开工建设，全线总长 116 公里。

该项目在建设之初就把“善待地球，关心百姓”放在首位。在拆迁过程中，坚持“以人为本，路（业主）地（地方）互动，整体协调，创造良好施工环境”的原则，贯彻“开发性移民安置方针”，确保了安置区既具备基本物质生存资料，又具有长远发展的潜力。他们将移民安置与区域开发、经济发展相结合，使移民拆迁后能逐步致富，生活达到或超过原有水平。

“自从搬到新村住，我家年收入较前两年翻了一番。”老林喜滋滋地说，“儿子跑运输，女儿开店铺。”变化最明显的是黄山区谭家桥镇江家移民新村，有 29 户移民利用当地优美的自然环境和整齐划一的新居开发“农家乐”旅游项目。今年“五一”黄金周，旅游经济着实火了一把，这些开农家饭店、经营山货、当导游的农民，忙得不可开交。

“我们充分考虑到老百姓的利益，尽量做到不扰民、不损民。”铜汤高速公路项目办主任李学潮坦言，“对移民安置采取自愿的原则，我们采取分散与集中安置两种办法，集中安置结合地方规划和新农村建设规划，统一规划、统一设计、统一供地、分户建设，设立小区，保证‘三通一平’（通水、通电、通路和场地平）及绿化建设。”

占用田、林、水分类恢复

记者在采访中了解到，有些便道、便桥虽是临时工程，但铜汤高速公路项目办仍按永久性标准建设，并对原有地方道路进行维护、拓宽、加固和完善。对施工爆破，他们规定施工单位晚上10时至早上7时停止作业，以免影响当地群众的休息，同时要求爆破作业时改大炮为小炮。

对前期征迁遗留问题及国家有关规定中无明确补偿标准、但又是事实的项目，铜汤高速公路项目办在实事求是的基础上给予解决。同时，他们将水系、路系的调查及占塘还塘问题与当地农业生产统筹兼顾，要求施工单位按当地指定位置重新挖塘，尽量不影响水田和耕种。在取、弃土场设置上，要求取土场在取土前挖截水沟，弃土场在弃土前先做好挡土，防止水土流失而影响农业生产，并按照宜田则田、宜林则林、宜水则水、宜宅则宅的原则进行恢复。

铜汤高速公路项目办心系百姓、造福人民的做法不仅给沿线群众生产生活带来实惠，同时给施工创造了良好的外部环境。对此，李学潮感触颇深：“工程施工两年多来，我们这里没有发生一起群众纠纷，工程进展十分顺利。”

传统文化成就现代设计

——访中国公路“零公里”标志主创人华健心、周岳

“四方神”方案　从近千件作品中脱颖而出

“我们推出‘四方神’方案的时候，已经不是第一次参加‘零公里’标志的设计评选了。”作为中国公路“零公里”标志设计创作组组长、项目主持人，清华大学美术学院教授华健心谈起这次设计感慨颇深。

华健心首次接触到“零公里”标志的设计是在2002年。因为初次征集的中国公路“零公里”标志设计方案均不理想，交通部向中央美术学院、清华大学美术学院等单位和个人发出方案征集邀请函。那一年，硕士毕业后留校工作不久的青年教师周岳也参与了方案设计工作。

“由于以前没有设计过此类标志，当时也只是征集图案，所以大家对标志最终安放在哪里、做成什么样的形式等问题都不是特别清楚。”华健心告诉记者，首轮设计时更多地运用了箭头、拐弯线等现代符号化的元素，也考虑到要表现方位，有些学生在导师的指导下拿出了自己的作品。

“零公里”标志的设置意义重大，专家们优中选优、十分慎重，几次评选都没有选出满意的作品。2004年年初，交通部开始大规模地向全社会征集设计方案，公众的参与热情相当高。交通部共收到设计方案765份，共计1024件，其中的990件作品符合要求。

再次接到邀请函后，在清华大学美术学院领导的部署下，装潢艺术设计系组成了设计创作组，由6名设计经验丰富的中青年教师组成，华健心任设计创作组组长。创作组多次讨论标志应该怎样设计，从哪个方面入手，希望风格比第一次有所突破，尝试从多种角度进行设计创意，其中有侧重于体现中国传统文化的，也有突出现代感的，最后推出7个方案首先参加北京市范围内的评选，其中“四方神”方案荣获二等奖，并被报送交通部。

经过专家的初评和复评，12件作品成为备选方案，“四方神”方案位列其中，并与清华美院的另一件作品“满天星”方案同时进入四强。

2005年9月9日，北京规划建设委员会向国务院上报了《关于对设置中国公

路“零公里”标志设计方案审定情况的报告》，原则同意中国公路“零公里”标志设置在北京城中轴线天安门广场正阳门外的空地上，“四方神”方案为实施方案。

转变思路　在中国传统文化里寻找灵感

作为标设计，内容传达准确、形式简洁完美是非常关键的，还要有较深的内涵且不落俗套。看着“四方神”方案的效果图，首先提出“四方神”方案的周岳清楚地向记者讲起了当时的设计思路。

周岳的主要研究方向是中国传统图形和现代设计，他仔细研究了我国公路发展状况和其他国家的公路“零公里”标志，并参照了第一次设计时积累的经验，感觉到“零公里”标志应该从传统与现代相结合的角度入手进行设计。“在我国传统文化中，对方位的象征意义有很多优秀的精神产物留给我们，我国古代的很多建筑以及城市规划都有所体现，例如著名的玄武门和朱雀门，便是用兽形方位神的概念象征方位的，这种表现方式从汉代就开始使用了。”周岳告诉记者，“四方神”方案用到的青龙、白虎、朱雀、玄武四神兽图形就是从汉代瓦当上选取的，是中国传统图形中非常经典的造型。

艺术创作是一个孕育多时、一朝灵感迸发的过程。想到运用兽形方位神后，设计思路逐渐清晰。从这一点出发，他又结合了中国传统文化中对形的认识和思考，比如说天圆地方的概念，把标志的主要造型定为方和圆结合。此外，一些比较现代的元素也融入其中，发射的线状图形诠释了公路不断发展、延伸的概念，与标志的中心点相结合，又能表现“零公里”点的意义。

因为主体构思极具中国传统文化特色，那么“东南西北”的字样也应与之相配。用太简单的字体难以反映出中国文字的丰富与厚重，单纯用篆字又不好辨认，因此，字体设计参照了篆字造型及笔划的特点，加厚了整个标志的文化底蕴。

此后，创作组对设计方案进行了多次研讨，华健心回忆说：“‘四方神’方案的初稿出来后，大家认为在定位上还是比较贴切的，较好体现了‘零公里’标志的主要功能，形式庄重大方。一个方案设计出来，不仅要从形式上考虑视觉形象的美观，更要考虑设计的属性是否准确，与放置地点的环境是否协调，这是一个整体。我们希望设这个标志能较好地体现国家的风范和我国5000年的优秀文化传统。”

精雕细琢　重视每一个细节

方案的设计过程近3个月，期间，创作组反复讨论，就设计方案征询多位资深专家的意见，细化方案。在12个方案的复评阶段，专家们充分肯定了“四方神”方案的内涵和巧妙构思，同时指出造型、线条用法等方面的不足之处。

看过“四方神”方案的初稿和定稿，记者发现最初方案的中心是一个圆点，有点儿像古时大门上的铆钉。华健心解释道：“标志要安放在天安门广场附近，将会有很多中外游客前来参观，后来专家们经过讨论提出用阿拉伯数字的‘0’寓意更鲜明，能让人们更容易理解它的概念。”

其实，不仅中心点做了改动，“四方神”方案从推出最初的设计稿到最后的标志实体制作阶段，进行了不少细节方面的调整，可谓精雕细琢。比较明显的改动是，初次上报交通部的方案中大圆圈外按方位标出了我国每个省、自治区和直辖市的名称，有发射状的线与之相连。后考虑到行政区划、公路的公里数都有可能发生变化，便用圆点代替了名称，与“东南西北”对应的英文也由全拼改为只标首位字母……采访过程中，华健心和周岳多次说起“在标志设计过程中，各方专家为我们提供了许多宝贵的意见和建议，这个标志是集体智慧的结晶”。

随着标志方案的确定，清华大学美术学院被委托承担包括标志放置地点景观设计、标志实物制作在内的整体方案设计，至此，创作团队中加入了清华美院环境艺术设计系和雕塑系的部分教师，分别负责景观设计和标志实物制作两部分工作，为标志设计方案的最后实施提供了有力保障。

创作组经过与交通部、北京城市建设委员会等单位共同研究，选择了硬度、耐久度比较高的青铜为标志的铸造材料。进入具体操作阶段后，方案的平面图形逐渐立体化，起伏不能过大、应方便排水、凸起的字要耐磨等问题凸显出来，必须考虑周全，细节方面的调整仍在继续。包括“零公里”标志周围 100 平方米范围内的景观设计方案、标志实物制作在内，“四方神”整体方案凝聚了无数人的心血、汗水和智慧。

“零公里”标志既是国家干线公路总起点的象征，也为北京和即将到来的 2008 年奥运会增添了一道亮丽的人文景观。设计过程中的辛苦和快乐，随着“零公里”标志的正式发布，在别人眼中或许已成为过去，但对于华健心和周岳来说，却是静下来回味、思考的开始。

第二十一届中国产经好新闻副刊类三等奖　作者：马珊珊　编辑：马珊珊 | 2006 年 9 月 27 日　A4 版

从失地农民到股东老板

——湖北省阳新县交通部门积极引导失地农民留乡创业

日前，湖北省阳新县兴国镇白杨村村民梁师强、江友益等8位失地农民，拿出土地补偿金合伙投资，聘请县交通部门的专业人才作技术指导，成功中标造价2500万元的公路隧道开挖项目。在阳新县政府与县交通部门的积极引导下，越来越多的失地农民留乡创业，当股东做老板不仅是乡里人的美好愿望，而且变成了现实。

近年来，阳新县新建工业和交通项目逐年增多，如何让失地农民找到就业空间？县政府与县交通部门协商决定在兴国镇官桥村寻找突破。

武九铁路复线建设、新车站建设和国道106线、316线改扩建工程，征用了官桥村近70%的土地。兴国镇出台优惠补偿政策，交通部门辅以技术保障，鼓励村民留乡创业。村里48户失地农民依托邻近的采石场，办起了运输车队。村民石裕刚告诉记者："我壮着胆子拿出土地补偿金6万元，镇信用社担保贷款20万元，投入石材装车业务，一个月就赚了两万元，县交通局让我带头吃了只大螃蟹。"尝试成功后，县运管部门在村里开展了运输业务知识培训。目前，官桥村已建成拥有74辆装载车、两辆铲车的运输车队，成为全县第一个石材运输专业村。

官桥村的成功使上街村1500多名失地农民深受鼓舞，他们依托农产品交易、仓储加工跑运输，依托城区办饭店，依托建材预制搞建筑。去年，上街村将物流、饭店、建材等公司企业整合为集团公司，年产值1.8亿元，失地农民变成了公司职员，人均年收入8000余元。

两年前，华新水泥扩建项目落户韦源口镇鲤鱼海村，近600名农民失地。2005年2月，部分村民合伙从温州引进年产值800万元的塑料生产线，他们将交通标志牌等产品卖到江西、福建，年上缴税收50万元；还有一部分村民合资300多万元创建海鑫木地公司，搞起了物流贸易，在江西九江设立了物流信息中心；靠近江边的几户村民投资60万元修建水运码头，做起了装卸、仓储生意。

目前，阳新县4个乡镇10多个村的失地农民，合伙投资或经营起50多家中小型企业，其中产值过千万元的有16家，4000多名失地农民持企业股份在家门口上班。阳新县交通主管部门正着手研究方案，积极引导村民发展村际客运，方便村民出行。

第二十二届中国产经好新闻通讯类二等奖

作者：柯营之 编辑：林芬
2007年4月26日 A1版

交通厅全面启动化解修路债务计划

宁夏乡镇长压力小了干劲足了

“离任怕算债务，继任怕谈债务”。8856万元修路债务，曾让宁夏46个乡镇的干部们感到压力巨大。今年，宁夏回族自治区交通厅全面启动的化解乡镇修路债务计划无疑是给刚刚完成的乡镇班子换届工作送上了一份礼单——8856万元乡镇修路债务已化解7102.11万元，13个县区的乡镇修路债务全部化解。宁夏红寺堡开发区交通局局长李成武告诉记者，宁夏交通厅出资21万元化解了3个乡镇的全部债务，让乡镇长们脸上的“愁”变成了喜，工作压力小了，干劲足了。

宁夏是一个经济欠发达地区，公路欠账较多，“晴通雨阻”的农村公路曾是阻碍农村经济发展的一个难题，农民修路致富的愿望十分强烈。据统计，截至2006年年底，宁夏有22个市县（区）因修路拖欠债务8856万元。按照宁夏回族自治区党委政府的要求，从今年年初开始，宁夏交通厅厅长周舒主动与各市县（区）政府协商化解债务难题，并会同自治区财政、审计部门对债务情况认真地核查摸底，根据宁夏各地的经济发展和财政收支情况，制定了《宁夏交通厅化解债务实施办法》和《宁夏交通厅化解乡镇债务考核办法》，对9个国家和自治区级贫困县区，分别给予100%和60%的补贴，对于12个地方财政相对较好的市县给予40%的补贴，剩余部分由当地财政负担。宁夏计划用3年时间完成债务化解。据宁夏交通厅财务处处长张彪介绍，形成债务的乡镇，大多是经济条件差、地域偏远的地方，按照目标责任书要求各市县（区）要以乡镇为单位建立债务统计台账，化解一笔，核销一笔，每个季度必须向交通厅通报进展情况，并提供相关财务手续依据。交通厅按比例拨付资金，鼓励有条件的市县提前化解，确保2008年年底完成任务。

宁夏西吉县兴隆镇曾因当年热情款待毛主席率领的中央红军在此居住而远近闻名，2002年以来，为了解决路难行的问题，全镇党员干部带头垫资修路，连通了国省干线公路，使当地盛产的土豆由过去的每斤8分钱卖到了今年的五毛钱，牛羊肉远销甘肃、青海、新疆等地，皮毛走进了浙江、福建市场，农民人均年收入达到2800元。但因修路欠下的37万元债务，也成为刚刚摆脱贫困乡镇的沉重负担。曾任县交通局局长的西吉县人大常委会副主任陈有功说：“西吉县是国家级贫困县，像兴隆镇这种情况的乡镇全县有15个，债务总额达229.66万元，今年以来，宁夏交通厅已拨付资金192.65万元，县财政提供37.01万元，一年就提前完成了全部债务化解。为我们50万名回族和汉族群众摆脱贫困走向富裕提供了可靠保证。”

在宁夏提起红寺堡移民开发区几乎是家喻户晓妇孺皆知，为了让20万名回族和汉族群众搬迁出土地瘠薄、生活贫困的山区，1998年，宁夏回族自治区党委、政府在有灌溉条件的中部地区建立了移民开发区，宁夏交通厅投资建设了两条连接国省干线的公路。但由于移民点多线长，通乡是沥青路，到村却是土路大车道，农民生产、生活十分不便。为此，乡镇举债、农民出力修了村通乡的沙砾路，但几年下来却欠下了21万元的债务，让没有多少积累的乡镇背上了包袱。红寺堡镇镇长马俊说：“党员干部带头干，流多少汗咱不怕，可逢年过节，咱流着泪到处躲债心里的滋味可真不好受。如今，交通厅给咱出资还了全部债务，我也流了泪，那是感激的热泪。”

据宁夏交通厅提供的数字显示：截至11月30日，宁夏交通厅已化解乡镇修路债务7102.11万元，占8856万元化解任务的80.2%；在今年13个完成化解债务的县区中，9个国家级和自治区级县区名列其中，其余的9个市县（区）化解任务已超过50%以上，预计明年可全部化解债务，提前1年全面完成计划。

正月初六·十堰至南京客车

我把农民工接回城

礼花飞舞、合家团圆的除夕，他们仍在自己的岗位上热情地忙碌；走亲访友、互致新年祝福的春节长假，他们细致周到地服务着四海宾客。无论是客车司机、公路收费员、运管人员、路政人员还是海事人员、救助人员……他们有一个共同的目标：让老百姓出行更加安全、便捷。他们用自己的行动，践行着“三个服务”的庄严承诺。

本期，我们记录了从除夕到正月初六，来自不同岗位的几名交通职工一天的工作。我们愿以这种形式，向所有节日期间仍坚守岗位的交通人致敬！

时间：2月23日

地点：江苏南京长途汽车客运总公司

人物：驾驶员葛长海

每年春运，都是驾驶员最忙的时候。俗话说：“三六九，向外走”，我刚在家轮休了两天，转眼就到了大年初六，还得马不停蹄地“日行千里”。这次我的任务是到湖北省十堰市接农民工回南京。

一说春运，我都忘了自我介绍了。我叫葛长海，今年42岁，是南京长途汽车客运集团的一名驾驶员。说起接送农民工，我印象最深的是2000年，那时南京的河西刚开始开发建设，大量的农民工涌入城里，逢年过节，我总要和他们打交道。说句实在话，那时候跑农民工包车比我们跑正常班车难多了，首要问题就是路不好走，逢上晴天，开车到工地接他们，那是一片扬尘，刚擦干净的车一会儿就蒙上一层土；逢上雨天，更头疼了，万一车陷到泥坑里，不折腾20分钟是出不来的。那时候农民工回家带的东西也多，大蛇皮口袋、小麻包全都鼓鼓囊囊的，想把几十号人全安排妥当，东西全摆好，至少要半个小时。这些接人时的组织问题虽然有些麻烦，但还算能应付，最难的还是送他们回乡的过程，绝对考验一名驾驶员各方面的能力。

我记得那时候启东、海门方向的农民工特别多，光是那又窄又泥泞的村路，就让我的心直抖，一路上可谓是“险情不断”，没有良好的驾驶技术，这车真不敢开。那时候我开的车是东风663，车上灰多，车里又冷。有一年天气特别冷，再加上土路难走，我两条腿都冻僵了，盖了一条毛毯也没什么用，好不容易坚持把最后一名乘客送到家。那名乘客看我实在太冷了，就让家人端了一碗刚煮好的稀饭给我。我接过来直接就往下灌，根本都觉不出来烫，直到喝进肚子里，才感觉那稀饭太烫了。在这里我不是夸自己有经验、能吃苦，我敢说如果换上没有多少驾龄的驾驶员，还真不能保证完成任务。不是说年轻驾驶员不行，而是那路太不好了。安全没有保障，包车接送农民工这活儿给我们驾驶员的压力真不小。

几年光景，今非昔比。现在很多乡镇的村路都修好了，又宽阔又平整，比城里的路还好。车也有大变化，2003年我“一步登天”，从“东风”换成了“沃尔沃”，要多舒服有多舒服。现在领导要是安排包车接送农民工，我们驾驶员都争着去呢。这次去十堰，是我和同事杨进宁一同去的，他也是有着二十多年经验的老驾驶员了，我们早晨4点从南京出发，两人轮流开车，下午6点也就到了。一路上大部分是高速公路，去年沪陕高速公路河南段一建好，只有125公里不是高速公路了，我们开起车来更安全更轻松了。下了高速公路，十堰当地的路也十分好走，不但宽阔平整，指路牌也很清楚，想到哪个镇哪个村，一目了然。

由于我们春运期间时间紧、任务重，到了指定地点就要组织农民工上车，基本上是不休息的，但让我们高兴的是现在组织农民工上车也不像以前那么难了。大家带的行李都不算多，一个个轻装上阵，就算带东西的也是各式方正轻便的箱包，摆放起来也非常容易，十来分钟大家都能坐上车。村路好了、宽了，十几米长的“沃尔沃”掉头也不是难事，我们驾驶员的心情自然好起来。打开空调，整个车子里立刻暖意融融。前几年出门时不讲究的农民工，现在个个都是神清气爽，解放鞋换成了旅游鞋，劳动服也变成了西装，我那“沃尔沃”里雪白的椅套，几天都不用换。晚上6点左右，我们就从十堰出发，油门一踩驶上宽阔的大马路，打开液晶电视，大家在欢歌笑语中抵达南京。

感言：我们当驾驶员的没有别的愿望，就是希望把农民工安全便捷地送到家。以前怕接送农民工，没有别的原因，就是因为农村的路太难走，逢上雨雪天，我们责任更大、压力更重。不瞒大家说，以前我们驾驶员私下开玩笑说，包车接送农民工是块烫手山芋，能不接就不要接。现在，农村的路越修越多、越建越好，走到哪里都有指路牌，我们都开心地说这路修的标准快赶上高速公路了。农民工的素质也提高得很快，以前由于是包车，随意下客的现象很严重，我们驾驶员也没办法，现在大家都能遵守行车规章，擅自下客的现象很少了。如今，我们再也不怕接送农民工了，虽然春运对我们来说，又忙又累，但是走这样的村路，我们忙得开心，家人安心，领导放心。——葛长海

第二十二届中国产经好新闻通讯类三等奖　作者：王瑞水 赵赟　编辑：马冉冉 熊水湖　2007年2月25日 A2版

抗战生命线上的“24道拐”

在60多年前那段烽火连天的抗战岁月里，有一条运输动脉，从印度经缅甸，到达当时中国的“陪都”重庆，将中国与世界反法西斯阵营连接起来。通过这条运输动脉，一批批物资由美军的车队运抵中国，它是当年中国抗日战争大后方唯一的陆路运输通道，被誉为“抗战生命线”，而位于贵州晴隆的“24道拐”公路就是这条运输动脉上的一个重要节点。

“24道拐”重新被发现

壁立的山体，盘旋的公路，像是天公抖落的银练，从云端直坠谷底。在直道和弯道上，美国“GMC”十轮大卡车，沿着一条拥有24道弯的公路，从幽深的谷底向着险峻的山顶依序行驶。

第二次世界大战期间，一张出自美国随军记者之手的中国公路照片，被世界各大媒体反复转载。战后美国出版的《醋瓶子乔的战争》（“醋瓶子乔”是美军将领史迪威的绰号）一书的封面，也采用了这张照片。照片上的公路被称为“24道拐”公路,媒体和专家都声称这是滇缅公路上的一段,但究竟位于什么地方,谁都说不清。在二战期间承载了无数军用物资运输，为二战胜利作出重要贡献的这条公路究竟在哪里？半个世纪以来，不断有学者在云贵两省寻找未果。“24道拐”公路声名远播，在现实中却神秘地消失了……

从20世纪80年代起，云南二战学者戈叔亚开始研究滇缅公路历史。但是，他原本认为在云南境内的“24道拐”公路却始终找不到踪影。此后，戈叔亚花费8年时间苦苦寻觅。他走访历史学家和许多二战老兵，并沿着滇缅公路进行了无数次实地考察。他甚至跑到缅甸腊戍，还从云南边境的畹町沿史迪威公路经缅甸八莫到达密支那，却始终一无所获，照片与实地对照，总是相差甚远。2001年年底，戈叔亚偶然得知，“24道拐”公路在安南。“安南”是贵州晴隆县的旧称。于是，戈叔亚踏上了开往贵州的列车。2002年，经过实地考察，戈叔亚向新闻界宣布了自己的发现，终于揭开了“24道拐”公路神秘的面纱，它就位于贵州晴隆县。

巧夺天工的公路

“24道拐”公路所处之地古称鸦关，当地人又称之为半关，位于黔西南布依族苗族自治州晴隆县城南郊1公里，盘旋于雄峻陡峭的晴隆山脉和磨盘山之间的一片低凹陡坡上，有“一夫当关，万夫莫开”之势。明清时代，此处是蜿蜒的古驿道，关口建有涌泉寺，寺外设茶亭，专供路人游客小憩。寺旁岩壁之上，有“甘泉胜迹”等众多石刻。鸦关之雄险，名闻滇黔，明嘉靖年间，诗人周文化由此路过，留下了“列哉风高仰万山，云空叶积马蹄艰，一为行省衣冠地，便是雄图锁钥关”的诗句。

“24道拐”公路就修建在这样一个艰险的地段，其建设难度可想而知。1935年，由工程师周岳生领队，多次勘测设计，同年由民国西南公路局局长曾养甫督工，“24道拐”公路正式动工，1936年竣工，成为黔滇公路的必经之处。“24道拐”弯道全长4公里，有效路面宽约6米，山脚第1道拐与山顶第24道拐之间的直线距离约350米，垂直高度约250米，路坡的倾角约60度左右，乘小汽车由下至上，爬完全程约需8分钟，由上至下约6分钟。由关口向下俯视，“24道拐”公路仿佛游蛇下山，欲饮山谷之清泉；从关下往上仰视，“24道拐”公路犹如巨龙盘山，高耸入云端。

“24道拐”公路虽险要，其设计却十分精巧，可谓巧夺天工，匠心独具。道旁的上下挡墙，均由五面石砌成，经历半个多世纪的风雨，仍完好如初，既可见当时先进的建筑技术，又可见当地民工的精工巧琢，是建筑中罕见的历史珍宝。

抗战运输要道

二战时期，美国的援华物资经过滇缅公路到达昆明后，必须经过滇黔公路才能运送到重庆和前线，而“24道拐”公路正是滇黔公路的重要节点，成了中缅印战区交通大动脉，承担着国际援华物资的运输任务。日本空军多次派飞机对“24道拐”公路进行轰炸，欲截断滇黔咽喉。

太平洋战争爆发后，美国陆军准将约瑟夫·史迪威任美军中缅印战区总司令兼盟军中国战区总参谋长，美陆军部长史汀生要求史迪威维持滇缅公路的运输，并致力于“改进中国陆军的战斗效能”。1942年，美国的公路工程部队1880工兵营进驻贵州省晴隆县修筑滇黔公路，用水泥砌挡墙，并对“24道拐”公路进行了维修，在当地群众的配合下，完成了维修任务，保证了运输的畅通。

1954年，为行车安全，贵州省交通部门在“24道拐”的旁边重新修建了一条坡缓弯道少的沥青公路，在山脚处与原“24道拐”的路口相接，作为320国道的一部分。目前，镇宁至胜境关高速公路建设正紧锣密鼓地进行着，总长约4.3公里的晴隆隧道已经贯通，将于今年年底竣工通车。届时，人们行车不用再翻山越岭，而是高速穿山而过。不过，“24道拐”作为中华民族抵御外侮、自强图存意志的一个象征，将会长久地留在大地上，留在历史的记忆中。

第二十二届中国产经好新闻通讯类三等奖　作者：李黔刚　编辑：徐厚广 | 2007年9月13日 A4版

安徽公路：从“小水大灾”到“大水小灾”

肆虐的洪水终于被“驯服”了。自8月2日起，安徽结束了全省防汛抗旱应急预案响应，淮河流域全线解除警报。

大水小灾

这场洪水仅次于1954年的淮河全流域性大洪水，干流全线超过警戒水位，部分河段超过保证水位或历史最高水位。与1991年、2003年和2005年相比，2007年淮河流域降水呈现出明显特点：一是降水非常集中；二是强降水主要集中在淮河干流；三是强降水覆盖的面积较大。此外，皖南山区强降雨量也刷新历史最高纪录。

与历史上的洪涝灾害相比，今年安徽公路受损情况明显减少。据安徽省公路局统计，今年洪灾期间，国省道干线水毁损失8000万元，农村公路水毁损失4.5亿元，与2003年洪灾相比，两项水毁损失分别减少4亿元和两亿元。

路网成为抗洪运输动脉

面对今年的洪灾，安徽各级交通公路部门从容“接招儿”，整个抗洪抢险过程紧张有序。在洪灾发生前，安徽交通部门针对洪涝灾害制定了突发事件应急预案，准备好专业的抢险队伍和充分的抢险救灾物资。灾情一发生，抢险救灾人员和物资就在第一时间到达现场，将水毁损失降至最低。

在安徽农村，一条条水泥路在田间地头延伸，为农村防洪保安增添了大批新“动脉”。许多百姓再不用在泥泞中转移了，人员、物资运输顺畅了许多，抗洪节奏大幅加快。淮南毛集实验区汛期通过农村公路转移安置了近3000名灾民，运送各种救灾防汛物资100余吨，农村公路成为阻挡洪水的“铜墙铁壁”和运输防汛抗洪物资的“动脉”。洪水肆虐，安徽所有运营中的高速公路却岿然不动，畅通无阻。不少国省道虽然受到洪水影响，但除了山洪暴发的个别区域，没有发生大规模毁坏，成为保卫群众生命财产安全的重要通道。

5项措施提高公路抗灾能力

“近年来，安徽公路提高了基础设施抗灾能力，公路灾害防治工程已初显成效。”

安徽省公路局副局长章后忠如是说。

“省道209线大别山区六安段是一个灾害频发的路段，实施灾害防治工程后，在今年的特大洪灾面前，省道209线畅通无阻。”六安市公路局局长许明力向记者介绍说。

据了解，安徽在提高公路质量和抗灾能力上采取了一系列强有力措施。一是高度重视工程质量。在全系统建立健全了四级质量保证体系，开展质量管理年活动，加强建设市场管理。开展地质灾害、审计整改情况等专项检查，每年进行全省工程建设质量及安全大检查。严格执行工程建设质量责任登记制度，落实工程质量终生负责制和责任追究制。对重点工程普遍开展实体质量巡检，实行在建工程质量预警机制。二是综合整治公路灾害。以增设和完善公路的灾害防护设施为重点，对公路边坡、路基、桥梁构造物和排（防）水设施进行综合整治。三是实施安保工程。在大别山区和皖南山区实施了以提高山区公路排水能力、抗灾能力和通行能力为目的的山区公路养护示范工程，在淮北、江淮地区实施路容路貌整治工程。四是采用新理念，实施生态防护。对易风化、滑塌土质边坡坡面采用客土喷播技术进行治理，使普通条件下无法绿化或绿化效果差的边坡实现立体绿化、恢复自然植被。设置路基（路肩）挡墙，加固路基，完善边沟设置，设置急流槽，增设排水涵洞，及时将边沟、截水沟等水流引入自然沟渠。五是对水毁公路的修复不是简单再修复，而是着眼长远，修复一处、稳定一处、提高一处，决不发生重复性水毁。

实施农村公路排水设施与旱井集雨灌溉对接工程

山西：公路集雨灌农田

本报讯（**记者** 杨原平）这些日子，山西省交通厅农村路网管理处的李俊生和姚凯正在忙着为实施农村公路排水设施与旱井集雨灌溉对接工程进行前期准备工作。在晋中市寿阳县，他们与当地交通和水利部门的同志查看了多条公路的排水设施，为农村公路如何排水的事进行实地调查。

交通也要办“水利”？原来，这是今年山西省交通厅联手水利部门要办的一件实事：实施农村公路排水设施与旱井集雨灌溉对接工程。当地根据农村公路建设，沿路修建旱井、水池等集雨工程设施，特别是对一些分散、难以实施集中供水的村庄（没有水源条件的），要将公路上的雨水通过排水设施排到旱井、塘坝、水池或其他集雨场地，保证能够蓄上水、浇上地，提高水资源和公路排水设施的利用率。对已修好的“村村通”水泥（沥青）路，当地要对公路排水设施进行完善，达到与旱井集雨灌溉工程相结合；对于今后新建的农村公路，公路排水设施要与旱井集雨灌溉工程统一规划；还要充分发挥现有农村公路的桥涵、排水沟等排水设施，结合农村水利已建的塘坝、水池等蓄水设施，通过规划、改造、升级，形成比较完善的旱井集雨灌溉系统。

充分利用农村交通基础设施，面向农业、服务农民，为农村办“水利”是山西交通部门的新举措。先期调查显示，当地群众对该项工程热情很高，水利部门也积极响应。为把这件实事办好，山西省首先确定在大同和晋中两市各选两三个县进行试点，实行省补、地方政府配套的办法筹措资金，并鼓励群众投工投劳。试点工作将于今年 8 月结束，取得经验后将予以全面推广。

山西是一个水资源严重缺乏的地区，再加上多年旱灾，部分山区农村基本靠天吃饭，个别地方甚至人畜饮水都有困难。经初步测算，实施农村公路排水设施与旱井集雨灌溉对接工程后，按山西平均年降水量 600 毫米计算，每 200 平方米路面可集雨 70 立方米。目前全省已建成农村公路 7.6 万多公里，“十一五”的后四年计划再建设 4 万公里，如果能充分利用这些公路资源，将“村村通”公路变成季节性的“排水渠”和“蓄水池”，集水数量是相当可观的，对于山西抗旱备耕，促进农业生产、增加农民收入，管理养护好农村公路，推进新农村建设具有十分深远的意义。

·第二十二届中国产经好新闻通讯类三等奖　作者：杨原平　编辑：马冉冉　|　2007 年 3 月 22 日　A2 版

假合同巧立名目套取资金　真合同“拨乱反正”规范管理

陕西蓝商高速公路项目“清算”不等“秋后”

蓝商高速公路项目以前的合同假得让人触目惊心。

主管清算工作的陕西省交通厅副厅长王明祥告诉记者，项目清算组临危受命，及时对原蓝商公司实行财产和证据保全，冻结了银行账户，封存了文件资料，重新确认工程量和债权债务，与通达公司进行了10多次洽谈和反复协商交涉，基本查清了蓝商项目合资建设过程中的主要问题，并将大量证据提交给仲裁机构。在事实面前，通达公司被迫提交了书面承认书，并表示愿意承担相应的责任。

违章违法行为名目繁多

新组建的蓝商高速公路管理处坚持边整改、边建设的“两手抓”政策，对原合同文件进行了全面清理，发现了大量误差以及违章违法行为。

其一，非法转包分包工程现象严重。原蓝商公司除将工程建设管理权非法转包给中建总公司外，其所属的子公司也存在大量分包转包问题。

其二，招标期间严重违法违规。原蓝商公司采用提高材料价格、扩大定额消耗量、错误套用定额和增加工程量等手段，肆意抬高标底，其制定的标底比原依法审定的标底高出3.85亿元。开标前，原蓝商公司又对中建总公司拟定要中标的标段，大幅度抬高标底，平均抬高幅度为6.84%，其中A5标抬高幅度高达14.7%，抬高费用绝对值为1.22亿元。蓝商项目原合同总价为31.35亿元，比陕西省交通厅批复的施工图修正概算高出6%。同时，原蓝商公司与投标人串标围标，事先确定了中标单位，并与其确定了利益分配关系。20个标段中，中建总公司及其子公司直接中标5个，套牌中标7个。他们还违规高价供应材料20多种，供价最高的材料比市场价高出39%，材料总费用比正常情况下高出3.1亿元。

其三，原合同文件工程量清单中虚埋1.84亿元工程量，其中全线多计锚杆及锚索工程量14.4万米，多列费用1232万元；多计路基土石方55万立方米，多列费用1522万元；多计钢材3418吨，多列费用1301万元；多计混凝土24.1万立方米，多列费用5742万元；多计浆砌块片石6.9万立方米，多列费用1330万元。

由于“业主”、监理、施工单位串通一气，多计与多支付已成定局。同时，原合同又漏计工程细目价值9500万元，业内人士分析，这部分是有设计而必然要发生的，施工过程中几方就可以合谋按变更设计进行议价，形成再次加码的格局。

其四，合同文件第二卷计量支付条款与第三卷工程量清单矛盾，如隧道支护钢支撑、锚杆的连接钢筋、钢板、垫板等重复计量，涉及费用6000多万元。

其五，工程异常单价特别突出，有些标段，特别是中建总公司所属单位承建的标段，个别支付号单价高得离奇，如片石混凝土单价每立方米高达784元，桥梁防撞护栏单价每延米高达1400元等。全线异常单价涉及费用达6500万元。

其六，合同管理混乱。开工后只计量了一次，有的合同段一次也未计量；随意借款1.79亿元，违规预付材料款2亿元。

其七，工程进度严重滞后，质量问题突出。按合同约定，到2006年9月28日，合同工期已过半，但实际完成的工程量还不到10％。对监理工程师已签认合格的桩基工程，清算组只抽检了10％，就发现其中的50％都不合格。

其八，用工程预付款顶替保证金，投标人中标后未按合同要求先交履约保证金，而“业主”却支付了开工预付款。大部分承包人（中建系统的单位）将开工预付款又作为履约保证金交给“业主”，致使工地现场无周转资金，建设资金非常紧张，严重影响了工程进度和质量。

合同净核减3.8亿元

针对合同清理过程中发现的问题，陕西省交通厅下发了《关于对蓝商高速公路合同文件进行合同清理修改和补充完善的通知》，清理组对问题合同依法“拨乱反正”，对原合同文件进行了补充完善。

合同补充完善的核心内容主要是对清理出的问题进行纠正，即停止甲方供应材料，削减甲方供应材料的价差；剔除虚假工程量和重复计量；重新划分工程量清单；调整过高的工程单价；按交通部合同范本规范支付细目，补充全遗漏工程。

陕西省交通厅负责人告诉记者，这次对原合同的清理、补充、完善，完全符合国家、陕西省有关法律、法规、政策精神，同时也符合陕西省交通厅有关文件规定。在合同补充完善中充分考虑了施工、监理单位的利益，调整后的合同价格略高于陕西省其他公路项目招标中标价格。这次补充完善合同，降低了业主和施工企业双方的风险，使蓝商高速公路的建设管理、施工管理、资金使用、工程质量、工程进度等都落到了实处。

清理组共清理土建合同20个，原合同总价31.35亿元，清理后为26.56亿元，核减约4.8亿元，扣除新增工程细目9500万元，净核减约3.8亿元；清理整顿总监办合同1个，合同总价由1664万元降到1100万元，核减564万元；清理中心试验室合同1个，原合同总价928万元，清理后为480万元，核减438万元。

“借牌队伍”和不合格队伍清理出场

陕西省交通厅经过认真研究，认为参加蓝商高速公路施工的队伍，绝大多数是有资质、有能力的队伍，相信这些队伍在严格管理下，能够按照国家相关法规、政策和合同条款的规定干好工程。基于这一认识，陕西省交通厅决定原则上不撤换中标的队伍，但必须是中标法人单位自己正规的队伍，清理“借牌队伍”和不合格队伍。

根据合同清理情况，清理组编制完成了施工、监理补充合同文件，经陕西省交通厅审查后作为谈判的基础。

为顺利推进谈判工作，尽快签订补充合同，使工程早日按新合同管理运行，陕西省交通厅还下发了《关于签订蓝商高速公路路基桥隧施工监理补充合同的通知》，并组织交通厅建设处、法规处、资金处、审计办与蓝商高速公路管理处一起组成合同谈判组，与19个施工单位、4个监理高驻办、1个中心试验室进行谈判。

从2007年3月1日开始到3月23日结束，谈判组进行了艰苦卓绝的工作，在他们有理有据的耐心说服下，大部分施工、监理单位做到了识大体、顾大局。谈判组也充分考虑了各单位提出的具体问题，采纳了合理的意见。经过谈判，19个施工单位、4个高驻办、1个中心试验室全部签订了谈判备忘录，并就补充合同协议书达成了一致意见。

清理组将履约能力极差、转包分包严重、工程质量问题特别突出的3个监理单位、1个施工单位清除出场。通过重新招标选择队伍，新的监理、施工队伍已经全部进场。

4月11日，陕西省交通厅主持举行了蓝商项目施工、监理补充合同签字仪式。陕西省交通厅厅长曹森等厅领导参加了会议。蓝商高速公路管理处与27家施工、监理及试验检测单位签订了补充合同文件。

真假合同，“拨乱反正”，蓝商高速公路项目“清算”不等“秋后”，为国家挽回了巨额经济损失，同时也使中国通达公司、中建总公司避免陷入更深的错误泥潭。

补充合同的签订，标志着蓝商高速公路合同清理工作的基本结束，标志着蓝商高速公路项目“拨乱反正”取得了巨大的成果，标志着蓝商高速公路走上了依法建设管理的轨道，也标志着蓝商高速公路又好又快的建设局面正在形成。

记者到平顺县寺头乡采访，停车问路时听到的回答是："问乡政府在哪里，或许有人说不上来，要是问物流站在哪里，男女老少没有人不知道。"

山西平顺：农村物流中心对农民心思

山西省平顺县寺头物流分站设在寺头乡粮站。近日，记者到寺头乡采访，用当地老百姓的话说，这个物流分站办得对心思，大到生产资料、建材，小到生活用品、粮油，甚至连村里的婚丧嫁娶、置办酒席，一个电话、一个短信就能搞定。

据了解，在实现村村通沥青（水泥）路、村村通客运班车基础上，山西省平顺县加快农村货运物流基础设施建设，培育发展农村物流市场体系，以现代化物流供应链运作模式推进农业产业化经营，以发展农村物流为龙头，实行"公司＋基地＋经济合作组织＋农户"和订单农业、规模种植、标准化产业化经营，走出了一条具有平顺特色的农村物流发展之路。

县有中心　乡设分站

平顺县位于太行山南端，山西省东南部。虽然境内资源丰富，但山地占全县面积85%以上，16.7万人口零散居住在1370个山庄窝铺，是国家级扶贫开发重点县。

经过深入细致的调查研究，在充分掌握农村物流的流向、流量、流时和运力分布的情况下，当地交通部门认为，平顺县在实现"双通"之后，必须加快发展农村物流业，以物流助推农村经济社会发展。平顺县政府确定了"县有中心，乡有站，村有信息员"的运作模式，交通部门进一步将之规范为"七有四保障"，即有机构、有制度、有车辆、有人员、有场地、有实体、有信息指挥系统，保障全县战略物资的及时运输，保障全县抢险救灾物资的快捷运输，保障农村生产资料、生活用品的适时运输，保障农副产品和矿产品的快速有序运输。

据了解，2006年8月营运的平顺县农村物流中心下设4个分站，分站下设30个农村服务点，今年将扩大到100个，主要为农村配送农资、生活用品、煤炭、面粉等，并配载拉运农副产品。该中心配备3个车队，一队配备厢式货车10辆，主要服务奶、蛋、粮食及鲜活蔬菜运输，二队配备两吨左右小型货车10辆，重点从事农副产品、农资以及日常生活用品的运输服务，三队配备5吨左右中型货车11辆，主要从事农资运输和农副产品外运。另外，中心还组建了一个应急保障车队和维修救援组，专门负责农村物流的救援工作。

物流中心主任许孝忠打开电脑，如数家珍地向记者介绍中心的运转情况。据统计，自2006年8月以来，中心共运送化肥5000吨，地膜、农药50吨，收集发布信息100余条，车队完成运输量1万吨，销售收入1000多万元，为农民增加直接经济收入100多万元。中心凭借着运力资源优势、信息资源优势、价格优势、服务优势，在市场上拥有较强的竞争力。

订单农业　农民放心

“在农村发展物流十分重要”，平顺县西沟村十届全国人大代表申纪兰对记者说。如今，申纪兰不但带领村民在村里办起了焦化厂、电石厂，还以自己的名字注册了山西厦普赛尔纪兰饮料有限公司，利用本村丰富的苹果、核桃、优质山泉资源，建起了3条生产线，年产苹果汁6000吨、纯净水4000吨、核桃露4000吨。

农村物流发展在促进人们观念更新的同时，还极大地促进了农业产业结构调整，带动广大农户按照市场需求进行专业化、集约化生产，形成了优势产业集群。西部台地小杂粮基地顺势而建，平顺县双喜绿色食品开发有限公司挂牌开张。该公司主要收购加工三樱椒、玉米、豆类，发往全国各地，部分销往国外。“公司＋基地＋经纪合作组织＋农户”的经营模式在平顺县全面展开。订单农业使农民生产更放心，农作物连片规模种植，使农业生产向产业化发展大大迈进了一步。

农村物流业发展造就了一批有竞争力的市场主体，创造了一批有较强竞争力的名牌产品，提高了农业综合生产效益。该县龙溪镇投资7000万元，正在紧锣密鼓地建设平顺县鑫源马铃薯开发有限公司，主要生产变性淀粉，设计年生产能力为1万吨精淀粉，可消化平顺4个乡镇和壶关县部分地区生产的马铃薯6万吨，年产值可达9000万元，实现利税2000万元，其副产品可养猪、养牛，形成循环经济链，同时，还可以解决200多名农村富余劳动力就业问题。

平顺县交通局局长郭忠胜告诉记者，目前他们正计划投资1000万元扩建物流中心，让农村物流服务经济社会发展全局，服务社会主义新农村建设，服务农村货畅其流。

第十七届山西新闻奖三等奖　　作者：石中生 | 2007年4月19日　A1版

心的托付　从未辜负

——云南省德钦县云岭乡邮递员尼玛拉木系列报道之二

在云岭乡邮政所，除了尼玛拉木和她的儿子外，记者还见到了她的丈夫，一位瘦瘦的、眼睛中闪烁着坚毅光芒的藏族汉子。他买了一辆汽车跑运输，当时正要开车出去。

这位被称为“尼玛拉木媳妇”的男人，不但干农活、做饭，还带孩子。有时候他也会对妻子发牢骚：“你工作那么辛苦，孩子又拖累我的工作，你干脆不要干了，就在家里做家务、管孩子。你这点工资我随便就能挣回来。”但更多的时候，他会给尼玛拉木以默默的支持，给她准备好路上需要的物品：糌粑、咸菜、辣椒、护身符等，甚至有时候会帮尼玛拉木去送信。

是呀，工作这么辛苦，挣钱又不多，尼玛拉木对邮政事业的执着与忠诚来源于何处呢？记者去云岭之前就在思索，跟着尼玛拉木走邮路的时候也在苦苦思索。

路上，我们遇到一位藏族老乡，她主动跟尼玛拉木打招呼，两人聊得热火朝天。到了红坡村又有许多村民跟尼玛拉木打招呼，仿佛尼玛拉木就生活在这个村一样。

德钦县邮政局局长杨利民向记者介绍，尼玛拉木总是把为乡亲们多做事看成自己的责任，乡亲们也都把她当成自己的亲人。藏族村子都在山上，比较分散，生活必需品比较缺乏，但为了买一些盐巴、针线、药品而走出大山很麻烦。于是，尼玛拉木的邮包就成了当地藏民的小药箱、针线包和杂货铺。尼玛拉木的好，乡亲们看在眼里、记在心里，因此，他们也常常让尼玛拉木享受藏家“最高礼遇”。在尼玛拉木常常借宿的农户家，主人总是在她到来之前早早在火塘边为她搭好床铺。这是藏家最尊贵的位置。

进入红坡村后，一条狗朝我们跑来。记者本来有些紧张，看见尼玛拉木从容从它身边经过才放下心来。然而，村子里的狗并非一开始就这么友善。尼玛拉木刚刚参加工作时，村子里的大部分狗对尼玛拉木都很凶，有几条藏獒还对她穷追猛赶。那些脸如铜盆、大如牦牛的藏獒，发出低沉而可怕的怒吼，直到将尼玛拉木赶出村子才罢休，所以她在进村子前有捡一根打狗棍的习惯。现在，云岭乡的狗都已经认识尼玛拉木了，有些狗还会摇着尾巴靠近她示好。

跋涉许久，我们终于到达此行的终点红坡村完小。老师和孩子脸上洋溢着笑容，记者能够感觉到他们和尼玛拉木非常熟悉，也很期待尼玛拉木的到来，盼望着尼玛拉木能够为他们带来大山外的消息。

尼玛拉木告诉记者，2007年，云南省外的一位小朋友给云岭乡西当完小寄来一个电子课间铃，尼玛拉木把它送到学校，孩子们第一次听到和城里学校一样的清脆铃声，非常开心。从此，只要她一走进学校，孩子们总要围上来，看看尼玛拉木又给他们带来了什么新东西。

记者问尼玛拉木："在你的投递生涯中有没有什么难忘的故事呢？"她回答说："没有什么故事，每天都那样，信件来了就把它送到乡亲们的手中。"德钦县邮政局局长杨利民告诉记者，这简单的一句话，却是尼玛拉木九年十万公里送信路的写照，她没有因为个人原因耽误过一封邮件，邮件投递准确率一直是100%。她曾经为了一封写给"查理桶村达瓦"的信，问遍了整村二十多个叫"达瓦"的人；她曾经为了投递一份高考录取通知书，花了六天时间，不断穿梭于乡镇和村子之间，最后在一个高山牧场找到了那名正在放羊的考生；她还曾经为给羊咱村鲁追送一封信，连续闯过三道泥石流……

为了一封信这样做值吗？尼玛拉木说："按照藏族的传统，人家把信件交给我来送，其实就相当于把心托付给我了。所以不管碰到什么样的困难，我都要把信件及时送到对方手里。看见别人拿到信开心的样子，我的疲惫就烟消云散了。"

大山造就了当地藏民淳朴的性格，记者能够体会到他们之间那种朴素的情感。尼玛拉木从事的是一份工作，带着一份责任；尼玛拉木从事的还是一种交往，带着一种感情。也许这就是尼玛拉木对邮政事业如此执着的原因吧。

大洋彼岸中国心

——北美华人留学生、社团向湖南长沙捐赠车载式除冰铲雪设备的故事

编者按：前不久，罕见的冰雪灾害影响了我国南方十几个省份。在全国人民抗击冰雪灾害的同时，大洋彼岸的中国留学生、社团也心系祖国，他们克服重重困难，筹款购买了车载式除冰铲雪设备空运到湖南长沙，在抗灾行动中展现了赤子情怀。本报特别联系到这次捐助活动的主要组织者曲涛先生，请他讲述了这次活动中的一些故事。

祖国灾情牵动我心

1月27日，美国新泽西，了解到实际情况后我惊呆了

刚从每年一度的华盛顿世界交通大会（TRB）回到新泽西的第一个周末，我正与家人在普林斯顿大学附近的一家餐厅进晚餐，一个朋友打来了电话。

他当时正在收看中国中央电视台海外频道直播中国南方十余省份抵抗特大风雪的特别报道，并向我描述了京珠高速公路湖南段被罕见冰雪冻阻的严重情景。等我回到家里通过网络电视了解了情况时，顿时惊呆了。

这是一场发生在中国南方地区50年甚至百年不遇的特大低温冰雪灾害，而且持续时间长，又正好发生在一年一度的春运高峰前期，成千上万的人正急匆匆地在返乡过年的途中。

1月28日，美国新泽西普林斯顿，将募集铲雪设备想法短信发到国内

上班后，我继续在各家网络媒体上关注国内灾情。

我得知，温家宝总理紧急飞往湖南，上了飞机还不知道能在哪个冰天雪地的机场降落，但目的地很明确——灾情最严重的省份湖南。

我注意到，灾区缺乏对付冰雪灾害有效的除冰铲雪设施和融化冰雪的氯化镁等物资储备。因为这些地方几乎从来不下雪。战士们只能用铁锹、洋镐除冰，用裸露的双手撒盐。紧急调来的大型设备也是些非专业铲雪用的平地机、铲土车，而且数量有限。有些部队甚至动用了坦克、装甲车来碾冰压雪。想到这些平整的高等级路

面灾后肯定会千疮百孔，要耗费巨资修补，我心里非常沉痛。但是，国内搞交通的朋友们又何尝不知道后果呢？一切以救人生命为先，国家决心不惜任何代价。

恰巧，美国东部地区逢着暖冬，至今尚未下雪。何不将闲置的除冰铲雪设备募集起来，空运到中国灾区？ 18 时 36 分，我将这个想法用短信发给了国内奋战在交通抢险救灾一线的老领导和朋友们，其中包括：交通部专家委员会主任凤懋润、交通部公路司司长戴东昌、湖南省长沙市市长张剑飞（后来了解到张剑飞履新已两个月左右，手机号码换了，信息并未发到）、贵州交通厅计划处处长孙力、广东省交通厅总工程师王富民。

百忙之中，连续作战数日负责处理应急事项的戴东昌司长回复短信："非常感动，很抱歉未能及时回复，国内正全面动员。捐赠除冰铲雪设备一事可通过救援机构联系和落实。"

贵州交通厅计划处处长孙力回复短信说："非常感谢，但机场全部关闭，空运不进来。"

搜寻最先进除雪设备

1 月 28 日至 1 月 31 日，普林斯顿，与国内救援机构联系失败

国内灾情持续发展，引起了北美地区的华人、华侨、留学生们的极大关注。

由于时差等因素影响，我和我的朋友多次试图与国内救援机构联系，但都以失败告终。我们仍然在搜寻适合除冰铲雪的最先进设备，不仅可以迅速快捷地装在卡车上，还要符合空运的尺寸、重量、有无润滑油等严格要求。3 日之内，我们向新泽西和纽约等地的数家供应商发出价格和供货时间咨询，有些供应商很快给予了回复并提供了很好的建议。此外，我们还与 UPS 公司取得了联系，如果捐赠物资符合国家救援和空运要求，UPS 可以派货运专机免费运输到中国冰雪灾区。

2 月 1 日，普林斯顿，接到交通部和长沙急电

陪女儿从普林斯顿大学游泳馆训练回来，太太恰巧刚接听完交通部公路司办公室主任徐成光的紧急电话，让我立即回电给公路司和长沙市市长张剑飞。电话接通了，正带领大家除冰铲雪的张剑飞嗓音沙哑地说："到目前为止，桥面和路面上还有 8 到 10 厘米的冰铲不下来，急需有效的除冰铲雪设备，凤懋润主任说你正准备募集除雪设备，最好能安装到 2 到 4 吨的轻型卡车上。"

我知道张剑飞指的就是那种车载式底部带高强度钢片的高效除冰雪铲，可以方便迅速地安装在皮卡或轻型货车上的那种，和我想的是同一种。这种设备不仅可以毫不费力地铲掉人力所不及的厚重冰雪，而且速度很快，一台设备武装一台车就可

以顶几百人的铲雪力气，而且人歇车不歇，可以大大提高工作效率。张剑飞早年在加州伯克莱大学留学多年，又在世界银行工作过，颇具国际视野。

放下电话又开始发愁了，因为第二天是周末，这些供应除冰铲雪设备的商家属工业品经销商，大部分周末关门。再说由于没有公文，即便找到货源，谁又能保证顺利通关，迅速空运到地球另一侧的中国灾区呢？难度太大了，况且不知道还会有多少未知的困难在前头。

定了定神，也顾不得许多，先干起来再说。立即着手给平日几个好朋友打电话寻求帮助。大家周末的日程都排得满满的，但一听说事情紧急，纷纷回电准备第二天全力支援。

不眠的 72 小时

直到今天我也不敢相信，我们这个临时凑成的“中国团队”竟然“战胜”了“美军”，而且是美国空军。我甚至一度后悔为什么当初一口推掉徐成光主任提及的人民日报跟踪报道的要求，感觉有点对不住与我一起辛勤工作的团队。从接到国内电话到寻找货源、联系使馆、运往机场、通关空运，4 吨半的除冰铲雪救灾物资于 2 月 4 日在美国东海岸的肯尼迪机场启运，大年三十，即 2 月 6 日上午已运到北京首都国际机场；并在北京市交委副主任刘小明的关照下，派人协助长沙市驻京办人员转运湖南灾区。而美国国防部捐赠的 40 吨救灾物资（6000 套防寒服、1657 条毛毯、87552 件军用口粮包），用两架空军货运专机从关岛起飞，降落在上海虹桥机场的时间已是 2 月 8 日晚。

2 月 1 日，美国新泽西，第一个不眠夜

寻找货源，朋友们可以帮忙，但谁能协助通关和空运呢？UPS 免费货运专机能在周末兑现么？一系列困难和问题涌来。

连续找了几个朋友，询问领事馆熟人的电话，因为是周末，电话没人接听。即便是手机号码，也只能留言。

关键时刻，找到了美国联合商会的罗建刚主席和高靖波会长。罗建刚是湖南人，十分热心，高靖波是东北人，更是古道热肠。我们三人成立了个临时应急小组，分工协作，紧急处理此事。通过美国联合商会的渠道，很快与中国驻纽约领事馆联系上了。但是，鉴于外交原则，需要灾区出具募集除冰铲雪救灾物资并请求协助通关的公函。

此时，张剑飞市长已指定罗秘书和长沙市外事侨务办公室专门负责此事。当天夜里，一份刚刚起草完毕的公函已传真到中国驻纽约领事馆和美国联合商会。与此

同时，大家继续联系相关渠道，向UPS、中国民航、东方航空公司和美国大陆航空公司发出了一个个免费空运救灾物资的申请。大家几乎度过了一个不眠之夜。

2月2日，新泽西，“扫荡”大半个新泽西，货源基本落实

上午，汤姆秦和张颉很早就来到我家。我们发动的几十位朋友、亲属和留学生及商会会员，一早就开始行动，三人为一组，每组按地区分片包干。每组留一人在互联网上找供货商名称、地址和设备品种，并打电话询问是否周末开门营业；另外两人开车直奔开门营业的商家看货。同时，在华盛顿地区的王军和梁康之以及辛辛那提的魏恒教授等旅美交通协会的一批交通专家也迅速组织讨论，不断与各方有实际经验的美国专家联系，力求找到性能最好、最适合灾区情况、能够快速安装佳、体积和重量又符合空运要求的最产品。

将近中午时分，王军集合美国专家意见，通过电话与交通部公路司办公室主任徐成光及湖南长沙罗秘书再次确认，在众多品牌中最终选定了底部边缘带有钻石般强度的车载式冰雪铲设备。但是，价钱比原来网络上查到的一般社区用冰雪铲设备高出不少，每台4000多美元。整个新泽西类似设备，也仅有存货60余台，共需资金约28万多美元。华人社区的正式捐款活动还没有开始，又逢周末，到哪里去找这么多资金呢?

傍晚到家的时候，货源基本落实了，但仍有一些其他风闻此事的商家打来电话询问，据说当天几乎所有冰雪铲设备供货商都接到华人打来的电话。我说：“是的，为了中国雪灾，我们‘扫荡’了大半个新泽西。”

各方面联系空运的人员，也将消息汇集到了一起。负责联络UPS的姜岩松报告说，UPS可以调度货运专机在2月4日清晨于纽瓦克机场起飞将救灾物资运往中国，但受载重和体积限制最多只能运72台，运费57万美元，资金到账以后才能调配飞机，无论如何解释和说明，UPS周末值班中层经理也无法做主答应免费空运，必须等周一总部上班以后正式申请和批复。中国民航可以腾出5吨左右的免费舱位，换算下来只能运5套设备，2月3日夜从纽约肯尼迪机场起飞。但是也需要周一早上北京总部批复，因时差因素，要比UPS早13小时。

为了不太早吵醒湖南和北京连续加班数日的伙伴们，北京时间清晨7点才将实际情况和资金运力等困难短信发往国内。数小时后，得到回复，按实际情况办，首批能运几台就运几台。

2月3日，美国橄榄球超级碗决赛日，国航富有人情味的晚点

美国职业橄榄球联盟冠军总决赛“超级碗”2月3日上演。对绝大多数中国人

来说，实在无法理解这些运动员撞来撞去有什么好看的，但美国人挚爱这项运动。去年，收看超级碗电视直播的美国观众达到9320万人，今年这个数字肯定还会上涨。

但这一天，我们还在不停地忙碌着。在货物起运前，必须确认选定的冰雪铲设备相对应的车型和配件细节，准备通关文件，关税申报，联系并确认中国民航的北京批复等。

2月3日21时，在美国中国总商会黄学琪秘书长，中国民航驻纽约总部赵总、李军经理的大力协助下，北京中国民航总部的批复下来了，但飞机因天气原因晚点了。多么及时而富有人情味的晚点，否则，真不知如何将疯狂热爱纽约巨人队的店主叫到仓库装货。

2月4日，机械装机后飞往中国冰雪灾区

清晨，昨夜喝得大醉但心情非常好的店主及其员工们来上班了，不用问也知道他们所喜爱的纽约巨人队奇迹般地赢球了。我们已先于他们到达仓库，也被他们的热情感染了。

为保证空运安全，必须倒出设备中所有润滑油。谢天谢地，一切顺利，我们直奔纽约肯尼迪机场。当夜，晚点的国航货机承载着4吨半重的救灾物资和北美华侨、留学生们对祖国的深切关爱飞向北京，飞向中国冰雪灾区。

此刻，我特别感谢我家人的支持，特别是在动用家里应急存款（父母年事已高又疾病缠身）垫付设备款的关键时刻。

后来的捐献活动又发生了很多感人的故事，特别是捐献宣传片的制作和音乐的选定和合成，是西雅图正患感冒的BeccoZou小姐和高靖波连续工作两夜赶制出来的，并冲破了众多阻碍才得以在新泽西华人新春晚会上播放。另外，在美国友人大力帮助下，促成了新泽西交通厅和新泽西收费高速公路管理局捐献重型铲雪设备，但最后因美国东部降雪最终取消。

支持这次行动的人

美国中国商会秘书长　黄学琪

美国法律培训学院院长　胡知宇

美国联合商会会长高靖波、主席　罗建刚

新州华人电脑协会会长　林成江

北美浙江商会会长　骆光伟

新州慈善会会长　唐仪

美中药协候任会长　夏明德

北美创盟会会长　李红梅

旅美科协大纽约分会候任会长　方彤

美华专业人士协会会长王　成文

浙江同乡会会长　吕敏伟

福建联谊会会长　李洪

华光文化协会会长　吴康妮

华夏中文学校总校长　宋永锄

福建同乡会会长　黄忠义

罗格斯大学中国学生联谊会副会长　侯震

中国旅美交通协会顾问委员会主席　王军

美东清华大学校友会副会长　李晓艾

新泽西湖南同乡会会长　商乐为

注：正文所用时间，除特别注明外均为美国东部时间，曲涛短信录自国内收信人手机，时间为北京时间，两者相差 13 个小时。

上海出租车行业首份集体合同诞生

上海出租车司机可以享受带薪休假

出租车司机工作的特殊性，在于他们“身兼两职”：除了普通的劳动合同，还与企业签订承包合同。他们的工作时间可长可短、工作场所不断变换……诸多的“不同之处”使出租车司机的合法权益长期难以得到保障。令人高兴的是，上海市第一份旨在保障出租车司机基本权益的行业集体合同终于浮出水面。上海城市交通出租汽车暨汽车租赁行业工会与上海市出租汽车暨汽车租赁行业协会经协商，就出租车司机劳动报酬、工作时间、休息休假、保险福利、劳动合同管理等若干标准，达成了一致意见，并通过签订上海市出租汽车行业集体合同的形式，确立了出租车司机的基本权益。

劳动报酬有了保障

由于行业具有特殊性，《劳动合同法》在出租汽车行业的贯彻落实过程中碰到了很多实际困难。出租车司机能不能享受带薪休假，怎么休，带多少薪，请病假、婚假有没有基本工资？这些问题不但广受汽车租赁企业和出租车司机的关注，也引起了社会各界的热议。针对这些事关出租车司机切身利益的问题，各企业此前均按照各自规定执行，行业内并没有统一标准，在个别规模小的出租车公司，驾驶员只要请假就没有任何收入。

为切实贯彻《劳动合同法》，维护出租车司机合法权益，促进行业稳定，上海城市交通出租汽车暨汽车租赁行业工会与上海市出租汽车暨汽车租赁行业协会经协商，就出租车司机劳动报酬、工作时间、休息休假、保险福利、劳动合同管理等若干标准，进行了多次协商，并达成了一致意见，终于在日前签订了上海市第一份出租汽车行业集体合同。

合同确定享受带薪休假

该集体合同共计 10 章 28 项条款，首先对出租车司机劳动报酬进行了约定：驾驶员在按国家或企业规定带薪离岗期间的报酬，按全市最低工资标准执行。也就是说，驾驶员在婚、丧、病、工伤、探亲等假期中，可以享受最低工资待遇即每月960元补贴。其次，出租车司机开始享受带薪休假。集体合同第四章第十一条明确规定：年休假计算标准以国家有关规定和本企业连续工龄为准；企业应统筹安排好驾驶员的年休假，如企业未安排的，则按全市最低工资水平的300%支付休假报酬。

无过失被辞有经济补偿

与此同时，该集体合同第十九条还明确规定：与企业签订无固定期限劳动合同的，因驾驶员原因无法继续履行承包合同时，视为劳动合同订立时所依据的客观情况发生重大变化，致使劳动合同无法履行；经企业与驾驶员协商，未能就变更劳动合同内容达成协议的，按《劳动合同法》第四十条无过失性辞退的规定处理；用人企业应按规定给予驾驶员经济补偿和履行解除后的义务，经济补偿标准按驾驶员当年缴纳社会保险费的基数执行。

业内人士认为，该合同在保障出租车驾驶员基本劳动权益上迈出了第一步。

据了解，这份集体合同目前已得到上海市出租汽车行业协会下属各企业的认可。同时，行业协会和行业工会已联合成立了集体合同监督检查小组，以保证合同各项内容得到切实履行。

在灾区，没有谁是强势的。当你一心要去解救别人的时候，却被他们拯救了你的灵魂。

活着

5月12日的那场山崩地裂，每个到过现场的人都应有个内心的交代，何况一名新闻记者。但下面的这个交代，我不想再以“本报记者”的身份去完成，强烈的个人感受已经摧毁一个记者客观记录的能力。下面的文字或许有些“小家子气”，但却是足够真诚的，并多少能够折射出在灾难面前的人性光辉。

“后头就是映秀。”来自南充的卡车司机杨田宇（音）将车停在了路边，长长地舒了口气。

我顺着杨师傅指的方向看去，一块写“映秀”的路牌直愣愣地立在路边，路牌后面是汶川地震的重灾区——汶川县映秀镇。此刻，5月18日13时，全国第一支运输车队通过陆路进入重灾区映秀。从都江堰出发算起，这短短不到50公里的路程，车队却走了28个小时……

由于通讯不畅，灾区一线往往最不了解灾区周遭的情况。

5月17日11时，国道213线旁。

20辆装着由全国交通系统捐赠的食品、药品、衣被等物资的大卡车正等待命令，准备运往映秀。作为车队的一员，我要全程跟着车队，记录下发生的一切。

按原计划，车队中午时应该已经在去往映秀的路上，但由于5月16日夜里的余震导致塌方，大家只能在都江堰待命。无聊中，我和几位司机“摆起了龙门阵”（聊天），才知道这群来自南充的司机师傅，很多人之前已经运输物资到过都江堰和北川，他们平均一天只能休息不到4个小时……

“听说，现在映秀那边似乎很缺大米、水，还有药品。”一位四川电视台的同行说。由于通讯不畅，在灾区一线的人，却往往最不了解灾区周遭发生的情况。

公路被扭成了麻花，在公路两旁，很多车子被砸得面目全非，其变形程度让人很难想象之前它们受过怎样的打击。车里没有人，但愿他们已经安然无恙。

17日14时，213国道都江堰到映秀段的情况仍不明朗。我和几位四川同行决定先开辆车探路，了解抢通的情况。车子刚离开都江堰不久，就进入了山区。

在213国道紫坪铺镇附近，我们的车子遇到了曾经发生大规模塌方的第一个塌方点。公路上堆着一个巨大的土石堆，车辆可以从上面爬过。路一侧陡峭的山体给人以即将倾覆的感觉，不少严重变形的车辆和众多巨大的石块堆在路旁。车里没有人，但愿他们已经安然无恙。

然而，随后的景象却越来越惨不忍睹。公路被扭成了麻花，在公路两旁，很多车子被砸得面目全非，其变形程度让人很难想象之前它们受过怎样的打击。

终于，前方的道路被巨大的石块和大量的滑坡体完全摧毁。一位臂章上写着“铁军”的士兵告诉我们，公路下方的河滩上正在抢修便道，很快就能通。

17日19时，在我返回并与车队会合后，前方传来消息，路通了。

塌方抢通拉锯战。

“马上出发，在天完全黑之前，找一个安全的地方过夜。”车队的领导但伦作出了决定，这意味着救灾物资将尽可能快地到达映秀，也意味着今夜整个车队将在路上过夜，危险性谁都明白。

来自四川省交通厅的但伦是这次救灾物资运输工作的具体负责人，手底下管着10辆满载物资的大卡车和二十多个司机和工作人员。

满载物资的车队行驶速度比此前我们探路的车慢很多，17日21时30分，车队通过寿江大桥后，在一块相对开阔的地方停了下来。当所有人都挤坐到车上准备过夜时，一场伴着电闪雷鸣的暴雨不期而至。在暴雨疯狂敲打车顶和车窗之后，山谷又陷入了死一般的寂静。

“但愿今夜路上不会发生塌方”，所有人都在祈祷。

然而，塌方还是发生了。不过，1日早上，奋战在一线的保通队伍很快就又将公路打通。后来我才知道，在21国道上，由四川省交通系统、武警交通部队以及解放军部队等组成的保通队伍，每天都在和塌方进行着这样的“拉锯战”。

我和其他人在泥水中深一脚、浅一脚疯狂地向前跑去，原来自己可以跑得这么快。

18日清晨，车队再次出发，一路上，我们看到许多衣衫褴褛、神情恍惚的人，只不过有人从映秀逃亡出来，有人要进映秀寻找亲人。

“给，把这些面包拿着，还有水。”车队偶尔停下来，大家开始力所能及地帮助灾区群众。

“够了，够了，你们自己留着吃吧。”很意外，几乎所有的灾区群众都这样回答。尽管我们告诉他们，我们带有足够多的干粮。一对年过半百的夫妻，互相搀扶着从袋子拿了一点面包，又把袋子还给了我，他们说我们都是好人，太感谢我们了。

我勉强对他们笑了笑，回过头，我哭了。

在这里，没有谁是强势的。当你一心要去解救别人的时候，却被他们拯救了你的灵魂。

随后，车队沿着便道下到河滩的简易“公路”上，这应该是213国道映秀段的头号危险路段。一边是随时可能滚落飞石的山体，一边是湍急的岷江。在路边上，一队解放军战士站成一排，用双手搬移着石块，保证公路的通行能力，同时观察山体变化，以防意外发生。

为了安全，除司机外的其他人都被要求步行通过该路段。于是，我和其他人在泥水中深一脚、浅一脚疯狂地向前跑去。原来自己可以跑得这么快，人性求生的本能此刻被激发出来。

5月18日13时，车队终于到达映秀。映秀，一个美丽的名字，当时却成为一个残酷事实的代名词——全镇1.2万人，幸存者不足3000人。

映秀镇漩口中学的大楼被地震撕扯成了两半，后面不远处是映秀小学，那里除了一根国旗旗杆还挺立着，剩下的只是一片瓦砾堆……

物资很快被卸载下来，阿坝州的副州长李川一个劲地说“感谢”，并恳请车队能带一些老弱病残的灾区群众离开，不然他们自己肯定是走不了。

车队载着灾区群众离开映秀，当再次冲过“头号危险路段”时，我才注意到，当我们快速逃离那里时，那些满身泥水的解放军战士却一直坚守那里……

当我举起相机时，飞快的车轮已让我的镜头错过了她们，她们清澈的眼睛只能永远留在我的心中了。

作为一名交通行业的记者，关注点的不同让我远离了残垣断壁的现场，但这却并不意味着远离生死考验的场面。在通往一个个重灾区的公路上，生与死同样真切。

“成都—雅安—马尔康—理县—汶川”，这就是汶川西线“生命通道”。在救灾物资和人员无法通过国道213进入汶川的情况下，这条长达700多公里、迂回了一个大圈的山路成为了唯一能与汶川取得联系的通道。

5月19日，由交通运输部副部长冯正霖带队的工作组车队从成都出发，他们要实地走过每一寸“生命线”，心底才有数。

从成都到马尔康，一路上阿坝州绮丽的高原风光与灾区的惨景产生诡奇的对比效果，路上来往不断的救灾车辆时刻提醒着我，灾难还没有离我们远去。

“向抗震救灾的英雄们致敬！”三个小女孩站在路边，高高地举着一块自己做的纸板。当我举起相机时，飞快的车轮已让我的镜头错过了她们。太遗憾了，她们清澈的眼睛只能永远留在我的心中了。

“昨晚有余震吗？我从睡着到醒来，似乎只经历了一秒钟，连梦都没做。”

在翻越海拔高度近5000米的夹金山时，5位在夹金山垭口保通的养路工，让我们停住了脚步。高寒缺氧的环境，让他们的脸上泛出暗红的血色，但他们必须保证这条“生命线”的畅通。

“一定要保护好自己的身体！”冯正霖副部长紧紧地握着养路工的手。

19日夜，车队来到了“鹧鸪山隧道”，这里是进出理县、汶川的咽喉要道。现在，这里还是来往救灾人员信息交换的临时指挥部。听说晚上有余震，车队便在隧道旁一块空地上安营扎寨。

20日早晨，车队的通信工程师韩英杰疲惫地对我说：“昨晚有余震吗？我从睡着到醒来，似乎只经历了一秒钟，连梦都没做。”

我摇了摇头，疲惫让自己也睡得很死。其实，这种疲惫不只是生理上的，还有心理上的。根据头一天晚上收集的信息，从理县到汶川的“路”遍布着塌方、飞石等状况，而车队今天必须通过它。

“地震后，粮食搞不到，我们每人一天只能喝一碗稀饭，后来路通了，吃的喝的东西都运了进来，大家的心也稳了下来。”一位汶川当地人对我说。

“路”确实还通，只是我很难将车轮下的土石堆与公路联系起来。许多路段整整一大块山体崩塌，路边的钢护栏被拧成了各种形状，原有的公路已经不复存在。

为了安全，每遇到一个塌方路段，车队就要排好队一辆辆地冲过去，这样才能将危险降到最低。

“嘣嘣嘣嘣……”山体上飞落的石子撞击着车顶，车里每个人的心脏在快速地跳动着。

没走多远，碰见一群来自湖南交通系统的工程人员，他们穿着橘红色工作服正在清理路上的石块。“你过飞石路段时，注意看山上有没有灰尘腾起，有的话，赶快跑开。”其中一位这样告诉我。他们就是靠这样的肉眼观察躲过一次次的危险。

20日中午时分，车队终于到达了汶川，县城里秩序井然，比我们想象的要好，街边堆放着各类救灾物资。

“地震后，粮食搞不到，我们每人一天只能喝一碗稀饭，后来路通了，吃的喝的东西都运了进来，大家的心也稳了下来。”一位汶川当地人对我说。

当时汶川到茂县的公路还没有抢通，交通运输部副部长冯正霖决定往茂县方向看看。

在汶川通往茂县的“公路”上，所有人的心理极限再次被突破。车辆艰难地“爬”过一个个巨石堆，车子颠簸得像暴风雨中的小船。终于，在往茂县走了六七公里后，车辆再也无法前行，我们只得原路返回。

生存还是毁灭？这是每个在汶川地震灾区的人所必须面对的问题。在留下这些文字的时候，在灾区的 9 个日日夜夜的影像反反复复地出现在我脑海里，刚平复的心绪再次波动起来。

但日子终究会一天天过去，这不是要去忘记什么。只是明天我们还要去建设新的乡村、新的城镇，源源不断的物资要通过一条条公路送向灾区，这是每个交通人的责任；明天，我们还要替那些逝去的生命更好地活着，这是每个人的责任。

第二十三届中国产经好新闻通讯类三等奖

作者：田翔　编辑：徐厚广 | 2008 年 5 月 28 日　4 版

多种运输方式加速“入网”

综合交通运输改写长三角经济版图

9月1日，随着宁杭高速公路二期的正式通车，南京和杭州两大省会城市的行车时间再次被刷新，由原来的近4个小时缩短到两个半小时。

8月1日，连接上海崇明和江苏启东的重要过江通道——崇启长江公路大桥奠基，该大桥的建设将结束宁启高速公路在启东“断头”的历史，形成宁启高速公路与苏南沪宁高速公路的环行闭合，南通和苏北地区将融入上海一小时都市圈。

时间再上溯到7月1日，沪宁城际铁路开工动员大会在南京举行。这条由铁道部、江苏省和上海市三方合建的沪宁城际铁路，投资估算总额394.5亿元，建成后将实行公交化运营。沪苏沿线各个城市的同城效应将更加明显。

这些仅仅是长三角城际交通不断提速的最新例证。从浙江全省“四小时经济圈”的如期实现，到江苏“四纵四横四联”首轮高速公路网的提前完成，再到《上海市综合客运交通枢纽布局规划》提出2010年上海将建成84个综合交通枢纽……长三角的交通一体化建设如火如荼，正深刻改写区域经济的版图，不断提升各地的竞争力。

高速公路“网络化”，大桥建到农民家

打开前几年长三角地区的地图，人们看到的都是一条条直线，高速公路是“一条道走到头”。如今，这一区域出现了一个个“高速循环圈”：乍（浦）嘉（兴）苏（州）高速公路在上海、嘉兴、苏州三地形成“回路”，宁杭高速公路在沪宁杭三地之间形成“大循环”，连通上海、江苏、浙江和安徽的申苏浙皖高速公路全线通行，一条条闭合式的高速公路“大动脉”正散发着无限生机与活力。

在咽喉之地飞架大桥，使长三角交通建设“动一子而活全盘”。杭州湾跨海大桥、苏通长江公路大桥相继通车，这极大地降低了浙江、江苏与上海间的道路运输成本，带动了大桥两岸经济的迅速增长。紧挨着杭州跨海大桥南岸的慈溪市崇寿镇是一个只有2.5万人的小镇，但镇上星罗棋布着上百家以经营海鲜为特色的农家乐餐馆，大桥给原来贫困的居民带来了致富的机遇。

除了通车的大桥，位于南通境内的崇启大桥也于今年8月1日奠基；“十一五”

期间，崇海大桥的建设也将起步。跨长江大桥的建设，使江南、江北的交通网络紧密地连接起来，两地空间一体化趋势更加明显。

城际铁路“公交化”，上海就业南京安家

最近，在上海工作的小李在老家镇江买了一套房，乘坐城际铁路来回只要两小时，使他的异地置房计划轻松实现了。今年7月1日开工的沪宁城际铁路最大特色是公交化运营，沿线停靠站点多，发车班次多，最短间隔可达到每3分钟一班车。一些在上海就业的年轻人纷纷在苏州、无锡和南京等地买房，交通便利催生了大批的“候鸟一族”。

除了沪宁城际铁路，宁杭、沪杭城际铁路项目也已经正式启动。“十一五”期间，长三角铁路网将建成“一个网络、五大通道、四个中心”的路网布局，并与其他交通方式共同组成适应区域经济社会快速发展的现代化综合交通体系。

水运走向“合作化”，成本优势无可替代

长三角地区的经济发展必然要依靠大量的货运物流来实现，而水运成本仅为铁路的二分之一，公路的十分之一，具有无可取代的优势。换句话说，长三角经济的蓬勃发展离不开水上运输的快速发展。

在长三角地区，水运将与公路、铁路等运输方式分工协作、有效衔接，共同构建完善的综合运输体系。长三角共建的上海国际航运中心，把上海的洋山港区、浙江的北仑港区和舟山港域、江苏的南京港和连云港的优势进行整合。据了解，上海和江苏的一些港口之间已经从货源和吞吐量的竞争转向资本渗透和相互持股。

安徽省也因水运而被纳入大长三角的范围之内。由芜湖至上海的芜申运河横跨皖、苏、浙、沪四省市，建成后常年可通航500至1000吨级船舶，这将推动安徽省更好地融入长三角经济圈。

航空发展“效能化”，交通整体运营佳

在陆地交通网基础建设如火如荼之时，长三角航空运输需求也与日俱增。目前，上海、杭州、南京、宁波等机场现有设施已处于饱和状态，加快发展是必然要求。中国民用航空局规划发展司副司长王志清预测：2010年世博会期间上海两个机场将承担7000万至8000万人次的旅客吞吐量；杭州萧山国际机场2015年旅客吞吐量将突破2560万人次，加快机场建设速度迫在眉睫。王志清建议长三角应当实施上海航空枢纽港战略，明确上海、杭州、南京、宁波等地机场的各自分工、定位、协调，打破行政界线，同时也鼓励区域内机场间的联合重组。

专家认为，一个地区的交通运输体系是否先进，主要看其整体运营效能，发挥航空运输优势需要地面交通体系有效支持。目前正在实施的上海虹桥国际机场综合交通枢纽工程，是长三角交通一体化建设中的亮点。该枢纽将京沪高铁、长三角城际轨道、城市地铁和高速公路、虹桥至浦东机场磁悬浮列车等地面交通结合在一起，最大程度上发挥了综合交通的优势，使得长三角中的城市群能够充分享受到上海航空枢纽的便捷服务。

异地置业、两地创业、跨省就业、异地消费……这些是苏北、浙北，长三角地区，甚至中原腹地百姓，因交通一体化建设感受到的全新变化。长期受长江阻隔的人流、物流、资金流、信息流，将走向“合龙”！

第二十三届中国产经好新闻通讯类三等奖　作者：王瑞水 赵赟　编辑：杨光 樊猛 | 2008年9月9日 2版

南方丝绸之路上的清溪古城：

山横水远风劲

它是汉代最南边的县城，坐落于汉王朝与古南昭国交界的地方，其治域远及云南一带，它是一个在历史上郡、州、县建制近两千年的古县城，一个南方丝绸之路、茶马古道、古盐道交会的地方，一个建在风口上的城市，它就是川滇公路（国道 108 线）边上泥巴山南麓的古老县城——四川省雅安市汉源县清溪古城。

寻找“威尔逊之路”

笔者手中有两张老照片，是美国人威尔逊在 1908 年从四川乐山到四川康定的途中拍摄的。威尔逊是 20 世纪初著名的自然学家、植物学家、探险家、作家，曾任美国哈佛大学植物研究所所长，将珙桐、杜鹃等大量的中国原生花卉品种引到了欧洲，被西方人誉为“打开中国西部园林的人”。

为了寻找当年威尔逊的拍摄地，重现当年的“威尔逊之路”，笔者去了一趟清溪，一个在汉代中国最南边的县城，一个在历史上郡、州、县设治近两千年的古县城，一个南方丝绸之路、茶马古道、古盐道交会的地方，一个建在风口上的城市——在川滇公路的泥巴山南麓的古老县城。

从成都出发沿成雅高速公路到雅安，经荥经，车行 200 多公里翻过海拔 3000 多米的泥巴山下到半山腰，远远看见平坦的土地上有一大片古建筑群，这就是四川省雅安市汉源县清溪镇。

笔者来到清溪古镇西边一个叫猛虎岗的地方。只见整个清溪城北枕峡山，东西南临涧。展开手中能够反映清溪古镇全貌的照片，虽然是黑白的，但清晰度很高，在一个山间平坝上的一座古城，城的四周有逶迤的城墙，城墙上的雉堞历历可数城墙之内有纵横的阡陌，有鳞次栉比的屋宇，有屋舍俨然的书院。城中屋宇沿十字形中轴线分布，树木掩映，白墙黑瓦，错落有致，呈现出一派祥和安宁的气象，恍若世外桃源。

川滇古道上的三大特色：风、雨、月

“清风雅雨建昌月。”清溪劲风、雅安烟雨、西昌明月是川滇古道上的三大特色。如今，雅安和西昌已迈进了现代化城市，而清溪仍古貌依稀，古风犹存。

清溪"风城"的美名不是妄传。由于清溪位于大相岭下的山地平台上，地势西北高、东南低，与山脉河谷走向一致。狮子沟、磨子沟、黄沙沟、碗厂沟，几条沟的沟口齐对清溪，每年三四月，西北气流频繁入侵，常有大风出现；五至九月，由于强烈热力对流，又容易形成雷雨大风。当地人介绍，每日午后，山风劲吹，依山俯冲而下，最大风力可达10级。

大相岭海拔只有2000多米，却是四川天然的气候分界线，印度洋的热气流到此已是强弩之末，不能越岭，与来自北方的冷空气相汇，北坡和南坡分别由一种气流控制，致使北坡雅安阴湿，雨雾天多，雅安"雨城"由此而来；南坡干燥，少雨，晴天多，但风大，清溪"清风"因而得名，素有"无日不风声"之说。古城劲风，人在屋中，只听得木屋嘎嘎作响，大树刷刷地叫；街上极少行人，连鸡、猫、狗也趴在窝里不敢动弹。

清溪风大干燥，很适宜花椒生长。相传当年有僧人西天取经路过此地，将一木杖插于土中，不久即长成花椒树，从此繁衍开来，成为地方特产。清溪花椒粒大，色泽红润，醇麻可口。史籍记载，自唐代元和年间便被列为贡品。

清溪"九街十八巷"

清溪古城为汉代始建，历代整修，唐时初具规模，清代最为完美。因其地势险峻，易守难攻，地理上又北接雅安，南连西昌，东接乐山，西通康定，是雅（雅安）、宁（西昌）、康（康定）、乐（乐山）四地的交通枢纽。旧时的南方丝绸之路、茶道、盐道都在这里交会，所以自秦汉开始到1950年汉源县解放，历代郡、州、县治地均设于此，设治时间近两千年。

"鼎盛时期的清代，清溪有'九街十八巷'之说，南来北往的商贾川流不息。城外不仅有护城河，还有隍堑（没有水的城壕），东、西两条河，水流清澈可鉴，故名清溪。"家住清溪古镇老街，曾任清溪镇长的任沛雄，退休后一门心思研究古镇历史，说起清溪古镇历史，如数家珍。

清溪虽说有"九街十八巷"，但十分狭窄，穿行于其间，一弯一拐，就到了另一条街（巷），犹入八卦阵，让人眼花缭乱。"其实主街只有两条，一条南北向，一条东西向。南北向的现在俗称'老街'。"在任沛雄的陪同下，笔者穿过武安门走到了老街。由于地处大相岭山麓，老街短短的不到200米，南北落差10多米。木结构的房屋以四合院为主，目前保持完好的还有好几家，其中有一家姓李的，以前曾开过"官店"——老永发官店，相当于现在的政府宾馆，据说多的时候有300多个床位，可见当年清溪人气之旺。

昔日老永发官店的“少店主”李崇懋，如今已是70多岁的人了，他和几位老人正在打纸牌，听说我们寻找老官店，他二话不说，把打牌的小条桌翻转过来，在桌子的底部出现了“老永发官店”几个字，“这是以前的招牌。”李崇懋说。文革“破四旧”，李崇懋自己先“破”，于是，招牌摇身一变成了小条桌，恰好把繁华旧事藏在桌面下方。

徜徉老街颇有意趣，街面上以前是石板，后来便于车辆通行，已被混凝土路面取代，但两旁的民居大多数仍然为一楼一底木结构房，大天井套小天井，庭院深深。不时可见居民门前摆着的豆腐摊，白嫩的豆腐放在小木架上，还有屋檐下垂下长串的玉米棒子，在斜阳照射下泛起金光。

萧山客运企业买滞销柑橘送旅客，一项举措换来两家欢笑——

旅客笑领“爱心橘”

本报讯（**记者** 刘洋 **通讯员** 唐宇船）1月16日一大早，打算回安徽屯溪的小张在浙江萧山汽车总站领到了第一袋“爱心橘”。他满心喜悦地告诉记者：“车站这种服务意识很好，每年回家过年的时候，我们在等车的时候都要拿着大包小包的行李去买吃的，车站此举帮我们免除了麻烦，还为衢州橘农销橘难解了困，这比大冬天发矿泉水好多了。”

原来，今年衢州橘农迎来了大丰收之年，但却遭遇了金融危机的冲击，衢州有近三分之二的橘子卖不出去。得知这一消息，杭州萧山交通发展有限公司和长运公司联手，买了一批橘子给职工发放福利，同时也免费让广大旅客将衢州的特产橘子带到了全国各地。萧山长途汽车运输有限公司总经理、党委副书记林雄卫告诉记者，1月16日至1月24日，萧山汽车总站将向旅客免费发放75吨左右的橘子，相比以前送矿泉水，大概每人次要增加0.6元至0.8元的成本，但林雄卫说，“看到旅客们脸上的满意笑容也觉得值了”。

据萧山交通发展有限公司副总经理金伟钧介绍，萧山去年全面实施了城乡公交一体化改造，实行了公车公营，车况都有很大改善，现在长途车上基本上都有热水供应，这样一来，旅客对发放矿泉水的需求就降低了。“而今，又恰逢全球金融危机和橘农的橘子产量上升，导致橘子难销，我们一方面是想为旅客提供他们真正需要的服务，同时也想为橘农做点什么，没想到这两点的结合还真赢得了大家的好评。”金伟钧开心的同时也有点意外，他表示，明年他们还将推出更适合顾客的新服务。

“带着帮扶橘农的爱心回家，我们过年心情也会好很多呢！”看着橘袋里附有笑脸的卡片，乘客卓女士掩饰不住心头的喜悦。在现场记者发现，一袋袋装满服务和爱心的橘子里面，还有一张印有长运人笑脸的卡片，上面印有长运人的温馨寄语：为您送上一份衢州柑橘，齐心协力向橘农伸出援助之手，萧山长运感谢您的支持，恭祝路途平安新年快乐。每一位领到橘子的旅客看着长运的这种爱心服务举措都会心地笑了。“希望这种既帮助了别人也服务了旅客的举措以后多一些。”卓女士表达了自己的看法。

向橘农伸出援助之手，为旅客提供更周到服务的举措受到了旅客的称赞，种橘大户老杨更是乐开了花，因为这样一来，他就不必为自己家橘子的销路发愁了。

1 月 16 日凌晨 4 时就赶到杭州萧山帮忙向旅客发放橘子的衢州市衢江区浮世街道办事处主任姜海泉更是不胜感激。他说："如果大家都像萧山长运这样懂得变通服务，那我们衢州来年的柑橘一定不愁销了。衢州柑橘的品牌将随着车厢的流动而传遍全国。"

第二十四届中国产经好新闻消息类二等奖　作者：刘洋 唐宇船　编辑：王姗姗 | 2009 年 1 月 22 日 3 版

东方哈达

将士们的愿望很简单，却是如此的强烈：早日打通嘎隆拉隧道，让人们进出墨脱从此不再经历翻山越岭，不再面临生死煎熬。

赶在大雪封山前，我们来到海拔4200米的嘎隆拉，去看看山里的筑路兄弟。沿着逶迤的川藏线一路向东、向南，不到1000公里的路程，却似穿越了一个世纪、一个轮回。

雪山壮美，在周遭洁白的冰川和湛蓝的天湖交相映衬下，巍然耸立，格外显得冷峻肃然。其时，是一年中进出嘎隆拉最好的时节，我们穿行在崎岖的盘山道上，深不见底的万丈悬崖和倒刺如林的万仞绝壁，令内心不免阵阵胆寒。这条千百年来阻隔着墨脱人民与外界交往的生死线，曾经无情地夺取多少人的生命啊。敬畏嘎隆拉，尊重大自然，深深地惋惜那些转瞬即逝的生命，如此复杂的情感，令我们很长一段时间沉默无语。

通往墨脱的140公里的老路没有太多准确的地名，只是以公里数来标注。24K、52K，是嘎隆拉的两端，也是正在兴建的嘎隆拉隧道的进出口。山这边、山那头，有我亲密的筑路战友。两支英勇的武警交通部队筑路尖兵扼守要端，相向突击。将士们的愿望很简单，却是如此的强烈：早日打通嘎隆拉隧道，让人们进出墨脱从此不再经历翻山越岭，不再面临生死煎熬。

伫立嘎隆拉之巅，极目远眺，铁色高原，因为融入太多关乎生命和命运的叩问，显得格外苍茫。总觉得，嘎隆拉是一座尘封千年的石门，将墨脱长久地封存在那片遥远神秘的领地。如今，随着两支筑路尖兵日夜鏖战，山体猛烈地撞击着、震颤着。在声声巨响里，彷佛听到英雄儿女胸膛的怦然心跳。随着每一米的艰难延伸，这份撞击是如此令人血脉贲张，翘首企盼。当石门轰然洞开，抖落尘埃，落地是金，喷薄而出的第一抹朝霞、第一缕新鲜空气，形成一股英雄气的激情对流，洞穿着千年历史，将会宣告我们终于冲破了世代阻碍。

我时常为武警交通官兵的坚忍震撼着，耀眼夺目的青春面庞，夹杂着一层黧黑，显出比实际年龄成熟的坚忍，透露着对共和国的赤诚。由于维生素严重缺失，许多官兵头发大把大把的脱落，指甲凹陷，嘴唇皴裂，令人不忍卒睹。只是紧握的双手坚实有力，凝视的目光淡定从容。

二郎山、鹧鸪山、海子山，我国高海拔地区代表性隧道工程，程春明均参与过建设。从一名青涩的地方大学生成长为部队重点建设工程总指挥，程春明对隧道有着难以割舍的情怀，此次带领官兵修建嘎隆拉隧道，责任压力非同寻常。他觉得嘎隆拉隧道是一块成色十足的试金石，检验着武警交通官兵在急难险任务面前攻坚克难的能力。

我想去看看山那边的战友，听一听他们讲述那一段与世隔绝的日子里，究竟发生了什么？又是如何熬过那段寂寥的非常岁月。在和他们座谈时，听得心酸，落笔艰难。雪，漫无天日的雪啊，将营区覆盖成一个雪堆。若不是房屋错落有致的轮廓，你还真不知道，这里居然住着几十名官兵。积雪达到 3 米高了，厚重得让人窒息。大伙说，就是姚明来了，也会被埋没的。大雪压得木板房嘎吱嘎吱地响，大伙儿起床怎么也推不开门，好不容易掏出一个雪窝子，成了唯一进出宿舍与饭堂的通道。后来，大伙儿发动了推土机，将营区通往嘎隆拉洞口的路推出一条雪道。在冬季，嘎隆拉隧道是唯一不停工的工地。

嘎隆拉有一处极为险峻突兀的路段——老虎口，过往人员无不为之胆寒。既为虎口，必须有虎胆雄心的勇士去虎口拔牙。材料员崔智在不到一年的时间里，30 余次翻越嘎隆拉，次次出色完成物资运送任务。去年 11 月，母亲去世的噩耗传来的那一刻，崔智双目紧闭，默然无语。失去至亲，人生大变故，对一个不到 30 岁的小伙子无疑是当头一棒。这个平日言语不多、性格坚忍的苏北小伙，飞快地奔向嘎隆拉，大声吼叫着，将积蓄心底的无尽思念和痛苦宣泄。

毕业于山东农业大学地理信息专业的张智勇，每天要背负 20 多公斤重的测量仪器，在嘎隆拉穿行几十公里，一个月内磨破了 17 双胶鞋。自 2007 年毕业入伍以来，张智勇没有回过一次家。今年 6 月，相恋了 7 年的女朋友向他发出最后通牒，再不回来结婚就分手。张智勇急了，把自己的心事向总工程师毛瑞兵和盘托出。小伙子深爱着姑娘，怎么能眼看着自己的心上人离开呢？可作为测量班班长，隧道施工任务这么紧，自己走不开啊！毛瑞兵提议让姑娘来部队隧道工地完婚。这个听起来让人激动却又有点心酸的提议促成了一场浪漫动人的雪山婚礼。7 月 14 日，通情达理的姑娘在父亲的陪伴下，千辛万苦来到嘎隆拉。几天后，在大伙儿的热心操持下，张智勇和新娘田亚琴举行了一次别开生面却感天动地的婚礼。侠骨柔情，肝胆相照，巍巍嘎隆拉亦为之赞叹。

嘎隆拉隧道宛如一条吉祥的东方哈达，将成为人类征服自然的又一个见证，成为屹立在世界东方的不朽神话。

第二十四届中国产经好新闻副刊类二等奖　　作者：陈鸿圣　编辑：曲飞 | 2009 年 11 月 13 日　4 版

厦蓉高速贵州境水口至都匀段

千里施工便道变村路

本报讯（记者 李黔刚）近日，记者在厦（厦门）蓉（成都）高速公路贵州境水口至都匀段建设工地上采访时了解到，数万名高速公路建设者发扬吃苦奉献的工作作风，顾全大局，相互协作，克服困难，千方百计加快建设步伐，力争早日建成这条高速公路。

厦蓉高速公路起于福建厦门，经福建漳州、江西瑞金、湖南郴州、广西桂林、贵州的黔东南、黔南、贵阳和毕节等地，止于四川成都。正在建设中的厦蓉高速公路贵州境水口至都匀段全长208.2公里，总投资为198.92亿元，设计行车时速为100公里，路基宽为26米。该路段经过贵州省黔东南州黎平、从江、榕江和黔南州的三都、丹寨、都匀等6个县（市）。全线有特大桥14座，共14246米；大桥、中桥、小桥173座，共61362米；隧道55座，共73006米。

在这条高速公路的前期工作中，贵州省交通部门始终牢记“和谐”二字，创新工作思路，把施工便道与通村公路相结合，统一规划，并主动与当地政府积极配合，将拆迁安置工作与全面建设社会主义新农村相结合，与党的富民政策相结合，与当地经济发展相结合，共同营造和谐良好的施工环境。

目前，厦蓉高速公路贵州段已投入1亿多元资金用于施工便道建设，其中一半以上施工便道可以用作永久性通村公路。水口至都匀段规划主线200多公里，有近1000公里的施工便道。记者在AT23合同段采访时看到，这里仅4公里长的主线道路，却有二十多公里长的施工便道。这些施工便道一旦出现坑槽，建设单位聘请的养护队员就会很快地向坑槽处填补碎石，确保便道上施工车辆的正常通行。

第二十三届中国产经好新闻消息类三等奖

作者：李黔刚 编辑：韩杰 | 2009年6月1日 4版

千万百姓急盼钱塘江中上游航运复兴

富春江船闸瓶颈亟待打通

钱塘江横贯浙江东西，是浙江第一大河，南北两源都在安徽。北源在黄山，经黄山市临溪镇后称新安江，在杭州市淳安县进入浙江。南源在休宁县，进入浙江后汇合一些支流称常山江；常山江至衢州市南纳江山江后称衢江；衢江至兰溪市，纳金华江后称兰江；在建德梅城与北支新安江汇合后称富春江；向东与浦阳江汇合后称钱塘江，经杭州湾流入东海。

传统上将富春江以上河段称为钱塘江中上游。

钱塘江中上游航运复兴工程近期目标包括富春江船闸扩建改造工程、兰江航道整治工程、衢江航运开发项目，将使约280公里航道恢复通行，并达到四级航道标准。

3月底，江南烟雨，杭州桐庐富春江上的七里泷大坝船闸，待闸的船舶寥寥无几。由于船闸一天只开启两次，长期以来，船舶等待过闸的时间一般为7天到10天，有时长达20天之久，很多宜水货物不得不弃水登陆。

国务院批准的《全国内河航道与港口布局规划》中明确，钱塘江（含衢江、兰江、富春江）是长三角高等级航道网的重要组成部分，规划为四级航道，可通航500吨级船舶。20世纪60年代建成的富春江水电站位于钱塘江中游，考虑到当时的航运需求，建设了100吨级的船闸，但现在已经远远不能满足航运的需要。近年来，每年都有大量来自浙江省人大代表、政协委员的议案、提案，强烈要求升级富春江船闸通航能力、复兴钱塘江中上游航运。

早在2002年，浙江省交通厅就启动了复兴钱塘江中上游航运项目的前期工作，着手富春江船闸的扩建改造工作。但因富春江水电站的业主华东电网有限公司属中央企业，部门之间、中央与地方之间的体制问题给沟通协调带来困难。直至2007年9月，时任国务院副总理曾培炎就富春江船闸碍航一事批示之后，在国家发改委和交通部的积极协调下该项目取得重大进展，电力、水利等各部门均原则同意按四级航道标准扩建改造富春江船闸。

但接下来的工作并非一帆风顺。各方虽原则同意船闸改造方案，但至今方案仍停留在纸上，举步维艰。

3月26日至31日，本报专题采访组和浙江省交通厅、省港航局以及杭州市交通部门有关人士一起，从杭州市区出发沿钱塘江而上，经桐庐、建德，兰溪、衢州，一直到达钱塘江南源的江山市。沿线各地政府部门负责同志、人大代表、政协委员、专家学者、企业老板以及普通百姓对钱塘江中上游航运复兴的强烈期盼深深震撼了我们。他们来自各行各业，却发出同一个声音：尽快打通富春江船闸碍航瓶颈！

在记者截稿时，又得到一个最新消息，日前张德江副总理在浙江省政府专送的关于恳请国家支持富春江船闸改造工程的报告上作出了批示。我们相信这将进一步推动富春江船闸改造项目尽快实施。

一座碍航闸坝卡掉了多少效益？

钱塘江是浙江第一大河，航运资源丰富，历史上曾有繁华的水运，是浙西及安徽、江西、福建等地向东的交通要道之一。但20世纪60年代后，由于兴建水电枢纽、河道取砂乱挖乱采等原因，钱塘江的航运能力逐步萎缩，特别是桐庐以上航段因为富春江水电站大坝的建设，大部分河段断航或只存区间运量。复兴钱塘江中上游航运，打通浙中、浙西通往沿海的水上通道，必须首先打通富春江船闸这一碍航瓶颈。

一座碍航的闸坝卡掉了多少效益？相关统计显示，钱塘江干流运量在富春江水电站大坝上下游差距明显。大坝下游不到125公里的航段年货运量为5000多万吨，大坝上游近300公里航段年货运量仅为400多万吨。富春江船闸设计的最大年货运能力为80万吨，而据浙江省交通厅测算，目前大坝上游地区的宜水货运量就已经达到1000万吨，潜在的货运量可超过2000万吨。有研究表明，沿江每万吨航运吞吐量对GDP的贡献约110万元，创造近20个就业岗位。按富春江大坝以上的宜水货运量1000万吨计算，对GDP的贡献将超过11亿元，创造两万个就业岗位。

钱塘江航运能为企业省多少钱？千岛湖畔的建德新化化工有限责任公司作了个尝试。2008年新化化工购买的8000吨煤炭从山东微山湖出发，沿京杭运河南下至杭州，溯富春江而上至富春江大坝。因富春江船闸只能满足100吨船舶通航，故换小船短驳过闸后运至建德。“虽然过程曲折，但与全程铁路运输相比，一吨还是便宜了50元，这一趟就节省了40万元。我们一年煤炭运量20万吨，富春江船闸扩建改造后，全部水运可从微山湖直接运到厂区，一年起码可以节省2000万元。”该公司副总经理王卫明说。

金华市港航管理处曾进行过一次调查，2007年，参与调查的金华市企业消耗原煤745万吨，全部从外地调入，通过内河运输不足10万吨。金华企业2007年适合水路运输的主要货物量为1500万吨，如果通过水运就可以直接为企业节省运费5.25亿元，占2007年金华市GDP总值的0.4%。

浙江省港航局的研究表明，钱塘江中上游航运恢复后，其运力相当于一条复线铁路或两条高速公路，每年可直接节省运费9亿元以上。

上游航段已启动航运开发项目

古往今来，很多城市的兴起和繁荣都依赖于大江大河，其根本原因是水运提供了稳定可靠和廉价的运输方式。钱塘江中上游曾经繁华的水运，成为沿线因水而兴的城市的记忆。

曾经的浙西第一大港杭州建德梅城，昔日是徽商和闽赣商人、官员必经之地，如今从州府变成了一个小镇。“七里扬帆”现在只是一个景点的名字，游人们只能通过想象来体会这里曾经的百舸争流、千帆竞发。

曾有“小上海”之称的兰溪，“三江之汇、七省通衢”的风光不再。随着水运的衰落，这个浙江第一个财政收入“亿元县”，如今在邻居义乌的光芒下黯然失色。2008年，兰溪戴上了欠发达地区的帽子。

在衢州，水运年货运量仅4万多吨，不到全市运输量的1%。帆樯如林，商贾云集，全都沉淀在这个“四省通衢”的浙西门户城市的历史深处。身处山区、陆路交通不便的衢州人，面对一江东流水，无不企盼着航运复兴的那一天。

沿江1000万百姓深信，钱塘江中上游航运的复兴将为他们带来一次命运转折。

目前，富春江船闸上游的建德、兰溪、衢州等地市，已经纷纷加快了钱塘江中上游航运开发项目的前期工作。

建德市1个综合码头、5个专业码头的前期工作已经基本完成，码头建设方案以及与码头配套的相关道路工程等方案也基本做好。只等富春江船闸改造工程启动，建德市的项目就马上开工。

金华市已将衢江、兰江航运开发列入今明两年市级重点项目，并于去年3月成立了金华市婺舟航运开发建设有限公司，负责项目的前期工作。目前衢江、兰江两个项目的工可文本已经完成，兰江水利枢纽调整专题报告也已经通过审查。

衢州市确定对境内衢江实施六级梯级开发方案，已经基本建成四个梯级枢纽，船闸全部按四级航道预留，另外两个也已准备动工。

钱塘江上游的常山县、江山市，强烈要求将航运开发伸延到上游的常山江和江山江。据常山县副县长郑建华介绍，常山江与江西信江两水系水平距离只有40公里，两水系接点水位高差只有4米，常山江航道的开发是衢江航道开发的延伸，也为今后钱塘江水系与江西鄱阳湖水系（信江）沟通创造有利条件。今年3月20日，《钱塘江中上游常山江航运规划》已经通过了省里相关部门的审查。据江山市交通局局长姜文龙介绍，江山江航运规划也已经通过了省里组织的专家组评审，原则同意按四级航道开发，市里也已经确定分三期开发建设江山江航道，最终实现在江西玉山冰溪镇与信江汇合。

但是，富春江船闸不改造，其上游航运开发项目就无法产生效益。正如浙江省人大常委会委员、省人大财经委副主任委员王小玲所说，钱塘江中上游航运复兴，富春江船闸扩建改造是前提。沿线各地市的人大代表、政协委员纷纷表示，富春江船闸一天不扩建改造，他们就一天不停止呼吁，要年年"上书"，年年提建议和提案。

好事为何多磨？

"好事多磨"。由于富春江船闸改扩建工程涉及交通、水电等不同部门，涉及中央企业和地方政府的关系，沟通协调难度尤大。王小玲告诉记者，沿江地方政府百姓呼声很强，交通部门这几年不遗余力地呼吁、策划、推动富春江船闸的改造，但不是所有的单位都想到一起、步调一致。

据了解，富春江水电站是一座低水头河床式水电站，以发电为主，兼有航运、灌溉、水产、城市供水等综合经济效益。富春江水电站1968年12月首台机组发电，装机6台，总装机容量35.72万千瓦，年平均发电量为8.32亿千瓦时，占当前华东电网年用电量的千分之一左右，主要担负华东电网调峰、调频及事故备用任务。

早在2002年，浙江省交通厅就启动了复兴钱塘江中上游航运工程的前期工作，进展缓慢。

2007年，转机出现了。8月29日，国务院参事郭廷结、傅正恺和浙江省政府参事童禅福联名向时任国务院副总理曾培炎、时任国务委员华建敏呈报了题为《复兴钱塘江航运势在必行——富春江船闸碍航瓶颈亟待打通》的建议。同年9月，曾培炎批示要求国家发改委、交通部研究这一问题。随后，交通部部长李盛霖、副部长徐祖远指示要求落实国务院精神，研究省部联动，恢复航运功能。浙江省省长吕祖善和省政府分管领导对此也作出重要批示，要求浙江省发改委和交通厅抓紧开展相关工作。在国家发改委和交通部的积极协调下，项目由此取得重大进展，各部门一致原则同意按四级航道标准扩建改造富春江船闸。

2008年5月，浙江省发改委正式批复立项建设富春江船闸扩建改造工程。富春江船闸改造方案是将原富春江船闸保留，作为上游引航渠道，在其下游重新建造一座四级标准船闸，可通行500吨级船舶。工程占地约50亩，投资估算约7.98亿元，计划工期为28个月。然而，当年11月3日，华东电网有限公司质疑浙江省发改委批准此项目的合法性，提出由省发改委报请国家发改委审批。随后，船闸改造的前期工作陷入停滞。

记者在采访中了解到，杭州市港航部门已经开展了所有工可研究阶段的18项工作,其中6项技术研究性专题已全部完成,12项审批性工作中4项获批,两项已报待审,其余项目也进展顺利，但大坝安全评估和电网安全评估进展缓慢。

杭州市港航局已经委托中国水电顾问集团华东勘测设计研究院进行大坝安全评估，该院正是当年富春江水电站大坝的设计单位。该院海洋与河道工程设计所所长郑永明告诉记者，评估报告对船闸改建对大坝的影响进行了细致的分析，并提出科学的技术手段加以保障。“这些都是成熟的工程和工艺，不是高难度的设计，是常规的东西。”郑永明说，评估报告进行了室内论证，但缺少现场探测，需要电厂配合，进展不太顺利。

根据电网部门的要求，该专题报告必须由大坝注册业主——华东电网有限公司书面委托国家电监会大坝安全监察中心组织评审。据悉，今年3月5日，杭州市港航局已将该专题报告函送华东电网有限公司要求委托评审。国家电监会大坝安全监察中心总工程师张秀丽告诉记者，一旦接到华东电网公司的委托，他们将本着客观公正科学的态度尽快进行评审。3月16日，华东电网有限公司致函国家电监会大坝安全监察中心，提出大坝安全评估报告未对施工期的大坝安全及泄洪安全作出明确结论及工程措施建议，未对现有船闸的状况完成检测评估，待补充完善后再委托评审。电网安全评估方面，杭州市港航局联系了多家电网系统研究机构，但均回答未曾接触过此类专题，不愿接受任务。

利国利民的工程不能久拖不决

针对船闸改造工程前期工作中遇到的种种难题，今年3月20日，国家发改委再次发文进行协调。

一是明确按照现行投资管理体制规定，富春江船闸改造工程项目可行性研究报告由浙江省发改委审批，在审批前，应征得国家能源局、国家电监会的同意。

二是明确由船闸改造工程设计单位提出《富春江船闸扩建改造工程对大坝安全影响专题论证报告》，并报国家电监会大坝安全监察中心进行安全评价，该评价意见是项目可行性研究报告的必要附件。

三是对富春江船闸改造工程涉及电网运行安全影响的问题，明确由浙江省发改委委托电力科研设计单位会同华东电监局、华东电网有限公司进行专题研究。

四是对新建船闸的运行体制，明确由浙江省航运部门商华东电网有限公司确定具体方案，并在项目可行性研究报告中明确。

虽然再次进行了协调，但要使船闸改造顺利进行，在具体实施过程中相关单位的积极配合和支持是不可或缺的。

钱塘江中上游航运复兴是最大程度地对水资源进行综合利用、综合开发，功在当代、利在千秋的大好事。对于这样一项利国利民的工程，“不能久拖不决，要有紧迫感。”王小玲认为，当前富春江船闸改造的投资、设计、建设、技术等已经不是主要问题，他建议将钱塘江中上游航运复兴工程列入浙江省委“山海协作”重大项目，以进一步加大协调和推进力度。

国务院参事郭廷结、傅正恺，浙江省政府参事童禅福在深入钱塘江中上游调研后指出，从国家全局利益权衡，打通富春江船闸瓶颈，提高通航能力，是促进浙、赣、皖、闽周边地区经济发展的重要举措，其经济社会效益要大得多。

“几十年以前，浙江新安江地区、富春江地区广大人民，舍小家为大家为国家，牺牲个人利益，建成新安江水电站、富春江水电站等一批项目。现在百姓希望电网公司从造福浙江人民的大局出发，支持钱塘江中上游航运复兴事业，积极促成这件利国利民的好事，在浙江人民的心目中，进一步树立负责任企业的良好形象。”王小玲说。

记者在采访中了解到，不仅仅是富春江船闸，碍航断航设施协调解决难度大是我国内河航运发展目前存在的突出问题。

搞了一辈子内河航运的中国工程院院士梁应辰感慨地说：“对搞内河航运的人来说，水资源综合开发利用是最大的难题，主要涉及深层次的体制问题。水资源的开发利用涉及不同行业、不同部门以及地方和中央、局部和全局的利益。一些地方不积极，主要是因为协调的难度太大。”

去年，全国政协调研组的《关于加快发展我国内河航运的调研报告》也提出，内河航运建设发展需要发改委、国土、环保、城建、交通运输、水利等部门的相互协调配合，在发展规划、建设标准、资金投入等方面统筹安排、有效衔接；建议建立由国务院领导同志召集、国务院相关职能部门负责人参加的部际联席会议制度，以及时协调解决内河航运发展中出现的问题；同时加快《航道法》的立法进程，加大对航道资源的保护力度，促进水资源的综合利用。

第二十四届中国产经好新闻通讯类三等奖 作者：林芬 彭燕 贾刚为 编辑：林芬 熊水湖 | 2009年4月22日 2版

中国桥梁令世界惊叹

翻开60年前的地图，您会发现长达6000多公里的长江江面上，几千年来从未建过一座桥梁。长江切断了纵贯南北的铁路、公路运输，火车、汽车、行人都只能通过轮渡过江，交通十分不便。在这条江上架起一座大桥，是千百年来中国人世世代代的梦想。清末，邮传部开始拟定修建武汉长江大桥的计划；1919年，孙中山在《建国方略》中也提出“以桥或隧道联络武昌、汉口、汉阳为一市”的具体设想；1936年茅以升也曾着手武汉长江大桥的规划。无奈由于多年的战乱，修建计划一直得不到实施。

新中国的成立，让中华民族几代人为之奋斗的这个梦成为了现实。1957年，武汉长江大桥在当时苏联专家的指导下建成通车；1968年，我国自行设计施工的南京长江大桥建成通车……从江河湖泊到海湾海峡、深沟峡谷，从建国初期只有梁桥和拱桥两种桥梁类型，到如今现代化大跨径悬索桥、斜拉桥、梁桥和拱桥“百花齐放”，60年间，中国桥梁的飞跃发展，令国人自豪，令世界惊叹！

到2008年年底，我国共有公路桥梁59万座、2525万延米。我国公路桥梁的最大跨径已达1490米，已建成的梁桥、拱桥、斜拉桥的最大跨径均居世界同类桥梁之首，在世界跨径前10位的悬索桥中，中国就有5座；前10位斜拉桥中，中国就有8座。每一座大桥都是对前一座的超越，见证着我们民族复兴的历程。

博采众长　自主建设

“从一座桥的修建上，就可以看出当地工商业的荣枯和工艺水平。从全国各地的修桥历史更可看出一国政治、经济、科学、技术等各方面的情况。”这是著名的桥梁大师茅以升先生关于桥的一段精辟论述。的确，中国桥梁建设的发展历程正是与国民经济发展相伴，桥梁跨越式发展正是与改革开放同行。中国经济的持续快速发展为桥梁建设提供了难得的历史机遇。

在二十世纪五六十年代，一穷二白的国情刺激了经济实用的桥梁技术的发展。天然石材建桥不仅能解决建材短缺的问题，也发挥了中国石桥建造的传统优势，因此石桥尤其是石拱桥的建造在这一时期大行其道。除了双曲拱桥之外，钻孔灌注桩的运用是这一时期中国公路桥梁技术进步的又一标志。

为满足经济发展和百姓的需求，改革开放后公路桥梁建设如火如荼，从珠江三角洲到长江流域再到长江三角洲展开了一场全球最大规模的公路桥梁建设，作为亲历者，交通运输部专家委员会主任、著名桥梁专家凤懋润称之为“三大战役”。

20世纪80年代初，改革开放前沿的珠江三角洲开始了公路交通基础设施建设，为经济腾飞铺就跑道。在政府的支持下，1981年实现了“贷款建桥”的政策性突破，架桥铺路如火如荼，打响了中国现代桥梁建设的“第一战役”，拉开了全国大规模桥梁建设的帷幕。

20世纪90年代，“以浦东开发开放为龙头，带动长江三角洲和长江流域经济起飞”的战略决策拉开了长江流域跨江大桥建设的“第二战役”。绵延3000公里的长江干流江段上展开了“百团大战”，座座跨江大桥拔地而起、沟通南北。

21世纪之初，随着区域经济一体化和西部大开发战略的实施，公路桥梁建设的“第三战役”在长江三角洲和中西部山区、高原全面铺开。桥梁建设的“精兵强将”会战在千米级超大跨径跨江桥梁和数十公里超长跨海大桥的工地上。

当中国现代桥梁建设走过第一个10年，桥梁跨径突破了200米、300米迈向400米的时候，来自国内外的“中国人有没有能力自行建设特大跨径的现代桥梁”的质疑曾摆在了决策者和建设者的面前。上海南浦大桥建设之初，在时任上海市政协主席、同济大学教授李国豪的积极呼吁下，时任上海市市长的江泽民终于做出了由上海桥梁界合作进行南浦大桥设计与施工的决策，使中国桥梁建设者获得了自主建设，通过实践取得科技进步的机会。跨径423米的南浦大桥于1991年建成通车。

1997年香港回归前夕，在国内桥梁界通力合作下，跨越珠江口、跨径888米的中国第一座六车道高速公路全焊接钢箱梁悬索桥——虎门珠江大桥建成。

1999年，江阴长江公路大桥又以1385米一跨过江的记录，成为中国现代桥梁建设史上的又一里程碑。

从江阴大桥开始，部就启动了部省联合专家组，集聚全国资深桥梁专家之力，共克大桥施工建设难题。同时，结合跨江海大桥建设的进展，及时组织实施国家科技支撑计划，形成了千米级斜拉桥建设关键技术、大跨钢箱梁悬索桥建设成套技术以及跨海长桥和连岛工程等建设技术，并结合工程建设需求，组织桥梁参建单位围绕工程建设的关键技术开展了科研攻关。同时，在一些西部项目上，部围绕西部地区桥梁建设的核心技术，组织科研院所、大专院校、设计施工及管理单位，紧密依托工程实际开展了协作攻关，共同克服桥梁建设工程中的一些难题。

“博采众长，自主建设”的技术政策为中国桥梁技术的提高打下了实践的基础，积累了经验，积蓄了力量。“在这60年里，我们通过完善桥梁建设的发展规划，利用国家自然科学基金、科技部863计划和省部联合攻关项目等措施，对我国桥梁建设开展了一些前瞻性的研究，为我国跨江海特大桥、山区高墩大跨桥梁建设奠定了设计与施工技术基础。”交通运输部部长李盛霖在接受采访时说。

世界纪录　中国创造

经过20世纪80年代“学习和追赶”和90年代“提高和紧跟”两个重要的发展阶段,中国已经发展成为桥梁大国。21世纪初,中国桥梁发展开始了“创新和超越”,踏上由“大国”向“强国”迈进的征程。

2003年，集斜拉桥、拱桥、悬索桥三种类型桥梁工艺于一身的上海卢浦大桥以刚劲有力的箱形肋拱承托起550米跨越，它成为目前世界上跨度最大的钢结构拱桥，也是世界首座箱型拱肋结构的大型拱桥、首座除合龙接口端采用栓接外，完全采用焊接工艺连接的大型拱桥。卢浦大桥分别获得美国国际桥梁大会2004年度“尤金·菲戈金奖”和2008年度国际桥协（IABSE）大奖。2005年，用新结构、新材料、新工艺、新设备等一批科技成果建造出来的东海大桥建成通车，树立起中国跨海大桥建设的里程碑；由悬索桥和斜拉桥两座特大型结构托起的润扬长江大桥建成通车；拥有中国第一钢桥塔的南京长江三桥以主孔跨径648米的钢箱梁斜拉桥跨越大江，215米高的顶天立地“人”字型桥塔耸立江中。它以“在技术与材料创新、美学价值、环境和谐等方面有着突出贡献的桥梁建造工程”获得2007年度美国国际桥梁会议“古斯塔夫斯——林德恩斯”奖。2008年，在潮差大、潮流急、台风多等极为复杂的自然条件下，杭州湾大桥以630孔桥梁跨越36公里海面，施工过程中未发生一起重伤以上生产安全事故，创造了“百亿元产值零死亡”的施工安全新纪录。它是中国成功建设的一座具有世界先进水平的特大型桥梁工程，提升了中国在国际土木工程领域的地位。连接南通与苏州两市总长8公里的苏通长江公路大桥以“千米跨越”成为世界斜拉桥发展史新的里程碑。它荣获2008年度美国国际桥梁会议“乔治·理查德森奖”。2009年，世界上首座分离式双箱断面钢箱梁悬索桥——舟山连岛工程西堠门大桥（钢箱梁长2220.8米为世界之最，主跨1650米为“中国第一、世界第二”）即将于11月通车。为了适应山区跨越峡谷的需要，三座带有轻型桁架式加劲梁的大跨悬索桥，即主跨900米的湖北四渡桥（桥面至谷底高度500米）、主跨1088米的贵州坝陵河桥（桥面至谷底高度370米）和主跨1176米的湖南矮寨桥（桥面至谷底高度330米）正在建设中……

凤懋润亲历了中国桥梁建设水平从跨河、跨江到跨海的逐级飞跃。他曾多次陪同外国同行参观考察中国桥梁工程，“有一条精品参观路线就是从南京到上海或者从上海到南京”。他自豪地告诉记者，所有的外国同行在开始看到的几座桥梁和高速公路都要几十遍的发问这是不是中国人自己设计建造的，等他们看了一半以后就不再发问了，面对拔地而起的宏伟工程，他们表示“难以置信”。

第二十四届中国产经好新闻副刊类三等奖　作者：曲飞　编辑：曲飞　连萌　2009年10月13日　4版

作为我国第一支海上专业空中救助队伍，东海第一救助飞行队近两年来没有出现任何等级以上事故，保持了飞行的安全平稳。他们深知——

自己安全了，才能救更多的人

屈指算来，东海第一救助飞行队脱开中信海洋直升机公司、香港政府飞行队两大“外援”的扶持，独立飞行已经两年多了。两年来，东海第一救助飞行队保持了飞行的安全平稳，没有出现任何等级以上事故，救助有效率和成功率接近90%。日前，值东海第一救助飞行队庆祝建队八周年之际，记者前往上海，聆听该队队员的“安全经”，自觉收获良多。

两年前的2007年1月1日，中信海洋直升机公司的飞行人员、管理等人员等功成身退，全部撤离，东海第一救助飞行队开始了真正意义上的“自主飞行”。遥想2001年3月5日东海第一救助飞行队组建时，在中信海洋直升机公司与香港政府飞行队两大“外援”的支持下，飞行队像探路者一样摸索着向前。8年来，作为我国第一支从事海难救助的飞行队伍，东海第一救助飞行队共出动直升机422架次进行海上搜救，成功救起遇险人员324人。

出航前安全项目逐一完成

一般情况下，在接到救援任务后，救援飞机得在45分钟内起飞赶往事发现场。但东海第一救助飞行队的队员每天都在寻思着把这45分钟压缩得更短一些。绞车手张英华颇为自豪地说：“为了以最快的速度出现在遇险人员的面前，我们在日常的训练中把每个起飞前的准备动作练到几乎闭着眼睛也知道下一步该做什么。现在，正在朝着‘35分钟内起飞’这个目标努力。”

航前准备非常重要，为了随时应对飞机起飞前可能出现的险情，消防车必须在救援警报响起两分钟之内赶到停机坪，清理机场跑道。“每次都是这样，日复一日。”东海第一救助飞行队队长孙岳是个有着多年飞行经验的教员机长，他说，“虽然我们都想把45分钟的时间压缩得短一些，再短一些，但飞行是个有着严格要求的行为，再压缩也有个极限，否则就有可能在哪个环节出现意外。不怕一万，只怕万一。为了这个可能的‘万一’，我们时刻都得紧绷着‘安全’这根弦。”

走进机场跑道，记者看到，短短的直升机跑道几乎可以用“一目了然”来形容，即使是普通人的视力也足以看清光滑的水泥路面上有没有石块、坑洼，何况这些视力好得出奇的飞行队员们。随行的飞行队队员金志荣似乎看出了记者的疑惑，微笑着点破：“觉得消防车的出动好像没有必要是吧？这就是我们的程序，必须做的，哪怕你一眼看过去根本没有任何危险的东西在。每次出航，类似的安全保障项目都得挨个完成，每做完一个就在记录本上打一个勾。”

5 公里越野跑训练很平常

众所周知，救援是个分秒必争的事，早一秒到达事故现场，遇险人员就多一份保障。“要快，更要安全。没有安全，什么都是空谈。”孙队长对记者说，“这其实是个很简单的问题。连飞行队救援人员自己都不能保证自己的安全，你拿什么去救人？而如何保证安全，就一个字，练！靠自身过硬的专业素质保证安全，靠严格科学的应急制度保证安全。我们要让遇险人员一看到我们来了就打心眼里放心。”

对这一点，作为救援行动中最先接触遇险者的救生员往往体会更深。董峻楠，这个 2007 年 12 月从海军陆战队转业来的救生员有着一副铁打的身板，让人看着就有安全感。“每次我从直升机吊至遇险船舶的甲板上时，那些船员的眼神总是充满期待，我知道自己在他们的眼里就是无所不能的救援者。你想，如果这个时候我不能确保自己安全着陆，他们将会何等失望。”说到这时，他向记者比画起来，一边描绘道，“单说安全吊落到甲板上这个动作吧，它其实并不像大多数人想象的那么简单，需要救生员和绞车手严丝合缝地配合。稍有不慎，我们救生员就有可能被上下无规则起伏的甲板撞伤。”

为了拥有过硬的救援技术，保证自身的安全和被救者的安全，董峻楠和飞行队的其他同事一样，在日常训练中自我加压，通过体能训练、拓展训练等方式日复一日地磨砺自己的身体素质和心理素质。如今，董峻楠已是飞行队的骨干救生员。“别看他才来不久，救援行动已经参加过五六次了。”飞行队政治工作部部长钟建国“炫耀”道，“他的身体素质别提有多好，平常训练动不动就是 5 公里越野跑。”这时，一旁的金志荣不无幽默地提醒着记者：“还要标明一下哦，括号，负重 25 公斤。”

必要情况下中断救援行动

接到救援任务，机场警报随即拉响。上述场景，东一飞的队员们 8 年来已记不清经历过多少次。每当这时，包括机长、副驾驶、绞车手、救生员在内的机组人员会马上集合商定出航的具体细节，每个人都像复杂机器里的一个螺丝钉，都很明白自己需要做哪些事情。比如，机长会首先考虑出航的飞行半径有多少海里，需要带多少油；绞车手、救生员则迅速根据已有的救援信息，确定要不要带担架等。在最短的时间里，每个机组人员都依着一套严格有序的应急方案做着份内的事情，相互协助又独当一面。“飞行队的每个人都具有较强的个人能力，同时也具有极强的团结协作能力。我们深知，把自己的专业技术练好，不但能确保自己的安全、被救者的安全，更能确保同事、战友的安全。”孙岳说。

在极端恶劣的环境下，即使直升机在飞行途中，为了确保机组人员的安全，后方指挥中心会选择随时中断救援行动。2008 年 12 月，董峻楠和队友正在前往 80 海里外的目标救援地，大约飞到一半的时候，由于大雪，直升机的玻璃上都结上了冰，能见度也只有 200 米。继续冒险前飞还是返程？一个巨大的问号折磨着直升机上的机组人员。在与基地指挥中心商量后，他们最终不得不放弃了这次飞行。“在那种恶劣的气象条件下，再往前飞，结果真的只有一个，相信我不说你也知道。那几个字是我们很忌讳说的。”即使是现在，董峻楠回想起那次中断的任务依然心有余悸。他说，执行那次任务时，天气很冷，起飞条件非常不好，但为了救人他们还是冒险起飞了。

第六届全国安全生产新闻奖三等奖　作者：熊水湖　编辑：熊水湖　2009 年 3 月 13 日　3 版

城区、市镇、镇村通公交，一个都不能少

——江苏溧阳探索城乡公交一体化之路

公交改变了江苏省溧阳市农村老百姓的生活：

家住上宋村的杨彩英以前只在镇上逛逛，而现在，她常约上三五个要好的朋友一起去溧阳市区购物；

镇医院院长何卫国曾经为派个医生去村上开展妇幼保健而犯愁，费时间还去不了几个地方，而现在，他们一个上午就能把工作做完；

竹箦中学校长朱宗平也能长长舒一口气了。原来 1200 名初中生中有一半需要住宿，现在全部走读。这些孩子不仅上学路上的安全有了保障，而且由住宿改为走读，他们每月还节省了至少 300 元食宿费；

而曾经的“黑车”司机史信富则生活得更加舒畅，不必再担心城管、公安会随时抓到他，扣他的车，罚他的款……他现在是一名堂堂正正的镇村公交驾驶员，他非常珍惜这份工作。

这仅仅是溧阳城乡公交一体化实施以来，改变当地老百姓生活的几个简单片断。

经过五年的探索，目前，溧阳市重点建制村、两个农场、驻溧部队、重点旅游区全部通上镇村公交，基本实现全覆盖，形成了结构优化、布局合理、资源共享、衔接顺畅、经济便利、安全有序的城区公交、市镇公交、镇村公交三级公交网络。

农村公路形成网络　运输市场逐步规范

有路才能行车。溧阳的路特别是农村公路修得快且好，在江苏是有名的。

走在溧阳的农村公路上，两旁是齐刷刷的绿色乔木，车在行进中丝毫感觉不到颠簸，道路标识清晰明了。由于道路养护做得好，已经建成六七年的农村公路路况条件仍很好。

“早在 2004 年，溧阳仅用一年半时间就完成了省里下达的三年农村公路建设任务，共修建农村公路 566.8 公里，并连续 6 年被江苏省政府授予‘全省农村公路建设先进县（市）’。”提起溧阳的农村公路，溧阳市交通运输局局长周建明特别

自豪。

目前，溧阳早已实现了市到镇通一级公路，镇到镇通二级公路，镇到建制村通四级以上公路的目标，市域内中小学、敬老院、中心医疗点以及150人以上的自然村也都通上了四级公路，基本形成了覆盖溧阳全市的综合道路交通网络。

在修建农村路网的同时，溧阳着手规范当地运输市场。一场“大变革”在酝酿中如期而至。

2001年年底，原溧阳市交通局在江苏省首次实行“站运分离”，整合了下属两家客运企业——溧阳路运公司改制为企业，专门负责长短途运输；而溧阳客运公司仍为国有集体企业，负责车站、城市公交和城市出租车、镇村公交运行。原本的竞争对手变成了合作伙伴，企业间的经营矛盾迎刃而解。

2003年，溧阳完成全市17条线路、426辆个体中巴车的收购，并对中长途班线进行公司化改造，实行公车公营，所有运营车辆以旧换新，全部使用空调车。

2004年，溧阳对城区出租车进行更新改造，组建了客运、吉达两家出租车公司，同时还引进了高档大中型客车152辆，开通16条城区公交线，公交网络覆盖城区主干道，形成较为合理、方便的城市公交体系。

就这样，溧阳通过“三步走”有效减少了客运市场的无序竞争，为推行城乡公交一体化创造了有利条件。

城乡公交一体化网络初步形成

实现城乡公交一体化，城区、市镇、镇村公交一个都不能少。2005年，溧阳城乡公交一体化工程在江苏率先开始。

如今在溧阳，市内公交线路共有22条，实现了城区全覆盖，2009年乘坐城区公交的老百姓超过2100万人次。

对于市镇公交，溧阳采取了公车公营的模式。溧阳客运公司从政府部门获得经营权，再出资购买车辆、招聘驾驶员，车辆产权属于公司，驾驶员全部被聘为公司正式员工。

“2003年被收购的绝大部分个体中巴司机，现在都在客运公司里跑市镇公交。”周建明告诉记者，当时在收购个体中巴时，他们对车辆评估采取“就高不就低”的标准，而且被收购车主全部都能进入公司，享受正式员工一样的待遇。

“这些个体车主都很愿意，而且干得不错。”溧阳客运公司董事长强卫忠说。

与此同时，溧阳投入3000多万元，启动了农村客运站场的标准化建设。根据不同需要设置了公交枢纽站、换乘站、港湾式停靠站、简易停靠站、终点回车场五种站场，并在城乡公交沿线配套建设了不锈钢站亭和站牌。这为镇村公交的开通提供了有力的硬件保障。2008年，经过试点和全面推广两个阶段，溧阳正式开通镇村公交，目前线路已达78条，预计明年将全面覆盖所有建制村。

如今的溧阳，农村老百姓出门就有公交车坐，从镇里转车去市区不用多走一步路，下了镇村公交车就能坐上市镇公交车。溧阳18个镇的客运站点全部实现与溧阳市汽车客运站联网，在镇客运站就可以买到从溧阳去其他省市的客运车票。溧阳初步形成了一个包括长途汽车、出租车、城市公交、市镇公交、村镇公交的城乡公交一体化体系。

镇村公交　解决农民出行的最后“一公里”

有人比喻，公交车开进村，是城乡公交一体化最难完成的“一公里”。但溧阳镇村公交做到了，“一元钱到镇上”，成为溧阳城乡公交一体化的重要标志。

白色小车身，大约只有两米宽；只有一个台阶的低底盘，即使是老人上车也不会太费力气；车内结构紧凑，有11个座位，采用自动投币，空调、摄像头、道路监控系统一应俱全。这是记者对镇村公交车的最初感受。

周建明把这种车型的公交车叫做迷你公交车，对此他津津乐道。

2008年年初，周建明一直在寻找适合农村公路的车型，网上的一款本意在城市胡同巷口使用的迷你小车让他眼前一亮。没过几天，他就和同事一起赶赴广西柳州，很快和这家客车企业达成了首批引进40辆迷你公交车的协议。

本着先试点、再推广的原则，溧阳镇村公交首先在竹箦、社渚两镇试运行。“这是我们溧阳最偏远的乡镇。我当时想，如果这两个镇的镇村公交能搞好，那其他地方就更不成问题了。”周建明说。

试点取得了很好的效果。“老百姓特别欢迎，过去出门只能坐‘黑车’，司机漫天要价，而且很不安全。现在一元钱就能到镇上，我们村里很多以前不出门的老人现在经常去镇上转转。”吴玉凤是社渚镇殷桥村的村支书，“20分钟就能有一趟公交车，如今即使去溧阳市区也不发愁了。”

镇村公交高密度发车、多站点停靠、就近下车、循环发车的特点，深受当地老百姓欢迎。于是，溧阳又相继投放了100辆镇村公交车，在全市18个镇全部开通镇村公交。

公交车开进了村，原来的“黑车”成了问题。经过反复调研，溧阳交通部门决定对“黑车”进行收编。

“通过考试，我们把70%以上的‘黑车’驾驶员招聘为镇村公交车司机，双方签订长期劳动合同。”周建明说。

曾经开了十年“黑车”的史信富家住竹箦镇，2008 年，他成为第一批被收编的镇村公交车司机。“我因为开‘黑车’被处罚了四次，那时候真是每天担惊受怕的，现在好了，我在企业上班，每月 2000 多元收入，公司还按时给我上保险。”

“这些曾经的‘黑车’司机特别珍惜这样的工作机会，他们现在干得非常好，甚至比其他驾驶员都好。”强卫忠告诉记者。

镇村公交更多地体现了公益性，用强卫忠的话来说，“不赔钱是不可能的”。“老百姓都知道我们会亏本，他们说，能享受到这样的公交服务，都有点不好意思了。”强卫忠说。

为了使镇村公交“开得出、开得好、留得住”，溧阳市政府出台了《镇村公交实施方案》，根据这一实施方案，溧阳市政府对所购营运车辆每车给予总价 1/3 的补贴，对发展镇村公交的企业经营性亏损部分给予全额补贴。

“从营运收入看，镇村公交是亏本的，但我仍然认为这个事情做对了。这几年，溧阳城乡道路运输市场平稳有序，这里面有镇村公交的功劳。另外，随着农村城镇化步伐的加快，随着更多的人对镇村公交的熟悉和依赖，我想镇村公交今后的亏损额会慢慢减少。当然，现阶段我们不会寄希望于镇村公交盈利，这毕竟是一项公益性的事业。”周建明说。

第二十五届中国产经好新闻通讯类二等奖　作者：孙妍　编辑：蓝乔　2010 年 12 月 9 日　1 版

一个步班邮递员26年的长征

徒步行走在太原西山深处，背着大旅行包，两个饼子，一瓶水，孤独地行走30多公里。对于爱好旅行的“背包客”来说，这样的一次经历也许充满了乐趣，但每周六天负重六七十斤风雨无阻地行走在大山深处，一走就是26年，行程达30万公里，有谁能够想象？

而44岁的合同工王收秋就是这个画面里的主人公——太原市南寒邮政分局大虎沟投递组步班投递员，太原最后一名步班邮递员。一场大雪过后，笔者随王收秋踏上了步班邮路。

上午10点，在南寒分局大虎沟投递组，王收秋的大背包里已经鼓鼓囊囊地装满了报纸和信件，他像往常一样又装了两个饼子、用矿泉水瓶灌了一瓶水，穿上大衣，背上背包，又将一个邮包挂在了胸前背包的系带处，开始了一天的步班投递。王收秋投递的第一个目的地是小卧龙村。

一路上不断有大型的拉煤车经过，荡起阵阵黑灰。

王收秋与邮政结缘于电影中一个邮递员的形象，吸引他的不仅仅是那一身气质非凡的绿衣，更是在信件传递中受到尊重和依赖的一种享受。王收秋的投递范围是王封乡15个自然村，所涉范围达106.8平方公里，他以坚忍的毅力，日复一日，年复一年，在漫长的步班邮路上孤独跋涉了26年。笔者随王收秋没走多久，便从公路上下来向山谷走去。一座座连绵不断的小山被皑皑的白雪覆盖，这哪里有路？走到山下，才发现荒山野岭中隐约有一条羊肠小道伸向远方。绕过荆棘的灌木丛、趟过泥滩碎石，躲避山上的飞石和塌方，上山的小坡被他蹬出一个个清晰的台阶，这便是王收秋开辟的邮路。

“蛇是经常遇到的，就在前几天的晚上还遇到了一头野猪，就离我没多远。当时也挺害怕，只能是悄悄地绕过去了。”王收秋淡淡地说，“想起来也是后怕”。

山村里的“名人”

“一年四季走山路，最费的就是鞋。”一路走来，笔者已大汗淋漓，气喘吁吁地跟着王收秋艰难地往山上爬。而走在前面的王收秋背着大包、胸前还挂着又大又重的包裹，走起路来依然是那样的轻松有力。王收秋看到笔者吃力的样子，笑了笑，说："我们就在这休息一下吧，前面的路还远也会更难走，这还不到今天全程的六分之一。"说着，王收秋卸下了背包和沉重的包裹，拿毛巾擦去满脸的汗水。

"包裹不是由本人在营业厅自己取吗？"笔者疑惑地问。"这个包裹是一个残疾人的，每遇到那些行动不便的人，我都会帮他们捎去，寄东西也是我帮他们带回去。"王收秋说。笔者为了更深刻地体验王收秋的邮路生活，将包裹要了过来，扛在了肩上。扛着重物走山路，这还是第一次，没走多远便胳膊酸痛难耐，笔者的体力不支被王收秋看出来后，他又接过了包裹。

抵达投递的第一站小卧龙村时已是下午一点多，王收秋是村里的名人，"王师傅来了！"每个过往的村民见了他都会亲切地打声招呼。王收秋每到一户人家，都会卸下沉重的背包，将信件、报纸分拣出来，村民也会主动地为他添满热水。

小卧龙村的赖书记说："在这种偏僻的山区，村民都需要他这样一个与外界沟通的纽带。有时候我甚至会觉得王收秋不像是这个时代的人，每天背着几十斤重的信件一个人走在山路上，一年四季，风雨无阻。我留他喝点水休息会儿，他却怕耽误时间。就在大雪后的第一天，他居然就送来了信件，半个裤腿都湿了，真难以想象。"

送完小卧龙村的信件，笔者已经又累又饿，在村口掏出面包在寒风中啃了起来。王收秋却不要笔者递过去的面包，掏出了两个饼子，说："还是饼子耐饿，每天都吃这个，已经习惯了。"

王收秋已患胃病多年，每当在邮路上胃病发作时，他就蹲下来按一按，在村民家喝点热水。26 年来，从没请过一天假，就是在这样的环境下也没丢过一封信，投递准确率达 100％。

母亲在途中等他

在一个铁矿厂门口，王收秋将报纸分了出来，却拦住了身后的笔者，"这个厂里有狗，你们就别进去了。""你就不怕被狗咬吗？""也怕啊，前些天就被狗咬了，过两天还得再打一次防疫针。"王收秋说着便走进了大门。

下一个自然村是王封村，王收秋的老母亲就住在这个村里。每天下午王收秋会去母亲家里歇歇脚，83 岁的老母亲也会每天在家门口守望着儿子。

老母亲谈起儿子，眼眶噙满了泪水，"我心疼我的小儿子，他太不容易了，每天那么辛苦地送信，一个人要照顾一家五口。"王收秋看着老母亲也不禁潸然泪下。

老母亲并没有让儿子多待一会儿，而是催他赶紧走，怕送晚了天黑路不好走。王收秋告诉笔者，这是在平时，但是每到大年三十那天，母亲就舍不得他走了，母亲想让他留下来一起包饺子。王收秋又何尝不想，可是大年三十不送的话，攒起来的信报就背不动了。就在他背起邮包走出大门时，再悄悄回头，看到老母亲站在大门口，拿着围裙抹眼泪。

山里的冬天很冷，王收秋计划过两天把老母亲接到自己家里过个温暖的冬天。

抵达圪垛村时，已经是晚上六点多，天已经完全黑了下来。而王收秋似乎已经对这样的环境相当熟悉，他从背包里拿出了手电筒，带着笔者迂回在曲折的山村小道上。

圪垛村的张大妈看到王收秋这么晚来并不稀奇，“他基本上每天都是这么晚到。我们这里的老百姓离不开收秋，去年我孙女的高考录取通知书不也是收秋送过来的！”张大妈的女儿激动地说：“我和王收秋以前是同班同学。他这个人憨厚老实，前些年村里人都挖煤窑，也有朋友拉他入伙，他却不干。人家都发家致富了，他还在坚持每天走那么远送信，也挣不了多少钱，也不知道图个什么。”

山里的夜格外的黑，漆黑的夜里只有远处山头依稀可见的几点灯光。

福建："鲜"车"一路绿灯"

本报讯（记者 庄则平）"以前从泰宁到福州跑一趟，至少要交140元，现在一分钱都不要，全都免啦，这可是我们车户的福音啊！"12月1日下午，在福银高速公路福州闽侯所收费站，车号"闽A19477"的货车司机一边填写鲜活农产品免征申请单，一面告诉记者新政策给他带来的好处。

12月1日起，福建所有收费公路全部纳入整车合法装载鲜活农产品运输"绿色通道"范围；再加上2009年2月21日零时起，福建取消政府还贷二级公路收费，整车合法装载鲜活农产品的运输车辆，在福建高速公路和普通公路"一路绿灯"，都不用再交通行费。

福建"绿色通道"里程已从原来的600余公里扩展到2340公里，独立收费的厦门大桥、厦门海沧大桥、厦门翔安隧道等七道桥隧也对鲜活农产品运输车辆减免通行费。

第二十五届中国产经好新闻消息类三等奖 作者：庄则平 编辑：韩璐 | 2010年12月6日 1版

GPS赶不上河北高速公路建设速度

到年底，全省高速公路将突破4000公里，
97%以上县城30分钟上高速

本报讯（记者 李书岐）经常来往于京津冀的刘华开车习惯于依赖全球卫星定位系统（GPS），最近两年，他却有点烦恼，因为GPS地图的更新越来越赶不上河北高速公路建设的步伐了。

“2006年刚买时，一年多更新一次，两年后，半年更新一次，从去年开始，即使三个月更新一次，还是有许多新路上不了GPS地图。”他有点无奈地对记者说，看来以后得多留意媒体上的通车信息了，免得出门被GPS指挥错了。

对此，石家庄太和电子城一家知名GPS品牌服务商张经理解释说，省内媒体上几乎每个月都有竣工和开工高速公路的消息，国庆节前，张承高速公路一期工程又通车了，GPS地图更新频率最快为两个多月，这客观上造成了GPS地图滞后于实际路况的现象。

河北省交通运输厅提供的一组数据显示：最近5年，全省高速公路新增通车里程达1865公里，平均每年370多公里；尤其是2010年，全省高速公路建设计划投资500亿元，续建22条段、1951.9公里，全年建成通车里程有望超过1000公里。“十一五”期间，河北高速公路建设投资力度之大、建设速度之快、通车里程之长，都是历史上从来没有过的。

今年年底，全省高速公路通车里程将突破4000公里，全省97%以上的县城可以实现30分钟上高速公路。驾车出行“走高速”成为人们的首选。

作为交通“大动脉”，高速公路密度、建设速度既是判断一地经济增长水平的重要标志，也是促进经济社会发展、惠及民生的重要推动力。目前，河北省规划的“五纵六横七条线”高速公路主骨架初具规模，基本形成了省内各设区市之间、设区市与京津及周边城市之间的高速公路网络，对加快生产要素流通，缩短省内中心城市间以及与外省的时间距离，推进开发、开放和城镇化进程，服务京津冀经济一体化发展具有重要的意义。

“‘十二五’期间，随着全省高速公路路网结构日趋完善，GPS 更新赶不上高速公路建设步伐的现象会逐渐改变。”据交通专家介绍，河北省高速公路通车里程达到 6000 公里左右时，高速路网就基本成熟了。

第二十五届中国产经好新闻通讯类三等奖　作者：李书岐　编辑：韩璐 | 2010 年 11 月 10 日　1 版

《富春山居图》在邮票上团圆

本报讯（驻浙江首席记者 贾刚为 **通讯员** 严琦 裘霞萍） 3月14日上午，在十一届全国人大三次会议记者会上，温家宝总理答台湾记者问时，提到元代名画《富春山居图》，他说："我希望两半幅画什么时候能合成一整幅画。画是如此，人何以堪。"3月20日，《富春山居图》特种邮票在画卷的原创地浙江富阳和画家黄公望故乡江苏常熟两地同时举行首发式。《富春山居图》在"国家名片"——邮票上实现团圆。

《富春山居图》特种邮票，以《富春山居图》整幅画卷为蓝本，1套6枚，用连票小版张形式发行，邮票规格为60毫米 ×30毫米，全套面值9.30元。《富春山居图》是元代大画家黄公望的杰作，描绘了富春江两岸初秋的秀丽景色，是中国十大传世名画之一，被誉为"画中之兰亭"。资料记载，《富春山居图》于1347年开始创作，至1350年才完成。该画于清代顺治年间惨遭火焚，断为两段，前半卷纵31.8厘米，横51.4厘米，被另行装裱，重新定名为《剩山图》，现藏于浙江省博物馆。后半卷《富春山居图》，纵33厘米，横636.9厘米，现藏于台北"故宫博物院"。

第二十五届中国产经好新闻消息类三等奖 | 作者：贾刚为 严琦 裘霞萍 编辑：熊水湖 | 2010年3月23日 1版

深海寻宝

——“南澳一号”古沉船考古发掘现场纪实

很多人心里都有印第安纳·琼斯情结，因此沉船打捞及其水下考古被网友称为世界上最酷的工作，显然，水下考古具有无可取代的吸引力。满载宝藏的船舶，沉睡海底几百年，直到某天，也许是一张渔网，勾起一段尘封的历史。这些几乎都是好莱坞寻宝大片中的奇幻元素。现在，却无比真实地发生在中国的南海上。本报记者近日登上考古打捞作业船，零距离接触广东汕头“南澳一号”古沉船考古发掘现场。

一大早儿，杨水得起床后习惯性地往窗外看，天有些阴，远处的海天交界处显得模糊不清，近处海浪像调皮的孩子一样一下一下地拍打着船舷。杨水得下意识地嘟囔了一句，“不知道今天能不能潜水作业”。

杨水得是广州打捞局的一名专业潜水员，他和同事随打捞工程船“南天顺”锚泊在汕头南澳“三点金”海域已经一个多月了。由于当地海况的原因，他们光是避风就有好几次，进入5月，适合潜水作业的天气才多了起来。杨水得和同事为“南天顺”船正下方海底的一艘古沉船而来。它在27米深的海底已静静地躺了400多年，如今正等待考古人员的发掘和探索，它就是“南澳一号”古沉船。

水下考古远比陆上复杂得多

很多人心里都有印第安纳·琼斯情结，因此沉船打捞及其水下考古被网友称为世界上最酷的工作，显然，水下考古具有无可取代的吸引力。满载宝藏的船舶，沉睡海底几百年，直到某天，也许是一张渔网，勾起一段尘封的历史。这些几乎都是好莱坞寻宝大片中的奇幻元素。现在，却无比真实地发生在中国的南海上。

由于海底的复杂情况，水下文物探摸远比陆上复杂得多，发现文物也是件很讲究运气的事情。2000年，考古人员曾来南澳海域勘察，但一无所获，没想到时隔7年，普通渔民却无意间有重大发现。2007年5月25日，南澳县当地渔民在“三点金”海域进行日常潜捕时，偶然发现海底的古船残骸，并捞取了20多件瓷器上水。上水后他们马上拨打110报案。

广东省文物考古研究所水下考古研究中心于2007年6月6日开始对该沉船进行了前期调查，发现并确认了该沉船的沉没地点方位及水下状况，同时初步命名为“南海二号”。经过一段时间的潜水探摸，收集了沉船的相关资料，采集了部分散落在沉船外围的瓷器约200多件，为后期的发掘提供了第一手资料。最终，广东省有关专家根据文物属地命名原则将沉船命名为“南澳一号”。此时，这艘古船已在水底躺了400多年。

此后由于经费不足、人员短缺、气候不宜等原因阻碍，打捞工作一度停滞。直到今年5月，已被定级为“2010年国家水下文化遗产保护中心的一号工程”的“南澳一号”古沉船水下考古发掘工作再次开展，这艘古商船才又一次回到人们的视野。

每天的平潮期是作业的黄金时间

虽然这天“三点金”海域风力达到5级，阵风7级，早上的班前会后，杨水得和他的同事仍旧如常作潜水和打捞作业的准备。此次为配合“南澳一号”古沉船的水下考古发掘工作，广州打捞局派出了曾经承担“南海一号”沉船水下探摸打捞工作的船舶“南天顺”和一支几十人组成的经验丰富的潜水打捞专业队伍。

“南澳一号”古沉船打捞方案采用不同于“南海一号”沉船的作业方式，即先把沉船上的瓷器打捞出水，至于沉船则需视条件再定打捞方案。按照方案要求，考古人员首先在沉船船体上部及船体附近区域布设水下探方，然后按照水下考古作业流程逐层进行考古清理、测绘、摄影和文物提取工作。

水下考古受自然条件限制比较多，由于能见度不是很好，中央电视台原定这天的直播也因此取消，前几天熙熙攘攘的“南天顺”船上显得冷清了不少，一个大大的黄色吊篮静静地躺在甲板上，就像一个张着大嘴等待猎物的“水怪”。作为此次水下考古发掘的海上工作平台，“南天顺”船上划分出了潜水作业区、文物保护区、文物储藏区、生活区等。在潜水作业区，水下考古人员和打捞工程人员正紧张有序地忙碌着。广州打捞局项目负责人郑跃森和水下考古队队长崔勇、领队孙键在甲板边就今天的工作进行再次研究和确认后，又分别对今天第一班下潜的考古队员和杨水得面授机宜，“浪大，出水和入水要加小心”。

杨水得从广州潜水学校毕业后，20多年的潜水经历中，与水下考古队的合作就长达10多年。他说，水下考古打捞与普通的打捞作业相比，就像是在绣花，潜水员都小心翼翼地呵护着这些躺在海底的宝贝。当在水下把泥抽开，第一眼看到沉船的时候，心情很激动。

“南澳一号”沉船海域每天的海况以及海底能见度，都直接影响着考古队员和潜水员在水下考古清理、测绘、摄影和文物提取等工作的进度，而潮水在涨潮和落潮之间的平潮期就成为考古打捞人员必须要抓住的作业时间。中午时分，两个考古队员和杨水得先后下潜。

海底是一个神秘与危险并存的世界，置身于几十米深的黑暗的海底，承受着几倍于水面的压力，并且时时受寒冷的水流摆布。考古打捞人员只有借助一些特殊的设备，才能完成水下工作。下水几分钟后，杨水得通过通信设备与船上人员进行简单对话，以便根据实际情况调整缆绳等装备的位置。

40多分钟后，杨水得顺利完成水下作业，上船后在同事的帮助下迅速脱下潜水服，冲到了甲板上的一个白色集装箱里。原来，集装箱里藏着一个“大家伙”——“应急潜水系统”，用于潜水员出水后进行加压再逐步减压，以减轻因为水下压力过大而给潜水员带来身体上的伤害。潜水员出水后到入舱之间的时间越短，对他的身体越有益。广州打捞局随船的潜水医生立即根据杨水得下水的时间、深度等情况制定了一套减压方案，杨水得只需在舱里休息就可以了。

文物蕴涵丰富的历史信息

出于安全上的考虑，在所有水下人员都上船后，一个满载文物的黄色吊篮被从海底吊起，沉船隔舱板之间的部分文物被清理出水，甲板上所有人的注意力都被吊篮里的宝贝吸引住了。

此次出水的文物除了造型各异的青花瓷盘、罐、酒杯外，还有少量带着厚厚凝结物的铜器、铁器。最让人惊喜的是一件首次发现的锡壶，它在形式上与传统直壶有很大的差别，其壶身有几处被压瘪，壶柄也已断裂，尽管历经数百年被海水浸泡腐蚀已本色不再，但它所包含的历史信息，可能进一步验证古沉船的目的地。故宫博物院古陶瓷专家陈华莎称，锡壶在古船上出现，有多种可能性，如果是船主自己用的，有可能是酒壶，但如果日后再发掘大量同类物品出来，就说明它不是生活用品，而是往东南亚去的出口货物。

据了解，“南澳一号”古沉船里面的文物摆放整齐，没有太多损坏，而且大部分也没有翻动过。随着打捞工作的日益深入，更多各种类型的文物出水，“南澳一号”这艘船是从哪里出发？要到哪里去？船上的文物价值几何？中国古代海上丝绸之路路线等谜团都有可能解开。

第二十五届中国产经好新闻副刊类三等奖　作者：曲飞　编辑：曲飞 | 2010年5月25日 4版

河北：问诊高速拥堵　切脉站口保畅

“宁可我苦我累，不让司乘排队”曾是河北高速公路收费站提升服务、关注民生的响亮口号。但在青银高速公路清河主线收费站（河北与山东交界）站长侯向东的口中，却变成了“宁可我苦我累，少让司乘排队”。从“不让”到“少让”，语气的犹豫背后究竟有着怎样的无奈？

高速公路拥堵是当前社会关注的热点话题之一。河北省交通运输厅公路管理局副局长付宏琪认为，“河北省高速公路站口基本畅通，但是不排除个别路段存在多种因素引发的堵车现象。”他表示，站口拥堵的原因何在、如何解决都是值得探讨的问题。随着经济社会的发展，人民群众对高速公路管理提出了新要求、新期待。

望闻问切

高速“栓塞”，因素几何？

记者采访中发现，省界主线收费站和城市进出口收费站是最容易发生拥堵的地方。河北省地处京津周围，仅省界收费站就有十几处，特别是张家口与北京、唐山与天津、沧州与天津、涿州与北京四个交界处的收费站车流量巨大，高速公路的通行效率面临极大考验。

“天天都在启动应急预案。”石安高速公路临漳收费站（河北与河南交界）站长关现朝说。“一到节假日，就像打仗一样。”石安高速公路石家庄收费站站长张向民说。

一面是交通管理部门长期不遗余力地保畅，一面是高速公路收费站一线积极行动，最大限度保障广大司乘人员利益，为何高速公路站口拥堵仍然时有发生？

□原因探究之一：备用车道打开不及时？收费速度有点慢？

35岁的元氏人李军琪是一位驾龄七年的司机，前些年从山西往河北拉煤，这些年从元氏、高邑、赞皇往山东青岛拉煤。在他看来：“车辆这么多，有些收费口只开1/3收费通道，晚上开的更少，这样就容易堵。”

按照《高速公路收费站口应急保畅预案》，站口车辆超过10辆，必须加开新车道。这一点如果得到落实，即使发生堵车，司机朋友也会给予理解。记者在青银高速公路窦裕收费站等多个收费站看到，一旦发生5辆车以上的排队情况，收费人员就立刻开启了新的道口。该站站长刘宗民介绍，“其实站口只要同时挤5辆车以上就可能造成堵车的假象。一条新车道的开启，需要收费员及时上报，值班站长及时发现、监控及时通知。在这个过程中，很多情况需要灵活掌握。”

此外，收费速度到底慢不慢？站口平均1条车道每小时120辆小型车，小型车通行时从接到钱或者卡到抬杆，15秒收费完成，这样的速度并不算慢。张向民认为，“收费员的收费速度并不是决定站口通行速度的唯一因素。”如果司乘人员没有提前把卡和钱准备好，就容易导致速度下降，造成拥堵。

□原因探究之二：车辆增速过快？设备更新有点慢？

河北交通职业技术学校交通工程系主任、教授韩亚平指出，经济翻一番，交通得翻两番，我国每年车辆增长速度约20%，但道路的发展和管理却不能同步，甚至有些滞后，这是高速公路收费站口拥堵的大背景。

石安高速公路临漳收费站副站长裴海军介绍，该收费站是1997年按照日均车流量2万辆设计建造的。一开始投入使用时，均衡条件下只需要开启1/3的车道就足够使用了，现在站口每天都处于全开状态，超负荷运转。

收费设备老化也是一个问题。记者从青银高速公路窦妪收费站获悉，多数设备已经运行5年多，稍微有些故障就容易引发堵车。现在的车流量已经翻了一番，设备却尚未更换。

除去站口、设备等硬件原因，还有许多收费站都反映人员数量不足。

□原因探究之三：计重收费、“绿色通道”引发纠纷？

“计重复磅、‘绿色通道’验货、口角纠纷是引发站口堵车的三大诱因。”临漳站副站长武增林给记者分析：

有的司机弄虚作假，拉半车白菜、半车行李，或者面包车拉了一筐海鲜，也要求享受“绿色通道”政策待遇。解释政策就要耽误时间，堵车！

有的货车司机为了少缴过路费，进行跳磅、冲磅，容易造成事故，损坏车辆，占用车道，有时仅维修就要几个小时。为了称重少些，有的货车就走S形路线，从道口到岗亭前至少用2分钟，堵车！

裴海军给记者算了一笔账，现在收费员的收费速度基本能达到一辆大货车20秒，但是由于口角纠纷平均下来却要达到40秒至50秒。

□原因探究之四：交警站口查车？

许多司机反映，一些地方交警在站口查车也是导致拥堵的原因之一。

另外，据了解，事故分流也是收费站口拥堵的重要原因。一旦发生事故，各收费站目前都是通过加强备班力量，实行双值班制度、设立应急预案、提高服务技能等多项举措，尽量保证站口的通畅。

对症下药

哪个方子能“药到病除”？

“对老百姓来说，理由再多，堵车无理。”河北省高管局副局长刘振维表示，作为高速公路管理部门，始终抱着一个态度：积极作为，科学落子。

□对症药：提升软硬件水平，提高工作效率

“软硬件全部提升，根据各方的建议，多年来我们采取了多项措施提高收费站通行能力，努力保障站口畅通。”河北省交通运输厅公路局通行费管理科科长王树会为记者做了一个详细的梳理：

软件方面，一是加大备班力度。把所有人员都集中起来，遇车辆高峰时打开所有车道，提高站口通行能力。二是广泛开展全员培训、全员练兵，不断提高收费人员的业务技能和作业水平，缩短收费、发卡作业时间；完善相关预案，增强应变能力，提高值班站长、班长应急事件处理能力，强化站口疏导，未堵先疏。

硬件方面，一是根据现时收费站车流量，结合合理预测，及时扩建、增加车道数量，以适应车流量快速增长的需要。目前，石安和京石高速公路改扩建工程正在有序进行。二是在现有车道基础上，增加设备投入，提高通行能力。设置限高门架，实行客货分驶；增加复式收费设备，实现“一道多点”式复式收费。三是加强设备管护，确保设备完好。保证计重设备、发卡设备、ETC设备的正常使用，增加高速公路信息系统建设，拓宽信息发布渠道，让司乘人员提前知情。

河北省高管局指挥调度中心主任左海波介绍，将在每个收费站都配备便携式收费设备；在收费站入口增设可变信息标志，便于分流。

□长效药：健全政策法规　确保执行到位

在采访中，计重收费政策的统一、“绿色通道”政策的完善和宣传、应急预案的执行，成为大家探讨解决站口拥堵问题时使用最多的关键词语。

在省交通运输厅公路局运输科办公室，王树会为记者翻开了几摞史料，可以清晰看出高速公路站口保畅政策规定的脉络——2007年8月9日河北省政府办公厅印发了《河北省收费公路载货车辆计重收费实施过程中紧急事件处理办法》；2007年12月10日，河北省交通厅印发了新的《河北省交通系统通行费收费站考核标准》，在第九项保畅工作中，就制定实施保畅预案、什么情况下加开车道、限速通行信息发布等事宜规定了考核标准……

有法可依是高速公路收费站口畅通的体制保证，而更重要的是确保政策法规执行到位。

□特效药：挖掘自身潜力　提高通行能力

解决站口拥堵的传统方法是扩建收费站、增加收费车道数量。但是按照科学发展观的要求，应当把重点放在充分利用现有条件，通过改善收费方式和采用科技手段提高收费站通行能力。

韩亚平教授主张借鉴复式收费的经验，采用串列式收费方法。她认为，普通的收费广场每车道只设一个收费亭，而串联收费方式就是在一条收费车道上设置两个或多个收费亭，同时为两辆或多辆车服务，从而提高收费车道的通行能力。

河北交通职业技术学校交通工程系副教授王坤平建议，采用分部收费车道进行收费。她认为，可以在现有收费亭的前方或后方增设收费车道，从纵向来解决问题。用2条或3条收费车道的分部车道代替在收费站的右侧或左侧增设新车道。车辆不在原收费亭停车,而是在距原收费亭90米至135米的分部收费车道的收费亭处停车、缴费。她介绍说，这种方法在美国新泽西和佛罗里达的收费站被采用并取得良好效果，我国广州北环高速公路公司也采用了这种方式。

□长期调养：携手为河北高速“舒筋活络”

从长期发展来看，解决高速公路收费站口拥堵问题需要从多方面作出努力。

刘振维表示，省高管局正在进行收费拥堵方面的研究和探讨，将对各条路、各站口尤其是主线收费站和全省11个设区市的连接口进行分析，重点是对车流增长趋势进行预测调查，据此采取各种措施。

一是推广应用新的手段方法。目前，正在积极改进ETC推广方式，改变管理上不健全、用户不熟悉的情况，为推行刷卡等非现金支付方式出台相应鼓励政策。二是加强督察，省高管局正逐步在每个收费站口公布举报电话，确保每个站口都能及时反映通行情况；接受社会监督，向社会公示多少辆车为堵车，并且作为检查的重要考核指标。

此外，广大司机希望，交警部门要按照规定进行管理，避免站口查车，并与交通部门积极沟通，共同采取措施，预防拥堵现象发生；一旦发生堵车现象，按职责尽快采取措施，进行疏通。

治堵，也考验着广大司乘人员的诚信和道德。广大司乘人员应当增强法制意识，信守职业道德，合法装载，按规定通行站口，共同营造和谐的收费和通行环境。

第二十六届中国产经好新闻通讯类一等奖　作者：李书岐 高晶晶　编辑：杨光 | 2011年4月25日 2版

国道318线浙江南浔段在政府还贷二级公路收费站撤站后，把收费站改造为养护站和服务站

这个"简装版"服务区着实方便

日前，在国道318线浙江南浔服务站休息室里，记者看到已经有不少货车司机在休息，正准备起程把满车的木材运往安徽的货车司机王师傅就是其中一个。他告诉记者："我经常走这条线，这次发现多出来一个服务站，就进来看看。这里的服务设施跟高速公路的服务区有一拼，着实方便了我们。"据了解，在政府还贷二级公路收费站撤站的大背景下，浙江省大多将二级公路收费站改为治超站，而浙江省唯一一家普通国省干线公路服务站——国道318线南浔服务站，或将成为探索收费站改建的一个样板。

"三部一区"足以提供司乘人员一般之需

日前，记者乘车前往湖州南浔镇区西侧6公里处的国道318线南浔服务站，刚过南浔超限运输检测站，便看到了一幢崭新的两层小楼，楼前是宽阔的停车场，偌大的铜质站名屹立路旁，两侧设有多处提示标牌，路过时很容易发现。

据现场工作人员介绍，服务站总占地面积4700多平方米，其中，停车场有1700平方米。不过，麻雀虽小五脏俱全，站内划分"三部一区"，即餐饮部、汽修部、售货部和休息区，足以提供司乘人员的一般之需，俨然"简装版"的高速公路服务区。

休息区内，厕所、开水房等设施齐全，休息室里配备了沙发座椅、电视和当日的报刊杂志，浙江省高速公路图、南浔古镇旅游图、公路法律法规等宣传资料和实用资料在免费供给处供司乘人员拿阅，便民药箱则悬挂在门口显眼的位置，里面备有止泻药、晕车药和创可贴等应急药品。

"服务站餐饮部以自选式便捷快餐为主，售货部出售日常生活用品、食品饮料等，汽修部目前只提供车辆轮胎修补、轮胎免费充气和车辆加水（洗车）等便民服务。"现场工作人员介绍，"目前，服务站已对外开放，但仍在进行配套设施的完善，预计在下月可以正式启动。"

服务站的"三级"跳演变

随着经济社会的发展，普通国省道上的车流量大幅增加，这一情况在政府还贷二级公路收费站撤站以及高速公路计重收费后显得尤为突出。2010年3月，国道318线湖州段平均车流量为3.83万辆次/日，与当年2月相比增加8846辆次，上

升近三成。时至今日，这一数字依然稳中有升。

“在国道上设置服务区，主要从以人为本的角度考虑，以便更好地服务司乘人员。”南浔公路管理段副书记赵军负责服务站的具体筹建，他说，建国道服务站的念头由来已久，“南浔有全国最大的木材市场，境内仅国道318沿线就有近千家木材加工企业，在这里集散的运输车便是一个不小的数字”。

由于这些车辆多为长途运输，往往有司机在休整时，随意将车停靠在路边，形成安全隐患。南浔公路段在管理过程中，了解到这一群体的需求，从2009年就开始酝酿在此路段建立服务站。

在赵军看来，建设服务站，提升公路行业形象，增强综合服务能力，不少养护站的条件都十分“优越”。一方面用房比较宽裕，另一方面工作人员对公路行业比较了解，更容易进入状态。综合考虑后，赵军提出大胆设想：通过一定程度的设施改造，制定一整套服务机制，把具备条件的养护站向社会开放，实现养护站和服务站“两块牌子，一套班子”的发展模式。

在这一设想下，南浔服务站的筹备工作进入实施阶段，在此过程中，他们又利用政府还贷二级公路收费站撤站的大背景，把收费站改造为服务站。南浔服务站前身就是国道318线南浔收费站，改造后同时用作公路养护站。

是否推广还需实践检验

2009年实施的《交通运输部关于加强高速公路服务设施建设管理工作的指导意见》规定，国家高速公路以及城市密集区、通往大型旅游景点等交通流量较大的区域高速公路，服务区间距不宜大于50公里。国道318线湖州段全长约100公里，参照上述标准，从满足需求方面考虑，国道上的服务站布点尚有很大的加密空间。

尽管初衷良好，但湖州市公路管理处在推广这项工作时还是保持了谨慎的态度。采访过程中，赵军告诉记者：“普通国省道上设置服务区，效果很难预料。目前，南浔服务站暂定6名工作人员，没敢定多，因为如果使用率不高，无疑会造成人力物力的浪费。”

据了解，由于普通国省道不像高速公路一样全封闭，司乘人员还可从沿线区域获取服务。现在，湖州市公路管理处先采取试点，以后将根据服务站运营状况，再决定是否推行开来。

“如果效果可以，我们将考虑吸引社会力量参与经营售货、维修等，而到时，公路部门将只负责相应的管理，以确保服务站的公益性。”赵军如是说。

第二十六届中国产经好新闻通讯类二等奖　作者：赵华伟 刘洋　编辑：王姗姗 | 2011年11月17日 3版

新中国第一批女邮递员

1951 年 3 月，北京邮政管理局通过考试招收了一批新职工，其中破天荒地包括 7 名女邮递员。第一批女邮递员的出现，结束了我国邮政近百年来在投递工种没有女职工的历史，在新中国邮史上写下了崭新的一页。

60 年一个甲子。

60 年前的 1951 年 3 月 8 日上午，身穿绿色列宁服、头戴八角帽的傅忠敏、胡美琴等 7 名女邮递员骑着自行车来到了天安门。这是新中国第一批女邮递员第一天出班投信。女邮递员这个新生事物的出现，是当时轰动了北京城甚至全中国的一件大事。

60 年后，82 岁的傅忠敏、77 岁的胡美琴对记者讲述当年的往事时仍清晰如昨、历历在目。

“送信这么累，女的能行吗”

1951 年 2 月，在被服厂工作了 4 年的傅忠敏受苏联电影《乡村女教师》的影响，报考师范学院以几分之差落榜。在北京邮政管理局招收新职工考试现场，她遇到了同为邮电子弟、已是聋哑学校一年级老师的胡美琴。

考场设在北师大女子学院。考试分为笔试和面试。约有四五百人参加了笔试，考的科目是语文和算术。不久，傅忠敏和胡美琴又顺利地通过了面试，接到了录取通知书。

这一批共招收了 128 名新职工，其中包括 7 名女邮递员，分别是傅忠敏、胡美琴、周文莉、胡秀溪、赵长华、鹿梦霞、马瑞敏。3 月 1 日报到后，邮局的领导组织她们进行业务学习时说，“你们将成为新中国成立后第一批女邮递员，要做中国历史上妇女没有做过的事”。工作上，请最好的师傅教她们业务和带道，政治上，领导经常给她们作报告，上政治课。

当时也有不少人对女投递员抱怀疑态度，甚至一些老邮递员也在背后议论纷纷，“在邮局干了快一辈子，从没见女的穿绿制服，真新鲜，这能行吗”，“送信得喊，这大姑娘家家的，张得开嘴吗”……虽然 7 个人的年龄、经历各不相同，但都为有幸成为新中国第一批女邮递员中的一员而自豪，坚信男的能做到的，女的也能做到，学习也就越发地努力。

当时，做投递工作的一个最基本要求就是会骑自行车，可当时 7 个人大部分都不会骑车。于是每天除了业务和政治学习之外，傅忠敏、胡美琴她们就到邮局附近的天安门广场去练车。那时的天安门广场地面坑洼不平，再加上她们这些初学者骑的是日本富士牌男式车，后边的货架很宽，一天下来，两条腿就磕得青一块紫一块的，“晚上躺在床上，浑身像散了架一样，那滋味可不好受”。

胡美琴至今还津津乐道一个梦里找车的故事。有一天，她梦见自己身穿绿制服穿行大街小巷去寄信，突然连人带车掉进了一个土沟里，疼得她“哎呀”地大叫了一声，“美琴，快醒醒，怎么啦”，妈妈把胡美琴推醒了。“车呢，我的车怎么没有了？”“哪有什么车呀，你学骑车都学迷了。”原来是个梦。讲到这里时，胡老像小孩子一样开心地笑了起来。

1951 年 3 月 8 日，在各自师傅的带领下，7 名女邮递员出班投信了。

这一年，傅忠敏 22 岁，胡美琴不到 17 岁。

老照片背后的故事

1951 年 4 月 16 日，《人民日报》报眼位置刊登了这样一幅照片，一位身穿绿制服，梳着两条短小辫的女邮递员正在胡同的居民院门口送信，身旁的自行车上挂着大大的邮袋。

照片中的女邮递员就是胡美琴。胡老回忆说：“那时，我到各机关单位投递时，收发室的同志都用一种惊奇的眼光看着我，有的还关心地问，‘干这行儿，够辛苦的，你行吗’？送信到住户时，学生、带孩子的老大妈，都高兴地鼓掌，还说‘咱们祖国真伟大，出了女邮递员啦’。”

一天，傅忠敏送信到霞公府一处居民大院时，男女老少都出来看女邮递员，这一瞬间被一位摄影师摄进了镜头。44 年后的 1995 年，这张照片出现在第四届世界妇女大会“中国妇女图片展览”中。

当时的北京邮政管理局投递组，是全市最大的一个投递组，有 24 个投递段。其中内城 8 个段，北到沙滩，南到永定门城根儿，西到和平门。7 名女邮递员被分在了内城各段，而且仅两个星期就独立工作了。那时信报分投，上下午各送一趟报纸和一趟信，早晨 5 点半就要上班，以保证将报纸在 7 点送到各机关单位。“那时的路都坑坑洼洼的，晚上送信时车把上挂着煤油灯照亮，一喊信，人还没来”，院里的狗倒先扑出来了，工作条件非常艰苦，但女邮递员们都干劲十足。

“那时候，北京的冬天比现在可冷多了，我们出班得穿厚厚的棉衣，头戴狗皮帽子，手上戴半尺多长的大棉手套。我嫌送报时不方便，就不戴手套，手就冻得像胡萝卜。”胡老回忆说。

在每个投递段内，都有公共阅报栏。女邮递员胡秀溪的段内，在东华门有两个阅报栏，报纸用线固定在报栏上，线被解开，报就丢了，想看报的人就看不到了。

为此，胡秀溪想了一个主意，送完报后，买两块烤白薯，分成四小块，吃完用白薯皮当糨糊在报纸四角一擦，贴得特结实，十天换一次报纸，报纸再也没丢过，也省得带着糨糊满街跑了。卖烤白薯的老大爷知道后，就专挑稀软黏糊的给她预备好。

给行动不便的老人或残疾人送信到屋，帮不认字的老人读信，雨雪天气宁愿自己淋着，也不让邮件弄湿……女邮递员不怕苦不怕累，服务细致热情很快得到了大家的认可。最让胡美琴难忘的是给志愿军家属送信。志愿军的妈妈们都把她当女儿一样，给她讲儿子怎样在前线立了功。

北京邮政管理局原本是试验性地招收了 7 名女邮递员，由于她们不但和男同志一样能胜任室内工作和室外投递工作，而且工作得很出色，在 1951 年 5 月的又一次招考中，又招收了 7 名女邮递员。第一批的女邮递员成为她们的师傅。

1955 年 3 月，傅忠敏作为中国邮电工会代表团成员，出席了世界工联公务员及公用事业国际第一次代表大会。在奥地利维也纳会场与日本代表团的合影中，身着旗袍抿嘴微笑的傅忠敏美丽动人。

一辈子的邮缘

傅忠敏、胡美琴她们 7 姐妹都对邮政工作有着很深的感情。

1952 年至 1954 年，在北京、天津、上海三城市自行车赛中，赵长华曾打破 5000 米场地自行车赛北京市纪录，还曾获得北京市青年场地自行车赛 5000 米和 1500 米的冠军。当时北京市体委想要调她去做专业运动员，被她婉言拒绝了，因为她舍不得离开投递工作。

在之后的几十年工作中，除鹿梦霞、马瑞敏调离北京外，其余 5 人一直在邮政系统工作直到退休。傅忠敏先后担任投递组长，支局、区局工会主席，调度员，支局副局长，支局副主任等，退休前仍旧在甘家口邮电所的报刊亭卖报，“《大众电影》拉满满一平板车，《北京晚报》两分钱一份，我一天最多卖了 1300 多份”。傅忠敏 1985 年被评为北京市劳动模范。胡美琴被领导调到了投递处做统计工作后，好学的她利用业余时间学习，从邮局的业余学校的初高中课程到法语专业班，再到北京市统计局的函授大专班，1991 年胡美琴在退休两年后完成了全部 11 个单科的学习，经过国家统一考试，获得了大专毕业证书。

现在虽然离开工作岗位很多年了，但当年一起入局的老同事每年都会聚一到两次，在一起的话题除了身体、现在的生活，还是离不开邮政，她们的子女有的也在邮政部门工作，她们一直关注着中国邮政的发展。

第二十六届中国产经好新闻副刊类二等奖

作者：曲飞　编辑：曲飞 | 2011 年 3 月 10 日　4 版

从容一些 发展更科学

“中国哟，请你慢些走，停下飞奔的脚步，等一等你的人民……”日前，一首诗在微博广泛转载的同时，也被中央电视台、美国纽约时报等国内外媒体广泛报道，引发巨大反响。

这首“走红”短诗背后，是公众对近期连续发生的安全事故的高度关注，以及对深层问题的意见表达。

“慢一些的脚步”和桥梁安全有怎样的关系呢？笔者认为，至少应该从两个方面去理解和回应公众的关切。

首先是，公众的心理安全感的满足。

以钱江三桥引桥垮塌事故为例，公众和舆论最大关注点并不是车辆是否超载，而是桥梁是不是真的安全，有没有质量问题或者隐患。真相，成为消除公众心理安全感缺乏的唯一“解药”，而所谓真相，则依赖于一个科学的、稳健的、具有公信力的事故调查结果。

一位曾从事过多起事故调查的专家表示，国内桥梁等事故调查受到诸多方面的制约：调查时间短，必须在规定期限内完成，技术人员连轴转，一天只能睡几个小时；事故调查经费无明确来源，无专门经费做试验；舆论压力大，各方利益关系复杂。

国外有相关经验可循。2007年8月1日，美国35号州际公路西线密西西比河大桥突然坍塌，造成百余人伤亡，事故成为全美乃至世界关注的焦点。美国调查这起大桥坍塌事故，花费了长达18个月的时间。美国相关部门不仅动用了直升机，而且通过计算机成像技术，结合当时天气、汽车通行数量和速度等数据，试图将坍塌桥梁的残骸进行复原拼装，来考证这起桥梁坍塌的真正原因。

相关专家指出，尽管时间的长短并不是调查事故的硬性约束，但一个没有截止时间硬性规定的事故调查程序安排显然是更加科学的。

值得欣慰的是，主管部门一直在积极努力。日前，交通运输部已责成交通运输部专家委员会组成专家组前往钱江三桥，专家组将了解建设管理、设计、施工、运营、养护各个环节的情况，认真核查档案等技术资料，并组织进行必要的设计复核及荷载实验，配合浙江省对工程质量等进行科学鉴定。

其次，要满足公众实际的安全出行的基本要求，工程质量、养护水平则成为关键。

“白加黑”“5+2”的施工口号曾经是一个时期内工程建设情况的镜像反映，而施工工期和工程质量、安全乃至寿命，在一定程度上有着天然的负相关关系。

近年来，在国际桥梁学术交流中，国外桥梁领域的专家和媒体一方面赞叹中国所取得的成绩，同时也抱有一些疑问：建设如此大量的公路和桥梁，中国是否有相匹配数量的合格工程师，这些工程师又是否中国自己培养的；每年大量桥梁建成运营，如何确保运营管理养护跟得上？

业内许多专家认为，尽管30年间中国桥梁、隧道、高速公路、高速铁路得以迅猛发展，取得了巨大的成就，但面对大规模工程建设时期工程结构的耐久性，确实存在着值得冷静关注的问题。耐久性、创新性、经济性，这三个问题在大干快上的时候考虑不足，因此是未来需要格外关注的地方。

当我们告别物质匮乏的过去，当下有足够的理由和条件来放慢脚步，从容一些，发展迈出的每一步才会更安全、更符合科学的发展理念。

甘肃大路网建设
锁定内畅外联覆盖城乡

本报讯 “这几年回庆阳老家最大的变化体现在公路上。以前500多公里的漫漫长途现在几小时就到了；曾经令人生畏的华家岭，以前汽车要爬两个多小时，现在只是瞬间的事，回家再也不用旅途夜宿了。”在甘肃兰州工作的刘卫红告诉记者，“在不久的将来，早上在兰州吃碗牛肉面，中午就可在庆阳吃臊子面了，千里故乡一日往返就可变成现实。”

庆阳离兰州到底有多远？行程由两天变为一天，由12小时变为8小时、5小时。其实，变了的不是距离，而是公路的等级。随着甘肃公路建设的全力推进，“高速”已宛如一首歌，神游在陇原大地。

高速公路内畅外联

中铁四局武罐高速公路项目经理朱师良说：“5年前来甘肃时，从陇南到兰州要走十几个小时，路况还不好。这几年甘肃在变化，但公路的变化最大。”确实如此，日渐通畅的交通网络，不但促进了甘肃自身的发展，也为周边省份加强与中东部的交流提供了便利。

“十一五”期间，甘肃认真落实《国家高速公路网规划》和《甘肃省高速公路网规划》，加快高速公路建设步伐，提出了交通发展“东、中、西”三步并举的发展战略。甘肃省交通运输厅厅长杨咏中说：“这三步战略，一是在河西走廊加强高速公路的保障力和穿透力，贯通西部；二是在中部以兰州为中心，在各中心城市之间构筑起强大的高速公路网；三是在甘肃东部地区，在连接四川、陕西、宁夏的路线之间按照国家高速公路网的总体目标要求实施大规模建设。”

甘肃“十一五”全面实施交通建设“东部会战”，五年新增高速公路986公里，全省高速公路通车里程达到2000公里。宝鸡至天水高速公路甘肃段、嘉峪关至安西高速公路、平凉至定西高速公路建成通车，连霍公路甘肃境内75％的路段实现了高速化，剩余路段正在实施高速化改造。全省建成和在建的高速公路突破3000公里。

加大投资力度

甘肃交通跨越式的发展，得益于国家对交通投资规模的不断加大。“十一五”期间，甘肃交通基础设施建设累计完成投资842亿元，是“十五”期的1.93倍。

杨咏中说：“甘肃交通投资规模5年来一年一个台阶。仅2010年，全省交通运输固定资产投资达237.7亿元，比上年增长24%。”交通运输系统通过加强银政、银企合作，搭建了省级交通融资信用平台，先后与各大银行达成金融合作协议，各家银行对交通的授信额度达到了680亿元。

为保证建设资金的有效利用，甘肃省交通运输厅成立了“信贷管理委员会”，建立了信贷分离监管模式，对交通建设资金严格监管、封闭运行，防止了腐败现象的滋生；实行了派驻财务督察制度和财务、审计、监察联合稽核制度，确保了资金的规范、安全使用。

优化路网体系

杨咏中告诉记者，“十二五”期间，甘肃交通运输将继续坚持“陆水空并举、建养管运并重”的发展思路，全面实施“中心辐射、东西推进、区域带动、全面提升”的发展战略，保持适度较快的交通基础设施建设步伐，进一步转变发展方式，创新体制机制，推进综合运输体系建设，着力增强交通运输的服务保障能力、可持续发展能力和改革创新活力。具体分两步走：前两年，全省交通瓶颈制约基本消除，实现三个贯通，连霍国道主干线甘肃境内全线高速贯通；省内所有县（市、区）政府驻地以二级以上公路贯通；全省100%的乡（镇）以沥青（水泥）路贯通。后三年，通过构建大路网、开辟大空港、建设大枢纽、拓展大通道、发展大物流五项工程，基本建成内畅外联、覆盖城乡的公路网体系，衔接顺畅、服务高效的综合运输体系，反应及时、保障有力的安全应急保障体系，研发推广有机结合、支撑跨越式发展的科技创新体系。

76 秒，他用生命诠释责任

——平民英雄、杭州长运驾驶员吴斌感动中国

今天，整个杭州只有一位司机；

今天，所有的事情连同西湖的水光都只是乘客；

今天，司机用生命把客车停靠在岁月的宁静里；

今天，离开的是死亡，留下的是责任、爱和伟大的平凡；

今天，叫吴斌。

——诗人 潘维

一块铁片意外飞来穿透挡风玻璃，被砸成重伤的他，在昏迷前 76 秒极其疼痛的状态下和极其宝贵的时间里，以超人的意志力和职业素质，完成一系列非常连贯的操作，把正在高速公路上行驶的大客车安全地停下来，挽救了车上 24 名乘客的宝贵生命。自己却因伤势过重，不幸殉职。

浙江省杭州长运客运二公司驾驶员吴斌，一名普通的交通职工。通过一段 76 秒的视频，他的壮举迅速传遍了大江南北，感动了全中国。网络、微博上关于他的留言多达数百万条，成千上万的民众纷纷以各种方式甚至自发前往吴斌的家里表达对他的悼念和敬意。浙江省委书记赵洪祝作出批示，要求广泛学习宣传吴斌同志的敬业精神和崇高品德。浙江省交通运输厅党组授予吴斌同志“交通英模”称号，在全省交通运输行业开展学习吴斌同志先进事迹的活动。

最美司机感动中国

5 月 29 日 11 时 40 分，吴斌驾驶“浙 A19115”大客车从无锡返杭途中，突然有一块约 30 厘米长、5 公斤重的铁块，像炮弹一样从空中飞落，击碎车辆前挡风玻璃，砸向他的腹部和手臂。危急关头，吴斌强忍剧痛，换挡刹车将车缓缓停好，拉上手刹，开启双闪灯，并站起来转过身提醒乘客：“注意安全！”这是他留给人世间最后的一句话，说完这句话，吴斌就突然倒下，陷入昏迷。他以一名职业驾驶员的高度敬业精神，完成一系列完整的安全停车措施，确保了 24 名旅客安然无恙。而他虽经全力抢救，却因伤势过重于 6 月 1 日凌晨 3 时 45 分不幸去世，年仅 48 岁。

根据视频录像，76 秒，吴斌耗尽最后一丝生命，用惊人的意志完美诠释了交通人的责任与担当。最美司机感动了中国。

送恩人一程

“我们总算找到恩人了，如果不是他处置得好，很可能发生车毁人亡的惨剧。”66 岁的孙锡南是车上 24 名旅客中的一位。他眼眶通红，在吴斌的遗像前三鞠躬后，哽咽着说：“吴师傅，我们不会忘记你，车上所有乘客都会记得你的。”

孙锡南是江苏无锡人，6 月 2 日特地赶到杭州送别吴斌。他强忍着悲伤回忆那惊险的一幕：出事那一刻，坐在后排的他，听到驾驶室传来一声巨响。不一会儿，大客车就稳稳地停下来。他走上前去，看到吴斌身上都是血，瘫坐在座位上，连说话的力气也没有，痛苦地呻吟着。

“过了好一阵子，大家才明白发生了什么事情，我们都被吴师傅的壮举深深震撼了。”孙锡南哽咽着说。当时，大家想上前帮忙也不知该做什么，直到救护车把吴斌接走，才忐忑不安地继续坐车来杭州。

6 月 2 日一早，孙锡南从新闻中看到吴斌不幸去世的消息。于是，他和其他 3 名乘客马上通过各种渠道四处打听，好不容易才找到位于杭州朝晖五区的吴斌家里送恩人一程。

大客车监控系统记录了这震撼人心的短短一分多钟：吴斌受伤后，出于本能痛苦地按了一下腹部，马上换挡减速，让车缓缓停下，拉上手刹、开启双闪灯，然后艰难地站起来，跟车上乘客说些什么，最后倒下……

“他留给我们最后 7 个字：别乱跑，注意安全。”孙锡南说。

“一般情况下，客车紧急制动，车辆会失去控制，乘客碰伤或撞伤，而这辆大巴没有一名乘客受伤。”去现场处理事故的一位交警说。

“如果他不是意志坚强，根本做不到这些。”据医生介绍，吴斌在这次飞来横祸中，80% 的肝脏被击碎，肋骨骨折，肺、肠均严重挫伤。

“最后一刻做了最伟大的事”

在杭州朝晖五区吴斌的家中，一张白得透明的布，将他与亲人分隔在两个世界。

“以后再也没有机会和他一起旅行、看电影了。”妻子汪丽珍守在丈夫身旁，伤心欲绝，嘴里不时念叨着丈夫答应她却来不及兑现的承诺。

在出事前半个小时，吴斌还在休息间隙给妻子打来电话，说今天路上比较顺利，晚上可以赶回来一起看电影，并叮嘱妻子不要忘记把电影票提前放包里。特别是两人聊到 5 月 30 日准备去云南旅游时，开心不已。

吴斌16岁的女儿悦悦泣不成声。5月29日早上，父亲像往常一样去上班，出门前还答应她说“会早点回来陪你们”。

吴斌妻子汪丽珍的妹妹汪丽敏说，姐姐结婚18年来，姐夫从未带姐姐去外地玩。每逢节假日，大家有空约他们一起出去旅游时，姐夫总是在加班。他们结婚时，连蜜月都没有，这也成了吴斌心中的愧疚，所以前几个月，好不容易排上假期的他订好旅行社和机票，计划补上迟来的蜜月。谁想到，这次迟到的旅行，还没有开始，就残酷地画上了句号。

“他特别有孝心。”汪丽敏说，吴斌家的房子只有60平方米左右，他考虑到父母身体不好，特地把靠窗的房子让给他们住，另一间卧室则用玻璃门隔开，女儿靠窗睡，夫妻俩挤在仅放得下一张床的地方。

同事王旭明对吴斌强壮的体格印象深刻。他说，吴斌很喜欢健身，车上都带着哑铃，有空的时候就操起来练两把。这次他能在遭受重击后救下一车人，很可能就得益于此。稍微瘦小点的人，肯定当场就不行了。

在工作上，吴斌尽心尽职。杭州长运客运二公司经理孟联建说，吴斌已安全行驶了100多万公里，从未发生交通事故，也从没有过交通违章，更未接到旅客投诉。

“我弟弟这一生都很平凡，在最后一刻却做了最伟大的事。”吴斌的姐姐吴冰心强忍着悲痛说。

向英雄致敬

6月2日上午，吴斌家楼下临时搭建的一个悼念棚内，已摆满上百个花圈，除所在单位、同事和亲朋好友外，还有一些素不相识的市民也前来悼念：“英雄司机吴斌，交通行业楷模。”“吴斌，一路走好！”……

在网络上，吴斌的事迹和瞬间处置突发事件的视频成为最热的关注。处置此事的一名无锡交警在微博上说：“大客车刹车拖印是笔直的，一个肝脏被突然刺破的司机，要用怎样的意志力才能做到这一点啊……我们纪念老吴，纪念他深扎在心底的崇高职业道德……”

还有网友自发发起“点一盏蜡烛”活动，从2日9时许至20时，已有近20万名网友“点燃”祝福的“蜡烛”，相关评论3万条：“您真的是英雄！是我们中国人最值得尊敬的英雄！一路走好！”“向英雄致敬！在生命最后一刻，您彰显了一名普通司机的专业水平和职业道德。”“您最后一刻的坚持，震撼了所有人的心灵！”“普通百姓身上的正直、善良、大爱从没远离，更没丢失，也永不会失去，总能给人们带来欣慰和心灵的震撼。”……

6月2日，浙江省委常委、杭州市委书记黄坤明作出批示：吴斌同志在危急时刻用生命履行了职责，为我们树立了坚守岗位、舍己为人的光辉榜样。向“平民英雄”致敬。杭州市决定授予吴斌同志杭州市道德模范（平民英雄）荣誉称号。

浙江省交通运输厅党组书记、厅长郭剑彪2日作出批示：“平凡岗位，职业行为，交通骄傲，弘扬光大。”浙江省交通运输厅党组副书记、副厅长徐纪平3日下午代表省厅看望慰问吴斌家属，并称吴斌为“旅客群众的好司机，交通行业的好职工，司机朋友的好榜样”。

浙江交通运输系统的干部职工纷纷表示，吴斌同志在危急时刻能够勇于担当、坚守岗位、舍己为人，事迹感人。面对突如其来的灾难，他强忍剧痛，换挡刹车将车子停好，并不忘打开双闪灯提醒后方车辆，展现了多年学习工作中养成的职业道德和高尚品格，在关键时刻体现出了强烈的社会责任感。他的壮举和崇高精神将激励大家继续前行。

子刚的信仰

子刚（曾用名李庆、黎刚），1924年2月6日生，河北滦县人，1945年11月在北京大学学习期间加入中国共产党。1948年7月，经组织安排离开北京大学赴解放区，历任华北人民政府交通部公路总局技术员，天津铁路局人事室干部，天津新港工程局助理军代表，南京港整治工程局秘书科副科长，天津新港工程局行政处副处长、企划室主任，华南公路工程指挥部第四工程局办公室主任、工程队队长，中波技术科学合作代表团成员，航务工程总局第一工程局一工区主任。1958年4月起，任交通部航务工程总局工程科科长，海河总局港口处、技术处副处长，基本建设总局综合处处长，航务工程管理局工程处处长，基建司工程处处长。1965年4月起，任国家建委五局交通组组长、副局长。1969年在国家建委干校任三连指导员。1973年2月起，任交通部水基局副局长，基建局副局长、局长。1982年4月任交通部副部长、党组成员。1986年3月离休，2011年8月逝世。

老伴子刚去世一年多了，可85岁的尤文华还是时刻想着他、念着他。家里的摆设仍旧是一年前的模样，丝毫没动——客厅最靠近窗户的地方是子刚生前练字的写字台；书房里，视线所及全是各种各样的书，它们都是子刚的最爱；卧室里，子刚用过的蓝白色被子叠得整整齐齐。这一切，都是那么熟悉，可尤文华知道，它们的主人再也见不到了。

置身子刚家，如果不是事先有人告知，你真的无法相信这里是一位共和国交通部副部长生活了20多年的家。因为，它实在是太过简陋。然而，当你从满屋子的书里面随意抽取一本翻阅时，当你看到上面密密麻麻的手写的标注时，你也许能感受到它们的主人在物质之外的精神世界里是何其富有。

子刚，一个名字念起来都铿锵有力的共产党员，毕生都在追求真理，处处以共产党员的标准严格要求自己。从1945年在北京大学读书加入共产党算起，子刚在长达半个多世纪的革命生涯中，始终忠于党，忠于人民，忠于社会主义建设的伟大事业。这一点，无论是在工作期间，还是离休之后，始终未曾变过。在他心里，对党无限的信仰，是一切力量的源泉。

刚之劲：
工作严格一丝不苟

子刚，1924年2月出生于河北滦县，本名不叫子刚，而叫李庆。“李”字去掉上半部分，只保留“子”，取意愿为革命随时准备牺牲。纵观其波澜壮阔的一生，他为工作奋不顾身的拼搏，正应了他起初改名的寓意。

“新中国港口的发展，子刚是一个功臣。海南秀英港、大连鲶鱼湾原油码头、宁波北仑港、秦皇岛二期煤码头等，他都参与和指挥建设过。”82岁的原交通部副部长王展意与子刚是老熟人，1962年就相识。在他眼里，子刚基本就是个工作狂。“几十年来，除了忙碌，他给我印象最深刻的是他坚持深入一线的工作作风。”王展意说，子刚每次去港口建设的第一线，绝不是只去走马观花地看一看，听听汇报就走。有时候，他在一线一待就是一个礼拜甚至更长时间。11月1日，一头银发的王展意跟记者讲起与子刚共事的点点滴滴时，神态是那么安详，却暗藏着一股激动的力量。他对记者说，他常常想起几十年前去宁波出差顺道去看正在建北仑港的子刚，那场景他怎么也忘不了。“就那么一间简易的房子，子刚他们就在那里一起研究问题、解决问题。”

总是忙于工作的子刚很少顾家，家中的所有事情都由妻子尤文华操持。出身书香门第的尤文华对此毫无怨言，深爱子刚的她最担心的就是丈夫在外工作时太拼命。“没办法啊，我不担心不行，他总受伤。”说这话的时候，尤文华老人显得不紧不慢，像是嗔怪，却透着绵绵的心疼。

子刚最严重的一次受伤发生在1956年春天。那时，子刚正忙于建湛江港，一艘测量船卡在码头刚刚打好的桩基上。子刚很着急，担心船弄不出来，等到落潮后很可能会把桩撞坏。而且，在那个物资匮乏的年代，测量船可是名副其实的“宝贝疙瘩”。“船必须赶快挪走！”子刚不顾危险，沉着指挥大家一起挪船。就在这时，钢缆突然崩断，巨大的力量回弹过来，击中子刚，子刚的左腿和左眼严重受伤。由于当时湛江的医疗条件有限，医院只能无奈地宣称：两台手术无法同时进行，要么保腿，要么保眼睛。从那以后，他的左眼就彻底失明。手术后，子刚昏迷了3天3夜。在湛江躺了几个月，腿伤没见好转，反而又感染发炎了，生生烂出一个坑，没有办法，只得转回北京治疗。

几十年后，尤文华想起这段往事时还是很害怕，她轻声地对记者说：“也是老天保佑，他的腿烂成那样了还能再长起来，真的太不容易了。”他的儿子李程也说，父亲腿上那个疤又大又黑，看着都有点恐怖。

为工作如此拼命的子刚，心里一直有一股劲，那就是为新中国的港口建设事业贡献自己的一切，早日让国家富强起来。为此，无论在哪个岗位、身处什么职务，他始终严格要求自己和自己的下属，认真工作，努力将本职工作做到最好。

国家开发银行交通信贷局原局长叶汇、交通运输部离退休干部局原局领导董志常当年都是子刚的“兵”，对子刚的严格要求深有体会。“子刚几乎就没准点下过班，每天都加班到晚上八九点钟还不走。他的这种工作劲头也带动了我们这些下属。”

1982年，子刚当上交通部副部长以后，本应从此前他所在的基建局办公室搬走。可谁知，他考虑到办公用房紧张，坚决不去专门为他准备好的副部长专用办公室。“我们基建局这些人得知他升官后，可高兴了，大家一致‘催促’他赶快搬走。说实话，跟他在一个办公室我们真的都很‘怕’。”在基建局工作过的刘绍尧说，“子刚随时都有可能检查你的工作。有次我上厕所碰到他，他竟然也问我某某港口建设的工程量进度如何。”那时候，与子刚同在一个楼层的下属几乎都有被他“突然袭击”的遭遇。如果答不上来，至少要吃一个狠狠的眼神。

对人对己的严格要求，让当年子刚手下的年轻人快速成长，他们中的很多人后来成为我国交通运输事业建设中的顶梁柱。邹觉新，原交通部总工程师，也曾是子刚的下属。回忆和老领导共事的日子，他的声音都有些哽咽。他说，子刚在日常工作中处处以身作则，从不搞特殊化。每每想起这位老领导，邹觉新都会不由自主地浮现腿脚不便的子刚每天早上自己打开水的场景。“子刚每天来办公室都比较早，自己到开水房里把开水打来，然后用墩布拖地，把桌子擦一擦。再后来，我们这些小年轻也来得越来越早，跟他一块儿干干这些活儿。”邹觉新说，子刚身上就是有一种劲，一种不变的信仰，即使是后来当了副部长，他还是这样始终严格要求自己，并在潜移默化中感染身边的年轻人。

1986年3月离休后，子刚在家写字看书，陪伴妻儿，一家人其乐融融。但即使是在日常生活中，他依旧保持共产党员的本色，处处事事严格要求自己。他身上那种刚正自强的劲头，从未消失。

今年84岁的郭枫与子刚工作时曾是一个部门的同事，离休后因为住得近，又同在一个党支部。谈及子刚，这位现任交通运输部离退休干部局河沿党支部书记感慨不已。子刚后来身体越来越不好，就买了一个电动轮椅代步。因为他特别不喜欢别人给自己推着轮椅，他想自己控制轮椅。“他以前工作的时候也这样，凡是自己能做的，绝不叫别人帮忙。离休了，这倔脾气还是没改，凡事都惦记自己来，能不麻烦别人就一定不麻烦别人。”郭枫说。

子刚是患癌症去世的，脖子上长了一个大包，坚持了五六年的保守治疗，其间的痛苦只有他自己知道。一直到后来，这个包发展迅速，只能做手术切除，伤口挖得很深，很是疼痛。但性格乐观的子刚却并不在意，他对前来看望他的老同事、老朋友说：“嗨，还没到不能忍受的程度。这个要跟过去咱们革命先烈受的酷刑来比，都不算啥事儿了。”

刚之廉：

两袖清风令人敬仰

2005年夏季的一天，韩卫东有些忐忑。这一天，他开始做子刚的专职司机。之所以忐忑，是因为他听说子刚老人家脾气挺大。然而，一见面，他之前的不安彻底跑得无影无踪了。“老人家挺和蔼的，虽然不怎么爱说话。”7年后，再跟记者说起对子刚的第一印象时，韩卫东记忆犹新。“我第一次去他家，看到他家的桌子、椅子、柜子都是原来交通部给配的老式家具，上面还写着‘交通部’3个字。我心想，这老人家也太朴素了吧。”2007年春节过后，韩卫东在农村生活的父母特意交代儿子，带点自家地里种的玉米给子刚。后来的情况正如韩卫东事前所料，子刚坚决不要他带来的玉米。僵持了一会，子刚从从钱包里拿出200块钱硬塞给韩卫东，一边还说：“东西我收下了，钱你也必须得拿着。要不，你就把我这辈子定的规矩都毁了。”

子刚的这个“规矩”，总结起来就是6个字——不吃请，不收礼，但凡认识子刚的人都知道它。只是，亲朋好友有时也会怨恨它，因为它简直苛刻到不近人情的地步。

2010年3月，子刚病了，与他同事几十年的朱樵去医院看他，手里提着两斤草莓。谁知道，子刚硬是把朱樵拒之门外——带东西来的都不能进来。一番劝说无果后，朱樵只得把草莓提回去了。“好家伙，就这么点草莓他都计较，当时把我气得够呛。”不过，打心眼里，朱樵很佩服子刚的这个规矩，“几十年如一日地坚持做到这点，实在是太不容易了”。子刚住院时，每天都是他女儿、儿子轮流给他去送饭。由于堵车和儿女上下班时间紧，饭有时送得不及时。一次，晚饭没及时送到，一位护士就给子刚一份盒饭。吃完后，他特意叮嘱护士别走太远，等儿子来了好给她盒饭钱。

子刚就是这样，始终在生活的每个细节上严格要求自己，保持共产党人廉洁自律的本色。而让子刚欣慰的是，家人都很支持自己。“他们一家人受子刚影响很深，每个人都很朴素。”郭枫、邢国杰、林凤英等河沿党支部的老同志都去过子刚家，他们有时候都会下意识觉得“子刚太寒酸了”——子刚和妻子穿的衣服有不少还是二十世纪七八十年代“的确良”，洗得都透亮了还在穿。不过，子刚倒是自得其乐，还笑称，“的确良”洗完了以后都不用烫，还不起褶呢。曾经在北城工作处工作过的刘红艳告诉记者，子刚在衣着方面“特别抠门”。他的衬衫，领子都是两面翻着用。这面磨破了，就把领子拆下来，翻个面再缝上去接着用。“这种方法，在二十世纪五六十年代比较常见，现在早没人用了。我也就只见子刚用过。”刘红艳说。

“他的子女和爱人从来没有用过他的专车。离休后，他基本就不怎么用车，更不让家属用。”赵树蓉是子刚在基建局任职时的老部下，一直以来都很敬佩子刚。“有子刚这样两袖清风的好领导，我们老基建局人都觉得很自豪。”赵树蓉说，子刚当年为他们创造了一个廉洁奉公的工作氛围，令大家受益终生。

对子刚的廉洁风范，王展意曾有一次别样的“零距离”体验。一次，王展意从广州去湛江，因为路程紧张，他特意跟随行的广东省交通厅领导说：“赶路要紧，路上你给我安排吃一顿面条就可以了，不要到宾馆去吃。”不料，这位厅领导大笑着说：“王副部长，你这样让我们为难呀。”随后，这位厅领导给王展意讲了一个小故事。不久前，子刚到湛江港，坚决不去宾馆吃饭，说到附近的交通局食堂下碗面条就可以。结果，等了很长时间面条还没端来。子刚说，怎么吃碗面条到现在还弄不好。后来，大家都笑了，告诉子刚，广东人很少吃面条，食堂里的大师傅费了好些时间才买到面条。一听这个，子刚也笑了，不好意思地表示，米饭也是可以的嘛。

有一次，子刚带几个同事出差，接待方安排了一桌宴席。子刚一看，觉得有点铺张浪费，于是转身就走。但是，人家饭菜都弄好了，怎么办呢？事后，子刚将一桌饭菜钱平摊，跟他一块儿去的同事每人出了3块钱。要知道，那时候3块钱可不是个小数字，他们的工资一个月也就七八十块钱。后来，大家都开玩笑说，以后出差可别再跟子刚一起，搞不好吃餐饭就摊掉一天的工资。

刚之勤：

生命不息学习不止

子刚卧室靠窗的一角，静静地立着一个他自制的读书架。木棍上斜着安块薄木板，木板上横拉着一根皮筋，书可以斜躺在木板上，高度及角度正好，很方便阅读。“这个是他自己捣鼓出来的。”尤文华说，看书是子刚最大的爱好。每天，他都会把自己做的读书架拿到光线好的窗台下，坐在椅子上静静地看书。

晚年，子刚爱看文史类的书籍以及古今中外的人物传记，身体好的时候，每周都会去首都图书馆泡半天。他儿媳妇杨小英说，老人家经常托她在网上帮他订书。如果网上都买不到，那他还是不会放弃，会利用各种机会找到自己想要的书。“他的离休工资用来买书的比较多，至于生活中要花什么钱，他压根就没这个概念。买书、读书，就是他天大的乐趣。”可以说，“活到老，学到老”在子刚的身上体现得淋漓尽致。即使80多岁时，子刚还在坚持学英语，一套《中国沿海港口》英文版资料从头翻到尾，书边都被磨破了。他说：“如果我不学习不看书，脑筋就要退化了。”同时，他还常对前来看望他的老友说，“你们也得学习”。

其实，相比晚年，年轻时候的子刚对看书、学习的喜爱，完全可用“痴迷”来概括。尤文华告诉记者，子刚年轻的时候，不管有多忙多累，经常看书学习到深夜。“那个时候，他一般看的是关于港口建设方面的专业书籍和马列主义著作。”

对父亲坚持不懈的学习态度，儿子李程甚至笑言，“像他那么学，再笨的人都能学成了。”说笑归说笑，但在李程的心里，他很佩服父亲的这种精神。“老爷子离休以后，我们之间的交流比以前多了很多。他给我印象最深的就是干什么事儿都特别能坚持。比如说学书法，几十年如一日。学外语也是这样，拿起来永远都在学。这点让我很佩服。”

离休后，在交通战线上奋斗了一辈子的子刚，对交通系统发生的事情依然特别关心。“我们经常去他家陪他聊聊天，他非常喜欢听我们讲起咱们国家现在的港口建设情况。”叶汇、邹觉新说，子刚偶尔还会给他们提提建议，提醒搞港口建设务必要抓好工程质量，务必要注意安全。同样，子刚对党和国家大事的关注热情未减。即使是生病住院期间，孩子送饭过来时，也一定会给子刚带上当天的报纸。去年“七一”，就在去世前一个月，子刚身体已经很不好了，可他还是参加了河沿党支部的支部会。

事实上，自打1986年离休后，无论河沿党支部开什么会，子刚从未缺席。一般情况下，支部大会3个月开一次，小组会基本上每个月一次。

子刚曾经不止一次告诉河沿党支部的同志，“绝对不要总强调我的身体，无论如何我都要参加组织生活，这是一个共产党员最起码要做到的事”。

小组会议论，子刚还会用自己切身的体会和心得给小组同志作辅导性发言。“他发言时有话则长，无话则短，绝不耗时间，比较简洁。”郭枫说，每次开支部大会和小组会，子刚都会提一些建设性的意见。有一次，在小组会上，他提出，在经济建设飞速发展的今天，更应该加强党的建设，突出党的核心领导作用。“他出口成章，我们当时听了很受教育。”陈瀛久、秦秀荣、赵锦文等支部同志很感谢子刚。

刚之柔：
“严”字背后蕴藏大爱

子刚身材魁梧，脸庞棱角分明，十足一个硬汉形象。严肃认真、公私分明的工作作风更是其硬朗形象的最佳注解。但实际上，子刚不苟言笑的硬朗形象背后，蕴藏着关爱家人、关心同事的至柔之爱。

1951年，正在北京人民医院工作的尤文华，成为抗美援朝志愿手术队的一名护士长，奔赴东北做后方支援。而此时，子刚正在天津新港工程局任助理军代表。两个此前只有过一面之缘的年轻人，通过亲戚介绍开始通信，相恋相爱，并在一年后步入了婚姻的殿堂。新婚不久，子刚接到调令，要求立刻从天津动身到海南建港。为支持丈夫工作，尤文华辞去了喜爱的护士工作，一路相随到海南。

子刚工作异常忙碌，从海南到湛江，从湛江到北京，从北京到宁波……他的足迹简直就是新中国港口建设发展的轨迹。夫妻俩一直聚少离多，但始终以书信往来寄托相思。1978年到1981年，子刚一直在宁波建北仑港，3年只回过两次远在北京的家。因为实在是太忙了，子刚连写信的时间都没有。但他又担心妻子在家挂念，于是他想了一个办法，把宣传北仑建港情况的《北仑战报》按期寄给妻子。尤文华每次都会仔细看完，心也跟着飞到遥远的南方。

就这样相濡以沫携手近60年，他们的爱情在交通人的颠簸生活中历练、闪光，也让身边人见证了他们不变的幸福。杨小英说：“我从来没见爸妈红过脸儿。两位老人经常一块下棋，下着下着，房间里就传出一阵笑声。”

对自己的3个子女，子刚常觉愧疚，因为自己没照顾过他们的生活，也没为他们找工作提供任何方便。他始终认为，子女的路自然要靠他们自己来走。对子刚的苛刻，孩子们起初并不理解。但随着年龄的增大，他们逐渐理解到父亲的用心良苦。李程对记者说，现在想起父亲，常常想起他教育自己的场景，从不打骂，总是耐心劝说。

与子刚同事过的下属，都领略过子刚的严格。工作要是没做好，子刚的批评肯定随后就到，不会客气。但就是这样一位“不留情面”的领导，所有与他共事过的同志，都很敬重他。因为，他们发自肺腑地感受到子刚对他们的栽培之情，更感受到深沉的爱。

1980年春节前夕的一个晚上，子刚突然对埋头抄写文件的秘书司元政大声吩咐说：“小司，别抄了。快整理一下回北京去，抓住春节前几天的机会把北仑港最近的建设情况向部领导汇报一下。”

司元政纳闷了，北仑的情况前几天子刚用电话向部里汇报过了呀。子刚一看司元政迷茫的表情，登时明白了。他抓了一下头皮，原地转了个圈，随手打开文件柜，拿出一个文件，稍稍翻了翻，放在司元政面前，说："你把这些文件给部里送过去。"司元政接过文件，也翻了一翻，越发迷茫了。他轻声说："总指挥，这……这个文件也不急啊。"

"叫你送你就送哦，哪这么啰嗦！"子刚的声调高了起来。司元政只得点头答应，一转身，不远处的收发员"扑哧"一声笑了，说："你真笨啊，总指挥这是照顾你，让你赶紧回北京与新婚妻子团聚哟。"司元政一听，恍然大悟。

事实上，北仑建港那几年，每年过年子刚从不回家，但他总想办法把身边的一些同事赶回家去。他自己呢，则守在指挥部值班，处理日常事务。子刚离休后，对自己以前的同事或熟人都很关注。1997年，为迎香港回归，时任东河沿居委会主任的秦秀荣到子刚家邀请他参加居委会组织的庆祝会，子刚爽快地答应了，并提前到会，群众非常高兴。最近几年，我国遭遇几次灾情，子刚带着老伴积极捐款。"他每次都是我们河沿党支部捐款数额最高的一位。"郭枫、刘红艳等人都说，子刚副部长其实是一副热心肠。

子刚，就是这样，心里其实时刻都装着他人。只是，他把这份关爱藏在严肃的外表之下。他的心中，怀有大爱。这份爱，是一个共产党员甘愿为人民奉献一切的真情流露，更是一个共产党员关注天下苍生的博爱情怀。

记住子刚。记住他那铿锵有力的名字。让我们一起从他对党的无限信仰之中感受灵魂的升华。

第二十七届中国产经好新闻副刊类一等奖　作者：熊水湖　编辑：熊水湖　2012年11月13日　8版

乌鲁木齐—兰州　历时32小时

记者体验：探寻长途客运安全真相

客运站：安全管理三重保险

8月31日17时20分　乌鲁木齐碾子沟客运站

碾子沟客运站是新疆数一数二的大客运站，因为特殊的地域条件、亚欧博览会召开以及“8·26”事件的影响，客运站全面加强了安全管理。

进站前的通道两侧，站了几位戴红袖章的工作人员，密切注视着进站客流。车站入口，是宽大的安检仪。

“大包小包全部通过安检仪，超过100毫升的液体不能带进站内。”安检仪边上的工作人员不断重复提醒乘客。而一些有疑点的行包，还要再通过安检员的手检。安检仪后面的储物台上，摆满了乘客放弃的饮料瓶。据工作人员介绍，因为南疆一起意图将汽油带上长途车的事件，全疆都禁止自带超过100毫升的液体进站，乘客可以在站内购买到饮品。

记者看到，从进站口到候车室的通道上，还有好几位安检员拿着手检仪在抽检。

17:50，从候车室进入车场，登上兰州交运集团甘A23221号客车。这是宇通53座的坐式长途客车，各项配置都还不错。

车上的安保设备还算齐备。有两个上下车门，后车门放了3个灭火器。车厢内有四个安全锤插槽，其中一个是空的。驾驶员说，安全锤经常丢，每个月这四把安全锤都要丢一轮，他们昨天就发现丢了一个，但必须得回到兰州的公司库房后才能补上。每个座位上都有安全带。

临近发车时，客运站的两位安全人员登车检查，一人检查安全设施情况，另一人手持安检仪，随机抽查。两人下车前，提醒乘客系上安全带，“只要上车就系好安全带，这是对自己生命负责”。临开车，驾驶员再次提醒，并要求所有乘客系上安全带。

检查完毕后，车辆发动。但因为票务问题，车子在出站口停顿下来，多方往返交涉。

驾驶员：一有时间就睡觉

19时　发车

从乌鲁木齐至兰州，全程1800多公里，沿途主要节点有吐鲁番、鄯善、哈密、嘉峪关、酒泉、张掖、武威等。据驾驶员介绍，本车是乌鲁木齐到兰州的专线车，正点的话，全程要24小时左右。但目前凌晨要停车休息，而且沿途路况不好，晚点很严重。

本车配备有两名驾驶员，一位董师傅，一位苏师傅，轮流开车和休息。按规定，1000公里以上的线路应该配备3名驾驶员。董师傅解释，目前公司驾驶员的缺口很大，新的驾驶员还在培训中，不敢轻易上路。他们两个都是老司机，搭伴很顺手，公司对他们比较放心。

在市区行驶的时候，车上的广播开始播放安全乘车常识以及监督驾驶员的联系方式。首先开车的是苏师傅，记者就和躺着休息的董师傅聊了起来。

董师傅是甘肃临洮人，跑了12年运输，开大客车也有好多年了。从去年开始，他和苏师傅搭伴，专门跑从乌鲁木齐到兰州的专线。虽然车上涂的是兰州交运的名称，但其实是由私人老板承包的。这个承包老板总共有9辆车，每辆车每个月要向兰州交运集团缴纳6000多元的管理费。

董师傅说，往返一个来回，包括油费、过路费和他们的工资等，成本在11000元左右。一趟往返下来，至少要有55个以上的乘客，承包老板才能挣到钱。

拿这次来说，共售出18张票，每张票350元，总共有5950元的票款，由于是通过碾子沟客运站售出的票，客运站要提成，这一次车他们承包老板能拿到的票款只有3800元，远远抵不上这一趟的开销。不过，从兰州回乌鲁木齐时基本都满座，两下一平均，承包老板还是能挣不少钱。

在董师傅看来，运输企业收管理费，但出了事故，企业要承担主体责任；承包老板要承担经营风险，如果乘客不多，就会赔钱；只有客运站是风险小，收入高，赚钱最稳当。

作为熟练驾驶员，董师傅的收入并不高。他和苏师傅两人搭伴，一个来回算一整趟，每人能挣到700元工资，其余食宿等开支都由承包老板解决。一个来回要5天时间，如果客流好，他们一个月能跑六七趟，有四五千元的纯收入。在淡季的时候，不需要跑这么多趟，承包老板就会给他们开3500元一个月的基本工资。两位师傅的家都离兰州市区100公里左右，但一直都在乌鲁木齐和兰州两个城市间跑。一年能在家呆的时间，不超过10天。

20时左右，董师傅到小床铺上休息，“有时间我们就抓紧时间睡觉，为我们的身体，也为了整车人的安全”。

休息站：不怕人多　只怕缺水

21时25分　吐鲁番城郊休息站

这是即将进入哈密市区的休息站，因为到了饭点，休息站的客车和乘客很多，工作人员一片忙碌。

据常坐长途车的乘客介绍，高速公路隔段距离就有服务站，这是和高速公路同步建设的，大多由高速公路部门经营，各项设施都很好。与之对应，国道和省道上大多是私人经营的休息站。

因为路途中聊得投缘，董、苏两位师傅邀请记者一起吃饭。苏师傅介绍，公路边的休息站或者高速公路的服务站，对长途客车驾驶员及其带来的朋友都极为优待，除了吃饭免费外，一般还会帮着驾驶员灌开水、打扫车辆，甚至还会送香烟、饮料等小物品。

这个休息站的马老板是回民，和董、苏两位师傅是熟人，见面就聊个不停。“这几天生意太好，我真是累坏了。昨天整个休息站的饭菜卖个精光，我自己都没得吃。”他知道这是因为国家对客运安全的管理更加严格，现在所有经过的客车几乎都要在他这里停车休息。按之前的配置，休息站的各项设施都不够用了。

“我们马上就新增服务员，只要有人，再多的乘客我们也照顾的来。”马老板说，他不担心饭菜供应不上，但是担心厕所不够用，而更根本的，还是担心冲厕所的水不够用。这个休息站远离市区，用水都是用车从外地运过来。他说，他的休息站是沿路近一百公里内唯一一个可以冲水，也可以洗手的厕所。但是运水需要投入人力和车辆，让他很为难。

据记者的经历，从乌鲁木齐直到兰州，有水洗手的地方，真是不多。

吃饭时，两位师傅又说起来近期的“8·26”事故和最新的安全管理政策。“8·26”之后，公司严格强调凌晨2时到5时必须休息，交管、运管等部门也在夜晚上路检查。

“这是好事，对我们驾驶员和乘客都是极为必要的。不过，从这几天我们的观察来看，很多地方的配套设施远远不够，这一措施的可持续性会有问题。比如，现在天气还好，如果到了冬天，这边可是经常零下几十度，司机和乘客肯定都没法在熄火的车里呆着了，但是又能去哪里？就算有地方住下来，这个费用谁来承担？”董师傅说。

董、苏两位师傅都是有十多年从业经历的老司机，性格沉稳，开车谨慎。他们认为，安全管理有很多方面。现在政府是瞄准了安全管理的目标，强制要求凌晨必须停车休息，但是如果配套不跟上，这种措施必将难以持久。

交警：扣证是为了切实保证休息

9月1日凌晨2时　哈密一碗水服务区

一碗水收费站是进出哈密市的重要节点，这里收费站、交警检查点、高速公路服务区三点聚集。一般是在车辆缓慢进入收费通道时，交警上车检查，检查过后交费，交完费就直接进入服务区停车休息了。

在这里，记者见识了交管部门对凌晨停车休息最严格的执行力。

记者乘坐的车辆进入收费通道后，就看到几位交警分别登车检查。特别是对客车，交警登记后，会暂扣驾驶员的驾驶证和车辆行驶证，并强制要求车辆进入服务区休息。在凌晨5时后，交警会交还证件，客车这时才能重新上路。

交警张成海是记者所乘客车的检查员，他向记者解释了这一措施的目的："'8·26'之后，我们对在凌晨2时前没法到达下一个收费站的所有载客客车，全部查扣驾驶证和行驶证，强制休息，5时后再还证放行。这样保证司机休息，也最好地保证了安全。"

张成海只有23岁，但是已经在一碗水的交通检查岗工作了3年，他对客运安全有自己的总结，"客车不安全的因素，一是疲劳驾驶，二是超速，三是超载。特别是疲劳驾驶，我们中队管理的这一百多公里，发现大多数事故都是因为疲劳驾驶造成的。现在强制客车驾驶员凌晨停车休息，我觉得效果很好。"

不过，张成海也确实担心冬天来临后的问题。从乌鲁木齐至兰州沿途的基础条件，冬天时几乎不可能让长途客车停下来休息。"这个确实很难办，最好是晚上就不让走了。火车线路在冬季就少发点货车，多发客车，把夜班长途客车的客流分担起来最好。"他说。

凌晨5时10分，董、苏两位驾驶员从张成海手中领过驾驶证和行驶证后，从一碗水服务区出发，继续向东行驶。

乘客：长途客车是出行的唯一选择

12时10分　瓜州

从哈密一碗水出发后，甘肃瓜州是遇到的第一个城镇。这一路近500公里，路侧几乎全是茫茫戈壁，不要说城镇，就连像样的村子也没有。

休息期间，一位24岁的张姓小伙子和记者聊了起来。他是甘肃天水人，正要去山东青岛。

由于之前工作在乌鲁木齐，老家在天水，他经常要乘坐从乌鲁木齐到兰州的长途客车，"我也不想坐长途客车，但是从乌鲁木齐到兰州的火车票太紧张了。我好几次提前十天去排队，也经常是只剩下站票。太费劲，就只好坐长途客车了，尽管贵点，但是票好买，基本能随到随走。”

说到长途客车的安全问题，他也知道其中的厉害，“我在电视上看过了，但也没办法。只能自己在安全上多注意点，希望驾驶员能真正负起责任吧。”

刚刚18岁的孙小姐是车上唯一的女性，这也是她第一次坐长途客车。两周前，她乘飞机去乌鲁木齐看亲戚。要回家时，正好碰上亚欧博览会，最近一周的机票、火车票全部卖光。又赶时间回家上学，就只好坐长途客车了。

“原来以为是卧铺车，这样至少能躺着睡觉，没想到是这种座位的，一天一夜真是太难熬了。”她说。聊起卧铺车的安全以及近期的“8·26”事故，她认为坐这种车的，基本都是买不起机票和买不到火车票的人。每个人都在乎自己的安全，但是确实没有太多选择。

这时苏师傅正在换班休息，他介绍，原先卧铺车很多。从去年冬天以后，兰州交运跑乌鲁木齐到兰州线路的卧铺车就全部退出市场，取而代之的是现在这种软座车。“至少我们公司，以后再也不会有卧铺车了，能换的都换了。”他说。

车祸多源于疲劳驾驶

18时58分 甘肃永昌

行至甘肃永昌县境内，前方车祸，封路，车辆排起几公里的长队。

车祸现场一片狼藉，两辆货车的驾驶室完全变形，伤者已经被送走救治。交警正在现场勘查处理，声称通车时间还不能确定。

现场交警大致描述了事故经过：最前面的一辆大货撞上路边的压路机，将压路机撞下路面，货车驾驶室报废；第二辆大货车发现前面的车祸，猛向左打方向盘，撞上中间护栏，驾驶室报废；后面紧跟的一辆小货车和一辆公路工程车紧急避让，慌乱中撞在一起。“初步估计，第一辆大货车司机可能是疲劳驾驶，把路边的压路机撞下路面并横过来堵塞道路，直接导致了后面的连环车祸。”这位交警说。

又是疲劳驾驶。在货车司机们身上，这一行为也时常发生。

现场聚集的驾驶员也在谈论这起事故。一位货车驾驶员说，这一段几百公里的路面看起来平坦，但是经常有超远距离的下坡，车辆在不知不觉中加速，超速了都毫无察觉。万一遇到变故，才发现那时候根本刹不住车。

在路边的山坡上远望，因为车祸封路，已经堵起了好几公里的车队长龙。幸运的是，交警很快清理出一条车道，长龙缓慢疏散。

19时55分，至甘肃永昌服务区吃饭，休息，停留约一个小时。

22时30分，在距离兰州约200公里处，看到当天的第三起车祸。一辆大货车撞上路侧的岩壁，一条车道因此封闭，车行缓慢。

9月2日凌晨1时20分　兰州

因为客运站已经关门，董师傅将车停在车站附近的停车场。停车场里停满了各地的长途客车，工作人员介绍，这些都是因为进城太晚，不能进客运站的车辆，每辆车每晚需要交纳30元停车费。

至此，第一段行程结束。因为凌晨停车休息、车祸封路、堵车等因素，这段行程比计划晚点8个小时。

第二十七届中国产经好新闻通讯类二等奖　作者：王涛　编辑：王珍珍　2012年9月6日　特2-3版

内蒙古公路建设处处重环保

草原的夜晚静悄悄

时下正是内蒙古公路建设施工的黄金季节，尤其对于施工期只有3个多月的大兴安岭地区来说，时间更是弥足珍贵。但在绥满国道主干线博克图至牙克石高速公路建设现场，每到夜晚都静悄悄的，原来，夏秋两季不仅是施工的黄金季节，也是野生动物孕育生命的时期，如果夜间施工，机械噪声会影响孕育期的野生动物。

环境影响报告书
两次征民意

内蒙古拥有美丽的大草原、大森林、大湖泊，草原民族崇尚自然，珍爱草原生命。内蒙古始终把环境保护作为公路规划建设的先决条件，坚持建设与环保同步规划、同步实施、同步验收，确保经济效益、社会效益和生态效益协调发展。

《内蒙古自治区公路水路交通运输"十二五"发展规划》显示，"十二五"期间，全区重点公路建设总投资超过2200亿元，重点公路建设项目38项，建设规模5577公里，其中，820.3公里高速公路和一级公路将穿越森林生态系统，4691.1公里穿越草地生态系统，1780.9公里穿越荒漠生态系统，175.9公里穿越湿地生态系统。规划路网可能影响的生态环境敏感区包括11处国家级自然保护区、10处自治区级自然保护区、7处国家森林公园、6处自治区级森林公园、1处自治区级地质公园、8个重要生态功能区、5个生物多样性保护优先区、1处重要湿地的分布区。

为实现生态与发展双赢，内蒙古自治区交通运输厅编制了《内蒙古自治区公路水路交通运输"十二五"发展规划环境影响报告书》，并将规划概况、规划环境协调性、规划主要环境影响、环境影响减缓措施、环境影响评价初步结论等报告书要点内容进行了两次公告，征求公众意见和建议。

一条穿沙公路移栽三万多株植物

白乌满芒二级公路锡林郭勒盟满都拉图至芒来煤矿段、501县道白日乌拉至乌兰察布段地处浑善达克沙地，建管办有针对性地制定环保施工实施细则，以"细微之处做环保，环保和施工同步进行"为基本原则，详细规定了施工注意事项，明确了奖罚措施。

在路堑开挖施工中，现场工长既管施工也负责环保，当遇到连株的黄柳、小叶锦鸡儿等沙区植物时，就将其连根挖起，移栽到线外。白乌满芒二级公路全线移栽量达3.7万余株。

鄂尔多斯鄂托克旗在清除公路沙毁沙阻的同时，在穿沙公路两侧制作防风沙障，种植灌木、播撒草籽，固定沙流。截至目前，共种植防风沙障9000多亩，沙障和新生植被在公路两侧形成一条绿化带，有效固定公路两侧两三百米内的绝大部分沙流。

一段灌区高速架设903道桥涵

河套平原是内蒙古重要的粮油生产基地，河套灌区平均每50米就有一条渠。穿越灌区的京藏高速公路哈磴段长140公里，为保护排灌区，不阻断良田水系，该段高速公路上共架设了全长26753米的903道桥涵。修建每一座桥和每一道涵时，建设单位都为水渠修建了上下各150米的防护衬砌，不仅没有破坏原有生态，而且保护了可贵的水源。

京藏高速公路巴（拉贡）新（地）麻（黄沟）段经过西鄂尔多斯保护区，这里的四合木、半日花被国家列为二级保护植物。项目办从规划、设计、施工三个环节提出环保对策，采取改造现有三级路、严格限制在边界桩以内施工等措施，从源头避免对四合木等植物造成生态破坏；对拌和场地进行硬化，为拌和机械装配除尘装置，运输粉煤灰时采取洒水和遮盖措施，有效控制了大气污染。因公路穿过大片牧场，项目办要求施工单位把路基养生用的白色塑料布用完后及时回收，以避免牛羊吞食。

这样的例子还有很多。内蒙古坚持将环保理念融入公路建设，实现了生态与发展双赢。

第二十七届中国产经好新闻通讯类三等奖　作者：冀云洁 辉军　编辑：樊猛 | 2012年7月20日 1版

江西全面推进农村公路综合服务

规划307个服务站，目标为建管养运一体化“全覆盖”

一条条公路在红土地延伸，一个个综合服务站连通城乡，一辆辆班车开到农民家门口……广袤的赣鄱大地，农村交通正发生着深刻的变化，农村和城市的距离正在一步一步缩短。

江西交通运输部门关注民生，情系“三农”，以农村公路综合服务站建设为载体，全面推进农村公路建、管、养、运一体化发展，真正让农民得实惠。

“十二五”建200个综合服务站

自2003年起，江西连续召开了8次农村公路建设现场会，大力推进农村公路建设。到2011年年底，全省农村公路总里程达到13.2万公里，路面硬化里程达到8.6万公里。在掀起公路建设高潮的同时，江西省交通运输厅统筹农村路、站、运协调发展，加快推进城乡客运站点基础设施和班线建设，农村客运通达水平明显提高。2011年，农村客运班线达到3610条，建制村通班车率达到90.4%，基本形成了沟通城乡、覆盖村点的农村客运网络。

农村公路、农村客运的快速发展，较好地解决了农村群众出行难的问题，但农村公路建、管、养、运综合管理服务总体水平与农村群众日益增长的需求仍有较大差距，迫切需要在全省探索面向乡镇的农村公路建、管、养、运新型管理服务模式。

江西省交通运输厅经反复酝酿讨论，提出了以乡镇或片区为基点，集农村公路建设，农村公路客、货运，农村公路运政、路政，农村公路养护，农村公路服务和农村公路应急处置于一体，即“六位一体”的农村公路发展新模式，努力打造交通运输转型发展的新亮点、服务“三农”的新窗口。农村公路综合服务站建设2011年7月正式启动，计划通过两年时间，在全省建设100个省级试点站，覆盖全省三分之一的乡镇，以点带面，推进全省农村公路建、管、养、运、服务与应急处置一体化发展。

对省级试点农村公路综合服务站建设项目，江西省交通运输厅给予每个站100万元的建设补助资金；对省级试点站所在乡镇区域内的县、乡、村公路，按照每年每公里县道7000元、乡道3500元、村道1000元的标准，安排下达养护工程省级补助资金；对省级试点站所在的县（市、区），在“十二五”农村公路建设计划安排中给予重点倾斜支持。

试点以来，江西各地积极性高涨。目前，首批确定的50个省级试点站已建成投入使用三个，47个在建项目顺利推进，并将在年内全部完工。在试点的基础上，江西将有计划、有步骤地建立健全农村公路建、管、养、运综合服务体系，规划建设307个农村公路综合服务站。其中，“十二五”期，计划安排200个农村公路综合服务站建设。

建管养运服务一体化

作为新生事物，农村公路综合服务站与过去传统的农村客运站相比，无论是功能还是管理职能均发生了根本改变。除客运外，还增加了货运、农村物流、服务，并将农村公路建设、养护职能，运政、路政执法管理职能纳入其中，创新了农村公路管养体制和运行机制。今后，农村公路综合服务站将承担起农村公路的日常保养任务。

江西省丰城市曲江镇农村公路综合服务站古朴典雅，美观大气。在站内悠闲候车的84岁老人蒋美生告诉记者：“现在乘车方便，还有避风躲雨遮太阳的地方，亭子里的小卖部还能买东西。”

记者在率先建成投入使用的高安新街农村公路综合服务站、丰城梅林农村公路综合服务站、丰城曲江农村公路综合服务站看到，客运汽车站、物流中心、小卖部等一应俱全，各种公路机械、养护设备配备齐全。有条件的地方，还将小件快运、邮政代办、医药配送、供销配送、生资配送等纳入服务内容。

此外，对未设立综合服务站的乡镇，江西省根据区位特点和实际需要，设立规模相对较小的农村客运站。在人流量较大的候车亭还配建了小卖部，将小卖部租赁给附近村民，由其承担候车亭的管护责任，较好地解决了候车亭“有人建、无人管”的问题。

公路修到哪里，班车就通到哪里，养护工程就跟进到哪里，农村公路管理服务就延伸到哪里。307个农村公路综合服务站建成后，江西将实现全省农村公路建管养运一体化服务“全覆盖”。

第二十七届中国产经好新闻通讯类三等奖 作者：熊昌军 练崇田 张永康 雷声猛 编辑：刘晓宁 | 2012年10月19日 1版

他的梦想他的海

——记北海救助局应急反应救助队员王海杰

高中毕业后，2 年少林武校，5 年海军陆战队，8 年应急反应救助队。这是北海救助局应急反应救助队队员王海杰的成长之路。在常人眼里，传奇色彩很浓。

一天两次训练，有任务时随队友紧急出动；办公室；家。这是王海杰的“三点一线”。和普通上班族一样，简单而真实。

“海杰”，王海杰父母在给儿子起名时，也许压根儿没想到儿子会和海结缘。但实际上，他们的儿子与海结了缘，并成为一名杰出的、救人于危难的“海之杰”。

结缘于海

记者面前的北海救助局应急反应救助队队员王海杰，中等个，不胖不瘦，走路如风，眼里透着一股冷静和坚毅。他爱上海，纯属偶然，是在追梦过程中的偶然，冥冥之中又像是必然。

15 年前，学体育的普通河南农村娃王海杰，高中毕业后，跟着同乡来到少林武校，在那里习武两年，梦想着通过习武成为一名体校教员。但他的追梦理想在听到招兵的信息后而改变，背着武校悄悄地跑去报名参军。然而，命运似乎和他开了个小小的玩笑。

参军初次检查身体，王海杰的部分尿检指标不合格，而他的一位同乡却初检通过。于是，他陪同乡面见招兵教官。王海杰敏捷的身影和练武时手上留下的老茧，吸引了教官的注意。

“你会武术？”

“练过两年！”

“来两下！”

一套动作下来，教官叫他“再去查一查。”巧了，王海杰身体指标合格。他成为一名海军陆战队队员。

于是，他接受了很多影视剧中描写的特种兵训练：一晚上十几次紧急集合，负重 50 斤 10 公里越野跑；枪管上挂上 6 斤重沙袋练端枪，腰间夹上夹板练射姿……

除了高强度训练，还是高强度训练，王海杰对那种艰苦而望不到头的“魔鬼训练”，曾感到厌倦。这就是我要的梦想？

让他转变的是大海——一次在湛江海边进行的海训。生平第一次看到大海的他，心情顿时豁然开朗，军营里封闭训练带来的压抑，早已烟消云散。“像换了个人似的，精神百倍。”王海杰至今记忆犹新。

以百倍的精神，5年部队生涯里，他两次获得特别嘉奖和一系列荣誉称号。而在复员时，因为成绩优异，面对3种选择：特警，私人保镖，救捞。他选择了和海有关的救捞事业——他朦胧地觉得，那里将是他的职业归宿。

他选择了救捞，救捞成就了他。

8年的救助生涯里，一天两次训练，月月有计划的训练，让他有了过硬的救助技术。8年里，参与近百次大小水上、水下人命救助行动，十几名遇险者从他手上生还。一次次的救助行动，融化了他，升华了他。

与海“搏斗”

机遇造就英雄，在于英雄善于抓住机遇。

2011年10月的那次救助，注定要写入历史，注定是对王海杰的少林武功、军事素质、救捞技术的一次集中检验。

10月9日23时左右，应急救助队接到任务，距烟台西北约48海里处，一艘渔船翻扣，船上9人，1人被救起，8人失踪，可能有幸存者。海上风力五六级，阵风七八级，波涛汹涌。

10日5时30分，王海杰和队友到达现场。随后，王海杰和队友下水探摸，在驾驶台发现4具遗体，合力把遗体送出水。队友出水休息，王海杰独自留下，继续寻找其他4名遇险者。

这时，船底露出水面的高度，从刚开始的1.5米下沉到了只1米。其他4人在哪里？还在坚持吗？

他继续向船员生活舱摸去。手电光射去，渔网、绳索、木棍、木板等杂物交织在一起，堵住了前进的通道。他刀割手拽地清理着。这时，手碰到一块硬梆梆的板状物，足有200来斤。

“摸到镶有磁砖的水泥地板……”王海杰通过水下电话报告着。“想办法移开它，注意安全。”水上指挥员叮嘱道。

由于空间狭窄，王海杰只能双腿跪着，用肩和头去移水泥板。水泥板一点一点移动，他一边伸手向四周探摸，乖乖，足足有10厘米厚！这时涌浪把翻扣的船体摇得忽上忽下。水泥板随时可能摆回来，那样，胳膊就危险了，而贸然进到舱里去，通气管和电话线组成的"脐带"很可能被水泥板压住……

正当他全神贯注顶移水泥板时，突然，漆黑的船舱里，一只大手死死地扣住他的手腕。一股凉气透过后背。"有人！"他用压抑而略带颤抖的声音高喊。这是在给自己壮胆，也是在告诉焦急等待的指挥员。

他深吸一口气，把头慢慢地从洞口伸进去后，拿着手电筒的手也艰难地伸了进去。手电光向上照去，他看到了满脸油污的4名幸存者，用不同的姿势"挂"在机舱中，只有头部露出水面。黝黑脸上的白眼珠子里，透着惊恐和兴奋。船舱空间十分狭小，他们能呼吸的空间还不到一立方米，再晚一步……

"还有活的！有活的！"兴奋之后，王海杰冷静地向指挥员说："有4人活着，快加大供气量！送头盔下来！"空气咕咕地进入舱内，照进船舱的手电光线也渐渐亮了起来。

这时，队友把一套管供式潜水头盔送到。王海杰招呼着队友一起推水泥板，洞口被打得更大一些。由于空间太小，队友只好出水。

此时，王海杰和4名遇险船员面临着另外一个威胁：两套潜水头盔向舱内供气，船体在慢慢上浮，并向一边倾斜。一旦翻转过来，船员会溺水而亡，王海杰也将被困舱中！

唯一的办法：速战速决，把人救出去。

然而，十几个小时的煎熬，船员对水已万分恐惧。在给第一名遇险船员戴潜水头盔时，船员死活不肯，好不容易戴上了，带他下水跟着走，头没水后立刻跳起来，双手紧紧地抱住王海杰不撒手。洞口仅有50厘米见方，两个人不可能同时通过。

时间一分一秒地过去。

王海杰用手电照着他，用手拍打并安慰他，并让现场指挥通过潜水电话不断安抚。慢慢地，船员平静下来，配合着王海杰。王海杰手拉着那名船员的手，头对头，用脚探摸着出路，艰难地向船舱外退去……

11时12分，费尽千般周折，第一名遇险船员获救。而此时，王海杰已在水下坚持两个多小时，这已达到潜水作业极限。"筋疲力尽，腿开始抽筋，胃里翻江倒海。"王海杰回忆道。

这时，水面指挥人员建议王海杰出水换人。王海杰何尝不想换人，但坚决地摆了摆手。他深知：船舱内的环境太复杂，新换一人还得摸索前进，必定耽误时间，而现在是和时间赛跑！

稍微歇了一会，王海杰用拳头捶了捶胸膛，奋力一跃又潜入水中。一个，两个，三个，三名遇险船员的身上终于有了直射的阳光！再次经历了50多分钟生死搏斗的王海杰，出水后瘫倒在甲板上……

生与死，究竟有多远？对于翻扣船遇险者来说，生，有万般难；死，也许就在一瞬间。面对翻扣船随时可能下沉，面对船舱内错综复杂的渔网，面对随时可能被缠住的危险，王海杰展开了与死神的搏斗。

他赢了。

“把生的希望送给别人，把死的危险留给自己。”他用实际行动作出了响亮回答。

敬畏大海

“这小子很独立，有头脑，悟性高。”队友们如此评价王海杰。

“沿袭了军人的传统，做事胆大，心细，话少。”队长梁希德如此评价他。

王海杰则说，他不抽烟，不喝酒，喜欢看书、下棋，没什么特别爱好；最爱看消防救人的节目，边看还边琢磨，是否可以借鉴？怎么借鉴？每看到失败的案例，就分析，是人的原因，设备的原因，还是指挥的原因？脑子里会不断推演、总结。

“去看看你们的设备？”

“好！”说完，王海杰关好窗，关好电脑，整理好办公桌面，关掉电源，有条不紊。

“就像每次潜水前的准备一样，他都会按照潜水作业规程一丝不苟。亲自检查一遍气源、通话等所有设备，查看应急瓶的气量，估算一下一旦‘脐带’断气水下能坚持的时间。入水之后正式潜水前，还会再调试几下，找找感觉。”坐在他对面桌的队友爆料。

“潜水操作规程不能打折扣，每一个细节都关乎生死。这既是对自己负责，也是对遇险人员负责。对大海，要敬畏。”在设备陈放室，王海杰谈起潜水来，话匣子打开，像变了一个人。

“应急出动救人是另一场战斗。水下面临诸多困难和风险，潜入水中始终要想，退路在哪里，如何移动”、“大风浪，水流急，潜水作业怕渔网缠身，怕尖锐物的割剐，更怕遇事着急、恐慌，那样极易发生危险……”

“豪爽，细腻，话不多，所有的情感都落在行动上。”在妻子王培培的眼里，王海杰是一个重行动的人。

每天，只要没有救助任务，他会早早地起来，像在部队里一样叠好“豆腐块”。7点钟准时送孩子和岳母上学、上班。而每天开车之前，都要详细地检查一遍车辆状况。

“你少干一点，我多做一点。”对于家务活，王海杰总会抢着干。对于家用电器，他总会定期检查。有应急任务出发时，他必给妻子打一个电话。而在任务结束后，即使在深夜，也会电话报平安。对于天气变化，他格外关心。对于家人的出行，他总是叮嘱了又叮嘱，要注意安全。

“生命宝贵，安全第一。”说到这里，王海杰的脸上流露出一份肃穆。

这份肃穆，在他每次接到救助命令后出现！在他看到获救渔民重获新生后喜极而泣，一口一个“恩人”，一口一个“感谢”时出现！在他打捞遇难者遗体时，听到家属失去亲人后撕心裂肺的哭声时出现！

因此，在每一次接到任务时，王海杰总在暗下决心：打起十二分精神，不急不躁，不离不弃，想尽一切办法救人。心里也在默默祈祷：希望这次救助一如既往地顺利、成功！

第二十七届中国产经好新闻通讯类三等奖　　作者：周献恩　编辑：张暖 | 2012年10月19日 4版

探寻机场“地下工作者”

拐一个弯，又拐一个弯，一样的冰冷的黑灰色墙体，一样的宽宽的电梯门。

走在首都机场2号航站楼的地下一层，要不是有安检员郭振楠带路，记者估计在里面兜一个小时也摸不着方向。

1月8日，春运第一天，带着对机场商检的好奇，记者来了一场探寻“地下工作者”的小旅途。穿行在安静的钢筋混凝土构成的空间里，记者连自己的脚步声都能听得一清二楚，让人难以相信头顶上的一楼就是人声喧哗的旅客候机大厅。

大约几分钟后，目的地2号航站楼地下商检通道到了。记者一看，场面颇有些“冷清”：身着黑色制服的3位女安检员正静静地坐在位置上，偶尔交谈一两句，旁边的X光机检查仪屏幕上闪着光，在有点昏暗的地下一层很醒目。

操作商检通道X光机检查仪的是二十来岁的女安检员张之娇。小张虽然年纪不大，但干起活来绝对麻利，一看就是个“老手”。检查仪在她点击“前进”、“倒退”等按钮的操作下乖乖地工作。偶尔遇到需要进一步确认的物品，张之娇会按下“超级加亮”按钮，让X光机传送带上的待检物品在电脑屏幕上显示得更清楚。“这个和这个在屏幕上显示都差不多样子，是不是都是公交卡？”指着电脑屏幕，记者“研究”了起来。

“它们都不是。”张之娇笑了笑说，是香烟。记者再仔细一看，还是没看出个究竟。这时，小张提醒说：“图案显示了几条小细纹路，你没看出来？明显就是香烟嘛。”

待传送带把机器“肚子”里的东西都“吐”出来时，记者特意看了看——果然是香烟。

“这些东西我们一看就知道，主要是因为我们受过安检专业培训，再加上天天接触这些，自然看得又快又准。”见记者露出“崇拜”状，张之娇赶紧“解释”一番。

商检通道是机场日常生产运行的咽喉，承接着进出航站楼隔离区的工作人员及随身物品、运送货物（包含垃圾运送、大宗液态物品）的24小时安全检查工作。1月8日当天上午，张之娇和另外4位同事共同“把守”这个咽喉要道。一位男同事在隔离区外把守第一道关口，检查每个要进来的人的证件，两位女同事负责用手持安检仪对进入安全隔离区的人员搜身，另外一位则机动待岗。

“旅客在航站楼商场内见到的酒、水等液态物品都是经过我们这道安检工序后才获准上架的。”工作间隙，张之娇向记者介绍了她的工作内容。商检通道的安检是24小时全天候过检，春运的时候过检的量就更大。首都机场各个餐饮商贸店面每天消耗多少，就会从商检通道过检补给多少。“机场成千上万名员工喝的水也得从我们这儿过安检。”

除了X光机检查仪，张之娇还有一件功能强大的“秘密武器”，那就是她身前一台不起眼的电脑。“别看它小，作用可大着呢！”张之娇说，所有要从商检通道经过的大宗液态物品、人员等的备案信息尽在其中，是名符其实的“电子户口簿”。原来，为确保旅客的绝对安全，首都机场与驻场相关单位签订协议对大宗液态物品进行严格管控，为每一种液态物品建立“户口簿”，提前将运送单位、人员及物品信息、图像等进行审核备案。

等到这些物品过商检通道时，操作员只需通过电脑内存储的物品目录进行查找，就可以轻易找出对应的备案信息。仔细核对确认运送的实际物品和备案信息一致后，经过X光机检查、液态检测仪、炸药探测仪等多项专业检查后，整个检查过程才算结束。

第二十七届中国产经好新闻副刊类三等奖 第九届全国安全生产新闻奖通讯类三等奖 作者：熊水湖 编辑：张江敏 | 2012年1月19日 4版

一疏一堵　彰显群众路线

本报评论员

日前，《北京市2013～2017年清洁空气行动计划重点任务分解》出台，将北京机动车保有量突破600万辆大关的时间推迟到2017年年底，比原计划推迟约20个月，这意味着未来四年北京每年新增小客车指标将比现在减少四成。同时还宣布将研究制定征收交通排污拥堵费政策。

消息一出，立即引起广泛关注，有赞同的，但质疑、批评、反对之声不绝。其实了解北京交通治污治堵历程的人不会感到意外，此举完全符合北京治污治堵的惯常方略——疏堵结合、标本兼治。在经过十年的探索实践之后，北京交通的价值取向和路径选择越来越清晰，那就是：大力发展公共交通，还路于更广大的基层民众；多措并举，不断降低小汽车使用率。同时，不断提升车辆排放标准，降低单车排放。这一疏一堵之间，彰显的恰恰是群众路线，传递的是坚定的制度自信。

其实北京的政策制定者们绝无跟私家车主过不去的主观故意。曾几何时，针对日益凸显的交通污染和拥堵问题，他们也曾想着法子尽量满足这部分需求——不断拓宽道路增加车道数，压窄自行车道甚至将其逼上人行道，但这样做换来的除了私家车井喷式的增长，再就是更加拥堵的交通和日趋严峻的北京雾霾天。

按需供给模式以失败收场，反向思维，北京治污治堵开始步入正确轨道——大力发展公共交通，引导小汽车的合理使用。于是有了将2008年奥运会期间单双号限行的临时举措固化为现行的限行长效机制，但限行无法限制普遍富裕起来的北京人实现“汽车梦”的脚步，先富起来的群体更有人竞相购买第二、第三辆爱车。从2005年到2010年，北京机动车保有量从258万辆猛增至481万余辆，而北京中心城区几乎已经没有再增加道路基础设施的可能。当供给无法再增加，就只有控制需求。正是在这一背景下，摇号限购政策于2011年出台，同时适当提高中心城区停车收费标准。尽管如此，每年24万辆的增速仍让已不堪重负的城市难以承受，按此速度，预计到2015年年底北京机动车将接近600万辆。于是，进一步加大限购力度，并辅之以中心城区收取交通排污拥堵费，就成为必然的政策选择，是为“堵”。

再看“疏”。北京的政策制定者们深谙“堵为治标、疏为治本”之道，明修栈道、暗度陈仓，明里治堵限排政策热闹喧嚷，暗里发展公共交通的步伐在不断加快且异常坚定。截至目前，北京市公交线路798条，线路长度近两万公里，公交车22359辆，公交专用车道里程358公里；地铁有17条线456公里投入运营，到2020年地铁轻轨线路将达到30条、超过1000公里。而且公交、地铁票价一降再降，北京几乎成为世界上公交票价最低廉的都市。与此同时，针对自驾一族的消费心理和能力，为他们量身定做了“通勤公交”，今年9月9日又开通了“定制公交”——一人一座，一站到达，而且均可以通行公交车道。此外，穿梭在居民小区和地铁站口之间的“袖珍公交”，也为选择公交出行的人们解决了“最后一公里”的烦恼。这样做的结果就是，北京的公交出行率由2007年的34.5%上升到2012年年底的44%，目前每天有1300万人次乘坐公交车，最多时有1000万人次乘坐地铁。虽然机动车保有量已由2007年5月的300万辆飙增到目前的约540万辆，中心城区交通指数却由7.3下降到5.2。北京市政府明确提出，将坚持公交设施用地、投资安排、路权分配、财税扶持“四优先”，率先建成“公交城市”。

北京市的治污治堵实践告诉我们，要从根本上解决城市交通拥堵和污染问题，需要用发展的眼光、市场的手段、公平的法则、改革的思路，综合运用行政、法律、经济、道德等手段，实施规划、建设、管理“三位一体”的综合治理措施，建立完善“政府主导、部门联动、齐抓共管”新格局。

试玉要烧三日满，辨材须待七年期。北京治污与治堵，关乎几千万人日常生活，吸引全球目光，涉及城市规划、建设、管理等诸多行政因素，加之九朝帝都的历史遗存与超大型现代都市的现实需求之间的矛盾交织，几乎使治堵成为世纪难题。任何找到包医百病的灵丹妙药、让所有人满意的念头，都是徒劳。《北京市2013—2017年清洁空气行动计划重点任务分解》的出台，标志着北京已经走出从交通视角治理拥堵的怪圈，开始从更本源的价值追求出发，将治堵与治污相关联，釜底抽薪，境界自是更上层楼。

其实发达国家走过的路早就给了我们警醒和启示：世界上还没有一个城市是通过为小汽车提供更多的道路资源而解决掉交通拥堵问题的，公交优先是大城市治堵的唯一治本选择，也是治理交通污染的必由之路。新加坡、伦敦早就开始征收交通拥堵费，北欧许多国家收取的车购税（费）是车价的两三倍，中国香港购车先要有天价的车库（位），而且停车费也贵得让人“肝儿疼”。反观北京，占总人口不足四分之一的私家车群体已经占用了80%的城市道路资源，公共资源配置失衡的现象竟如此严重。

治污也罢治堵也好，都与百姓、民生息息相关。要察民情、汇民智，才能聚民心。借用一位公交公司老总的话：公交路线是群众路线。如此，治污治堵的路径，就不难抉择。

第二十八届中国产经好新闻评论类一等奖　作者：蔡玉贺 林芬　编辑：刘晓宁 | 2013年9月12日 1版

地铁，怎样才能跑得更安心？

地铁，在世界各国不少城市的交通中，都占居主导和骨干地位。其所产生的经济社会效益巨大，对优化城市功能和结构布局影响深刻。

当前，我国北京、上海已经形成地铁网络化格局，广州也在积极向网络化推进；其他城市，如成都、深圳、南京、武汉、杭州、长春、西安等，地铁发展虽起步不久，却也在快速推进。

与之相随而至的安全问题也成为各方关注的重点。地铁运营安全是社会公共安全的重要组成部分，世界上，如韩国大邱地铁着火事故、俄罗斯地铁爆炸事故、日本地铁沙林毒气事故、华盛顿地铁脱轨事故等，都曾对国际社会产生过重大影响。我国今年以来也频有地铁安全事故见诸报端：9月8日，深圳地铁1号线，一辆正常行驶的地铁列车突然车厢门打开，一女乘客落入隧道；杭州地铁列车同日在钱塘江隧道“趴窝”，113名乘客徒步半小时才得以疏散；10月，北京地铁10号线三天两次故障；10月17日，湖北武汉地铁因为轨道内异物而停运15分钟，这是武汉地铁10个月内第9次因故停运……

然而，由于地铁运营系统及其相关技术的高度复杂性，加上每日的庞大客流，使地铁运营安全的管理、防范和处置决非易事。

各地如何深刻认识并把控地铁运营的安全规律？地铁的前期设计、规划、建设与后期的平稳安全运营有着怎样密不可分的关联？在地铁运营过程中，如何对各类安全隐患进行防控？地铁安全应急保障怎样才能更加快速、有效、得力？

本报记者通过对相关专家、部分地铁运营公司管理者的深入采访，对此予以探寻。

地铁安全可防可控可救

地铁作为城市的超大型基础设施，涉及规划、设计、建设、运营等多个复杂环节。很多地铁的安全故障出现在运营环节，但问题却出在源头。在运营之前把好关，能从根本上减少很多故障隐患。

关口前移
规划建设要科学

建设环节的不科学，让运营企业深受其害。北京地铁运营有限公司新闻发言人贾鹏认为，当前很多城市的地铁，就是在规划、设计、建设时埋下了安全隐患。这是当前地铁运营中遇到的一个突出问题。在规划设计环节中，线与线之间的换乘，换乘通道设计的宽度、高度，类似电梯等换乘设施的可靠性，标志的完备，逃生通道的完备，都会对后期地铁运营安全带来影响。

比如，某个车站规划设计每天的客流量为 20 万人次，但开通后实际客流量达到 30 万人次，运营方只好通过加车、缩短发车间隔、增加列车编组、改造换乘通道等方式来疏散客流，这本身就埋下了安全隐患，“而在北京地铁，处于这钟状态的地铁站不在少数。”

“地铁安全，首先要在源头上做足功课，尽量降低因设计理念问题、年度跨越问题、规划考虑不足问题、新老线相互交叉问题所形成的设计缺陷，为后期地铁安全运营打好基础，不要因此埋下安全隐患。”贾鹏说。

在他看来，这一问题的症结，在于北京地铁投资、建设和运营的“三分开体制”，建设者只管建设，建好后直接给运营公司运营，投资者给投资，这种体制必然造成后期需求与前期工作不匹配、不搭界的问题，这个问题如果不彻底解决，就会成为安全事故的一个潜在重大威胁。

京港地铁有限公司负责北京地铁 4 号线、14 号线和大兴线的运营，该公司运营副总经理郭初光说，自己每天在早晚高峰时段都感到担惊受怕，4 号线上的西单站、宣武门站的换乘通道内客流很大，每天高峰期每小时客流通过量超标近 50%，“我们会安排很多工作人员去疏导，有时甚至会视情况采取限流措施，以确保乘客安全。”

郭初光认为，轨道交通是一个很复杂的系统，所以，最根本的，如果从开始的设计把关不好，带到运营中的安全风险和安全隐患就会很大，“运营一定要提前介入轨道交通，不单纯是建设，如果能从设计开始介入，就可以规避后期运营中的很多风险。”

国家发展和改革委员会综合运输研究所研究员程世东长期关注国内地铁运营。他也认为在建设过程中的疏忽为后期运营留下了隐患。比如，很多地铁在建成运营后出现漏水问题，这就完全是建设过程中的疏忽或缺陷，但问题却暴露在运营环节。

他认为，国内不少城市在建设地铁时过于着急，设计、规划和建设的工期赶得紧，这样就很容易留下问题或缺陷，“解决这个问题其实不复杂，需要严格按照科学的施工进度，不能违背科学发展规律。”

信号故障？调度系统故障？道岔故障？车辆故障？这些是经常见诸媒体的地铁故障原因。作为大型的综合运营系统，地铁设备应该在可靠的前提下，再来追求高新尖。

设备技术

稳定可靠排首位

9月16日，北京地铁4号线出现信号故障，造成运营控制中心及车站信号屏黑屏，虽然列车可以按现场信号显示运行，但京港地铁采取了审慎的降级行车组织模式及相关安全处置措施，避免次生事故发生。由于事发早高峰时段，造成列车大面积延误，有些列车延误时间较长，车站出现了客流积压的情况。

对于此次故障，郭初光表示，地铁4号线的信号系统是国际上的成熟产品，信号系统庞大而复杂，任何一个小的问题都有可能造成对运营的重大影响。特别是早高峰时间，4号线最小运行间隔只有1分43秒，稍有延误将会造成客流积压，容易形成安全隐患。

不过，运营公司需要花大力气确保新技术运行的稳定、可靠。郭初光举例说，乘客在乘坐4号线地铁经过新街口、海淀黄庄等站时，都会听到“唧唧”很响的噪声，其主要原因就是采用了新减震技术的道床存在瑕疵。由于某些新技术的效果并未得到充分论证，这就需要在日常维护维修中对新技术予以更多关注。“不过，目前，其安全性是没有问题的，只是为了确保其安全，我们需要更频繁地安排人员对钢轨进行充分打磨，保持轨面平滑，同时还要相应加大对车辆的检修力度。”

作为国内首家地铁运营企业，北京地铁运营公司对此也持类似的观点，“地铁是非常复杂的体系，并非采用的设备技术越先进越好，而是要使用先进而成熟的技术和设备。”贾鹏说。

据了解，在北京、上海、广州等老牌地铁城市的带领下，国内新晋的地铁城市大都认同这一观点——稳定、可靠要高于高新尖。

设备与人的高度融合，才能实现地铁运营的安全稳定。单靠一家运营企业或者是一个城市的力量，已经难以解决全国城市轨道交通人才缺乏的共性难题，这需要国家层面的统筹和引导。

专业人才

全国培养一盘棋

程世东认为，除北上广等老牌地铁城市之外，国内大部分城市的地铁运营管理能力不足，核心就在于人才。而人才，直接关系着地铁运营安全。

“北上广等城市的地铁运营时间长，都有自己成体系的人才培养和管理制度，新的地铁城市特别缺中高级管理人才。成都、西安等城市的管理人员大部分都是毕业才3年至5年的新员工，如果大部分员工都有7年到8年的工作经验，管理效果会完全不同。”他说。

缺专业的管理人员，也缺经验丰富的一线操作员。2011年9月27日，上海地铁发生追尾事故，造成一百多人伤亡。而在不少业内人士看来，这一事故虽然与信号系统等设备有关，但如果当事的地铁司机应对得当，绝不会导致如此严重的损失。

交通运输部科学研究院城市交通研究中心副主任吴洪洋认为，人才总量不足是目前城市轨道交通快速发展中面临的首要问题，专业人才的缺乏一定程度上对国内城市轨道交通发展产生很大制约。

他介绍，由于人才不足，导致城市之间、轨道运营公司之间互相挖人才的现象突出。尽管目前国内相关高校纷纷开设了城市轨道交通专业，但是仍然难以满足当前人才的需求。据预测，以北京为例，未来5年到10年需要城市轨道交通中高级职业人才近2万人。

而在这一人才缺口中，还有明显的结构性弊端：在目前“重规划、轻运营”的大背景下，国内高校普遍着力培育城市轨道交通的规划人才，使城市轨道交通运营高级管理人才缺口相对较大。而一线的地铁司机、调度员、站务等人员，几乎没有专业的培训学校，大都通过运营企业自身的“定制”和内部培养来解决。

郭初光表示，地铁从建设到运营都需要大量专业人才的支持，在出现类似信号故障的问题时，尤其需要专家对现场故障情况快速作出判断，而目前在国内，能够满足这种需要的高端人才少之又少。

国家层面的统筹和引导，就成为业内人士共同的期盼。“教育部将城市轨道交通专业作为紧缺专业重点扶持，国内高校加强城市轨道交通专业，积极培养相关人才。同时，国内部分城市轨道交通发展较快的城市，在城市轨道交通人才就业等方面提供相应的扶持政策。这些都是有效的引导方式。”吴洪洋说。

作为复杂而高频次运行的系统，地铁网络的故障在一定程度上不可避免。成熟而高效的应急保障体系，能够将地铁故障带来的损害降到最低。这意味着需要建立一套快速响应的城市交通总动员系统。

应急保障

城市交通“总动员”

香港地铁运营公司是世界顶尖的地铁运营企业之一，它在持续多年降低事故率的努力后，却发现再怎么努力也无法进一步减少事故：人和设备总会犯错。因而，国际上有一种新的趋向，重视事故发生后的应急处理。

北上广等城市，遭受多次故障和事故后，都按各自经验建立起地铁应急保障系统。据介绍，上海地铁按事故级别建立起应急响应制度。当地铁停运时，地铁运营方的负责人迅速赶到现场，公交企业自动调配车辆，出租车企业发布GPS调度信息，快速建立全市统一的交通信息发布平台，这些都给地铁应急保障提供了非常好的经验。“自动响应，全市交通系统总动员，这才能充分化解地铁停运带来的影响。”同济大学教授孙章说。

而新的地铁城市也在迅速跟进。据成都地铁运营公司副总经理徐安雄介绍，成都地铁自2010年运营以来，未发生任何安全事故，但已联合公安、消防、医院、公交公司等开展多次大型联合救援演练，与外部各部门建立了良好的联系机制。

地铁故障后的信息发布，被很多业内人士认为是应急保障中的软肋。很多故障信息如果发布及时，就能避免客流向地铁站点的盲目聚集，直接消除安全隐患。国外城市轨道交通事故案例表明，有效地利用新的传播媒介作为应急信息发布手段，不仅可以提高事故的应急处置反应速度，也对疏导事故地区交通拥堵、有效疏散受困乘客具有重要作用。

吴洪洋认为，微博、手机短信作为相对较新的信息发布手段，应该成为地铁应急信息发布方式的重要组成部分。通过微博发布应急信息可以引导不在事故现场的乘客及时避开拥挤区段、便于市民第一时间了解事故情况，减少事故带来的恐慌。手机短信可以增强救援人员了解城市轨道交通事故现场基本情况，提高救援效率。因此，在规范新媒介等发布方式的前提下，应当积极发挥新媒介在应急救援中的作用。

第二十八届中国产经好新闻通讯类二等奖　作者：王涛 杨红岩 祝海燕　编辑：杨红岩 | 2013年10月22日 8版

行李架隐身记

编者的话：春节过后，外出打工者又背起行囊，踏上了征程。在年复一年的来回奔波中，从扛着装满被褥和全部身家、靠出苦力讨生活的父辈农民工们，到携带时髦的拉杆箱、随身背包，走南闯北、供职于企业工厂中的“80后”、“90后”，两代人的行囊悄然发生着变化。

与此同时，运载外出者和行李的客车也在不断升级，车辆的舒适度和安全性能也在不断提高。记者日前到客运一线采访，从小小行李架的变化看到了民生变化。

待遇高了，行李少了

山东省定陶县南王店乡万庄村的农民万鲁德连续多年在东北农场打工，因为工作地点不固定，用工单位也不能提供食宿，所以每次过年回家，他要把所有的家当打成四个大包裹，被子、衣服，甚至脸盆和暖水壶都不能落下。

他的女儿万芳在江苏苏州电子厂打工，每年春节回来一次。相对于万鲁德来说，“90后”万芳的旅途要轻松得多，一个拉杆箱、一个背包就足够了。因为工作相对固定，企业又提供住宿，万芳不用像父辈那样背着大包小包来回奔波。

同是南王店乡的“80后”大学毕业生晁胜的行李更加简洁，每次回家他只带一个电脑包、两身换洗的衣服，还能腾出手来为家人带些纪念品。

2月18日，正月初九，记者在曹县、定陶汽车站看到，外出的乘客多数是20岁左右的年轻人，他们的行李很少超过3件，不少年轻人都是背着背包、拎着家乡的特产出门。

“正月十五之前出门的多数是在企业上班的年轻人，甚至有一部分是技术工人，一来他们的观念和老一辈不同，更愿意怀揣一张银行卡出门；二来外出打工的工资水平、福利待遇确实有所提高，许多企业提供住宿，他们不必来回奔波带被褥，减少了很多行李。”菏泽交通集团第三汽车运输公司经理兼曹县汽车站站长王西峰感慨道。行李的小变化，实际上是打工者生活水平和消费观念的大变化，是民生变化。

客车越来越舒适了

行李在变，行李架也在变。记忆中置于车顶的行李架已悄然消失，行李架上挂一排自行车的场景更是只能在电视中才能看到，如今，车顶的行李架“隐身”车中，变成了可以为行李遮风挡雨的“行李舱”。主要原因还在于生活水平的提高，乘客携带的行李越来越少，车身内部空间就能满足乘客需要。

“我记得2000年以前，菏泽交通集团最好的车还是扬州客车，最初行李架在上面，行李多的时候车顶都能压弯了，行驶的时候还要罩上网兜，避免行李掉下来。碰上下雨天，行李可就要挨淋了。”干了20多年客运工作的菏泽汽车西站副站长王洪强，如数家珍般地向记者介绍起客车行李架的“变身”过程。

“2000年以后，明显感觉到客车越来越舒适了，车里开始配备空调、热水器，有的甚至还有卫生间。行李架更不用说，全部变成车身内部的行李舱，装满行李后客车的重心也相对下移，安全性更高。行李也不再怕雨淋了。”

据悉，2000年时菏泽交通集团的中高级客车约有100辆，如今，高级客车就达800辆，中级客车也在200辆左右，占客车总量的80%以上，车辆的舒适度、安全性能大幅提高。“现在国内客车制造水平已经非常高，许多高级、高二级客车配置标准与欧洲客车几乎相同。”王洪强自豪地说。

第二十八届中国产经好新闻通讯类三等奖　作者：王赓 赵璞 魏然 张聪　编辑：连萌 | 2013年3月1日 2版

浙江省交通集团 200 个基层站所开发闲置土地 200 多亩

“庭院经济”提振精气神聚合正能量

近日，记者在浙江省交通投资集团有限公司（简称浙江省交通集团）台金高速公路苍岭隧道管理中心所看到，办公楼后方依山开辟出的“开心花园”绿草茵茵、花团锦簇，“开心菜园”里种植的时令蔬菜种类繁多，“开心果园”里果木成行，“开心牧场”里饲养的生猪膘肥体壮……

2010 年，苍岭隧道管理中心所在进行所内庭院绿化改造时，提出菜园、果园、花园、牧场“三园一场”的整体规划方案。三年来，该所全体员工利用待班和工作之余的空闲时间，积极参与园场建设，大家一起平整土地、修建石路、铺设管道、搭建栅栏、庭院劳作，将庭前屋后杂草丛生的荒地打造成了环境优美的无污染绿色空间。

在“开心菜园”，正在采摘花生的 80 后员工小张告诉记者，自从所里搞起了“庭院经济”，他们这些 80 后也跟着老员工和农民师傅学会了种菜浇园，大家亲手种出的蔬菜丰富了食堂的菜谱，吃不完的还可以带回家给孩子吃。“这可是百分之百的有机蔬菜呀！”小张笑着说。

为激发员工参与“庭院经济”建设的热情，苍岭隧道管理中心所将全体员工分成 4 个小组，制定了评选细则，每月对各组打理菜园的成果打分，并将评比结果公示。定期开展的“亲子采摘”、“农活竞赛”等活动丰富了员工的业余文化生活，抓住了心，留住了人。台金高速公路公司党委副书记吴良丰介绍，发展“庭院经济”不仅改善了员工伙食和工作环境，还加强了员工之间的沟通与协作，丰富了企业文化内涵，整体提升了基层单位工作的“精、气、神”，聚合了正能量，为公司文化发展提供了全新的切入点。

种植、养殖一体化，资源循环利用，站所文化丰富多彩，苍岭隧道管理中心所的“三园一场”实践是近年来浙江省交通集团大力发展“庭院经济”的一个缩影。

浙江省交通集团办公室主任助理陆志华介绍，该集团去年5月对所辖高速公路收费所、隧道所、管理处、服务区、养护工区等的房前屋后、前山后院的闲置土地进行统一整体规划，发动员工因地制宜建设“庭院经济”。

目前有200余个基层站所开展了“庭院经济”建设工作，覆盖面达到近85%。各基层站所共开辟菜园果园230余亩、鱼塘30.7亩，养殖鸡、鸭、鹅等禽类1万余只，养殖羊、兔子等100余只。去年，该集团公司各基层单位庭院经济共产出蔬菜、水果5万余公斤，收获禽蛋2000余公斤。

浙江省交通集团党委委员、工会主席刘纯凯表示，发展“庭院经济”不仅有效利用了闲置土地，创造了一定的经济效益，美化了工作环境，更重要的是能够让员工吃上放心菜。同时，在组织员工劳作的过程中，也加强了员工间的交流，让大家感受到收获的快乐，释放工作中积累的压力和负面情绪，增强了企业的凝聚力，一举多得。

5月24日，浙江省交通集团组织召开“庭院经济”建设推进会，对涌现出的一批先进典型、发挥示范带动作用的19家基层单位，授予“庭院经济”建设示范点称号，全面带动该集团公司范围内的“庭院经济”建设再上新台阶。如今，开展“庭院经济”建设已经成为该集团倡导的一种全新的生活理念，也成为加强基层站所文化建设的重要内容和载体。目前，一个充分发挥基层组织合力，共同建立的“庭院经济”建设长效机制已经在浙江省交通集团形成。

第二十八届中国产经好新闻通讯类三等奖　作者：杨海涛　夏春新　编辑：刘晓宁　2013年10月16日 1版

重庆“生命工程”年递增千公里

“是安保工程让我能看到明天的太阳。”重庆市客车司机王师傅跟记者聊起了前不久的那场事故：他驾驶一辆中巴跑客运，由于刹车突然失灵，客车载着20多名乘客向路边的悬崖冲去，没想到，平常并不起眼的防护栏挽救了这20多条生命。从事故现场的照片来看，护栏将客车牢牢地拦在了路边，客车车身和轮胎被防护栏勒出了深深的印痕。

2003年以来，重庆市普通公路累计实施安保工程约1.4万公里，总投资超过28亿元。在交通量每年递增15%以及农村客运需求不断增长的背景下，重庆市普通公路交通事故年均死亡人数下降25%，交通事故起数下降36%，重特大交通事故起数下降66%。

“三个一点”筹集资金

“自从公路安装了防护栏，我们跑运输心里踏实多了。”家住奉节的货运司机王明深有感触地告诉记者，没装防护栏以前，到了冬天，轮胎装上防滑链也不能保证安全，他曾亲眼看到自己前面的一辆货车，由于轮胎打滑直接冲下悬崖。

山城重庆地势险要，全市公路存在大量弯急、坡陡、视距不良等危险路段。2003年开始，重庆在全国率先启动普通公路安保工程，以每年建设1000公里以上的速度，不断构筑群众安全出行的“生命工程”。

“重庆市在安保工程实施过程中，坚持资金投入渠道多元化，实行中央车购税补助、市财政和交通部门筹集、区县自筹‘三个一点’的模式，多渠道筹集安保工程建设资金。”重庆市公路局局长岳顺告诉记者，在新建公路工程中，实行安保工程同时设计、同步施工，使安保工程建设更加科学合理。同时，努力推进安保工程向农村公路延伸。

成本最小化功能最大化

巫溪县中梁乡石坪村以种药材为主，村里每年需运输农用物资约100吨、药材约40吨。村民老刘告诉记者，农村公路建成通车后，还给危险路段加装了跟高速公路一样的防撞护栏，路修好了，安全性高了，运输成本降低了。

近年来，重庆市公路局会同公安局、安监局等部门，多次对重点路段进行勘察，根据公路等级、交通量和事故隐患评估等情况，对特殊危险路段提高安全设施标准等级，对防撞设施进行加固加高处理，对急、暗弯道和长下坡等容易引发事故的路段增设波形防护栏和必要的警告、引导标志标线等安全设施，收到了良好效果。

10 年来，重庆累计投资超过 28 亿元，实施普通公路安保工程约 1.4 万公里，占总里程的 11.7%，极大地提升了公路安全通行水平，实现了普通公路安保工程成本最小化、功能最大化。实施安保工程后，驾乘人员的安全感显著增强，物流成本大大降低，群众都亲切地称安保工程为“幸福工程”、“生命工程”。

第二十八届中国产经好新闻通讯类三等奖　作者：朝霞 姚威 解桓　编辑：樊猛 | 2013 年 4 月 1 日　1 版

薪火不断“开路日”

在福建省顺昌县岚下乡黄墩村罗常自然村，有一个传统——每逢农历六月初六，顺昌境内以及附近县市打工的村民都会主动回到村里，与在家的人齐心协力，养护村道。村民们都说，参加修桥铺路是善举，是积德的事，更是自己的事，何乐而不为呢！

今年农历六月初六（7月13日），记者特意赶到在罗常村。在通往玉山的出村主路上，97名村民沿线分布，有的在路边锄草，有的在疏通水沟，有的在清扫路面。半天工夫，4公里长的一条村道，路容路貌焕然一新。

这种热火朝天的场景，每年农历的六月初六都会重复再现。“这天叫‘开路日’，是罗常村自古以来形成的传统，已有一百多年的历史了。”黄墩村党支部书记刘振裕介绍说。

记者随后查阅村里保存的记事簿，上面记载首次“开路日”是在民国癸未年（即1943年），至今已是第71个年头。但据村民说，“开路日”远早于这个时间。有年老村民回忆说，大概在民国初年就开始了。据说，“开路日”缘于一次因路滑而耽误救难的大事件。

按当时村规约定：每年农历六月初六，由4户人家的户主为“福首”（即牵头组织者），带领全村16至59周岁的男性劳动力参加义务修路，并负责一天的伙食。其费用从商定的田块收成中支出，后来演变为福首4家人分担。次年农历正月二十四日晚，上年度的福首会将登记簿、锣鼓、做米粿用的模具交给新的福首。如果上年度福首中有孩子成家立户，新户主会被优先安排为下年福首，和其他按常规接续的新福首共同筹划当年“开路日”活动的各项事宜。轮到做福首的人，他们就会像过大年一样，即使在外地务工，也会赶回村里筹办“开路日”。

游水木、游水旺、刘振相和翁荣义等4人是今年的福首。为了办好今年的“开路日”，他们早早就陆续从福州、漳州等地返乡。

罗常村现有81户人家、336口人，村道、山路5条共15.5公里。按照每年4户牵头，大约20年轮到一次。按照规定，“开路日”前几天，上年和当年为福首的8家人，还要负责完成其他几条村道、山路的劈草、修整任务。往年，上路人数最多的曾达到108人。近十几年来，由于有80多名青壮年外出务工，村里留守老人、妇女、儿童渐渐增多。男劳力少了，许多60周岁以上的老人看到"开路日"人手不够，不顾年事已高，纷纷自愿加入到义务修路的行列中来。70多岁的翁浙江本来可以在村子附近除草，但他却跑到离村子近4公里的路段上去干。特别值得一提的是，今年还首次出现14名妇女参加"开路日"。

第二十八届中国产经好新闻副刊类三等奖

作者：张臣恩 陈智通 编辑：熊水湖 | 2013年8月28日 4版

企业“派”的奇幻漂流

冲着李安新近再次获得奥斯卡最佳导演奖，我也凑热闹去看了遍《少年派的奇幻漂流》。影片讲的是一个叫“派”的少年举家迁往加拿大时，货船中途沉没，派的家人全部遇难，派侥幸落在救生艇上得以生存。于是，他开始了在海上漂泊的历程。与他同时处在救生艇中的有：一匹断了腿的斑马、一条鬣狗、一只猩猩以及一头成年孟加拉虎。生死存亡中，鬣狗咬死了斑马，咬死了猩猩，虎又杀死了鬣狗。接着，17岁的少年派开始了与虎共存的海上求生之旅。派由最初弱者，避免被老虎杀死；后来变为提防虎，努力保证自己生存；再后来逐渐变为与虎相互依赖，虎成为派生存下去的动力。

关于影片的寓意，李安并未给出明确的答案，所谓让人“自我意识”。的确，我沉浸其中，看到的是市场中的企业生态。企业与企业的关系与小船上各个个体的关系如此相像：派就是“我公司”，虎是“大公司”，鬣狗是“快速扩张公司”，黑猩猩是“中公司”，斑马是“小公司”，大海是“市场”，船是“行业”。电影的场景如同在说：市场是变幻的；行业是不灭的；大的吃小的，狠的欺负弱的。派的求生欲望、生存本领、自我意识在与虎的对峙中逐渐完善起来。每个企业都有他们境遇中的虎、鬣狗、斑马和猩猩。

这是市场中企业命运的写照，也是企业生存的“宝典”。没有起伏就不成其为生命历程，没有差异就不称其为系统。只有从这样一个高度认识行业以及其中的企业，才可能对企业的一时成败持相对平和的态度，得出相对公允的结论。虽然懂这道理的人不少，但面对当前部分航运企业的困难，很多人还是难以保持理性的立场。

以竞争为基本生存方式的经济社会，无处不存在争斗。有争斗，就必然会有主导者、畏缩者、胜利者、隐忍者，也不可避免会有离场者、被灭者，这是自然规律。当然，其中还会有很多“者”之间的博弈和转化。而实现这种转换，从弱转到强，靠忍、靠求、靠蛮、靠气都是不靠谱的，得靠“人”的智慧、魄力、能力和努力。即使无法马上将企业塑造成“虎”，也可以成为主动结盟者，成为善变者，成为新的食物链的组织者。先生存下来，再找机会成为主导者。这个过程需要时间、胆识、甚至运气，更需要不断地试错、转换和创新。从另一个角度看，虎之于人，是强大的对手，令人不得不打起精神应付，激发人生存的本能，从而使人的天赋发挥到极致。俗话说，生于忧患，死于安乐。猛虎在侧，自然是个大忧患。

持如此观点，我们或许可以做到对某个时期某些企业的盈亏、成败会看得更客观一点，能够看到一些变换的机会，而不是纠结于对和错、好和坏的简单标签。

每个企业都有自己的“奇幻漂流”。

第二十八届中国产经好新闻副刊类三等奖　作者：张页　编辑：熊水湖　2013年3月25日　4版

中国交通报
历年获奖作品一览

1986 ㊎

第一届中国产经好新闻新闻专栏类一等奖：交通信息窗
编辑：刘金晓 / 1986 年 9 月 10 日 2 版

第一届中国产经好新闻评论类一等奖：企业内部也要层层放权
作者：戴松成 / 1986 年 7 月 12 日 1 版

第一届中国产经好新闻消息类二等奖：成都建立四种形式客运中心 所有客车纳入行业管理 运输市场出现“活而不乱”局面
作者：李咏梅 靳杨 / 1986 年 4 月 9 日 1 版

第一届中国产经好新闻来信类二等奖：综合治理“骑路镇”“卡路店”
作者：黄发森 闵泽厚 / 1986 年 9 月 20 日 1 版

第一届中国产经好新闻通讯类二等奖：山中，那只勇敢的“虎”
——记武警交通第四支队彝族战士约则拉吉
1986 年 3 月 29 日 1 版

1987 ㊎

第二届中国产经好新闻消息类一等奖：建设汽车专用道路显示巨大优越性
作者：谭峰生 / 1987 年 10 月 10 日 1 版

第二届中国产经好新闻来信类二等奖：不要再干吃子孙饭的蠢事
作者：周武楷 戴梅岑 / 1987 年 1 月 21 日 1 版

第二届中国产经好新闻评论类二等奖：请您理解
作者：李志高 / 1987 年 12 月 16 日 1 版

1988年

第三届中国产经好新闻通讯类一等奖：中国有没有方圆
——跟踪600公里采访见闻

作者：王晓燕 编辑：宋建浩 / 1988年6月15日 1版

第三届中国产经好新闻深度报道类二等奖：把资产责任引入承包
——三谈克服企业承包中短期行为

作者：王力 张嘉祥等 编辑：廖侃 / 1988年9月10日 2版

第三届中国产经好新闻消息类二等奖：中国也出“洋厂长” 港口专家陶军赴泰国任经理

作者：章洪 编辑：谭鸿 / 1988年11月26日 1版

第三届中国产经好新闻新闻照片类三等奖：有规无序

作者：董恒等 编辑：刘洪韬 / 1988年12月7日 3版

1989年

第四届中国产经好新闻消息类一等奖：“伊塔那”出京后一路受宠 新疆人心细收缴“行路钱”

作者：王之安 编辑：徐汉坤 / 1989年5月17日 1版

第四届中国产经好新闻消息类二等奖：他们不再是盲流 临沂十万农民返乡修筑致富路

作者：赵培军 纪西民 编辑：逄诗铭 / 1989年4月8日 1版

第四届中国产经好新闻通讯类二等奖：值得分析的48%——听王副部长话“空载”

作者：田建江 编辑：宋建浩 / 1989年9月20日 1版

第四届中国产经好新闻深度报道类三等奖：适度分配—长出一口“气”
——衡阳汽运公司走活资金一盘棋报道之一

作者：李彦一 编辑：刘金晓 / 1989年11月29日 2版

1990年

第五届中国产经好新闻消息类一等奖：陶恩德潜心探求互助养老办法 农民养路工老有所养不用愁

作者：田建江 编辑：宋建浩 / 1990年6月23日 1版

第五届中国产经好新闻通讯类二等奖：从山西罚到山东——跟车采访录

作者：石中生 宋廷亮 王建民等 编辑：刘洪韬 / 1990 年 8 月 11 日 3 版

第五届中国产经好新闻通讯类二等奖：那不该失落的
——来自驾驶员食宿站的报告

作者：谢明 编辑：李咏梅 / 1990 年 10 月 27 日 3 版

第五届中国产经好新闻新闻照片类三等奖 养路工登上天安门

作者：杨烨 彭继健等 编辑：徐汉坤 / 1990 年 12 月 29 日 1 版

1991 年

第二届全国现场短新闻三等奖、第六届中国产经好新闻现场短新闻类一等奖：厅局长除夕雪地护班车

作者：程孝 编辑：谭鸿 赵爱国 / 1991 年 3 月 12 日 1 版

第六届中国产经好新闻通讯类一等奖：繁忙的沈大高速公路

作者：郭欣 陈旭 张爱玲 编辑：赵爱国 / 1991 年 10 月 1 日 1 版

第六届中国产经好新闻通讯类三等奖：安徽有条“救命路”
——三一二国道在抗洪中大显威力

作者：倪玮 刘文杰 编辑：王建良 / 1991 年 7 月 25 日 1 版

第六届中国产经好新闻通讯类三等奖：公路经济林带亟待开发

作者：杨廷华 编辑：郑炜航 / 1991 年 12 月 28 日 2 版

第六届中国产经好新闻现场短新闻类三等奖：华清池畔乘车记

作者：董恒 编辑：赵爱国 谭鸿 / 1991 年 3 月 28 日 1 版

第六届中国产经好新闻评论类三等奖：重视交通安全基础教育

作者：刘洪韬 编辑：刘洪韬 / 1991 年 6 月 6 日 3 版

1992 年

第七届中国产经好新闻述评类二等奖：字里行间看变化
——读《海南省道路运输管理暂行规定》

作者：赵爱国 编辑：王连印 / 1992 年 12 月 26 日 1 版

第七届中国产经好新闻消息类二等奖：旅游航运看好三峡开发
作者：陈小佩 编辑：经晓晔 / 1992年6月6日 1版

第七届中国产经好新闻通讯类三等奖：深山掩不住女儿红
作者：严闽榕 编辑：刘文杰 / 1992年10月6日 4版

第七届中国产经好新闻通讯类三等奖：科学不再沉默
作者：苗木 编辑：廖侃 / 1992年7月11日 2版

1993年

第八届中国产经好新闻通讯类一等奖：小扁担挑到了香港——杨怀远新事
作者：郭欣 毛惠明 编辑：王连印 / 1993年3月6日 1版

第八届中国产经好新闻消息类二等奖：“银河“轮昨凯旋抵津
广远公司领导连夜登船热情迎接船员归来
作者：杜迈驰 编辑：宋建浩 / 1993年9月25日 1版

第八届中国产经好新闻通讯类三等奖：三等舱船票哪儿去了
作者：杜迈驰 编辑：宋建浩 / 1993年11月20日 1版

第八届中国产经好新闻消息类三等奖：茅台酒正在走出“深巷”
酒乡三年改建公路三百公里
作者：谢明 编辑：经晓晔 / 1993年1月19日 1版

1994年

第九届中国产经好新闻评论类一等奖：弘扬新时期的创业精神
作者：杜迈驰 编辑：王建良 / 1994年3月3日 1版

第九届中国产经好新闻来信类二等奖：为啥英雄这么难当
作者：周武楷 编辑：经晓晔 / 1994年8月9日 1版

第九届中国产经好新闻通讯类三等奖：让人心服气顺的思想政治工作
——随“华铜海”轮远航见闻之五
作者：李志高 宁剑波 编辑：廖西平 / 1994年12月31日 1版

第九届中国产经好新闻通讯类三等奖：宏观调控要调控什么
——关于渤海湾海上客运市场的调查之六
作者：杜迈驰 许辉 张爱玲 经晓晔 编辑：经晓晔 / 1994年7月19日 1版

1995年

第十届中国产经好新闻通讯类二等奖：部长“赶集”
作者：赵爱国 编辑：廖西平 / 1995年11月2日 1版

第十届中国产经好新闻通讯类二等奖：我的名字就是心想事成
——藏族养路工顿珠自费办学记
作者：吴卫平 杨秉政 冯晓霞 编辑：孙宝夫 / 1995年12月17日 1版

第十届中国产经好新闻通讯类三等奖：公路客运：面对机遇的挑战
——写在火车票提价之际
作者：郭欣 杨保众 编辑：孙宝夫 / 1995年12月3日 特1版

第十届中国产经好新闻通讯类三等奖：市场有情——记郑州宇通客车股份有限公司
作者：葛运溥 编辑：廖西平 / 1995年12月23日 1版

第十届中国产经好新闻通讯类三等奖：公路“无厕现象”透视
作者：卢子康 编辑：彭燕 / 1995年5月6日 3版

第二届首都女记协好新闻奖：西藏3000养路工身居危房
作者：靳杨 冯晓霞 《交通内参》

1996年

第十一届中国产经好新闻消息类二等奖：专业运输企业转轨开辟新市场 天津公路箱邮快递异军突起
作者：蔡志鹏 编辑：廖西平 / 1996年4月23日 1版

1997年

第十二届中国产经好新闻通讯类二等奖：为了援外的同胞
——“富清山”轮救助我驻刚果援外人员纪实

作者：卢新宇 编辑：宋建浩 / 1997年7月19日 1版

第十二届中国产经好新闻评论类二等奖：选好新的经济增长点
——三谈贯彻落实交通工作会议精神

作者：杜迈驰 编辑：廖西平 / 1997年1月21日 1版

第十二届中国产经好新闻消息类三等奖：大雾连降飞机火车受阻
设备先进港口船舶无忧

作者：葛树曾 刘连峰 付学彬 编辑：廖西平 / 1997年11月25日 1版

第十二届中国产经好新闻通讯类三等奖：“水果大王”为何落户龙吴

作者：董文俊 编辑：宋建浩 / 1997年9月2日 1版

第十二届中国产经好新闻通讯类三等奖：融化封冻的心

作者：杨代丽 编辑：彭燕 / 1997年9月6日 3版

1998年

第十三届中国产经好新闻通讯类二等奖：中国海员对旧货说不

作者：庚秉堂 编辑：孙宝夫 / 1998年12月16日 1版

1999年

第十四届中国产经好新闻通讯类一等奖：火眼识鬼船 姗妮现原形

作者：吴玉锋 编辑：孙宝夫 / 1999年5月8日 1版

第十四届中国产经好新闻消息类二等奖：交通部重点扶贫传喜讯
独龙族告别无公路历史

作者：王家凯 张联发 编辑：经晓晔 / 1999年9月1日 1版

第十四届中国产经好新闻通讯类三等奖：毒品使新闻人物从巅峰坠落

作者：杜增良 刘邦晋 编辑：莫淘 / 1999年10月30日 8版

第十四届中国产经好新闻通讯类三等奖：超限车成公路杀手

作者：陈智通 / 1999年11月9日 1版

第十四届中国产经好新闻通讯类三等奖：美军直升机突降我轮 打扰打扰 抱歉抱歉 多谢多谢

作者：张天贵 黄楠平 编辑：孙宝夫 / 1999 年 12 月 4 日 1 版

2000年

第十一届中国新闻奖报纸版面初评一等奖、第十五届中国产经好新闻版面类一等奖

编辑：李咏梅 孙宝夫 韩世轶 / 2000 年 1 月 1 日 1-4 版

中华全国新闻工作者协会“中国百名记者西部行”好新闻评选一等奖：火热川藏线——体验 318 国道排龙段抢通

作者：李咏梅 刘春辉 编辑：杨江虹 / 2000 年 8 月 9 日 1 版

第十五届中国产经好新闻通讯类二等奖：致富思源 富而思进——浙江天台县丽泽乡捐资修路纪事

作者：丁必裕 优涛 编辑：李蔚霞 / 2000 年 6 月 2 日 1 版

中华全国新闻工作者协会“中国百名记者西部行”好新闻评选三等奖：赛里木湖的梦幻——新疆见闻录之三

作者：葛运溥 编辑：孙宝夫 / 2000 年 8 月 23 日 1 版

第十五届中国产经好新闻消息类三等奖：西部大开发 公路开了好局

作者：赵彤刚 编辑：韩世轶 / 2000 年 7 月 25 日 1 版

第十五届中国产经好新闻消息类三等奖：“张光喜案”殃及路树 养护部门被责令停止作业 京沈路北京段绿化带植被因失养损失 200 万

作者：翟淑英 编辑：杨江虹 / 2000 年 10 月 20 日 1 版

第十五届中国产经好新闻消息类三等奖：打捞能手宫守杰谢绝重奖

作者：孙志烂 编辑：韩世轶 / 2000 年 1 月 26 日 1 版

第十五届中国产经好新闻言论类三等奖：廉政也要打假

作者：郭欣 编辑：彭燕 / 2000 年 4 月 7 日 3 版

第十五届中国产经好新闻通讯类三等奖：运河为古桥拐大弯

作者：郑伟国 陶志浩 编辑：李蔚霞 / 2000 年 2 月 15 日 1 版

第十五届中国产经好新闻版面类三等奖：
编辑：莫淘 / 2000 年 9 月 21 日 3 版

2001 年

第十六届中国产经好新闻通讯类一等奖：且看“拼装汽车” 何等明目张胆
——安徽省萧县现场目击
作者：彭建中 袁家权 编辑：孙宝夫 宁定辉 / 2001 年 4 月 13 日 1 版

第十六届中国产经好新闻消息类二等奖：证件不齐，强行冲卡，恶司机祝军背后有帮人——跟我过不去 五天整残你
作者：曹兆田 陈晓光 编辑：孙宝夫 宁定辉 / 2001 年 4 月 18 日 1 版

2001 年度中国记协国内部、中国产业报专业报新闻摄影作品年赛评选铜奖：陈水扁挡不住“三通”
作者：李咏梅 / 2001 年 3 月 6 日 1 版

第十六届中国产经好新闻通讯类三等奖：让西部走向大海
——西南公路出海通道见闻之一
作者：李志高 刘金晓 谢明 卢子康 编辑：孙宝夫 雷晓斌 / 2001 年 11 月 23 日 1 版

第十六届中国产经好新闻通讯类三等奖：势在必行的跨越
作者：廖西平 刘洪韬 编辑：赵明林 郎兵 / 2001 年 10 月 24 日 5 版

第十六届中国产经好新闻通讯类三等奖：沿海运输市场 树起第一杆价格标尺
作者：杨江虹 编辑：张晓梅 吴冰 / 2001 年 12 月 12 日 5 版

第十六届中国产经好新闻消息类三等奖：广东盘点路桥收费站
完成使命的予以撤销
作者：黄建庭 编辑：孙宝夫 / 2001 年 5 月 23 日 1 版

2002 年

第十三届中国新闻奖消息类三等奖、第十七届中国产经好新闻消息类一等奖：孝感 107 国道缘何路难行 60 公里国道设 8 道关卡
作者：柯管之 石斌 编辑：陈林 / 2002 年 1 月 22 日 A1 版

第十七届中国产经好新闻消息类二等奖：“丢蚕豆”丢出 3 个亿
作者：肖波 吴敏 编辑：陈林 / 2002 年 9 月 18 日 A1–A2 版

第十七届中国产经好新闻消息类三等奖：参与公路建设富了西藏农牧民 去年增收3000万元　今年吸纳劳动力逾万人

作者：刘春辉　编辑：肖波　/ 2002年5月24日　A1版

第十七届中国产经好新闻消息类三等奖：劳动体制改革激活装卸一池春水 5000农民承包工叫响上海港

作者：董文俊　编辑：郭均忠　/ 2002年7月4日　A1版

第十七届中国产经好新闻消息类三等奖：郑州交通部门探索“温情执法” 对首次查获的欠费车只登记不罚款，半月感化500余车主

作者：康继民　王琦　编辑：陈林　/　2002年8月27日　A1版

第十七届中国产经好新闻通讯类三等奖：新飞开标　运价寒冰冻伤谁

作者：朱美环　编辑：朱美环　/ 2002年12月3日　B1版

第十七届中国产经好新闻副刊类三等奖：“栽了”还想“为人民服务”

作者：盛大林　编辑：经晓晔　/ 2002年5月31日　A4版

第十七届中国产经好新闻副刊类三等奖：活的海洋 死的海洋

作者：高建群　编辑：刘布阳　/ 2002年6月5日　A4版

第十七届中国产经好新闻漫画类三等奖：交通世像（一组五幅）

作者：张耀宁　编辑：刘布阳

第十七届中国产经好新闻版面类三等奖：

编辑：郭均忠　李红茹　版式：刘斌　/ 2002年11月6日　1版

第十七届中国产经好新闻版面类三等奖：

编辑：朱美环　王敏　/ 2002年12月31日　B2-B3版

第七届首都女记协好新闻奖：法国企业巨头抢滩重庆　七亿元外资将投入渝遂高速公路

作者：朝霞　编辑：肖波　/ 2002年5月10日　A1版

第七届首都女记协好新闻奖：广东撬动民间资本“杠杆”　鼓励社会投资进入交通基础设施建设领域

作者：吴楚楚　/ 2002年5月30日　A1版

2003年

第十四届中国新闻奖通讯类三等奖、第十八届中国产经好新闻通讯类一等奖：全国首个路桥收费站“退休”

作者：吴楚楚 编辑：陈林 / 2003年3月18日 A1版

第十八届中国产经好新闻消息类二等奖：防撞护栏遍及重庆1500余公里危险路段 车过悬崖不再“捏把汗”

作者：朝霞 编辑：胡士祥 / 2003年11月14日 A1版

第十八届中国产经好新闻消息类三等奖：江西村道建设理事会越干越有味

作者：熊昌军 编辑：陈林 / 2003年9月12日 A1版

第十八届中国产经好新闻深度报道类三等奖：新亚欧大陆桥为何遭冷落

作者：朱美环 编辑：朱美环 / 2003年12月9日 B1版

第十八届中国产经好新闻通讯类三等奖：建好公路 不毁象“道”

作者：王家凯 编辑：韩杰 / 2003年6月2日 B1版

第十八届中国产经好新闻通讯类三等奖：老码头谢幕　新“水门”开启上海邮轮经济现曙光

作者：董文俊 编辑：刘兴增 / 2003年9月26日 B1版

第十八届中国产经好新闻版面类三等奖：

编辑：姚峰 / 2003年3月28日 A1版

第十八届中国产经好新闻版面类三等奖：

编辑：姚峰 / 2003年1月17日 A1版

第八届首都女记协好新闻奖：民营港口：持续发展的路怎样走

作者：吴冰 编辑：吴冰 / 2003年9月22日 B1版

第八届首都女记协好新闻奖：走近验船师

作者：陈菁闻 编辑：陈菁闻 / 2003年10月14日 A4版

2004年

全国人大新闻奖优秀奖：交通部认真对待群众反映问题 治超标准规定不一问题得到解决，来信退休干部连称“没想到”

作者：李红茹 编辑：陈林 / 2004年4月8日 A1版

第十九届中国产经好新闻消息类一等奖：村路不再泥泞　雨靴用场变小 农民兄弟“出门穿皮鞋，进门换拖鞋”

作者：王瑞水 编辑：刘旭波 / 2004 年 12 月 24 日 A1 版

第十九届中国产经好新闻通讯类二等奖：新时代产业工人的楷模——许振超

作者：胡士祥 编辑：刘旭波 / 2004 年 4 月 9 日 A1–A2 版

第十九届中国产经好新闻新闻专栏类二等奖：修村路的人

编辑：彭燕等

第十九届中国产经好新闻消息类三等奖：桐乡农民“淘金”高速公路服务区 10 余省 73 个服务区挂“桐乡”牌，今年净赚 5000 万

作者：贾刚为 沈正禹　郁欢 编辑：陈林 / 2004 年 12 年 7 日 A1 版

第十九届中国产经好新闻通讯类三等奖：重建“丝绸之路”

作者：韩杰 编辑：韩杰 / 2004 年 4 月 26 日 B1 版

第十九届中国产经好新闻通讯类三等奖：全力“做媒”　徐州港务集团热运电煤

作者：刘兴增 编辑：刘兴增 / 2004 年 8 月 12 日 B1 版

第十九届中国产经好新闻通讯类三等奖：客车回购 颠覆传统营销规则

作者：奚乐夫 编辑：奚乐夫 / 2004 年 11 月 17 日 B1 版

第十九届中国产经好新闻副刊类三等奖：“我被直升机安全‘救起’”——亲历香港飞行服务队联合内地救助演习

作者：陈菁闻 编辑：崔巍 / 2004 年 3 月 25 日 A4 版

第十九届中国产经好新闻副刊类三等奖：水下世界的勇士——救捞潜水员行业扫描

作者：崔巍 编辑：陈菁闻 / 2004 年 8 月 16 日 A4 版

第十九届中国产经好新闻副刊类三等奖：刘恩和的三个心愿

作者：陈菁闻 李黔刚 编辑：崔巍 / 2004 年 7 月 21 日 A4 版

第十九届中国产经好新闻版面类三等奖：

编辑：刘旭波 / 2004 年 4 月 9 日 A1 版

第十九届中国产经好新闻版面类三等奖：

编辑：杜爱萍 / 2004 年 3 月 8 日 B7 版

第十九届中国产经好新闻新闻专栏类三等奖：治超进行时
编辑：刘布阳 陈林 胡士祥

2005年

第二十届中国产经好新闻通讯类一等奖：高原修路呵护环境反哺百姓，藏族群众感言——修路人为我们造良田
作者：刘春辉 杨成林 编辑：柯愈友 / 2005年7月14日 A1版

第二十届中国产经好新闻消息类二等奖：长江口深水航道治理二期工程竣工 10米水深航道向上延伸至南京开通长江下游430公里“水上高速公路”建成
作者：刘兴增 毛惠明 编辑：胡士祥 / 2005年11月22日 A1版

第二十届中国产经好新闻通讯类三等奖：903道桥涵护佑河套良田水系
作者：辉军 编辑：杨江虹 / 2005年6月10日 A2版

第二十届中国产经好新闻通讯类三等奖：河北高速公路合理降“身高”节约占地
作者：杨玉昭 编辑：胡士祥 / 2005年7月27日 A1版

第二十届中国产经好新闻通讯类三等奖：为了那一双双渴望的眼睛——交通部驻洛阳扶贫组牵线中国外轮理货总公司捐建“春蕾班”侧记
作者：廖侃 编辑：胡士祥 / 2005年9月14日 A1版

第二十届中国产经好新闻通讯类三等奖：宁常高速公路 一桥飞架滆湖淘净万顷碧波
作者：陈国雄 编辑：柯愈友 / 2005年11月24日 A2版

第二十届中国产经好新闻副刊类三等奖：“神舟”守望者——交通部救捞系统执行“神六”应急救援保障任务侧记
作者：马珊珊 编辑：马珊珊 / 2005年10月24日 A4版

第二十届中国产经好新闻副刊类三等奖：重走郑和路：从祈风崖到耶稣堡
作者：刘震环 编辑：莫淘 / 2005年7月14日 A4版

第二十届中国产经好新闻副刊类三等奖：思小路，与自然亲和
作者：李咏梅 编辑：马珊珊 / 2005年9月5日 A4版

第十五届山西新闻奖三等奖：不超载，理直气壮一路畅行
作者：石中生 / 2005年8月19日 A1版

2006年

第二十一届中国产经好新闻副刊类一等奖：勒勒车：渐行渐远的“草原之舟”
作者：辉军 王振林 编辑：马珊珊 / 2006年11月16日 A4版

第二十一届中国产经好新闻通讯类二等奖：保护海洋和岛屿生态环境 念环保“山海经”建和谐洋山港
作者：毛惠明 编辑：蓝乔 / 2006年9月12日 A2版

第二十一届中国产经好新闻通讯类三等奖：踏着村路去赏春
作者：王瑞水 编辑：胡士祥 / 2006年3月31日 A1版

第二十一届中国产经好新闻通讯类三等奖：铜汤高速公路：开发性移民乐了拆迁户
作者：吴敏 编辑：孙妍 / 2006年5月16日 A1版

第二十一届中国产经好新闻通讯类三等奖：沙埕！沙埕！！
——福建交通人防抗“桑美”纪实
作者：陈智通 编辑：马珊珊 / 2006年8月24日 A4版

第二十一届中国产经好新闻通讯类三等奖：农村公路“干不干”、“怎么干”仪陇县请农民拍板
作者：张竹彬 编辑：马冉冉 / 2006年12月22日 A2版

第二十一届中国产经好新闻副刊类三等奖：传统文化成就现代设计
——访中国公路“零公里”标志主创人华健心、周岳
作者：马珊珊 编辑：马珊珊 / 2006年9月27日 A4版

第十六届山西新闻奖三等奖：山西：城乡客运一体化突破“围城”
作者：石中生 编辑：柯愈友 / 2006年8月17日 B1版

2007年

第二十二届中国产经好新闻通讯类二等奖：从失地农民到股东老板
——湖北省阳新县交通部门积极引导失地农民留乡创业
作者：柯营之 编辑：林芬 / 2007年4月26日 A1版

第二十二届中国产经好新闻通讯类二等奖：交通厅全面启动化解修路债务计划　宁夏乡镇长压力小了干劲足了

作者：李学平　编辑：蓝乔　/　2007 年 12 月 12 日　2 版

第二十二届中国产经好新闻系列报道类二等奖：南海 1 号系列深度报道

作者：徐厚广　编辑：徐厚广　王姗姗　/　2007 年 6 月 13 日　A4 版、6 月 20 日　A4 版、6 月 26 日　A4 版、12 月 24 日　A3 版

第二十二届中国产经好新闻通讯类三等奖：我把农民工接回城

作者：王瑞水　赵赟　编辑：马冉冉　熊水湖　/　2007 年 2 月 25 日　A2 版

第二十二届中国产经好新闻通讯类三等奖：抗战生命线上的“24 道拐”

作者：李黔刚　编辑：徐厚广　/　2007 年 9 月 13 日　A4 版

第二十二届中国产经好新闻通讯类三等奖：安徽公路：从“小水大灾”到“大水小灾”

作者：吴敏　编辑：林芬　/　2007 年 8 月 28 日　A1 版

第二十二届中国产经好新闻通讯类三等奖：山西：公路集雨灌农田

作者：杨原平　编辑：马冉冉　/　2007 年 3 月 22 日　A2 版

第二十二届中国产经好新闻通讯类三等奖：陕西蓝商高速公路项目“清算”不等“秋后”

作者：董恒　编辑：胡世祥　/ 2007 年 6 月 11 日　B1 版

第十七届山西新闻奖三等奖：山西平顺：农村物流中心对农民心思

作者：石中生　/ 2007 年 4 月 19 日　A1 版

2008 年

第二十三届中国产经好新闻新闻专栏类一等奖：今日点击

编辑：陈林　杨光　蓝乔

第二十三届中国产经好新闻通讯类二等奖：心的托付 从未辜负
——云南省德钦县云岭乡邮递员尼玛拉木系列报道之二

作者：徐厚广　编辑：林芬　/　2008 年 9 月 23 日　1 版

第二十三届中国产经好新闻副刊类二等奖：大洋彼岸中国心
——北美华人留学生、社团向湖南长沙捐赠车载式除冰铲雪设备的故事
作者：曲涛 编辑：徐厚广 / 2008年2月22日 4版

第二十三届中国产经好新闻通讯类三等奖：上海出租车司机可以享受带薪休假
作者：胡荣山 顾力 编辑：王姗姗 / 2008年7月3日 3版

第二十三届中国产经好新闻通讯类三等奖：河南交通铁军冰雪中保畅大动脉
作者：康继民 周爱娟 王梦颖 编辑：杨光 / 2008年2月26日 2版

第二十三届中国产经好新闻通讯类三等奖：活着
作者：田翔 编辑：徐厚广 / 2008年5月28日 4版

第二十三届中国产经好新闻通讯类三等奖：多种运输方式加速"入网"综合交通运输改写长三角经济版图
作者：王瑞水 赵赟 编辑：杨光 樊猛 / 2008年9月9日 2版

第二十三届中国产经好新闻副刊类三等奖：南方丝绸之路上的清溪古城：山横水远风劲
作者：高富华 编辑：徐厚广 / 2008年3月18日 4版

第二十三届中国产经好新闻新闻版面类三等奖：
编辑：郑宗杰 孟庆丰 / 2008年5月30日 6版-7版

第二十三届中国产经好新闻新闻版面类三等奖：
编辑：蓝乔 熊水湖 / 2008年6月12日 2版-3版

第十八届山西新闻奖三等奖：山西：治超治得好 奖条一级路
作者：石中生 编辑：林芬 / 2008年7月29日 1版

2009年

第二十四届中国产经好新闻消息类二等奖：萧山客运企业买滞销柑橘送旅客，一项举措换来两家欢笑——旅客笑领"爱心橘"
作者：刘洋 唐宇船 编辑：王姗姗 / 2009年1月22日 3版

第二十四届中国产经好新闻副刊类二等奖：东方哈达
作者：陈鸿圣 编辑：曲飞 / 2009年11月13日 4版

第二十四届中国产经好新闻版面类二等奖：
编辑：樊猛 孟庆学 / 2009 年 6 月 26 日 2 版 –3 版

第二十四届中国产经好新闻系列报道类三等奖：两会会客厅
作者：林芬 杨光 刘兴增 孙妍 樊猛 连萌 / 2009 年 3 月 10 日 2 版、3 月 12 日 2 版、3 月 13 日 2 版

第二十四届中国产经好新闻通讯类三等奖：千万百姓急盼钱塘江中上游航运复兴 富春江船闸瓶颈亟待打通
作者：林芬 彭燕 贾刚为 编辑：林芬 熊水湖 / 2009 年 4 月 22 日 2 版

第二十四届中国产经好新闻消息类三等奖：千里施工便道变村路
作者：李黔刚 编辑：韩杰 / 2009 年 6 月 1 日 4 版

第二十四届中国产经好新闻通讯类三等奖：神州脉动 民富邦兴
——从河南湾赵村、卸甲店村的变迁感受 60 年公路跨越
作者：韩璐 编辑：韩璐 / 2009 年 9 月 18 日 2 版

第二十四届中国产经好新闻副刊类三等奖：中国桥梁令世界惊叹
作者：曲飞 编辑：曲飞 连萌 / 2009 年 10 月 13 日 4 版

第二十四届中国产经好新闻新闻版面类三等奖：
编辑：林芬 熊水湖 / 2009 年 4 月 22 日 2 版 –3 版

第六届全国安全生产新闻奖三等奖：自己安全了，才能救更多的人
作者：熊水湖 编辑：熊水湖 / 2009 年 3 月 13 日 3 版

第十九届山西新闻奖三等奖：在“两极”之间寻求突破
作者：石中生 编辑：韩璐 / 2009 年 8 月 3 日 1 版

2010 年

第二十五届中国产经好新闻通讯类二等奖：城区、市镇、镇村通公交，一个都不能少
作者：孙妍 编辑：蓝乔 / 2010 年 12 月 9 日 1 版

第二十五届中国产经好新闻副刊类二等奖：一个步班邮递员 26 年的长征
作者：李俊祥 编辑：曲飞 / 2010 年 3 月 26 日 4 版

第二十五届中国产经好新闻版面类二等奖：
编辑：曲飞 / 2010 年 3 月 26 日 4 版

第二十五届中国产经好新闻消息类三等奖：《富春山居图》在邮票上团圆
作者：贾刚为 严琦 裘霞萍 编辑：熊水湖 / 2010 年 3 月 23 日 1 版

第二十五届中国产经好新闻消息类三等奖：福建："鲜"车"一路绿灯"
作者：庄则平 编辑：韩璐 / 2010 年 12 月 6 日 1 版

第二十五届中国产经好新闻系列报道类三等奖：大堵车 · 堵塞了民心
作者：董恒 编辑：熊水湖 王姗姗 韩杰 / 2010 年 6 月 9 日 2 版 -4 版

第二十五届中国产经好新闻通讯类三等奖：GPS 赶不上河北高速公路建设速度
作者：李书岐 编辑：韩璐 / 2010 年 11 月 10 日 1 版

第二十五届中国产经好新闻副刊类三等奖：深海寻宝——"南澳一号"古沉船考古发掘现场纪实
作者：曲飞 编辑：曲飞 / 2010 年 5 月 25 日 4 版

第二十五届中国产经好新闻版面类三等奖：
编辑：熊水湖 / 2010 年 2 月 2 日 04 版

第二十四届专业报新闻摄影年赛经济类二等奖：天山作证
作者：廖西平

第二十四届专业报新闻摄影年赛重大新闻（突发及非突发）类三等奖："南海神鹰"紧急驰援
作者：杨旺

第二十四届专业报新闻摄影年赛自然环保类三等奖：渤海、黄海部分海域遭遇严重冰情
作者：魏伟

第二十四届专业报新闻摄影年赛视觉版（摄影版）银奖：
2010 年 2 月 2 日 4 版

第二十届山西新闻奖二等奖：从超载"重灾区"到治超"样板区"
作者：石中生 编辑：周晓欧 / 2010 年 6 月 17 日 5 版

2011年

第二十六届中国产经好新闻通讯类一等奖：河北：问诊高速拥堵 切脉站口保畅

作者：李书岐 高晶晶 编辑：杨光 / 2011年4月25日 2版

第二十六届中国产经好新闻版面类一等奖：

编辑：蓝乔 连萌 版式：林浩 / 2011年12月30日 2版-3版

第二十六届中国产经好新闻通讯类二等奖：这个“简装版”服务区着实方便

作者：赵华伟 刘洋 编辑：王姗姗 / 2011年11月17日 3版

第二十六届中国产经好新闻副刊类二等奖：新中国第一批女邮递员

作者：曲飞 编辑：曲飞 / 2011年3月10日 4版

第二十六届中国产经好新闻评论类三等奖：从容一些 发展更科学

作者：田翔 编辑：田翔 / 2011年8月15日 7版

第二十六届中国产经好新闻通讯类三等奖：浙江交通财务用足资金谋发展

作者：贾刚为 刘洋 编辑：韩璐 / 2011年1月27日 1版-2版

第二十六届中国产经好新闻通讯类三等奖：的哥段铜钢的幸福生活

作者：栗泽宇 编辑：栗泽宇 / 2011年10月23日 城市交通A3版、A6版

第二十六届中国产经好新闻版面类三等奖：

编辑：曲飞 / 2011年8月30日 4版

第八届全国安全生产新闻奖系列报道类三等奖：各种交通工具的应急之策

作者：王姗姗（整理） / 2011年8月5日 3版、10月14日 3版

第二十五届专业报新闻摄影年赛重大新闻类银奖：营救南海沉船船员

作者：陈建波

第二十五届专业报新闻摄影年赛视觉版（摄影版）银奖：

2011年7月8日4版等

第二十五届专业报新闻摄影年赛法制军事类铜奖：我们把你抬出去

作者：张宁

2011年度宣传甘肃好新闻一等奖：甘肃大路网建设锁定内畅外联覆盖城乡

作者：胡殿弼 编辑：樊猛 / 2011年2月10日 1版

2012 年

第二十三届中国新闻奖通讯类三等奖、第二十七届中国产经好新闻通讯类一等奖：76 秒，他用生命诠释责任——平民英雄、杭州长运驾驶员吴斌感动中国
作者：贾刚为 刘洋 康信茂 编辑：樊猛 / 2012 年 6 月 4 日 1 版

第二十七届中国产经好新闻版面类一等奖：
编辑：杨光 韩璐 刘晓宁 版式：林浩 / 2012 年 9 月 6 日 4 版

第二十七届中国产经好新闻副刊类一等奖：子刚的信仰
作者：熊水湖 编辑：熊水湖 / 2012 年 11 月 13 日 8 版

第二十七届中国产经好新闻通讯类二等奖：88 小时记者体验：探寻长途客运安全真相——乌鲁木齐—兰州 历时 32 小时 探寻之旅 一路向东
作者：王涛 编辑：王珍珍 / 2012 年 9 月 6 日 特 2 版 – 特 3 版

第二十七届中国产经好新闻版面类二等奖：
编辑：王楠 陈桂娟 版式：林浩 / 2012 年 3 月 6 日 3 版

第二十七届中国产经好新闻通讯类三等奖：内蒙古公路建设处处重环保——草原的夜晚静悄悄
作者：冀云洁 辉军 编辑：樊猛 / 2012 年 7 月 20 日 1 版

第二十七届中国产经好新闻通讯类三等奖：江西全面推进农村公路综合服务规划 307 个服务站，目标为建管养运一体化“全覆盖”
作者：熊昌军 练崇田 张永康 雷声猛 编辑：刘晓宁 / 2012 年 10 月 19 日 1 版

第二十七届中国产经好新闻通讯类三等奖：他的梦想他的海——记北海救助局应急反应救助队员王海杰
作者：周献恩 编辑：张暖 / 2012 年 10 月 19 日 4 版

第二十七届中国产经好新闻副刊类三等奖、第九届全国安全生产新闻奖通讯类三等奖：探寻机场“地下工作者”
作者：熊水湖 编辑：张江舣 / 2012 年 1 月 19 日 4 版

第二十六届专业报新闻摄影年赛突发与重大新闻类金奖：救助渔民
作者：路瑞霞

第二十六届专业报新闻摄影年赛突发与重大新闻类铜奖：风雪邮路人
作者：桂志强

第二十六届专业报新闻摄影年赛突发与重大新闻类铜奖：澡盆救婴
作者：张承印

第二十六届专业报新闻摄影年赛经济新闻类银奖：港工铺设真空膜
作者：米金升

第二十六届专业报新闻摄影年赛经济新闻类铜奖：山区农村公路
作者：石斌

第二十六届专业报新闻摄影年赛日常生活新闻类铜奖：献给高原的哈达（组图）
作者：吴卫平

第二十六届专业报新闻摄影年赛日常生活新闻类铜奖：乘务员为旅客表演快板
作者：袁岚岚

第二十六届专业报新闻摄影年赛人物新闻类铜奖：唐亚真和他的水上邮路
作者：柏滨丰

第二十六届专业报新闻摄影年赛自然环保新闻类银奖：美丽的田野
作者：赵学千

第二十六届专业报新闻摄影年赛自然环保新闻类铜奖：幸福路通幸福村
作者：章磊

第二十六届专业报新闻摄影年赛视觉版好版面奖：
2012 年 2 月 17 日 4 版 等

2013 年

第二十八届中国产经好新闻评论类一等奖：一疏一堵 彰显群众路线
作者：蔡玉贺 林芬 编辑：刘晓宁 / 2013 年 9 月 12 日 1 版

第二十八届中国产经好新闻通讯类二等奖：地铁，怎样才能跑得更安心？
作者：王涛 杨红岩 祝海燕 编辑：杨红岩 / 2013 年 10 月 22 日 8 版

第二十八届中国产经好新闻通讯类三等奖：行李架隐身记
作者：王赓 赵璞 魏然 张聪 编辑：连萌 / 2013 年 3 月 1 日 2 版

第二十八届中国产经好新闻通讯类三等奖：“庭院经济”提振精气神聚合正能量
作者：杨海涛 夏春新 编辑：刘晓宁 / 2013 年 10 月 16 日 1 版

第二十八届中国产经好新闻通讯类三等奖：重庆“生命工程”年递增千公里
作者：朝霞 姚威 解桓 编辑：樊猛 / 2013 年 4 月 1 日 1 版

第二十八届中国产经好新闻副刊类三等奖：企业“派”的奇幻漂流
作者：张页 编辑：熊水湖 / 2013 年 3 月 25 日 4 版

第二十八届中国产经好新闻副刊类三等奖：薪火不断“开路日”
作者：张臣恩 陈智通 编辑：熊水湖 / 2013 年 8 月 28 日 4 版

第二十八届中国产经好新闻版面类三等奖：
编辑：田翔 / 2013 年 4 月 22 日 2 版

第二十八届中国产经好新闻版面类三等奖：
编辑：樊猛 / 2013 年 11 月 1 日 1 版

第二十八届中国产经好新闻新闻漫画类三等奖：为何受伤的总是公交司机?
作者：张志刚 编辑：张暖 / 2013 年 5 月 30 日 3 版

第二十八届中国产经好新闻新闻漫画类三等奖：疯狂的比特币
作者：张志刚 编辑：张江舣 / 2013 年 12 月 9 日 4 版

第二十七届专业报新闻摄影年赛非突发新闻类银奖：墨脱通车（组图）
作者：田翔

第二十七届专业报新闻摄影年赛非突发新闻类铜奖：“甘泉岛”号航行至西沙永兴岛
作者：陈涛

第二十七届专业报新闻摄影年赛非突发新闻类铜奖：打通雪墙 牛羊转场
作者：刘颖东

第二十七届专业报新闻摄影年赛突发新闻类银奖：救助被困群众
作者：孔伟

第二十七届专业报新闻摄影年赛突发新闻类铜奖：军医从转运过河的装载机上抱下婴儿

作者：涂敦法

第二十七届专业报新闻摄影年赛突发新闻类铜奖：搜救西沙沉船渔民

作者：赵颖全

第二十七届专业报新闻摄影年赛经济类银奖：施甸县农村公路

作者：李文圣

第二十七届专业报新闻摄影年赛经济类铜奖：雪中行—BRT 公交应对恶劣天气

作者：陈佳

第二十七届专业报新闻摄影年赛艺术类铜奖：地标—厦漳跨海大桥夜景

作者：王超

第二十七届专业报新闻摄影年赛艺术类铜奖：竹海青临—青临线公路风光

作者：孙银洁

第二十七届专业报新闻摄影年赛视觉版二等奖：

2013 年 12 月 10 日 8 版 等